ALASTAIR GUNN

Der Valentinsmörder

GOLDMANN
Lesen erleben

Buch

Die Londoner Polizistin DCI Antonia Hawkins hat von ihrem letzten Fall schwere körperliche und seelische Verletzungen davongetragen. Doch lange hält sie es nicht im Krankenhaus aus – schon bald entlässt sie sich selbst und kehrt trotz ihrer schwachen Verfassung zur Arbeit zurück. Und dort erwartet sie gleich der nächste Fall: Ausgerechnet am 14. Februar, dem Tag der Liebenden, wird eine junge Frau mit einem Hammer erschlagen. Die Tote, Samantha Philips, ist kurz zuvor aus dem Gefängnis entlassen worden. Sie hatte einen Mann getötet, der sie vor einiger Zeit vergewaltigt hatte. Und bald darauf taucht ein zweites Opfer auf, das mit dem Valentinsmörder in Verbindung zu stehen scheint. Antonia muss alles daransetzen, den Fall aufzuklären – zumal ihr neuer Kollege DI Steven Tanner es auf ihren Job abgesehen zu haben scheint …

Autor

Alastair Gunn ist Journalist, er schreibt für Zeitschriften und Magazine. Mit »Der Adventkiller« begann seine Serie um DCI Antonia Hawkins. Gunn lebt in Hertfordshire.

Alastair Gunn

Der Valentinsmörder

Thriller

Deutsch
von Peter Beyer

GOLDMANN

Die Originalausgabe erschien 2015
unter dem Titel »My Bloody Valentine«
bei Penguin Books, Penguin Random House UK.

Dieses Buch ist auch als E-Book erhältlich.

MIX
Papier aus verantwortungsvollen Quellen
FSC® C014496
FSC
www.fsc.org

Verlagsgruppe Random House FSC® N001967
Das FSC®-zertifizierte Papier *Pamo House* für dieses Buch
liefert Arctic Paper Mochenwangen GmbH.

1. Auflage
Deutsche Erstveröffentlichung Februar 2016

Umschlaggestaltung: UNO Werbeagentur München
Umschlagmotiv: FinePic®, München
Redaktion: Viola Eigenberz
AG · Herstellung: Str.
Satz: DTP Service Apel, Hannover
Druck und Bindung: GGP Media GmbH, Pößneck
Printed in Germany
ISBN 978-3-442-48382-2
www.goldmann-verlag.de

Für Anna.

Wahre Hingabe ist tödlich.

PROLOG

Sie haben mir beigebracht, unsichtbar zu sein; das war das Gute.

Vielleicht das *einzig Gute.*

Bull ging intuitiv vor. Als er das Ende der Gasse erreicht hatte, blieb er im tiefschwarzen Schatten stehen und schaute zu dem Tandoori-Restaurant in der Hauptstraße hinüber. Seine Schritte hatten keinerlei Geräusch verursacht, denn man hatte ihm gezeigt, wie er sich lautlos fortbewegen konnte, unabhängig davon, auf welchem Untergrund er ging oder welche Schuhe er trug.

Er zog die Nachtluft durch die Nase ein. Sie war trocken und kalt. Ob der Brandgeruch real oder bloß eine Erinnerung war, vermochte er nicht zu sagen. Das ständige Klingeln in seinen Ohren verwirrte ihn, ließ die Unterschiede zwischen jetzt und damals verschwimmen.

Er schaute auf seine Uhr.

Es war fast so weit.

Schritte von links, zwei Personen, noch knapp zehn Meter entfernt. Bull reagierte blitzschnell und griff in seine Jackentasche. Als das Paar auf seiner Höhe war, hatte er sich die Zigarette schon angezündet und stand mit dem Gesicht zur Wand, rauchend, schwankend, pinkelnd. Es gab für sie nichts zu sehen.

Er wartete, bis sie vorbeigegangen waren, und ließ noch

einige Sekunden verstreichen, ehe er sich wieder umdrehte und kurz zu der Kamera über ihm aufschaute; sie zielte auf die Straße zu seiner Rechten. Auf keinen Fall konnte sie ihn aufnehmen, denn sie war nicht direkt nach unten gerichtet. Auch die beiden nächsten Kameras waren nicht so positioniert, dass sie ihn hätten erfassen können. Mit surrendem Motor schwenkte die Kamera herum, und er stellte sich einen fetten Sicherheitsbeamten in Zivilkleidung vor, der in einem winzigen Kontrollraum saß, auf einem Burger herumkaute und auf betrunkene Teenagerinnen zoomte, wenn diese aus den Pubs heraustaumelten.

Als sich genau nach Zeitplan die Tür auf der anderen Straßenseite öffnete, glitt er noch tiefer ins Dunkel.

Und da war sie.

Rosa trat auf den Gehsteig; zaghaft, allein, um den zerbrechlichen Hals einen Schal gewickelt; ihre Handtasche hielt sie dicht an die Seite gepresst. Er betrachtete ihr Gesicht aus der Dunkelheit heraus und erkannte die üblichen Zeichen. Die Schultern gebeugt, der Blick leer …

Tief in ihm, begraben unter Jahren von Qual und Schmerz, war etwas, das ihn zu ihr hinzog, und dieses Etwas ließ ihn fast aus seiner Deckung treten. Doch er hielt sich zurück. Sich jetzt zu zeigen wäre für keinen von ihnen beiden hilfreich; für so etwas war es viel zu spät. Für Mitleid gab es keinen Platz.

Oder für Mitgefühl.

Rosa zog den Reißverschluss ihrer Jacke hoch, überquerte vor ihm die Straße und ging nach Norden zur Kreuzung, ohne auch nur einen flüchtigen Blick in seine Richtung zu werfen. Bull folgte ihr nicht, dazu bestand keine Notwendigkeit. Er wusste ganz genau, wohin sie gehen würde.

Seit sie hierhergezogen war, in diese neue Stadt, in ihr neues Leben, war sie Woche für Woche dem gleichen Muster gefolgt. Um elf schloss das Restaurant, dann räumte sie auf, um Viertel vor zwölf verließ sie den Laden. Dann ging sie die Hauptstraße entlang, bog an der Ecke, wo die Bank war, ab und nahm hinter dem Einkaufszentrum als Abkürzung nach Hause den dunklen, einsamen Fußpfad.

Dort würde Bull zuschlagen.

Er beobachtete, wie sie die Hauptstraße entlangtrottete. Ging sie heute noch langsamer als sonst? Erneut flackerte Mitleid in ihm auf, doch er unterdrückte das Gefühl. Er ließ sich nicht aus dem Konzept bringen, ihm lagen bloß die Nerven blank, und das hatte mit dem zu tun, was er vorhatte. Aber deswegen war es nicht falsch.

Um einen besseren Blick auf sie erhaschen zu können, trat er fast aus dem Schatten heraus. Knapp dreißig Meter vor ihm hatte Rosa die Bushaltestelle am Ende der Straße erreicht. Doch gerade als Bull damit rechnete, dass sie um die Ecke biegen und aus seinem Blickfeld verschwinden würde, tat sie etwas Unerwartetes.

Sie blieb stehen und sah sich um.

Bull sprang jäh zur Seite, glitt hinter die Mauer und konnte sie nicht mehr sehen. *Hatte sie ihn bemerkt?* Gern hätte er um die Ecke geblickt. Doch was, wenn sie immer noch in seine Richtung schaute und nur darauf wartete, dass er wieder auftauchte?

Ein Bus dröhnte vorbei. Lärm und Abgase ließen Bull zusammenzucken. Er fuhr sich mit beiden Händen in das Gesicht und rieb sich den Staub aus den Augen. In der Ferne hörte er jemanden rufen.

Das ist nicht real.

Gereizt ließ Bull die Hände sinken und konzentrierte sich wieder. Er beugte sich vor und schaute um die Ecke die Straße entlang. Rosa stand nach wie vor da, verharrte noch immer haargenau an derselben Stelle, schaute aber nicht mehr in seine Richtung. Nun begriff er, warum sie dort stand: Sie wartete auf den Bus, der gerade an ihm vorbeigefahren war und jetzt die Haltestelle ansteuerte.

Sie wich vom Plan ab.

Fast hätte er sich in Bewegung gesetzt, erinnerte sich aber im letzten Moment an die Kameras und hielt rechtzeitig inne. Noch suchte ihn die Polizei nicht. Aber bald würde sie es tun.

Er konnte ihr nicht in den Bus folgen.

Rosa stieg ein, die Türen schlossen sich hinter ihr, und als der Bus losfuhr, fluchte Bull, da ihm klar wurde, dass ihn dies eine weitere Woche kosten würde. Neben ihrer Arbeit in einem Sportgeschäft im nahe gelegenen Einkaufszentrum arbeitete sie hier nur an Freitagen. Heute hätte er eine Chance gehabt, und nun entwischte sie ihm.

Als der Bus am Ende der Straße rechts abbog, las Bull die Nummer auf dem rückwärtigen Display.

121.

Sofort wusste er, was zu tun war. Er drehte sich um und betrat den dunklen Fußweg. Vor einigen Wochen hatte Rosa diesen Bus schon einmal genommen. Sie hatte schweres Gepäck dabeigehabt und wahrscheinlich deshalb den Bus gewählt. Bull war ihr nicht sofort gefolgt – es empfahl sich immer, etwas Abstand zu wahren –, sondern hatte auf den nächsten 121er gewartet. Wenig später hatte er herausgefunden, wo sie ausgestiegen war. Der Bus fuhr durch eine Einbahnstraße und bediente auf dieser zwei Haltestellen. Dann hielt er auf der Cecil Road gegenüber der Einmündung der Sydney Road.

Wo sie jetzt wohnte.

Heute Abend war sie vielleicht müde oder ihr war unwohl, weswegen sie den Bus genommen hatte, um nach Hause zu fahren. Das hatte Bulls Plan zunichtegemacht, doch damit konnte er umgehen. Er musste sich bloß auf die veränderten Bedingungen einstellen, durfte sich nicht verzetteln.

Denn er musste diese Sache erledigen.

Wenn er die Abkürzung nahm und sich beeilte, konnte er sie abfangen. Zwar war es riskant, sie in einem Wohngebiet und nicht auf einem stillen Fußweg zu erledigen. Doch die ersten hundert Meter der Sydney Road waren unbeleuchtet und zu dieser späten Stunde meist menschenleer.

Bull beschleunigte seine Schritte, war aber darauf bedacht, nicht zu rennen. Sein verletztes Bein tat ihm schon jetzt scheißweh, und es wäre nicht vernünftig, zwar rechtzeitig anzukommen, sich dann aber durch heftiges Schnaufen zu verraten.

Er erreichte die Abzweigung, bog links ab und entfernte sich von dem allmählich verblassenden gelben Schein der Straßenbeleuchtung, froh über das Licht des Halbmonds. Der Weg war eng. Drahtzäune hielten zu beiden Seiten dichtes Gebüsch im Zaum, während es über Kopfhöhe zusammengewachsen war. Durch die Dunkelheit rannte er weiter. Dabei konzentrierte er sich so darauf, wie er den ersten Schlag ausführen würde, dass er völlig den Einkaufswagen vergaß.

Dicht vor ihm ragte das Gitter als Hindernis aus der Dunkelheit auf. Zwar war er schon vorher daran vorbeigegangen und hatte ihn dicht an den Zaun geschoben. Doch der Wagen blockierte noch immer die Hälfte des Fußpfads.

Bull hielt mitten im Lauf an, um auszuweichen. Doch er blieb mit dem Fuß an dem Metallhindernis hängen, stolperte und stürzte auf die Seite. Während er über den Betonboden schlitterte, schürfte er sich die Handballen schmerzhaft auf, nasse Blätter klatschten ihm ins Gesicht.

Er rappelte sich auf, wischte sich die kleinen Steinchen von den Handflächen, ließ seine Kleidung Kleidung sein und setzte sich erneut in Bewegung. Durch den Sturz hatte er Zeit verloren, und das Ende des Fußpfads war noch immer nicht zu erkennen. Schmerz schoss ihm durch das angeschlagene Bein – überlastete Knochen, die von Muskeln hätten gestützt werden sollen. Er verdrängte den Schmerz und lief nun noch schneller. Als er die Zähne zusammenbiss, knirschte es. Er fuhr sich mit einer Hand über das Gesicht. Das Zeug war auf seinen Lippen und in seinem Mund. Vom Sturz.

Sand.

Er hustete und spuckte aus. Dieser Scheiß war überall, wurde vom Wind durch die Luft geweht. Er klappte den Kragen hoch und zog ihn sich vor das Gesicht. Wenn einem der Sand zwischen die Zähne geriet, kaute man tagelang darauf herum.

Jetzt konzentrier dich.

Er schlug sich mit der Hand gegen die Schläfe.

Plötzlich sah er das Ende des Fußpfads vor sich. Ein Lichtstreifen erhellte den Weg und verdrängte die Erinnerungen. Als er die Straße erreicht hatte, blieb er in der Einmündung des Pfads stehen, bemüht, seinen Puls zu verlangsamen. Auf der gegenüberliegenden Straßenseite erblickte er die Fassaden der Läden zu beiden Seiten der Bushaltestelle.

Der *menschenleeren* Bushaltestelle.

Bull trat so weit vor, dass er das Ende der Sydney Road sehen konnte. Keine Spur von ihr. Entweder war der Bus längst weg und sie hatte zu viel Vorsprung, oder …

Als das Geräusch eines Motors erklang, drehte er sich um. Der Bus näherte sich, die Nummer 121 auf seiner Front war hell erleuchtet. Bull wartete, bis der Bus vorfuhr, und beobachtete, wie Rosa ausstieg und auf der anderen Straßenseite den Gehsteig betrat. Der Bus fuhr wieder an, während sie an der Haltestelle stehen blieb und an den Tasten ihres Musikplayers herumdrückte. Nach einer Weile schien sie den gesuchten Titel gefunden zu haben und setzte sich in Bewegung.

Bull gewährte ihr einen kleinen Vorsprung und hängte sich an sie dran. Er überquerte die nun ruhige Straße und hielt sich in Rosas totem Winkel. Sie bog links in die Sydney Road ab, und als sie den unbeleuchteten Straßenabschnitt erreichte, schloss Bull allmählich zu ihr auf. Die Gegend war heruntergekommen; schrottreife Autos standen am Fahrbahnrand, die Mauern waren mit Graffiti überzogen. Er musste sich die Dunkelheit zunutze machen. Etwa hundert Meter weiter würde im Anschluss an Backsteinmauern und fensterlose Gebäude ein öffentlicher Parkplatz mit Parkscheinautomat folgen, wo das Licht wesentlich heller war. Gleich dahinter stand das verwahrloste Haus, in dem Rosa mit ein paar anderen Mädchen wohnte.

Es musste jetzt sein.

Bull verringerte den Abstand, sah sich nach möglichen Passanten um und griff nach der Waffe in seiner Jackentasche. Er zog den Hammer hervor und hob ihn in die Höhe. Rosa schaute sich nicht um. Welche Art Musik mochte sie ausgesucht haben, der sie nun in ihren letzten Momenten lauschte?

Er holte sie ein.

Und der Hammer fuhr nieder.

TEIL EINS

1

Samantha Philips betrat den Raum, von einer streng dreinschauenden älteren Dame geleitet. Diese hatte zuvor kurz den Kopf hineingesteckt, um sich zu vergewissern, dass ihre Lieferung auf einen Empfänger stoßen würde, bevor sie sich wieder zurückzog.

»Hallo, Samantha. Ich heiße Pierce Reid. Ich bin Ihr psychologischer Betreuer«, sagte er, als sie nach wenigen Schritten wieder stehen blieb.

Philips antwortete nicht. Stattdessen inspizierte sie den Raum, wobei sie nur die Augen bewegte, jedoch nicht auf die nervöse Art und Weise, wie die anderen es häufig taten. In ihrem Gesichtsausdruck spiegelte sich wider, dass sie den Raum mit nüchternem Interesse wahrnahm. Sich nur schwach erinnerte.

Überraschend war das nicht. Wahrscheinlich hatte sie in den letzten sechs Jahren nichts auch nur *annähernd* so Luxuriöses gesehen. Es war mit Sicherheit auch das erste Mal, dass sie das Sitzungszimmer mit seinen parfümierten Trockenblumen und seinem Teppich betrat.

Eigentlich hatte er ein wenig mehr Ehrfurcht erwartet. Häftlinge, die für ein Entlassungsgutachten vorgeladen wurden, erhielten nie eine Vorwarnung. Dem unheilvollen Gang zu diesem vergleichsweise opulenten Raum, begleitet von einer unbekannten Wache, ging ein frühzeitiger Weckruf voraus. Diese Kombination sorgte für gewöhnlich dafür, dass die abwehrende Haltung des Häftlings zumindest vorübergehend Risse bekam. Die Reaktion einer erfahrenen Gefangenen auf diesen Raum verriet häufig mehr über ihren Wunsch, sich wieder der Gesellschaft anzuschließen, als alles, was sie hinterher sagte. Das war der Grund, weshalb er diesen Raum benutzte.

Er deutete auf einen der weichen Ledersessel. »Möchten Sie sich setzen?«

Philips sah ihn zum ersten Mal an. Es war ein flüchtiger, emotionsloser Blick, den sie rasch wieder abwandte. Aber eine Antwort gab sie immer noch nicht. Er sah, dass sich die schweren Handschellen, die man ihr unnötigerweise angelegt hatte, in ihre Handgelenke einschnitten. Einen Versuch, den Druck erträglicher zu machen, hatte sie nicht unternommen. Stattdessen fuhr sie damit fort, den Raum eingehend zu inspizieren, sich der von der Decke auf sie gerichteten Kamera offensichtlich bewusst.

»Sie können auch stehen bleiben, wenn Ihnen das lieber ist. Aber wenn Sie darauf bestehen, dass wir mittels Telepathie kommunizieren, könnte das hier noch ein Weilchen in Anspruch nehmen.«

Wieder streifte ihn ein flüchtiger Blick. Kein Lächeln.

Abwartend musterte er die schlanke Frau in der Häftlingsuniform. Sam war vierundzwanzig Jahre alt und ihrer Akte zufolge streitlustig, schon bevor und seit sie sich zwölf Jahre Haft eingehandelt hatte, von denen sie sechs nun abgesessen hatte. Auf den im Gefängnis verhärteten Gesichtszügen hinter dem zottelig zurückgebundenen Haar waren Spuren des ehemals hübschen Mädchens erkennbar. Doch wurden diese Spuren von einer Leere im Blick, die er schon allzu oft gesehen hatte, weiter verwischt.

Die von einer Vergewaltigung hinterlassene Leere.

»Ich habe von Ihnen gehört.«

Reid konnte ihre leisen, monotonen Worte kaum hören. Eigentlich hatte er damit gerechnet, noch eine Weile das einseitige Spiel zu spielen.

Sie schaute ihn an.

Er räusperte sich und verlagerte sein Gewicht auf dem Sessel.

»Fahren Sie fort.«

»Ein paar von den Mädchen haben mit Ihnen gesprochen, bevor sie gingen. Sie meinten, Sie wären in Ordnung.«

»Das ist interessant. Glauben Sie ihnen?«

»Vielleicht.« Nach wie vor konnte er keine Gefühlsregung erkennen. Immerhin ging Philips nun um einen der Sessel herum und nahm darin Platz. Von seiner Behaglichkeit ließ sie sich offensichtlich nicht beeindrucken. Reid sah zu, wie sie es sich bequem machte und sich die gefesselten Hände auf die Knie legte. Er nahm ein Notizbuch und einen Kugelschreiber von dem niedrigen Tisch, der zwischen ihnen stand, und legte sich den Block so auf die übereinandergeschlagenen Beine, dass nur er die Seite lesen konnte. In die oberste Zeile schrieb er »Samantha Philips«.

»Also, Samantha.« Er schaute zu ihr auf. »Der Ausschuss hat entschieden, dass Sie, basierend auf Ihrem Verhalten und den psychologischen Gutachten, keine weitere Gefahr für die Allgemeinheit darstellen. Es wird natürlich Bewährungsauflagen geben, aber da Sie nun einen angemessenen Zeitraum abgesessen haben, kommen Sie für eine sofortige Freilassung infrage, was eine erhebliche Strafminderung für Sie bedeuten würde. Vorausgesetzt natürlich, ich stimme zu.«

Es war kaum wahrzunehmen, doch er war erfahren genug, um zu sehen, wie sich Philips die Bedeutung seiner Worte erschloss und ihr die Frage durch den Kopf ging.

Sind Sie mein Weg hier raus?

Mit einem Nicken beantwortete er ihre unausgesprochene Frage. »Es gehört zu meinem Beruf, mich zu vergewissern, dass Sie in der Lage sind, in das normale Leben zurückzukehren. Dass Sie bereit und imstande für eine Resozialisierung sind.«

Sie schaute in die Richtung, wo ein Fenster hätte sein können, hätten sie sich nicht in einem geschlossenen Raum des Holloway-Gefängnisses befunden. Es war ihre erste emotionale Reaktion.

Sie fragte leise: »Was wollen Sie wissen?«

2

»Seien Sie vorsichtig, Mrs Antonio«, warnte der indische Arzt in heller Aufregung, als Detective Chief Inspector Hawkins zum zweiten Mal versuchte, sich aus ihrem Bett im Krankenzimmer zu erheben. »Es ist enorm wichtig, dass Sie es langsam angehen lassen.«

»Ich heiße Antoni*a* und, ja, das sagten Sie mir bereits. Aber ich versichere Ihnen, ich kann aufstehen.«

»Ach herrje.« Dr. Badal trat zurück, als Hawkins' Füße den eiskalten Boden berührten und sie sich ruckartig aufrichtete. Da sie dabei fast zusammenklappte, schnellte er wieder vor.

»Mrs Toni*a*, die oberen Bauchmuskeln sind noch nicht wieder zusammengewachsen.«

Sie krallte sich an der Matratze fest. »Dann besorgen Sie mir Krücken.«

»Ich halte das für keine gute Idee …«

»Sofort, bitte.«

»Wenn Sie meinen.« Der Arzt gab nach, befürchtete jedoch offenkundig, er könne seine Sorgfaltspflicht verletzen.

Hawkins wartete, bis er weg war, und sackte dann auf dem Bett zusammen. Das heftige Brennen in ihrer Brust und in der Magengegend verriet ihr, dass er vermutlich recht hatte. Nach der beinahe tödlich verlaufenen Messerattacke vor erst sechs Wochen war sie immer noch nicht so weit genesen, um aufstehen zu können, geschweige denn in der Lage zu laufen. Die elf Stichwunden hatten das Geflecht der Muskeln in ihrem Rumpf in Stücke geschnitten. Der anschließende Sturz, der zu diversen Rippenbrüchen geführt hatte, war der Heilung auch nicht gerade förderlich gewesen.

Aber dieser Ort hier trieb sie in den Wahnsinn.

Die prognostizierte Genesungszeit bei Verletzungen wie den ihren lag etwa bei einem Monat. Doch weil Murphys Gesetz für Komplikationen gesorgt hatte – in ihrem Fall eine MRSA-Infektion, die sie sich zehn Tage nach der Operation einfing –, hatte Hawkins zwei zusätzliche Wochen auf der Isolierstation verbracht und war erst nach Abklingen der Infektion wieder auf eine normale Station verlegt worden. Es ging nun zwar stetig bergauf, doch wenn es den Bakterien nicht gelungen war, ihr den Rest zu geben, konnte es eine durch diese verflixte Gefangenschaft hervorgerufene Psychose womöglich noch schaffen.

Mit einem Paar Krücken in den Händen kam Dr. Badal wieder in ihr Zimmer geschwirrt, gefolgt von einer jungen Schwester, die einen Rollstuhl schob. Er machte Anstalten, Hawkins eine Hand auf die Schulter zu legen, besann sich aber im letzten Moment eines Besseren. »Ich ... verstehe ja, dass Sie hier raus möchten, wirklich, muss aber betonen, dass ein Rollstuhl eine weitaus bessere ...«

»Danke.« Hawkins nahm die Krücken und begann mühsam damit, ihr Gewicht auf die Stützen an ihren Unterarmen zu verlagern.

»Ähm …«, wand sich der Arzt. »Sie müssen sich Ihrer Anatomie bewusst sein, Mrs … bitte. Ihre Axilla wird extrem empfindl…« Seine Worte wurden von Hawkins' Aufschrei übertönt, als sie ihr Gewicht ganz auf die Krücken verlagert hatte und ihr der Schmerz durch die Achselhöhlen schoss.

Offensichtlich darauf vorbereitet, trat die Schwester neben sie, während Hawkins wie ein nasser Sack in den Rollstuhl plumpste und die Krücken scheppernd auf dem Fußboden landeten.

»Ich habe es Ihnen prophezeit, Mrs Antonio.« Der Arzt klang aufrichtig betrübt. »Aber Sie sind sehr entschlossen.«

Schwer atmend starrte ihn Hawkins zornig an. »Wie lange noch, bis ich hier rauskann?«

»Sie müssen verstehen, dass Ihre Verletzungen schwer sind. Sie wären fast gestorben. Sie können von Glück reden.«

»Wie lange?«

»Sie machen gute Fortschritte. Ich denke, in Anbetracht von …«

Als sie ihn immer zorniger anstarrte, hielt er inne und ließ die Schultern hängen. »Sie können sich jederzeit selbst entlassen, davon kann ich Sie nicht abhalten. Sie brauchen bloß ein Formular zu unterschreiben, dann können Sie gehen. Aber ich empfehle Ihnen dringend, wenigstens noch eine Woche im Krankenhaus zu bleiben, damit Ihr Körper noch etwas Zeit hat, sich zu erholen.«

Dr. Badal schreckte sichtlich zusammen, als Hawkins' Gesicht sich verfinsterte wie der Himmel bei einem aufziehenden Sturm. Sogar die Krankenschwester trat zurück.

»Also schön«, erklärte sie schließlich. »Ich bleibe.«

»Ich denke, da treffen Sie die richtige Entscheidung, Mrs …

wirklich. Ich komme dann später wieder, um nach Ihnen zu schauen. Oder ... es könnte auch ein Kollege kommen.«

Er zog sich zurück, während die Schwester blieb, um Hawkins aus dem Rollstuhl und wieder ins Bett zu helfen. Dann begann sie die Schläuche des Katheters zu entwirren.

»Dieses beschissene Ding werden Sie mir nicht wieder anlegen«, brummte Hawkins böse. »Und lassen Sie den Rollstuhl hier.«

3

Eine halbe Stunde nach ihrem gescheiterten Versuch, sich auf Krücken fortzubewegen, ebbte der Schmerz in Hawkins' Achselhöhlen wieder ab. Bis dahin hatte sie die Zeit damit verbracht zuzusehen, wie der Tee in der Tasse, die ihr die Schwester gebracht hatte, kalt wurde. Und sie hatte es bereut, klein beigegeben zu haben. Sie stellte sich vor, wie sich auf den Möbeln in ihrem Büro der Staub sammelte und wie in ihrem überquellenden Posteingang die E-Mails bereits in monatliche Ordner sortiert wurden.

Und was passierte mit den unerledigten Fällen? Während sie hier drinnen war, blieben bestimmt Straftaten ungeahndet. Schlimmer noch: Sollte ihr Team imstande sein, Einsätze auch ohne sie durchzuführen, brauchte sie erst gar nicht mehr zurückzukehren. Sie seufzte und sah aus dem Fenster.

Das Haus würde natürlich makellos sauber sein. Ihre Mum war schon immer ein Putzteufel gewesen. MRSA war wahrscheinlich nicht wegen zunehmender Antibiotikaresistenz erst in den 1990er Jahren aufgekommen, sondern weil Christine Hawkins zu dieser Zeit aus dem Dienst des National Health Service ausgeschieden war.

Das Krankenhaus trieb einen in den Wahnsinn, vor allem nach einer zweiwöchigen, in nahezu vollkommener Abgeschiedenheit verbrachten Bettlägerigkeit. Ihr Po war ständig taub, und als jemand, der Familienkontakte für gewöhnlich auf dreißig Minuten beschränkte, durchlebte sie in den Besuchsstunden die Hölle. Ihr Dad? Okay. Mike oder ihre Freunde? Toll. Aber ihre Mutter und Schwester, *gemeinsam*, dreitausendsechshundert Sekunden lang? Nie mehr.

Sie musste mit Maguire sprechen.

Bemüht, den gellenden Schmerz in ihrer Bauchmuskulatur auszublenden, beugte sich Hawkins zum Nachttisch hinüber und holte ihr Handy aus der Schublade.

Sie wählte seine Nummer. Es läutete. Und läutete.

Sie beendete den Anruf und schaute auf die Uhr. Es war neun Uhr morgens. Wahrscheinlich befand sich ihr Detective Inspector und sporadisch Auserkorener noch in der morgendlichen Einsatzbesprechung. Ihre Hin-und-her-Beziehung hatte vor zwei Jahren als Affäre hinter dem Rücken von Hawkins' damaligem Verlobten begonnen. Sie waren zwischen amourösen und gefühlsgeladenen Extremen hin- und hergependelt, und es war zu Ende gewesen, als Hawkins alles ihrem Verlobten gebeichtet hatte, der daraufhin rasch ihr Exverlobter wurde. Zwischendurch wurde Mike Maguire nach Manchester zurückversetzt, was zu einer sechsmonatigen Auszeit führte. Seine Rückkehr vor weniger als zwei Monaten hatte ähnlich intensive Vorkommnisse ausgelöst. Gemeinsam hatten sie einen gefährlichen Psychopathen gestellt, hatten sich verliebt, entliebt und wieder verliebt und einander fast zeitgleich das Leben gerettet.

Sie stellte sich den hoch aufgeschossenen Afroamerikaner während der Einsatzbesprechung vor, inmitten von einem Meer bleichgesichtiger Briten, die nie darum verlegen waren, irgendetwas zu bemängeln. Mike hatte erzählt, die Besprechung werde nun jede Woche überzogen, seit der neue Chief Superintendent ein Zielsetzungsgespräch eingeführt hatte, beziehungsweise seinen »Nörgellaberkasten«, wie die Runde umgehend getauft worden war. Es handelte sich um einen an das Ende der täglichen Besprechung angehängten »Klärungs- und Effizienzaustausch«. Vielleicht war das Krankenhaus letzten Endes doch nicht so übel.

Ihr Telefon läutete.

Sie nahm das Gespräch an und freute sich, Mikes US-amerikanischen Akzent zu hören. »Toni. Ich hatte mein Handy stumm geschaltet. Was gibt's?«

»Ich wollte nur deine Stimme hören«, log sie. »Was gibt es Neues bei der Arbeit?«

Er schnaubte. »Bin gerade aus dem *Kasten* raus. Oje, was jammert ihr Briten bloß immer so? Hör zu, tut mir leid, dass ich gestern Abend nicht vorbeigekommen bin, aber ich habe eine tolle Ausrede. Wir waren nämlich gerade in Craven Park und haben Ausschau nach den Gangmitgliedern gehalten, die letzten Monat diesen Studenten ermordet haben, als plötzlich kein anderer als dein Lieblingspädophiler aufgetaucht ist.«

»Ihr habt *Clarke*? Was ist passiert?«

»Lange Geschichte, erzähl ich dir später. Wie fühlst du dich?«

»Entsetzlich. Lenk mich ab. Was geht sonst noch so vor sich?«

»Ähm, nicht viel. Bin heute zufällig im Haus deiner Mum begegnet. Geht sie immer noch zum Lachen in den Keller?«

Irgendwas war hier faul; er walzte sonst immer die Neuigkeiten von der Arbeit aus, ehe die Familie drankam.

»Du verschweigst mir etwas, Maguire. Was ist los?«

»Es ist nichts, bloß ein Gerücht. Nicht einmal wert …«

»Erzähl's mir.«

»Ach, zur Hölle, Toni, es ist bloß Gerede.« Er stieß einen Seufzer aus. »Sei's drum. Ich habe gehört, sie stellen einen tollen Hecht von einem Absolventen ein, der für dich einspringen soll …«

Hawkins sagte nichts.

»Nur so lange, bis du wieder zurück bist.«

»Oh mein Gott.« Sie schielte nach den Krücken, die sie neben der Tür lehnend zu verspotten schienen. »Es wird aber nicht nur *bis ich wieder zurück bin* sein, nicht wahr? Du weißt doch, wie so etwas läuft. Er wird der Protegé des Chiefs sein; ein Kerl, den sich Vaughn für eine Führungsposition ausgeguckt hat, einer, den er schon länger hat befördern wollen. Und ich habe gerade die optimale Leitersprosse freigegeben. Sobald die Füße des Absolventenbürschchens auf meinem Schreibtisch liegen, werde ich schneller abserviert als die letzte Mrs Cruise.«

»Das wird nicht passieren. Dieser Posten gehört dir.«

»Schwachsinn. Komm und hol mich ab.«

»Du bist noch krank.«

»Ich erscheine wieder zur Arbeit, das ist die einzige Möglichkeit.«

»Vergiss es.« Er legte auf.

»Du machst Witze.« Sie starrte erst das Telefon, dann den Rollstuhl an. Dann scrollte sie auf dem Display nach unten, wählte eine andere Nummer und wartete, bis jemand das Gespräch annahm.

»Dad? Ich bin's.«

4

Die beiden Männer verschwanden in den dunklen Schatten auf der Chambord Street. Vor ihnen überquerte eine knochige Katze die Straße und schlängelte sich durch den Zaun auf den kleinen dahinterliegenden Parkplatz. Einer der Männer warf eine leere Bierdose nach ihr.

»Räudiges Vieh!«, rief er der flüchtenden Katze hinterher, während die Dose scheppernd an der Stelle auf dem Gehweg aufschlug, an der eben noch die Katze gewesen war. Beide Männer brachen in Gelächter aus. Das Tier schoss unter die nächstgelegene Parkbank, hielt dort inne und beobachtete die Männer, die ihren Weg auf dem Gehsteig fortsetzten, bis sie nicht mehr zu sehen waren.

Zuversichtlich, sich nun gefahrlos bewegen zu können, glitt die Katze aus ihrem Versteck und begann die schäbige Grünfläche in Richtung der Schaukeln zu überqueren. Bevor sie um die Ecke bog, blieb sie kurz stehen und schaute sich um. Den betrunkenen Obdachlosen, der sich in der Dunkelheit unter einer Abdeckung aus durchnässtem Karton auf der nächsten Bank zusammengekauert hatte, schien sie nicht zu bemerken.

Nur dass es kein betrunkener Obdachloser war.

Es war Bull, der wie unsichtbar unter der kaputten Straßenlaterne saß.

Er war auf der Jagd.

Von seinem Versteck aus hatte er einen optimalen Überblick über die Wohnungen. Das gesamte Karree diente als öffentliche Toilette, so viel stand fest, aber diese Gegend hier hatte noch etwas anderes an sich, etwas Seltsames. Es gab keine Jugendlichen, die an den Ecken herumlungerten, keine

Nutten, keine Dealer mit Hunden. Und es ging noch weiter als das. Man hatte nicht das Gefühl, als lauere hier Gefahr, wie man es sonst in einem derart miesen Drecksloch gehabt hätte. Ob es daran lag, dass es an diesem Ort nichts mehr gab, wofür es sich zu kämpfen gelohnt hätte?

Die Gegend war aufgegeben worden.

Bull suchte die Gebäude nach Lebenszeichen ab. Nichts rührte sich. Das war keine Überraschung; die Bewohner wollten weder etwas sehen noch gesehen werden. Vor sämtliche Fenster waren entweder dicke Vorhänge gezogen worden, oder sie waren unbeleuchtet. Seit er vor einer Stunde angekommen war, hatte Bull nicht mehr als eine Handvoll Bewohner gesehen, und die hatten sich rasch davongeschlichen. Plötzlich aber war neben dem ramponierten Toyota auf der anderen Straßenseite eine Bewegung auszumachen.

Der Mann kam zurück.

Darauf bedacht, keine Aufmerksamkeit auf sich zu lenken, kauerte sich Bull auf der Bank zusammen. Es bestand allerdings kein Grund zur Panik; der Kerl sah aus wie ein Trottel, ein Muttersöhnchen mit schmuddeligem Haar, Wildlederschuhen und einem billigen Mantel. Er war schlank und mochte jünger sein als Bull, stellte aber keine Bedrohung dar.

Der Mann hob einen weiteren Karton aus dem Kofferraum des Wagens und balancierte ihn zwischen seinem Bein und der Stoßstange, während er nach oben langte, um die Heckklappe zu schließen. Er zog sie kräftig nach unten und fluchte, als er sich dabei die Finger schmerzhaft verdrehte und die Schlüssel zu Boden fielen. Unbeholfen bückte er sich, um nach ihnen zu tasten.

Dann schloss er den Wagen ab und trottete zurück in Richtung der Wohnungen, betrat das mittlere Treppenhaus und stieg in den ersten Stock der sechsstöckigen Klapsmühle hinauf, in der die Behörden wahrscheinlich ihren gesamten Abschaum verklappten. Es war seine dritte Tour gewesen, sodass nicht mehr viele Kartons übrig sein konnten – so groß war der Kofferraum des Toyotas nicht.

Als der Mann die Tür von Nummer 28 erreicht hatte, stieß er sie mit dem Fuß auf und ging hinein.

Zehn Minuten später tauchte er wieder auf, dieses Mal jedoch in Begleitung. Die beiden trotteten zum Gehsteig und unterhielten sich dann neben dem Wagen. Allerdings waren sie zu weit entfernt, als dass Bull hätte mithören können. Stattdessen beobachtete er sie und bemühte sich, in dem trüben Licht Einzelheiten zu erkennen. Die Frau sah älter aus. Aber es bestand kein Zweifel.

Sie war es.

Sogar aus der Distanz konnte er erkennen, dass sie müde aussah. Das Gesicht, das er so gut kannte, war gezeichnet von Verzweiflung und Erschöpfung. Die Falten hatten sich noch tiefer in ihr Gesicht eingegraben. Er kannte diesen Zustand und fühlte mit ihr.

Deshalb musste sie sterben.

Es sah aus, als versuche der Mann sie aufzuheitern, schien damit aber nicht viel Erfolg zu haben. Während er ihr die Schultern massierte, starrte sie in die Ferne, und als er sie umarmte, ließ sie ihre Arme schlaff herabhängen. Dann stieg er in den Toyota, fuhr davon und ließ sie allein an dem Bordstein stehend zurück. Bull beobachtete, wie sie unter der Straßenlaterne stand. Weinte sie?

Er hätte es ihr nicht verübelt. Schon allein, hier gelandet zu sein, wäre Grund genug. Zwar kam die Kommune für die Miete auf, doch sie war verpflichtet, sich an die Hausordnung zu halten, und musste wegen einer einzigen Kippe mitten in der Nacht zwei Treppen hinunterirren. Er hatte das Nichtraucherzeichen auf ihrer Wohnungstür gesehen. *Wie krank war das denn?*

Im nächsten Moment ging sie zur Hauswand, lehnte sich dagegen und zündete sich eine Zigarette an.

Ihre Gewohnheit wiedererkennend, wartete er ab. Seit er angefangen hatte, sie zu beobachten, hatte sie ihre Wohnung nur verlassen, um Lebensmittel einzukaufen oder um zu rauchen, und die Kippen ihrer vor Mitternacht gerauchten Zigaretten lagen ausgedrückt genau dort herum, wo sie jetzt stand.

Später veränderten sich die Abläufe. Seit die Temperaturen gefallen waren, tauchte sie seltener auf, nur einmal alle paar Stunden im Laufe der Nacht; bekleidet mit Mantel und Schal, drehte sie beim Rauchen mehrere Runden in dem kleinen Park.

Doch dieses Mal würde er bereit sein. Er würde nicht auf der Bank lauern wie in der ersten Nacht, als sie ihn überrascht hatte, indem sie nach dem Betreten des Parks direkt an ihm vorbeigegangen war. Ihm war nichts anderes übrig geblieben, als sie zu ignorieren. Zum Glück hatte sie nicht einmal flüchtig in seine Richtung geschaut. Heute Nacht würde er auf ihrem Rundweg weiter entfernt lauern, im dunkleren Schatten nahe dem Denkmal.

Knapp zwanzig Meter von ihm drückte sie ihre Zigarette an der Hauswand aus, bevor sie sich wieder die Stufen hinauf- und den Laubengang entlangschleppte.

Dann sah Bull zu, wie Samantha Philips ihre Wohnungstür öffnete und hineinglitt.

5

Urplötzlich war Hawkins wieder bei Bewusstsein. Ihr Herz hämmerte. In dem Halbdunkel über ihr schwebten verschwommene Gesichter. Sofort kämpfte sie gegen die Hände an, die sie nach unten drückten. Dabei trat ihr der Angstschweiß auf die Stirn. Jemand versuchte sie zu beruhigen.

»*Alles ist in Ordnung, Antonia, versuchen Sie einfach, sich zu entspannen. Es geht Ihnen gut. Sie sind in Sicherheit.*«

Plötzlich war ihre rechte Hand frei. Sie griff sich an die Brust und tastete wie wild nach den Einstichen.

Dort, wo das Messer eingedrungen war.

»*Miss Hawkins.*« Noch eine Stimme. »*Versuchen Sie sich zu beruhigen. Sie haben geträumt und sich dabei Ihren Infusionsschlauch herausgerissen.*«

Hawkins hörte auf herumzutasten und schluckte. Ihr schwirrte der Kopf. Sie schaute die Krankenschwestern, die an ihrem Bett standen, eine nach der anderen an. Allmählich verblasste ihr Traum, und sie nahm das schwach beleuchtete Krankenzimmer wahr. Sie holte ein paarmal tief Luft und rieb sich die linke Hand dort, wo der Infusionsschlauch herausgerissen war.

»Geht es wieder?«, fragte eine der Schwestern.

Hawkins nickte und blieb geduldig sitzen, während sie ihr die Kanüle wieder unter die Haut schoben und ein Pflaster auf den Handrücken klebten. Dabei versicherten sie ihr erneut, es sei alles gut. Nur um sie loszuwerden, nahm sie das Angebot einer Tasse Tee an. Schließlich gingen sie und ließen sie erschöpft, aber auch erleichtert zurück, sah man von ihrem schmerzenden Körper und dem abschätzigen Blick der alten Dame auf der gegenüberliegenden Seite des Krankenzimmers ab. Sie schaute auf die Uhr und seufzte, als sie die Zeit ablas. 02:15 Uhr.

Sie sehnte den Morgen herbei.

6

Er schlug zu.

Der Hammer grub sich direkt an der Schläfe in ihren Kopf. Volltreffer. Ein dumpfer Knall erklang, aber kein Schrei, und für einen kurzen Moment standen sie beide wie erstarrt.

Dann fiel sie zu Boden, als hätte ihr Gehirn einfach abgeschaltet.

Bull trat zurück und sah zu, wie sie auf dem Fußweg zusammensackte. Er schaute auf, um sich zu vergewissern, dass ihn niemand gesehen hatte. Der düstere Park war menschenleer, und auf der Straße war kein Auto zu sehen. Er konnte im Dunkeln verschwinden und ihre Makel vom eiskalten Regen fortwaschen lassen.

Doch da war ein Geräusch.

Als Bull wieder hinabschaute, flammte Panik in ihm auf. Irgendwie hatte sie überlebt und versuchte nun, sich davonzuschleppen.

Hatte er einen Fehler gemacht?

Er folgte ihr, bemerkte aber sofort, dass sie enorm viel Blut verlor und die Beine schlaff hinterherzog. Der Tod war ihr gewiss.

Nach wenigen Schritten hatte er sie erreicht und schlug erneut zu. Sie fiel mit dem Gesicht nach unten und blieb zuckend liegen, doch er hielt nicht inne, sondern holte immer wieder mit dem Hammer aus und machte es dieses Mal richtig.

Endlich hörte er auf. Er zitterte, und sein Atem ging stoßweise. Sie lag zu seinen Füßen und rührte sich nicht mehr.

Tot.

Bull beruhigte sich, steckte den Hammer in die Manteltasche und ging davon.

7

»Hoppla!« Dem alten Mann entglitt das Handgelenk seiner Tochter, worauf sie in den Beifahrersitz seines goldmetallicfarbenen Rover 75 Estate sackte. Als er ihrem Gesicht ansah, welche Beschwerden dies bei ihr hervorrief, wandelte sich sein amüsierter Ausdruck in Tadel.

»Antonia ... bist du *sicher*, dass der Arzt dir erlaubt hat, nach Hause zu gehen?«

Hawkins schaute durch die Windschutzscheibe auf das Ealing Hospital und erschauderte. »Ja, Dad. Hätte mich die Schwester etwa sonst zur Tür geschoben? Jetzt lass uns bitte von hier wegfahren.«

Wohlweislich hatte sie es unterlassen, ihm von dem Formular zu berichten, durch das sie ihre Entlassung auf eigene Verantwortung bewirkt und das sie kurz vor der Ankunft ihres Vaters unterschrieben hatte. Die Formulierung hatte in etwa gelautet: »Mir ist bewusst, dass ich auf ärztlichen Rat im Krankenhaus verbleiben sollte. Ich übernehme die volle Verantwortung für meinen Gesundheitszustand als Folge meiner Entscheidung, das Krankenhaus zu verlassen.«

Ihr Vater gab jenen kurzen Brummlaut von sich, mit dem er signalisierte, dass ihm das Ganze nicht gefiel, sah jedoch auch keinen Sinn darin, sich mit ihr zu streiten. Er trat zurück, damit sie die Tür schließen konnte.

Sie beobachtete im Rückspiegel, wie er den Rollstuhl hinten um das Auto herumschob und die Heckklappe öffnete. Ihr Vater befand sich mittlerweile in jener Lebensphase, in der manche Menschen keinen Gedanken mehr darauf verschwendeten, wie sie aussahen, sondern anzogen, was immer sie wollten – egal, ob sie ihre Tochter vom Krankenhaus abholten oder Tee mit der Queen tranken. Die senffarbene Cordhose und der psychedelisch gemusterte Pullover wären womöglich als beißende Ironie auf Weihnachten durchgegangen, wäre es nicht bereits Mitte Februar gewesen. Tragischerweise hatte seine Aufmachung nichts mit Satire zu tun.

Hinter ihr legte Alan Hawkins nun die Krücken auf die Pappe, welche die Plastikfolie schützte, die wiederum den Teppich im Kofferraum schützte. Dann verbrachte er eine Weile damit, an jedem Riegel und jedem hervorstehenden Teil des Rollstuhls zu ziehen, bemüht, den Entriegelungsschieber zu finden, den ihm die Schwester vor nicht einmal fünf Minuten gezeigt hatte.

Schließlich obsiegte das Gesetz der Beharrlichkeit, und es gelang ihm, den Rollstuhl wie eine Ziehharmonika zusammenzuklappen, bevor er ihn auf der Seite liegend in den Kofferraum zerrte. Dann drückte er die Heckklappe wieder nach unten und schlurfte zur Fahrertür.

Erst als er sich in den Wagen setzte, hätte Hawkins trotz ihres Zustands beinahe darauf beharrt, selbst zu fahren. Das war der Grund, warum sie nur in den schlimmsten Notfällen ihren Vater um Hilfe bat. Fast sieben Milliarden Menschen lebten auf der Erde, und wer kam *ihr* in einer Krise zu Hilfe?

Alan Hawkins trug Pantoffeln.

8

»Warum kommst du eigentlich nicht für ein Weilchen zu uns?« Alan Hawkins bog von der Hauptstraße in die Auffahrt zum Grundstück seiner Tochter ab. »Nur für ein paar Tage.«

»Nimm es nicht persönlich, Dad, aber ich komme mit deiner Frau nicht aus.«

Er lächelte. »Ich weiß, dass deine Mum und du manchmal aneinanderrasselt, aber sie würde sich sehr freuen, dir zu helfen. Sie ist ja schließlich selbst mal Krankenschwester gewesen.«

»Ach, wirklich? Und warum bindet sie das dann nicht gleich jedem auf die Nase, wenn sich die Gelegenheit ergibt?«

»Antonia.« Er schaute sie missbilligend an. »Sie wäre beleidigt, wenn sie dich so reden hörte.«

»Und aus diesem Grund kann ich nicht bei euch wohnen.« Ganz abgesehen davon, dass ihre Mum sonst versuchen würde, sie davon abzuhalten, wieder zur Arbeit zu gehen.

Morgen.

Ihr Vater gab erneut seinen typischen Brummlaut von sich.

Sie bogen um die letzte Kurve, und als das Haus in Sicht kam, zog sich der Knoten in Hawkins' Magen enger zusammen. Sie holte tief Luft.

Irgendwann musst du dich der Sache stellen.

»Da wären wir also«, verkündete ihr Vater, bevor er sich auf ein fünfminütiges Parkmanöver einließ, das erst ein Ende fand, als er unbeabsichtigt auf den Randstein fuhr und den Wagen abwürgte.

Das nun folgende Schauspiel vor dem Betreten des Hauses, zu dem gehörte, dass er den Rollstuhl aus dem Kofferraum holte, sich damit abmühte, ihn wieder in die gewünschte

Form zu bringen, seine Tochter darauf zu verfrachten und sie mühsam den Weg hinaufzuschieben, trug auch nicht zur Linderung von Hawkins' wachsendem Unbehagen bei. Doch erst als sie aufstehen musste, um den Schritt über die Türschwelle zu bewältigen, machte sich die Übelkeit wieder ernsthaft bemerkbar. Sie fing an zu schwanken.

»Besonders gut siehst du nicht aus.« Ihr Vater ließ den noch halb in der Tür stehenden Rollstuhl zurück und stützte sie am Arm. »Brauchst du eine Schüssel?«

»Nein, es geht mir gut.« Hawkins lehnte sich gegen die Wand, während er den Rollstuhl ins Haus wuchtete und die Tür schloss. Dann sank sie in den Stuhl und gestattete es ihrem Vater, sie langsam den Flur entlangzuschieben. Beim Blick in den Spiegel versuchte sie allein durch ihre Willenskraft, Farbe in ihre Wangen zu zaubern.

Als sie ins Wohnzimmer kamen und ihr Blick dabei auf die offen stehende Tür zur Küche fiel, schluckte sie heftig.

Der Raum, in dem sie angegriffen worden war.

»Du meine Güte.« Ohne sich dessen bewusst zu sein, entschärfte ihr Vater die beklemmende Situation. »Saukalt hier drinnen, was?«

Er drehte den Thermostat auf und wartete auf das Geräusch, mit dem der Boiler ansprang. »So, jetzt wird es bald besser. Also, ich stehe unter dem Befehl von Du-weißt-schonwem. Die Abmachung lautet folgendermaßen: Wenn du nicht ohne Hilfe zurechtkommst, was gerade der Fall ist, muss ich entweder darauf bestehen, dass du bei uns wohnst, oder ich bleibe hier bei dir. Was ist dir lieber?«

Hawkins stöhnte auf. Ihr war die Wochenendtasche ihres Vaters auf dem Rücksitz bereits aufgefallen. Sie bedeutete, dass ihre Mum wusste, wie der Hase lief. Ihnen allen war klar: Wenn ihre Mutter ein Entweder-oder-Dekret angeordnet hatte, dann lief es auch auf entweder-oder hinaus, ob es einem nun gefiel oder nicht. Der Einwand, dass Mike, ein Mann, den ihre Eltern erst einige wenige Male getroffen hatten, sich um sie kümmern würde, passte da nicht ins Konzept, vor allem, da er die nächsten Tage Schichtdienst hatte. Wenn sie beide Optionen ablehnte, würde es nur noch schlimmer werden, nämlich ihre Mutter dazu veranlassen, persönlich zu intervenieren.

»Du gewinnst.« Kopfschüttelnd wies sie auf die Zimmerdecke. »Du musst dir aber das Gästezimmer im ersten Stock selbst zurechtmachen.«

»Es geht hier ja nicht ums Gewinnen …« Ihr missbilligender Blick ließ ihn innehalten. »Wo sind die Laken?«

»Wäscheschrank.«

»Gut, dann sehe ich mal kurz nach und bereite alles vor. Setz du in der Zeit den Wasserkessel auf.« Er ging zur Treppe. Dass seine Pantoffeln nun wieder eine angemessene Fußbekleidung waren, war ihm offenkundig nicht bewusst.

Hawkins schaute ihm hinterher. Es kränkte sie ein wenig, dass er vorhin nicht gleich gefragt hatte, wie es ihr ging. Dann kam ihr in den Sinn, dass er wahrscheinlich gar nicht viel über die Messerattacke wusste. Sie war auch nicht gerade mitteilsam gewesen, und das Wenige, das sie erzählt hatte, hatte er wahrscheinlich wieder vergessen. Er glaubte, ihre Probleme, das Haus zu betreten, wären rein physischer Natur. Beim letzten Mal, als er sie nach dem Überfall gefragt hatte, hatte sie ihn beruhigt. Jetzt meinte er wohl, sie sei wieder auf dem Dampfer und es ginge ihr gut.

Wenn man von ein paar übrig gebliebenen Dämonen absah – warum sollte es auch nicht so sein?

Gut.

Hawkins horchte auf die von oben zu vernehmenden dumpfen Geräusche und beruhigte sich mit dem Gedanken, dass ihr Vater in der Nähe war und es dem Mann, der sie sechs Wochen zuvor überfallen hatte, nicht möglich sein würde, seine Tat zu wiederholen. Sie umfasste die Reifen an den beiden Seiten des Rollstuhls und rollte sich vorwärts. Die Schmerzen, die ihr dies in den Achselhöhlen und der Brust verursachte, ignorierte sie.

Sie rollte über die Schwelle zur Küche, dieses eine Mal dankbar für den Putzfimmel ihrer Mutter, weil keine offensichtlichen Spuren ihres Bluts auf den dunklen Bodenfliesen mehr zu sehen waren. Dennoch war ihr noch immer flau im Magen.

Der Raum war in demselben Zustand, wie sie ihn in Erinnerung hatte, nur aufgeräumter. Alle Oberflächen waren blitzblank, und sie wusste, ohne sich dessen zu vergewissern, dass es in den Geschirrschränken und Schubladen ordentlich genug für einen TV-Werbespot aussehen würde. Sie war in Sicherheit.

Warum raste dann ihr Herz? Warum hatte sie feuchte Wangen?

Sie blinzelte die Tränen weg und versuchte ruhig Luft zu holen, während sie auf die Arbeitsplatte zurollte. Wie alles andere glänzte auch der Wasserkessel. Hawkins starrte ihr Spiegelbild auf dem polierten Metall an. Doch selbst die Muskelkraft ihrer Mutter hatte die Erinnerungen nicht verdrängen können. Und der Raum war erfüllt davon.

Sie schloss die Augen, machte sie jedoch aus Angst, die Bilder in ihrem Kopf könnten von Neuem auftauchen, sofort wieder auf. Das Gesicht ihres Angreifers, sein hasserfüllter Blick, das Messer, der *Schmerz*. Unzählige Male hatte sie diese letzten Momente noch einmal durchlebt. Vielleicht war es wirklich noch zu früh.

Sie wurde sich bewusst, dass sie sich an den Narben kratzte, und nahm die Hand von ihrer Brust. Die Stichwunden verheilten zwar, doch nicht annähernd so schnell, wie sie es sich gewünscht hätte, und mit den Nerven war sie am Ende. Obwohl das ironischerweise wahrscheinlich der Hauptgrund dafür war, dass sie immer noch hier war.

Reiß dich zusammen.

Sie rutschte auf dem Rollstuhl nach vorn und griff nach dem Wasserkessel. Ihre Finger berührten ihn.

Das schaffst du.

Einen Sekundenbruchteil lang war sie wieder dort, stand da, ließ den Deckel hochschnellen und schüttete die kochende Flüssigkeit ihrem Angreifer entgegen. Hörte ihn fauchen wie ein Tier.

»Ich kann keine Laken finden.«

Hawkins drehte sich ruckartig um und hätte dabei fast den Kessel fallen gelassen. Ihr Vater stand in der Tür.

»Mein Gott, Dad.«

»Tut mir leid, Liebes.«

Sorge zeichnete sich auf seiner Miene ab. »Hast du geweint?«

9

Versessen darauf, präzise zu arbeiten, ergriff Bull erneut das Skalpell.

Wo als Nächstes schneiden?

Er blickte kurz auf den Laptop. Abgesehen von der HID-Lampe, die sein Werk beleuchtete, flimmerte nur noch der Computerbildschirm in der Dunkelheit dieses kleinen Raums im Obergeschoss. Das Foto auf dem Bildschirm war groß und detailgenau. Doch es bot nur einen Anhaltspunkt.

Er musste frei interpretieren.

Bull richtete die Klinge aus, stach mit der Spitze hinter das Ohr und ließ sie sorgsam bis an die Kinnpartie hinab- und wieder hinaufgleiten. Immer und immer wieder, mit jedem Schnitt leichter und exakter, gestaltete er sein stummes Modell um.

Befriedigt legte Bull die Klinge beiseite. Er ballte die Finger zur Faust und streckte sie dann wieder, um seine verkrampften Muskeln zu lockern. Er beschäftigte sich schon den ganzen Abend mit dieser Aufgabe. Seine Hand würde wahrscheinlich bald ihren Dienst verweigern, aber er war fast fertig. Nur noch eine halbe Stunde.

Nun verlagerte er seine Aufmerksamkeit auf die Augen. Er benutzte die Schneideklinge des Messers dazu, eine fragile Schicht nach der anderen abzulösen. Mit größter Sorgfalt schälte er die Pupillen aus ihren Höhlungen.

Dann sammelte er die Reste zusammen und sortierte das Durcheinander, das sich auf dem Tisch angehäuft hatte. Ohne den störenden Abfall war zu erkennen, dass seine Kreation fast fertig war. Nur der Mund musste noch bearbeitet werden.

Sanft ließ er seine Fingerspitze über die Schneide des Skalpells gleiten.

Stumpf.

Bull entfernte die abgenutzte Klinge aus der Halterung und warf sie in den Abfalleimer. Er holte eine neue aus der Packung, setzte sie ein und verbrachte weitere zehn Minuten damit, Lippen und Kinn zu modellieren. Schließlich lehnte er sich zurück und begutachtete sein Werk. Seine Fingerfertigkeit entwickelte sich; die Ähnlichkeit mit dem Foto auf dem Computerbildschirm war nicht zu leugnen.

Er hob die Schnitzarbeit an und legte sie zu den anderen, bevor er zurücktrat, um seine Sammlung von Lindenholzfiguren zu betrachten – eine für jeden abgetrennten Lebensfaden.

Sein Denkmal.
Ihre Zahl wuchs.
Aber es würde noch viel mehr von ihnen geben.

10

»Zwölf zu vier!«, rief Slater, als sie sah, wie der Tischtennisball auf der heruntergekommenen Platte aufsprang und von dort unerreichbar in die Ecke hüpfte. »Habt ihr das gesehen, ihr Arschlöcher?«

Triumphierend, als habe sie gerade die olympische Goldmedaille gewonnen, riss sie ihre dürren, tätowierten Arme in die Höhe. Die in der Nähe sitzenden Frauen gaben ein anerkennendes Gemurmel von sich, während Timpson, Slaters jüngere, pummeligere Gegenspielerin, den Ball aufhob wie ein ermattetes Kind, dessen überehrgeizige Eltern nie müde wurden, es zu demütigen.

Zu ihrer Linken spielten Miller und Burnett eine entschärfte Variante Darts. Sie stritten sich jedes Mal, wenn eines der an ihrer Spitze mit Klebeband umwickelten Wurfgeschosse nicht in der abgenutzten Scheibe stecken bleiben wollte. An einer Reihe kleinerer Tische beugten sich Häftlinge über Damebretter oder Spielkarten. Ein paar weitere saßen nur herum, plauderten miteinander oder schauten einfach ihren Kumpeln zu.

Und ganz am Rand saß Amanda Cain und starrte in die Ferne.

Etwas Neues gab es hier nicht zu sehen. Sie kannte jeden Kratzer auf der Wand, jeden der Schmutzflecke, die sich allmählich von den gefliesten Ecken aus vergrößerten, dort, wo die Putzfrauen mit ihren Wischlappen nicht mehr ganz hinkamen. Doch angesichts ihrer armseligen und begrenzten

Möglichkeiten war dies immer noch der beste Ort für sie. Tatsächlich verbrachte sie so viel Zeit wie möglich in dem belebten Freizeitbereich. Nicht, weil sie ein Verlangen nach der grauenvollen Gesellschaft ihrer Mitgefangenen gehabt hätte, sondern genau deshalb, weil sie ein solches *nicht* verspürte.

Nach ihrer Ankunft in Holloway vor fast neun Monaten hatte Cain rasch begriffen, dass man im Gefängnis umso sichtbarer war, je mehr man versuchte, sich zu verstecken. Einzelgänger hatten sie alle auf dem Kieker. Wenn sie sich in ihrer Zelle versteckte, wie sie es zu Anfang getan hatte, um der erdrückenden Nähe der anderen zu entkommen, wurde dies entweder als Schwäche aufgefasst, was die Fieslinge unter den Insassen anzog, oder als Feingefühl, was ein Magnet für Verzweifelte war, die sich Mitgefühl, Zuneigung oder beides ersehnten. Und wenn es nicht die Mitgefangenen waren, dann waren es die Aufseher, die ihre Herde zusammenhielten, als begriffen sie nicht, warum jemand, der von der Gesellschaft ausgeschlossen worden war, sich in den seltenen Momenten, in denen er die Wahl hatte, für die Einsamkeit entschied.

Wann immer sich also die Gelegenheit bot, kam Cain nun hierher in den Spieleraum im Erdgeschoss von Anlage B. Sie war bereits so lange hier, dass die anderen wussten, sie würde jedwedes Spiel ablehnen und erst recht nicht für Plaudereien zu haben sein. Die meisten von ihnen schätzten jedoch Publikum, sodass ihre untätige Anwesenheit geduldet wurde. Und mochten die Aufseher auch allgegenwärtig sein, verstärkt noch von denen, die auf ihrer Patrouille planmäßig oder zufällig vorbeischauten, so griffen sie doch selten ein. In diesem Raum konnte Cain in der Masse untertauchen. In der hier vorherrschenden plumpen Vertraulichkeit war Cain nicht wichtiger als die Farbe an den Wänden.

Auf der gegenüberliegenden Seite des Raums beschwatzte

Slater gerade Timpson, ein weiteres Spiel zu wagen. Gleich darauf setzte das Tick-Tack des Plastikballs, der von einer Seite des Tischs zur anderen gespielt wurde, wieder ein. Als der Lärm plötzlich erstarb, kehrte Cain mit ihrer Aufmerksamkeit in die Gegenwart zurück.

Ohne den Kopf zu bewegen, sah sie aus den Augenwinkeln heraus, wie zwei Neuankömmlinge durch die Tür auf der gegenüberliegenden Seite hereinkamen und zielgerichtet durch den Raum schritten. Tor ging voran. Sie war ein Muskelpaket von einem Meter achtzig mit vernarbtem Gesicht; die schreckenerregende V-förmige Narbe auf ihrer Stirn stammte angeblich von einer Art Dreschflegel, einer Taschenlampenbatterie in einer Socke, mit der sie zusammengeschlagen worden war. Allerdings hatte ihre Angreiferin den Vorteil nicht genutzt. Ihre Ermordung war der Grund für Tors drittes Lebenslänglich.

Hinter ihr ging Reedy, ihre Handlangerin; ebenfalls groß, aber im Gegensatz zu ihr schmal gebaut. Besonders helle war Reedy nicht, dafür aber ebenso gewalttätig und brutal wie Tor und so leicht reizbar, dass sich niemand, der halbwegs bei Verstand war, mit ihr anlegte. Cain beobachtete, wie eine Reihe von Knackis, die zufällig in der Nähe des Ausgangs standen, unauffällig aus dem Raum glitten.

Als Tor auf Slater zuging, veränderte sich die Haltung der Aufseher, doch niemand regte sich. Wären die Wärter bei jedem Zeichen von Aggression sofort aktiv geworden, hätten sie niemals Ruhe gehabt.

Tor stand nun vor Slater, die sich nach hinten lehnte, ohne jedoch auch nur einen Schritt zurückzuweichen. Hier konnte man nirgends hin, also hätte Weglaufen die Situation lediglich verschlimmert.

»Provision, du Schlampe«, forderte Tor. »Sofort.«

Slater runzelte die Stirn. »Tut mir leid, Boss, ich weiß nicht, wovon du spri…«

»Komm mir nicht mit so einer Scheiße.« Tor packte Slater am Kragen und hob sie fast hoch. »Du verkaufst deine beschissenen Kippen in meinem Trakt, also bezahlst du mich dafür, dass ich es erlaube. Also, wo ist es?«

Slater wand sich. »Ich habe keine …«

Schon hatte sie ihre einzige Chance verspielt.

Ohne weitere Vorwarnung ließ Tor ihre freie Hand auf Slaters Kinn vorschnellen. Beim Aufprall war ein dumpfes Knacken zu vernehmen, und Slaters Beine gaben nach. Doch Tor ließ Slater nicht fallen, sondern zerrte die dürre Frau auf den Tisch, schlug ihr noch einmal ins Gesicht und brach ihr dabei die Nase.

Am anderen Ende des Tisches trat Timpson einen Schritt auf die Kämpfenden zu, ein instinktiver Versuch, ihrer Freundin beizustehen. Doch Reedy hatte sie im Visier und stellte sich ihr in den Weg; ihre Körpersprache reichte aus, um dafür zu sorgen, dass Timpson wie angewurzelt stehen blieb.

Tor landete einen weiteren vernichtenden Fauststoß in Slaters Gesicht.

Cain schaute sich zu den Wärtern um, damit rechnend, dass sie herbeieilen und Tor von ihrer bereits zu Brei geschlagenen Gegnerin losreißen würden. Doch die drei Wärter in der Ecke des Freizeitraums und ein weiterer oben auf der Galerie rührten sich nicht. Ihre Schlagstöcke hielten sie allesamt gezückt, doch ihre Mienen verrieten, dass sie die Show zu sehr genossen, als dass sie eingegriffen hätten. Cain wurde klar, dass man zuließ, wie sich vor ihren Augen das Recht der Stärkeren durchsetzte.

Die Wärter würden den Kampf nicht beenden.

Als sie sich wieder umdrehte, sah sie, wie Tor Slater ihren

Ellbogen in den Magen rammte. Doch ihr Opfer reagierte bereits nicht mehr, sondern lag still blutend auf der Tischtennisplatte. Wenn nicht bald jemand einschritt, würde Slater womöglich nicht überleben. Reedy und Timpson schauten auch nur zu, und die Wärter rührten sich nach wie vor nicht.

Cain musterte die größere Frau mit dem lädierten Gesicht und dem dreifachen Lebenslänglich, die ihre Mitgefangene nach wie vor mit einem Hagel von Schlägen bearbeitete. Falls Tor jemals herauskäme, würde sie nicht lange in Freiheit bleiben. Sie war ein Paradebeispiel für das Rückfälligwerden.

Eine, die nichts mehr zu verlieren hatte.

Plötzlich war Cain auf den Beinen und ging mit großen Schritten durch die Reihen der anderen Knackis. Deren Gesichter wandten sich ihr zu, voller Bewunderung dafür, dass sich jemand anderes als ein Aufseher freiwillig in die Schlägerei einmischte. Reedy sah Cain erst, als diese dicht vor dem Tisch stand. Sie hob die Brauen, schaltete sich jedoch nicht ein. Hinter ihr erweckte Timpson den Eindruck, als werde sie gleich in Tränen ausbrechen. Dann bemerkte Tor, dass Cain neben ihr stand.

Sie schaute auf, die Faust erhoben, während ihr Opfer schlaff herabhing. »Scheiße, was willst du?«

Cain gab keine Antwort.

»Willst du deine Freundin retten? Ist das deine Schlampe oder was?«

Nach wie vor gab Cain keine Antwort.

»Verpiss dich.« Tor ließ ihr Opfer fallen, richtete sich auf und wischte sich an ihrer Jeans das Blut von ihrer Hand ab. »Sonst bist du die Nächste.«

Cain schaute auf Slater hinab. Ihr eines Auge war blutunterlaufen, und aus ihrem Mund hingen mehrere Zähne an blutigen Fäden.

Tor folgte ihrem Blick. »Sie wird ein Weilchen niemandem einen blasen. Bist du sicher, dass es das wert ist?«

Cain schaute die Wärter an. Sie hatten sich nach wie vor nicht bewegt.

»Dann scheiß auf dich.« Tor spannte die Schultern an.

Der erste Schlag war ein Aufwärtshaken. Er landete krachend in Cains Magengrube, sodass sie sich krümmte, in die Knie ging und nach Luft schnappte. Schon erhielt sie einen zweiten schweren Schlag auf die rechte Wange, worauf grelle Blitze vor ihren Augen explodierten. Mit dröhnendem Kopf fiel sie zu Boden. Schließlich bekam sie einen Tritt in den Magen, und ihr blieb die Luft weg.

Hustend öffnete sie die Augen und sah verschwommen, dass Slaters Beine über dem Tischrand baumelten.

Sie war noch am Leben.

Sie wartete auf einen weiteren Schlag, hörte dabei nur das pfeifende Geräusch, mit dem ihr Atem aus der und wieder zurück in die Lunge strömte. Sie fragte sich, ob der nächste Schlag tödlich sein würde.

Doch es kam kein nächster Schlag.

Cain rollte sich auf den Rücken. Sie hörte laute Stimmen und versuchte sich auf die verschwommenen Konturen zu konzentrieren, die über ihr miteinander verschmolzen. Dann begriff sie, warum der Angriff vorbei war. Die Aufseher hatten eingegriffen.

Sie schluckte Blut und wartete. Dabei sah sie, wie die verschwommenen Umrisse der Gruppe in Wärterfarbe die beiden Umrisse in Gefangenenfarbe abführten.

Dann wurde sie auf die Beine gezerrt.

11

»Ein Tässchen Tee für dich, Liebes.« Während seine Tochter gähnend unter der Bettdecke hervorlugte, deutete Alan Hawkins auf den Becher, der auf dem Nachtschränkchen stand.

Hawkins hob den Kopf, blinzelte und starrte auf die dampfende Flüssigkeit. »Ich dachte, ich hätte dir gezeigt, wo du die unbenutzten Teebeutel findest.«

»Nicht so patzig, junge Frau.« Er setzte sich auf den Bettrand. »Wie hast du geschlafen?«

»Es wird so langsam.« Sie stemmte sich auf einen Ellbogen und beschloss, nichts von den Schweißausbrüchen zu erwähnen, die sie mindestens dreimal in der vergangenen Nacht hatten aufwachen lassen. Zudem widerstand sie dem Drang, sich zu strecken, und zuckte zusammen, als dennoch ein mittlerweile vertrauter Schmerz durch ihren Oberkörper schoss.

Sichtbar beunruhigt, machte ihr Vater Anstalten aufzustehen. »Verflixt, das sieht aus, als hättest du Schmerzen. Willst du eine Tablette?«

»Keine Medikamente mehr.« Vorsichtig setzte sich Hawkins aufrecht und lehnte sich gegen das Kopfende des Bettes. »Aber ein bisschen Licht könntest du reinlassen.«

»Wenn du so nett darum bittest.« Er schlurfte zum Fenster hinüber, wobei ihm sein kaputtes Knie offenkundig Ärger machte. »Draußen ist es schön heute.«

Er öffnete die Vorhänge, worauf heller winterlicher Sonnenschein den Raum flutete. Hawkins nahm ihren Becher in die Hand und nippte am Tee. Sie verzog das Gesicht, was er auf dem Rückweg vom Fenster mitbekam.

»Oh, Liebes. Nimm doch wenigstens ein paar Paracetamol oder so.«

»Es tut nicht weh, Dad.« Sie hob den Becher an. »Das hier ist ekelig.«

»Du bist voller Dankbarkeit heute Morgen.«

»Tut mir leid, es ist noch früh. Wann ist Mike weg?«

»Oh, gegen sieben. Er wollte dich nicht aufwecken.«

»Recht hat er.« Sie warf einen Blick auf die Uhr. Es war neun Uhr dreißig am Samstagmorgen, was bedeutete, dass Maguire aufgrund des Schichtdienstes, der einen normalen Lebensrhythmus im Keim erstickte, nun mit dem Rest ihres Teams in der Einsatzzentrale in Hendon saß.

Wo sie jetzt auch sein sollte.

»Wie dem auch sei«, erklärte sie, stellte den Becher ab und schob ihre Beine allmählich aus dem Bett, »ich kann hier nicht den ganzen Tag herumlungern.«

Ihr Vater lächelte. »Braves Mädchen.«

Hawkins' Füße berührten den Boden. »Also, was steht heute an bei dir?«

»Ich wollte mal kurz raus, um die Zeitung zu holen, aber ich kann meine verflixten Schuhe nicht finden.«

Sie unterdrückte ein Grinsen. »Tja, wenn sie nicht auftauchen, steht da noch irgendwo ein Paar von Mikes Sportschuhen unter der Treppe, die dir passen könnten.«

»Sie müssen hier doch irgendwo sein.« Er steuerte auf die Tür zu. »Ruf mich, wenn du mich brauchst.«

»Dank dir«, rief sie ihm hinterher, während er die Stufen hinabstieg. »Ich weiß es zu schätzen, dass du hier bist, Dad.«

»Erinner dich nachher daran, wenn deine Mum kommt.«

Unter normalen Umständen hätten seine Worte ihr einen Schrecken eingejagt. Was er nicht ahnte, war, dass seine Tochter gar nicht mehr hier sein würde, wenn Christine Hawkins auch nur in die Nähe des Hauses kam. Zumindest, wenn alles nach Plan lief.

Scherz beiseite, so übel war ihre Mutter nun auch wieder nicht. An guten Tagen waren sie wie Pech und Schwefel. Leider bedeutete diese leicht entflammbare Mischung auch, dass sie bei ihren Zusammentreffen regelmäßig heftig aneinanderrasselten. Auch wenn keiner von beiden es zugeben wollte, waren sie einander in Wirklichkeit sehr ähnlich. Sie waren beide intelligente, kompetente Frauen, die eine natürliche Autorität ausstrahlten. Auch waren sie beide auf ähnliche Art unzufrieden mit der menschlichen Spezies. Dabei zog Hawkins es vor, sich die breitere Öffentlichkeit vom Leib zu halten und sich ihre Zuneigung für jene aufzusparen, die ihr näherstanden. Die größte Zuneigung ihrer Mutter hingegen galt Menschen, die sie kaum kannte. Und während die Tochter üblicherweise dann meckerte, wenn die Betreffenden nicht anwesend waren, strafte ihre Mutter in der Regel ihr direktes Gegenüber mit Verachtung. Das waren gegensätzliche Einstellungen, die wahrscheinlich die jeweiligen beruflichen Laufbahnen von Mutter und Tochter eingeleitet hatten. Während Antonia darauf aus war, Übeltäter aus dem Verkehr zu ziehen, gehörte es zu Christines Job, deren Opfer zu verarzten. Vielleicht waren es die Ähnlichkeiten zwischen Mutter und jüngerer Tochter – die auf Hawkins' ältere Schwester Siobhan überhaupt nicht zutrafen –, die sie wie zwei gleichpolige Magneten voneinander abstießen. Siobhan hatte alle nervtötenden Erwartungen ihrer Mutter folgsam erfüllt – einen Job bei der Sozialfürsorge angenommen, Kinder in die Welt gesetzt und einen stinklangweiligen Mann geheiratet. Die jüngere Antonia hingegen hatte sich gegen Anpassung gewehrt. Stattdessen hatte ihre Karriere Fahrt aufgenommen, und nun lechzte sie nach nur sechs Wochen Pause geradezu nach ihrer Berufung.

Doch irgendwie hatte Hawkins die vergangenen vierundzwanzig Stunden auch genossen. Es war seit Jahren das erste Mal, dass sie längere Zeit mit ihrem Vater verbracht hatte, und das war für sie beide überraschend läuternd gewesen. Seit sie nach Hause gekommen war, hatte sie sich wie eine siebzigjährige Rentnerin den Gewohnheiten ihres Dads angepasst. Leichter, als sie es erwartet hätte, waren sie wieder in die alte Vater-Tochter-Rolle geschlüpft. Es war schön, wieder seinen Anekdoten zu lauschen, auch wenn sie sich dreißig Jahre später viel zahmer anhörten. Das gelegentliche verschmitzte Blinzeln ihres Vaters verriet Hawkins, dass er ihren beißenden Humor nach wie vor genoss – selbst dann, wenn er sich gegen ihn selbst oder die Frau richtete, die er geheiratet hatte.

Am Vorabend hatte Mike ihnen bei einem Essen vom Lieferservice und einer Partie Streichholzpoker Gesellschaft geleistet. Im Krankenhaus und seit ihrer Rückkehr nach Hause war er phantastisch gewesen. Allerdings lag es ihr nicht, seinem männlichen Ego zu schmeicheln, indem sie ihm das gestanden hätte. Natürlich brachten es Mikes berufliche Verpflichtungen mit sich, dass überwiegend ihr Vater derjenige war, der sie versorgte. Doch nur Mike verstand ihren inneren Zwang, keine Arbeit liegen zu lassen. Woher er die Energie nahm, alles im Griff zu behalten, war ihr schleierhaft.

Offenbar hatte er aufgrund des Zwangsurlaubs, in dem sich ihre körperliche Beziehung befand, überschüssige Energie. Aber die Anwesenheit ihres Vaters, ganz zu schweigen von seinem Geschnarche, das selbst auf eine Liebesbeziehung shakespearischer Prägung lähmend gewirkt hätte, hatte alles im Keim erstickt. Allerdings war das nicht der Grund dafür, weshalb Mike die Nacht auf dem Sofa verbracht hatte. Seit seiner Rückkehr aus Manchester vor etwas mehr als zwei Monaten hatten die beiden herzlich wenige Momente der Intimität geteilt, und das würde wohl auch noch eine Weile so bleiben. Hawkins war körperlich nicht in der Verfassung für irgendetwas, das auch nur entfernt Energie erforderte. Und das war noch nicht einmal das Schlimmste.

Aufgrund ihrer Beschwerden und Albträume fiel es ihr nicht nur schwer zu schlafen, sondern wenn sie es wagte, sich unbekleidet im Spiegel anzuschauen, sank jedes Mal ihr Mut. Sie war einfach noch nicht dazu bereit, jemand anderen, und sei es Mike, die Narben sehen zu lassen. Ein Weilchen würde sie es wahrscheinlich noch schaffen, die Situation zu ignorieren. Zumindest so lange, bis sie aus dem Rollstuhl heraus war.

Schaudernd versuchte sie sich zu beruhigen, indem sie sich einredete, der heutige Tag werde erneut ein Meilenstein bei der Verarbeitung der Attacke sein. Diese hatte auf ihrem Körper fast so schlimme Narben hinterlassen wie auf ihrer Seele.

Versessen darauf, Fortschritte zu machen, wuchtete sie sich aus dem Bett hoch und quälte sich in eine ziemlich schiefe, aber fast aufrechte Sitzhaltung. Überrascht stellte sie fest, dass ihr Bauch und Oberkörper trotz abgesetzter Schmerztabletten nicht so wehtaten, wie sie es befürchtet hatte.

Sie hatte mit Klauen und Zähnen dafür kämpfen müssen, aber Mike und ihr Vater hatten ihren Wunsch nach Selbständigkeit schließlich akzeptiert. Womöglich hatte die Botschaft, dass sie nicht die gehorsame Rekonvaleszentin spielen würde, jetzt auch ihren Körper erreicht. Ermutigt schob sie sich in Richtung der Zimmerecke und griff nach ihren Krücken. Vorsichtig verlagerte sie ihr Gewicht darauf und ignorierte dabei ihre Muskeln, die selbst gegen diese sanfte Misshandlung protestierten. Nach einigen Sekunden, die sie verbissen aushielt, ruhte Hawkins' Gewicht größtenteils nicht mehr auf ihren Füßen, doch nun schoss ihr erneut ein brennender Schmerz durch den Oberkörper. Sie gab auf und stellte die Metallstützen wieder in die Ecke.

Eine kurze Strecke ohne Hilfe zurückzulegen war möglich,

wenn auch quälend langsam. Die Dielen ächzten, als sie den Flur entlangschlurfte; von unten vernahm sie Klänge des Radiosenders Capitol Gold. Erfreut stellte sie fest, dass sie es zum ersten Mal, seit sie nach Hause zurückgekehrt war, zum Badezimmer schaffte, ohne auf halber Strecke eine Pause einlegen zu müssen.

Sie schloss die Tür, ließ sie aber für den Notfall unverriegelt. Dann drückte sie den Stöpsel in die Wanne und drehte die Hähne auf, bevor sie ihr ungeschminktes Gesicht im Spiegel betrachtete. Sie widerstand dem Verlangen, sich auszuziehen und die Narben der Stichwunden zu inspizieren. Stattdessen putzte sie sich die Zähne und sah zu, wie sich die Badewanne langsam füllte. Sie verspürte einen Anflug von Unbehagen. Heute war ein großer Tag.

Ihre Wunden, mittlerweile sechs Wochen alt, wären nun endlich gut genug verheilt. Vor einer Woche hatte ein Arzt die äußeren Fäden gezogen, sodass nur die inneren Fäden blieben, die für alle Fälle mit Schmetterlingsnähten darüber versehen worden waren. Ab heute war es ihr gestattet, Wasser daran zu lassen und die Fäden aufzulösen. Dann würde sie zum ersten Mal genau erkennen können, wie gut die Chirurgen gearbeitet hatten.

Zum Glück hatte Hawkins immer auf ihren Körper geachtet. Schön und gut, sie gönnte sich ab und zu ein Zigarettchen oder eine Flasche Wein, und Schokolade war eine ihrer Schwächen, aber nichts genoss sie im Übermaß, und sie arbeitete gegen die Folgen mit regelmäßigem Joggen und halbwegs gesundem Essen an. Ihr gefiel der Gedanke, dass ihre Kleidergröße 38 eher von dieser Bemühung herrührte als von zufälligem biologischen Glück. Stress gehörte zum Leben, vor allem zu ihrem Job, und graue Haare hatte sie bislang noch keine entdeckt. Doch sie machte sich Sorgen wegen der langfristigen

Folgen ihrer Narben. Schließlich würde jeder, der sich seinem sechsunddreißigsten Geburtstag näherte, bezeugen, dass Verletzungen nicht mehr so schnell heilten wie früher.

Die neben ihr einlaufende Badewanne war allmählich voll. Hawkins drehte die Hähne zu und legte für den Fall, dass sie ihren Vater würde herbeirufen müssen, ein Handtuch bereit. Es brachte nichts, sie beide mitten in einem Notfall in Verlegenheit zu bringen. Dann glitt sie aus ihrem Schlafanzug, froh darüber, dass der Spiegel nun beschlagen war, und ließ sich mit schmerzverzerrtem Gesicht über den Beckenrand in das heiße Wasser sinken.

Vierzig Minuten später ließ Hawkins das lauwarme Wasser ablaufen und duschte sich. Vorsichtig tupfte sie sich trocken und manövrierte sich wieder auf die Badematte. Dabei bekam sie ihr vom Handtuch verhülltes Spiegelbild zu Gesicht.

Schließlich wandte sie sich dem Spiegel zu und stellte sich, in dem Bewusstsein, dass nun auch ihre letzte Verteidigungslinie gefallen war, so aufrecht wie möglich hin.

Bislang waren Fäden und getrocknetes Blut ein Sichtschutz gewesen, sie hatte keine Ahnung, wie die bisher verdeckten Narben aussehen würden. In der Badewanne, als die Fäden sich aufgelöst hatten und weggespült worden waren, hatte sie ihre Stichwunden ausschließlich aus spitzem Winkel sehen können. Nun fürchtete sie sich davor, sie frontal zu betrachten – so wie es andere tun würden. Sie holte tief Luft und ließ das Handtuch fallen.

Nachdem sie einen Moment lang angenehm überrascht die Narben begutachtet hatte, schlurfte Hawkins näher an den Spiegel und riskierte einen genaueren Blick. Keine einzige Wunde war zu übersehen, doch sie waren alle, ohne sich zu entzünden, zusammengewachsen, ganz ohne jene Wülste, vor denen sie solche Angst gehabt hatte. Auch war die Haut um jedes der Male rosafarben und nicht käsig, was nach Aussage der Ärzte ein gutes Zeichen war.

Ihr Oberkörper wies ein seltsames Muster auf, das die elf schrägen Stichwunden hinterlassen hatten – überall dort, wo die Klinge hineingestochen, umgedreht, herausgezogen worden und dann an einer anderen Stelle wieder eingedrungen war. Zum Glück hatte der Angreifer dank der abartigen Logik, die seinen Handlungen zugrunde lag, nicht versucht, sie sofort zu töten. Sein Ziel war es vielmehr gewesen, sie ausbluten zu lassen. Nach dieser Methode stach er um die lebenswichtigen Organe herum, um so etwas wie einen Aderlass zu bewirken und seinem Opfer vor dem unvermeidlichen Ableben Zeit zu gewähren. Zeit, um jegliche Taten, die zu diesem Schicksal geführt haben mochten, zu bereuen. Fast hätte es bei ihr auch funktioniert, aber man hatte sie noch rechtzeitig gefunden.

Hawkins wickelte sich erneut in das Handtuch und wandte sich ab. Sie schlurfte zurück in das Schlafzimmer und gab ihrem Vater auf dem Weg dorthin die Rückmeldung, dass sie die Benutzung der sanitären Einrichtungen auf sich allein gestellt überlebt hatte.

Weil sie Schwierigkeiten hatte, die Arme längere Zeit über den Kopf zu heben, benötigte sie beim Föhnen Hilfe. Doch mittags stand sie elegant gekleidet oben an der Treppe. Sie hörte, dass ihr Vater in der Küche das Mittagessen vorbereitete, und plante nun die Unterhaltung, die sie beim Essen führen würden. Es war wichtig, dass das Ergebnis zu ihren Gunsten ausfiel, aber sie freute sich nicht darauf.

Denn sie hasste es, ihren Dad zu belügen.

12

Die massive Tür schlug auf, und sie wurde unsanft hindurchgeschoben. Einen kurzen Moment war sie durch die niedrig stehende Wintersonne geblendet, die durch das Fenster in der gegenüberliegenden Wand fiel. Doch als sie an dem blendenden Licht vorbeihumpelte, erinnerte sich Amanda Cain zwangsläufig daran, dass sie sich nach wie vor in den Gemäuern des Holloway-Gefängnisses befand.

Im Gegensatz zum restlichen Gebäudekomplex war die Luft in diesem Raum spürbar frischer, als wäre sie irgendwie gefiltert worden. Ein großer Schreibtisch mit Glasplatte dominierte das Zimmer; um ihn herum standen mehrere Plüschsessel. In dem größten von ihnen, gleich hinter dem Schreibtisch, saß Graham Fitch. Der Gefängnisdirektor.

Statt aufzuschauen, beendete Fitch erst seine Arbeit, die er gerade an dem Laptop vor ihm erledigte. Ob bewusst oder nicht bedeutete er Cain damit, dass sie von untergeordneter Bedeutung war.

Sie blieb etwa einen Meter vor dem Schreibtisch stehen und sah zu, wie sich eine der Wärterinnen, die sie durch das Labyrinth des Hauptgebäudes von Holloway geleitet hatten, neben ihren Chef stellte. Cain erkannte sie nach wie vor nicht wieder. Dass sie Vorrang hatte vor der ihr vertrauteren Wärterin, Jones, die an der Tür stehen blieb, bedeutete, dass sie wahrscheinlich vor einigen Wochen gemeinsam mit dem Direktor von seiner früheren Stelle in Thameside hierherversetzt worden war.

Cains Blick wanderte zum Fenster hinüber, richtete sich dann aber nicht auf die bedrückend grauen und roten Gebäude draußen, sondern auf die Anliegerstraßen von Islington dahinter, auf die Bäume und die im Stau steckenden Autos, die nur im Schneckentempo neben freien Busspuren vorankamen.

In die *Freiheit.*

»Dr. Cain.«

Ihr Blick schnellte zurück zu dem Mann hinter dem Schreibtisch. Nicht die Stimme des Direktors hatte sie aufschrecken lassen, sondern dass er sie mit ihrem Titel ansprach.

»Ich habe die Berichte meiner Beamten über die Intervention während Ihrer neuerlichen Streiterei gelesen.« Fitch stand auf, ging um den Tisch herum und hob mit sanfter Hand ihr Kinn an. Er taxierte ihr geschwollenes rechtes Auge. »Das gibt ein Veilchen.«

Unsicher, ob er eine Antwort darauf erwartete, nickte Cain. Obwohl er sie nur sanft berührt hatte und trotz der Medikamente, die sie in der Krankenabteilung bekommen hatte, kurz bevor sie zu seinem Büro gestolpert war, pochte ihr Kiefer.

Fitch war nicht groß, sodass sie sich beide fast auf Augenhöhe befanden. Er hatte eine Glatze, trug jedoch einen sauber geschnittenen Vollbart, der für einen Mann von Mitte fünfzig farblich zu gleichmäßig war, als dass er nicht gefärbt worden wäre. Durch die getönten Gläser seiner dunkel gerahmten Brille sah er sie mit klugen Augen an. Am bemerkenswertesten für Cain jedoch war die Tatsache, wie sauber er duftete – irgendwie nach einer Mischung aus Talkumpuder und frischer Bettwäsche.

Er beugte sich extrem dicht zu ihr vor und inspizierte die Schmetterlingsnähte über ihrem rechten Auge. Sie spürte den Hauch seines geruchlosen Atems auf ihren Lippen. »Ich muss schon sagen, Dr. Cain, Ihr Verhalten verblüfft mich.«

»Allem Anschein nach«, fuhr er fort, während er sich lässig auf die Schreibtischkante setzte, »verbringen Sie den Großteil Ihrer Zeit für sich allein und sind nicht an Ihren Mitgefangenen interessiert, ganz so, wie ich es bei jemandem mit Ihrer Intelligenz auch erwartet hätte. Nur dass Sie, Ihrer Akte zufolge, innerhalb von drei Wochen in genauso viele Prügeleien verwickelt waren, ohne jeweils der Auslöser dafür gewesen zu sein.«

Cain schaute ihn schweigend an.

»Mehrfachverletzungen waren die Folge«, fuhr er fort, »vom Jochbeinbruch und Gehirnerschütterung bis zur genähten Schläfe und den gebrochenen Rippen von heute Morgen. Betrachten Sie sich als eine Art Schutzengel?«

Da sie keine Antwort gab, zog er die Brauen zusammen. »Ich verstehe. Wir haben hier ein Vertrauensdefizit. Das ist verständlich, aber ich versichere Ihnen, dass Ihre Distanziertheit fehl am Platz ist. Mit ein wenig mehr Zeit, um eine Beziehung aufzubauen, könnten wir miteinander auskommen, denke ich.« Er erhob sich vom Schreibtisch, schlenderte zum Fenster hinüber und starrte hinaus.

Cain blickte flüchtig auf die ihr unbekannte Wärterin. Deren Blick war auf die gegenüberliegende Wand geheftet, sodass Cain die Gelegenheit nutzte, um den Raum um sie herum in Augenschein zu nehmen. Nun erkannte sie, was sie an ihm störte. Obwohl relativ großzügig dimensioniert, war er genauso steril wie der Rest des Gefängnisses, obwohl Fitch doch freie Hand darin haben musste, den Raum zu dem seinen zu machen. Es gab keine Fotos, keine Kunst, nicht einmal ein Managerspielzeug. In einer Umgebung, in der das Erste, was *jeder* tat, der Versuch war, es sich ein wenig wie zu Hause einzurichten, irritierte dies. Als Fitch, nach wie vor der Stadt zugewandt, sich wieder an sie richtete, wurden ihre Gedankengänge unterbrochen. »Sie verlassen uns nächste Woche, nicht wahr?«

Da er keinen Blickkontakt mit ihr aufnahm, war sie gezwungen zu antworten. »Ja.«

»Das freut mich.« Er drehte sich zu ihr um. »Schließlich gehört es zu meinem Aufgabengebiet, die Wiedereingliederung von Gefangenen in die Gesellschaft zu fördern. Was sind Ihre Pläne, wenn Sie herauskommen?«

Sie zögerte. »Ich bin mir noch nicht sicher.«

»Nun, ich hoffe, Sie finden etwas.« Fitch nahm wieder seinen Platz ein. »Ich gehe davon aus, dass die Fähigkeiten unserer begabteren Insassen durch die Inhaftierung nicht vergeudet werden, vor allem in Fällen wie dem Ihren. Sie haben für Ihre Verfehlung teuer bezahlt, aber nichtsdestoweniger war es eine Verfehlung.«

Cain schluckte unauffällig. Sie war entschlossen, diesen Mann nicht sehen zu lassen, welches Gefühlschaos in ihr hochkochte, als die Erinnerungen aufflammten, greifbare Erinnerungen an jenen Tag, an dem sie diesen entscheidenden, tödlichen Fehler gemacht hatte.

»Wie dem auch sei«, Fitch tat die einseitige Unterhaltung mit einer Handbewegung ab, als hätten sie über das Wetter gesprochen, »was immer Ihre Gründe sein mögen, ich bin nicht bereit, Sie zu entlassen, wenn Sie so aussehen, als betrieben wir hier so etwas wie einen Boxclub. Ich könnte Ihre Haft natürlich verlängern, aber ich weiß aus zuverlässiger Quelle, dass bei Ihnen weder Zuckerbrot noch Peitsche etwas bewirken.«

Er beugte sich vor. »Deshalb werden Sie Ihre letzten paar Tage hier in Einzelhaft verbringen.«

13

Jemand stieß ihn an. »Aufstehen, sofort.«

Bull öffnete die Augen. Er hatte einen schlechten Geschmack im Mund.

»Was?« Er schaute sich nach demjenigen um, der ihn aufgeweckt hatte, doch es war dunkel; er nahm wahr, dass sich überall Menschen bewegten. Es waren jedoch leise Geräusche, niemand sagte etwas. Das einzige Licht fiel durch eine offene Tür am anderen Ende des Raums; schwarze Schatten bewegten sich in dem hellen Lichtstreifen hin und her.

»Was ist denn los?«, fragte er den Schatten, der ihm am nächsten stand.

»Maul halten. Anziehen.«

Er hörte sich an wie Trey.

Bull stemmte sich auf einen Ellbogen. Er spürte, wie sich pochende Kopfschmerzen meldeten. Er hatte es immer schon gehasst, vorzeitig geweckt zu werden. Manchmal musste er sich dann übergeben. Nicht, dass es ungewöhnlich gewesen wäre, hier aus dem Schlaf gerissen zu werden. Und eine Wahl hatte er auch nicht; wenn sie sagten: Aufstehen!, dann stand man auf.

Bull hievte die Beine aus dem Bett. Sofort spürte er das Frösteln. Er tastete mit der Hand auf dem Boden nach seiner Kleidung, wühlte in dem Stapel und stieß schließlich auf seine Hose. Er musste sich beeilen. Die anderen gingen bereits zur Tür hinaus. Rasch zog er sich an und folgte ihnen. Als er in das Scheinwerferlicht vor der Tür trat, kniff er die Augen zusammen. Die anderen sammelten sich hinter zwei in der Dunkelheit wartenden Lastwagen.

Er stellte sich bei der ihm am nächsten stehenden Schlange an und sah sich nach den erfahreneren Männern um, nach irgendwem, der ihm eine Erklärung geben könnte. Doch sie schienen allesamt verwirrt zu sein.

Auf einmal verängstigt, schaute Bull sich um. Ohne zu wissen, wohin sie fuhren, wollte er nicht in den Lastwagen einsteigen. Doch mittlerweile hatten sich andere hinter ihm in die Schlange eingereiht, und Schwäche zu zeigen war keine gute Idee.

Er erreichte den Lastwagen und kletterte hinein, zurück in die Dunkelheit. Von außen drang so viel Licht herein, dass er fünfzehn weitere Männer um sich herum ausmachen konnte, doch wer wer war, vermochte er nicht zu erkennen. Er setzte sich auf das Ende der rechten Sitzbank. Nach wie vor sagte niemand etwas.

Er fröstelte.

Sein Gehirn begann fieberhaft nach Hinweisen zu suchen. Am vergangenen Abend hatten sie zur üblichen Zeit gegessen, alles war normal gewesen, niemand schien nervös gewesen zu sein. Das konnte zweierlei bedeuten. Entweder wussten die anderen über das hier Bescheid und machten sich keine Sorgen, oder er war nicht der Einzige, der überrascht worden war.

Die letzten Männer stiegen zu, zwei weitere setzten sich neben Bull auf das Ende der Sitzbank. Von draußen waren gedämpfte Stimmen zu vernehmen.

Plötzlich fuhr der Lastwagen an, die Bank unter ihm vibrierte, und Bull drehte sich der Magen um. Hätte er wissen sollen, was hier vor sich ging? Hatte er nicht hingehört, als man es ihnen gesagt hatte? Die Kopfschmerzen verschlimmerten sich. Er massierte sich die Nasenwurzel.

Keiner sagte etwas, während der Lastwagen durch das Tor fuhr und nach links abbog. Wie es schien, fuhren sie hinter dem anderen Fahrzeug her, denn er konnte beide Motoren hören. Fenster gab es keine, doch die Plane am Heck des Lastwagens war offen. Bull sah die Landschaft vorbeigleiten, während sie über die mit Schlaglöchern übersäte Straße rumpelten und schwankten. Diese Blechkisten waren nicht für eine komfortable Beförderung gedacht, und er strengte sich an, um über das krachende Geräusch der Radaufhängung vertraute Geräusche auszumachen. Es mochte Einbildung sein, doch die nächtliche Luft wirkte seltsam friedlich, und einen Moment lang fragte er sich, ob alles vorbei war.

Vielleicht brachte man sie nach Hause.

Während sie weiter vorwärtsruckelten, verlor er sein Zeitgefühl. Ein paarmal fuhren sie durch kleine Städte, dann folgte eine längere Strecke auf einer Schnellstraße mit zwei Fahrbahnen, danach ging es wieder über Landstraßen. Schließlich begannen ein paar der Männer leise miteinander zu reden. War es ein gutes Zeichen, dass offenbar keiner von ihnen wusste, wo die Reise hingehen würde?

Als der Lastwagen langsamer wurde und im Schneckentempo durch eine geschlossene Ortschaft fuhr, verstummten alle.

Der Wagen hielt. Sie saßen allesamt in der Finsternis da. Niemand rührte sich, und Bull wurde sich bewusst, dass er den Atem anhielt. Er holte Luft und nahm die ersten Anflüge eines leichten Geruchs wahr, den er zwei Monate zuvor noch nicht gekannt hatte. Es war so etwas wie eine Mischung aus Feuerwerk und verbranntem Holz. Ein Geruch, der nur eines bedeutete.

Probleme.

14

»Warte mal.« Alan Hawkins hielt den Wagen an und spähte durch die teilweise beschlagene Windschutzscheibe. »Das ist gar nicht die Arztpraxis, das ist deine verflixte Arbeitsstelle.«

Er hatte es spitzgekriegt.

Er schaute seine Tochter ärgerlich an. Doch als ein anderes Auto hinter ihnen in die Einfahrt einbog und hupte, war er gezwungen, seinen Blick von ihr zu lösen, um einzuparken. Während des wie immer langwierigen Manövers herrschte Schweigen. Erst als er den Wagen abgewürgt und die Handbremse angezogen hatte, erlangte er die Aufmerksamkeit seines Fahrgastes, der in die andere Richtung starrte, zurück.

»Was hat das zu bedeuten?«

Hawkins wandte sich ihm wieder zu. Es brachte nichts, das Spielchen auf die Spitze zu treiben. Erst jetzt wurde sie sich bewusst, dass er bereits zweimal hier gewesen war. Einmal, um sie zu ihrem Vorstellungsgespräch abzusetzen, das andere Mal, als sie im Peel Centre einen Vortrag halten sollte und ein Problem mit dem Auto hatte. Bis zu dem Moment, als er diesen Ort wiedererkannt hatte, war sie überzeugt davon gewesen, ihr Plan werde funktionieren.

Am vorherigen Nachmittag hatte sie den Fehler begangen, Mike und ihrem Vater gleichzeitig zu erklären, sie wolle sofort wieder arbeiten. Ihre Antworten waren ärgerlicherweise identisch ausgefallen. Mike war wie ein störrischer Esel nicht von der Stelle zu bewegen gewesen. Dadurch verschlimmerte sich das Problem, weil ihr Vater, der normalerweise beeinflussbar war, daraufhin eine härtere Gangart einschlug. Beide Männer, und in Vertretung auch ihre Mutter, hatten darauf beharrt, Hawkins müsse mindestens noch eine Woche auf dem Sofa verbringen. Zu der Zeit war sie klug genug gewesen nachzugeben, doch nur so lange, bis die Phalanx durch Mikes frühmorgendlichen Aufbruch aufgeweicht worden war.

Während des Mittagessens hatte sie ihren Vater um eine Mitfahrgelegenheit zu einem fiktiven Arzttermin für ein Check-up gebeten und ihn dann auf eine bewusst umständliche Strecke zu ihrer Arbeitsstelle dirigiert. Auf dem Weg dorthin hatte es ihm noch nicht gedämmert, davon war sie überzeugt. Doch es war offensichtlich zu viel der Hoffnung gewesen, ihr in die Jahre gekommener Chauffeur würde Hendons nicht gekennzeichneten Parkplatz, der für fremde Augen wie jeder andere aussah, nicht wiedererkennen.

»Noch bin ich nicht vergreist, gnädige Frau«, beharrte er. »Glaube nicht, du könntest mich hinters Licht führen.«

»Hör zu, es tut mir leid, ja? Ich wusste, dass du mich nicht hierherfahren würdest, wenn ich dich offen darum bitte. Aber Mum kannst du immer noch sagen, ich wäre beim Arzt.«

»Frauenprobleme, hattest du gesagt.«

»Ich hatte es bloß einfacher machen wollen.«

»Indem du lügst?«

»Ach komm, jetzt dramatisiere es nicht so. Du weißt doch, wie sie ist. Ich habe aus dem gleichen Grund gelogen, aus dem du immer Tee trinkst – damit du Whisky hineingeben kannst.«

Er zog die Brauen zusammen. »Ich wusste nicht, dass du darüber Bescheid weißt.«

»Ich bin Detective, Dad.«

»Das ist was Medizinisches. Wenn ich fahre, trinke ich nie.« Er streckte die Hände aus, zog sie jedoch rasch wieder zurück, als er merkte, dass sie mittlerweile zitterten, ob er nun getrunken hatte oder nicht. »Schlechtes Beispiel.«

»Also verstehen wir uns?«

»Ich denke schon. Warum musst du eigentlich so dringend wieder zur Arbeit zurück? Du wirst doch nicht unter Druck gesetzt, oder?«

Sie lachte. »Dad, ich bin keine sechs mehr.«

»Warum dann die Eile?«

Sie seufzte. »Na schön. Du weißt doch, dass ich vorübergehend zum Chief Inspector befördert worden bin. Tja, vor Weihnachten habe ich ein paar Vorschriften umgangen und habe einen Anpfiff bekommen. Daher kann ich es mir nicht erlauben, länger wegzubleiben, weil sie sonst jemand anderem meinen Job geben und mich degradieren. Sie haben schon so ein graduiertes Wunderkind im Visier.«

»Oh.«

»Ich verspreche, dass ich es nicht übertreibe.«

Er kaute auf dem Fingernagel. »Wir müssen es deiner Mutter nicht erzählen?«

»Unser Geheimnis.«

»Ich will nicht, dass du degradiert wirst.«

»Und Mum würde das ehrlich gesagt auch nicht wollen.«

»Stimmt.« Sein Blick hellte sich auf. »Wie lautet der Plan?«

Nachdem sie sich über die Einzelheiten ihres Komplotts verständigt hatten, sah Hawkins kurz darauf zu, wie ihr Vater aus dem Wagen stieg. Sie hätte fast laut gelacht, als er sich an der Außenseite des Rovers entlangschlich und sich selbst dabei wahrscheinlich vorstellte, einen Smoking zu tragen und die Lizenz zum Töten zu besitzen.

Er duckte sich.

Nachdem er den Rollstuhl auf bemerkenswerte Nicht-James-Bond-Manier herausgehievt hatte, verfrachtete er seine Tochter hinein und schob sie über den Parkplatz zum Eingang des Gebäudes.

In der Eingangshalle des Becke House rekapitulierten sie noch einmal ihre Version der Geschichte. Demnach hatte ihr Vater sie zum Haus einer Freundin zum nachmittäglichen Tee gebracht, von wo Mike sie auf seinem Nachhauseweg abholen würde. Die Geschichte war lupenrein – solange es ihr gelingen würde, Maguire zum Mitspielen zu bewegen.

Hawkins drückte ihrem Vater einen flüchtigen Kuss auf die Wange, und nachdem er ihr und sich selbst versichert hatte, er werde den Rückweg zu ihrem Haus finden, sah sie ihm hinterher. Dabei wurde ihr erneut deutlich, wie unabhängig dieser dreiundsiebzigjährige Mann in marineblauer Hose, flaschengrünem Pullover und grauer Tellermütze war.

Der Mikes fluoreszierende orangefarbene Sportschuhe trug.

15

Hawkins rumpelte mit dem Rollstuhl über die Schwelle aus dem Fahrstuhl heraus. Sie bog nach links ab und rollte sich in dem breiten, nüchtern ausgestatteten Flur langsam vorwärts. Zum Glück stand die hohe Glastür rechts vor ihr offen, und nachdem sie sich mit einem verhalten schmerzhaften Wendemanöver, das aus dreimaligem Vor- und Zurückfahren bestand, ausgerichtet hatte, rollte sie durch die Tür.

In der Mitte des Raums umgaben vier gedrungene Ledersessel einen niedrigen Tisch und nahmen den Großteil des Platzes in dem mit einer Glasfront versehenen Besprechungs- und Wartebereich ein. An der geschmacklosen Tapete hatte sich seit ihrem letzten Besuch nichts geändert, doch immerhin hatte jemand die künstlichen Blumen abgestaubt.

»Guten Tag.«

Hawkins verrenkte sich fast den Hals, als sie sich umdrehte, um in die Nische zu ihrer Rechten zu schauen. Früher einmal Heimat eines übergroßen Blumentopfs mit einer kümmerlichen Grünpflanze, beherbergte sie jetzt einen Schreibtisch. Hinter dem eine Sekretärin saß.

»Hi.« Hawkins kaschierte ihre Überraschung. »Bin ich hier immer noch richtig, um den Chief Superintendent zu sprechen?«

»Oh ja.« Die Sekretärin lächelte. »Mr Vaughn ist zu Tisch, aber er kommt bald wieder. Darf ich Ihren Namen erfahren?«

Hawkins nannte ihn ihr und fragte sich dann, warum sie »Detective Chief Inspector« ausdrücklich betont hatte. Vielleicht deshalb, weil die aufreizend attraktive Sekretärin nicht nur zehn Jahre jünger war als sie, sondern auch niemand wiederholt auf sie eingestochen hatte, sodass sie, wenn auch nur vorübergehend, im Rollstuhl gelandet war. Während die Assistentin auf der Tastatur herumklapperte, las Hawkins das Namensschild auf dem Schreibtisch: Amy Park. Sie verkniff sich die Frage, ob die junge Frau Hilfe benötigte, weil in Hawkins' Titel alle Wörter mehr als vier Buchstaben enthielten.

Als hätte sie ihre Gedanken gehört, schaute die Sekretärin auf. »Sind Sie in Begleitung?«

»Begleitung?« Hawkins zog die Stirn in Falten. »Nein. Wieso?«

»Oh.« Amy wirkte leicht verunsichert, setzte dann jedoch gleich wieder ein Lächeln auf. »Nur so.«

Hawkins beließ es dabei, fragte sich jedoch, ob sie es sich nur einbildete oder ob die Sekretärin wirklich lauter sprach, als es hier nötig gewesen wäre.

Offenbar bestrebt, das Thema zu wechseln, bot Amy ihr einen Kaffee an, den sie annahm. Die schlanke Assistentin erhob sich und glitt elegant hinter ihr aus dem Raum.

Hawkins war unsicher, ob sie beeindruckt oder verärgert über diese Frau sein sollte, weil sie ignoriert hatte, dass Hawkins im Rollstuhl saß. Sie schob sich im Zickzack neben einen der Sessel und drehte sich dann wieder so, dass sie in Richtung Eingangshalle blickte. Gegenüber befand sich, sichtbar durch das bodenhohe Fenster, die schöne Holztür zum Büro des Detective Chief Superintendent, hinter der ihr letzter Besuch mit einer Dienstsuspendierung geendet hatte. Formaljuristisch war diese Suspendierung nach wie vor in Kraft. Doch seitdem hatte Antonia Hawkins persönlich den berüchtigtsten Serienmörder der jüngsten Geschichte zur Strecke gebracht und sechs Wochen im Krankenhaus gelegen, wo sie sich von ihren beinahe tödlichen Verletzungen erholt hatte.

Damit waren sie beide ohne Zweifel quitt.

Sie warf einen Blick auf die Wanduhr. Es war 13:50 Uhr. Sie war genau zur richtigen Zeit gekommen. Mike zufolge hielt der gegenwärtige DCS sehr viel von Mitsprache. Vaughn bot täglich ab 14 Uhr, sogar samstags, eine Sprechzeit von einer halben Stunde an. Wenn also zwischenzeitlich nicht noch andere kamen, würde Hawkins die volle halbstündige Sitzung für sich allein beanspruchen können. Sie hatte jetzt noch zehn Minuten, um sich darüber klar zu werden, wie sie ihren Boss davon überzeugen konnte, dass sie bereit dafür war und, wichtiger noch, es verdient hatte zurückzukommen.

Ein paar Wochen zuvor war sie hierher zitiert worden, um über einen vermissten Detective, eine ins Stocken geratene Ermittlung sowie ihre unverhohlene Missachtung von Autorität Rechenschaft abzulegen. Wäre sie nun dem gleichen Mann entgegengetreten, der sie suspendiert hatte, wäre Hawkins' Hoffnung auf Erfolg gering gewesen. Doch in den vergangenen sechs Wochen war einer der schnellsten Führungswechsel vonstattengegangen, an den sie sich erinnern konnte. Lawrence Kirby-Jones, ihr vorheriger Vorgesetzter, hatte sich offenbar schon lange vor ihrem gemeinsamen Triumph auf seinen Ausstieg vorbereitet. Denn dank diverser reißerischer Zeitungsschlagzeilen hatte er binnen Wochen das Kommando abgegeben und war auf einer Welle öffentlichen und politischen Jubels davongetragen worden. Gerüchten zufolge sollte er für seine Handhabung des Falles über den unbesoldeten Posten an der Spitze des polizeilichen Verwaltungsrats hinaus eine offizielle Auszeichnung erhalten.

Manche Leute schienen mit knapp verhinderten Katastrophen zum Erfolg zu kommen.

Sein jüngerer Nachfolger Tristan Vaughn war direkt von Special Enquiries gekommen, einer Sondereinheit, die auf den

Umgang mit den Medien während der Ermittlungen von Kapitalverbrechen spezialisiert war. Gegen Ende von Hawkins' letzter Ermittlung war er hinzugezogen worden, wobei zu dieser Zeit noch nicht klar gewesen war, dass er es sich gemütlich einrichten würde. Doch sein Verhalten war durchweg angemessen gewesen. Hawkins zählte jetzt darauf, dass er wusste, unter welch immensem Druck durch die Medien sie gestanden hatte, und ihr gnädig gesinnt wäre. Das Ergebnis des heutigen Treffens würde gravierende Auswirkungen auf ihre zukünftige Karriere haben, denn sie befand sich im Wettbewerb mit einem ihr noch unbekannten Rivalen, der ein unbeschriebenes Blatt war, und eine Degradierung würde ihre Chancen auf eine Rückkehr in den Rang eines DCI in absehbarer Zukunft arg dezimieren. Was sie jetzt retten konnte, so hoffte sie, war ihre bisherige Bilanz sowie das positive Ergebnis der jüngsten Zusammenarbeit zwischen ihr und Vaughn.

Außerdem musste es doch zumindest einen *stillschweigenden* Mitleidsbonus wegen des Rollstuhls geben.

Als hinter der Glasfront zwei Gestalten im Flur sichtbar wurden, war ihre Bedenkzeit abgelaufen. Die schlanke Amy ging voran, Hawkins' Kaffee in der Hand, gefolgt von dem größeren, aber ebenso schlanken Tristan Vaughn. Wie bei seinem Vorgänger verliehen Körpergröße und Statur auch Vaughn etwas Stattliches. Doch Vaughns moderner Kleidungsstil und seine weniger grüblerische Art unterschied die beiden Männer. Der neue Chief Superintendent war insgesamt zugänglicher. Jedenfalls hoffte Hawkins das.

Amy öffnete seine Bürotür und verschwand im Inneren, während der DCS im Eingang des Wartebereichs erschien.

»Antonia.« Er lächelte. »Schön, Sie zu sehen. Bitte kommen Sie herein.«

Er trat ein Stück beiseite, um Hawkins vorbeizulassen, und

folgte ihr dann in sein Büro. Amy stand folgsam daneben, während ihr Vorgesetzter Platz nahm. Dann stolzierte sie anmutig hinaus. Hawkins sah zu, wie der mit dem Logo der Metropolitan Police verzierte Kaffeebecher auf der ihr zugewandten Seite des Schreibtischs vor sich hin dampfte, und wartete darauf, dass die Sekretärin die Tür schloss.

Sie saßen eine Weile schweigend da. Die Pause erlaubte es Hawkins, weitere Unterschiede in der ansonsten wiedererkennbaren Umgebung zu entdecken. Die Familienfotos des vorherigen DCS waren von den Wänden verschwunden und durch geschmackvolle Kunstdrucke ersetzt worden, und der ganze Raum wirkte irgendwie heller. Möglicherweise waren die Wände auch in einer helleren Farbe gestrichen worden. *Hatte sie wirklich nur sechs Wochen verpasst?*

Ihr wurde auch bewusst, dass Vaughn und sie in ihren wenigen fallspezifischen Treffen in den letzten Tagen vor der Attacke nie so etwas wie ein zwangloses Gespräch geführt hatten. Eine Zeitlang suchten sie Themen, die nichts mit dem Wetter zu tun hatten, während Hawkins an ihrem Kaffee nippte. Sie beglückwünschte Vaughn zu seiner Beförderung, und er lobte ihre Gelassenheit in Gefahrensituationen. Doch früher oder später mussten sie zur Sache kommen.

Vaughn machte den ersten Schritt. »Und wie läuft es mit der Genesung?«

»Besser als gedacht, Sir. Der Rollstuhl ist nur eine Vorsichtsmaßnahme; ich bin schon fast wieder auf den Beinen.«

»Das ist gut. Allerdings muss ich sagen, dass ich Sie so früh nicht wieder hier erwartet hatte.«

Sie lächelte. »Der Heilungsprozess verläuft schnell.«

Der DCS holte Luft. »Wie sieht es an der psychologischen Front aus?«

Hawkins merkte, dass sie zögerte. Die Ärzte im Krankenhaus hatten mehrmals das Risiko angesprochen, dass es infolge der grauenhaften Ereignisse zu psychosomatischen Problemen kommen könnte. Doch wiederholt hatte sie es eilig gehabt, ihnen zu versichern, die Metropolitan Police stelle hervorragende Unterstützung zur Verfügung, was diese Probleme anging.

Kurz bevor die Pause verfänglich geworden wäre, spornte sie sich an. »Vertrauen Sie mir, Sir, die Sache ist unter Kontrolle.«

»Gut.« Vaughn quittierte ihren zackigen Ton mit einem Nicken. »Wie dem auch sei, was kann ich für Sie tun?«

Hawkins legte eine Pause ein, während der sie den Satz dreimal im Kopf umformulierte, bevor sie ihn schließlich aussprach. »Nun, ich möchte meine Tätigkeit wieder aufnehmen.« Sie sah, wie sich seine Stirn in Falten legte. »Heute noch.«

Plötzlich kam ihr der Raum vertraut vor, wenn auch nur wegen der durchdringenden Stille.

Schließlich antwortete Vaughn mit sichtlich entspannterer Haltung: »Ich fürchte, so einfach ist das nicht.«

»Warum nicht?«

Noch während sie die Worte aussprach, wurde sich Hawkins bewusst, dass es unklar war, welche Folgen ihr Beharren haben konnte. Lawrence Kirby-Jones hatte ihr für nicht viel mehr eine Suspendierung vor den Kopf geknallt und dann ihren anschließenden Erfolg für sich beansprucht, um seine eigene Karriere zu forcieren. Sie selbst war mit Stichwunden in der Brust und im übertragenen Sinn einem Tritt in den Allerwertesten zurückgeblieben. Immerhin aber war er eine bekannte Größe gewesen. Sie hatte keine Ahnung, was sie von einem verärgerten Tristan Vaughn zu erwarten hatte, der vielleicht den Zorn seines Vorgängers milde aussehen lassen würde.

Als er antwortete, hielt sie den Atem an.

»Ohne das Offenkundige aussprechen zu wollen, Antonia: weil Sie suspendiert worden sind.«

»Aber Sie waren mit meinem Vorgehen einverstanden«, bohrte sie weiter. »Wir haben ihn *erwischt*. Das muss hier doch etwas gelten.«

»Aber er ist von selbst zu Ihnen gekommen, wenn wir ehrlich sind, nicht wahr?«

»Nur dank einer Taktik, die Sie und ich gemeinsam umgesetzt haben.« Hawkins spürte, dass sie rot wurde, und war sich bewusst, dass sie alles nur noch schlimmer machte. »Eigentlich war es ja *Ihre* Idee.«

»Richtig, aber belanglos. Sie wurden suspendiert, weil Sie den Dienstweg umgangen haben.«

»Ich habe ihn nicht ...« Sie suchte nach einem erfolgreicheren Abschluss des Satzes, fand ihn jedoch nicht. »... gänzlich umgangen.«

Vaughn zog die Brauen hoch. »Ist das so wie *ein bisschen schwanger*?«

»Nein ... ich ...« Als sie begriff, dass sie Vaughan nicht würde umstimmen können, brach sie den Augenkontakt ab.

Sie seufzte. »Also, wie geht es nun weiter?«

Nach einem Moment des Schweigens aufschauend, stellte sie fest, dass er grinste. »Sir?«

»Tut mir leid.« Fast hätte er laut losgelacht. »Ich halte es nicht mehr aus.«

Sie starrte ihn an. »Sie ... haben mich auf die Schippe genommen?«

»Lawrence hatte recht. Sie gehen wirklich ab wie eine Rakete.«

»Sie *haben* mich auf die Schippe genommen.«

»Aber sicher. Hören Sie, Antonia, mir gefällt, wie Sie die

Ermittlung geführt haben. Ich hätte ganz genauso gehandelt, das habe ich Ihnen schon gesagt. Und auch wenn Lawrence es zu der Zeit vielleicht nicht ausgesprochen hat, war er auch einverstanden damit.«

»Und ... warum hat er mich dann suspendiert?«

»Wahrscheinlich sollte ich Ihnen das jetzt nicht sagen, aber er hat versucht, Sie zu schützen.«

»Was?«

»Es war offensichtlich, dass Sie glaubten, nichts mehr zu verlieren zu haben. Sie hatten jeden Sinn für die Realität verloren, und Sie brauchten jemanden, der die Zügel in die Hand nimmt. Also rief er mich an als einen Vermittler, mit dem Sie offen reden konnten. Doch als Sie dann auch noch den Dienstweg umgangen haben, blieb ihm keine andere Wahl mehr, als Sie abzulösen, zum Wohle aller, am meisten zu Ihrem eigenen. Leider hat kein Mensch begriffen, wie entscheidend Ihre Mitwirkung war.«

Hawkins saß einfach nur da, während sie die Ereignisse neu beurteilte. Alles schien so lange her zu sein.

»Aber Sie haben durchgehalten, und Lawrence hat beim Commissioner ein gutes Wort für Sie eingelegt, bevor er ging. Andernfalls wäre es mir womöglich schwergefallen, die anderen davon zu überzeugen, dass Sie Ihren Rang als DCI behalten sollten. So aber nicht. Ihre Suspendierung wurde aufgehoben.«

Hawkins antwortete nicht. Sie hatte die Situation falsch eingeschätzt, vor allem die Rolle, die Lawrence Kirby-Jones darin gespielt hatte.

»Wie dem auch sei«, fuhr Vaughn fort. »Bestimmt bekommen Sie irgendwann noch Gelegenheit, ihm dafür zu danken. Willkommen zurück.«

Verwirrt murmelte sie ihren Dank.

»Natürlich gibt es da ein paar Bedingungen.« Vaughn öffnete eine Schublade, holte einen Ausdruck heraus und schob ihn ihr über den Schreibtisch zu. »Sicher ist Ihnen der ›Verhaltenskodex‹ der Metropolitan Police geläufig, aber es ist wahrscheinlich schon eine Weile her, dass einer von uns ein gedrucktes Exemplar vor Augen hatte. Bitte machen Sie sich wieder damit vertraut, vor allem mit den Abschnitten über Anweisung und Bekanntgabe.«

»Natürlich.« Sie verstand den Wink mit dem Zaunpfahl und nahm das Dokument an sich. »Sonst noch etwas?«

»Ja, da ist tatsächlich noch etwas. Ich glaube, Sie säßen nicht in einem Rollstuhl, wenn Sie die Wahl hätten. Das bedeutet, Sie sind nicht ganz so standfest, wie Sie vorgeben. Fangen Sie also in Gottes Namen heute wieder an, aber halten Sie sich alles vom Hals, was anstrengend ist. Schnappen Sie sich irgendeinen Papierkram oder etwas, über das Sie sich informieren wollen, bis Sie wieder auf den Beinen sind.«

Erleichtert verabschiedete sich Hawkins und rollte durch die Tür, die Vaughn ihr aufhielt, auf den Flur zurück. Sie hörte Amy an ihrem Schreibtisch in der Nische des Besprechungsbereichs unablässig auf der Tastatur herumklappern. Davon abgesehen war der Flur in beiden Richtungen menschenleer. Sie blieb einen Moment sitzen und starrte auf den »Verhaltenskodex« auf ihrem Schoß.

Es war ihr sonnenklar, dass sie bei ihrer Rückkehr in den aktiven Dienst keinesfalls auf den anspruchsvollsten Fall würde verzichten können, der zu haben war. Zugleich hatte Vaughn recht damit, dass sie noch nicht wieder fit war. Ihre Achselhöhlen und ihr Oberkörper konnten bereits von den mäßigen Anstrengungen des heutigen Tages ein Lied singen. Vernünftigerweise sollte sie also jetzt ihren Vater anrufen und sich nach Hause fahren lassen, dankbar dafür, dass ihre Stelle noch nicht wieder besetzt war, und sich darauf konzentrieren, aus dem Rollstuhl herauszukommen.

Doch »Zuhause« hat unterschiedliche Bedeutungen, je nachdem, wen man fragt. Jedenfalls verspürte Hawkins zum ersten Mal seit sechs Wochen ein Gefühl für den eigenen Wert, als sie in den Fahrstuhl rollte und auf den Knopf für die oberste Etage drückte.

Kurz darauf erreichte sie die Doppeltür der Sonderermittlungsräume für besonders schwere Verbrechen, hinter denen sich ihr Büro befand, ihr Team und Maguire. In ihren Gedanken rang sie bereits mit der Stimme, die ihr einflüsterte, es sei eine schlechte Idee, Mike und den anderen von Vaughns Anweisung zu berichten, sie solle es langsam angehen lassen. Ihre Stelle war vorerst gesichert, doch sie hatte auch einen Ruf wiederherzustellen. Wenn sie in zwei Monaten beim Mitarbeitergespräch mit nichts Aufregenderem als alphabetisierten Festnahmeberichten aufwarten würde, dann würde sie wahrscheinlich trotzdem degradiert werden. Sie brauchte ein persönliches Erfolgserlebnis bei einem großen Fall, und die Chancen auf so etwas würden sich verringern, wenn sie sich den Papierkram von anderen aufbürdete. Sie musste wieder zurück an die vorderste Front. War dies Grund genug, die Befehlskette zu ignorieren?

Vielleicht.

Als sie den Sonderermittlungsraum betrat, erinnerte sich Hawkins an ein Zitat von Grace Hopper, das sie zum ersten Mal von ihrer Lieblingslehrerin in der höheren Schule gehört hatte.

»Es ist immer einfacher, um Entschuldigung zu bitten, als eine Genehmigung zu bekommen.«

16

»Fertig?«, fragte Jones, während Amanda Cain das letzte medizinische Fachblatt in einer Plastikkiste verstaute.

Cain drehte sich noch einmal um und ließ den Blick durch den Raum wandern. »Ja.« Sie hob die Kiste hoch und zuckte zusammen, als deren Kante gegen ihre lädierten Rippen stieß.

Ihre Zelle würde sie mit Sicherheit nicht vermissen. Sicher, es war eine Einzelzelle, und die dünn gepolsterte Matratze war bequemer, als sie aussah. Doch gab es einen Grund dafür, warum es jemand, der die Wahl hatte, vermied, kaum mehr als einen Meter entfernt von seiner Toilette zu schlafen.

Die Wärterin streckte die Hand aus und erbot sich, die Kiste zu nehmen.

»Geht schon«, sagte Cain.

Jones setzte wieder ihre übliche Miene auf, in der sich Missbilligung und Besorgnis mischten, doch sie erhob keine Einwände. Sie war nicht dabei gewesen, als das mit Tor passiert war. Als sie wenig später hinzugekommen war, hatte sie mitgeholfen, Slater in die Krankenstation zu tragen. Sie war eine der dienstältesten Aufseherinnen im Trakt. Ruhig, aber keine Drückebergerin. Keine Anführerin, aber menschlich.

Jedenfalls war ihr Ruf unter den Gefängnisinsassen im Gegensatz zu dem der meisten anderen Aufseher nicht schlecht. Zunächst einmal stellte sie ab und zu Augenkontakt her. Und unter der rauen Schale, die sie sich nach all den Jahren zugelegt hatte, schimmerte durch, dass diese sportliche Frau Ende vierzig nicht nur des Gehalts wegen hier war. Etwas in ihrem stoischen Blick ließ erkennen, dass ihr die Arbeit Freude bereitete.

Cain setzte neu an und drückte den Behälter gegen ihre

weniger schmerzende Körperseite. Dann trat sie zu der Aufseherin in den niedrigen Türeingang und bedeutete ihr mit einem Nicken, dass sie aufbruchbereit war. Jones trat zurück auf die Galerie.

Die beiden Frauen gingen langsam den Flur entlang, der um den hohen Innenhof des B-Trakts führte. Cain spürte, dass sich ein Dutzend Blicke in ihren Rücken bohrten, doch sie starrte nach vorn und setzte ihren Weg fort. Da sie sich während ihrer Zeit in den Gemäuern von Holloway weder um Freundschaften noch um den Anschluss an Gangs bemüht hatte, gab es für sie keinen Grund, sich zu verabschieden.

Am ersten Treppenabsatz stiegen sie ins Erdgeschoss hinunter, bogen am Ende des Blocks rechts ab und hatten binnen weniger Minuten den Trakt verlassen.

In den Fluren wurde es zunehmend ruhiger, bis ihnen schließlich niemand mehr entgegenkam. Da hier keine Wachposten standen, musste Jones die Sicherheitstüren für sie öffnen. Sie gelangten nun in den ältesten Teil des Gefängnisses. Die Luft wurde kälter. Hier und da hingen Abdeckplanen von der ramponierten Galerie herunter, was bedeutete, dass das schäbige Inventar renoviert wurde. Handwerker waren aber nicht zu sehen.

Jones hatte sich ein, zwei Schritte zurückfallen lassen, und ihre Unterhaltung bestand einzig darin, dass sie Cain mit gelegentlichen Grunzlauten nach links oder rechts dirigierte. Es hatte etwas Gespenstisches an sich, wie das Dröhnen zweier Paar Gefängnisstiefel von den halb verputzten Wänden widerhallte.

Schließlich blieben sie neben einer Reihe renovierter Zellen ganz am Ende des Trakts stehen. Drei Türen standen einen Spalt offen. Jones schaute sich rechts und links in dem menschenleeren Anbau um, bevor sie sich umdrehte. Mit einer Kopfbewegung deutete sie auf die Räume. »Such dir eine aus.«

Cain zögerte. Nach den Monaten der Haft war es ungewohnt für sie, überhaupt irgendeine Wahl zu haben. Sie ging ein Stück weiter und entschied sich schließlich für die Eckzelle, durch dessen vergittertes Fenster offenbar das meiste Licht fiel.

Jones trat beiseite, und Cain humpelte in den wie üblich sechs mal acht Meter großen Raum. Seine schlichten Wände waren weiß gestrichen, und er war mit Einbauschränken aus Kiefernlaminat sowie einer Kombination aus Edelstahlbecken und Klo eingerichtet. Nur dass dieser Raum nach Sperrholz und Sägespänen roch, eine klare Verbesserung nach dem bisherigen Geruch von abgestandenem Wasser und Feuchtigkeit.

Sie hatte von der neueren, behördlich angeordneten Raumaufteilung gehört; die anderen Insassen erwarteten die Einführung seit Monaten.

Cain stellte die Kiste mit ihren Habseligkeiten auf den leeren Schreibtisch und hörte, wie die Tür hinter ihr geschlossen wurde. Sie richtete sich auf und schaute sich um, auf das Geräusch des sich im Schloss drehenden Schlüssels wartend.

Plötzlich wurde sie rückwärts zum Bett gestoßen und darauf niedergedrückt. Ein Ellbogen grub sich schmerzhaft in ihren Hals. Jones' Gesicht schwebte so dicht vor dem ihren, dass ihre beiden Köpfe sich fast berührten. Cain schossen Tränen in die Augen.

Jones drückte noch fester zu. »Du hast ein Scheißglück, dass du im Gespräch mit dem alten Mann die Klappe gehalten hast.«

Sie meinte den Gefängnisdirektor und die Tatsache, dass Cain über die Untätigkeit der Aufseher, während Slater Prügel bezog, Stillschweigen bewahrt hatte. Lediglich Cains Einmischung hatte den Kampf so in die Länge gezogen, dass die Wachen hatten eingreifen müssen.

Sie versuchte zu schlucken.

»Und glaub bloß nicht, du hättest deine Freundin gerettet.« Jones ließ nicht locker. »Slater steht auf der schwarzen Liste. Die Schlampe hat Probleme ohne Ende, und das nächste Mal wird keiner da sein, der eingreift. Betrachte dich einfach als Glückspilz, weil der alte Mann dich hierhin verlegt hat, und halte deine schmierige Schnauze noch eine Woche geschlossen – kapiert?«

Cain gab keine Antwort. Allmählich bekam sie keine Luft mehr, und vor ihren Augen verschwamm alles.

Bitte.

Jones drückte noch ein letztes Mal zu. Dann löste sie ihren Griff und richtete sich auf, um ihre Uniform zu ordnen, während Cain stoßweise atmend und hustend hocken blieb.

An der Tür blieb die Aufseherin noch einmal kurz stehen. »Und glaub nicht, wir könnten dich draußen nicht auch noch drankriegen. Wenn du singst, sieht Slater verglichen mit dir am Ende wie eine beschissene Schönheitskönigin aus.«

17

Der junge Sergeant sprang von seinem Stuhl auf, um ihr durch die Tür zu helfen.

Hawkins bedankte sich bei ihm und rollte in die Einsatzzentrale, einen großzügig dimensionierten rechteckigen Bereich, an dessen linker Seite sich Büros befanden; zwei große Schreibtischgruppierungen standen in der Mitte, und im hinteren Bereich waren Fenster. Von den schlichten Holzschreibtischen abgesehen, war von den Wänden bis zu den Lichtschaltern alles grau oder weiß. Bei den drei Kollegen, denen man ihre Konzentration ansehen konnte, blieb Hawkins' Eintreffen vollkommen unbemerkt, und das konnte nur eines bedeuten.

Soeben hatte sich ein großer Fall ergeben.

Die drei Mitglieder von Hawkins' Kernteam befanden sich, wie sie erkannte, in der frühen Phase einer Mordermittlung. Frank Todd, ihr erfahrenster DI, sowie DS Amala Yasir, eine Senkrechtstarterin Mitte zwanzig, steckten vor einem Bildschirm die Köpfe zusammen. Sie hatten Hawkins den Rücken zugewandt, und diese konnte über Yasirs Schulter hinweg auf den Bildschirm schauen. Sie durchsuchten die Datenbank Holmes2 und hielten wahrscheinlich Ausschau nach Personen, die in der Vergangenheit wegen Straftaten verurteilt worden waren, die dem aktuellen Fall glichen, sowie nach möglichen Verbindungen zu dem Opfer.

Hinter ihnen hielt sich Aaron Sharpe mit einer Hand einen Telefonhörer ans Ohr und kritzelte mit der anderen etwas in ein Notizbuch, in dem er wahrscheinlich eine Zeitleiste mit den letzten bekannten Bewegungen des Ermordeten zusammenstellte. Seitdem er vor Kurzem zu dem Team gestoßen war, suchte Hawkins nach wie vor irgendetwas an ihm, das einen Sinn ergab. Sein Vorname deutete auf einen jüngeren Mann hin, sein Familienname auf einen intelligenteren. Seine schlecht gewählte Kleidung stand ihm nicht und passte ihm auch nicht. Und bei den seltenen Gelegenheiten, bei denen er so etwas wie einen Witz riss, schnallte kein Mensch, ob es nun lustig war oder nicht.

In Wahrheit hätte sie viel lieber Pete Walker behalten, den zwei Meter großen Sergeant, der kurz vor Weihnachten zu ihrem Team abgestellt worden war. Doch Walkers stattlicher Körperbau und sein stark ausgeprägter Arbeitswille bedeuteten, dass er auch anderswo begehrt war. Mike zufolge war Vaughn gleich nach Abschluss ihres Falles gezwungen gewesen, ihn zu einer anderen Ermittlungsabteilung gehen zu lassen.

Kurzzeitig schweiften ihre Gedanken wieder zurück zu ihrer letzten Ermittlung. Sie warf einen Blick auf die beiden verwaisten Schreibtische und erschauderte. Noch nie hatte sie ein Mitglied ihres Teams, geschweige denn gleich zwei bei einem einzigen Fall, verloren. Es lief ihr heiß den Rücken hinunter, und ihre Narben brannten bei der Erinnerung daran, dass sie den beiden fast Gesellschaft geleistet hätte.

Zum Glück wurden ihre Gedanken unterbrochen.

»Antonia?«

Mit einem Lächeln schaute sie auf. »DI Maguire. Ich hatte mich schon gefragt, wo du steckst.«

Ihre Freude stieß nicht auf Gegenliebe. Stattdessen verdüsterte sich Mikes Gesichtsausdruck. Doch im nächsten Moment wurden sie umringt.

»Ma'am.« Yasir wirkte erleichtert darüber, eine weitere Frau zu sehen. »Wie geht es Ihnen?«

»Ziemlich wieder auf dem Damm nach sechs Wochen intensiver Erholung.« Sie streifte Mike mit einem Blick. Er sah aus, als brenne er darauf, sie hinauszuzerren. »Übrigens danke an alle für die Schokolade.«

»Das ist dann also«, Yasir wies auf den Rollstuhl, »dauerhaft?«

»Oh nein.« Hawkins klopfte auf die Armlehne. »In ein paar Tagen bin ich aus dem Ding wieder raus.«

Sharpe beugte sich vor. »Wir konnten es nicht glauben, als wir erfuhren, dass …«

»Wisst ihr was?«, unterbrach ihn Mike und packte die Griffe des Rollstuhls, »den Vorschriften folgend besprechen wir diesen Fall erst, wenn die Ermittlung so weit ist. Antonia, wir müssen uns privat unterhalten.«

Er begann sie vorwärtszuschieben, doch Antonia ließ die Bremse einrasten. »Lass mich zuerst Hallo sagen.«

»Dann sind Sie wieder zurück?«, fragte Todd. »Oder nur auf Besuch?«

»Auf Besuch«, antwortete Maguire für sie.

»Nein«, erwiderte sie scharf. »Ich bin zurück.«

Einen Moment lang herrschte betretenes Schweigen.

»Wie dem auch sei« – Hawkins wies auf die spärlich beschriebenen Whiteboards – »es sieht so aus, als wäre ich gerade zur rechten Zeit zurückgekehrt. Neuer Fall, oder?«

»Ja«, begann Sharpe. »Eine junge Fr...«

»Mein Anliegen ist dringend«, fuhr ihm Maguire erneut ins Wort. »Ich briefe dich in deinem Büro, danach können dich vielleicht alle informieren über das, was du in dem Fall versäumt hast.«

Er beugte sich vor, löste die Bremse und starrte die anderen an, bis sie eine Gasse in Richtung des Büros von Hawkins freimachten. Während sie nach vorn geschoben wurde, wurde Hawkins klar, dass es zum Streit kommen würde, ob er nun im Privaten stattfand oder hier.

Mike rollte sie in ihr Büro und schob sie auf den Schreibtisch zu, bevor er die Tür hinter ihnen beiden schloss. Hawkins packte einen Reifen und drehte sich so, dass sie ihm gegenüberstand. Derweil langte er hoch, um die Lamellenvorhänge zuzudrehen. Durch die schrumpfenden Spalten erhaschte sie einen Blick auf die Mitglieder ihres Teams, die an ihre Schreibtische zurückkehrten, und sie erkannte, wie sehnlichst sie einbezogen werden wollte.

Mike wandte sich ihr zu. »Was zum Teufel machst du hier?«

»Was zum Teufel machst du hier, *Ma'am*?«

»Scheiß auf dein Autoritätsspielchen, du solltest nicht hier sein.«

Seine Stimme dröhnte in ihren Ohren. Dabei hatte er die Worte gar nicht so laut ausgesprochen. Doch die permanente Schlaflosigkeit in Verbindung mit dem, was ihr nach wie vor die Gedanken vernebelte, sorgte dafür, dass ihr die Lautstärke unangenehm war. Sie ignorierte es. Ganz sicher lag es zum größten Teil daran, dass sie sich langweilte; ihr psychisches Gleichgewicht würde wiederhergestellt sein, wenn sie erst einmal wieder mit Arbeit beschäftigt war. Im Übrigen zog sie es vor, nichts von dem kleinen Umweg zu erwähnen, den sie auf dem Weg von Vaughns Büro fast in Richtung Betriebsarzt gemacht hatte. Irgendwann würde sie den diensthabenden Psychologen aufsuchen und sich endgültig mit ihren wiederkehrenden Flashbacks befassen. Doch im Moment brauchte sie die Arbeit dringender, und die beiden Erfordernisse vertrugen sich nicht miteinander.

Daher mussten ihre persönlichen Probleme zurückstehen.

Sie betrachtete Maguire. »Wenn du sauer bist, ist dein Akzent ganz deutlich zu hören.«

»Wir waren uns einig, Toni: keine Arbeit, bevor du nicht aus dem Rollstuhl heraus bist. Ich werde nicht zulassen, dass du Raubbau mit deiner Gesundheit treibst, und Vaughn wird es ebenfalls nicht.«

»Tatsächlich wird er doch. Ich komme gerade aus seinem Büro. Ich bin wieder im Dienst.«

Sie wartete auf seine Reaktion, doch Mike schwieg. Für einen DI wäre es in höchstem Maße unvorschriftsmäßig, in das Büro des Chief Super zu stapfen und eine Erklärung dafür einzufordern, warum seine unmittelbare Vorgesetzte entgegen *seinem* besseren Wissen wieder zur Arbeit zugelassen worden war. Das alles natürlich unter der Voraussetzung, dass er ihr überhaupt *glaubte*, den DCS gesprochen zu haben; Mike war nicht der leichtgläubige Typ. Und falls er sie zwang, Farbe zu bekennen, steckte sie in fünf Minuten wieder in Schwierigkeiten.

Schließlich wurden seine Gesichtszüge weicher. »Vaughn hat grünes Licht gegeben?«

»Klaro.«

»Keine Einschränkungen?«

»Keine.«

Mike starrte sie einen Moment an. Sie spürte, wie ihre Lüge schwer auf ihr lastete.

»Ach herrje, und ich habe deinen Vater den ganzen Abend lang bearbeitet. Er sollte in dieser Angelegenheit meine Verstärkung sein. Er meinte, er würde dich unter keinen Umständen hierherbringen.«

»Gib Dad nicht die Schuld, er ist nicht mehr in Bestform. Und streng genommen habe ich ihm vielleicht auch nicht gesagt, wo wir hinfahren.«

»Du hast ihn angelogen.«

»Nur ein bisschen geflunkert. Aber er hat seine Meinung geändert, als wir erst einmal hier waren. Komm schon, Mike, nach sechs Wochen außer Dienst bin ich dem Wahnsinn nahe. Mein Dad und Vaughn haben es verstanden, und in deinem Innersten tust du das auch, wenn du diesen erstickenden Beschützerinstinkt mal beiseitelässt.«

Eine Weile lang atmete er nur ruhig. »Samantha Philips.«

»Was?«

»Das Opfer.« Er deutete in das Großraumbüro, wo hinter den Jalousien und außer Sichtweite die Ermittlung weiterging. »Eine vierundzwanzigjährige Londonerin. Ihre Freunde nannten sie Sam. Mehrere Hammerschläge auf den Kopf.«

Hawkins zog die Brauen hoch. »*Ganz* wie Sutcliffe, der Yorkshire Ripper. Wo?«

»Aufgefunden wurde sie gestern kurz vor der Dämmerung in einem Park bei Bethnal Green, direkt vor dem Wohnblock, in den sie gerade gezogen war. Und das ist noch nicht alles. Sam wohnte in einer Sozialwohnung; sie war gerade aus dem Knast entlassen worden. Sie hatte eine sechsjährige Haftstrafe in Holloway abgesessen, wegen Mordes an einem Typen namens Brendan Marsh, den sie beschuldigt hatte, sie direkt nach ihrem achtzehnten Geburtstag vergewaltigt zu haben. Es gibt vielleicht keine Verbindung, aber wir überprüfen Marshs Familie und Freunde, für den Fall, dass es ein Racheakt war.«

»Haben sie sich vorher gekannt?«

»Er war einer ihrer Lehrer an der Berufsschule. Gerüchten zufolge waren sie mal miteinander verbandelt, das war aber wohl nichts Festes. Dass sie ihn umgebracht hat, hat an der Schule alle und jeden umgehauen. Die Einzelheiten sind allerdings merkwürdig. Zunächst einmal hatte Sam die Vergewaltigung nicht angezeigt, geschweige denn Marsh in den sechs Monaten zwischen der angeblichen Vergewaltigung und seinem Tod an den Pranger gestellt. Daher gab es keinen Beweis dafür, dass er sie wirklich vergewaltigt hatte. Wie aus dem Nichts fängt sie schließlich an, ihm Textnachrichten zu senden wie ein anhängliches Groupie und fleht ihn an, sie müssten sich treffen. Dann taucht sie vor seinem Haus auf, er lässt sie rein, doch kaum entspannt er sich, schneidet sie ihm mit einem Messer aus seiner eigenen Küche die Kehle durch. Hinterher macht sie sich nicht einmal die Mühe abzuhauen, sondern wählt den Notruf und stellt sich. Als die Polizei kommt, steht sie blutüberströmt da und starrt ihn bloß an. Vor Gericht hat sie ein komplettes Geständnis abgelegt.

Eine Sache aber spricht für sie in der Geschichte – sie war

nicht die Erste. Beim Prozess stellte sich heraus, dass Marsh es schon öfter auf Schülerinnen abgesehen hatte. Er war ein paar Jahre zuvor wegen Vergewaltigung verurteilt und davor zigmal deswegen beschuldigt worden. Als ihn die Schule einstellte, hatte kein Mensch seine Akte gecheckt.«

»Was ist mit ihr? Irgendwelche Vorstrafen?«

»Bis jetzt haben wir in ihrer Vergangenheit nichts entdeckt, das dem, was sie Marsh angetan hat, auch nur *annähernd* nahe kommen würde. Eine Heilige war sie allerdings auch nicht. Drogenmissbrauch, Gewalttätigkeit, Ladendiebstahl, das volle Programm.«

»Klingt interessant.«

»Oh ja«, erwiderte Mike. »Aber das ist noch nicht das Schlimmste. Hast du heute schon die Nachrichten gehört?«

Hawkins dachte einen Moment nach. Ihr Vater hatte ihr auf der ganzen Fahrt nach Hendon bei voller Lautstärke John Denver zugemutet, wahrscheinlich als Vergeltung dafür, dass sie ihn fortwährend und übellaunig ausnutzte. Derweil hatte Hawkins sich so auf ihr bevorstehendes Gespräch mit Vaughn konzentriert, dass es ihr nicht in den Sinn gekommen war, sich über aktuelle Ereignisse auf dem Laufenden zu halten. »Nein. Wieso?«

»Denk darüber nach. Was war gestern?«

Sie schaute auf ihr Mobiltelefon. »Der Vierzehnte.«

»*Im* …«

»Februar.« Noch während sie das Wort aussprach, ging Hawkins ein Licht auf. »Scheiße … Valentinstag.«

»Na siehst du. Und die Medien lassen sich eine solche Steilvorlage natürlich nicht entgehen.« Mike ging zur Tür. »Warte mal, hier liegen irgendwo ein paar Boulevardblätter herum.«

Als er im Großraumbüro verschwand, dämmerte es Hawkins, was das bedeutete. Sie hatte gerade sechs Wochen im Krankenhaus gelegen und miterlebt, wie die Story einer mit Weihnachten verbundenen Mordserie ohne Rücksicht auf Verluste in jeder Sekunde Sendezeit, die sie hergab, wiederaufgewärmt wurde. Und dank des enormen Interesses einer mehr und mehr in Panik geratenen Londoner Bevölkerung war die Sache stets ganz oben auf der Tagesordnung geblieben.

Falls jetzt, da die Massenpanik gerade abklang, ein neuer Mord mit einem anderen saisonalen Ereignis in Verbindung gebracht werden konnte, und dann auch noch gleich mit dem nächsten Feiertag im Jahresverlauf, würde sich zweifellos die gesamte Medienwelt erneut voller Freude auf eine solch spannende und verkaufsfördernde Story stürzen.

Als Mike zurückkehrte, reichte er ihr Exemplare der *Mail* und des *Express*. Sie schaute auf die Schlagzeilen und erblickte genau das, was sie vorhergesehen hatte: DER VALENTINSMÖRDER und BLUTIGER VALENTINSTAG.

Sie benötigte einen Moment, um einen Trost spendenden Gedanken fassen zu können.

»Äh« – gedankenverloren hielt sie einen Finger in die Höhe – »aber der Valentinstag ist doch ein jährlich nur einmal stattfindendes Ereignis. Nicht einmal die Boulevardblätter können einen einzelnen Mord für den unwahrscheinlichen Fall, dass der Mörder es noch einmal tut, bis zum nächsten Jahr auswalzen.«

»Das sehe ich auch so.« Maguire nickte. »Aber was, wenn das hier für den Mörder eine regelmäßige Sache war und man eine ganze Latte von Leichen findet, die Jahre zurückreicht? Oder wenn er gestern mehr als nur einen Mord begangen hat und wir bis jetzt bloß das erste seiner Opfer gefunden haben? Das würde ein breites, zufriedenes Lächeln auf das Gesicht eines jeden Redakteurs zaubern.«

Hawkins sah ein, dass es so sein konnte, und ihr Optimismus platzte wie eine Seifenblase. Mike hatte natürlich recht. Die Zeitungen waren voll mit Geschichten über Stars, die kürzlich wegen Jahrzehnte zurückliegender Jugendsünden in Ungnade gefallen waren. Warum also sollte es bei Mördern anders sein, vor allem in Anbetracht dessen, dass sie durch ihre letzte grausame Tat erneut in aller Munde waren?

Immerhin war dies ein Fall, dessen erfolgreiche Aufklärung einen Ruf, von dem der Lack ab war, wiederherstellen konnte.

In diesem Fall den ihren.

Mit einem Mal sprühend vor Energie, schaute sie zu Mike hoch.

»Haben wir den Tatort noch für uns?«

»Ja, wieso?«

»Dann komm.« Hawkins rollte sich vorwärts. Als ihre Muskeln protestierten, setzte sie ein Pokerface auf. Wenn Mike spitzkriegte, dass sie Schmerzen hatte, würde er sie sofort nach Hause fahren.

»Dann komm, *was*?«

»Also, meiner Erfahrung nach« – sie blieb neben ihm stehen – »ist es im Allgemeinen am besten, wenn der Officer, der die Ermittlung leitet, sich den Tatort ansieht. Meinst du nicht?«

Statt zu antworten, schüttelte Mike nur den Kopf und öffnete die Tür.

18

Die Türen schlugen krachend auf, und an den Seiten des Lastwagens waren die Schritte der beiden Männer zu vernehmen, noch bevor sie erschienen. Den größeren hatte Bull schon mal gesehen, doch der zweite war ihm unbekannt.

Sie öffneten die Ladeklappe. »Raus.«

Alle erhoben sich und standen in geduckter Haltung auf dem Lastwagen. Bulls Herz hämmerte.

Jeweils zu zweit schlurften sie zur Kante und sprangen auf die Straße. Bull gehörte zu den Ersten und verschaffte sich einen Eindruck von der Umgebung.

Zwar waren die Scheinwerfer der Lastwagen ausgeschaltet, doch der Himmel war wolkenlos und der Mond schien, wodurch Bull die verfallenen Gebäude sehen konnte, die sie umgaben, zudem hier und da wahllos aufgehäufte Müllberge.

Sie befahlen ihnen, sich in einer Reihe aufzustellen.

Bull schob sich hinter Liam in die Schlange, einen der älteren Jungs, der normalerweise für alles zu haben war. Heute Abend aber erkannte Bull, dass Liams Beine zitterten. Und das war beruhigend, denn ihm selbst ging es genauso.

Sie setzten sich in Bewegung und betraten eine schmale Gasse, die zwischen zwei Gebäuden hindurch verlief und zu einem Hang zu ihrer Rechten führte. Die Gasse verschluckte sie einen nach dem anderen, bis sie alle Finsternis umgab. Der Weg ging weiter, immer weiter und führte steiler bergab, je weiter sie gingen. Endlich gelangten sie auf ein zweites, noch schmaleres Sträßchen.

Bull gesellte sich zu der Gruppe, die sich vor ihm zusammenfand. Der Geruch nach Verbranntem war nun stärker ausgeprägt, und die Stille hatte etwas so Gespenstisches an sich, dass ihm übel wurde. In der Gruppe kam leises Gerede auf, doch Bull beteiligte sich nicht daran.

Ihnen wurde befohlen, den Mund zu halten.

Als sie jemand vor ihnen anwies, sich in Gruppen aufzuteilen, verstummten alle Gespräche. Es hieß, da das Gebiet nun für sicher erklärt worden sei, würden sie die Lastwagen herunterfahren, und ihre Aufgabe sei es, in der Gegend aufzuräumen.

Verwirrt schob sich Bull an einem der größeren Männer vorbei, um besser sehen zu können. Zunächst konnte er wegen des Dampfs, der aus einem geplatzten Wasserrohr aufstieg, nichts erkennen. Er trat vor und starrte in die Dunkelheit.

Und sah überall auf dem Boden Leichen liegen.

19

»Selbstverständlich mache ich mir Sorgen«, drängte die Anruferin. »Jedes Mal, wenn ich in die Zeitung schaue, lese ich von einem Überfall. Jetzt wurde wieder ein Mädchen getötet. Ich habe zwei Töchter, Peter. Ich kann nachts kaum noch schlafen.«

»Und was sollte Ihrer Meinung nach unternommen werden?«, fragte der Radiomoderator.

»Ich finde, die Polizei sollte draußen auf den Straßen sein und das Heft in die Hand nehmen.«

»Meinen Sie den Ausnahmezustand?«

»Nein, nein, Peter, ich rede von Nachbarschaftspolizei, so wie wir sie in den 60er Jahren hatten.«

»Meinen Sie, das würde helfen?«

»Schaden würde es jedenfalls nicht. Andernfalls wird alles nur noch schlimmer, lassen Sie sich das gesagt sein. Wenn diese Sache nicht aus der Welt geschafft wird, haben wir im Frühjahr eine Ausgangssperre.«

»Okay, Maggie, danke für Ihren Anruf, aber wir müssen unser Gespräch beenden. Es warten noch viele Menschen darauf, uns zu erzählen, was sie von der neuesten Mordserie in London halten. Hören wir uns an, was Shaun zu sagen hat. Hallo, Shaun …«

Hawkins drehte das Radio leiser. Dabei schoss ihr eine neuerliche Welle des Schmerzes durch den Oberkörper, und sie spannte sich an. Mit Mühe gelang es ihr, das Gesicht nicht zu verziehen. Keinesfalls sollte Maguire sehen, dass ihr im Genesungsprozess befindlicher Körper für heute schon genug hatte, obwohl sie doch erst seit wenigen Stunden wieder bei der Arbeit war.

»Tut mir leid.« Mike lenkte den Volvo um das nächste Schlagloch herum. »Ich weiß ja, dass ihr Briten die Herausforderung liebt, aber ich bin schon auf glatteren Feldwegen gefahren. Mit dir alles okay?«

»Alles gut«, log sie. »Aber wenn du den Wagen um die tieferen Schlaglöcher herumlenkst, halten meine inneren Nähte womöglich noch bis zum Abendessen.«

Mike setzte ein dünnes Lächeln auf. Damit schürte er Hawkins' Verdacht, dass er verstimmt war, weil sie den Valentinstag vergessen hatte. Sie waren erst seit ein paar Wochen wieder zusammen. Der Höhepunkt ihrer amourösen Begegnungen bestand bislang aus einem fünfminütigen Gefummel während des vergangenen Abends, als ihr Vater zu einem Spaziergang aufgebrochen war. Hawkins hatte es abgebrochen, als Mikes Hand eine ihrer Narben gestreift hatte. Gesagt hatte sie ihm das natürlich nicht; statt ehrlich zu sein, war sie mit der lahmen Ausrede dahergekommen, sie wolle nicht von ihrem Vater dabei erwischt werden, wie sie beide miteinander herummachten wie jugendliche Amateure. Den Rest des Abends war sie unauffällig jeder Gelegenheit, Zärtlichkeiten auszutauschen, aus dem Weg gegangen, obwohl sich Mike nach Kräften darum bemüht hatte. Womöglich hatte er also auf eine liebevolle Geste gehofft, auf ein Zeichen dafür, dass sie das Interesse an ihm nicht verloren hatte.

Ob dies nun der Fall war oder nicht, Hawkins hatte den

Großteil des Valentinstags damit verbracht, ihre Rückkehr zur Arbeit zu planen, vollkommen blind für die Bedeutung des Tages.

Sie ließ die Ereignisse noch einmal vor ihrem inneren Auge ablaufen. War Mike stiller gewesen als sonst und hatte womöglich auf eine kleine Aufmerksamkeit von ihr gewartet, bevor er sein fraglos aufmerksames Geschenk enthüllen würde? Schwer zu sagen. Die amerikanische Gesellschaft hatte schon immer mehr Wert auf saisonale Feiertage gelegt, und auch im britischen Alltag hielten heutzutage Schulbälle und Babypartys Einzug. Er wusste aber auch, dass Hawkins nur engste Verwandte mit Geburtstags- und Weihnachtsgeschenken bedachte, sodass es genauso gut möglich war, dass er dem Ereignis ebenfalls keine Bedeutung beimaß.

Wenn sie darüber nachdachte, schien es so, dass er sich mehr Gedanken wegen ihrer Gesundheit machte.

Bislang war die Fahrt vom Becke House von einer rasch aufeinanderfolgenden Salve bohrender Fragen über ihre körperliche Einsatzbereitschaft dominiert worden. Dann folgte eine Lektion darüber, dass sie ihre körperlichen Einschränkungen erkennen und respektieren solle.

Wie um das Thema zu unterstreichen, krachten sie durch ein weiteres Schlagloch.

Mike sah kurz zu ihr hinüber. »Hoppla, das war mir jetzt entgangen.«

Hawkins tat so, als fühle sie sich pudelwohl, darauf bedacht, sich nicht schon an Tag eins in die Karten schauen zu lassen. Zweifelsohne ahnte Mike, dass sie noch nicht wieder auf dem Damm war; sie hatten den Volvo S60 schlichtweg deshalb aus dem Wagenpark ausgewählt, weil er am bequemsten war. Zumindest für den Moment aber gab sich Mike damit zufrieden, sie in seiner Nähe zu haben. Dass sie wusste, jetzt gleich würde die Sendung *Deal or No Deal* auf Kanal vier laufen, hieß wohl, dass es für Hawkins wirklich besser war, wieder bei der Arbeit zu sein. Und sie war entschlossen, die Entscheidung, ihre Tätigkeit wieder aufgenommen zu haben, nicht wegen ein paar Baumwurzeln in der Asphaltdecke zu bereuen.

Dennoch war sie froh, als sie an der Reihe von zwielichtigen Buchmachergeschäften und Läden von Wohltätigkeitsorganisationen vorbei waren und den Park sehen konnten. Er war umzäunt von Sichtschutzwänden der Polizei und lag gegenüber einem der am schlimmsten aussehenden Blocks mit Sozialwohnungen, die sie seit Langem zu Gesicht bekommen hatte.

Maguire hielt neben der Eingrenzung an. Sofort löste Hawkins ihren Sicherheitsgurt und langte nach dem Türgriff. Ein Fuß stand schon draußen, als sie eine Hand auf ihrer Schulter spürte. Sie drehte sich um.

»Denk erst gar nicht daran.« Mike drohte ihr mit dem Finger. »Körperbehinderte dürfen den Wagen erst verlassen, wenn die persönliche Begleitperson zur Stelle ist.«

»Oh.« Hawkins merkte, dass sie sich nach wie vor nicht daran gewöhnt hatte, abhängig zu sein. Sie war so ungeduldig, hinter die Absperrung zu gelangen, dass sie sämtliche Gedanken an die eigene Unversehrtheit verdrängt hatte. Sie lehnte sich zurück und sah ein, dass sie es wahrscheinlich nicht mal bis in die Vertikale geschafft hätte, bevor sie zu Boden gesackt wäre.

»Na gut.« Sie machte die Tür wieder zu. »Dann hol eben den blöden Stuhl.«

Mit ihrer Bemerkung erntete sie einen halb belustigten, halb tadelnden Blick, doch Maguire erwiderte nichts. Hawkins wartete, bis er ausgestiegen war, bevor sie in ihrer

Handtasche nach den Schmerztabletten kramte und rasch mit einigen Schlucken aus der Wasserflasche, die sie für diesen Zweck mitgenommen hatte, zwei der stark wirkenden Tabletten hinunterspülte.

Als Mike ihren Rollstuhl aus dem Kofferraum hob, schaukelte der Wagen ein wenig.

Ungeduldig saß Hawkins da, sich mit dem Gedanken tröstend, dass sie zumindest seine Unterstützung hatte. Ob dies daran lag, dass die kürzlich durchlebten traumatischen Ereignisse sie mehr zusammengeschweißt hatten, vermochte sie nicht zu sagen, doch in den vergangenen Wochen waren Mike und sie vertrauter miteinander umgegangen als je zuvor. Nach wie vor meckerten sie aneinander herum wie ein altes Ehepaar, doch seit dem Angriff auf sie war da noch etwas anderes, das ihre Beziehung auf eine andere Ebene hob, etwas unter der Oberfläche, eine tiefere Verbundenheit.

An den außergewöhnlichen Schwierigkeiten, welche die Wiederaufnahme ihrer körperlichen Beziehung mit sich brachte, musste sie noch arbeiten. Probleme im Bett hatten sie bislang nie gehabt; tatsächlich war diese Seite der Beziehung immer phantastisch gewesen, weshalb sie wahrscheinlich, wenn dieser Aspekt nicht vorhanden war, häufiger aufeinander herumhackten als sonst. Ihr gesunder Menschenverstand sagte ihr, dass Mike sich nicht um die hässlichen Narben scheren würde, die ihren Leib überzogen. Aus der Sicht des Opfers einer Messerattacke hingegen fürchtete sie trotzdem, dass seine Libido Reißaus nehmen würde.

Sie hatte ein strategisch günstig sitzendes T-Shirt in Erwägung gezogen, das die hässlichen Narben verdecken würde. Doch das wäre dann wohl so, als würde man sich eine Papiertüte über den Kopf ziehen.

Zum Glück sagten die Ärzte, mit moderner kosmetischer

Chirurgie könnten die Narben so gut wie entfernt werden. Das Problem war nur, dass sie würde warten müssen, bis der Heilungsprozess weiter fortgeschritten war, bevor ein solcher Eingriff möglich wäre. Was entweder wochenlange Frustration bedeutete, oder sie musste es darauf ankommen lassen, dass Mike beziehungsweise sein bestes Stück eine dauerhafte Fehlfunktion erlitt. Oder es hieß Papiertütensex.

Für den Moment obsiegte die Abstinenz.

Seufzend wandte sie sich wieder der Zeitung auf ihrem Schoß zu. Mike hatte nicht übertrieben, was den neuerlichen Grad öffentlicher Panik in Zusammenhang mit dem aktuellen Mord betraf. Sie wurde von der Presse sowohl widergespiegelt als auch geschürt. Die gesamte Titelseite der *Sun* widmete sich dem Mord am Valentinstag, ein großes Aufmacherfoto zeigte aufgebrachte Bürger, die bereits vor dem Parlamentsgebäude ihre Zelte aufgeschlagen hatten, darüber eine Schlagzeile über umherschweifende Mörder und unfähige Polizisten. Und auch die landesweiten Schundblätter übten sich glückselig darin, Angst und Schrecken noch zu schüren, indem sie den schlecht Informierten und Verängstigten nach dem Mund redeten, fortwährend auf die Taten des Serienmörders vor Weihnachten hinwiesen und die Möglichkeit einer weiteren Mordserie betonten.

Dass die Wahrscheinlichkeit, an Herzinfarkt oder Krebs zu sterben, hundertmal höher war als durch die Hände eines willkürlich vorgehenden Verrückten, der einmal im Rampenlicht stehen wollte, scherte offenbar niemanden. Was brachten schon gewöhnliche Feld-Wald-und-Wiesen-Morde, zu denen es in der Hauptstadt Tag für Tag kam, Ehrenmorde, Bandenkriminalität, Auftragsmorde? Dass selbst die Möglichkeit, bei einem Kampf mit seinem Ehepartner zu sterben, viel höher war, wurde in einem solchen Propagandafeldzug nicht berücksichtigt. Also schlugen die Medien immer wieder in dieselbe Kerbe.

DU, LIEBER LESER, KÖNNTEST DER NÄCHSTE SEIN.

Sogar einige seriösere Zeitungen ritten auf der Welle der Sensationslüsternheit. Diverse Publikationen kramten Valentinstagsmorde aus früheren Jahren hervor und hielten dabei noch nach den dürftigsten Verbindungen Ausschau, die es ihnen ermöglichten, dem jetzigen Täter den Rang eines Serienmörders zu verleihen. Nicht, dass Hawkins ihnen das verübelt hätte. Da auch Mike diese Möglichkeit angesprochen hatte, würden andere das ebenfalls tun.

Doch es bestand eine große Chance, dass sich das Gerede von einem Serienmord totlaufen würde. Das kollektive Gedächtnis war kurzlebig, was derlei Ereignisse anging, und der Wirbel würde sich rasch legen, wenn keine konkreten Verbindungen zu anderen Morden gefunden wurden und keine weiteren Morde geschahen.

Jedenfalls hoffte sie das.

Als jemand an das Seitenfenster klopfte, schreckte Hawkins aus ihren Gedanken hoch. Sie öffnete die Tür und sah Maguire neben dem halb ausgeklappten Rollstuhl stehen.

»Das Ding will sich einfach nicht auseinanderklappen lassen.« Er trat gegen eine der Fußplatten. »Das Gestell rastet nicht ein. Hab mir den Finger geklemmt.«

»Armes Schätzchen.« Hawkins angelte ein Taschentuch aus ihrer Handtasche hervor und reichte es ihm. Im Nachhinein zollte sie ihrem Vater Anerkennung dafür, dass er den Rollstuhl ohne Hilfe oder Selbstverstümmelung zusammengebastelt hatte. »Dreh ihn mal um, damit ich den Mechanismus sehen kann.«

Wenig später schoben Maguire und sein lädiertes Ego Hawkins auf den Eingang des Parks zu. Noch immer konnten sie aufgrund der Sichtschutzwände nichts erkennen. Diese befanden sich außerhalb des Zauns und umgaben das Gelände zum Schutz vor neugierigen Blicken, wenngleich sie zu spät aufgestellt worden waren, um die Medien fernzuhalten. Die Umgrenzung schien direkt bis in den Himmel zu ragen, dessen ähnlich graue Farbe sich seit dem kürzlich niedergegangenen Regen nicht aufgehellt hatte. Zum Glück hatten die Schauer aufgehört, doch der Wind war schneidend, und die Temperaturen lagen unter dem Gefrierpunkt. Das Tageslicht verblasste bereits.

Sie erreichten den provisorisch in die Plane geschnittenen Eingang. Als diese Art Sichtschutz im Jahr zuvor eingeführt worden war, hatten auf den Wänden Warnhinweise wie »Polizeiliche Ermittlungen« gestanden. Als die hohen Tiere dann aber erkannten, dass man damit die Neugier noch mehr schürte, waren sie schnell wieder entfernt worden. Am Ende waren die Forensiker mehr damit beschäftigt gewesen, neugierige Jugendliche zu vertreiben, als das abgetrennte Gebiet nach Hinweisen abzusuchen. Die neuen, schlicht gehaltenen Abdeckungen waren unbeschriftet, was Beobachter angeblich mutmaßen ließ, die klamme Kommune hätte den abgeschirmten Bereich an irgendeinen gesichtslosen Konzern oder eine Firma verkauft.

Maguire schob die Plane beiseite und wies sich gegenüber dem gleich hinter dem Eingang postierten uniformierten Officer aus. Dann befanden sie sich in dem Innenraum, und Hawkins warf zum ersten Mal einen Blick auf den Ort, an dem Samantha Philips gestorben war.

Die Grundfläche des Parks war beinahe quadratisch. Es war seltsam, wie sich durch die Absperrung der umschlossene Raum, der ein öffentlicher Bereich hätte sein sollen, in eine Art geheimen Garten verwandelte. Ein Geflecht von Pfaden führte im Zickzack über das Gelände und durchschnitt Flächen von ausgezehrtem Gras, auf denen vereinzelt Bänke mit massiven Metallfüßen unter der hölzernen Sitzfläche standen. Von der Witterung gezeichnete Straßenlaternen säumten die Pfade. Zur Linken flankierten ein Kinderspielplatz und Bäume eine große Steinstatue.

Doch es war der Bereich im Zentrum, der Hawkins' Aufmerksamkeit anzog. Dort baute gerade eine Gruppe Spurensicherer ein weißes Ermittlungszelt ab. Die Sichtschutzwände waren effektiv, solange sich Beobachter auf Straßenhöhe aufhielten. Doch die Nachrichtensender hatten vor Kurzem in Kameradrohnen investiert, sodass nach wie vor Zelte benutzt wurden, um die heikelsten Zonen vor neugierigen Blicken wie vor potenzieller Beschädigung durch Wettereinflüsse zu schützen. Offenbar markierte dieses Zelt die Stelle, an der die Leiche von Samantha Philips von fünf jungen Teenagern gefunden worden war. Dass sie um vier Uhr nachts unbeaufsichtigt im Park gewesen waren, empfahl das Viertel nicht als einen Ort, an dem man Kinder großziehen sollte. Hawkins schauderte bei der Vorstellung, was alles hätte passieren können, wenn die Gruppe hier angekommen wäre, als der Mörder noch zugegen gewesen war.

Dass das Zelt abgebaut wurde, bedeutete, dass die Leiche schon seit geraumer Zeit nicht mehr hier war. Der Sichtschutz wurde lediglich am Tatort belassen, um mögliche noch verbliebene Spuren nicht zu verwischen. Die Leiche selbst war *in situ* untersucht, nach Fasern und DNA abgetupft, fotografiert und erst im Anschluss daran zur detaillierten Analyse und Autopsie in eine nahe gelegene Leichenhalle gebracht worden. Üblicherweise geschah dies binnen vierundzwanzig Stunden nach dem Auffinden. Dieser Tatort war nun schon über dreißig Stunden alt. Das bedeutete, dass es keine ärgerliche Wartezeit mehr geben würde, während der die Forensiker die Leiche untersuchten. Zudem ersparte es Hawkins die Peinlichkeit, im Rollstuhl sitzend einen Schutzanzug anlegen zu müssen.

Mike blieb stumm hinter ihr stehen. Er wusste, dass sie es vorzog, Tatorte zumindest am Anfang für sich allein zu inspizieren, statt die Mutmaßungen eines anderen zu hören.

Nach einer Weile schaute sie zu ihm hoch und wies auf die Gruppe von Anzugträgern, die in der gegenüberliegenden Ecke standen. »Unterbrechen wir sie mal.«

Maguire schob sie hinüber.

Wie immer war Gerald Pritchard dabei, der Pathologe der Zentrale. Wegen des nasalen Klangs seiner Stimme und seines altbackenen Geschmacks in Bezug auf Kleidung war Pritchard von Kollegen Mr Bean getauft worden. Dass er nicht gerade Hawkins' Lieblingskollege war, hatte eher mit seiner Neigung zu tun, jede Frau anzugeifern, die nicht bei drei auf den Bäumen war. Flankiert wurde Pritchard von der üblichen Bande von Spurensicherern, zudem einigen Fotografen sowie Mitarbeitern, die wahrscheinlich für die wissenschaftliche Analyse zuständig waren.

Hawkins wartete, bis eine Gesprächspause entstand. »Gerald, wie geht es Ihnen?«

Pritchard wandte sich um und hob die Brauen, weil er gezwungen war, den Blick zu senken. »Chief Inspector Hawkins, wie schön, Sie wiederzusehen. Auf dem Weg der Besserung?«

»Absolut, bloß noch ein paar Muskelrisse. Nichts Bleibendes.«

»Schön, das zu hören.« Er bedachte sie und Mike jeweils mit einem schrägen Grinsen. »Sie kommen allerdings ein wenig spät zur Party, wir sind gerade im Begriff, den Tatort freizugeben. Sie hätten gestern mit Ihrem DI vorbeikommen sollen.«

»Heute ist mein erster Tag wieder im Dienst«, erwiderte sie. »Aber ich brenne darauf, das Steuer wieder zu übernehmen. Haben Sie Fotos von der Leiche, so wie sie aufgefunden wurde?«

»Natürlich.« Er wandte sich einem der jüngeren Männer zu. »Otis, hast du bitte mal einen Moment?«

Der jüngste und am elegantesten gekleidete von ihnen drehte sich um und kam zu ihnen herübergetrottet. Um seinen Hals hing eine riesengroße Kamera, und in der Hand hielt er ein iPad.

»Das ist Otis King, unser neuer Spurensicherungsexperte.« Pritchard stellte jeden einzeln vor, und die Männer schüttelten einander die Hand. Es gelang Hawkins, ihren Zorn darüber zu verbergen, nur mit einem Nicken bedacht zu werden. *Glaubte der Kerl etwa, wenn er zu fest an ihrem mickrigen Frauenhändchen zog, würde sie in die Grätsche gehen?*

Zum Glück sprach Pritchard mittlerweile wieder und lenkte sie damit ab. »Bitte zeigen Sie den Detectives Ihre Fotos, Otis. Ich komme gleich nach.«

King führte sie an die Stelle, wo nun nichts mehr von dem Zelt zu sehen war. Drei Mitarbeiter packten Stangen und Planen auf einem nahe gelegenen Rasenstück in robuste Taschen.

Dort, wo der Schotterweg begann, einen sanften Bogen zu beschreiben, bevor er sich gabelte, blieben sie stehen. Ein Abzweig verlief parallel zur Eingrenzung, während der andere auf kürzestem Weg zu dem Denkmal zu ihrer Rechten führte.

»Wenn ich Sie mal ein bisschen zurückrollen darf …« Otis führte Maguire und seine sitzende Fracht an den Rand des Pfads. Dort stellten sie sich so auf, dass sich die Steinskulptur vor ihren Augen befand.

»Hier lag sie.« Er wies mit beiden Armen auf einen blutbefleckten Abschnitt des Pfads. »Der Kopf lag in unsere Richtung, die Füße zeigten dorthin.«

Hawkins sah zu, wie King Schritt für Schritt zurücktrat und dabei die wahrscheinlichen Bewegungen des Opfers nachvollzog. Dabei wandte er sich beharrlich Mike zu, ohne sie auch nur eines Blickes zu würdigen. Und das war nun *definitiv* nicht auf Besorgnis um ihren Gesundheitszustand zurückzuführen.

Der Kerl war ein eingefleischter Sexist.

King gesellte sich wieder zu ihnen, fuhr sein iPad hoch und reichte es sofort Mike. »Diese Fotos wurden genau dort aufgenommen, wo Sie jetzt stehen. Ich bin zwar kein Experte in Sachen Gewalteinwirkung, aber wer immer sie so zugerichtet hat, hat es wirklich ernst gemeint. Einfach wischen, um weiterzublättern.«

Hawkins räusperte sich so laut, dass sich nicht nur Maguire und der Fotograf, sondern auch die drei Meter entfernt stehenden Mitarbeiter umdrehten.

»Danke.« Ohne weitere Vorrede nahm sie Mike das Tablet aus der Hand und betrachtete das erste Bild eingehend. Keiner der Männer sagte ein Wort.

Das Foto war kurz vor der Morgendämmerung des gestrigen Tages aufgenommen worden, wahrscheinlich kurz nachdem das erste Einsatzteam eingetroffen war. Die Qualität des Fotos und des Displays war hervorragend und ermöglichte es ihr, sogar in den dunkleren Bereichen der Aufnahme einzelne überfrorene Grashalme auszumachen. Wie Otis es ihnen versichert hatte, standen sie an der richtigen Stelle. Das Foto zeigte den Pfad und das dahinter stehende Ehrenmal aus dem gleichen Winkel, aus dem sie es nun sah. Der einzige Unterschied bestand darin, dass der Tatort auf dem Bild von Raureif überzogen war und nun keine Leiche mehr mit dem Gesicht nach unten auf dem Boden ausgestreckt lag.

Hawkins zoomte den Kopf des Opfers auf dem Display auf maximale Größe und wählte die rechte Schläfe aus, wo Samantha Philips' Schädel eingeschlagen worden war. Leider verbargen Schatten und der Winkel, aus dem die Aufnahme gemacht worden war, viele Details.

»Blättern Sie weiter«, schlug Otis leise vor. »Es kommen noch detailliertere Aufnahmen.«

Als Hawkins sich mit wischenden Fingerbewegungen ein Bild nach dem anderen anschaute, bemerkte sie, dass die Motive mit der Zeit zunehmend heller wurden. Auf einigen Bildern waren Spurensicherungsbeamte in Schutzanzügen zu sehen, die neben der Leiche kauerten, um Fasern zu sichern oder Abstriche vorzunehmen. Eine Reihe von Nahaufnahmen zeigten spezifische Details an der Kleidung oder den Händen. Hawkins registrierte Nikotinflecken am rechten Zeigefinger und große Mengen Schmutz unter den Fingernägeln.

Sie wies darauf hin. »Ist es zu dieser Verunreinigung ...«

»Während des Angriffs gekommen?«, unterbrach sie Pritchard mit seiner näselnden Stimme von hinten. »Nein. Weder die Zusammensetzung noch das Alter dieses Materials passt zu irgendwas hier im Park. Es handelt sich um eine Mischung aus häuslichen Partikeln, die sich im Verlauf der vergangenen Tage nach und nach angehäuft haben. Wie es aussieht, war Ms Philips nicht gerade reinlich, was ihr Äußeres angeht. Dies gilt auch für den allgemeinen Zustand ihrer Körperhygiene, wie die Autopsie bestätigt hat.«

Hawkins drehte ihren Rollstuhl in seine Richtung. »Also, was meinen Sie?«

»Sie gestatten?« Pritchard nahm Otis das iPad ab und begann durch die Fotos zu blättern. Dann streckte er die Hand mit dem Gerät aus und wies auf das Foto auf dem Bildschirm. Es war eine Nahaufnahme von Philips' rechter Schläfe beziehungsweise dem, was davon übrig geblieben war.

»Epiduralhämatom«, kommentierte er sachlich. »Herbeigeführt durch einen kurzen, festen Schlag zum Pterion, einer Schwachstelle im Schädel zwischen Stirn-, Scheitel-, Schläfen- und Keilbein, der die mittlere Arteria meningea rupturierte und einen tödlichen Schlaganfall verursachte. Weitere Schläge auf den gleichen Bereich waren schlichtweg dazu gedacht, auf Nummer sicher zu gehen. Im Verbund mit dem nachweislichen Fehlen weiterer Verletzungen ist diese offenbar mit der Absicht zugefügt worden zu verhindern, dass das Opfer sich verteidigt, um es zu schwächen und schließlich zu töten. Diese These wird untermauert durch den Winkel des ersten Schlags, ein Hieb von hinten und leicht rechts vom Opfer. Diese Details deuten darauf hin, dass der Mörder – ein Rechtshänder, übrigens – darauf achtete, dass seine Zielperson ihn nicht kommen sah. Kurz, Detective, unser Täter hatte kein Interesse am Vorgang des Tötens, sondern nur am Ergebnis.«

»Klingt vernünftig.« Wenn nicht der Terminologie, so folgte Hawkins doch dem Inhalt von Pritchards Ausführungen. »Über welche Art von Gegenstand sprechen wir hier? Irgendwas Ausgefallenes?«

Pritchard schüttelte den Kopf. »Ich fürchte, vermutlich nichts Exotischeres als ein haushaltsüblicher Hammer. Wir haben die Mordwaffe zwar noch nicht gefunden, aber die Verletzungen des Opfers deuten auf ein solches Werkzeug hin. Etwas Komplizierteres brauchte der Mörder nicht.«

Hawkins fand sich mit der Tatsache ab, dass die Suche nach der Herkunft der Waffe nur eine ergebnislose Förmlichkeit sein würde. Manche Fälle, bei denen man es mit Schusswaffen oder ungewöhnlichen Tatwaffen zu tun hatte, ließen sich vorantreiben, indem man deren Herkunft ausfindig machte. Doch ein Haushaltsgegenstand, der brandneu oder Jahre alt sein konnte und allein in London in tausenden Läden erhältlich war?

Keine Chance.

Sie schaute zu der Stelle hinüber, an der die Attacke stattgefunden hatte, und kam zu dem Schluss, dass das an den Pfad angrenzende Denkmal die perfekte Stelle für einen Hinterhalt bot. Der Sockel des Steinmonuments war hoch genug, dass sich ein Erwachsener dahinter verstecken konnte, und die überhängenden Gehölze sowie das Fehlen einer Beleuchtung in der Nähe ließen die Schatten noch tiefer werden. Sie stellte sich vor, wie Samantha Philips in der finsteren Nacht durch den Park wanderte und die Silhouette des Mörders von ihr unbemerkt hinter dem Steinsockel auftauchte. Seine Schuhe hatten vermutlich auf dem feuchten Gras keine Geräusche verursacht.

»Deutet diese Art von Angriff darauf hin, dass der Mörder eine entsprechende Ausbildung genossen hat?«, fragte sie.

»Ein Schlag auf das Pterion? Nichts, was Sie oder ich nicht nach zehn Minuten Suche im Internet aufschnappen könnten. Derlei Informationen sind leicht zu finden.«

»Irgendwelche brauchbaren Spuren?«, schaltete sich Mike ein.

»Unglücklicherweise hat uns das Wetter einen Strich durch die Rechnung gemacht.« Pritchard deutete auf den sich zuziehenden Himmel. »Kurz nachdem Ms Philips verstarb, ging ein heftiger Schauer nieder und ist dann überfroren, wodurch der größte Teil der Spuren, die wir sonst hätten sicherstellen können, vernichtet wurden. Bis wir eine Möglichkeit finden, unsere Zelte schon vor einem Mord unter freiem Himmel aufzuschlagen, wird das Wetter in Großbritannien bedauerlicherweise das größte Problem der Kriminalistik bleiben, Detective.«

»Voraussichtlich.« Sie warf einen Blick auf Mike. »Was hatte unser Opfer hier draußen verloren, allein, um drei Uhr morgens?«

»Das ist kein Geheimnis.« Maguire wies auf die Wohnsiedlung, die jenseits der Absperrungen aufragte. »Wie gesagt, Sam lebte, mit freundlicher Unterstützung des Staats, dort oben in dem Wohnblock. Aber sie war Raucherin, und heutzutage darf man so etwas in öffentlichen Gebäuden nicht mehr. Das Gesundheitsministerium geht hart dagegen vor, und deswegen wimmelt es in diesen Wohnungen nur so vor Rauchmeldern. Auf Bewährung Entlassene wie Sam dürfen sich erst drei Meter außerhalb der Grundstücksgrenze eine anstecken. Wer schert sich schon darum, wenn alle anderen Mütter da drin auf ihren DFS-Sesseln Kette rauchen? Die Bewohner, die bereit waren, mit uns zu reden, sagen, Philips war drei- bis viermal in der Nacht unten, um zu rauchen, seit sie letztes Wochenende dort eingezogen ist.«

»Der gute alte Strafverfolgungsdienst der Krone erobert Herzen und Hirne«, kommentierte Hawkins. »Was haben wir in puncto Charakter?«

Maguire zuckte mit den Schultern. »Nicht viel. Sie blieb für sich allein, ist nicht wirklich auf Kuschelkurs mit den Nachbarn gegangen. An Freunden und Familie sind wir gerade dran. Beide Eltern sind tot, aber sie hatte noch einen Bruder namens Simon.«

Hawkins nickte. In Gedanken erstellte sie bereits eine Liste mit Namen der Personen, die ein Interesse am Tod von Samantha Philips gehabt haben konnten. Es konnte natürlich auch ein wahlloser Akt der Gewalt gewesen sein, ein willkürlich zuschlagender Mörder, der sein Ziel nach den Begleitumständen aussuchte. Allerdings war so etwas nach Hawkins' Erfahrung fast nie der Fall. Um jemanden so sehr zu hassen, dass man ihn tötete, musste man sich zuvor etwas aus ihm gemacht haben.

Die überwältigende Mehrheit der Morde wurde von Menschen begangen, die zuvor eine emotionale Beziehung zu ihren Opfern eingegangen waren. Die Motivation eines Mörders, der die komplette Haftstrafe abgewartet hatte, um dann, als der Verursacher seines Zorns entlassen wurde, dessen vermeintliche Schuld sofort zu begleichen, konnte nur leidenschaftlichen Wurzeln entspringen. Wer also zuvor starke emotionale Bindungen mit dem Opfer eingegangen war und von daher Unmut gegenüber der Verstorbenen empfinden konnte, musste zumindest in den Kreis der Verdächtigen aufgenommen werden. Sie mussten potenzielle Täter ausschließen, beginnend mit Freunden, Ehemännern und anderen wichtigen Bezugspersonen der Gegenwart oder Vergangenheit. Die Wahrscheinlichkeit, dass dieser Mord, wie es die Medien behaupteten, etwas mit dem Valentinstag zu tun hatte, würde dann sinken.

Dann war da noch der Bruder. Es war unwahrscheinlich, dass der Zorn eines Geschwisters zu einer solch brutalen Tat führen konnte, aber man steckte nie drin. Ein Leben voller Groll mochte einen tief verwurzelten Hass gebären und wäre für einen bezahlten Mörder die perfekte Tarnung. Allerdings glaubte Hawkins nach wie vor nicht, dass es Fälle gab, in denen emotional aufgeladene Familienfehden auf eine so eiskalte Art geregelt wurden.

Die Ermittlungen würden bald die Vergangenheit des Opfers enthüllen und dazu jedweden Rauch, der auf ein Feuer deuten konnte. Menschen verübten selten einen Mord, wenn sie zuvor gesetzestreue Bürger gewesen waren. Falls sich also weder der Bruder noch einer der Exfreunde als vorbestraft herausstellte, war es unwahrscheinlich, dass einer von ihnen der Täter war. Das alles bedeutete, dass ihre Ermittlung sich vor allem auf Philips' kriminelle Vorgeschichte konzentrieren musste. Rache war einer der stärksten Antriebe für Mord, und Sam hatte in dieser Hinsicht nicht nur ihre eigene Geschichte, sondern gerade sechs Jahre mit hunderten anderer Menschen mit ähnlichen Lebensgeschichten hinter Gittern verbracht.

Normalerweise veränderte sich das Leben für jemanden, der den Rubikon überschritten und einen Menschen ins Jenseits befördert hatte, für immer: Das Leben des Täters wurde durch die Unumkehrbarkeit der Handlung dauerhaft geprägt. Und war die für jeden unentbehrliche Selbstachtung erst einmal dahin, erlangte häufig eine andere Geisteshaltung die Oberhand.

Einmal verurteilt, hat ein Mörder wenig zu verlieren. Seine Einstellung gegenüber jeder Interaktion verändert sich grundlegend. Das Leben wird für ihn zu einer Abfolge von Kompromissen und Bedrohungen, von Übereinkünften, die das Überleben der Beteiligten vereinfachen oder gar verlängern.

Außer man überschreitet ein weiteres Mal die Grenze.

Der anfänglichen Recherche des Teams zufolge hatte Samantha Philips ihre Haft jedoch ohne größere Zwischenfälle überstanden. Sie hatte den Kopf eingezogen und ihre täglichen Pflichten erledigt, war nie als Unruhestifterin auf dem Gefängnisradar aufgetaucht und hatte nie Mitgefangene gegen sich aufgebracht. So ungewöhnlich es war – Philips hatte das Gefängnis verlassen, ohne dass jemand Groll gegen sie hegte. So etwas nannte man im Gefängnisjargon »sauber«.

Demzufolge beschloss Hawkins, die Ermittlung solle nun jedem eine höhere Priorität einräumen, der Brendan Marsh nahegestanden hatte, dem Mann, der angeblich Sam Philips vergewaltigt hatte und dann von ihr ermordet worden war.

Nachdem ihr Blick ein letztes Mal das im Dunkel versinkende Grün überflogen hatte, schaute sie zu ihrem Stellvertreter auf. »In welcher Wohnung hat sie gewohnt?«

»Achtundzwanzig.«

»Dann wollen wir sie uns mal anschauen.« Sie klatschte auf die Armlehnen ihres Rollstuhls, um zu signalisieren, dass sie startbereit war.

»Das geht nicht, tut mir leid.« Mike deutete wieder mit dem Daumen in Richtung des Wohnblocks. »Die Wohnung liegt im ersten Stock. Wenn du also nicht huckepack genommen werden oder jede Menge Stufen auf dich nehmen möchtest, wird die Sache noch warten müssen.«

Hawkins machte bereits Anstalten, sich aus dem Rollstuhl zu quälen, als Otis zu ihrer Rettung hinzukam.

»Schon gut.« Er nahm Pritchard das iPad wieder ab. »Ich habe Fotos.«

Er fummelte einen Moment an dem Gerät herum, bevor er ihr das Tablet reichte. Das erste Bild zeigte ein kleines Apartment mit kahlen Wänden und einem schmuddeligen Teppichboden, an der einen Seite stand ein provisorisches Bett. Vor der hinteren Wand waren ein paar Kartons gestapelt, in denen sich wahrscheinlich die Kleider und Habseligkeiten befanden, die während Samanthas Haftzeit in Verwahrung geblieben waren, möglicherweise bei ihrem Bruder. Davon abgesehen war die Wohnung leer.

Die folgenden Fotos zeigten Küche und Badezimmer, ebenfalls sehr übersichtlich eingerichtet, wenig überraschend, wenn man bedachte, dass Philips ihre Bleibe erst seit einer Woche bewohnte.

Hawkins reichte King das iPad wieder zurück. »Irgendwelche Beobachtungen in Bezug auf die Zimmer, die diese Bilder nicht wiedergeben?«

Der Fotograf dachte einen Moment nach. »Bloß ein durchdringender Geruch nach Feuchtigkeit.«

»Okay.« Sie wandte sich Mike zu. »War sie viel unterwegs?«

»Es sieht definitiv nicht danach aus. Die Schränke sind voller Konserven, sodass ich sagen würde, sie hatte sich für eine Weile zurückgezogen. Der einzige Grund, weshalb sie die Wohnung verließ, war das Rauchen.«

Hawkins nickte. »Und was hat sie getan, um Geld zu verdienen?«

»Ist nicht bekannt. Das Gericht hatte ihr ein paar Vorstellungsgespräche vermittelt für einfache körperliche Tätigkeiten. Du weißt schon, Wiedereingliederung und so weiter, aber die standen erst Ende dieser Woche an.«

Sie nahm sich vor, die finanzielle Situation der Frau unter die Lupe zu nehmen. »Warum hat sie ihre Sachen nicht ausgepackt?«

»Vielleicht besaß sie nichts, was sich auszupacken gelohnt hätte?«, offerierte Pritchard.

»Könnte sein«, stimmte ihm Hawkins zu. »Oder verhält sich so jemand, der gar nicht vorhat zu bleiben?«

Jemand, der wusste, dass auf ihn Jagd gemacht wird.

20

Bull lag auf dem Rücken und starrte auf die Unterseite des Bettes über ihm.

»Nobby«, »Swish«, »Barker« und hundert weitere Namen waren in den schäbigen Lattenrost eingeritzt worden und

füllten jeden Quadratzentimeter aus, sodass es keinen Platz mehr gab, in den Bull seinen eigenen Namen hätte einritzen können, wenn er es denn gewollt hätte. Wie viele dieser Männer gab es noch? Wahrscheinlich war es am besten, wenn man es nicht wusste.

Er streckte sich so bequem es ging aus; viel Platz boten die Betten nicht, und dieses roch penetrant nach Schweiß. Immerhin hatte er die untere Etage des Stockbettes ergattert und konnte den Stauraum darunter nutzen.

Er hörte, dass sich am anderen Ende des Raums jemand unterhielt. Normalerweise wären sie jetzt alle draußen im Dienst, doch nach der vergangenen Nacht hatte man ihnen gestattet, sich auszuruhen. Er war gegen vier Uhr ins Bett gekrochen, hatte jedoch nicht einschlafen können, da er immer noch die Toten vor Augen hatte.

Zwar hatte er schon zuvor Leichen gesehen, aber dieses Mal war es anders gewesen. Es waren Frauen unter ihnen gewesen.

Und Kinder.

Sie hatten die Leichen nacheinander weggeschleppt und dabei in Gruppen gearbeitet, um die schwereren Männer zu tragen. Sie hatten die Leichen zum Lkw getragen und sie den Männern hinten auf der Ladefläche hochgereicht. Dann waren sie zurückgegangen, um nach weiteren Leichen zu suchen. Als sie immer weniger Tote fanden, hatte sich seine Gruppe aufgeteilt. Bull hatte seine Chance gewittert und darauf gehofft, den anderen würde es nicht auffallen, wenn er sich absonderte und nicht mehr so häufig zurückkehrte.

Dann hatte er das Baby gefunden.

Die kleine, schrumpelige Leiche lag in einer Ecke. Bull hatte sich umgeschaut, doch es war niemand in der Nähe gewesen. Widerwillig hatte er sich gebückt und sie aufgehoben.

Dabei war die Leiche in zwei Teile zerfallen.

Würgend war Bull zu Boden gesunken. Er hatte sich auf die Erde gekniet und sich übergeben, bis er nur noch Gallenflüssigkeit ausspuckte. Dann hatte ihn der Drang übermannt davonzulaufen. Taumelnd war er wieder auf die Beine gekommen. Wohin er lief oder wie weit er von zu Hause entfernt war, spielte keine Rolle. Er wollte einfach nur weg.

Weg von dem kleinen Jungen ohne Unterleib.

Wenig später hatten die anderen ihn gefunden, in einer Ecke zusammengesunken und unsinniges Zeug vor sich hin quasselnd. Auch die Fahrt zurück war beschissen gewesen, selbst wenn Bull froh darüber war, dass niemand reden wollte. Er hatte fortwährend gegen den Brechreiz angekämpft.

Dieses Gefühl war verflogen, doch die Bilder der vergangenen Nacht suchten ihn immer wieder heim, wenn er die Augen schloss. Er brauchte etwas, um sich von allem abzulenken.

Dann erinnerte er sich an das Holz.

Er rollte sich an die Kante des Betts und langte darunter. Als er in der Ecke fand, wonach er gesucht hatte, zog er den kleinen Holzblock hervor und hielt ihn sich vor die Augen. Er hatte ihn vor einigen Tagen gefunden. Um welche Holzart es sich handelte, wusste er nicht, aber der Block war stabil, und von ein paar rauen Stellen abgesehen fühlte sich seine Oberfläche gut an.

Er ließ seine Finger an der Maserung entlanggleiten, bevor er nach dem Messer in seiner Tasche langte und eines seiner Werkzeuge ausklappte. Er versuchte, die Splitter abzuschmirgeln, doch die Feile war zu schmal, sodass er sie gegen die größere Klinge tauschte und stattdessen damit begann, kleine Späne abzuschaben. Erfreut stellte er fest, dass das Holz zwar weich, aber doch feinporig war und die Schnittkanten ganz glatt wurden.

Während er schnitzte, schweiften seine Gedanken ab, und zum ersten Mal seit der vergangenen Nacht begann er sich zu entspannen. Einen Moment lang fühlte er sich wieder zurück-

versetzt in sein Zimmer zu Hause. Er hörte Musik, obwohl er doch seine Hausarbeiten hätte machen sollen. So lange war das noch nicht her, fühlte sich nun aber so an, als wäre es in einem früheren Leben gewesen.

Das Geräusch von Schritten unterbrach seine Tagträume. Jemand ging an seinem Bett vorbei. Er versteckte das Holz unter seinem Bein, bis die Geräusche verklangen. Dann holte er seine Schnitzerei wieder hervor und musterte sie.

Was zum Teufel war das?

Vielleicht lag es bloß am Blickwinkel. Er drehte das Holz um. Doch die Schnitzerei erinnerte ihn immer noch an dasselbe.

Er legte das Holz wieder unter das Bett und schloss die Augen, darauf hoffend, dass die Gedanken verschwinden würden. Die vergangene Nacht, Zerstörung und Tod.

Seine Rolle dabei.

Doch er konnte nicht vergessen; die Schnitzerei sah aus wie das Bild, das nun wieder und wieder vor seinen geschlossenen Augen erschien.

Sie sah aus wie der kleine Junge ohne Unterleib.

21

Der amerikanische, nur leicht vom britischen überlagerte Akzent riss sie aus ihren Gedanken. »Und ratzfatz geht's zurück.«

Hawkins drehte sich um und schüttelte den Kopf, während Mike den Range Rover mit quietschenden Reifen anfuhr. Sie drehte den Rollstuhl in Richtung des Hauses und rollte den Weg hinauf.

Erst als das tiefe Brummen des Motors verklungen war, sackte sie im Stuhl in sich zusammen. Sie stieß den Atem aus, bemüht, das flaue Gefühl in ihrer Magengegend ein wenig zu lindern. Ihr Pulsschlag dröhnte ihr in den Ohren und erinnerte sie daran, dass ihr Herz Höchstleistungen vollbrachte, um zu reparieren und ihr Kraft zu geben. Eine ganze Weile lang saß sie ganz still da. Sie war froh darüber, dass diese Februartage immer noch so kurz waren und sie in Dunkelheit hüllten. Sie musterte die Fenster nach Anzeichen dafür, dass ihr Vater sie hatte ankommen hören. Doch die Vorhänge bewegten sich nicht.

Ihr Geheimnis war fürs Erste gehütet.

Sich auch nur sechs Stunden lang aufrecht zu halten, sich aus dem Stuhl hinaus- und wieder in ihn hineinzuhieven und sich darin vorwärtszubewegen hatte ihrer ohnehin schwachen Kondition den Rest gegeben. Sie hatte bereits ihre Dosis Schmerztabletten für den kommenden Tag verbraucht, und falls sie sich im Schlaf nicht erholte, würde Hawkins einräumen müssen, dass sie sich übernommen hatte.

Immerhin war es ihr gelungen, sich die Schmerzen nicht anmerken zu lassen, als Mike sie vorhin in den Rollstuhl verfrachtet hatte. Sie hatte ihn daraufhin sofort losgeschickt, um etwas zu essen zu holen. Ihr Vater, so hatte sie ihm versichert, würde ihr die Tür aufmachen und ihr die Stufen hinaufhelfen. Belohnt worden waren ihre Bemühungen mit diesem Moment des Alleinseins, ohne die beiden Menschen, die sich bemühten, sie so lange zu bremsen, bis ihr lädierter Körper wieder den Ansprüchen ihres frustrierten Verstandes gerecht wurde.

Endlich war sie wieder in der Lage, sich im Rollstuhl aufzurichten, und begann ihre langsame Fahrt in Richtung des Hauses. Sich dem Ort der Attacke zu nähern, verursachte ihr nach wie vor ein flaues Gefühl in der Magengegend. Doch sie rollte weiter, entschlossen, ihre Beklemmung nicht obsiegen zu lassen. Andernfalls würde sie auf ewig davonlaufen.

Sie erreichte die Tür und drehte den Rollstuhl zur Seite, damit sie an den Klingelknopf gelangte. Sie drückte ihn, hörte das Läuten und richtete den Rollstuhl so aus, dass ihr Vater ihr hinaufhelfen konnte.

Doch es geschah nichts.

»Komm schon, Dad.« Sie läutete erneut.

Nach einer Weile wurde ihr klar, dass er die Klingel nicht gehört hatte. Sie griff zu ihrem Mobiltelefon und rief ihre Festnetznummer an. Während es drinnen zu läuten begann, lehnte sie sich im Stuhl zurück und hielt nach Schatten hinter dem beleuchteten Fenster Ausschau. Nach wie vor rührte sich nichts. Vielleicht war er draußen.

Hawkins tastete in ihrer Manteltasche nach den Schlüsseln, rollte ihren Stuhl näher heran und kämpfte mit dem Schloss, bis es aufsprang. Sie drückte die Tür auf.

»Dad?«, rief sie in den verwaisten Hausflur hinein. »Bist du da?«

Im Wohnzimmer brannte Licht.

Stille.

Plötzlich kreischte der Rauchmelder auf.

»Dad?«, schrie Hawkins. Sie schaute sich nach Passanten um, entdeckte jedoch niemanden. Die Nachbarn arbeiteten lange und würden nicht zu Hause sein, und sie würde den ganzen Weg auf rollstuhltauglichen Pfaden zurücklegen müssen, um das nächste Grundstück zu erreichen, ohne jede Garantie, dass jemand da sein würde. Sie wandte sich wieder dem Haus zu und lauschte angestrengt nach einem Lebenszeichen. Und das, während der Alarmton des Rauchmelders weiterhin plärrte.

Schließlich quälte sie sich aus dem Rollstuhl heraus, ging an der Haustür auf die Knie und schaute sich um. Auf keinen Fall würde sie den Rollstuhl über die Schwelle manövrieren können, ohne dabei aufzustehen.

Sie musste ihn zurücklassen.

Hawkins kroch voran und ignorierte dabei ihre gequälten Bauchmuskeln. Sie stellte sich vor, wie ihr Vater auf dem Boden lag, während ihn Rauch einhüllte. Gegen den Drang ankämpfend, sich einfach nur fallen zu lassen und sich einzuigeln, erreichte sie das Wohnzimmer und schaute nach, ob jemand da war.

»Dad?«, schrie sie erneut, um das unentwegte Piepen zu übertönen, das, wie sie nun merkte, aus der Küche kam.

Hawkins nahm all ihre Kraft zusammen und bemühte sich, möglichst schnell zum Eingang der Küchentür zu gelangen. *Was zum Teufel hatte er getan?* Hatte er wieder geraucht? Vor Weihnachten hatte er aller Welt verkündet, er werde damit aufhören.

Sie versuchte abzuschätzen, wie lange Mike nun schon weg war; ihr wurde jedoch klar, dass es höchstens ein paar Minuten waren. Falls ihr Vater wirklich Hilfe benötigte, war sie die ungeeignetste Helferin, die man sich vorstellen konnte. Gefunden zu werden war das eine, aber wenn der vermeintliche Retter dann ebenfalls in Not geriet, stand das auf einem ganz anderen Blatt.

Sie schaffte es bis zur Küche, wo sie rasch einen prüfenden Blick auf den Fußboden warf und erleichtert feststellte, dass niemand dort lag. Ihre Erleichterung währte jedoch nur kurz, denn ihr wurde klar, dass ihr Vater genauso gut oben sein konnte und wiederbelebt werden musste. Und in ihrem gegenwärtigen Zustand hatte Hawkins keine Chance, es ohne Hilfe nach oben zu schaffen.

Dann fiel ihr Blick auf den schwarzen Qualm, der aus dem Backofen drang. Sie musste eine Entscheidung treffen. Selbst wenn sie die Treppe hinaufkroch, konnte das ganze Haus in Flammen stehen, bis sie es in den Flur geschafft hatte.

Erst musste sie dieses Problem hier lösen.

Auf Knien über die Bodenfliesen rutschend, machte sich Hawkins auf den Weg auf die andere Seite der Küche. Sie sah, wie Flammen von der Unterseite des Grills hervorzüngelten. Entsetzt begriff sie, dass sie würde aufstehen müssen, um sie zu löschen.

Vor dem Herd hielt sie inne und kauerte sich dort einen Moment hin, um den gröbsten Schmerz zu lindern. Den Alarmton versuchte sie auszublenden, stellte sich aber dabei vor, wie die Flammen um sich griffen.

Sie fasste nach dem nächstbesten Griff und zog ihr rechtes Bein nach vorn, bis ihr Fuß flach auf dem Boden stand. Ohne innezuhalten, stieß sie sich vom Boden ab, was ihr rasende Schmerzen im Bauch verursachte. Zunächst lief alles gut und sie kam voran, doch dann wurde ihr schwummrig, und sie ließ sich wieder fallen. Schwer atmend starrte sie auf den gefliesten Boden, während sie ihre Kräfte für einen weiteren Versuch sammelte. Dann sah sie ihn: Es war nur ein winziger Fleck verfärbten Kitts zwischen zwei Bodenfliesen. In jedem anderen Moment und in jeder anderen Küche hätte er rein gar nichts bedeutet, doch hier erschütterte sie seine Ursache. Es war die Stelle, an der man sie vor gerade einmal sechs Wochen gefunden hatte, so gut wie tot. Das hieß, dass der Fleck wahrscheinlich ein Blutfleck war.

Ihr Blut.

Hawkins wurde schwindelig. Eine Mischung aus Schmerzen, Verwirrung und dem Einfluss von Medikamenten schlug über ihr zusammen.

Sie hörte ein Geräusch und schaute mit trübem Blick auf die genau gleiche Situation, die ihr Leben verändert hatte, nämlich eine Gestalt, die durch die Hintertür in die Küche trat.

Und alles kam wieder hoch: der Gesichtsausdruck des Mörders, die Attacke, der Schmerz. Die Nacht, in der sie beinahe gestorben wäre. Sie umfasste mit beiden Händen ihren Kopf und schrie.

Einen Augenblick später drang eine vertraute Stimme an ihr Ohr, und das Trugbild zersprang. »Verflixt nochmal, was ist hier denn los?«

Dad.

Ihr Blick wurde klarer, und Hawkins schaute ihren Vater an. Er beugte sich zu ihr herunter, holte das Blech aus dem Ofen und warf es in das Spülbecken. Dann drehte er den Wasserhahn voll auf, löschte die Flammen, wirbelte herum und schlug mit beiden Händen gegen den Rauchmelder, bevor er es mit einem Handtuch versuchte. Endlich hörte das Getöse auf, und Alan Hawkins kauerte sich neben seiner Tochter nieder. »Sackerment, Liebes, ist alles in Ordnung mit dir?«

Nachdem er den Rollstuhl, der noch vor der Tür stand, hereingeholt und ihr hineingeholfen hatte, blieb Hawkins darin fassungslos im Wohnzimmer sitzen. »Ich habe dir schon mindestens zwei Mal etwas zu diesem verdammten Grillblech gesagt.«

»Tut mir leid, Liebes.« Er starrte betreten zu Boden.

»Was hast du überhaupt gemacht?«

»Würstchen mit Kartoffelbrei. Ich habe diesen ganzen Take-away-Mist satt und wollte mich nützlich machen, wo du doch wieder zur Arbeit gehst.« Er riskierte es, den Blick zu heben. »Normalerweise kocht deine Mum.«

»Nein, ich meine … wo *warst* du?«

»Ach so. In deiner Garage, den Müll trennen. Da sind so verdammt viele Mülleimer, da musste ich erst nachschauen, wo was reinkommt.«

Sie verdrehte die Augen und verbarg damit, dass er ihr leidtat. »Also, in Zukunft keine Mülltrennung mehr, während du kochst, und stell die blöde Grillpfanne nicht auf die oberste Schiene, klar?«

»Klar.«

»Heilige Scheiße.« Mike kam herein, eine Tragetasche in der Hand. »Was ist das denn hier für ein Qualm?«

»Ich bin froh, dass du Curry mitgebracht hast«, beschied ihm Hawkins. »Fast hätte Dad gekocht.«

22

Matt ließ sich in den Stuhl plumpsen.

Als er aufschaute, sah er sich abwechselnd scharf und dann wieder unscharf im Spiegel der Frisierkommode auf der anderen Seite des Zimmers. Mittlerweile zeigte der Whisky Wirkung.

Er nahm noch einen kräftigen Schluck. Um zu vermeiden, dass er sein eigenes Spiegelbild sah, schob er den Stuhl so weit zur Seite, bis er gegen das Bett stieß. Doch es war nicht weit genug, und als er erneut hinschaute, sah er sich immer noch im Spiegel. Matthew Hayes.

Ein Mörder.

Ohne nachzudenken, schleuderte er die Flasche quer durch das Zimmer. Sie prallte gegen die Kante des Spiegels, hinterließ einen Riss in der Ecke und erschütterte die ganze Kommode. Zwar hatte sich der Spiegel kurz bewegt, doch sein Spiegelbild war immer noch dort und starrte ihn an. Die Flasche lag auf dem Teppichboden und lief aus. Und die Uhr darüber tickte weiter, näher, immer näher an 23:40 Uhr heran. Der Moment, in dem vor etwas mehr als einem Jahr sein Leben zu einem Desaster geworden war.

Er ließ seinen Kopf gegen die Rückenlehne fallen und versuchte sich zum Einschlafen zu zwingen oder lieber noch dazu, ohnmächtig zu werden.

Irgendein Zustand, der es ihm ermöglichen würde, den verhängnisvollen Zeitpunkt zu überspringen.

Aber er konnte nicht loslassen.

Amanda lachte und beugte sich vor.

Matt genoss das Gefühl, wenn sie mit ihren langen, lackierten Nägeln sanft seinen Arm hinabfuhr. Er sah, wie ihre Waden sich anspannten, als sie es sich auf dem Barhocker bequem machte. Sie hatte verflucht tolle Beine.

Und so gut war sein Witz gar nicht gewesen.

Neben ihnen bezahlte Harry, ihrer beider Chef, gerade eine Runde. Und gegenüber dem Bartresen bauten seine Kollegen Ian und Julian ein weiteres Billardspiel auf.

»Bitte sehr, Champ.« Harry reichte Matt und Amanda jeweils ein Glas Champagner. »Das habt ihr euch verdammt nochmal verdient.« Er klopfte Matt auf die Schulter, bevor er mit drei weiteren Gläsern den Billardtisch ansteuerte.

»Auf dich, Mr Wonderful.« Amanda erhob ihr Glas, und sie stießen miteinander an, bevor sie an ihren Gläsern nippten.

Natürlich hatte das ganze Team bei der ersten Runde einen Trinkspruch auf ihn ausgebracht. Matt genoss seinen Champagner der Marke Lanson und dachte an die beiden gewaltigen Immobiliengeschäfte, die er kurz vor Monatsende abgeschlossen hatte. Die wackelige Scheune war schon ein Meisterstück gewesen, doch die Krönung war das Landhaus direkt unterhalb der verlegten Einflugschneise des Flughafens Heathrow. Sie hatten es alle versucht. Sogar Harrys Erfahrung und Amandas Charme hatten versagt. Doch Matt hatte es geschafft, beide Objekte abzustoßen.

Amanda glitt vom Hocker und flüsterte ihm ins Ohr, sie wer-

de gleich wiederkommen. Sie schwebte davon, nicht ohne sich noch einmal zu ihm umzuschauen. Sinnlichkeit, nur für ihn.

Doch er kannte ihre Spielchen.

Matt wartete, bis sie verschwunden war, und leerte sein Glas, bevor er auf die drei anderen Männer am Pooltisch zuging. In aller Bescheidenheit schüttelte er ringsum die Hände, worauf sie ihm Beifall zollten, bis er die Tür erreicht hatte. Der Parkplatz war fast gänzlich verwaist und die Straße davor wie leergefegt, wenig überraschend angesichts des dunklen Winterabends und der arktischen Temperaturen. Doch davon ließ sich Matt nicht beirren, während er auf seine C-Klasse zuging, zuversichtlich, nach zwei Glas Champagner noch nicht über der Promillegrenze zu liegen.

Er drückte den Anlassknopf, und der Wagen glitt elegant auf die Hauptstraße. Er spürte, wie der V6-Motor aufwallte, und genoss es, wie seine Harman-Kardon-Lautsprecher den ersten Satz des Klavierkonzerts Nr. 21 wiedergaben, als spiele auf dem Rücksitz Mozart persönlich für ihn. Er fuhr weiter, bis er die Ausschilderung zum Abzweig in den Oak Drive sah. Diese Straße war ein weit ausholender Umweg, fiel sanft ab und wurde von Seitenstraßen durchschnitten. Er bog ab. Dieser Weg nach Hause war zwar länger, erlaubte ihm jedoch zu träumen.

Er fuhr wie in Trance die Anhöhe hinunter. Die Häuser standen nun fast alle von der Straße zurückgesetzt, während schwere Tore und hohes Buschwerk den Fahrbahnrand säumten. Der Lichtschein immer eleganterer Laternen erhellte die Straße zunehmend dürftiger. Er passierte eine Bodensenke und fuhr wieder bergauf, wobei er langsamer wurde und den Hals reckte, um einen Blick auf Treetops zu erhaschen, ein modernes architektonisches Meisterwerk, das er verkaufen konnte, kurz nachdem er bei Harry angefangen hatte. Er wusste, dass der gegenwärtige Eigentümer umziehen wollte. Noch ein paar Mo-

nate wie dieser, und Matt würde vielleicht von diesem Ort nicht bloß träumen ...

Ein Knall riss Matt aus seiner Traumwelt. Etwas war gegen die vordere linke Seite der Motorhaube geprallt und schleifte am Kotflügel entlang.

»Scheiße!« Er packte das Lenkrad, das seinen Händen zu entgleiten drohte, fester und trat voll auf die Bremse, während er spürte, wie der hintere Teil des Wagens über ein Hindernis auf der Straße rumpelte.

Der Mercedes stoppte abrupt. Mit heftig schlagendem Herzen starrte Matt in den Rückspiegel und verfluchte sich dafür, dass er unaufmerksam gewesen war. War er auf den Bordstein gekommen und von einem der großen Ecksteine abgeprallt, mit denen die Einfahrten einiger dieser Grundstücke markiert waren? Vielleicht hatte auch irgendein Schwachkopf seine Mülltonne am falschen Tag an den Straßenrand gestellt.

In der pechschwarzen Finsternis konnte er nichts erkennen. Es war aber besser nachzuschauen, denn der Wagen konnte beschädigt sein. Er hatte die Karre erst seit einer Woche.

Matt riss die Tür auf und stieg aus. Er blickte die Straße zurück, ohne erkennen zu können, wogegen er gefahren war. Dann ging er zur Front und machte sich auf eine Beule in der Stoßstange gefasst oder zumindest auf einen zerbrochenen Scheinwerfer. Doch als er vor dem Auto stand, war mit dem Xenon-Licht alles in Ordnung, sein elegantes Gehäuse vollkommen intakt. Matt bückte sich und fuhr mit der Hand an der Flanke des Mercedes entlang. Da war ein Schaden, doch in keiner Weise so schlimm, wie er befürchtet hatte.

Er richtete sich wieder auf. Nun war er noch neugieriger darauf herauszufinden, was er gerammt hatte. Während er an der Seite des Wagens entlangging, wurde er von der Innenbeleuchtung geblendet.

Matt erreichte das Heck und spähte mit zusammengekniffenen Augen in die Dunkelheit, während er an den rot leuchtenden LED-Rücklichtern vorbeiging. Da lag tatsächlich etwas auf der Straße. Dann sah er das Fahrrad.

Und den Jungen, der daneben lag. Er trug dunkle Kleidung, hatte kein Licht am Rad.

Ach du Scheiße!

Als ihm bewusst wurde, dass die schaurige Szene Wirklichkeit war, drehte sich ihm der Magen um. Die Sekunden verstrichen. Er sah sich auf den Jungen zulaufen und laut rufen, jemand solle einen Krankenwagen holen.

Aber er hatte sich nicht vom Fleck gerührt.

Etwas hielt ihn zurück und ließ ihn weiterhin nur den Jungen anstarren. Dann begriff er, warum.

Er hatte getrunken.

Vor seinem inneren Auge lief plötzlich seine Zukunft ab. Albtraumartige Einblendungen von dem, was passieren würde, wenn er den Notruf wählte. Sein ganzes Leben würde ihm um die Ohren fliegen. Dann verschwamm alles.

Einen halben Kilometer entfernt tauchten Scheinwerfer auf der Hügelkuppe auf. Ein weiteres Auto war in die Straße eingebogen. Wie ferngesteuert ging Matt zurück zu seinem Mercedes und glitt auf den Sitz. Als er die Tür schloss und die Innenbeleuchtung verblasste, überprüfte er, ob die Straße um ihn herum noch immer menschenleer war.

Dann fuhr er davon.

Im Rückspiegel beobachtete er die Scheinwerfer des anderen Wagens, der nun langsam den Hügel hinabkam. Weiter, immer weiter auf den Jungen zu. Dabei redete er sich ein, der andere Fahrer könne die zusammengekrümmte Gestalt auf der Straße gar nicht übersehen. Er würde ihn finden und einen Krankenwagen rufen. Dem Jungen würde es gut gehen.

Und Matt auch.

Es war nicht nötig, sein Leben zu zerstören, um das des Jungen zu retten. Er hatte getrunken, das würden ein Dutzend Zeugen bestätigen. Doch selbst wenn er die Promillegrenze überschritten hatte, dann nur um Haaresbreite. Seine Fahrtüchtigkeit war nicht beeinträchtigt gewesen. Wenn er sich überhaupt hatte etwas zuschulden kommen lassen, dann die Tatsache, dass er ein verdammt schönes Haus bewundert hatte. Der Bengel war ohne Licht auf einer dunklen Straße gefahren.

Und wessen Schuld war das?

Sicher nicht die von Matt Hayes.

Wenige Minuten später war er zu Hause. Er fuhr die Auffahrt bis ganz nach oben, damit der beschädigte Kotflügel dicht vor der Wand war. Er machte den Motor aus und holte Taschentücher aus dem Handschuhfach. Dann stieg er aus und wischte an strategischen Punkten über die verbeulte Verkleidung, um sich im Licht seines Mobiltelefons zu vergewissern, dass sich kein Blut an dem Taschentuch befand.

Dann betrat er ruhig das Haus und ging gleich auf die Toilette im Erdgeschoss.

Dort übergab er sich.

Er machte die Augen auf.

Er schaute an die Decke über ihm, und es drehte sich alles. In seiner Vorstellung erlebte er noch einmal den Moment, als die beiden Polizeibeamten am Abend nach dem Unfall bei ihm vor der Tür gestanden hatten. Und den Ausdruck im Gesicht seiner Frau, als sie ihr gesagt hatten, warum sie gekommen waren.

An Ihrem Fahrzeug sind Schäden, die mit einer gemeldeten Fahrerflucht nicht weit von hier in Zusammenhang gebracht werden können.

Er hatte sich gar nicht erst die Mühe gemacht, es abzustreiten. Sie hatten das Auto bereits untersucht; er hatte nicht die Zeit gehabt, es reparieren zu lassen. Jodie war hysterisch geworden.

Sie hatten Matt festgenommen und verhört.

Hatten ihm gesagt, dass der Junge gestorben war.

Die Rettungssanitäter waren nur ein paar Minuten zu spät gekommen … Genau die Zeit, die Matt verschwendet hatte, indem er Fahrerflucht beging.

Fünfzehn Jahre alt.

Tatsachen, die er nicht mehr ändern konnte.

Er griff nach seinem Mobiltelefon, nestelte daran herum und wählte die Nummer, die nach wie vor unter »Zuhause« gespeichert war.

»Hallo?« Ihre Stimme krächzte. Er hatte sie aufgeweckt.

»Jodie. Hol Tom und Rebecca ans Telefon.«

»Matt.« Sie war verärgert. »Du kannst das nicht ständig tun.«

»Bloß … eine Minute.«

»Es ist nach Mitternacht. Sie schlafen.«

»Es sind auch meine Kinder.«

Er hörte, wie sie jemand anderem sagte, er solle es lassen und weiterschlafen. »Sie sind nicht mehr deine Kinder, seit du diesen Jungen auf der Straße liegen gelassen hast.«

Ihm kamen die Tränen. »Jodie …«

»Was, wenn es eines deiner Kinder gewesen wäre, Matt?«

»Bitte.«

Die Verbindung brach ab.

23

»Mrs Watts?« Hawkins hielt der Frau, die mit einem Kleinkind auf dem Arm in der Tür stand, ihre Dienstmarke entgegen. »Ich bin DCI Hawkins, und das ist DI Maguire. Tut uns leid, Sie am Wochenende zu behelligen. Wir kommen wegen Samantha.«

»Okay«, erwiderte Nicola Watts träge, als habe sie nicht richtig verstanden. »Ich muss aber bald los, um meinen Ältesten von den Großeltern abzuholen. Sie fahren weg.«

»Kein Problem«, beschied ihr Hawkins. »Wir brauchen nicht lange.«

Sie musterte Watts, die Mitte zwanzig sein musste, im gleichen Alter wie ihre vor Kurzem verstorbene Freundin. Ihr dunkles Haar hatte sie zu einem Pferdeschwanz zusammengebunden, und ihre Haut war makellos, obwohl sie kein Makeup aufgetragen hatte. Doch dem jugendlichen Aussehen der Frau wurde heftig zugesetzt, nicht nur von der Herausforderung, die zwei kleine Kinder darstellten, sondern nun auch von einem schmerzlichen Verlust. Sie wirkte erschöpft.

Mike umfasste die Griffe des Rollstuhls und begann seine Chefin zu drehen.

»Machen Sie sich keine Mühe mit der Stufe.« Watts' Stimme blieb ausdruckslos. »Die Mutter meines Partners sitzt auch im Rollstuhl. Wir haben eine Rampe. Rollen Sie sie um das Haus herum, dann lasse ich Sie durch die Küche herein.«

»Danke.« Hawkins verkniff es sich zu erklären, dass sie den Rollstuhl nur vorübergehend benötigte, und gestand sich endlich ein, dass sich außer ihr niemand darum scherte.

Ihr Kind nach wie vor auf dem Arm, verschwand Watts im

Haus und gab der Tür mit dem Rücken einen Stoß, sodass sie zufiel.

Während Mike sie in Richtung des Seiteneingangs schob, staunte Hawkins über den Vorgarten der Watts': wucherndes Unkraut, das die kümmerlichen Reste von Pflanzen erstickte, die dem Anschein nach früher einmal gut gepflegt worden waren, daneben ein kleiner Teich voller Schlamm. Entweder hatte Watts' Familie das Haus von Leuten gekauft, denen das Gärtnern deutlich mehr Vergnügen bereitet hatte als ihr, oder die Betreuung zweier kleiner Kinder hatte sich als wesentlich zeitaufwendiger erwiesen als geplant.

Sie erreichten die Hausecke, passierten die schmale Pforte und steuerten auf die flache Betonrampe zu, die geschickt an den Pfad angebaut worden war. Auch der Garten hinter dem Haus war verwahrlost, abgesehen von einer kürzlich gemähten, mit Spielzeug übersäten Grasfläche, auf deren einer Seite ein mit einem Netz umspanntes Trampolin stand.

Als Maguire Hawkins bis an die Schwelle gefahren hatte, stand Nicola Watts an der Tür. Hinter ihr begann das Wasser im Kessel zu kochen; ihr Kleinkind saß in einem Kinderstuhl aus Kunststoff und schlug nun mit einem Plastiklöffel gegen das angebaute Tischchen.

Für jemanden, der erst seit wenigen Tagen wusste, dass die beste Freundin ermordet worden war, sah Watts bemerkenswert gefasst aus. Doch der Zeitpunkt des Besuchs bei ihr war kein Zufall. Um die nächsten Angehörigen zu informieren, in diesem Fall Philips' Bruder, waren speziell dafür ausgebildete Polizeibeamte geschickt worden. Freunde hingegen erfuhren von dem Mord häufig durch Hörensagen oder über Zeitung und Fernsehen. Über Sams Ermordung war am Vortag umfassend berichtet worden, sodass Watts es bereits wissen musste. Und das war gut so, denn die Trauer konnte eine seltsame Wirkung auf Hinterbliebene ausüben. Handelte es sich um einen Nahestehenden, waren der- oder diejenige, die benachrichtigt wurden, hinterher eine Zeitlang kaum zu etwas zu gebrauchen, zumindest bis Nicht-wahrhaben-Wollen und Wut verschwunden waren. Wartete man umgekehrt zu lange, waren sie häufig zu niedergeschlagen, um noch hilfreich zu sein. Erfahrungsgemäß gab es jedoch ein kleines Zeitfenster, wenn der anfängliche Schock nachgelassen hatte und die Hinterbliebenen gewillt waren, die Ermittlungen voranzutreiben, bevor sich unweigerlich eine Lähmung einstellte. Dieses Zeitfenster umfasste in der Regel das Verlangen, dafür zu sorgen, dass die Gerechtigkeit ihren Lauf nahm, indem man der Polizei bei ihren Nachforschungen behilflich war. Hawkins hoffte, genau den Zeitraum getroffen zu haben, an dem dies der Fall war.

Watts half mit, Hawkins hineinzumanövrieren, und Mike platzierte sie gegenüber der Tür zur Waschküche, neben einem riesigen, mit schwarzem Filzstift angerichteten Geschmiere auf einer ansonsten geschmackvollen Tapete. Er selbst nahm auf einem der mit Kunstleder überzogenen Barhocker Platz, während Watts ihnen etwas zu trinken anbot.

»Also« – Watts konnte jetzt das Zittern in ihrer Stimme nicht verbergen, während sie kochendes Wasser in die Teebecher goss –, »haben Sie schon jemanden verhaftet?«

»Noch nicht.« Hawkins sah zu, wie Watts Milch aus dem Kühlschrank holte. »Wir stellen noch Nachforschungen an. Deshalb sind wir auch hier. Sams Bruder hat uns erzählt, dass Sie ihre beste Freundin waren.«

Watts schaute sich mit einer Miene um, die zum Ausdruck brachte, dass sie eigentlich lieber nicht über das Thema sprechen wollte. Doch sie stieß eine Antwort hervor. »Ja. Wir kannten uns schon seit der Grundschule.«

»Wir wissen, dass es schwer ist, Nicola«, übernahm Mike.

»Aber je mehr Sie uns über Sam erzählen, desto größer ist die Chance, dass wir denjenigen finden, der ihr das angetan hat.«

»Das sehe ich ein.« Watts angelte den Teebeutel aus einem der Becher, goss Milch hinein und reichte ihn Mike. »Ich will bloß verstehen, *warum*.«

»Das werden wir hoffentlich bald wissen.« Mike nahm seinen Becher und bedankte sich. »Wie war Sam?«

Auf Watts' Gesicht blitzte ein Lächeln auf, als blendeten die Erinnerungen an ihre Freundin die Tatsache aus, dass sie vor nur achtundvierzig Stunden ermordet worden war. Doch es erstarb sofort und wurde von einem Ausdruck der Verzweiflung abgelöst, Kummer überflutete ihre Stimme. »Sam hat mich einfach ... total oft zum Lachen gebracht. Sie nahm nie ein Blatt vor den Mund, aber wenn sie einen mochte, dann war sie der beste Kumpel, den man sich ...« Sie hielt inne, verschränkte die Arme und starrte einen Moment aus dem Fenster, während sie leicht den Kopf schüttelte.

Hawkins und Maguire wechselten Blicke und ließen ihr Zeit. Doch auf das Geschepper reagierten sie alle.

»Amelie, bitte.« Watts bückte sich, um den Löffel ihres Töchterchens vom Boden in der Ecke aufzuheben, in die sie ihn geschleudert hatte. Sie wischte ihn ab und gab ihn ihr zurück. Amelie schaute ihn kurz an, warf ihn wieder in dieselbe Ecke und brach in Tränen aus.

Höflich nippten die beiden Detectives an ihren Teebechern, bis ihre Gastgeberin ihr Kind beruhigt hatte.

Schließlich richtete sie sich auf. »Tut mir leid, sie bekommt gerade Zähne.«

»Kein Problem.« Hawkins war froh darüber, dass die Frau auf so effiziente Weise von den jüngsten Ereignissen abgelenkt wurde. »Sie wollten uns etwas über Samantha erzählen.«

Watts holte tief Luft. »Hören Sie, ich habe Samantha gern

gehabt, aber ich werde nicht versuchen, Ihnen weiszumachen, alle anderen wären hin und weg von ihr gewesen, denn so war sie nicht, vor allem seit ... Sie wissen schon, der Sache mit Brendan.«

»Wir wissen von Marsh«, sagte Hawkins. »Ist sie nach der Vergewaltigung zu Ihnen gekommen?«

»Ja. Ich wollte ihr helfen, aber ich konnte ... mir nicht vorstellen, wie das gewesen sein muss. Die Vergewaltigung, meine ich. Sam war schlichtweg am Boden zerstört.« Watts legte den Kopf in den Nacken und blinzelte ihre Tränen weg. »Ich sagte ihr, sie solle ihn anzeigen, aber sie hörte nicht auf mich. Sie hatte den Ruf, mit den Lehrern zu flirten – nicht bloß mit ihm –, und manchmal log sie ohne Grund wegen irgendetwas. Daher war sie davon überzeugt, dass man ihr nicht glauben würde. Aber ich kannte sie gut genug, um zu wissen, dass sie dieses Mal nicht log. Die darauf folgenden Monate waren schrecklich. Sie schmiss die Schule, fing an herumzuhuren, zu trinken und nahm Drogen, aber nichts davon war ihr Ding.«

Sie hielt inne, doch Hawkins blieb stumm, um sie zum Weiterreden zu ermutigen.

Watts verstand. »Sie begann die Leute schlecht zu behandeln, nur damit sie sie in Ruhe ließen. Aber jedes Mal, wenn Sam wieder jemandem auf die Nerven gegangen war, war sie hinterher nur noch deprimierter. Trotzdem hörte sie nicht auf damit. Sie hat sogar meinen Mann angebaggert, und als ich es ihr verziehen habe, ist sie zusammengebrochen. Das war ihr Tiefpunkt, und sie sagte, sie könne es nicht mehr ertragen. Sie hat dann versucht sich umzubringen.«

Hawkins nickte. Von Philips' Selbstmordversuch stand auch etwas in ihrer Akte, weil sie wegen ihrer Verletzungen an den Handgelenken notärztliche Hilfe im örtlichen Krankenhaus in Anspruch genommen hatte.

»Warum ist Ihrer Meinung nach der Versuch gescheitert?«, fragte Mike.

»Ich denke, sie wollte nicht wirklich sterben.« Watts schaute erst Mike und dann Hawkins an. »Sagt man das nicht so?«

»Sie glauben, es war ein Hilferuf.«

»Ich denke schon. Aber welche Hilfe sie sich auch gewünscht haben mag, sie bekam sie nicht. Und danach war sie einfach ... anders, irgendwie kalt und gefühllos. Ich glaube, das hat sie wieder in Brendans Arme getrieben.«

Hawkins beugte sich vor. *»In seine Arme getrieben?«*

»Sie fing immer öfter an, von ihm zu erzählen. Zuerst dachte ich, sie wollte sich wieder mit ihm treffen, irgend so eine schräge Abhängigkeitsnummer, Vernarrtheit, ich schätze, so hat sie das ihm gegenüber auch dargestellt. Aber ich hätte nie gedacht ...« Sie machte eine Pause. »Sie müssen verstehen, sie war derart durcheinander, andernfalls wäre sie niemals imstande gewesen ...«

»... Marsh umzubringen«, beendete Hawkins ihren Satz.

Watts schaute sie an und nickte.

»Es tut mir leid, dass ich Sie das fragen muss« – Hawkins wusste, dass sie beide Watts' Beherrschung einem Härtetest unterzogen –, »aber fällt Ihnen jemand ein, der Sam hätte etwas antun wollen?«

Watts dachte einen Moment nach. »Sie hat sich hier und da mit Leuten verkracht, aber immer bloß wegen Kleinigkeiten, nichts, was solche Konsequenzen hätte nach sich ziehen können.«

»Was ist mit Expartnern? War da mal etwas Festes?«

Ihre Gastgeberin schüttelte den Kopf. »Nichts Ernstes. Die einzigen Kerle, von denen sie mir erzählt hat, waren flüchtige Abenteuer, und das war lange vor ihrem Zusammenbruch.«

»Waren einige dieser Abenteuer … intensiv?« Hawkins formulierte ihre Frage vorsichtig.

»Damals fand ich das nicht.« Watts senkte ihren Blick. »Sie hat nie von irgendwelchen Gewalttätigkeiten erzählt, falls Sie darauf hinauswollen. Aber jetzt weiß ich nicht mehr, was ich noch glauben soll.« Es war offenkundig, dass sie gegen ihren Kummer ankämpfte.

Hawkins beschloss fortzufahren. »Haben Sie jemals Familienmitglieder oder Freunde von Brendan kennengelernt?«

»Nein. Warum?« Watts schaute sie kurz an, bevor sie ihre eigene Frage beantwortete. »Sie meinen, es war einer von *ihnen*?« Ihr Blick schweifte ab, als sei ihr diese Möglichkeit wirklich noch nie in den Sinn gekommen.

»Möglich wäre das schon«, kommentierte Mike. »Gibt es da jemanden, mit dem wir reden sollten?«

Watts überlegte eine Weile. »Ich weiß es wirklich nicht. Wie gesagt, ich bin nie einem von ihnen begegnet.«

»Und Sam?«, hakte er nach.

»Ich glaube nicht.« Sie seufzte und schaute zu ihrer Tochter, die wieder angefangen hatte zu weinen. »Es macht Ihnen doch nichts aus, wenn ich sie nebenbei füttere, oder?«

Sie warteten, während Watts in der Küche herumschwirrte und dabei verschiedene Sorten Brei in einer Schüssel vermischte und so viel wie möglich des Endergebnisses in Amelie hineinstopfte. Der Großteil davon blieb dort nicht lange, und Hawkins konnte sehen, wie die Frustration der jungen Mutter zunahm. Daraufhin beschloss sie, rasch ihrer zweiten Intuition zu folgen, bevor sie länger blieben, als sie willkommen waren.

»Wie ist Sam mit dem Gefängnis zurechtgekommen?«, fragte sie leise.

Den Löffel in der Luft haltend, schaute Watts sie an. »Besser, als ich gedacht hätte. Sie hat es immer gehasst, eingesperrt zu sein, daher glaubte ich, sie würde da drinnen zugrunde gehen. Aber wie gesagt, sie hatte sich verändert, und das Gefängnis hat sie nur noch härter gemacht. Bei meinen letzten Besuchen habe ich sie kaum mehr wiedererkannt, aber eine Weile danach haben sie ihr die Privilegien gestrichen, und ich durfte nicht mehr zu ihr.«

Sie schauderte. »Das Schlimmste daran ist, dass ich sie seit Monaten nicht mehr gesehen hatte. Ich hatte zwar gehört, dass sie entlassen werden sollte, wusste aber nicht einmal, dass sie schon raus war.«

Wohl wissend, dass sich ihr Zeitfenster schloss, hakte Hawkins nach. »Warum wurden ihr Privilegien gestrichen?«

»Wegen Prügeleien, glaube ich.« Watts streckte ihre zitternde Hand aus, um ihrem Töchterchen den Mund abzuwischen. »Als ich sie das letzte Mal besuchte, war sie übel zusammengeschlagen worden, sie erklärte mir aber nur, jemand anders hätte angefangen.«

Zehn Minuten später lud Mike den Rollstuhl in den Kofferraum ihres Zivilfahrzeugs, während Hawkins schon auf dem Beifahrersitz saß und ihr Smartphone dazu nutzte, die Telefonnummer des Holloway-Gefängnisses herauszubekommen.

Kurz nach Watts' Enthüllungen über ihre verstorbene Freundin hatten sie sich von ihr verabschiedet. Hawkins' ursprünglicher Plan für den Nachmittag war es gewesen, sich erst auf Sams frühere Partner und dann auf Marshs Familie und Freunde zu konzentrieren und das Ermittlungsteam dabei zu unterstützen, die entsprechenden Personen aufzuspüren und Vernehmungen anzusetzen. Wenn man bedachte, dass Marshs Ermordung und Philips' darauf folgende Inhaftierung sechs Jahre her waren, konnte es nicht überraschen, dass einige von ihnen nur schwer ausfindig zu machen waren.

Doch ihr Instinkt sagte ihr, dass sich größere Fortschritte erzielen ließen, wenn man zuerst mit denen sprach, die das Opfer persönlich gekannt hatten. Falls es Feindseligkeiten zwischen Philips und ihren Mitgefangenen gegeben hatte, und so war es ja allem Anschein nach gewesen, war es wesentlich wahrscheinlicher, dass eine von ihnen den Überfall nach Philips' Entlassung angezettelt hatte. Also musste die Polizei dieser neuen Überlegung nachgehen, bevor Philips' frühere Mitgefangene Zeit hatten nachzudenken und beschlossen, keinen Piep mehr von sich zu geben.

Was Hawkins Sorgen bereitete, war die Tatsache, dass Amala Yasir, normalerweise eine ihrer gründlichsten Ermittlerinnen, bereits mit diversen Kontaktpersonen in Holloway gesprochen hatte.

Yasir musste nach jedweder Antipathie zwischen Philips und ihren Mitgefangenen gefragt haben. Was entweder bedeutete, dass Sergeant Yasir vergessen hatte, Philips' Tendenz zur Gewalttätigkeit anzusprechen.

Oder dass man sie Amala gegenüber bewusst verheimlicht hatte.

24

Hawkins stemmte sich auf den Armlehnen ihres Rollstuhls hoch, um über das Fensterbrett im ersten Stockwerk zu spähen. Sie blickte auf schmucke Blumenbeete und sehr gepflegte Hecken hinab, durch die geharkte schmale Schotterwege führten, an deren Seiten Holzbänke standen. Es gab sogar ein Treibhaus. Die Gartenanlage war zweifellos gut gepflegt, doch eigentlich gab es nichts Bemerkenswertes an dem mittelgroßen Park, abgesehen von seiner Lage.

Mitten im Zentrum des Holloway-Gefängnisses.

Unglücklicherweise setzte sich das idyllische Ambiente im Gebäude nicht fort. Die Innenwände wiesen allesamt ein deprimierendes klinisches Schmutzigweiß auf, und jede Miene war finster. Immerhin roch die ständig zirkulierende Luft in diesem Trakt frischer, als es in der Nähe der Zellen der Fall gewesen war; dort waren fünfhundert Frauen dicht an dicht in Räumlichkeiten gestopft worden, die vor den Gefängnistoren höchstens ein Fünftel dieser Zahl aufgenommen hätten.

Und da wunderten sich die Leute, dass die Gewalt hier drinnen zum Alltag gehörte.

Der Verdacht, dass eine ihrer Rivalinnen nach Sams Entlassung ihre Ermordung in Auftrag gegeben hatte, bedurfte also keines allzu großen kriminalistischen Scharfsinns.

Und falls jemand Sam bedroht hatte, erklärte das womöglich, warum diese kaum geschlafen und auch gar nicht erst versucht hatte, ihre Wohnung zu so etwas wie einem Zuhause zu machen – weil sie nämlich vorgehabt hatte zu fliehen.

Aber wer konnte sie so in Angst versetzt haben?

Wie es aussah, gingen die meisten Londoner nicht mit Hawkins' Ermittlungsansatz d'accord. Weil die Medien ihre Behauptungen gebetsmühlenartig wiederholten, waren viele überzeugt davon, der Mörder sei ein Expartner, der aus irgendeinem Grund so wütend war, dass er den Valentinstag als symbolischen Zeitpunkt für seine flammende Rache nutzte. Diese Möglichkeit durfte Hawkins aus verschiedenen Gründen nicht einfach ignorieren, sodass sie nach wie vor ein kleines Team daran arbeiten ließ, Exliebhaber und intime Freunde zu identifizieren. Ihre Intuition hingegen sagte ihr, dass sie weniger offenkundige Möglichkeiten nicht außer Acht lassen durfte. Daher der Besuch des Ortes, an dem Philips die letzten sechs Jahre ihres Lebens verbracht hatte.

Leicht hatte Hawkins sich die Verhöre mit den Insassen des Holloway-Gefängnisses nicht vorgestellt, vor allem, da Sträflinge im Allgemeinen nicht gerade versessen darauf waren, mit der Polizei zu plaudern. Dennoch hatte sie gehofft, etwas mehr Informationen zu bekommen, als es bislang der Fall war. Ihre Taktik war simpel gewesen: zunächst mit potenziellen Täterinnen zu sprechen. Natürlich würde keine von ihnen etwas zugeben, das sie selber belasten konnte. Aber Hawkins hatte gehofft, wenigstens eine der Inhaftierten könnte in Stimmung dafür sein, eine Rivalin anzuschwärzen.

Ein solches Glück war ihr jedoch nicht beschieden.

Danach hatte sie mit den bekanntesten Tratschtanten in Holloway weitergemacht, mit Häftlingen, die es sich zur Aufgabe gemacht hatten, alles über jeden zu wissen, und keine Skrupel hegten, das Erfahrene auch brühwarm weiterzugeben – gegen einen Preis natürlich, normalerweise in Form zusätzlicher Privilegien, vielleicht sogar einer vorgezogenen Entlassung.

Drei Namen hatte sie bekommen: Sandra Martin, Tyra Shore und Dorothy Clarke.

Im Verlauf der letzten drei Stunden hatte Hawkins versucht, jede einzelne dieser Frauen dazu zu überreden, alles preiszugeben, was sie über Sam wussten, und die Namen der Insassinnen zu nennen, mit denen diese sich während ihrer Zeit in Holloway zerstritten hatte. Stolz war sie darauf nicht, aber am Ende hatte sie durch einen Lästermaulwettbewerb, in dem jeweils die eine der anderen eine Nasenlänge voraus sein wollte, eine gegen die andere ausgespielt.

Gebracht hatte es nichts.

Entweder ließ so etwas wie Verbrecherehre ihre Gegenüber stumm wie die Fische bleiben, oder sie wussten es wirklich nicht. Keine von ihnen stellte auch nur *Vermutungen* darüber an, wer Philips bei zumindest einer Gelegenheit im Gefängnis angegriffen hatte.

Hawkins hatte nur noch ein letztes Verhör anstehen, eine letzte Chance, dass sich in Holloway die Antwort ergeben würde. Doch sie erwartete nicht mehr viel.

Die Mauer des Schweigens, gegen die sie bislang gelaufen war, ließ es nur wahrscheinlicher werden, dass Sams Mörder aus einer ganz anderen Gruppe möglicher Tatverdächtiger stammte. Während Hawkins am Fenster saß, machte der Rest ihres Teams Brendan Marshs Familie und Freunde ausfindig.

Man musste sich vor Augen führen, dass Samantha Philips selbst eine kaltblütige Mörderin gewesen war. Ihre vorsätzliche Tat hatte einen Menschen aus dem Leben gerissen. Rache, das wusste Hawkins aus eigener Erfahrung, war ein mächtiger Antrieb. Und ungeachtet dessen, ob Brendan Marsh ein Vergewaltiger gewesen war oder nicht – dort draußen gab es Menschen, die ihn gern gehabt hatten. Menschen, die Philips womöglich hatten tot sehen wollen.

Als Reaktion auf das inzwischen vertraute Geräusch eines sich öffnenden massiven Metallschlosses drehte sich Hawkins um und wäre zum zweiten Mal an diesem Nachmittag fast mit dem Fuß zwischen Boden und Fußstütze ihres Rollstuhls geraten. Sie fluchte leise. Ihre nun schon fünfunddreißig Jahre alten Gelenke hielten derlei Attacken nicht mehr so erfolgreich stand wie früher. Sie musste in Zukunft wohl ihre Gewohnheit aufgeben, bei der Arbeit hochhackige Schuhe zu tragen.

Zwanzig Meter den Flur hinunter führte derweil eine der Wärterinnen Amala Yasir durch eine Sicherheitstür herein, verriegelte sie hinter ihr und trottete davon.

Yasirs mit Gummi besohlten Schuhe quietschten auf dem polierten Fußboden vernehmlich, während sie näher kam; ihr anthrazitfarbener Anzug und ihr schlichtes, hochgeschlossenes Hemd spiegelten ihr puritanisches Wesen bestens wider. Im Gegensatz dazu hatten Hawkins' karamellfarbener kniefreier Rock und ihre weiße Chiffonbluse bewundernde Pfiffe bei einer Gruppe weiblicher Häftlinge ausgelöst, an denen sie auf dem Weg hinein vorbeigekommen war. Trotz des Rollstuhls.

Hawkins betrachtete ihre jüngere Untergebene. Yasirs Eltern stammten aus Malaysia beziehungsweise Pakistan; viele hätten ihr exotisches Aussehen allerdings eher als bemerkenswert denn als hübsch bezeichnet.

»Wow.« Yasir zog ein grimmiges Gesicht, als sie wieder zu ihrem diensthabenden Officer zurückkehrte. »Erinnern Sie mich daran, es beim nächsten Mal einfach zu ignorieren, ja, Chefin? Man braucht *Ewigkeiten*, um von hier irgendwohin zu kommen. Das nächste Klo ist sieben verriegelte Sicherheitstüren entfernt.«

Hawkins hörte, wie in der Ferne erneut eine Tür zuschlug. »Kein Wunder, dass die Wärter so griesgrämig sind.«

Sie schauten beide auf, als aus dem Flur gedämpfte Stimmen zu ihnen drangen. Im nächsten Moment bogen vier Personen rechts von Hawkins um die Ecke. Voran ging eine breitschultrige Wärterin, deren Kurzhaarschnitt sie exakt wie jemand aussehen ließ, mit dem man sich lieber nicht anlegen wollte. Flankiert wurde die Gruppe von einer weiteren Wärterin, kleiner und weniger imposant, aber auch sie zeigte ein versteinertes Gesicht. Und zwischen ihnen schritten die beiden Personen, auf die Hawkins und Yasir warteten.

Die erste war eine hagere Langzeitinsassin namens Jean Coker, von der sich Hawkins erhoffte, sie würde aus dem Nähkästchen plaudern, was die Zeit von Philips' Haft betraf. Die zweite war ein ausgesprochen gepflegter Mann Ende vierzig, der sich als Pierce Reid vorgestellt hatte, Leiter der psychologischen Gefangenenbetreuung und -wiedereingliederung im Großraum London. Sein teurer Anzug hatte während des Tages die Fasson bewahrt, doch der Betreuer selbst schien zu ermatten, nachdem er sämtlichen sechs Verhören mit den Gefangenen beigewohnt hatte. Während die beiden Wärterinnen Coker in den Vernehmungsraum führten, löste er sich von der Gruppe und schloss die Tür.

Reid kam zu ihnen herüber und schaute auf seine Uhr. »Können Sie sich kurzfassen, Detective? Es ist Wochenende.«

»Wir werden es versuchen«, beschied ihm Hawkins. »Versprechen kann ich aber nichts. Gehen Sie nur, wenn Sie möchten.«

Er runzelte die Stirn. »Das würde ich sehr gern, aber es ist mittlerweile Vorschrift, dass bei allen von der Polizei durchgeführten Verhören von Häftlingen ein Betreuer anwesend ist. Ich dachte, das hätte ich erwähnt.«

»Das hatten Sie«, bestätigte Hawkins, nicht wirklich interessiert. »Aber falls Sie gleich nach der letzten Befragung verschwinden wollen: Es gibt da noch ein paar Fragen, die ich Ihnen in Bezug auf Sam stellen muss.«

Bislang war Reid zusammen mit jeder Insassin in den Raum getreten und hatte ihn sofort nach der Befragung wieder mit ihr verlassen. Dies war ihre erste Gelegenheit, mit ihm allein zu sprechen.

Er seufzte. »Wenn es sein muss.«

»Wie gut kannten Sie Samantha Philips?«

»Ich bin ihr nur einmal begegnet.« Reid steckte die Hände in die Hosentaschen. »Als ich ihr Gutachten zur vorzeitigen Entlassung erstellt habe. Sie hat während der Haft nie darum gebeten, mich oder ein anderes Mitglied des Betreuerstabs sprechen zu dürfen.«

»Wem hat sie sich denn anvertraut?«

»Womöglich niemandem«, antwortete Reid. »Wie von Ihnen gewünscht, habe ich vor Ihrem Besuch einige Überprüfungen angestellt. Aber dabei fand ich nichts heraus. Offenbar liegt nicht allen Gefangenen etwas daran, die Fragen der *Anstaltsleitung* zu beantworten.«

Hawkins nickte. »Hat sie Drohbriefe erhalten?«

»Dafür liegen mir keine Hinweise vor«, erwiderte der Betreuer. »Das Gefängnis überprüft solche Dinge genau, vor allem um die Insassen vor Belästigungen zu schützen. Aber in Miss Philips' Akte ist nichts darüber vermerkt, dass sie solche Briefe bekommen hätte, nicht einmal kurz nachdem sie zu uns kam. Ich denke, ein um die dreißig Jahre alter Vergewaltiger wie ihr Opfer ruft nicht gerade öffentliches Mitgefühl hervor. Selbst jene sonderbaren Individuen, die sich in gefährliche Männer vergucken, bevorzugen solche, in deren Adern noch Blut fließt. Es ist häufig ein Thema psychologischer Debatten, aber ich glaube nicht, dass Brendan Marsh bekannt genug war, um einen sogenannten Fan dazu inspirieren zu können, in seinem Namen zu morden.«

»Was ist mit Verbündeten?«, hakte Hawkins nach, als er eine Pause einlegte. »Mit wem hat sich Sam gut verstanden?«

»Ich könnte mich täuschen«, fuhr Reid fort, »aber es scheint, als habe Miss Philips den Großteil ihrer Haft zurückgezogen verbracht und sich nichts aus den Unterhaltungsangeboten gemacht, die die Gefängnisleitung zur Verfügung stellt. Es sieht so aus, als habe sie eine sechsjährige Haftstrafe absolviert, ohne eines der üblichen Bündnisse einzugehen.«

Yasir zog die Augenbrauen zusammen. *»Übliche Bündnisse?«*

»Ja.« Reid schaute sich um, als sei er im Begriff zu enthüllen, wer John F. Kennedy erschossen hatte. »Länger als ein paar Monate hier drin zu sein ist für *jeden* schwer zu ertragen, aber hier zu sein, ohne gewisse … Bindungen einzugehen, ist nahezu unmöglich. Doch alle meine Quellen – beispielsweise Wärter, die das Vertrauen gewisser Häftlinge genießen – sagten mir, dass Philips während ihrer Haft tatsächlich ungebunden blieb. Und bevor Sie danach fragen, sie hatte auch nichts für die Wärter übrig.«

Yasir wirkte nach wie vor verwirrt. Hawkins wollte es gerade erklären, als Reid ihr zuvorkam.

»Normalerweise entscheiden sich Gefangene für eine von zwei Möglichkeiten. Einige halten zunächst am System fest, sehen die Wärter praktisch wie Polizeibeamte und besorgen sich oft alles, was die Gefängnisbibliothek über Strafrecht hergibt. Sie glauben, das System werde sie beschützen, wenn sie sich an die Gesetze halten. Doch in der Regel wird ihnen schnell klar, dass das ein Irrtum ist. Die Schlaueren erkennen sofort, dass es sinnvoller ist, seine Fahne in den Wind zu hängen, und schließen sich deswegen der einen oder anderen ›Familie‹ an. Der Ausdruck stammt von mir, aber die rivalisierenden Gruppen, von denen ich rede, sind definitiv real.«

»Glauben Sie, dass sie letztendlich deswegen in die Schlägerei verwickelt war?«, hakte Hawkins nach.

Reid runzelte die Stirn. »Sie gehen davon aus, dass eine solche Gewalttätigkeit einen Grund hat. Unruhen in Gefängnissen sind kein rein männliches Phänomen, Detective. Nach meiner Erfahrung ist es in Frauengefängnissen genauso schlimm, wenn nicht sogar schlimmer.« Er deutete auf den Verhörraum. »Hören Sie, wir dürfen die Häftlinge nicht länger als eine halbe Stunde für eine solche Vernehmung hierbehalten. Fünf Minuten sind jetzt schon um, und auskunftsfreudiger wird Coker hier drin nicht mehr werden.«

»Sie haben recht«, räumte Hawkins ein, nach wie vor entschlossen, Kapital aus ihrer kurzen Zeit mit dem Rechtsberater zu schlagen. »Aber ein *bisschen* Einblick in Sams Wesen können Sie uns doch bestimmt noch geben.«

Reid zuckte mit den Schultern. »Wie gesagt, Detective, ich habe bloß zwanzig Minuten mit der Frau verbracht, kurz bevor sie entlassen wurde, und während dieser Begegnung habe ich viel mehr geredet als sie. Doch nach meinem fachlichen Urteil war sie bereit für ihre Entlassung und wollte raus. Ob das etwas mit bestimmten Leuten oder Bedingungen hier im Holloway-Gefängnis zu tun hatte, vermag ich nicht zu sagen. Und wie dem auch sei, die Dame im Verhörraum kannte Samantha viel besser als ich. Wenn Sie sie zum Reden bringen, werden Sie mehr von ihr erfahren.«

»Okay.« Widerstrebend akzeptierte Hawkins, dass das Gespräch damit beendet war. »Dann schauen wir mal, was Coker weiß.«

In dem kleinen, fensterlosen Raum roch es durchdringend nach abgestandenem Rauch, als Hawkins, Yasir und Reid eintraten. Anders als in der vermeintlich freien Welt dürfen Häftlinge, die in britischen Gefängnissen ihre Strafe absitzen, in geschlossenen Räumen rauchen. Von dieser Freiheit hatten alle Befragten an diesem Nachmittag reichlich Gebrauch gemacht.

Yasir rollte Hawkins' Rollstuhl hinüber, sodass diese in der Mitte des Raums auf der gegenüberliegenden Seite des Tisches stand und Coker ins Gesicht schauen konnte. Yasir selbst nahm wieder ihren Platz gegenüber von Reid an der verbleibenden Seite ein. Zwischen ihnen stand ein kleiner blecherner Aschenbecher, der bereits überquoll mit etwa einem Dutzend Kippen, die dabei geholfen hatten, die vorherigen Gespräche voranzutreiben.

Ihr drahtiges Gegenüber saß auf dem vierten Holzstuhl.

Ihre mit Handschellen gefesselten Hände lagen auf dem Tisch, wobei sie die Finger so ineinander verschränkte, als wolle sie eine gute Pokerhand verbergen. Ihre Arme waren genauso dicht tätowiert wie der Rest ihres Körpers. Es waren farblich kräftige Motive, die über ihre Haut krochen wie wild wucherndes Blattwerk. Sie war sicher Ende fünfzig, auch wenn ihr ausgemergeltes Gesicht darauf hindeutete, dass sie die meisten dieser Jahre mit Gefängnisessen versorgt worden war. Und falls ihr ärmelloses T-Shirt *überhaupt* jemals gewaschen worden war, gab es wahrscheinlich nur wenige, die behaupten konnten, sich an diesen Tag zu erinnern. Hawkins erkannte jedoch sofort, dass Coker intelligent war. Dies lag nicht nur an ihrem tiefgründigen Blick, mit dem sie sie musterte, sondern auch an der Botschaft ihrer Körpersprache und ihres eindeutigen Gesichtsausdrucks.

Ihr habt Angst vor mir.

Die beiden Wärter standen hinter Coker an der Wand gegenüber der Tür. Damit waren sie insgesamt zu sechst in einem Raum, der sich am besten beschreiben ließ als großzügig dimensionierter Schrank mit schmutzig grauen Wänden und einem Teppichboden, der borstiger war als die meisten Insassen.

Um die Tatsache herunterzuspielen, dass ihnen die Zeit davonlief, ließ Hawkins die Bremse an ihrem Rollstuhl in aller Ruhe einrasten. Ihre Hoffnung war, dass Coker, nachdem sie direkt aus ihrer Einzelzelle geholt worden war, in der sie offenbar die vergangenen drei Tage verbracht hatte, noch nichts von Philips' Ableben erfahren hatte.

Die Insassin sprach zuerst. »Nun rück schon raus damit«, sagte sie mit schwerem Londoner Akzent.

»Wie bitte?« Hawkins antwortete bewusst ruhig. Es hatte keinen Sinn, die Frau gegen sich aufzubringen. *Noch* nicht.

»Verarsch mich hier nicht, Mausi«, antwortete Coker humorlos. »Her mit den Fluppen, damit wir loslegen können.«

»Wieso glauben Sie, dass …«

»Dass die anderen Mädchen ihre nicht selbst mitgebracht haben?« Die Strafgefangene deutete auf den übervollen Aschenbecher. »Weil ich ihnen etwas anderes beigebracht habe. Wird man zu so einem Gespräch vorgeladen, bedeutet das, dass jemand deine Hilfe braucht, also geh mit leeren Händen hin und nutze die Gelegenheit. Hopp, hopp.«

»Na gut.« Hawkins holte die Packung Marlboro hervor, die sie eigens zu diesem Zweck gekauft hatte, zog eine heraus und hielt sie ihr entgegen.

»Schon besser.« Coker nahm die Zigarette, und Yasir beugte sich vor, um sie für sie anzuzünden. »Lass die Schachtel ruhig hier.«

Hawkins warf die Schachtel auf den Tisch und sah zu, wie die Gefangene sich zurücklehnte und ein paar schnelle Züge nahm. Dabei hielt sie sich die Zigarette mit beiden Händen an die Lippen, wobei die schweren Handschellen an ihren Gelenken wie übergroße Armreife wirkten.

»Also«, Coker legte den Kopf in den Nacken und blies eine langgezogene dünne Rauchfahne hervor, »wer seid ihr?«

»Metropolitan Police. Ich bin Detective Chief Inspector Antonia Hawkins, und das ist Detective Sergeant Amala Yasir.«

»Okay.« Coker grinste. »Aber du hättest uns allen Zeit sparen können, wenn du einfach ›Bullen‹ gesagt hättest.«

Hawkins behielt ihren gemäßigten Ton bei. »Wir haben gehört, dass Sie sich eine Zelle mit Samantha Philips geteilt haben die letzten achtzehn Monate, bevor sie entlassen wurde.«

Die Gefangene schnaubte. Sie betrachtete eine Weile die Glut am Ende ihrer Zigarette, bevor sie Hawkins wieder anschaute. »Ja und?«

»Sie kennen einander also ganz gut.«

»Wie man's nimmt. Wir haben uns ein Scheißhaus geteilt, also kenne ich ihren Stuhlgang besser als die meisten anderen, aber dass wir Kumpel wären, würde ich nicht behaupten.«

Hawkins musterte sie. »Wenn sie hier drinnen auch nur annähernd so etwas hatte wie eine Freundin, dann Sie.«

»Mag sein.« Coker nahm erneut einen tiefen Zug. »Aber das ist kein Titel, um den man hätte kämpfen müssen.« Sie stieß den Rauch aus, der emporstieg und sich der trüben Wolke anschloss, die schon unter der Decke waberte. Die kleinere Wärterin unterdrückte ein Husten. Im Gegensatz dazu kostete Hawkins den Geruch aus und wunderte sich, warum sie das Rauchen bisher nicht vermisst hatte. Seit der Attacke hatte sie ihrem Laster nicht mehr gefrönt. Aber nicht unbedingt deswegen, weil sie ein schlechtes Gewissen gehabt hätte. Stattdessen hatte ihre Begegnung mit dem Tod das Seine dazu beigetragen, dass sie ihr tägliches Verhalten neu überdachte.

Während sich Coker zu der hustenden Wärterin umdrehte, schaute Hawkins auf ihre Uhr. Sie wurde sich bewusst, dass sie nur noch fünfzehn Minuten Zugriff hatten und diese Frau womöglich ihre letzte Chance war, nützliche Informationen über Sam in Erfahrung zu bringen. Verglichen mit ihren vorherigen Gesprächspartnern war Jean Coker in Reids Augen die einzige Person, der sich Philips hätte anvertrauen können, und sei es auch nur ansatzweise.

Hawkins sah zu, wie Coker die Asche ihrer Zigarette in den Aschenbecher schnippte. »Sam war vor einiger Zeit in eine Prügelei verwickelt, und wir würden gerne wissen, wer sonst noch daran beteiligt war.«

Coker zog die Brauen zusammen und schwieg einen Moment. Dann fragte sie: »Warum?«

»Wir untersuchen, wie sie während ihrer Haft in Holloway behandelt wurde.«

Cokers Augen glitzerten boshaft. »Schwachsinn.«

Hawkins antwortete nicht.

»Sie hat sich verpisst«, sagte Coker. »Oder nicht? Deshalb sind Sie hier.« Sie stach mit ihrer Zigarette in ihre Richtungen. »Sie, Miss Pakistan und der Betreuer. Entweder hat sie noch jemandem den Schädel eingeschlagen, oder sie ist euren Bewährungsaffen durchs Netz geschlüpft, und nun wollt ihr wissen, wo sie steckt. Was von beidem ist es?«

Hawkins stieß einen stummen Seufzer aus. Die anderen Häftlinge, mit denen sie bereits gesprochen hatten, waren allesamt intellektuell so beschränkt gewesen, dass sie ihre Fragen beantwortet hatten, ohne zurückzufeuern. Sie waren alle mehr darauf bedacht gewesen, sich für eine Haftverkürzung zu profilieren, als dass sie sich Gedanken darüber gemacht hätten, warum sie befragt wurden. Doch das würde hier nicht funktionieren.

»Sie ist nicht verschwunden.« Hawkins klammerte sich an ihre Strategie. »Wir wissen genau, wo sie sich befindet.«

Coker runzelte die Stirn. »Was dann also?« Sie schaute einen nach dem anderen an. »Nun kommt schon. Ihr Leute seid doch nicht interessiert an dieser Scheiße mit fairer Behandlung. Ihr wärt nicht hier, wenn nicht was Großes passiert wäre und ihr glauben würdet, ich wüsste etwas über Sam, das euch dabei hilft, es in Ordnung zu bringen.«

Hawkins ignorierte ihre Bemerkung. »Offenbar hat sie, kurz bevor sie entlassen wurde, Prügel bezogen. Wir wollen wissen, von wem und warum. Vergessen Sie uns, es geht darum, Sam zu helfen.«

»Netter Versuch, Schnucki« – Coker beugte sich in ihrem Stuhl vor und zwinkerte Reid zu – »aber mir ist im Moment nicht nach reden. Und nach meiner Berechnung sind neunzehn der dreißig Minuten um, die ihr das Recht habt, mich hier drinnen zu befragen, also wenn ihr anständige Antworten von mir haben wollt, dann rückt endlich damit raus.«

Hawkins gab sich geschlagen. Von dieser Frau würden sie gar nichts bekommen, wenn sie nicht ehrlich zu ihr waren. Und Coker, so schlussfolgerte sie, würde ohnehin von Philips' Ermordung erfahren, sobald sie aus der Einzelhaft entlassen würde. Viel zu verlieren hatten sie also nicht.

Sie machte eine nachdenkliche Pause und zog bewusst Cokers Blick auf sich, bevor sie antwortete und ihren kurzen, explosiven Satz bedacht aussprach.

»Sam ist tot.«

Nach Hawkins' Bemerkung kippte die Zigarette zwischen Cokers Lippen ein wenig herunter. Für einen winzigen Moment geriet ihr großspuriges Auftreten ins Wanken, und stattdessen kam eine Glucke zum Vorschein, die es sich normalerweise nicht erlauben konnte, ihre weichere Seite zu zeigen.

Coker starrte sie an. »Was?«

»Sam ist ermordet worden. Vor zwei Tagen.«

»Dachte ich mir, dass es so etwas ist.« Die Strafgefangene senkte den Blick. »Scheiße.«

»Jetzt wissen Sie es«, fuhr Hawkins fort. »Also, wer hatte Grund, ihr etwas anzutun?«

Langsam ließ Coker ihre Hände wieder auf den Tisch sinken. An der verglühenden Zigarette schien ihr nichts mehr gelegen zu sein. »Wie ist es passiert?«

»Schlag auf die Schläfe. Mit einem Hammer, glauben wir. Sie war sofort tot.«

Die Gefangene nickte.

»Helfen Sie uns, Jean.« Hawkins musterte ihr Gegenüber eingehend. »Wer hatte Probleme mit Sam? Es muss niemand Offensichtliches gewesen sein, vielleicht jemand, den sie nur flüchtig erwähnt hat.«

Coker zuckte mit den Achseln.

»Jemand mit Kontakten nach draußen«, hakte Hawkins nach. »Oder mit Geld.«

Schweigen.

»Sie würden Sam damit einen Gefallen tun.«

Mit einem Mal hob Coker den Kopf. »Du hörst mir nicht zu, Schätzchen. Zum Teufel, ich weiß es nicht, okay? Ich mochte sie. Warum sollte ich lügen?«

Hawkins beugte sich zu ihr vor. »Worum ging es bei der Schlägerei?«

»Ich hab genauso wenig Ahnung wie du. Hier drinnen ist das Leben ein ewiger Kampf. Ist eben so.«

»Wer war noch darin verwickelt?«

»Verfickt nochmal.« Sichtbar frustriert rieb sich Coker mit den Daumenrücken über die Stirn. »Sie hat es mir nicht gesagt.«

»Was ist mit Gangs? War sie irgendwo Mitglied?«

»Das ist hier keine beschissene Bücherei.« Die Gefangene drückte ihre Zigarette aus. »Soweit ich weiß, hielt sie sich aus allem raus.«

»Sie müssen doch wissen, warum sie sich nicht mit den Gangs eingelassen hat. Man hat mir gesagt, irgendwo Mitglied zu sein sei der beste Weg, um zu überleben.«

»Ist es auch«, sagte Coker. »Aber Sam wollte mit all dem nichts zu tun haben. Sie hat einen Scheiß drauf gegeben. Ich weiß, das leuchtet euch nicht ein, aber so geht's eben manchmal mit den Mädchen, die das Schlimmste getan haben,

Mord, Missbrauch oder was auch immer. Schalten einfach ab. Sam hat getan, was man ihr gesagt hat, mehr oder weniger jedenfalls, und sie hat sich nie besondere Mühe gegeben, auf der richtigen Seite zu stehen.«

Hawkins nickte. So frustrierend es auch sein mochte, Cokers Worte bestätigten nur, was die anderen Gefangenen bereits gesagt hatten. Samantha Philips war im Gefängnis genauso unbesonnen gewesen, wie sie sich draußen verhalten hatte. Jeder, der zu einem kaltblütigen Mord fähig war, ganz gleich aus welchen Gründen, verschwendete kaum Zeit damit, sich darüber Gedanken zu machen, was langfristig für ihn das Beste war. Das bedeutete, dass Sam sich nicht darum geschert hatte, ob sie die falschen Leute – denen sie hier in Holloway tagtäglich begegnete – verärgerte oder nicht. Ruf und Ansehen waren aber häufig für verurteilte Kriminelle im Gefängnis wichtiger als draußen, und falls Philips die Falsche gegen sich aufgebracht hatte, konnte sie irgendwann während ihrer Haftzeit auf einer schwarzen Liste gelandet sein. Die Reihe der potenziellen Auftragnehmer für einen Mord wäre in diesem Fall ziemlich lang.

Falls der Kampf, in dem Philips verletzt worden war, ein gescheiterter Anschlag auf ihr Leben gewesen war – und vor allem falls sie ihrer Gegnerin überlegen gewesen war –, konnte das erklären, wieso die Anstifterin darauf gewartet hatte, dass Sam entlassen wurde, bevor sie über einen Mittelsmann Rache ausüben ließ.

Zugegeben, die Zahl der Gefangenen mit ausreichend Möglichkeiten und Ressourcen, einen solchen Mord in Auftrag zu geben, war begrenzt. Hawkins würde erneut an das Gefängnis herantreten und an einem anderen Tag zurückkehren, um mit den entsprechenden Personen zu reden. Diese Vorgehensweise war arbeitsintensiv, und wenn man bedachte, dass sie noch anderen Ermittlungsansätzen nachgehen mussten, war es wohl am besten, hier erst einmal die Zelte abzubrechen.

Hawkins beendete die Befragung und tröstete sich damit, dass sie alles in Erfahrung gebracht hatten, was diese Mitgefangene über Sam wusste. Im Übrigen achtete sie darauf, die zugelassene Befragungszeit nicht zu überschreiten. Aus so etwas konnte einem später ein Strick gedreht werden – wenn gewisse Häftlinge die Möglichkeit erkannten, vor Gericht wegen Belästigung zu klagen.

Pierce Reid reichte Hawkins eine Visitenkarte, bevor er mit den beiden Wärterinnen und Coker, die ihre frisch geschnorrten Zigaretten mitnahm, hinausging. Die Tür schloss sich, und die beiden Detectives blieben allein in dem kleinen Raum zurück.

»Nun«, sagte Yasir nach einer Weile, »das ist ja ganz gut gelaufen.«

Gegen ihre Verbitterung ankämpfend, fuhr sich Hawkins mit der Hand durch das Haar. Amalas grenzenlose Begeisterung, von ihrem unerschütterlichen Glauben an ihren Chief Inspector gar nicht zu reden, war in manchen Situationen von unschätzbarem Wert, in anderen jedoch jämmerlich fehl am Platz. »›Ganz gut‹ finde ich leicht übertrieben.«

»Sie haben von einer schwierigen Quelle wichtige Informationen bekommen«, insistierte Yasir.

Hawkins warf ihr einen Blick zu. »Wenn wir nicht mehr als das herausbekommen, Amala, dann haben wir ein Problem.«

Sie deutete mit dem Kopf auf die Tür, womit sie signalisierte, dass es Zeit war zu gehen. Den verwirrten Ausdruck im Gesicht von Sergeant Yasir ignorierte sie. Trotz des intensiven, den ganzen Tag währenden Versuchs, Licht in Samantha Philips' Vergangenheit zu bringen, blieb sie ein Rätsel.

25

Der Fremde näherte sich in sprunghaften, abgehackten Sätzen, es schien, als bewege sich etwas unter dickem Eis. Ein Huschen, eine ruckartige Bewegung, dann wieder ein kleiner Moment sanften Vorwärtsgleitens. Der Mann steuerte direkt auf Bull zu, doch seine Größe und sein Gewicht ließen sich nur schwer einschätzen. Wie auch seine Absicht.

Lass dich nicht erwischen.

Bull wurde langsamer; sie waren nun keine zehn Meter mehr voneinander entfernt. Er sog die eisige Luft ein und versuchte, ihren Geschmack in sich aufzunehmen, während sie in seine Lunge drang.

Der Abstand schwand. Bull schluckte. Er nahm sich vor, nicht nach der Mauer zu greifen, die gleich neben ihm entlangführte, und auch nicht nach einer acht Jahre alten Erinnerung.

Er ist nicht dein Feind.

Plötzlich war der Fremde neben ihm. Bull zuckte zusammen, aber nur innerlich. Der Fremde war vom Bürgersteig getreten, um ihm Platz zu machen, und nickte ihm offenbar sogar zu, als er ihn passieren ließ. Bull reagierte nicht darauf. Noch eine ganze Weile danach war ihm flau im Magen.

Er war draußen, in der *Öffentlichkeit*, und die Fehlfunktion, die seine Sicht bei Tage beeinträchtigte, war schlimmer als je zuvor. Alles sah irgendwie falsch aus. Er hätte mittlerweile daran gewöhnt sein müssen, doch es änderte sich ständig. Heute sprangen Gegenstände, die hätten entfernt sein sollen, heran, während die Hand, die er sich vor Augen hielt, weit weg erschien. Geräusche waren verwirrend, Formen gerieten durcheinander, und er vernahm seinen Atem laut in den Ohren.

Aber nichts davon war real.

Deshalb schleppte er sich nach wie vor tagsüber nach draußen und stolperte verwirrt herum.

Nach Normalität lechzend.

Bull vergrub die Hände in seinen Taschen. Der Mantel war schwer und warm. Zu warm, doch er trug ihn, weil es drei Grad unter null war. Andernfalls hätten die Leute ihn angestarrt.

Überprüft mal diesen Kerl da im T-Shirt.

Seit er in die Heimat zurückgekehrt war, hatte er nicht einmal die Temperatur als normal empfunden.

Als er um eine Ecke bog, sah er sein Ziel. *Jetzt war es nicht mehr weit*: Er bemerkte den Lastwagen, als dieser vor ihm auf die Straße fuhr. Schlagartig stieg sein Puls, und ihm brach der Schweiß aus. Er konzentrierte sich mit aller Macht, um die blinkenden Lichter und die Bürsten darunter zu erkennen. Die Straße wurde gekehrt.

Sonst nichts.

Doch das Geräusch rief Erinnerungen hervor, und in seinen Ohren rauschte es.

Würgend sackte er gegen die harte Mauer neben sich und konnte sich nur mit Mühe wieder aufrichten. Seine Sinne spielten verrückt, und die Flashbacks brannten sich in seine Erinnerungen ein, doch er ging mit gesenktem Kopf weiter. Dort war das Tor.

Er streckte die Hand aus und spürte mit Erleichterung das Metall, wie weit entfernt unter seiner Handfläche, während er es mit heftig klopfendem Herzen aufstieß, um in Sicherheit zu gelangen. Er hatte es geschafft.

Es dauerte noch eine Weile, bis seine Nerven sich wieder beruhigten. Als er endlich ruhig genug war, um sich umzuschauen, sah er zu beiden Seiten des Ortes, an den er gekommen war, um inneren Frieden zu finden, menschenleere Pfade.

Er war im Park.

Er war nur einen Katzensprung von seinem Haus entfernt, doch selbst diese Strecke fühlte sich in letzter Zeit meilenweit an; sein Kopf war völlig im Arsch. Genau deshalb kehrte er ständig hierher zurück, um gegen den Schaden anzukämpfen, den die vergangenen Erlebnisse angerichtet hatten. Hier herrschten Ruhe und Schönheit; hier waren glückliche Menschen, Kinder. Solche Bilder brauchte er in seinem Kopf. Wenn er aufgab und wieder sein Zuhause ansteuerte, würde die Panik überhandnehmen.

Bull las im Internet Geschichten von anderen, denen es ähnlich ging wie ihm und die sogar Hilfe benötigten, um auch nur ihr Haus zu verlassen, sobald sie in Freiheit waren. Sie aßen nicht und schliefen nicht, sondern siechten nur noch dahin. Aber so würde er nicht enden. Tag für Tag zwang er sich zu essen, obwohl es für ihn keine Rolle spielte, was es war. Er hatte seinen Geschmackssinn verloren, selbst was die schärfsten Gewürze anging. Dann ging er zum Park.

Um auf positive Gedanken zu kommen.

Das war der Plan, und er musste sich daran halten. Sich an den kleinsten Funken Unschuld zu klammern half ihm zu verhindern, dass das Böse Besitz von ihm ergriff.

Denn wenn das geschah, war er wirklich im Arsch.

Er kontrollierte seine Atmung. Sie war fast wieder normal, sodass er weiterging, weiter hinein in den Park. Wenig später hatte er den Spielplatz und die Bank direkt davor erreicht, auf der er für gewöhnlich saß. Sein Timing war gut. Zwei Kinder, vielleicht Bruder und Schwester, spielten gemeinsam auf der Rutsche, während ihre Mum sie von einer Bank nahe dem Schaukelgestell im Auge behielt. Sie rauchte, aber das war okay. Nicht *böse*, nur schlecht.

Er konzentrierte sich auf die Kinder.

Der Junge war etwa fünf, hatte dichtes Haar und eine Menge Energie. Er trug eine bauschige rote Jacke und nur einen Handschuh. Das Mädchen war jünger, drei vielleicht, und sie wischte sich ständig die Nase am flauschigen Ärmel ihres rosafarbenen Dufflecoats. Sie hatte Mühe, die Leiter hinauf, die Rutsche hinab und dann wieder um sie herum, mit ihrem Bruder Schritt zu halten. Der Junge holte sie ständig ein und überholte sie auf dem Weg zur Leiter, benutzte deshalb die Rutsche doppelt so häufig wie sie. Doch beide Kinder genossen das Spielen, riefen ihrer Mum zu, sie solle zuschauen, wenn sie oben auf der Rutsche standen, und lachten dann, wenn sie hinabglitten.

Bull machte die Augen zu und konzentrierte sich. Er ließ die Geräusche in seinem Kopf widerhallen und einen positiven Klangteppich bilden. Am Vortag war es schwierig gewesen. Es hatte geregnet. Kinder waren keine da gewesen, und zu dieser Jahreszeit blühten keine Blumen in den Beeten. Dennoch war es ihm gelungen, auf einen schönen Gedanken zu kommen. Er hatte an den Morgen seines achten Geburtstags gedacht, an dem seine Eltern ihn in den Zoo mitgenommen hatten, und auch jetzt spürte er, dass eine weitere schöne Erinnerung in ihm aufkeimte.

Das Mädchen schrie.

Bull riss die Augen auf und sah, dass sie neben der Rutsche auf dem Boden lag. Ihr Bruder stand auf den Sprossen über ihr und schaute zu ihr hinunter. Dann lachte er und stieg weiter hinauf, ohne auf die Rufe seiner Mutter zu achten, die mittlerweile zu ihrer Tochter eilte.

Er wusste, was geschehen war. Der Junge hatte sie auf der Leiter überholt und zur Seite geschubst.

Bull spürte, wie der positive Gedanke erlosch, und vergrub den Kopf in den Händen. Das Böse ergriff ihn, sogar hier, in der Nähe von *Kindern*. Es riss Menschen auseinander und verursachte Schmerz, der bei diesen Kindern für immer Schaden anrichten würde.

Das konnte er nicht ertragen.

Er stand auf und rieb sich die Augen, um wieder klar sehen zu können. Plötzlich hielt er unter seinem Mantel etwas in der Hand. Den Hammer. Was tat der hier? Er hatte ihn gar nicht mitnehmen wollen. In diesem Park hatte es niemand verdient zu sterben. In seinem Kopf dröhnte es, doch er wusste, was zu tun war.

Er stolperte los, den Pfad entlang, darauf hoffend, dass er in der richtigen Richtung unterwegs war. Immer noch drangen die Schreie des Mädchens an seine Ohren. Dann übertönte sie eine vertraute Stimme.

»Was ist los mit dir, Junge?«, schrie die Stimme. *»Siehst du denn nicht, dass die Welt so ist? Wir sind alle böse. Du, ich, alle. Steh deinen Mann.«*

Bull hielt den Kopf gesenkt und ging weiter. Die Stimme war nicht da, das *konnte* nicht sein.

»Hör mir gefälligst zu!«, rief sie. *»Sonst mach ich dich fertig!«*

Die Stimme war so deutlich, so real.

Er hob den Kopf wieder und schaute sich um. Es war niemand da, aber er erblickte einen Mann, der sich ihm näherte und dessen Konturen aufgrund Bulls lädiertem Sehvermögen verschwammen.

»Der Mann da ist ein verdammter Vergewaltiger!«, schrie die Stimme. *»Leg ihn um!«*

Bull wechselte die Richtung. *»Leg ihn um. Sofort!«*

Bull kämpfte sich weiter voran, ging an dem Mann vorbei, ließ ihn passieren. Vor sich sah er die Toiletten. Dort musste er hin.

Er erreichte den Eingang und stürzte in das kalte Steinhäuschen hinein. Er ließ seinen getrübten Blick durch den Raum schweifen, vorbei an offenen, dicht mit Graffiti überzogenen Toilettenkabinen. Aber es war niemand hier.

»Was machst du hier, Trottel?«

Bull schaute nach einer freien Stelle an der Wand und stellte sich davor. Er wappnete sich, ballte die Fäuste und hämmerte gegen die Fliesen. Die Keramik zerbrach.

Er zog die Faust kurz zurück und schlug dann erneut zu. Als seine Knöchel auf der beschädigten Oberfläche auftrafen, spürte er nichts. Er machte weiter, immer weiter und sah, dass seine Haut aufriss und sich auf der Wand ein roter Blutfleck bildete. Er strengte sich bis zum Äußersten an und spürte, wie sich die spitzen Splitter der Fliesen in sein Fleisch bohrten.

Schwer atmend hielt er inne, bemüht, die Empfindungen zu verspüren, die seine Sinne jetzt hätten attackieren sollen. Schmerz war gut, war das Einzige, womit er seinen verkorksten Kopf wieder freibekommen konnte. Er schloss die Augen.

»Gib auf, du Idiot«, kreischte die Stimme. *»Du kannst mich nicht loswerden.«*

Doch sie war leiser dieses Mal.

Bull richtete sich auf und holte mit seiner verletzten Hand erneut aus.

»Wage es ja nicht, zum Teufel …«

Er legte alles in diesen letzten Schlag und hämmerte seine Faust in die eingedellte Oberfläche der Wand. Die Fliesen gaben nach, und Scherben fielen auf den schmutzigen Boden. Endlich löste die Wunde Wellen heftigen Schmerzes aus, die ihn aufschreien ließen.

Bull zog die Hand zurück. Als sie zu zittern begann, hielt er sie sich an die Brust. Er hatte sich übel zugerichtet, doch die Taktik hatte funktioniert.

Die Stimme war verschwunden.

Schwer atmend stand er da, sich der Welt wieder bewusst.

Es hatte keine Stimme gegeben.

Also war das Böse in ihm und versuchte ihn zum Töten zu überreden. Heute hatte er es zum Verstummen gebracht, doch um es für immer schweigen zu lassen, gab es nur eine Möglichkeit. Und die bestand darin, sich an den Plan zu halten.

Bull hielt die Augen nach wie vor geschlossen, als er draußen Schritte hörte. Als er aufschaute, sah er den Jungen im Türrahmen auftauchen. Er erkannte das Kind aus dem Park sofort, es hatte einen roten Kopf vom Laufen. Der Kleine, der sein Schwesterchen von der Rutsche geschubst hatte.

Der Junge stand im Türeingang und starrte ihn an.

Und Bull, sich die verletzte Hand haltend, starrte zurück.

26

»So.« Hawkins legte ihr Notizbuch auf den Schreibtisch. »Das ist so ziemlich alles, was Amala und ich Ihnen über Sam Philips' ehemalige ›Kolleginnen‹ sagen können. Es ist gut möglich, dass dieser Mord nichts mit irgendwem aus Holloway zu tun hatte, aber wir sollten die Möglichkeit trotzdem erst einmal nicht ausschließen.«

Sie sah sich im Kreis ihres Ermittlungsteams um. DI Frank Todd lümmelte sich neben dem stehenden DS Aaron Sharpe auf einen drehbaren Bürostuhl. Mike thronte auf der Kante eines nahen Schreibtisches, vor dem Amala Yasir auf einem weiteren Stuhl saß.

Das Team hatte diverse personelle Veränderungen hinter sich, sogar während der Ermittlungen im jüngsten Fall hatte es welche gegeben. Allerdings waren derlei rasche Umstellungen nicht wirklich ungewöhnlich. So etwas wie eine endgültige Mannschaft existierte nicht; Detectives wurden schlichtweg ganz nach Bedarf zu bestimmten Mordermittlungen abgestellt und dann wieder abberufen. Natürlich kamen bestimmte personelle Zusammenstellungen wiederholt vor, da die Vorgesetzten einsahen, dass eine Vertrautheit unter Kollegen die Arbeitsleistung erhöhte. Lücken zwischen Fallabschlüssen bedeuteten, dass dieselben Beamten in der Regel in denselben Zeitabschnitten verfügbar waren.

Obwohl sie erst seit etwas mehr als einem Tag wieder bei der Arbeit war, vermutete Hawkins, dass der Bericht, den sie gleich von den Beamten bekäme, sie nicht gerade vom Hocker reißen würde. Sie hatte alle zu einem Informationsaustausch am Schichtende in die Einsatzzentrale im Becke House zusammengetrommelt und hoffte nun, dass die anderen mehr Glück gehabt hatten, als ihnen in Holloway hold gewesen war.

»Also« – Hawkins breitete die Hände aus, um ihrem Publikum Beiträge zu entlocken – »wer kann mir den Nachmittag versüßen?«

Alle schwiegen.

Sie versuchte es noch einmal. »Hat irgendwer einen Anhaltspunkt, der die Fixiertheit der Medien auf den Valentinstag untermauern könnte? Expartner, zurückgewiesene Liebhaber, betrogene Geliebte?«

Nach wie vor herrschte Schweigen.

»Gut«, Hawkins verschränkte die Arme, »denn je schneller sich dieser spezielle Nebenschauplatz erledigt hat, desto besser. Nach dem, was Weihnachten geschehen ist, scheint ein Mörder mit Botschaft ein gefundenes Fressen für die Medien. Sie schlachten die Ängste der Menschen in Bezug auf wahllos vorgehende Verrückte aus, aber ich behaupte nach wie vor, es handelt sich um einen Zufall.« Sie schaute einen nach dem anderen an. »Und selbst wenn ich mich täusche – dieser Valentinsunsinn passiert nur einmal im Jahr, und je länger wir keine weiteren Leichen von gestern oder aus früheren Jahren finden, desto wahrscheinlicher wird es, dass wir es mit einem Einzelfall zu tun haben oder zumindest bis zu diesem Tag im nächsten Jahr Zeit haben, den Mörder ausfindig zu machen.«

Allgemeines Nicken im Raum bestätigte Hawkins, dass ihre Ansichten geteilt wurden.

»Okay.« Sie wandte sich ihrem erfahrensten DI zu. »Dann lasst uns weitermachen. Frank, was haben Sie?«

Augenblicklich zeichnete sich auf Todds Gesicht eine Miene ab, die besagte: »Na klar doch, knöpf du dir ruhig den aus Newcastle vor!« Und augenblicklich wünschte sich Hawkins, sie hätte nicht mit ihm den Anfang gemacht. Ihre Entscheidung, sich gleich an ihren scharfsinnigsten Ermittler zu wenden, hatte eigentlich ein verstecktes Kompliment sein sollen.

»Nun«, Todd deutete auf DS Sharpe, »weisungsgemäß haben mein geschätzter Kollege und ich mit Brendan Marshs Freunden geplaudert. Wie sich herausstellte, war das eine ziemliche Herausforderung. Seit dem Mord an Marsh sind Jahre vergangen, daher waren einige der Leute weggezogen. Aber ein paar haben wir ausfindig gemacht.« Er schaute Sharpe an.

»Oh.« DS Sharpe, der nun ins Rampenlicht gerückt worden war, richtete sich ein wenig auf. »Etwas Umwerfendes haben wir nicht herausgefunden, aber wir konnten ein paar interessante Dinge zusammenkratzen.«

Seine Todd ähnliche Art ließ Hawkins innerlich lächeln. Die beiden Junggesellen wohnten immer noch zusammen, nachdem sie aus Sicherheitsgründen während der Ermittlungen beim letzten Fall ihres Teams unfreiwillig zusammenziehen mussten, und Mike zufolge arbeiteten sie nun der Einfachheit halber auch mehr und mehr zusammen. Insgeheim hatte Hawkins gehofft, Todds pingelige Art werde auf die Arbeit des bis jetzt alles andere als glänzenden Sharpe abfärben, auch wenn sie auf den Zynismus gerne verzichtet hätte. Die Zukunft würde zeigen, ob der Einfluss des Älteren die Dinge insgesamt in die richtige Richtung lenkte.

Sharpe strich seine Krawatte glatt. Eine sonderbare Angewohnheit, wenn man bedachte, dass der Zustand seiner Kleidung für gewöhnlich darauf hindeutete, dass er darin auch schlief. »Sieht aus, als hätte Marsh nur einen ziemlich engen Kreis von vier Freunden gehabt, alte Kumpel aus der Schule und der Universität, alle mittlerweile Mitte dreißig. Zwei von ihnen, Mickey Borders und Dennis Sowden, leben immer noch im Ort, beide sind Filialleiter bei Makro in Croydon. Nummer drei, James Wallace, ist vergangenes Jahr weggezogen, als sein Arbeitgeber mit seinem Steuerbüro nach Norfolk übergesiedelt ist, und der Letzte, Richard Miller, ist im Ausland bei der Royal Air Force tätig. Die beiden Burschen aus dem Ort haben wir getroffen und mit dem Steuerberater am Telefon gesprochen. Was aktuelle Informationen über Miller angeht, warten wir noch auf grünes Licht vom Verteidigungsministerium.«

Er schaute reihum, so wie es Menschen tun, die es gewohnt sind, nicht beachtet zu werden. Als ihn niemand unterbrach, fuhr er in zuversichtlicherem Ton fort: »Wir haben uns bestätigen lassen, dass Borders von Donnerstagabend bis Freitagmorgen Schichtdienst hatte, und Miller befindet sich definitiv außer Landes, aber die letzten beiden geben sich gegenseitig ein Alibi. Beide behaupten unabhängig voneinander, dass sie die Woche gemeinsam in Swaffham verbracht haben. Das ist sehr praktisch, wenn man bedenkt, dass sie Samantha Philips auch gemeinsam hätten beseitigen können. Daher werden wir morgen diesen Angaben gründlich nachgehen.«

Sharpe beendete seine Ausführungen, nachdem er die physischen Attribute der genannten vier Personen näher beschrieben hatte. Unter der Voraussetzung, dass alle Rechtshänder waren, konnte angesichts der Schlagkraft eines Hammers jeder der vier den tödlichen Hieb ausgeführt haben.

Die sich anschließende Diskussion schweifte bald ab, worauf Hawkins sie abkürzte, indem sie sich Maguire zuwandte. »Was haben wir sonst noch?«

Mike erhob sich. »Ich habe heute ein wenig Zeit mit Marshs Familie verbracht. Seine Mum Juliette ist vor vier Jahren an einem Herzinfarkt gestorben und hat den Vater und die beiden Geschwister zurückgelassen. Der Bruder Aidan ist der Verdächtigste, denn der Dad, Paul, ist zu alt, und die Schwester, Carla, zu klein; wir reden hier von kaum mehr als einem Meter fünfzig. Es ist allerdings so, dass sich keiner von ihnen Brendans Ermordung sehr zu Herzen nimmt. Ich weiß, es ist schon eine Weile her, aber das alles weist eindeutig auf eine eher lockere Familienbindung hin.«

Hawkins' Stimmung sank. »Was ist mit entfernteren Verwandten?«

»Wir wissen von ein paar Cousins und so weiter. Die haben wir zwar noch nicht aufgespürt, aber nach dem, was ich heute gehört habe, kannten die meisten Brendan nur von Hochzeiten und Beerdigungen. Es sind insgesamt wohl acht, Cousins und Großtanten mitgezählt. Die haben aber alle kein erwähnenswertes Vorstrafenregister, bloß ein paar Amtsgerichtsurteile bei einem Onkel mütterlicherseits. Daher sehe ich hier auch keinen Tatverdächtigen.«

»Okay.« Hawkins beendete die Versammlung. »Ihr habt alle gute Arbeit geleistet, aber lasst noch nicht nach. Selbst wenn sie es nicht selbst getan haben, könnte jeder von ihnen einen Mord in Auftrag gegeben haben.« Sie war schon im Begriff, ihr Team für heute zu entlassen, als sie jemanden erblickte, der zur Rechten neben ihr stand. Sie drehte ihren Rollstuhl.

»Ich will Sie nicht unterbrechen.« Tristan Vaughn stand mit einem ihr unbekannten Mann in der Türöffnung. »Aber wenn Sie fertig sind, möchte ich noch einen Moment mit Ihnen allen reden.«

»Kein Problem.« Hawkins lächelte. Dabei fragte sie sich, wie lange er wohl schon dort gestanden hatte. »Wir sind so gut wie fertig.«

Der DCS nickte und trat vor die Gruppe. »Ich möchte Ihnen DI Steven Tanner vorstellen.« Er deutete auf seinen Begleiter, der mit ihm vorgetreten war und nun neben ihm stand. »Er hat das Programm zur Ausbildung von Führungskräften durchlaufen und ist im Besitz wichtiger Informationen für Sie alle.« Er bedeutete seinem Kollegen zu übernehmen.

Tanner trat noch ein wenig weiter vor, damit ihn alle gut sehen konnten. Er hatte dunkles Haar, ein ausgeprägtes Kinn und war braun gebrannt, was für einen aktiven Detective der Metropolitan Police ungewöhnlich war. Er war jung, Ende zwanzig vielleicht, einen Meter achtzig groß und sportlich. Sein Auftreten lag irgendwo auf der Grenze zwischen Selbstvertrauen und Überheblichkeit.

Mit einer tiefen, rauchigen Stimme machte Tanner zunächst eine selbstbewusste Bemerkung darüber, dass ihn manch einer aus dem Team wahrscheinlich bereits irgendwo gesehen hatte. Er zwinkerte Amala zu und machte einen Witz, bei dem Hawkins wusste, dass es um Fußball ging, den sie aber nicht verstand. Alle Männer lachten.

Als er einen A4-Umschlag hervorholte und auf den Tisch vor sich legte, wurden seine Züge härter. Er wandte sich der

Ermittlungstafel zu und begann damit, die Ereignisse vorzutragen, die Samantha Philips' Ermordung vorausgegangen waren. Damit trug er dem Team dessen eigenen Fall vor.

Hawkins zwang sich dazu, ihn nicht zu unterbrechen. Sie schaute zu Vaughn hinüber, doch der DCS fühlte sich offenbar pudelwohl in seiner Haut.

Tanner gelangte zu den Fotos von Philips' Leiche, umriss ihre Verletzungen und beschrieb die Waffe, mit der sie verursacht worden waren. Offenkundig wollte er auf etwas Bestimmtes hinaus, und Hawkins beobachtete, wie seine Brust anschwoll, als sein großer Moment gekommen war.

»Bedauerlicherweise« – Tanner warf einen Blick auf Vaughn, mit dem er zum Ausdruck brachte, dass er seinem Förderer dankbar war – »war Samantha Philips nicht die Erste. Mir liegen Beweise dafür vor, dass dieser Mörder schon einmal zugeschlagen hat.«

Hawkins hatte das Gefühl, den Boden unter den Füßen zu verlieren. Sie schaute sich in der Einsatzzentrale um, während sich die Schockwelle von Tanners Enthüllung ausbreitete.

Dieser Mörder hat schon einmal zugeschlagen.

Sie kämpfte gegen die Panik an, die unaufhaltsam von ihr Besitz zu ergreifen drohte. Zwei Serienmorde in etwas mehr als drei Monaten? Tausend Fragen schossen ihr durch den Kopf. Sie beobachtete, wie der Rest ihres Teams verblüffte Blicke wechselten, während der Neuankömmling überlegen lächelnd vor ihnen stand.

Mike lenkte ihre Aufmerksamkeit auf sich. *Hast du davon gewusst?*

Das hatte sie natürlich nicht, aber sie würde auch nicht zulassen, dass der DCS oder sein Schoßhündchen die Ermittlung so schnell an sich riss.

»Sir«, wendete sie sich an Vaughn. »Wenn es Neuigkeiten in diesem Fall gibt, hätte man uns nicht davon in Kenntnis setzen müssen?«

Der DCS nickte. »Deswegen sind wir hier. Steve hat die Entdeckung erst vor einer halben Stunde gemacht, nachdem er Ihre Berichte im System gelesen hat. Er hat mich sofort informiert, und wir kamen direkt hierher. Ich bin froh, dass wir Sie alle zusammen angetroffen haben.«

»Ach so«, stammelte Hawkins mangels schlagfertiger Erwiderung.

»Wie dem auch sei«, fuhr Vaughn fort, »sicher möchten Sie nun alle erfahren, was DI Tanner zu berichten hat.« Er wies auf den Mann, der ihr sprichwörtlich auf den Füßen stand. »Fahren Sie fort, Steve.«

»Danke.« Tanner hob den geheimnisvollen Umschlag auf und griff hinein. Er verteilte den Inhalt auf dem Schreibtisch. »Schauen Sie sich die Fotos an. Das Opfer heißt Rosa Calano. Sie war eine neunzehnjährige portugiesische Einwanderin.«

Alle traten vor, um sich die Sammlung von Fotos anzuschauen, welche die Leiche einer jungen Frau aus verschiedenen Blickwinkeln zeigten. Ihre Gliedmaßen waren derart verrenkt, dass man auch ohne die Kopfverletzungen – die auf verstörende Weise denen ähnelten, die Samantha Philips das Leben gekostet hatten – sah, dass sie tot war.

Hawkins sah Tanner missbilligend an. »Wo haben Sie die her?«

Der DI musterte sie von der Seite, so als wolle er herausfinden, ob sie ihm etwas anlastete. »Ein Kollege von mir in der Forensik hat vor ein paar Monaten an diesem Fall gearbeitet. Er schrieb einen inzwischen hochgelobten Beitrag über die Kategorisierung von mit der Hand beigebrachten Schädelverletzungen bezüglich der Größe und des Gewichts des Angreifers. Haben Sie ihn gelesen?«

»Steht auf meiner To-do-Liste«, täuschte sie vor. »Wo ist die Verbindung?«

»Als ich Ihren Bericht las, fielen mir sofort wieder diese Bilder ein.« Tanner griff erneut in den Umschlag. »Also widmete ich mich den Details, die uns über die Mordwaffe vorliegen.« Er hielt einige Blätter, die an der Ecke zusammengeheftet waren, in die Höhe. »Die Einzelheiten sollten Ihnen bekannt vorkommen.«

Hawkins nahm die Papiere in die Hand und erkannte den standardisierten forensischen Verletzungsbericht.

Sie las die Zusammenfassung des Ermittlungsbeamten über die Waffe, mit der Rosa Calano getötet worden war: »Schweres, als Knüppel endendes Werkzeug, Kopf etwa sechs Zentimeter im Durchmesser und von dichter Zusammensetzung – wahrscheinlich Metall, sich in Richtung der außenliegenden Kontaktoberfläche leicht verjüngend, in Übereinstimmung mit den Eigenschaften eines großen Hammers für den Hausgebrauch. Gewicht des Waffenkopfes wahrscheinlich im Bereich von 450 Gramm und damit in dem für einen tödlichen Einsatz geeigneten Bereich, was Leichtigkeit und Schlagkraft betrifft.«

Sie blätterte auf die zweite Seite um, die das körnige Bild eines Schlosserhammers zeigte, der an der Rückseite des Kopfes einen Spaltkeil statt einer Nagelklaue besaß. Der Bericht machte klar, dass auch im Mordfall Calano die Tatwaffe nicht sichergestellt worden war. Doch der Forensiker hatte vermerkt, dass, wenn der Angreifer auch nur ein bisschen Verstand besaß, er aller Wahrscheinlichkeit nach diesen Typ benutzen würde, da sich die scharfen Enden einer Nagelklaue leicht an der Kleidung verfingen, was die Waffe schwerer handhabbar machte und das Risiko erhöhte, dass vereinzelte Fasern am Tatort zurückblieben.

Sie sah Tanner an. »Wann ist das passiert?«

»Ich weiß, was Sie jetzt denken«, sagte er. »Aber Miss Calano ist im Oktober vergangenen Jahres ermordet worden, was diese ganze Geschichte mit dem Valentinsmörder ad absurdum führt.«

»Moment mal«, schaltete sich Mike ein. »An welchem Tag war das?«

Tanner schaute in seinen Unterlagen nach. »Der Fünfte. Wieso?«

»Puh.« Maguire blies die Wangen auf. »In den Staaten feiern wir den ›Sweetest Day‹, im Grunde genommen so etwas wie eine herbstliche Wiederholung des Valentinstags. Er liegt im Oktober, allerdings immer erst am dritten Samstag des Monats.«

Hawkins übernahm. »Damit wäre die Verbindung zu einem romantischen Anlass gestorben. Ich würde aber nicht meine Hand dafür ins Feuer legen, dass dieser Mord auf denselben Täter schließen lässt.« Sie übergab Frank den Bericht. »Haben wir uns diesen Fall angeschaut?«

Todd sah mit zusammengekniffenen Augen auf die Fotos und ging sofort in die Defensive. »Das mag schon sein, aber jedes verdammte Jahr werden *Dutzende* von Leuten mit einem Hammer erschlagen. Was macht *diesen* Fall so besonders?«

Nun richteten sich alle Blicke wieder auf Tanner, dessen Gesicht mit einem Mal ernster wurde.

»Gute Frage.« Er nahm einen Magneten, um ein Foto von Calano an die Ermittlungstafel zu heften. »Aber auch eine Frage, die ich glaube beantworten zu können.«

Er sah Frank geradewegs an. »Es gab im vergangenen Jahr sechsunddreißig tödliche Attacken in London, bei denen ein

Hammer als Mordwaffe eingesetzt wurde. Aber im Gegensatz zu allen anderen Opfern hatte Calano noch etwas mit Samantha Philips gemein.«

Schweigen.

Tanner legte eine Pause ein, während der er nacheinander den Blick jedes Einzelnen erwiderte. »Zwei Wochen vor ihrer Ermordung wurde Rosa Calano aus dem Gefängnis entlassen.«

27

Hawkins beobachtete, wie die anderen Mitglieder ihres Teams der Reihe nach die Einsatzzentrale verließen, bevor sie ihren Rollstuhl vorwärtsschob und Mike in ihr Büro folgte. Dort knallte sie die Tür hinter sich zu.

Maguire beäugte sie von der anderen Seite des Raums. »Also schön, was ist los?«

»Steve Tanner ist *los.*« Hawkins schob sich um den Schreibtisch herum, um symbolisch wieder Anspruch auf ihr Hoheitsgebiet zu erheben. »Wieso ist uns diese Verbindung zu Calano entgangen?«

»Keine Ahnung.« Mike setzte sich auf Hawkins' Bürostuhl, den sie widerwillig auf die Besucherseite des Schreibtischs verbannt hatte, damit sie ihren Rollstuhl bis an die Tischkante rollen konnte. »Frank und Amala hatten nach Präzedenzfällen Ausschau gehalten, richtig?«

Hawkins nickte, nach wie vor stocksauer.

Tanner zufolge hatte Rosa Calano wegen Körperverletzung mit Todesfolge beinahe drei Jahre in einer Jugendstrafanstalt abgesessen. Sie war für schuldig erklärt worden, während ihrer Tätigkeit als Au-pair ein Baby zu Tode geschüttelt zu haben.

Aufgrund von Calanos Alter – zur Zeit ihrer Verurteilung war sie erst sechzehn gewesen – war die Haftstrafe kurz. Mit neunzehn wurde sie entlassen.

»Wie dem auch sei«, fuhr Mike fort, »hat Steve uns denn gerade nicht unter die Arme gegriffen?«

»Sicher doch, und dabei die Arbeit des ganzen Teams schlampig aussehen lassen.«

»Geht es hier um das Team oder um dich?«

»Natürlich geht es nicht um *mich.*« Hawkins begriff, dass sie überreagiert hatte. »Abgesehen von der Tatsache, dass er offenkundig meine Stelle in Aussicht gestellt bekommen hat.«

»Was?«

»Du hast gehört, was Vaughn gesagt hat.« Mit kindlicher Stimme äffte sie den Superintendent nach. »›Er hat das Programm zur Ausbildung von Führungskräften durchlaufen.‹ Das ist alles von langer Hand geplant.«

Mike verdrehte die Augen.

Hawkins sah ihn böse an. Ganz klar, Steve Tanner hatte Beziehungen zu den richtigen Leuten, die seinen Weg nach oben beschleunigen würden. Hier ein paar taktische Mittagessen, dort ein paar strategische Golfspiele, und schwuppdiwupp würde er sich den Geruch der Vetternwirtschaft im Waschraum der Chefetage von den Händen schrubben, noch bevor er fünfunddreißig war. Er also war der Anwärter, von dem Mike hatte munkeln hören, der Wunderknabe, der für große Aufgaben auserkoren war. Maguire musste das kapiert haben, vor allem nachdem Vaughn erst vor wenigen Momenten seine letzte schlechte Nachricht überbracht hatte, nämlich als Hawkins Tanner für seine Hilfe gedankt hatte. Er hatte gesagt, dass sie von jetzt an beide die Ermittlung führen sollten.

Tanner hatte Vaughn unvermittelt angeschaut.

»Genau genommen ist da noch etwas …« Die Stimme ihres Vorgesetzten hatte viel zu unbeschwert geklungen, als dass sie beruhigend gewirkt hätte. »Wie Sie bemerkt haben, ist DI Tanner bereits auf dem neusten Stand bei diesem Fall, und ich weiß, dass seine Fähigkeiten nützlich sein werden, um diesen Mörder festzunehmen. Auf absehbare Zeit wird sich Steve daher Ihrem Team anschließen.«

Ob mit Absicht oder nicht, dies vor versammelter Mannschaft anzukündigen hatte Hawkins der Möglichkeit beraubt, Einwände zu äußern, ohne dabei den Eindruck zu erwecken, sich von den vermeintlich guten Nachrichten bedroht zu fühlen. Natürlich war es das Schreckgespenst der Konkurrenz gewesen, das sie dazu veranlasst hatte, so schnell wieder an ihren Arbeitsplatz zurückzukehren. Seitdem hatte sie gehofft, ihre Rückkehr in den aktiven Dienst hätte dafür gesorgt, dass sich Verstärkungen erübrigten.

Dieses Glück war ihr nicht beschieden.

Vaughn hatte am Ende sogar allen den teambildenden Blödsinn samt Reihum-Vorstellungen zugemutet. Dabei war Yasir wie immer angespannt gewesen, Sharpe gewohnheitsmäßig lustlos. Mike hatte es irgendwie hinbekommen, ein Loblied auf sie zu singen. Vaughn war bereits jedem bekannt, und Todd, der gegen jedwede Form gemeinschaftlicher Lobhudelei angeiferte, behauptete hinterher, er wäre am liebsten tot gewesen.

Schließlich hatte Tanner seinen beruflichen Werdegang vorgetragen, von den vorgeschriebenen zwei Jahren in Uniform über Einsätze bei der Ermittlung gegen organisiertes Verbrechen und Wirtschaftskriminalität bis hin zu seiner Zeit, als er mitgeholfen hatte, das National-Intelligence-Model aufzubauen. Ein beeindruckender Lebenslauf für ein Alter von neunundzwanzig Jahren.

Am Ende hatte Vaughn alles noch schlimmer gemacht, indem er erklärte, Tanners Aufgabe sei es nicht, unter ihr zu arbeiten, sondern sich über Hawkins direkt *in die Mordermittlung einzuarbeiten*. Um sich an sie zu hängen. *Tag für Tag*.

Was die Frage aufwarf: War Tanner zu Vaughn gegangen und hatte seine neue Information mit dem Hintergedanken feilgeboten, sich sofort einen Platz im Team zu ergattern? Oder war es andersherum gewesen?

Typisch männliche Klüngelei.

Sie verwarf den Gedanken sofort wieder. Tanner hatte nicht wissen können, dass ihnen die Querverbindung entgangen war. Die Ähnlichkeiten zwischen den beiden Fällen waren zu deutlich, als dass man sie hätte ignorieren dürfen. Zwei ehemalige Gefängnisinsassinnen im Großraum London, beide innerhalb weniger Tage nach Absitzen ihrer Haftstrafe wegen Mordes beziehungsweise Totschlags selbst ermordet, mit der gleichen Waffe und Vorgehensweise. Hawkins hatte gehofft, Sam Philips' Ermordung werde sich als Einzelfall herausstellen. Da nun aber dem gleichen Mörder ein zweites Todesopfer zugeschrieben wurde und beide Frauen nur Tage vor ihrer Ermordung aus dem Gefängnis entlassen worden waren, tendierte sie jetzt eher zur Theorie des Valentinsmörders. Sicher, es konnte immer noch Zufall sein, sah aber doch ganz danach aus, als stünden die Attacken auf diese beiden Opfer in direktem Zusammenhang mit ihren Verbrechen. Diese Tatsache zu enthüllen hatte Hawkins' neuem Rivalen offenkundig große Freude bereitet.

Tanner hatte Kopien der Akte Calano verteilt, bevor er gemeinsam mit Vaughn abmarschiert war, wahrscheinlich zu einer strapaziösen Squashpartie, gefolgt von Whisky und einer hochgestochenen Unterhaltung.

Sie war überzeugt davon, dass alles von langer Hand geplant worden war.

Vor ein paar Monaten hatte sie Lawrence Kirby-Jones verdächtigt, an ihrem Stuhl zu sägen. Vaughn hingegen hatte den Eindruck erweckt, zumindest teilweise auf ihrer Seite zu stehen. In Wirklichkeit aber war es wohl genau andersherum. Kirby-Jones hatte seinen Einfluss geltend gemacht und dafür gesorgt, dass sie auf ihrem Posten bleiben konnte, während es nun so aussah, als wolle Vaughn sie abservieren. Mit seiner Hilfe konnte Tanner die Poleposition im Rennen um Hawkins' Stelle einnehmen. Und wenn Tanner nachrückte, während sie befristet befördert war, konnte sie ohne jeden Umstand auf den Dienstgrad eines DI zurückgestuft werden. Und hatte keinen Grund zur Beschwerde.

»Toni ...«, Maguires Stimme riss sie aus ihren Gedankengängen. »Hör auf damit.«

Sie sah ihn an. »Aufhören womit?«

»Ich sehe doch, wie du an einer Verschwörungstheorie bastelst.«

Hawkins schüttelte den Kopf.

»Er ist nicht hier, um dir deinen Job wegzuschnappen.«

»Schön.« Sie packte ihren Laptop und rollte sich weg vom Schreibtisch. Dabei verspürte sie diese gewohnte Anspannung in ihrem Oberkörper, die bedeutete, dass sich ihr wieder zu Kräften kommender Körper dem Punkt absoluter Erschöpfung näherte. »Fahren wir nach Hause und essen wir zur Abwechslung mal zu einer christlichen Stunde.« Sie zog die Tür auf. »Calanos Akte können wir uns später immer noch anschauen.«

Was sie verschwieg, war die Tatsache, dass sie zudem einmal richtig ausschlafen wollte. Denn Tanners Erscheinen hatte eine Sache dringlicher werden lassen als je zuvor.

Sie musste raus aus diesem Rollstuhl.

28

Bull schlug sich mit der Faust auf den Oberschenkel.

Warum konnten sie es nicht sein lassen?

Er hatte die Nase voll von Schwachsinnsnachrichten, zappte zu einem anderen Programm und warf die Fernbedienung beiseite. *Valentinstag hier, Valentinstag dort. Wieder so ein neurotischer Mörder, der die Welt in Angst und Schrecken versetzen wollte.*

Aber sie hatten unrecht. Es gab gar keine derartige *Botschaft*.

Der Valentinstag hatte einen Scheißdreck damit zu tun.

Okay, er hatte Sam also am Vierzehnten kaltgemacht. *Entschuldigung, sein Fehler*. Aber geplant hatte er das nicht. Hätte er das Scheißdatum auch nur auf dem Schirm gehabt, dann hätte er ein paar Tage gewartet.

Dann würden die Medien nicht diesen Quatsch von sich geben.

Er stand auf und machte den Fernseher aus. Dann schlenderte er in die Küche, um etwas zu essen. Bald würde sich alles ändern, führte er sich vor Augen. Die Presse müsste ihr Gefasel sein lassen …

… sobald seine nächste Zielperson erledigt war.

29

»Toni?«

Heftig atmend fuhr Hawkins aus dem Schlaf hoch. Um sie herum nahm der Innenraum des Range Rover wieder feste Konturen an.

»Brr!« In einer Geste gespielter Kapitulation hatte Maguire beide Hände erhoben. »Halt dich zurück, ja? Ich ergebe mich.«

»Was?«, fragte sie. Erst jetzt bemerkte sie, dass sie sich mit der linken Hand am Armaturenbrett abstützte, während sie ihre rechte gegen Mikes Brust presste. Sie zog beide Hände zurück und räusperte sich. »Oh. Entschuldigung.«

»War das jetzt ein Albtraum oder so etwas?«

»Ja.« Hawkins zwang sich zu einem Lächeln. »Ich wollte gerade jemanden kaltmachen, weil er meinen Schönheitsschlaf unterbrochen hat.« Ihr schlechtes Gewissen meldete sich, und sie erinnerte sich daran, dass sie es allein Mike zu verdanken hatte, überhaupt hier zu sein und sich Sorgen über Ermüdung oder sonst etwas machen zu können. Aber aus irgendeinem Grund fühlte es sich noch immer nicht richtig an, mit jemandem über ihre wiederkehrenden Flashbacks von der Nacht, als sie niedergestochen worden war, zu reden, nicht einmal mit ihm.

Sie brach den Blickkontakt ab, schaute durch die Windschutzscheibe auf die dunkle Straße hinaus und registrierte, dass sie schon zu Hause waren. »Wie lange war ich weggetreten?«

»Bloß die gesamte Rückfahrt. Und du hast geschnarcht wie ein zwei Tonnen schweres Walross. Bist du sicher, dass du nicht noch ein paar Tage länger brauchst, um dich zu erholen?«

»Du kennst mich doch. Lieber lasse ich mich von Indianern an den Marterpfahl binden, als weiter tagsüber fernzusehen. Ich muss einfach wieder zurück in den alten Trott.«

Überzeugt wirkte er nicht. »Bleib doch morgen zu Hause und schlaf dich aus. Kein Mensch hat schon wieder mit dir gerechnet, die Jungs kommen schon klar.«

»Dieser Haufen kopfloser Hühner? Die können ohne mich nicht einmal ein Sudoku lösen.«

»Ernsthaft, wir haben mehr als ein komplettes Team.«

»Ich habe dir doch gesagt, es geht mir gut«, fuhr sie ihn an und bereute es im gleichen Moment. »Tut mir leid, daran sind diese verfluchten Schmerztabletten schuld. Wenn ich die schlucke, brennen mir blitzschnell die Sicherungen durch, oder ich nicke ein, ohne überhaupt müde zu sein. Ich werde mal den Arzt fragen, ob ich sie nicht absetzen kann. Glaub mir, es geht mir gut.«

»Wenn du meinst«, gab Mike nach, offenkundig nicht ganz ihrer Meinung. Sie blieben eine Weile sitzen, ohne etwas zu sagen, bevor er ein neues Thema anschnitt. »Also, wenn es dir gut genug geht, um zur Arbeit zu gehen: Was hältst du davon, wenn wir deinen Dad wieder in seinem eigenen Bett schlafen lassen?«

Seine Andeutung war klar, und er hatte recht. Da sie fit genug zum Arbeiten und dergleichen war, benötigte sie nicht länger Tag für Tag die Hilfe ihres Vaters. Und Mikes Grinsen verriet, dass er sich auf ihrer beider Privatleben freute. Unter normalen Umständen hätte sie ihm zugestimmt; er war phantastisch gewesen seit der Attacke, hilfsbereit und geduldig; fast hatte er sie so sehr betüdelt, dass es ihr auf die Nerven ging. Letzten Endes wollte auch sie, dass ihre Beziehung wieder in normalen Bahnen verlief. Das Haus wieder für sich zu haben würde allerdings auch den Austausch von Intimitäten zwischen ihnen beiden ermöglichen, und dazu war sie einfach noch nicht bereit. Vor ihrem inneren Auge sah sie violettfarbenes Narbengewebe. Das war auch etwas, das sie würde ansprechen müssen.

Aber nicht jetzt.

»Es könnte schwierig werden, ihn zu überzeugen«, hielt sie

ihm entgegen. »Er ist seit zwei Tagen aus den Klauen meiner Mutter befreit.«

Mike streichelte ihren Arm. »Ich vermisse dich.«

Sie nickte und achtete darauf, den Arm nicht zurückzuziehen. Doch als er sich vorbeugte, um sie zu küssen, wich sie zurück.

Er runzelte die Stirn. »Was ist denn?«

»Nichts.« Sie versuchte es herunterzuspielen. »Wir Walrosse haben furchtbaren Mundgeruch.«

Mike zog sich mit einem Gesichtsausdruck zurück, der verriet, dass er nicht gänzlich überzeugt war, aber er insistierte auch nicht. Schnell wechselte sie das Thema. »Jedenfalls habe ich einen Bärenhunger. Gehen wir rein und schauen mal, was Dad heute zum Abendessen verkokelt hat.«

»Klar.« Maguire öffnete seine Tür und stieg aus. Er blickte drein wie ein geprügelter Hund. Hawkins beobachtete, wie er zum Kofferraum ging, um ihren Rollstuhl herauszuholen. Dabei fühlte sie sich schuldiger, als sie gedacht hätte. Durch die Anwesenheit ihres Vaters war die Diskussion darüber, wie früh Mike und sie sich wieder miteinander in die Horizontale begeben würden, verschoben worden. Nun aber, da sie betont hatte, sie sei bereits genesen, indem sie wieder zur Arbeit ging, hatte er jedes Recht, das Thema erneut anzuschneiden. Ein Teil von ihr war dankbar dafür und versessen darauf, sich für seine Bemühungen erkenntlich zu zeigen. Doch solange ihre Verunsicherung sie noch plagte, ging sie einem solchen Gespräch lieber aus dem Weg.

Insgeheim versprach sie Mike, sich mit ihren Ängsten auseinanderzusetzen, damit sie beide in den nächsten Tagen wieder wie immer miteinander umgehen konnten.

Bis dahin musste ihr Vater bleiben.

30

Die Zielperson tauchte um kurz nach zwei Uhr morgens auf.

Die Haustür des Hochhauses öffnete sich, und Matthew Hayes torkelte auf die Straße heraus. Der Lichtschein aus dem Hausflur beleuchtete ihn von hinten.

Hayes stützte sich am Treppengeländer ab. Er war sternhagelvoll.

Was Bull jetzt auch gewesen wäre.

Wäre da nicht sein Job gewesen.

Der Kerl war um die vierzig und kräftig gebaut. Aber das Gefängnis hatte ihn rasch altern lassen.

Ihn zu beseitigen würde nicht schwierig werden.

Bull kannte seine Geschichte. Er hatte betrunken mit dem Auto einen fünfzehnjährigen Jungen aus gutem Hause, der nach Einbruch der Dunkelheit auf seinem Fahrrad unterwegs gewesen war, über den Haufen gefahren, nur kurz angehalten und ihn dann mit einem Schädelbruch bewusstlos auf der Straße liegen gelassen.

Gegenüber auf der anderen Straßenseite schaute sich Hayes um und schwankte davon. Die Wölkchen, die er bei jedem Atemzug ausstieß, verschwanden im Dunkel der Nacht. Doch für einen Säufer bewegte er sich schnell, und Bull musste die Beine in die Hand nehmen, um dicht hinter ihm zu bleiben. Er sah, dass die Zielperson beim Gehen den Kopf hängen ließ. Zum Glück verlief die Straße fast gerade, und in jeder Parklücke stand ein mit Raureif überzogener Wagen, sodass Bull seine Beute von der anderen Straßenseite aus verfolgen konnte. Er hielt das Tempo, schaute ab und zu kurz hinüber und sah, wie Hayes' Kopf und Schultern immer wieder über den Dächern und Kühlerhauben der Autos auftauchten.

Es war die dritte Nacht in Folge, in der er sich an seine Fersen heftete, doch Hayes hatte ihm noch immer keine passende Gelegenheit geboten zuzuschlagen. Er war jede Nacht zwischen Mitternacht und zwei Uhr aufgetaucht. Schon schwer angetrunken, war er dann auf der Hauptstraße hin und wieder zurückgetaumelt. Er hatte dafür nicht länger als fünf, sechs Minuten pro Strecke benötigt. Selbst zu dieser Nachtzeit fuhren gelegentlich Autos vorbei, und mochten die Bürgersteige auch wie leergefegt sein, so konnte sie doch jederzeit jemand durch ein Fenster beobachten oder gerade aus einer Haustür treten.

Bull brauchte ein wenig Glück.

Aber das hatte er nicht, noch nicht jedenfalls. Hayes erreichte sein Ziel und drückte die Tür der Spirituosenhandlung an der Weybridge Road auf.

Bull beobachtete ihn durch die Scheibe des Schaufensters, hinter den Werbetafeln, auf denen Preisnachlässe und Sonderangebote angezeigt wurden, und sah im Licht seinen Dreitagebart. An Hayes' Lippenbewegungen erkannte er, dass er mit dem Mann an der Kasse sprach. Dann kam er wieder heraus und drehte, kaum dass er wieder vor dem Laden stand, den Schraubverschluss von der Flasche. Er genehmigte sich einen großen Schluck, warf den Deckel auf den Boden, drehte sich um und ging in Richtung seiner Wohnung.

Bull ließ ihm einen Vorsprung und folgte ihm dann, bemüht, sich nicht zu sehr in die Sache zu verbeißen. Wenn sich dieses Bewegungsmuster nicht bald änderte, würde er einen anderen Weg finden müssen. Es musste draußen geschehen; drinnen zuzuschlagen barg ein zu hohes Risiko. Hier draußen hingegen, im Winter, verwischten die Spuren rasch. Das Einzige, was er brauchte, waren eine passende Gelegenheit und ein ruhiger Ort, an dem er die Attacke ausführen konnte.

Hayes torkelte vor sich hin und gelangte nun an die dunkelste Stelle im Verlauf der Strecke, einen Abschnitt, in dem eine Reihe von Straßenlaternen defekt war und die Gebäude keine Außenbeleuchtung hatten. Sie befanden sich nach wie vor auf offener Straße, doch womöglich war dies seine beste Chance.

Er wartete, bis ein schwarzes Taxi vorbeigefahren war, bevor er die Straße überquerte. Dadurch verlor er ein wenig Boden gegenüber seinem Ziel, doch schließlich war er direkt hinter ihm. Ohne sich umzusehen, schleppte sich Hayes weiter dahin. Bull pirschte sich allmählich an ihn heran, darauf achtend, keine Geräusche zu verursachen. Obwohl Hayes wahrscheinlich zu sehr neben der Spur war, um ihn überhaupt wahrzunehmen.

Er war nur noch zehn Meter hinter ihm, als es passierte.

Ohne Vorwarnung blieb Hayes stehen und nahm einen weiteren kräftigen Schluck aus der Flasche. Bull glitt zwischen zwei Autos, um nicht entdeckt zu werden. Er ließ einen Moment verstreichen, bevor er sich gerade so weit vorbeugte, um an der Stoßstange, die ihm Deckung gewährte, vorbeisehen zu können. Dann richtete er sich auf und schaute sich um.

Er trat hinter dem Auto hervor und blickte die Straße in beide Richtungen entlang. Er konnte fünfzig Meter nach vorn und nach hinten sehen, aber irgendwie war Hayes verschwunden. Bull ging zu der Stelle, an der er seine Zielperson zum letzten Mal gesehen hatte.

Wo zum Teufel war er hin?

Dann begriff er. Zwischen zwei Gebäuden zu seiner Rechten verlief ein kleines Gässchen. Er hatte es zuvor nie wahrgenommen, weil sonst jede Nacht ein und derselbe Lastwagen davor parkte und den Eingang vor dem Blick eines Passanten, der wie Bull die andere Straßenseite nutzte, verborgen hatte.

Er trat in die schwarze Öffnung des Durchgangs, löste den Hammer aus seinem Gürtel und spürte, wie sein Adrenalinspiegel in die Höhe schnellte. Die Gasse war eng, doch bald hatten sich seine Augen an die Dunkelheit gewöhnt, und vom hinteren Ende aus fiel so viel Licht ein, dass er Silhouetten erkennen konnte. Bull schlich auf leisen Sohlen weiter und achtete auf mögliche Anzeichen dafür, dass der andere Mann ihn erwartete. Hatte Hayes nur so getan, als sei er betrunken?

Bull erreichte die Rückseite der Gebäude, dort, wo die Gasse in einen Hof mündete. Auf der linken Seite parkte ein Kleinwagen gleich neben einem großen Holztor in der rückwärtigen Hofmauer. Eine Notbeleuchtung gab es nicht, doch der Wind hatte die Wolken über den Himmel getrieben, und der Mond leuchtete durch eine Wolkenlücke. Einzelheiten wie der Lack, der von den Fensterrahmen abblätterte, und vor einer Wand gestapelte Fliesen waren zu erkennen. In der gegenüberliegenden Ecke stand Matthew Hayes mit abgewandtem Gesicht und pinkelte.

Bull glitt über den Betonboden auf sein Ziel zu und legte sich den Hammer in der Hand zurecht, bereit zum Zuschlagen. Der Abstand zwischen ihnen verkleinerte sich. Drei Meter, zwei Meter, anderthalb Meter.

Gerade als Bull die Waffe niederkrachen lassen wollte, drehte sich Hayes um, und ihre Blicke begegneten sich.

Die Zeit schien stillzustehen. Zwei Mörder, die einander gegenüberstanden. Hayes war größer, schlanker, vielleicht schneller, wenn kein Alkohol im Spiel gewesen wäre. Doch Bull war bewaffnet.

Keiner der beiden Männer sagte etwas.

Der Hammer knallte auf Hayes' Schläfe, durchschlug mit Macht das Weichgewebe und wurde erst gestoppt, als der Griff gegen die Augenhöhle prallte.

Hayes fiel auf die Knie und sackte zuckend vor Bulls Füßen zusammen.

Bull legte noch ein paar kräftige Schläge nach, um den Schädel endgültig zu zertrümmern. Dann zog er den Hammer wieder heraus und ging zurück in die Gasse. Er erreichte die Straße und marschierte nach Hause, froh darüber, dass er Hayes hatte erledigen können, ohne noch einen weiteren Tag zu verschwenden. Er machte gute Fortschritte.

Drei waren erledigt.

31

Wie immer wachte Hawkins auf, noch bevor der Wecker klingelte.

Einen Moment lang blieb sie still liegen, um langsam aus dem Dämmerzustand aufzutauchen. Dann rekelte sie sich und rollte sich auf die Seite, einen Arm ausgestreckt auf der Suche nach ihrem Bettgenossen. Doch sie tastete ins Leere. Mike stand sicher schon unter der Dusche.

Hawkins rollte sich wieder zurück und starrte an die Zimmerdecke, angenehm überrascht, wie ausgeruht sie sich fühlte. Sie musste tief und fest geschlafen haben, womit sie nach den letzten anstrengenden Tagen bei der Arbeit nicht gerechnet hatte. Sie war erschöpft gewesen, als Mike und sie am Vorabend nach Hause gekommen waren. Sie hatten mit ihrem Vater gegessen. Ihm war es gelungen, einen überraschend passablen Lammeintopf zu kochen, ohne die Küche in eine qualmende Ruine zu verwandeln.

Dass Mike und sie zum ersten Mal seit ihrer Rückkehr nach Hause gemeinsam in einem Bett geschlafen hatten, war ebenfalls eine gute Nachricht. Nach dem Löschen des Lichts war es allerdings zu keinerlei Aktivitäten gekommen. Für so etwas war Hawkins noch nicht wieder bereit, und das Problem, das sie mit ihren Narben hatte, hatte sie auch noch nicht angesprochen. Zuvor hatte Mike auf der Couch genächtigt, vor allem deshalb, weil es im Bett nicht gerade übermäßig viel Platz für sie beide gab, und im Schlaf zusammenzuprallen hätte Hawkins schmerzhaft auffahren lassen.

Doch soweit sie sich erinnerte, war es dazu nicht gekommen.

Nun rückten die Gedanken an ihre Arbeit und ihren Fall wieder in den Mittelpunkt. Hawkins hatte ihren Bürorechner mit nach Hause genommen, und Mike und sie hatten nach dem Essen einige Zeit damit verbracht, Steve Tanners schockierende Neuigkeiten aufzuarbeiten.

Genau wie Samantha Philips hatte auch Rosa Calano im Gefängnis gesessen. Und genau wie Samantha Philips hatte auch ihr jemand binnen Wochen nach ihrer Entlassung mit einem Hammer den Schädel eingeschlagen.

Das Ermittlungsteam, das ursprünglich Calanos Ermordung untersucht hatte, war von Sean Davies geleitet worden, einem DCI, mit dem Hawkins vor einigen Jahren bei ein paar Fällen zusammengearbeitet hatte. Schon damals war er keine große Inspiration gewesen, aber die Leistung, die sein Team im Fall Calano an den Tag gelegt hatte, war einfach nur hundsmiserabel.

Calano war erst vor gut vier Monaten ermordet worden, doch Davies' Team hatte den Fall rasch als willkürliche Attacke abgestempelt, die in Zusammenhang mit den portugiesischen Wurzeln des Opfers stand. Zu der Zeit war im nördlichen London eine Reihe von rassistischen Verbrechen verübt worden, bei denen die Täter hässlich vorgegangen waren. Diverse Mitglieder einer örtlichen Gang waren für die Fälle, bei denen es Beweise gab, ins Gefängnis gewandert, und man war schlichtweg davon ausgegangen, dass sie für die anderen ebenfalls verantwortlich waren.

Angesichts von Calanos jungen, leicht zu besänftigenden Freunden und ohne Familienmitglieder, die man hätte beschwichtigen müssen, hatte das überarbeitete Ermittlungsteam kein Problem damit gehabt, den Fall trotz des Mangels an Beweisen in einen Topf mit den Gangmorden zu werfen. Infolgedessen war auch nur ein Minimum an Ermittlungsarbeit geleistet worden. Daher hatte Hawkins ihre Teammitglieder über E-Mails, die sie heute Morgen abrufen würden, angewiesen, jede Kleinigkeit des ursprünglichen Falles nochmals zu überprüfen.

Tatsächlich war die Untersuchung offiziell noch nicht abgeschlossen, da Davies' Team der Sache angeblich immer noch nachging. Aber die Kollegen wären zweifellos nicht enttäuscht, wenn Hawkins sich darum bemühte, den Fall zu übernehmen.

Während sie im Geiste bereits das Übergabeformular ausfüllte und gleichzeitig überlegte, was sie anziehen sollte, manövrierte sich Hawkins vorsichtig in eine sitzende Position. Sie drehte sich, um anhand des Lichts, das an den Rändern ihres Verdunkelungsrollos eindrang, Rückschlüsse auf das Wetter zu ziehen. Es sah so aus, als würde es ein ungewöhnlich klarer Tag.

Sie drehte sich wieder zurück. Nun fiel ihr auf, dass sie nichts von dem Lärm vernahm, den ihr ungeschlachter amerikanischer Gefährte normalerweise im Badezimmer veranstaltete.

Sie schaute auf den Wecker.

Oh Scheiße.

Es war fast zehn Uhr.

Hawkins war schon aus dem Bett und hatte drei Schritte in Richtung Tür gemacht, ehe sie den Schmerz in ihrem Oberkörper spürte und begriff, was sie gerade getan hatte. Sie erstarrte, beruhigte sich aber damit, dass der Kleiderschrank zur Stelle war, falls sie sich abstützen musste. Dann überlegte sie, ob es klüger war, sich bis an die Bettkante zurückzuziehen oder ihren Vater zu Hilfe zu rufen. Doch je länger sie dort stehen blieb, desto zuversichtlicher wurde sie. Zwar war ihre Bauchdecke von diesem spontanen Ausflug nicht begeistert, aber sie stand aufrecht.

Sie wappnete sich und wagte sich weiter in das Neuland hinter dem Bett. Sie erreichte die Tür, stieß sie auf und tastete sich hinaus auf den Treppenabsatz, wo sie mit der Hand am Geländer entlangfuhr. Während des ganzen Manövers verwünschte sie Maguire.

Dieser Mistkerl hatte sie im Stich gelassen. Er war aufgestanden, hatte sich *bewusst* entschlossen, sie schlafen zu lassen, und war dann allein zur Arbeit abgehauen. Kein Sinneswandel unter der Dusche, keine Gewissensbisse auf dem Klo. Jetzt war es später Vormittag, und bis Hawkins das Büro erreichte, hatte Mike dort schon drei Stunden oder länger gearbeitet. Wahrscheinlich würde er bei ihrem Eintreffen gerade Steve Tanner wegen eines bahnbrechenden Durchbruchs in ihrem Fall abklatschen.

Sie bog um die Ecke und war schon fast an der Badezimmertür, als sie um ein Haar mit ihrem Vater zusammengestoßen wäre. Der kam gerade in einem unanständig kurzen Hausmantel und mit einer aus dem Mund ragenden Zahnbürste aus dem Gästezimmer.

»Nun denn, Liebes«, murmelte er durch einen Mundvoll weißen Schaum. »Du hast endlich mal ausgeschlafen.«

Sie ignorierte seine Begeisterung. »Wo ist Mike?«

»Bei der Arbeit, denke ich. Es ist doch Montag, oder?« Er ging zum Waschbecken.

»Genau. Dort, wo ich jetzt auch sein sollte.«

Ihr Vater fing an, die Zahnbürste abzuspülen. »Er wollte dich wecken, bevor er ging, aber du warst offenbar nicht begeistert davon.«

»Daran habe ich ernsthafte Zweifel.«

Er zuckte mit den Schultern. »Mike sagte auch, du hättest zu hart gearbeitet *für deinen Zustand*.« Er warf einen Blick auf die Taille seiner Tochter. »Ich hoffe, er meinte die Attacke.«

Hawkins seufzte. »Ich bin nicht schwanger, Dad.« Sie sah zu, wie er das Badezimmer räumte. »Schön wär's.«

»Was?«

»Nichts.« Sie schlurfte hinein und schloss hinter sich die Tür. »Ich mache mich nur eben fertig, dann können wir los.«

Ihr Vater war eigentlich nicht der sarkastische Typ, deshalb merkte Hawkins, dass sie zu weit gegangen war, als er kurz klopfte und dann antwortete. »Wenn Sie gestatten, werde ich mich ankleiden und Ihnen dann als Chauffeur zu Diensten sein, gnädige Frau.«

32

Hawkins ging langsam um ihren Schreibtisch herum und wandte sich dann mit funkelndem Blick Maguire zu.

»Warum zum Teufel hast du mich nicht geweckt?«

»Ich habe es versucht, Toni.« Er hob die Hände. »Du hast mir gesagt, ich solle mich verpissen.«

»Unsinn.«

»Du hast gesagt, da wir Steve Tanner jetzt in unserem

Team haben, könntest du genauso gut im Bett liegen bleiben.«

»Mein Fehler also.« Sie konnte sich an kein Wort davon erinnern. »Ich hätte es besser wissen sollen und von einem Amerikaner nicht verlangen, dass er etwas so Kompliziertes wie Sarkasmus versteht.«

Er ignorierte ihre höhnische Bemerkung. »Du warst offenkundig erschöpft, daher habe ich dich schlafen lassen. Du mutest dir zu früh zu viel zu, Toni, und du hattest versprochen, das nicht zu tun.«

»Solange sie mich nicht mit dem Brecheisen aus diesem Büro herausstemmen, bin ich immer noch deine Chefin«, erwiderte sie scharf. »Also reiß dich mal zusammen.«

Aber Mike war noch nicht fertig. »Du willst Einzelheiten? Wie wäre es damit, dass ich den DCS wegen deiner Rückkehr gefragt habe? Er sagt, du bist hier nur stundenweise, Zitat ›um dir den Wiedereinstieg zu erleichtern‹.«

»Mir geht es gut.« Sie versuchte, das Gespräch mit einer wegwerfenden Handbewegung zu beenden. »Ich habe jeden der letzten Tage im Sitzen verbracht, oder nicht? Hör auf, mich zu verhätscheln.«

Er warf ihr einen skeptischen Blick zu. »Wo ist dein Rollstuhl?«

Stumm verfluchte sie sich für ihren Fehler, das Thema angeschnitten zu haben. »Zu Hause. Ich brauche ihn nicht mehr, und heute Morgen habe ich begriffen, warum alles anstrengender ist, seit ich zurück bin. Das lag nicht an mir, das lag an diesem *Ding*. Sobald du in so einem Stuhl sitzt, halten dich die Leute für einen Idioten.« Sie brachte sich Vaughns Sekretärin, Otis King und ein halbes Dutzend anderer Leute in Erinnerung, die sie in den vergangenen Tagen gönnerhaft behandelt oder noch nicht einmal das Wort an sie gerichtet hatten. »Gerade du solltest verstehen, dass ich mich damit nicht abfinden werde.«

Sie ging nicht näher darauf ein, da sie beschlossen hatte, einen Tag ohne Rollstuhl auszukommen. Wenn er sich nicht einmal im Gebäude befand, konnte sie in einem Moment der Schwäche auch nicht darauf zurückgreifen oder, noch entscheidender, sich von Mike nicht in ihn hineinzwängen lassen. Dass sie bei ihrer Ankunft auf den kaum besuchten Toiletten im Erdgeschoss des Becke House hatte Zuflucht nehmen müssen, um neue Kräfte zu tanken, brauchte er nicht zu wissen.

Und das, obwohl ihr Bauchraum mittlerweile so gellend aufschrie wie ein abstürzender Bergsteiger.

Immerhin stand ihr Bürostuhl nun wieder an seinem angestammten Platz hinter ihrem Schreibtisch. Er war ihr eine Hilfe, und das war mehr, als sie gegenwärtig von Maguire behaupten konnte.

Zum Glück schürzte der DI die Lippen und gab sich für diese Runde, wenn auch nicht für den ganzen Kampf, geschlagen.

»Jedenfalls ist der Rollstuhl nicht hier«, fuhr Hawkins fort, solange sie im Vorteil war, »also werde ich ohne ihn auskommen müssen. Immerhin brauchst du mich dann nicht mehr herumzukutschieren.« Dabei beließ sie es, darauf hoffend, er werde ihre neu entdeckte Unabhängigkeit nicht infrage stellen, denn in Wirklichkeit stand diese bestenfalls auf wackeligen Füßen.

»Meinetwegen.« Mike verdrehte die Augen. »Aber wenn du in der Notaufnahme landest, rechne nicht damit, dass ich dich die ganze Nacht mit Trauben füttere.«

»Ich glaube, wir haben einander verstanden«, beendete Hawkins das Thema. »Also, wo du schon mal dafür gesorgt hast, dass ich mich verspäte, kläre mich doch jetzt darüber auf, was ich verpasst habe.« Ohne darauf einzugehen, dass sie es nötig gehabt hatte, länger im Bett zu bleiben, wartete sie auf seine Antwort.

Erst zehn Minuten zuvor war sie schlecht gelaunt in die Einsatzzentrale gewankt, zum Teil aufgrund des seniorenmäßigen Fahrstils ihres Vaters, zum Teil wegen seines ständigen Gemeckers darüber, dass sie den Rollstuhl verbannt hatte. Bei ihrer Ankunft war es halb zwölf gewesen, womit sie fast drei Stunden Nachforschungen zu Rosa Calanos Tod versäumt hatte.

Zu sehen, wie Maguire sich mit ihrem Rivalen besprach, hatte ihre Stimmung auch nicht gerade aufgehellt. Tanner war ein Mann, wie er im Buche stand. Die alteingesessene männliche Fraktion hatte er sofort unterwandert, und sein faszinierendes Äußeres und sein unglaublich strahlend weißes Lächeln schienen sogar bei Amala auf fruchtbaren Boden zu fallen.

Hawkins hatte Mike unverzüglich in ihr Büro zitiert.

»Okay«, willigte er nun ein. »Ich erzähle dir, was alles passiert ist, aber nur, wenn du schwörst, alles in einem Tempo anzugehen, das dich nicht überfordert, und du dir zwischendurch die Pausen gönnst, die du brauchst. Ausgebrannt nutzt du keinem von uns etwas.« Er wartete, bis Hawkins mürrisch nickend ihre Zustimmung signalisierte. Dann nahm er Platz und schob ihr eine Fotokopie des Opferprofils über den Schreibtisch zu. »Zum Zeitpunkt ihres Todes im Oktober, vor vier Monaten, war Rosa neunzehn. Kurz vor Mitternacht beendete sie ihre Arbeit im ›Masala Den‹, einem indischen Restaurant in Enfield, und nahm den Bus aus der Stadtmitte bis zum Ende ihrer Straße, etwas mehr als anderthalb Kilometer Richtung Süden. Sie war zu Fuß unterwegs, ein paar hundert Meter von ihrer Wohnung entfernt, als jemand sie umgebracht hat. Hammerschläge auf die Schläfe, genau wie bei Philips. Sie hatte Kopfhörer auf, daher hat sie ihn nicht kommen hören, und die Straße war spärlich beleuchtet, sodass niemand etwas gesehen hat.«

»So lautet der ursprüngliche Bericht«, brachte ihm Hawkins in Erinnerung. »Ich möchte, dass ihr alle etwaigen Zeugen auftreibt und noch einmal befragt. Was ist mit ihrer Vorgeschichte?«

»Wir arbeiten daran. Die ursprüngliche Untersuchung weist ein paar heftige Zeitlücken auf, deshalb fangen wir noch mal ganz vorne an, wie du gesagt hattest. Bis jetzt gibt es noch nichts Neues.«

Sie rieb sich die Stirn. »Was zum Teufel habt ihr dann den ganzen Vormittag getrieben?«

Statt zu antworten, angelte Mike nach der Fallakte. Hawkins kannte ihren DI gut genug, um zu wissen, dass sie ihn gereizt hatte. Doch sie war immer noch zu verärgert darüber, sich verspätet zu haben, als dass sie einen Gang heruntergeschaltet hätte.

Er kramte einige Dokumente hervor und begann mit ruhiger Stimme, Calanos Geschichte herunterzuspulen. »Rosa war eine portugiesische Einwanderin. Ihr Vater machte sich aus dem Staub, als sie elf war, gegenwärtiger Aufenthaltsort unbekannt. Die Mutter wanderte ein Jahr darauf nach Großbritannien aus und suchte Arbeit, das Mädchen nahm sie mit. Sie fand einen Job in einem Hotel, und das Kind ging hier zur Schule. Kurz nachdem ihre Tochter den Abschluss gemacht hatte, starb die Mutter an Krebs. Rosa wollte trotzdem hierbleiben und zog mit sechzehn einen Job als Au-pair bei einer Familie in Camden an Land.« Er blätterte um. »Dort ist es nicht gerade gut gelaufen. Sie hatte noch nie mit Neugeborenen zu tun gehabt und hat den sechs Monate alten Jungen zu Tode geschüttelt, als er nicht aufhören wollte zu schreien.

Sie wurde zu fünf Jahren in einer Jugendstrafanstalt verurteilt, aber nach drei Jahren entlassen. Das Gericht brachte sie in einer Wohngemeinschaft unter und vermittelte ihr den Job in dem Restaurant.«

»Und zwei Wochen später war sie tot«, fügte Hawkins hinzu. »Genau wie Sam Philips. Beide hatten getötet, auch wenn die eine es mit Absicht getan hat, die andere hingegen eindeutig nicht, und beide sind dafür ins Gefängnis gewandert. Aber es werden doch jede Woche Dutzende Gefangene entlassen. Warum gerade *diese* beiden? Wurden sie willkürlich ausgesucht, weil sie wehrlos waren, oder haben sie etwas anderes gemeinsam?«

Mike zuckte mit den Achseln.

Hawkins war im Begriff, eine weitere Frage zu stellen, als jemand an der Tür klopfte. Sie drehten sich beide um und sahen Steve Tanner eintreten. »Tut mir leid, wenn ich Sie unterbreche. Es gibt eine neue Entwicklung.«

Hawkins fasste ihn ins Auge. »Berichten Sie.«

»Nun« – Tanners Miene blieb ernst, doch seine Augen funkelten – »ich habe vor einer Weile ein paar Kontaktleute angerufen und sie gebeten, nach allem Ausschau zu halten, was in Verbindung zu diesen Morden stehen könnte.«

Hawkins zog die Brauen hoch. »Und?«

»Gerade habe ich einen Rückruf bekommen ...« Er legte eine Pause ein. »Wir haben eine dritte Leiche. Gleiche Vorgehensweise.«

Hawkins beugte sich vor. »Was?«

Tanner wiederholte seine Äußerung, sich offenbar nicht bewusst, dass sie ihn sehr wohl verstanden hatte. Ihre Rückfrage hatte sich jedoch nicht auf die Tatsache selbst bezogen, sondern darauf, dass er es vor ihr erfahren hatte.

In diesem Moment läutete ihr Mobiltelefon. Die beiden

Männer warteten, bis sie es aus ihrer Handtasche herausgekramt hatte. »Hallo?«

Hawkins saß da und lauschte der Stimme von Gerald Pritchard. Sie ließ den Pathologen ausreden und versuchte ihre Frustration zu verbergen, während sie Steve Tanner anstarrte und schließlich kurz angebunden sagte: »Ich weiß.«

33

Als sie in die schmale Straße eingebogen waren, hielt Mike den Wagen an und deutete auf die polizeiliche Absperrung, mit der die Durchfahrt vor ihnen abgeriegelt worden war. »Sieht aus, als wären wir hier richtig.«

Er suchte eine Parklücke und zwängte ihren VW aus dem Fuhrpark zwischen einen Streifenwagen der Metropolitan Police und einen im Verfallsstadium begriffenen Transit, der einem der Anwohner gehören musste. Hawkins sah zu, wie Tanner dienstbeflissen aus der Beifahrertür ausstieg. Dabei brachte sie sich in Erinnerung, dass es unhöflich gewesen wäre, ihn nicht mitzunehmen. Schließlich sollte er ja ihr ständiger Begleiter sein, und in nur zwei Tagen hatte er bereits zwei bahnbrechende Informationen beigesteuert.

Im heulenden, feuchtkalten Wind versammelten sich alle auf dem schmalen Bürgersteig. Hawkins ging vor, während Mike und Tanner hinter ihr blieben und sich ihrem zaghaften Tempo anpassten. In der schmutzigen Backsteinmauer, die entlang der Straße verlief, stand in der Ferne ein großes, zweiflügeliges schwarzes Holztor einen Spalt offen. Dahinter machte die Straße einen Neunzig-Grad-Knick und führte um die verwitterten Gebäude herum, die darüber aufragten.

Dass sie hintereinander hergingen, erschwerte eine Unterhaltung, sodass eine Weile niemand etwas sagte und Hawkins ihren Gedanken nachhängen konnte.

Die Fahrt von Hendon nach Weybridge hatte etwas mehr als vierzig Minuten in Anspruch genommen. Unermüdlich hatte Maguire dabei trotz des dichten Londoner Verkehrs immer wieder beschleunigt. Sie unternahmen diese Fahrt aufgrund von zwei Anrufen. Dem von Gerald Pritchard, der Hawkins eine Stunde zuvor auf ihrem Handy über einen weiteren Mord nach der vertrauten Vorgehensweise informiert hatte, der andere Anruf hatte Steve Tanner über denselben Mord in Kenntnis gesetzt. Für Hawkins von größerer Bedeutung war allerdings die Tatsache, dass Tanners Telefon noch vor dem ihren geläutet hatte.

Obwohl dazwischen nur Momente gelegen hatten und Tanner sofort zu ihr gekommen war, um ihr Bescheid zu geben, hatte er doch als Erster von einer größeren Entwicklung erfahren. Das tat weh. Doch beide Anrufe brachten dieselbe Botschaft: Die Zahl der Opfer in einem Fall, der noch gestern wie eine einzelne Mordermittlung ausgesehen hatte, hatte sich gerade auf drei erhöht.

Ein Serienmörder.

Schon wieder.

Dass sie immer noch die Narben ihrer ersten Begegnung mit einem Wiederholungstäter trug, machte die Sache nicht einfacher. Sie musste darauf hoffen, dass der Täter dieses Mal nicht aus der Gegend stammte, in der sie wohnte.

Die Fahrtzeit vom Becke House hatten die drei Detectives mit intensiven Gesprächen verbracht. Zehn Minuten lang war es um potenzielle Auswirkungen und Vorgehensweisen gegangen, falls sich herausstellen würde, dass dieses neuerliche Opfer tatsächlich in Verbindung mit den anderen stand. Keiner von ihnen hätte dagegen gewettet. Der Rest der Zeit war die

Steve-Tanner-Show gewesen: Hawkins und Mike kannten jetzt die Geschichte, wie es ihm gelungen war, einen mehrere Millionen Pfund schweren Geldwäschering zu zerschlagen, der mit legalen Spielcasinos in Birmingham zusammengearbeitet hatte. Ganz zu schweigen von seiner dreijährigen Tochter, die er nicht oft genug sehen konnte. Mit Kays Mum war es nicht so gut gelaufen.

Schließlich erreichten sie die Absperrung. Ein zwischen diversen Pfosten und improvisierten Halterungen aufgespanntes doppelsträngiges Tatortabsperrband grenzte einen Bereich ab, der sich bis auf die Straße erstreckte. Bemannt mit zwei uniformierten Beamten, bestand der Zweck der Absperrung darin, den unappetitlichen Anblick, mit dem Hawkins und ihre beiden DIs nun konfrontiert werden würden, vor der Öffentlichkeit zu verbergen.

Einer der Beamten hob eine Hand, um anzudeuten, es werde noch ein paar Minuten dauern. Mike erklärte sich bereit herauszufinden, was gerade vor sich ging, und schlenderte zu dem Tor hinüber.

Hawkins sah ihm hinterher, nahm dann auf einer niedrigen Mauer Platz, um sich auszuruhen, und nutzte die Gelegenheit, um sich an Tanner zu wenden. »Tut mir leid, dass wir Sie gleich ins kalte Wasser werfen.«

»Keine Sorge. Mir ist daran gelegen, gleich voll mit einbezogen zu werden.«

»Toll«, heuchelte sie, ihres Gesprächsstoffes bereits beraubt. »Sie sind noch sehr jung für einen DI. Sie müssen auf Ihrem Weg dorthin ein paar einflussreiche Leute beeindruckt haben.«

»Es läuft alles auf harte Arbeit hinaus.« Er zwinkerte. »Stellen Sie sich vor, wo ich stünde, wenn ich dazu auch noch gut aussehen würde.«

Um seinem Ego nicht noch zu schmeicheln, nickte sie eifrig. »Und was möchten Sie erreichen, während Sie bei uns sind?«

»Ich möchte nur lernen. Tristan spricht in den höchsten Tönen von Ihnen. Als er dann die Möglichkeit andeutete, wir könnten zusammenarbeiten, habe ich zugeschlagen. Hinzu kommt, dass Ihr Team gerade an dem größten Fall weit und breit arbeitet.« Er grinste.

Hawkins wich seinem Blick aus. Wahrscheinlich wartete er nur auf den richtigen Augenblick und würde die nächste Gelegenheit ergreifen, um sie ins Abseits zu drängen. So aufrichtig er wirken mochte, sie musste ihn auf jeden Fall im Auge behalten.

Mike unterbrach ihr Gespräch, indem er ihnen bedeutete, sie sollten zu ihm an die Absperrung kommen. Dort zeigten sie dem schlankeren der beiden Uniformierten ihre Ausweise und durften passieren, sodass Hawkins eine erste Bewertung des Tatorts vornehmen konnte.

Innerhalb der abgesperrten Zone befand sich ein kleiner befestigter Hof, zu drei Seiten von den gleichen hohen Steinmauern umgeben. An der vierten standen höhere Gebäude aus den 1930er Jahren, die aus verkohlt wirkenden Backsteinen bestanden und mit schwarzen Eisengeländern und -leitern versehen waren. Der Boden war uneben und nur teilweise gepflastert. Hier und da hafteten durchweichte Blätter auf den Zementplatten. Der Zugang selbst lag nicht mittig; der Innenhof öffnete sich zu einer Seite weiter als zur anderen. In der dort entstandenen Nische entdeckte Hawkins einen dunkelblauen Toyota Aygo. Und daneben, mit dem Gesicht nach unten, eine männliche Leiche mit einem tiefroten Fleck um den Kopf.

Die Fläche unmittelbar um die Leiche und den Wagen war

durch weiteres Tatortabsperrband gesichert worden, das bis zur Mauer reichte. Rege Tätigkeit um die Leiche herum zeigte an, dass sie erst vor Kurzem entdeckt worden war. Neben ihr kauerten zwei Beamte der Spurensicherung in Schutzanzügen und stocherten an der Kleidung des Opfers herum, bevor sie einige Fasern vorsichtig in durchsichtigen Beuteln deponierten. Hawkins erkannte Otis King, der um die beiden herumschwirrte. Der drahtige Spurensicherungsexperte hob fortwährend seine Kamera ans Auge, um sie dann jedes Mal wieder mit übertriebener Geste sacken zu lassen, wenn einer der Tatortermittler ihm ins Bild latschte.

Neben ihnen stand die Fahrertür des Kleinwagens offen, und ein Paar weiße Überschuhe ragten heraus, was bedeutete, dass ein dritter Beamter im Innenraum auf dem Sitz kniete. Davon abgesehen war der Hof menschenleer, bis aus der Gasse in der hinteren linken Ecke eine fünfte Gestalt in einem blütenweißen Overall hervortrat. Gerald Pritchard kam zur inneren Absperrung herübergestiefelt und begrüßte Hawkins und Maguire mit Namen, während die drei Beamten der Metropolitan Police ihm von der anderen Seite entgegengingen.

»Das ist hier alles ziemlich gut einzusehen, nicht wahr?«, sagte Hawkins, als alle Gemeinplätze ausgetauscht worden waren, und deutete auf die diversen Fenster über ihnen. »Sollten wir nicht Zelte aufbauen?«

»Das ist es, was ich an Ihnen mag, Detective«, sagte Pritchard. »Immer zuerst die Dienstvorschriften.« Er schaute auf seine Armbanduhr. »Normalerweise wäre das jetzt schon erledigt. Aber leider war der Wagen der Kriminaltechnik heute Morgen in der Werkstatt. Schlechtes Timing, schon klar, aber sie sind mittlerweile unterwegs. Wir bauen den Sichtschutz so schnell wie möglich auf.«

»Gut.« Hawkins deutete mit dem Kopf auf die Leiche. »Wissen wir schon, wer der Mann ist?«

»Matthew Hayes.« Pritchard reichte ihr eine schwarze Lederbrieftasche. »Sieht nicht so aus, als wäre etwas gestohlen worden, es sind noch zwanzig Pfund drin.«

Sie öffnete die Brieftasche, zog den Führerschein heraus und starrte auf das Passbild. Trotz des körnigen Fotos und vorausgesetzt, dass es noch nicht so alt war, sah Hayes für seine laut Ausweispapier zweiundvierzig Jahre gut aus.

Hawkins überprüfte die Adresse. »Chertsey. Wie weit ist das von hier aus – zwanzig Minuten mit dem Wagen?« Sie reichte Mike den Führerschein. »Versuch mal seine nächsten Angehörigen ans Telefon zu bekommen. Erzähl ihnen keine Einzelheiten, aber sorge dafür, dass sie zu Hause sind, wenn die Kollegen kommen und ihnen die Nachricht überbringen.«

»Verstanden.« Maguire machte sich auf den Weg.

Hawkins durchforstete den Rest der Brieftasche und stieß neben den zwei Zehn-Pfund-Noten auf die übliche Mischung aus Bank- und Netzkarten. Nichts von größerer Bedeutung.

In diesem Moment ließ ein Geschrei und Gerenne auf nassem Boden sie alle in Richtung Tor schauen. Dort war es einem jungen Fotografen gelungen, die an der Absperrung postierten Polizisten zu umgehen und in den Hof einzudringen. Als er die Leiche sah, hob er die Kamera, doch eine Aufnahme glückte ihm nicht. Tanner hatte sich ihm bereits in den Weg gestellt, und Sekunden später ergriffen ihn die beiden Beamten. Beinahe wäre ihm seine Kamera, die er gerade noch rechtzeitig zu fassen bekam, auf den Boden gefallen. Er wurde von den zwei Beamten in die Mitte genommen und wieder zurück auf die Straße geführt.

Hawkins sah den Pathologen an. »Wann, sagten Sie, kommt das Zelt?«

»Eins zu null für Sie«, erwiderte Pritchard und runzelte die Stirn.

»Also, das hat sich jetzt gelohnt«, sagte Mike, als er sich ihnen wieder anschloss. »Die Familie ist nicht da, aber ich habe die Putzfrau erwischt. Allerdings hat sie sich nicht gerade ein Bein ausgerissen, um mir wegen Matthew Hayes weiterzuhelfen. Sieht aus, als wäre er vor einem Jahr dort ausgezogen. Immerhin hat sie mir seine Nachsendeadresse gegeben, gleich hier in Weybridge. Weiß jemand, wo Mangrove Court ist?«

Niemand wusste es, worauf Tanner es mit seinem Smartphone ermittelte. »Es ist nicht weit von hier. Nur ein, zwei Minuten westlich.«

»Gut«, sagte Hawkins. »Wenn wir hier fertig sind, schauen wir uns das mal an.«

Sie wandte sich wieder Pritchard zu. »Gleiche Vorgehensweise wie bei den anderen?«

»So ziemlich«, erwiderte der Pathologe. »Es gibt keinerlei Anzeichen für Kratzer oder Blutergüsse auf der Leiche, die auf einen Kampf schließen lassen. Daher scheint es wieder so, als hätte der Mörder sein Opfer überrascht. Wie bei den anderen wurde der tödliche Schlag auf die Schläfe mit einem großen, hammerähnlichen Werkzeug ausgeführt. Allerdings gibt es einen entscheidenden Unterschied. Wenn wir fertig damit sind, nach Fasern abzufegen, werden Sie näher herankommen können und feststellen, dass sich die Einschlagstelle des ersten Hiebs auf der linken Seite des Kopfes befindet, nicht auf der rechten. Wenn wir davon ausgehen, dass es sich um denselben Mörder handelt und er den Hammer in der rechten Hand hält, dann deutet das darauf hin, dass Mr Hayes seinem Angreifer zum Zeitpunkt der Attacke gegenüberstand. Was eine interessante Frage aufwirft …«

Tanner sprach es zuerst aus. »Warum hat er sich nicht verteidigt?«

»In der Tat, warum?« Fragend hob Pritchard den Finger. »Unser Mörder hat bereits unter Beweis gestellt, dass er sich an seine Zielpersonen anschleichen kann, warum also riskieren, jemanden von Mr Hayes' Kaliber auf sich aufmerksam zu machen und ihm Gelegenheit zur Gegenwehr zu geben?« Er starrte sie an wie ein Grundschullehrer, der seiner Klasse ein Rätsel aufgegeben hatte.

Tanner kam Hawkins um Sekundenbruchteile zuvor. »Hayes war betrunken?«

»Genau.« Pritchard nickte dem DI anerkennend zu. »Die Toxikologie wird es noch bestätigen, aber der Geruch ist dicht am Körper ziemlich deutlich wahrnehmbar, da die Haut den Alkohol ausdünstet. Dafür spricht natürlich auch noch die leere Wodkaflasche. Schwer zu sagen, wie viel er intus hat. Wenn wir ihn erst einmal auf dem Seziertisch liegen haben, werde ich es genauer in Erfahrung bringen, aber ich würde sagen, *sternhagelvoll* kommt der Sache ziemlich nahe. Falls der Mörder Mr Hayes vor dem Angriff gefolgt ist, dürfte dieses Maß an Trunkenheit des Opfers genügt haben, um ihn in Sicherheit zu wiegen.«

Tanner schaute sich in dem kleinen Hof um. »Alles, was er brauchte, war eine ruhige Ecke, wo er zuschlagen konnte.«

»Und wie ist Hayes hier gelandet?«, fragte Mike. »Auf der Suche nach einer Stelle zum Pinkeln durch das Tor geschlendert?«

»Nicht ganz, Detective«, erwiderte Pritchard. »Die Spuren von ammoniakhaltiger Flüssigkeit hinten in der Ecke deuten zwar darauf hin, dass unser Opfer tatsächlich hierhergekommen ist, um sich zu erleichtern. Wenn die Natur einen Notruf aussendet und man so betrunken ist, ist wohl selbst ein dreiminütiger Gang nach Hause schon zu weit. Aber dem Mieter zufolge, dem das Auto gehört, war das Tor wie jede Nacht geschlossen. Er hat es vorhin für uns aufgeschlossen, nachdem er heute Morgen heruntergekommen war, die Leiche entdeckt und ihren Fund gemeldet hatte. Er wohnt in der Wohnung ganz oben.«

Hawkins warf einen Blick auf das Gebäude. »Ist er noch da?«

»Natürlich.« Der Pathologe lächelte. »Ich habe ihm gesagt, dass Sie seine Aussage benötigen.«

»Sehr gut, wir befragen ihn dann nachher. Hat er irgendwas gesehen?«

»Offenbar nicht. Er ist noch nicht einmal aufgewacht, soweit er sich erinnert. Allerdings kann ich mir auch nicht vorstellen, dass es viel Lärm gegeben hat. Der Mörder wollte keine Aufmerksamkeit auf sich ziehen, und Mr Hayes hat seine Chance wohl vertan. Ich denke, dass beide hier entlangkamen.« Er deutete auf die Ecke im hinteren Bereich. »Die Gasse führt zwischen diesen Gebäuden hindurch direkt auf die Hauptstraße.«

Hawkins nickte. »Todeszeitpunkt?«

»Erste Hinweise deuten auf zwischen Mitternacht und fünf Uhr morgens hin.«

Weitere Fragen gab es nicht. Pritchard versprach, sie zu informieren, sobald sie die Leiche direkt in Augenschein nehmen konnten, und gesellte sich wieder zu seinen Kollegen. Tanner erbot sich, Schutzanzüge aus dem Wagen zu holen, und ging auf das Hoftor zu. Hawkins und Maguire blieben allein zurück.

»Hilfreicher Kerl«, sagte Mike, als er weg war. »Und auch schnell. Ihn dabeizuhaben lohnt sich.«

»Genau das dachte ich auch gerade.«

»Ach, wirklich?« Er grinste sie an. »Dein Gesicht spricht Bände.«

»Was?«

»Dieser Schmollmund. Du merkst nicht einmal, dass du eine Schnute ziehst.«

Hawkins war im Begriff, diese Tatsache zu leugnen, als ihr Gewissen sie veranlasste, den Mund zu halten und nachzudenken. Oberflächlich betrachtet, war Steve Tanners Eintreffen eine gute Sache, da er ihr Team, gerade als es erforderlich war, kompetent verstärkte. Er war von Anfang an dienstbeflissen und scharfsinnig gewesen, und obwohl es ihr nicht schmeckte, dass er ihr bereits bei mehreren wichtigen Entwicklungen eine Nasenlänge voraus gewesen war, musste Hawkins zugeben, dass die jeweils dabei gezogenen Schlüsse absolut stimmig gewesen waren.

Maguire zuckte die Schultern. »Ich will ja bloß damit sagen, verschwende dein Leben nicht damit, dir über die Schulter zu sehen.«

»Na schön«, räumte sie ein. »Vielleicht hat er einen Vertrauensbonus verdient, aber können wir bitte über meine persönlichen Unzulänglichkeiten ein anderes Mal diskutieren?«

Sie interpretierte Mikes Schweigen als Zustimmung und wandte sich wieder der Aufgabe zu, ihre Umgebung zu untersuchen, wobei sie stumm einen Punkt nach dem anderen abhakte.

Rosa Calano, Sam Philips und nun Matt Hayes, allesamt auf öffentlich zugänglichen Plätzen durch wiederholte Hammerschläge auf den Schädel ermordet. Calano und Philips waren zudem verurteilte Mörder gewesen. Wenn sich herausstellte, dass auch Hayes im Gefängnis gesessen hatte, ergab sich ein echtes Muster. Und das würde alles erheblich verändern. Drei aufeinanderfolgende Todesfälle würden zu einer größeren Untersuchung führen und dem Fall innerhalb der Metropolitan Police einen Decknamen einbringen und höhere Priorität einräumen.

Dankenswerterweise waren Serienmörder selten. Das brachte sie natürlich umso mehr in die Schlagzeilen, wenn sie denn auftauchten, und das wiederum versetzte die Öffentlichkeit häufig in Angst und Schrecken und war für die Medien ein gefundenes Fressen. Wenn dieser Fall der eines Serienmörders war, würde der Täter dort weitermachen, wo sein mörderischer Vorgänger erst vor wenigen Monaten aufgehört hatte. Und die Medien würden ein Fest feiern.

Immerhin gab es dieses Mal womöglich etwas, das die Opfer gemeinsam hatten und das die Menschen beruhigen würde. Wenn der Mörder es tatsächlich nur auf Exknackis abgesehen hatte, dann könnten sie die Bevölkerung von London wahrscheinlich davon überzeugen, dass es keinen Grund zur Besorgnis gab. Was Hawkins allerdings beunruhigte, waren die kürzer werdenden Abstände zwischen den Morden.

Nach den Erkenntnissen über Rosa Calano hatte sie akzeptiert, dass es zu weiteren Attacken kommen konnte – aber so schnell? Der Abstand zwischen dem ersten und dem zweiten Opfer hatte vier Monate betragen, doch Samantha Philips war noch kaum kalt, als Matthew Hayes ihr auf der Liste der Todesfälle Gesellschaft leistete. Warum also der kürzere Abstand?

Und wie lange würde es dauern, bis er wieder zuschlug?

Hawkins machte sich im Geiste eine Notiz, Simon Hunter anzurufen. Der angesehene Profiler hatte bei Hawkins' letztem Fall, bei dem es um einen Psychopathen ging, wertvolle Einsichten geliefert. Falls die drei Morde miteinander zu tun hatten, konnte es nicht schaden, frühzeitig seine Meinung einzuholen. Zuvor aber musste sie in Erfahrung bringen, ob Hayes eingesessen hatte.

Hawkins kramte ihr Handy heraus und wählte die Büronummer von Frank Todd. Es war bald halb zwei, sodass er wahrscheinlich an seinem Schreibtisch saß und den Inhalt seiner ersten Tupperbox verschlang. Montag war Tunfischtag, und der war Teil eines Ernährungplans, von dem alle anderen annahmen, dass Todd damit abnehmen wollte. Frank war schon seit Jahren Junggeselle, seit die erste Mrs Todd ihm seine Koffer vor die Tür gestellt hatte. Ein täglicher Hauch von Old Spice untermauerte Amalas jüngst geäußerte Vermutung, ihr gemeinsamer Newcastler Kollege befinde sich auf Freiersfüßen. Doch gerade als das Freizeichen erklang, trat Steve Tanner wieder durch das Tor – in der einen Hand drei eng zusammengepackte Tatortanzüge und Nitrilhandschuhe, in der anderen sein Mobiltelefon. Er winkte und bedeutete ihnen damit, dass er neue Informationen habe.

Seufzend beendete Hawkins ihren Anruf.

Tanner stellte sich zu ihnen. »Ich habe gerade einen Kontaktmann in der Zentrale angerufen …«

»Und?«, fragte Hawkins. Gedanklich versetzte sie sich einen Tritt dafür, dass er ihr beim nächsten logischen Schritt erneut zuvorgekommen war.

Tanners Mundwinkel zuckten, so als versuche sich ein zufriedenes Grinsen seinen Weg zu bahnen. »Matthew Hayes ist vor Kurzem aus dem Gefängnis entlassen worden. Er hat ein Kind auf dem Gewissen.«

34

Sie hielten an der Kreuzung und beugten sich beide vor, um durch die verschmutzte Windschutzscheibe des Landrovers nach draußen zu starren. In beide Richtungen der T-förmigen

Kreuzung führten dunkle Straßen, die jenseits des Scheinwerferlichts in der Finsternis verschwanden.

»Wo lang?«, fragte Jim vom Fahrersitz aus.

Jim Wilson war Neuling. Er war kaum achtzehn und noch grün hinter den Ohren. Er musste noch eine Menge lernen. Zunächst einmal war er zu mager und brauchte Krafttraining, aber er strengte sich an, was viel zählte, und der Junge grinste ständig. Deshalb hatte Trunks, der jedem in seiner Nähe einen Spitznamen verpasste, ihn von Anfang an Cheshire genannt.

Wie die Grinsekatze aus Alice im Wunderland.

»Einen Moment.« Bull mühte sich in der engen Fahrerkabine mit der Karte ab. Er versuchte sie zusammenzufalten, rammte dabei jedoch mit dem Ellbogen die Beifahrertür, worauf ihm die Taschenlampe entglitt. Sie prallte auf die Mittelkonsole und verschwand. »Scheiße.«

Bull legte die Karte weg, beugte sich nach vorn und fing an, unter dem Sitz herumzutasten. Zwar konnte er sehen, wo der Strahl herkam, doch das Licht war gedämpft, sodass die Taschenlampe sich in einer Ecke verkeilt haben musste. Er tastete herum, stieß aber lediglich auf scharfe Kanten, Halterungen und Schrauben.

»Keine Hektik, Mann«, begann Cheshire. »Lass dir Zeit.«

»Scheiß der Hund drauf.« Bull glitt vom Sitz und quetschte sich in den Fußraum. Während er aus einer anderen Position nach der Taschenlampe langte, knirschten unter seinen Stiefeln Schottersteinchen.

»Es ist erst drei Uhr früh, noch jede Menge Zeit«, fuhr der Fahrer fort.

»Leck mich.«

»Jawohl, Sir.« Um ihn zu verarschen, salutierte Cheshire.

»Hör zu, du Hohlkopf.« Endlich bekam Bull die Taschenlampe zu fassen. Mit einem Ruck zog er sie hervor und blendete

den Jungen mit ihrem Lichtstrahl. »Ich bin hier für die Navigation zuständig. Du bist für das Scheißfressehalten zuständig.«

Blinzelnd beschirmte Cheshire die Augen mit einer Hand. »Wie du meinst, Boss. Aber weiterfahren sollten wir trotzdem.«

Sie grinsten einander an, und Bull schwang sich wieder auf den Sitz. Manchmal waren Kabbeleien untereinander alles, was sie bei Verstand hielt.

Er ergriff die zerknitterte Karte, strich sie auf seinen Beinen glatt und maulte wegen ihrer mangelnden Genauigkeit. In dieser Gegend war alles anders als zu Hause. Die Landschaft, die Menschen und erst recht die Richtungsangaben.

Bull starrte auf den hingekritzelten Pfeil, der dorthin wies, wo ihre Zielpersonen am Vortag gesehen worden waren. Er kniff die Augen zu, um irgendwelche auf der Karte umkreisten Landmarken zu erspähen. Doch er sah keinerlei Markierungen.

Er ließ es darauf ankommen. »Bieg rechts ab.«

Cheshire grinste, legte krachend einen Gang ein und ließ den Motor des Wagens aufheulen. Das schwere Fahrzeug polterte über den Bordstein auf die andere Straße. »Wohin dann?«

»Bleib auf dieser Straße«, beschied ihm Bull. »Ich sage dir, wann du wieder abbiegen musst.« Er widmete sich erneut der Karte, und da sie beschleunigten, hüpfte der Schein der Taschenlampe auf und ab. Nach wie vor bemühte sich Bull, die Kreuzung, die sie gerade passiert hatten, auf dem Plan zu finden. Er warf einen Blick zu dem Jungen hinüber. Cheshire schien von dem Problem nichts zu ahnen, und das war gut so, denn Bull hatte schon vor einer halben Stunde die Orientierung verloren.

Als er in den Seitenspiegel schaute, sah Bull die dunklen Umrisse eines zweiten Landrovers, der ihnen mit ausgeschalteten Scheinwerfern dichtauf folgte. Sie benutzten diese Taktik des dichten Hinterherfahrens, um unerwünschte Aufmerksamkeit zu vermeiden.

Wann immer nachts mehrere Fahrzeuge unterwegs waren, schaltete nur der vorderste Wagen seine Lichter ein und übernahm die Verantwortung für die anderen, die ihm blind folgten. Aus der Nähe war es offensichtlich, dass es mehrere Laster waren, doch falls jemand aus der Ferne schaute, sah er bloß ein einziges Scheinwerferpaar. Mit anderen Worten: weniger Grund zur Besorgnis.

Der Trick funktionierte sogar mit einer größeren Anzahl von Fahrzeugen, doch heute Nacht bestand ihre Kolonne lediglich aus zwei Wagen. Insgesamt waren sie zu fünft unterwegs: Bull und Cheshire vorne, Trey, Collins und Ginger dahinter.

Bull starrte auf die Straße, während sie dahinratterten. Nach wie vor sah er nichts, was ihm verraten hätte, wo sie sich befanden. Sie passierten niedrige Häuser in der Dunkelheit. Je weiter sie in die beschissene Stadt hineinfuhren, was immer es auch für eine sein mochte, desto dichter wurde die Bebauung. Ihre Position auf der Karte zu finden hatte er praktisch aufgegeben. Während der holprigen Fahrt, dem schummrigen Licht und ihren notdürftigen Richtungsangaben hätte er Mühe gehabt, sie auf der M25 zu halten, geschweige denn jetzt auf so einer bescheuerten, in den Boden getrampelten Piste. An der nicht auf der Landkarte verzeichneten Kreuzung vor zwanzig Kilometern war er seiner Intuition gefolgt, doch seitdem war alles Spekulation gewesen. Und was den Rückweg anging, hatte er auch keine Ahnung.

Er warf einen Blick hinüber zu dem Jungen, da ihm bewusst wurde, dass Cheshire, der normalerweise nie die Klappe halten konnte, seit etwa fünf Minuten kein Wort mehr gesagt hatte. Er war also nervös. Eine Überraschung war das allerdings nicht, sie waren es alle.

»Was zum Teufel ist das?«, fragte Cheshire plötzlich.

Bull schaltete die Taschenlampe aus, beugte sich näher an die Windschutzscheibe heran und starrte auf die riesigen Umrisse, die aus der Finsternis vor ihnen auftauchten. Cheshire blendete die Scheinwerfer auf, worauf diese ein Paar spindeldürre graue Streben beleuchteten, die sich aus der Erde zu einem massiven Metallzylinder zehn Meter über der Straße erhoben. Seine Vermutung hatte sich als richtig erwiesen.

»Wasserturm.« Er schaltete die Taschenlampe wieder ein und suchte auf ihrer Karte nach der Wegmarke. Nach wenigen Augenblicken hatte er sie gefunden.

Der Wasserturm stand genau auf der Strecke zu ihrem Ziel.

»Fahr noch einen halben Kilometer weiter«, befahl er Cheshire. »Wenn ich es sage, biegst du links ab.«

Sie fuhren die mit tiefen Reifenspuren durchzogene Piste entlang, bis Bull den Abzweig sah. Die Straße, die sie nun nahmen, war unbeleuchtet, die Fenster der Häuser waren dunkel.

Als sie auf zweihundert Meter an die auf der Karte markierte Stelle herangekommen waren, befahl Bull Cheshire anzuhalten. Der Junge bremste und stellte den Motor aus. Im Spiegel sah Bull, dass der andere Lastwagen hinter ihnen ebenfalls anhielt. Er warf Karte und Taschenlampe auf den Boden und langte nach dem Feldstecher auf dem Armaturenbrett. Er schaltete auf Nachtsicht und hielt ihn sich vor die Augen. Vierzig Meter vor ihnen standen drei miteinander verbundene Häuser in der Dunkelheit.

Genau wie der Informant es gesagt hatte.

Bull machte sich ein Bild von ihrem Standort. Sie hatten am Straßenrand an einem sanft abfallenden Hang geparkt. Die beiden Landrover würden von jedem der drei Häuser aus zu sehen sein, auch wenn sie noch recht weit davon entfernt waren. Hier und da standen andere Fahrzeuge und verschafften ihnen Deckung, und heute Nacht war es dunkel, richtig scheißdunkel. Wer immer also hier wohnte, würde sie schwerlich bemerken – es sei denn, er hatte einen Wink bekommen.

Oder es handelte sich um eine Falle.

Das war so eine Sache, man musste klug vorgehen. Im ersten Moment sah alles ruhig aus, im nächsten kam es zu einem Gemetzel. Hier in der Gegend wusste man nie, wer wem gegenüber loyal war, bis jemand versuchte, einen umzubringen.

Aber fürs Erste waren sie sicher.

Bull schaltete das Nachtsichtgerät aus und ließ es auf seinem Schoß ruhen. Seine Augen gewöhnten sich rasch an die Dunkelheit, und er konnte die Eingangstüren der Häuser vor ihnen erkennen. Nun hieß es abwarten. Es war nach drei Uhr in der Frühe, und um acht mussten sie wieder zurück sein, sodass sie hier nicht länger als vier Stunden bleiben konnten.

Er holte seine Marlboros hervor und hielt Cheshire die Packung hin.

Der Junge nahm eine. »Danke.«

Sie ließen die Scheiben herunter und rauchten schweigend. Sie alle kannten den Drill. Keine Kartenspiele, keinen Scheiß bauen, nichts, was ihren Blick von der Straße ablenkte.

Sie warteten eine Stunde lang, während der sie leise über das Übliche sprachen, ehemalige Freundinnen, wie verrückt dieses Land war und das, was sie von zu Hause vermissten. Als sie gegen vier Uhr immer noch niemanden auf der Straße gesehen hatten, glaubte Bull nicht mehr, dass noch etwas passieren würde, und ihm wurden die Lider schwer. Er musste sich zwingen, konzentriert zu bleiben. Ein winziger heller Fleck am Horizont hob sich von der pechschwarzen Finsternis ab. Und immer noch rührte sich nichts in den Häusern vor ihnen.

Dann machte er eine Bewegung aus.

Eine Reihe von Männern, die meisten in Jeans und T-Shirt, tauchten am Ende der Straße auf. Sie gingen als Gruppe und hielten sich dicht an den Häuserwänden.

»Dort.« Er deutete in ihre Richtung, ergriff das auf seinem

Schoß liegende Nachtsichtgerät und schaltete es ein, worauf er im grünen Schimmer Einzelheiten erkennen konnte. Sie waren zu sechst, allesamt etwa in seinem Alter. Einige von ihnen beobachteten die Straße, während sie gingen, doch keiner starrte direkt in Richtung der Landrover. Entweder war es noch zu dunkel, oder sie machten sich nichts daraus, gesehen zu werden. Lag das daran, dass sie nichts zu verbergen hatten, oder wussten sie bereits, dass Bull und die anderen da waren?

Die Männer überquerten die Straße und hielten auf eines der Häuser zu.

Bull beobachtete sie durch den Feldstecher und überprüfte einen nach dem anderen. Bei den ersten fünf fiel ihm nichts auf. Doch der sechste Mann ließ ihn innehalten. Er war spindeldürr und klein, bewegte sich aber so, als habe er das Sagen, und es schien, als passten sich die anderen seinem Tempo an.

Und schirmten ihn ab.

Vor dem Haus blieben die Männer stehen und traten hintereinander ein. Der Dünne trat als Letzter durch die Tür und geriet aus dem Blickfeld. Doch Bull hatte bereits gesehen, was er sehen musste. Dem jungen Mann fehlte eine Hand.

Ihr Informant hatte die Wahrheit gesagt.

Bull hielt das Fernglas auf die Tür gerichtet, während er das Funkgerät betätigte. Cheshires Frage, was denn los sei, ignorierte er und schlug Alarm.

35

Eine Überraschung war Tanners Erklärung, dass auch Matthew Hayes im Gefängnis gesessen hatte, nicht. Doch als Hawkins in dem windgepeitschten Hof mit Maguire Blicke wechselte, begriff sie, dass Murphys Gesetz sie heimsuchte.

Ihre notorische Ungeduld, vereint mit der Unsicherheit bezüglich ihrer vorübergehenden Beförderung, hatte sie dazu gebracht, alle Warnungen in den Wind zu schlagen.

Sie war in der Hoffnung auf eine einfache Feld-Wald-und-Wiesen-Mordermittlung, mit der sie es jede Woche zu tun hatten, zurückgekehrt. Eine solche hätte es ihr erlaubt, sowohl ihr Selbstbewusstsein als auch ihren in jüngster Zeit angeschlagenen Ruf wiederherzustellen.

Stattdessen war sie hier, nach wie vor erholungsbedürftig von den beinahe tödlichen Verletzungen, die ihr ein Psychopath beigebracht hatte, und stieß nun geradewegs auf die Spur des *nächsten*. Die drei Meter entfernt auf der anderen Seite des Hofs liegende Leiche war die dritte dieses neuerlichen Serienmörders, und die gleichen Medien, die ihren letzten Fall ausgeschlachtet hatten, würden bald aufs Neue Blut lecken. Außerdem stand sie nun auch von unten unter Druck, und zwar in Form eines dienstbeflissenen, vom Superintendent geförderten Emporkömmlings, der ihr bei jeder Entwicklung in diesem Fall eine Nasenlänge voraus war. Zugegeben, ihre körperliche Verfassung war ihrer Konzentration nicht gerade förderlich, und meistens waren es nur Sekunden gewesen, aber der Punktestand betrug bereits 3:0.

Wäre er ein Gentleman, hätte er ihr wenigstens einen Punkt geschenkt.

Sie verbarg ihre Besorgnis, als sie auf Tanners Mitteilung antwortete. »Warum hat Hayes eingesessen?«

»Fahrerflucht«, antwortete er. »Mehr weiß ich nicht, aber mein Kontaktmann gräbt gerade die Akte aus. Er schickt mir gleich Infos dazu auf mein Smartphone.«

»Gute Arbeit«, gestand Hawkins ein und fragte sich allmählich, wer hier eigentlich von wem lernte.

Doch sie fing sich wieder und gewann ihr dahinsiechendes Selbstvertrauen zurück, als sie merkte, dass sie ganz automatisch wieder das Kommando übernahm. »Na schön, drei Leichen sind vielleicht kein toller Start in die Woche, aber immerhin haben wir etwas, woran wir arbeiten können. Alle Opfer sind kurz vor ihrer Ermordung aus dem Gefängnis entlassen worden. Es gibt also im Grunde zwei Möglichkeiten. Entweder sind diese drei irgendwie vor oder während ihrer Haft eine Verbindung miteinander eingegangen, oder sie wurden ins Visier genommen, *weil* sie eingesessen haben. Vielleicht, weil sie alle wegen Mordes oder Totschlags verurteilt worden waren.« Sie sah Tanner an. »Im Interesse Ihrer Weiterentwicklung: Wie sollte also unser nächster Schritt aussehen?«

»Nun« – er legte eine Pause ein, aber nur kurz – »ich würde damit beginnen, Hayes' Vergangenheit aufzuarbeiten und sie mit der der vorherigen Opfer abgleichen, um nach möglichen Verbindungen in ihrer Geschichte Ausschau zu halten. Dann würde ich das Pentonville-Gefängnis kontaktieren, um seine Gefängnisakte auf Auffälligkeiten zu überprüfen.«

»Gut«, sagte Hawkins. »Brauchen Sie Unterstützung?«

Tanner schüttelte den Kopf. »Ich komme schon zurecht. Ich habe da noch ein paar Kontakte aus meiner Einsatzzeit beim organisierten Verbrechen. Wenn ich Hilfe brauche, melde ich mich.«

Gegen ihren Willen war sie beeindruckt. »Dann werden Mike und ich uns mal anschauen, ob diese Leute bloß wegen der Art ihres Verbrechens zum Ziel geworden sind. Wenn wir ein Auge auf andere kürzlich entlassene Straftäter werfen und auf diejenigen, die demnächst auf Bewährung rauskommen, finden wir womöglich sogar raus, wann dieser Kerl das nächste Mal zuschlagen wird.«

»Soll ich dann loslegen?«, fragte Tanner. Er wartete auf Hawkins' Nicken, bevor er sich auf die andere Seite des Hofs zurückzog, das Handy ans Ohr gepresst.

Hawkins sah ihm nach. Dabei flüsterte eine innere Stimme immer wieder das Wort »Protegé«. Hoffentlich hatte sie nicht soeben den Mann von der Leine gelassen, der dazu berufen war, ihr an seinem ersten Arbeitstag die DCI-Dienstmarke abzuluchsen.

36

Staub stob auf, als fünf Männer in Stiefeln aus den Landrovern sprangen und sich in der Dunkelheit sammelten.

Als Erster sprach Bull und tat dies mit gesenkter Stimme. »Okay, Jungs, unser Ziel wurde soeben bestätigt. Verstärkung ist unterwegs, wird aber frühestens in einer Stunde hier sein. Bis dahin ist es unsere Aufgabe, das Gebäude zu sichern und diese Kerle festzusetzen, bis die anderen eintreffen.«

Weitere Anweisungen waren nicht erforderlich. Seine Kameraden schwärmten aus und schlichen möglichst leise näher an das Haus heran. Bull und Cheshire übernahmen die linke Straßenseite, Trey, Collins und Ginger die rechte.

Bull beobachtete seine Kameraden, allesamt schwarz gekleidet und in Körperpanzerung. Ihre Schusswaffen waren denen, die ihre Zielobjekte haben konnten, mehr als ebenbürtig. Eine Sicherheitsgarantie war es dennoch nicht.

Sie schlichen bis auf zwanzig Meter an das Haus heran. Über ihnen lichtete sich die Dunkelheit nun merklich, die ersten Anzeichen der Dämmerung erhellten den Horizont. Schon jetzt spürte Bull, wie ihm Schweißperlen zwischen den Schulterblättern herabrannen. Das hatte auch etwas mit seinem Nervenkos-

tüm zu tun, obgleich er sich eigentlich immer mehr an Situationen wie diese gewöhnte.

Zudem behielt er die Gebäude in ihrer Nähe im Auge. Falls es sich hier um eine Falle handelte, konnte sich hinter jedem dieser Fenster ein Schütze verbergen. Doch es fielen keine Schüsse, obwohl sie das Haus inzwischen erreicht hatten.

Bull bedeutete den anderen dreien, um das Haus herum auf dessen Rückseite vorzurücken, während er und Cheshire sich an der Vorderseite postierten. Ein heller Lichtstreifen fiel zwischen Tür und Rahmen hindurch, ein Zeichen dafür, dass das Licht drinnen eingeschaltet war. Sie warteten, bis ein Pfiff ihnen signalisierte, dass die anderen ihre Position eingenommen hatten. Dann zerschoss Cheshire das Türschloss, und sie stürmten hinein.

Hinter der Tür befand sich ein Wohnzimmer mit schmutzigen Wänden, in dem hier und da niedrige Hocker herumstanden. An einer Wand lehnten Matratzen. Die Fenster waren von innen verdunkelt worden, und es stank. An einem Tisch in der Mitte des Raums spielte ihre Zielperson mit seinen Kumpanen Karten. Sie alle wandten ihnen die Köpfe zu.

»Hände hoch!« Ruckartig richtete Bull seine Waffe auf die Männer.

Alle gehorchten und hoben die Hände. Im gleichen Augenblick stürmten die anderen durch die unaufgeräumte Küche im hinteren Bereich des Hauses in den Raum hinein. Trey signalisierte, dass auch der Rest des Erdgeschosses gesichert war. Bull nickte und sah zu, wie ein Mann nach dem anderen auf die Beine gezerrt und nach Waffen abgetastet wurde, ehe sie sich mit dem Rücken zur Wand nebeneinander hinsetzen mussten.

»Ist oben jemand?«

Keiner sagte etwas. Bull stellte seine Frage noch einmal, dieses Mal lauter.

Einer der Männer schaute zu ihm auf. »Zwei Frauen, drei Kinder.«

Bull trat näher. »Wie viele Zimmer?«

»Äh …« Der Mann zögerte. »… nur eins.«

Bull bedeutete Trey, Collins und Ginger, ihre Gefangenen im Auge zu behalten, während er und Cheshire zur Treppe gingen und die Stufen hinaufstiegen. Dabei schoben sie sich mit dem Rücken am fleckigen Gipsputz entlang, jede Stufe knarrte unter ihrem Gewicht. Aus dem Zimmer oben drang kein Laut, was aber nicht hieß, dass man ihnen keine Falle gestellt hatte.

Cheshire stand als Erster vor der Tür am oberen Treppenabsatz. Er schaute Bull an, der ihm mit einem Nicken bedeutete, sich Zugang zu dem Raum zu verschaffen. Das Gesicht des Jungen war bleich.

Sie wussten beide, dass die Tür mit einer Sprengladung verkabelt worden sein konnte.

37

Der Name des Vermieters war Joseph.

Er stellte sein beigefarbenes Mini-Cabrio auf einem der Besucherparkplätze ab und gesellte sich zu Hawkins, Tanner und Maguire, die vor Mangrove Court standen, dem Block aus Sozialwohnungen, in dem Matthew Hayes eine seiner Wohnungen gemietet hatte.

Joseph war um die vierzig Jahre alt, kurz geraten und sehr gepflegt. Er trug eine khakifarbene Weste über einem weißen Hemd und ausgestellte Jeans, dazu eine knallrote Brille mit Kunststoffrahmen und hatte einen akkurat geschnittenen Bart. Hawkins zeigte ihm ihren Dienstausweis, stellte die anderen vor und dankte ihm dafür, dass er kurzfristig gekommen war. Joseph meinte, das sei kein Problem und besser, als für eine neue Tür zu zahlen, wie es beim letzten Mal gewesen sei, als die Polizei gegen einen seiner Mieter *ermittelt* habe.

Er öffnete das Sicherheitsschloss und führte sie zwei spartanisch ausgestattete Treppen hinauf zu einem Absatz. Hier warteten die drei Männer, während Hawkins sich hinter ihnen die Stufen hochmühte und dabei vorgab, von irgendeinem Aspekt der Gebäudearchitektur vereinnahmt worden zu sein, um zu erklären, warum sie so langsam vorankam.

Joseph machte sich vor Nummer 12 an einem großen Schlüsselbund zu schaffen. »Worum geht es überhaupt?«

»Wir können noch nicht darüber sprechen«, sagte sie ihm. Sie wollte ihn nicht beeinflussen, was die möglicherweise von ihm zu liefernden Informationen betraf. »Fürs Erste müssen wir einfach nur die Wohnung überprüfen.«

Sie waren direkt von dem Hof, in dem Hayes' Leiche gefunden worden war, hierhergefahren. Selbst die Frau des Opfers würde erst am Abend von seinem Tod erfahren, wenn die entsprechenden Beamten sie aufsuchten. Bis dahin waren Informationen bezüglich seines Ablebens Verschlusssache.

Der Fall selbst hingegen würde bald in aller Munde sein, vermutete Hawkins. Zwar war es dem vorhin vom Tatort verbannten Reporter nicht gelungen, Fotos zu schießen. Doch die in Aussicht stehende Anerkennung hatte bei ihm schwerer gewogen als die mögliche Unannehmlichkeit einer Verhaftung. Was bedeutete, dass die Medien nach einer Enthüllungsstory gierten.

»Ich wusste, dass es so weit kommen würde.« Joseph versuchte es mit einem der Schlüssel. »Sie haben ihn verhaftet, nicht wahr?«

Keiner von ihnen gab eine Antwort.

»Er hat nämlich gesessen, müssen Sie wissen.« Der Vermieter wechselte den Schlüssel und machte sich erneut am Schloss zu schaffen. »Wegen Fahrens unter Alkoholeinfluss. Aber da gibt es ja den guten alten Joseph, der niemanden abschreibt. ›Hallo, Herr Obdachlos‹, ›Kommen Sie herein, Herr Streuner, hier sind alle willkommen.‹ Und jetzt schau sich einer an, was mir das einbringt.«

Endlich hatte er den passenden Schlüssel gefunden, drückte die Tür auf und winkte die drei Detectives an sich vorbei. Hawkins ging in die kleine Diele, die gleich hinter der Tür nach links abknickte und an einem schmuddeligen Badezimmer vorbeiführte. Weiter geradeaus stieß sie auf das Wohnzimmer.

Und blieb in der Tür stehen.

Das kleine Wohnzimmer sah aus, als sei es Austragungsort einer außer Kontrolle geratenen Party gewesen. Zwischen halb verzehrten Mikrowellengerichten und wahllos abgelegter Kleidung lagen leere Flaschen und Abfall verstreut auf dem Tisch, einem kleinen Sofa und dem Fußboden herum. An mehreren Stellen in Wänden und Türen klafften faustgroße Dellen. Das Fernsehgerät, Bilderrahmen und der größte Teil des Mobiliars waren beschädigt oder gänzlich zertrümmert worden. Der Gestank war geradezu infernalisch.

»Verdammte Scheiße, das kann doch wohl nicht wahr sein!« Joseph zwängte sich an Maguire und Tanner vorbei in das Zimmer. »Er wohnt hier erst seit zwei Wochen. Die Wohnung war makellos. Die Kaution deckt das hier nicht einmal annähernd ab. Ich krieg den Scheißkerl mit einer Schadenersatzklage dran.«

»Viel Glück dabei«, flüsterte Mike.

Hawkins warf ihm einen drohenden Blick zu.

Doch Joseph hatte ihn nicht gehört. Er war bereits in der Küche und zeterte weiter herum, was den Zustand der Wohnung anging, die er offenbar möbliert vermietet hatte.

Hawkins schaute sich weiter im Zimmer des Toten um und entwarf stumm eine Strategie. Ihr erster Impuls war es gewesen, so lange wie möglich zu verhindern, dass über die Morde groß und breit berichtet wurde. Immerhin war die Hauptstadt gerade erst aus dem Bannstrahl eines Serienmörders herausgetreten, nur um gleich wieder in den eines anderen hineinzugeraten. Aber jetzt gab es Unterschiede.

Es hatte sich erwiesen, dass auch das dritte Opfer, genau wie die beiden ersten, ein ehemaliger Häftling war. Die gute Nachricht war also, dass der Mörder eindeutig eine bestimmte Zielgruppe hatte. Und der Anteil der Bewohner Londons, der wegen Mordes oder Totschlags gesessen hatte, war zum Glück überschaubar. Daher hatten sie dieses Mal zumindest eine reelle Chance, die Öffentlichkeit davon zu überzeugen, dass es keinen Grund gab, in Panik zu geraten.

Kehrseite der Medaille war, dass der viermonatige Abstand zwischen den ersten beiden Opfern vor Nummer drei nicht eingehalten worden war. Tatsächlich hatte sich der zeitliche Abstand auf drei Tage verringert. Das hieß, der Mörder konnte jederzeit wieder zuschlagen. Sie waren zwar in der Lage, mit einiger Sicherheit den Typ Mensch, den er als Opfer ins Auge fassen würde, und auch seine Vorgehensweise vorherzusagen, aber die zentrale Frage blieb.

Warum?

Hawkins kehrte wieder in das Zimmer zurück, in dem Joseph gerade Tanner beschimpfte, weil die Metropolitan Police seiner Meinung nach die missliche Lage der Vermieter fortwährend ignorierte. Sie überließ die beiden sich selbst und schlenderte zum Schlafzimmer weiter. Hier herrschte der gleiche chaotische Zustand. Sie betrachtete die billige Frisierkommode, deren Spiegel nach einem Schlag oder Aufprall zerbrochen war. Dabei wurde ihr bewusst, wie ungeeignet das

Rechtssystem in Großbritannien war, wenn es darum ging, diejenigen, die in seinem Gewahrsam gewesen waren, zu resozialisieren. Im Übrigen hätte sie darauf gewettet, dass es nicht bloß Trunkenheit war, die aus Matthew Hayes einen so zornigen Menschen gemacht hatte.

Als sie sich umdrehte, stellte sie fest, dass Mike hinter ihr in der Tür stand. »Wann wird der digitale Fahndungssteckbrief fertig sein?«

»Morgen Nachmittag.«

Sie runzelte die Stirn. »Wir sollten versuchen, die Sache zu beschleunigen. Lass das Team Überstunden machen, wenn es sein muss. Ich will das Foto in den Frühstücksnachrichten sehen.«

»Wie du meinst, Chefin.« Maguire zog sein Handy hervor und ging wieder zurück in den Flur.

Hawkins widmete sich erneut Hayes' Zimmer und grübelte dabei über die jüngsten Ereignisse nach. Das Ermittlungsteam befragte bereits die Bewohner der Häuser in der Nähe des Ortes, an dem Matt Hayes ermordet worden war. Der ehemalige Immobilienmakler war von mehreren Anwohnern gesehen worden, als er die Hauptstraße in Richtung des benachbarten Spirituosengeschäfts entlanggetorkelt war. Dessen Inhaber erinnerte sich daran, ihm billigen Fusel verkauft zu haben, und das nicht nur in der Nacht seines Todes. Offenbar hatte Hayes den Ausflug zu dem örtlichen Wein- und Spirituosengeschäft seit seinem Einzug fast jede Nacht unternommen und auf dem Rückweg häufig zwei oder drei Flaschen dabeigehabt. Was den rapiden Verfall seiner Wohnung erklären konnte, wenn auch nicht den Grund, der hinter dem Trinken selbst stand.

Zum Glück hatte sich herausgestellt, dass die Anwohner, deren Wohnungen mit Blick auf die Hauptstraße lagen, neugierige Zeitgenossen waren. Eine irritierende Anzahl von ihnen führte offenbar geradezu ein nachtaktives Leben. Bis jetzt hatten sie übereinstimmende Beschreibungen nicht nur von Matt Hayes auf seinem Weg zum Spirituosengeschäft in den vergangenen Tagen abgeliefert.

Sondern auch berichtet, dass ihm offenkundig bei jeder dieser Gelegenheiten ein Mann dorthin gefolgt war.

38

Sie standen zusammen auf dem kleinen oberen Treppenabsatz.

Von unten hörte Bull einen der Männer fragen, ob er auf die Toilette gehen dürfe. Collins befahl ihm, er solle warten.

Als Bull sich umdrehte, sah er, dass Cheshire gerade damit fertig war, den Türrahmen nach Anzeichen von Drähten abzusuchen. Mit einem Kopfschütteln bedeutete der Junge ihm, dass er keine entdeckt hatte, ehe er die Klinke vorsichtig hinunterdrückte.

Als die Tür am Türrahmen entlangschleifte und der Riegel aufschnappte, hielt Bull den Atem an. Zum Glück geschah nichts, als Cheshire die Tür ganz aufschob und sie beide eintraten.

Im Schlafzimmer war es stockdunkel. Das einzige Licht fiel von unten durch die nun offene Tür. In dem matten Lichtschein erkannte Bull etwas, das wie ein Durcheinander von Federbetten aussah. Jemand schnarchte, doch wie viele Menschen dort lagen, ließ sich unmöglich sagen. Cheshire schaltete das Licht ein.

In der Mitte der Zimmerdecke erhellte eine nackte Glühbirne den Raum. Hell war sie nicht, aber Bull musste sich dennoch die Augen abschirmen. Das Zimmer war etwa drei mal drei Meter groß. Hinten in der Ecke, gegenüber einer weiteren Tür, die zum Bad führen musste, standen Kartons mit Kleidern. Wie der Mann gesagt hatte, waren hier fünf Personen: zwei Frauen und drei kleine Kinder, alle schliefen auf Matratzen auf dem Fußboden.

Die jüngere der beiden Frauen und die Kinder wurden jetzt wach und schirmten sich die Augen gegen das plötzlich angegangene Licht ab. Das jüngste Kind fing an zu weinen. Die ältere Frau hingegen saß kerzengerade auf dem Rand ihrer Matratze. Sie hielt die Augen geschlossen und hatte die Hände auf ihrem Schoß gefaltet, so als bete sie.

»Bleibt ruhig«, wies Bull sie an. »Wir tun euch nichts.«

Die jüngere Frau setzte sich aufrecht hin und zog das weinende Kind an sich. Sie hielt das Mädchen fest und starrte sie beide zornig an.

»Nach unten.« Bull deutete mit seiner Waffe die Treppe hinunter.

Niemand rührte sich.

Die alte Frau hielt ihre Augen nach wie vor geschlossen.

Bull sah Cheshire an. Dieser deutete zunächst auf seinen Leib und dann auf die alte Dame, ehe er die Finger einer Hand spreizte, um eine Explosion anzudeuten. Bull nickte.

Sie hatten beide die seltsamen Ausbeulungen unter ihrem Kleid entdeckt.

»Du« – Bull stampfte mit dem Fuß auf – »sieh mich an.«

Endlich öffnete die alte Frau ihre Augen und blickte ihn an.

»Aufstehen.«

Langsam erhob sie sich.

»Dort rein.« Bull deutete mehrmals mit dem Lauf seiner Waffe auf das Badezimmer. Die Frau bewegte sich nicht. Sie hatte Tränen in den Augen.

Er warf Cheshire einen Blick zu. »Bring die Kinder runter. Sofort.«

Der Junge trat vor und hielt dem ihm am nächsten stehenden Kleinkind die Hand entgegen. »Komm.«

Doch als Cheshire sich bewegte, stieß die alte Dame einen schrillen Schrei aus.

Und ging auf ihn los.

In dem nun folgenden Sekundenbruchteil begriff Bull, dass er den Abzug hätte betätigen und sein Ziel hätte ausschalten müssen. Doch unvermittelt trat Cheshire in Aktion. Er packte die alte Frau, umklammerte sie und drängte sie durch die Tür in das Bad. Die beiden strauchelten über die Schwelle und fielen hinein.

Bull packte die Kinder, zog eines nach dem anderen auf die Beine und schob sie auf Trey zu, der am Treppenaufgang aufgetaucht war. Die jüngere Frau eilte hinter ihnen aus dem Zimmer, während Bull an die Badezimmertür trat.

Fast hätte er gelacht.

Cheshire kniete zwischen den Beinen der alten Dame auf dem Badezimmerboden. Ihr Nachthemd war zerrissen, und ihre Unterwäsche kam zum Vorschein. Sie schrie und trommelte mit den Fäusten auf ihn ein.

Über ihrem kugelförmigen Bauch trug sie eine Art Korsett. Unter dem Nachthemd hatte es wie ein Sprengstoffgürtel ausgesehen und sie beide glauben lassen, sie stelle eine Bedrohung dar.

Cheshires mutiges Eingreifen hätte Leben retten können. Denn falls die alte Frau in dem kleinen Raum eine Bombe gezündet hätte, wären sie alle ums Leben gekommen, auch die Kinder. Einen solchen Selbstmordanschlag hätten manche Glaubensrichtungen gutgeheißen. Cheshires Entscheidung, sie aus dem Zimmer zu drängen, eine Wand zwischen sie und die anderen zu bringen und eine mögliche Explosion mit seinem Körper zu dämpfen, hätte dem Rest von ihnen eine Überlebenschance verschafft. Unter den gegebenen Umständen hatte er im-

merhin die alte Frau gerettet, auch wenn sie nicht allzu glücklich darüber war. Hätte er sie nicht aufgehalten, würde sie jetzt mit einer Kugel im Kopf auf dem Boden liegen.

Wäre sein Freund nicht gewesen, wäre Bull für ihren Tod verantwortlich gewesen.

Und das war etwas, das er nie vergessen würde.

39

»Zwei Serienmörder in drei Monaten.« Simon Hunter, der am Fenster stand, drehte sich um und schaute Hawkins an. »Haben Sie einen Spiegel zerbrochen, Detective?«

»Ich bin nicht abergläubisch«, gab sie zurück.

Sie ging durch das Zimmer, um die Jalousien hochzuziehen, und spähte in die Einsatzzentrale vor ihrem Büro im Becke House. Seit sie das letzte Mal geschaut hatte, war zu Amala und Mike noch Aaron Sharpe dazugestoßen. Es war 8:19 Uhr.

Sie wandte sich wieder Hunter zu. Sie war dankbar dafür, dass der Profiler mehr Interesse daran zeigte, sich mit den Taten ihres neusten Mörders zu befassen, als einige Mitglieder ihres Teams. Sie hatte am vergangenen Nachmittag eine Nachricht auf seiner Mailbox hinterlassen. Hunter hatte nicht sofort darauf reagiert, doch als Hawkins früh an diesem Morgen zur Arbeit gekommen war, hatte er sie bereits in ihrem Büro erwartet. Der dreiundvierzigjährige ehemalige Anwalt hatte sich in den Reihen der Metropolitan Police einen Namen gemacht. Seine Erkenntnisse hatten im Lauf der Jahre Dutzende von Ermittlungen beschleunigt. Schon als Hawkins das erste Mal mit ihm zusammengearbeitet hatte, konnte er ihnen dabei helfen, einen psychopathischen Serienmörder zur Strecke zu bringen.

Sie schätzte Hunter sehr. Er hatte etwas von Inspektor Columbo an sich und war so desinteressiert an Kleidungsfragen, wie es bei Genies der Fall war, legte jedoch ein entwaffnendes Verhalten an den Tag, das von seinem zerknautschten Aufzug ablenkte. Seine raue Stimme und seine Krähenfüße im Gesicht hätten einen anderen womöglich älter wirken lassen, doch sein nach wie vor schwarzes Haar und der jugendliche Gang ließen ihn jung daherkommen. Unter anderen Umständen hätte Hawkins seine Gesellschaft wie immer begrüßt. Aber seine Anwesenheit bedeutete, dass sie sich möglicherweise wieder mit einem albtraumartigen Fall herumschlagen mussten.

»Also, um es kurz zusammenzufassen« – Hunter bemerkte, dass ihm das Hemd aus der Hose hing, worauf er es nachlässig wieder hineinstopfte – »haben wir drei Opfer. Die ersten beiden Morde lagen vier Monate auseinander, die zwei letzten Todesfälle nur drei Tage. Alle Zielpersonen hatten eine Haftstrafe abgesessen, und alle drei starben früh am Morgen an einem öffentlichen Platz durch ein Schädeltrauma, das ihnen mit etwas zugefügt wurde, das ein Haushaltshammer gewesen sein könnte.«

»Das kommt ungefähr so hin.«

Er schaute auf die Ausgabe der *Sun* auf Hawkins' Schreibtisch und stieß einen anerkennenden Grunzlaut aus. »Tolle Schlagzeile.«

Sie folgte seinem Blick. Sie hatte nie großes Vertrauen in die Presse gehabt, die bald jede Wendung in dem Fall aufbauschen würde. Doch sie musste ihm recht geben: Der Spitzname, den einige Zeitungen an diesem Morgen benutzten, passte auf einen Mann, der gerne mit dem Hammer auf verurteilte Mörder eindrosch.

DER RICHTER.

Unglücklicherweise wussten die Medienvertreter nun, dass die Morde an Rosa Calano, Sam Philips und Matt Hayes zusammenhingen. Eine Boulevardzeitung hatte bereits mit der Überschrift MORDWELLE SCHWAPPT ÜBER LONDON getitelt. Die Auswirkungen der vorweihnachtlichen Mordserie waren so immens gewesen, dass es die Presse wenig Mühe gekostet hatte, erneut Großalarm auszulösen. Dankenswerterweise nahm dieser Mörder im Gegensatz zu Hawkins' vorheriger Ermittlung immerhin nicht wahllos Bürger ins Visier. Allerdings würde die Presse genau diesen Eindruck zu wecken versuchen, wenn die Zeitungsmacher glaubten, eine neuerliche Panik würde helfen, die Verkaufszahlen in die Höhe schießen zu lassen.

Sich dessen bewusst, hatte Hawkins beschlossen, über Nacht eine offizielle Presseerklärung der Metropolitan Police zu dem Fall herauszugeben. Dazu hatte auch das durch Zeugenaussagen erstellte elektronische Fahndungsfoto des Hauptverdächtigen gehört sowie der Appell an eventuelle Augenzeugen der vorherigen Morde, sich zu melden. Diese Information war seitdem alle fünfzehn Minuten auf den Nachrichtenkanälen wiederholt worden. Selbst ein Optimist hätte die Reaktionen darauf als verhalten bezeichnen müssen.

Doch die überwältigende Besorgnis, die Hawkins empfunden hatte, als ihr vorheriger Fall allmählich in die Schlagzeilen geraten war, war verflogen. Es war der größte Serienmordfall in Großbritannien seit Jahrzehnten und zugleich ihre erste große Mordermittlung als diensttuende DCI gewesen. Natürlich war auch der jetzige Einsatz nicht gerade Routine, doch an die Stelle ihrer Besorgnis war unerwartet eine ruhige Entschlossenheit getreten, sich in den Fall zu verbeißen, bis etwas dabei herauskam.

Sie hatte an diesem Morgen bereits ein Gespräch mit

Vaughn geführt und mit ihm über den dritten Mord gesprochen. Sie hatte beschlossen, Vaughn mit der gleichen Höflichkeit zu begegnen, wie sie es Tanner gegenüber tat. Mike hatte recht: Wenn sie sich einredete, sie seien Feinde, dann würden sie beide am Ende vielleicht tatsächlich welche sein.

Es überraschte sie nach wie vor, wie viel angenehmer derlei Zusammenkünfte waren, wenn einen der Chief Superintendent wie einen intelligenten Erwachsenen behandelte und nicht wie ein bockiges Kind, so wie es sein Vorgänger getan hatte. Womöglich hatte aber auch ihr eigenes, weniger gereiztes Verhalten dazu beigetragen, den Umgangston zu verbessern. *Es ging doch nichts über eine Nahtoderfahrung – wenn man erst einmal wieder im Alltagstrott angekommen war, hatte man eine andere Sicht auf die Dinge.*

»Okay.« Hunter setzte sich auf die Kante von Hawkins' Schreibtisch. »Schauen wir uns mal die Motivation dieses Kerls an. Offensichtlich hat er ein Problem mit Leuten, die auf die eine oder andere Art den Tod eines anderen Menschen verschuldet haben. Wenn es keine persönliche Verbindung zwischen den Opfern gibt, bleibt nur die Möglichkeit, dass es etwas mit ihren Verbrechen zu tun hat.« Er dachte einen Moment nach. »Wie viel Reue haben seine Zielpersonen gezeigt?«

»Während ihrer Gerichtsverhandlungen?«

»Insgesamt.«

Hawkins überlegte kurz. »Speziell darauf haben wir bei unserer Untersuchung nicht geachtet. Aber Hayes war wohl total am Boden zerstört wegen des Jungen, den er überfahren hat. Er hat sogar einen Appell an die Familie gerichtet, sie möge ihm vergeben – was sie natürlich nicht getan hat. Bei Calano weiß ich es nicht, aber Philips hat nach allem, was man hört, nicht die geringste emotionale Regung gezeigt, sondern sich stattdessen von aller Welt zurückgezogen.«

»Merkwürdig.« Hunters Blick schweifte ab.

»Wieso fragen Sie?«

Er schaute sie wieder an. »Nun, meine erste Vermutung wäre gewesen, dass unser Mörder seine Opfer wegen ihrer Handlungen bestraft. Hätten sie beispielsweise allesamt keinerlei Reue an den Tag gelegt, könnte sich unser selbst ernannter Richter dazu auserkoren fühlen, sie dafür zu bestrafen. Da dies jedoch nicht der Fall zu sein scheint, wäre mein nächster Vorschlag, einmal darauf zu schauen, inwieweit sie von der Milde anderer profitiert haben.«

Hawkins runzelte die Stirn. »Sie meinen, ob sie in Bezug auf das Strafmaß besonders glimpflich davonkamen?«

»Genau.« Hunter bedachte sie mit einem anerkennenden Nicken. »Gab es Kontroversen, was die Länge der jeweiligen Haftstrafe anging?«

Sie rief es sich noch einmal in Erinnerung. »Da sind Sie womöglich auf der richtigen Spur«, antwortete sie schließlich. »In jedem Fall wurden mildernde Umstände angeführt. Calano war unter achtzehn und nur bedingt schuldfähig, Philips war von ihrem Opfer vergewaltigt worden, und Hayes fuhr zum Zeitpunkt des Unfalls nur knapp über dreißig Stundenkilometer, am Fahrrad des Jungen war keine Beleuchtung, und man konnte ihm nicht *nachweisen*, dass er betrunken gewesen war.«

»Und die Länge der jeweiligen Haftstrafe wurde entsprechend verkürzt?«

Sie nickte.

Hunters Augenbrauen zuckten. »So unspektakulär sich das anhört, so vermute ich doch, dass wir es hier mit einem recht einfachen Fall von Selbstjustiz zu tun haben. Möglicherweise glaubt unser Mörder, diese drei Personen seien, obwohl sie den Tod anderer verursacht haben, ihrer gerechten Strafe entgangen. Er glaubt, sie seien der Gesellschaft noch etwas schuldig, und er hat es auf sich genommen, das Gleichgewicht wiederherzustellen.«

»Den Widerspruch ignorierend, den seine Vorgehensweise mit sich bringt.« Hawkins schüttelte den Kopf. »Finden Sie die Logik von Psychopathen nicht auch einfach zauberhaft?«

»Freut mich, dass Sie darauf zu sprechen kommen, denn das ist unser nächstes Problem.« Hunters Ton wurde ernst. »Ich fürchte, das Regelwerk unseres Mörders stellt für ihn selbst ein Paradox dar. Er lässt seine Vorstellung von Gerechtigkeit denjenigen widerfahren, die töten, ohne danach eine ausreichend lange Haftstrafe zu verbüßen. Dabei versetzen seine Handlungen ihn selbst genau in die gleiche Lage. Er kommt auf eine stattliche Zahl von Ermordeten, er *selbst* wird dafür jedoch nicht, jedenfalls noch nicht, zur Verantwortung gezogen.«

Hawkins merkte, dass sich Kopfschmerzen bei ihr ankündigten. »Was bedeutet?«

»Was bedeutet, dass er sich nach eigener Einschätzung weiter und weiter von einer Wiedergutmachung entfernt. Eine Möglichkeit wäre es gewesen, es ein- oder zweimal zu tun und sich dann zu stellen. Eine andere wäre Selbstmord. Je länger er weder das eine noch das andere tut, desto wahrscheinlicher wird leider diese eine letzte Möglichkeit.«

»Sprechen Sie es nicht aus.« Hawkins sah Hunter geradewegs an. »Wenn wir ihn nicht aufhalten, wird der *Richter* einfach immer weiter morden.«

40

Als Hawkins mit einem Exemplar der *Sun* in der Hand und Simon Hunter im Schlepptau aus ihrem Büro trat, drehten sich alle Mitarbeiter in der Einsatzzentrale zu ihnen um, und der Lärm verebbte.

Bei ihrem mühsamen Weg durch den Raum überzeugte sie sich rasch davon, dass ihr ganzes Team einsatzbereit war.

Zu ihrer Rechten lehnte Mike an einer Schreibtischkante. Direkt vor ihr saß Amala Yasir wie die Aufpasserin eines Mädchenpensionats neben dem mit übergeschlagenen Beinen sitzenden Frank Todd. Auf dem Boden vor den beiden standen dampfende Kaffeetassen aus der Kantine. Aaron Sharpe kauerte halb verdeckt hinter den beiden. In der Nähe stand Steve Tanner mit verschränkten Armen und breitbeinig wie ein aufstrebender Superheld. Neben ihm zog sich jetzt Hunter einen Stuhl heran.

Hawkins räusperte sich. »Guten Morgen. Danke, dass Sie alle pünktlich gekommen sind.« Sie sah sich um und fing eine Reihe von Blicken auf. »Wie Sie wissen, haben die Entwicklungen in diesem Fall Fahrt aufgenommen. Unser Mörder hat uns einen dritten Toten mit eingeschlagenem Schädel geliefert und damit in den Medien einen gewissen Ruhm erworben.« Sie hielt die Zeitung in die Höhe. »Die Presse nennt ihn den *Richter*.«

Sie wartete, bis die Mitglieder ihres Teams die Bedeutung dieser Worte verarbeitet hatten, ehe sie fortfuhr: »Natürlich bringt Leichenfund Nummer drei unserer Ermittlung auch einen Codenamen ein. Und wie es scheint, beweist unser Chief Super Sinn für Humor, denn wir haben es nun hier mit der Operation ›Einspruch‹ zu tun.«

Yasir hob zaghaft die Hand. »Heißt das, dass wieder Reporter an den Toren stehen werden und erneut Panik auf den Straßen herrscht?«

Hawkins bedeutete dem Sergeant, den Arm wieder sinken zu lassen. »Ich bin zuversichtlich, dass wir derlei Panik dieses Mal vermeiden können. Deshalb habe ich mich entschieden, heute Morgen die Öffentlichkeit zu informieren. Einige von Ihnen dürften die Berichterstattung im Fernsehen bereits verfolgt haben. Eine kontrollierte Freigabe von Informationen bedeutet, dass die Öffentlichkeit zumindest über die Fakten informiert wird und nicht so einen reißerischen medialen Blödsinn serviert bekommt, der darauf angelegt ist, Angst und Schrecken zu verbreiten.«

Sie schaute sich in der Gruppe um. »Ich hätte es lieber nicht mit einer dritten Leiche zu tun bekommen, aber dass sie aufgetaucht ist, ermöglicht es uns zumindest, ein Muster bei diesem Mörder zu erkennen.« Sie wandte sich dem vor Kurzem hinzugefügten Foto auf der Tafel hinter sich zu. »Das ist Matthew Hayes, ein zweiundvierzigjähriger ehemaliger Immobilienmakler. Ermordet, wie Sie wissen, gestern Nacht kurz nach zwei Uhr früh auf dem Nachhauseweg von einem Wein- und Spirituosengeschäft, mittels eines immer vertrauter werdenden Hammerschlags auf die Schläfe.«

»Wieso *ehemaliger* Immobilienmakler?«, unterbrach Todd sie.

»Gute Frage. Weil Hayes wie die beiden vorherigen Opfer auch gerade eine Haftstrafe abgesessen hatte.«

Hier und da wurde bedächtig genickt. Sie fuhr fort: »Womit die Möglichkeit, dass es Zufall ist, praktisch ausscheidet. Dieser Kerl nimmt gezielt Exknackis ins Visier, und deshalb sollten wir in der Lage sein, die Öffentlichkeit davon zu überzeugen, dass nicht jedermann etwas zu befürchten hat.«

»Wenn Sie sich da mal nicht täuschen.« Todd lachte über seinen eigenen Kommentar und schaute sich nach Zustimmung heischend um. Als er keine bekam, blickte er wieder Hawkins an und verlegte sich auf ein Stirnrunzeln. »Und weshalb war er eingebuchtet worden?«

»Steve hat sich darum gekümmert.« Sie wandte sich ihrem neuesten Teammitglied zu. »Würde es Ihnen etwas ausmachen?«

»Kein Problem.« Tanner richtete sich auf, löste die verschränkten Arme und trat ein Stück vor, damit ihn alle sehen konnten.

»Danke, Antonia.« Er baute sich vor der Tafel mit den Ermittlungsergebnissen auf und wandte sich der Gruppe zu. »Ich habe den gestrigen Abend damit verbracht, mir die Fallakte anzuschauen und mich mit Familie und Freunden von Hayes zu beschäftigen.«

Er langte nach seiner Aktentasche, zog eine Handvoll Zeitungsausschnitte heraus und heftete sie nacheinander an die Tafel, während er sprach. »Bis vergangenen Dezember verlief das Leben von Matthew Hayes normal. Er war gerade befördert worden, weil er ein paar große Grundstücksgeschäfte abgeschlossen hatte, was er und seine Kollegen mit ein paar Drinks in einem Pub in der Nähe feierten. Hayes ging früh, stieg auf dem Parkplatz in seinen Mercedes und machte sich auf den Nachhauseweg, eine nur zehnminütige Fahrt.

Unterwegs überfuhr er den fünfzehnjährigen Mark Williams« – Tanner deutete auf das Foto eines Teenagers – »der ohne Licht auf seinem Fahrrad auf einer dunklen Anwohnerstraße in der Nähe der Hauptstraße unterwegs war. Dann kam Hayes' Aussetzer: Er fuhr davon, statt Hilfe zu holen. Ein anderer Autofahrer fand Mark ein paar Minuten später, doch da war es schon zu spät. Aufgrund von Zeugenaussagen konnte die Polizei Hayes am nächsten Abend zu Hause verhaften. Aber mit seiner elfmonatigen Haftstrafe gingen Hayes' Probleme erst richtig los. Seine Frau Jodie hatte ihn rausgeworfen, bevor er überhaupt verurteilt wurde, und hat ihm seitdem den Umgang mit seinen Kindern untersagt, dem sieben Jahre alten Tom und der vier Jahre alten Rebecca. Hayes hat kürzlich mit gerichtlichen Schritten gedroht, um sein Besuchsrecht durchzusetzen.«

»Aber« – hinter Frank Todd tauchte kurz Aaron Sharpes Kopf auf – »wieso ist er mit nur elf Monaten davongekommen?«

Mike übernahm. »Das habe ich überprüft. Wie es scheint, gibt es in eurer hirnrissigen britischen Gesetzgebung keine wirkliche Handhabe gegen jemanden, der einen anderen totfährt und dann Fahrerflucht begeht. Hayes durfte sogar seinen verdammten Führerschein behalten. Diese lächerliche Strafe hat er also dafür bekommen, dass er durch riskantes Fahren Schuld am Tod eines Menschen trug und möglicherweise zu diesem Zeitpunkt die Promillegrenze überschritten hatte.«

Yasir hob erneut die Hand. *»Möglicherweise?«*

»Ja«, sagte Mike. »Er konnte nicht am Tatort dazu aufgefordert werden, ins Röhrchen zu blasen, und niemand hat gesehen, dass Hayes im Pub mehr als zwei Drinks getrunken hätte. Nachdem er den Jungen überfahren hatte, verließ er den Unfallort, und die Polizisten erwischten ihn erst am nächsten Abend, sodass seine Blutprobe nicht zu beanstanden war.«

Die Anwesenden reagierten mit Kopfschütteln und ungläubigem Schnauben.

Tanner fuhr fort: »Ein Sprichwort besagt: Was man sät, das erntet man, und er hat definitiv für seine Tat bezahlt. Aber tatsächlich hatte er das bereits, bevor er am Ende völlig aus der

Bahn geriet. Als er aus dem Gefängnis kam, musste er feststellen, dass seine Frau mit jemand anderem zusammenlebte und ihm nach wie vor der Umgang mit seinen Kindern verwehrt war. Auch sein Job war futsch. Daher ist es auch keine Überraschung, dass er anfing zu trinken.« Er beschrieb den Zustand von Hayes' Wohnung und gab die Aussagen seiner Nachbarn wieder, die darauf hindeuteten, dass Hayes auf dem besten Weg gewesen war, Alkoholiker zu werden.

Hawkins hielt die Fallakte in die Höhe. »Es ist alles im System abrufbar, machen Sie sich bitte mit dem Bericht vertraut. Er beinhaltet sowohl die Ereignisse am Abend von Hayes' Ermordung als auch die Ermittlung bezüglich seiner Straftat.«

»Also« – Todds Stimme mit dem Newcastler Akzent hob sich um eine Oktave – »was hat der Bursche getan, dass er den *Richter* so verärgert hat?«

»Das ist noch unklar«, sagte Hawkins. »Wie es scheint, gibt es keine Verbindung zwischen den Opfern, aber wenn wir eine nachweisen könnten, dann wären wir einen großen Schritt weiter auf dem Weg, diesen Kerl zur Strecke zu bringen. Ich habe Steve gebeten, Nachforschungen in Bezug auf mögliche Verbindungen zwischen den Opfern und ihrer Vergangenheit anzustellen. Es ist aber auch möglich, dass diese Angriffe einem eigenen Gesetz unterliegen.«

»Zum Glück«, sie wies auf den Mann, der links von ihr saß, »haben wir die Ehre, wieder einmal Unterstützung zu bekommen.« Sie stellte Hunter vor, der herübergeschlurft kam, um seine Theorie über einen Mörder darzulegen, der versessen darauf war, die Lücken eines unzureichenden Rechtssystems zu schließen. Ominöserweise rief das mögliche Motiv des Mörders zustimmendes Gemurmel von Todd und Sharpe hervor.

Franks Kommentar half auch nicht weiter. »Drei Mörder,

von denen zwei ein Kind auf dem Gewissen haben? Hört sich fast so an, als hätte er uns einen Gefallen getan.«

»Man mag diese Meinung vertreten«, erwiderte Hunter rasch, »doch der *Richter* hätte vielleicht nicht eingegriffen, wenn seine Opfer ihre Haftzeit voll abgesessen hätten.« Er informierte sie über die Gründe für die Haftmilderung und die jeweilige Verkürzung der einzelnen Haftstrafen.

Als er geendet hatte, wies Hawkins auf das elektronische Fahndungsbild, das sie am Morgen an die Ermittlungstafel geheftet hatte. »Dieses zusammengesetzte Bild wurde mithilfe von Beschreibungen erstellt, die Anwohner aus der Nähe des gestrigen Tatorts gemacht haben. Leider hat keiner von ihnen, auch nicht der Mieter, der in dem Gebäude mit Blick auf den Hof wohnt, in dem Hayes ermordet wurde, in der Nacht seiner Ermordung irgendetwas gesehen. Dafür ist mehreren Nachbarn dieser Mann hier aufgefallen, der Hayes offenbar während der vorherigen beiden Nächte auf seinem Weg zu einem Wein- und Spirituosengeschäft und zurück gefolgt ist. Dieses Bild ist bereits auf allen Nachrichtenkanälen gesendet worden, kommentiert von unserer Erklärung, sodass es hoffentlich bei jemandem da draußen klingelt.«

Sie fuhr fort: »Frank und Amalia, euer Job ist es erst einmal, dieses elektronische Fahndungsfoto jedem zu zeigen, den wir bereits zu den Fällen Calano oder Philips befragt haben. Vielleicht weiß einer von ihnen, wer es ist; vielleicht hat einer von ihnen den Mann angeheuert und verrät sich. Aaron, Sie nehmen sich gemeinsam mit Steve Hayes' Vergangenheit vor. Sucht vor allem nach möglichen Verbindungen zu den anderen oder nach gemeinsamen Feinden, die sie gehabt haben könnten. Frank, nutzen Sie Ihre Kontakte und erstellen Sie eine Liste von überführten Mördern und Totschlägern, die in den nächsten vierzehn Tagen entlassen werden. Mike und ich werden unser Augenmerk auf die richten, die in den vergangenen drei Wochen unter Auflagen entlassen wurden. Wenn wir sein nächstes Opfer vorab identifizieren können, haben wir eine Chance, es zu beschützen, und zudem eine Möglichkeit, den Mörder in flagranti zu erwischen.«

»Und vergessen Sie nicht«, Hawkins sah in die Gesichter, die sie umgaben, »alle Opfer haben in Gefängnissen im Großraum London gesessen, also begrenzen Sie Ihre Nachforschungen vorerst auf die Hauptstadt. Konzentrieren Sie sich auf jeden, der wegen Mordes oder Totschlags einsaß, genauer gesagt auf jeden, dessen Haftstrafe irgendwann verkürzt wurde.« Die Leute begannen mit den Füßen zu scharren, sodass sie ihre Stimme erhob. »Eines noch. Wir haben keine Ahnung, *wann* er das nächste Mal zuschlagen wird, deshalb möchte ich, dass Sie die ganze Zeit ausschließlich an diesem Fall arbeiten, bis der Fall gelöst ist. Lassen Sie alles andere stehen und liegen. Geben Sie mir Bescheid, wenn es etwas anderes Dringendes gibt, dann kläre ich das im Einzelfall mit dem SIO.«

Kopfnicken und gedämpfte Zweiergespräche begleiteten den Aufbruch des Teams.

Hawkins drehte sich um und ging in ihr Büro, gefolgt von Maguire. Ihr schwirrten so viele Fragen im Kopf herum, dass sie Schwierigkeiten hatte, einen klaren Gedanken zu fassen. Sie war aus der Übung und noch nicht wieder gesund. Aber sie begrüßte die Tatsache, dass sie endlich wieder ihrer Spürnase vertrauen konnte, und hatte die Absicht, reichlich Gebrauch von ihr zu machen. Bis jetzt hatte sie alles im Griff. Sie gewann ihr Selbstvertrauen allmählich zurück, und das waren gute Nachrichten.

Denn was immer sie getan haben mochte, um es sich zu verdienen, sie würde sich ihre zweite Chance, unbefristet DCI zu werden, nicht entgehen lassen.

41

Der Schlag in die Magengrube erfolgte noch am gleichen Morgen.

»Kommen Sie rein.« Hawkins schaute von ihren Unterlagen auf, als Steve Tanner ihre Bürotür öffnete.

»Antonia.« Er trat ein. »Können wir reden?«

Sie wies auf einen der Stühle vor ihrem Schreibtisch. »Bitte.«

Tanner durchquerte das Zimmer, setzte sich und lehnte sich mit einem Ellbogen auf den Schreibtisch. Er hatte sein übliches selbstsicheres Grinsen aufgesetzt, nur dass es dieses Mal ein wenig verkrampfter wirkte. Hawkins fragte sich kurz, ob er seinen Besuch mit Absicht so getimt hatte, dass er sie allein erwischen würde. Möglicherweise hatte er gesehen, wie Maguire wenige Minuten zuvor auf der Jagd nach einem Aktenordner ihr Büro verlassen hatte und ins Archiv gegangen war.

»Sekunde noch.« Sie beendete ihre Notizen. »Tut mir leid. Was kann ich für Sie tun?«

Tanners Lächeln wurde breiter. »Ich würde gern heute Nachmittag ein wenig Zeit mit Ihnen verbringen.«

Sie ließ sich ihre Missbilligung nicht anmerken. »Wie meinen Sie das?«

»Ich habe Sie beobachtet.« Er beugte sich näher zu ihr vor. Seine Stimme klang satt, fast melodisch. »Ich muss schon sagen, ich bin beeindruckt.«

»Danke, aber Sie müssen schon ein wenig konkreter werden.«

»Nun«, Tanner lehnte sich zurück und faltete die Hände im Schoß. »Ich bin jetzt ein paar Tage dabei. Ich habe das

Team kennengelernt, und ich wäre nicht hier, wenn ich nicht schnell von Begriff wäre. Aber letzten Endes möchte ich von *Ihnen* lernen, nachdem ich so viel Gutes über Ihre Arbeit gehört habe, und bis jetzt haben wir noch nicht wirklich Seite an Seite gearbeitet.«

»Ich verstehe.« Sie nickte und ließ sich einen Moment Zeit zum Nachdenken. In einer Beziehung hatte er recht, wirklich *Seite an Seite* hatten sie nicht gearbeitet. Doch nachdem Mike sie davon überzeugt hatte, ihm eine faire Chance zu gewähren, hatte sie erwartet, Tanner werde sich seinen Platz auf der Überholspur verdienen, indem er zunächst ein wenig Kleinarbeit übernahm. »Ich dachte, Sie wollten mit den grundsätzlichen Dingen beginnen und in die Abläufe einer Ermittlung einbezogen werden.«

Tanner rümpfte die Nase. »Natürlich, aber ich würde meinen, diese Phase habe ich langsam hinter mir. Sie sind doch zufrieden mit meiner Leistung, oder nicht?«

»In der Tat, ja, Sie haben Ihre Sache gut gemacht.« Sie wollte näher ins Detail gehen, was ihr Lob anging, und ihm sagen, wie beeindruckt sie von seinem Scharfblick und seiner Effizienz war.

Doch er unterbrach sie. »Dann lassen Sie uns einen Zahn zulegen. Wo ich unbedingt dabei sein muss, das sind Ihre Aktivitäten auf höherer Ebene, zum Beispiel Ihr Gespräch heute Morgen mit dem Profiler.«

»Das verstehe ich«, erwiderte Hawkins behutsam. »Aber hier geht es nicht darum, Erfahrungen zu machen, oder um Begeisterung. Sicher verstehen Sie, dass diese Besprechungen nicht ohne Grund auf höherer Ebene stattfinden. Wir halten die Anzahl der Teilnehmer so gering wie möglich, um Vertraulichkeit zu gewährleisten, insbesondere bei Fällen, in denen das Medieninteresse hoch ist.« Sie trommelte mit den Fingern auf den Schreibtisch. »Aber ich werde dafür sorgen, dass wir in den nächsten Tagen noch enger zusammenarbeiten. Wenn wir uns ein wenig besser kennen, werde ich mit dem DCS darüber sprechen, ob es möglich ist, Sie bei vertraulicheren Gesprächen mit einzubeziehen.«

Tanners Lächeln wurde ein klein wenig schmaler, und er kniff seine dunklen Augen zu einem Schlitz zusammen. »Wenn ich es nicht besser wüsste, Antonia, dann würde ich sagen, Sie wimmeln mich ab.«

Sie schüttelte den Kopf. »Ganz und gar nicht. Aber vielleicht habe ich unterschätzt, wie schnell Sie sich einarbeiten.«

»Entschuldigung angenommen. Dann fangen wir mal an. Woran arbeiten Sie gerade?«

Dieses Mal unterdrückte sie ihre Missbilligung nicht. »Das war keine Entschuldigung, und ich denke, Sie sollten den Dienstweg einhalten.«

»Ach, nun kommen Sie schon, Antonia.« Er lehnte sich zurück und verschränkte die Arme. »Ich bin absolut für Gleichberechtigung, aber wir wissen doch beide, was hier gespielt wird. Sie erkennen doch sicher eine Übergabe, wenn man sie Ihnen nahelegt.«

Sie starrte ihn einen Moment an, entschlossen, nicht loszubrüllen. »Ich fürchte, da sind Sie falsch informiert.«

»Tatsächlich?« Er stand auf. »Dann kennen Sie Tristan beziehungsweise diese Organisation vielleicht nicht so gut, wie Sie denken. Es herrscht im Führungsstab allgemeiner Konsens darüber, dass Sie sich auf dünnem Eis bewegen. Daher gehört nicht viel für jemanden dazu, Ihnen diese DCI-Marke aus Ihren zarten, kleinen Händchen zu reißen, vor allem wenn er Ihnen dabei zuvorkommt, diesen Mörder dingfest zu machen.« Er legte eine Pause ein, um seine Andeutung im Raum schweben zu lassen.

Innerlich zusammenzuckend, stand auch Hawkins auf, um ihm in die Augen zu sehen. »Man hat meine zarten, kleinen Händchen schon einmal unterschätzt. Und ich denke, es ist besser, Sie gehen jetzt.«

Er bedachte sie mit einem kurzen, knappen Nicken, ehe er hinausging. An der Tür blieb er noch einmal stehen und drehte sich um. »Betrachten Sie das als Warnung.«

42

Bull leerte den Umschlag und verteilte seinen Inhalt auf dem Tisch. Sorgfältig legte er dabei die Seiten so nebeneinander, dass sie einander nicht verdeckten. Sein Blick schweifte über die verschiedenen Storys und blieb hier und da bei Worten innerhalb der Artikel hängen. »Tod«, »Opfer«.

»Verurteilt.«

Und überall in den Zeitungsausschnitten, auf allen aus dem Web gezogenen Fotos, prangte dasselbe Gesicht.

Derselbe Mörder.

Er schaute auf das Datum der Entlassung, doch es lag bereits in der Vergangenheit. Er hatte am Gefängnistor gelauert, als sein nächstes Opfer in die Freiheit entlassen worden war. Seitdem hatte er es beobachtet, sich mit seinen Gewohnheiten vertraut gemacht. Bald würde die Zeit kommen, um zuzuschlagen.

Er lehnte sich zurück und griff nach seiner neuesten Schnitzerei. Er drehte die Lindenholzfigur um und begutachtete sein Werk. Der Körper war gut, aber das Gesicht brauchte noch mehr Kontur.

Er nahm das Skalpell in die Hand und schnitzte einige Späne von der Nase ab. Dann benutzte er die Klinge, um die Wangenknochen abzuflachen. Er nickte zustimmend. Ja, er war kritisch, aber diese Figur hatte die bislang größte Ähnlichkeit.

Während er arbeitete, schnellte sein Blick zwischen der Figur und den Zeitungsausschnitten auf dem Tisch hin und her. Jedes Mal blieb er an einem anderen Wort hängen, prägte er sich ein anderes Detail aus dem Gesicht seiner Zielperson ein. Er stellte sich vor, wie es sein würde, wenn der Hammer Kontakt herstellte, spürte förmlich den sanften Ruck, mit dem sich der Hammerkopf eingrub.

Doch heute Abend fühlte sich irgendetwas falsch an. Er schluckte, versuchte das ungute Gefühl, das in ihm aufkam, zu unterdrücken. Draußen war es dunkel, doch das am Tag vorherrschende Chaos der Gedanken war noch immer da, die Ränder seines Sichtfelds flimmerten, und das zog ihn runter. Er wischte sich mit dem Handrücken über die Augen.

Lass nicht zu, dass die Vergangenheit dich fertigmacht.

Er zwang sich dazu zu entspannen, schaffte es, seine Atmung zu kontrollieren, und begann aufs Neue zu schnitzen. So ging er vor. Das Ziel erfassen, sein Gesicht, sein *Verbrechen*. Die Wut aufbauen. Und gleichzeitig auch etwas Neues schaffen, etwas *Gutes*. So hielten sich seine Gefühle die Waage, erlaubten es ihm nachzudenken.

Er machte am Kinn der Figur weiter, indem er Späne an der Unterseite abtrug. Dann schaute er auf, um ein weiteres Wort zu lesen.

»Gefängnis.«

Plötzlich zitterten seine Hände. Das Klingeln in seinen Ohren wurde lauter, und die Dunkelheit rückte näher. Seine Hände ballten sich zu Fäusten, doch er zwang sich, sie wieder zu öffnen, ließ das Messer und die Figur auf den Tisch fallen, bevor er mit beiden Händen seinen Kopf umklammerte, um das, was ihm an Verstand geblieben war, festzuhalten.

Ihm kamen die Tränen, und er schloss die Augen, um gegen sie anzukämpfen. *Ein Fehler*. Da war Cheshire – grinsend und zufrieden. Dieses verdammte dämliche Grinsen.

Bull schaute wieder auf den Tisch, griff nach dem größten Bild und zog es nah zu sich heran. Er starrte auf das Gesicht eines Mörders.

Sie hatten es *verdient* zu sterben.

Warum also stellte er sein Handeln infrage? Alle seine Opfer hatten den Tod eines anderen verursacht. Solange sie lebten, lebte auch der Schmerz in ihnen weiter. Doch das Gefühl in Bulls Hinterkopf blieb und sagte ihm, er solle aufhören. War es richtig, das Leben eines anderen Menschen zu beenden? Hatten die Morde bis jetzt irgendetwas verändert?

Es ist bloß dein Verstand, der sich Gewissheit verschaffen möchte.

Er starrte weiter auf das Bild und brachte sich in Erinnerung, dass der Kreis geschlossen werden musste. Diese Menschen hatten für ihre Verbrechen nicht bezahlt. Das Gesetz bestrafte sie nicht ordnungsgemäß, sodass diese Aufgabe einem anderen zufiel. Sie hatten unbezahlte Schulden, und wenn Bull sie nicht zur Strecke brachte, dann würde es niemand tun.

Seine Strafe war es, Gerechtigkeit zu üben.

Ihre Strafe war der Tod.

43

»Scheiße nochmal, ist das kalt.« Hawkins rieb die Handflächen aneinander und sah den kleinen Wölkchen ihres Atems nach, die sich in der Dunkelheit davonkräuselten. Die über dem Londoner Stadtteil South Bank hängenden dunkelgrauen Wolken deuteten darauf hin, dass es wärmer als erwartet war, trotzdem waren die Temperaturen rapide gesunken.

»Wie wäre es, wenn wir die Flucherei mal sein ließen?« Mike trat näher an sie heran und legte einen Arm um sie. »Immerhin sind wir doch verliebt.«

»Liegt an meinem Charakter.« Sie wand sich aus seinem Arm. »*Mrs* Maguire dachte, wir würden nach Barbados fliegen.«

Er lachte. »Nächstes Jahr vielleicht. Meine Chefin kündigte an, ich wäre fällig für eine Gehaltserhöhung.«

Hawkins knuffte ihn in die Seite. Dabei beobachtete sie ein Paar, das auf einer der anderen Bänke geschmust hatte, dann aufgestanden war und nun an ihnen vorbei in Richtung der dahinterliegenden Parkanlage schlenderte, wo makellos gepflegte Hecken konzentrisch angelegte, im Kreis führende Pfade einrahmten. Ein Stück weiter blieben sie stehen, um dann eng umschlungen weiterzugehen.

»Wie dem auch sei«, sagte Mike leise, »wer will schon in die Karibik? Wir haben ja bald gemeinsame Zeit allein für uns zu Hause. Hast du deinem Dad schon erzählt, dass er ausziehen soll?«

»Ich … habe das Thema angeschnitten.« Hatte sie nicht.

»Und?«

»Ich glaube, er war mehr interessiert an *Ich bin ein Star …*«

Mike runzelte die Stirn. »Und während der Werbepausen? Komm schon, Toni, er wohnt jetzt schon fast eine Woche bei uns.« In seinem Blick lag echte Besorgnis.

»Er ist ein alter Mann.« Sie suchte nach Worten. »Man muss diese Dinge vorsichtig angehen.«

Mike verzog sein Gesicht weiter. »Das ist alles?«

»Natürlich.« Sie griff nach seiner Hand. »Bitte glaube nicht, es hätte mit dir zu tun.«

Er schien das zu akzeptieren. »Ich hasse bloß die Vorstellung, dass wir beide es nicht schaffen, vor allem nach dem, was wir durchgestanden haben. Es geht dir doch auch so, oder?«

»Ja.« Sie lehnte ihre Stirn an die seine.

»Und du wirst noch einmal mit deinem Dad reden.«

»Ja.«

Sie küssten und umarmten sich. Tief in Gedanken versunken, starrte Hawkins an Mikes Schulter vorbei auf das Thames Embankment. Vor ihnen verschwand der OXO Tower in dem Nebel, der über der Promenade hing. Dahinter streckte sich die Blackfriars Bridge über die Themse, deren Wasserstand nach den heftigen Regenfällen der letzten Tage so hoch war, wie Hawkins es schon eine Weile nicht mehr gesehen hatte. Sie hörte das schmutzig braune Wasser gegen das Ufer klatschen, untermalt von dem Gekreische der in London lebenden Möwen. Dreihundert Meter von ihnen entfernt auf der gegenüberliegenden Flussseite schob sich ein großes graues Kriegsschiff in das Hafenbecken. Und in der Ferne erhob sich die St. Paul's Cathedral elegant über die Gebäude in ihrer Umgebung. Erste Lichter versahen eine Reihe von Häusern mit hellen Tupfen. Aber von dem Kerl, den sie suchten, war nach wie vor keine Spur zu sehen.

»Wie spät ist es?«, fragte sie.

»Fast fünf.« Mike blies sich in die gewölbten Hände. »Wie lange geben wir dem Typen noch?«

Hawkins sah zu, wie ein Geschäftsmann in edlem Zwirn vorbeistolzierte. »So lange es sein muss. Bleib wachsam.«

»Du bist der Boss.« Mike knöpfte sich den Mantel bis zum Kragen zu. »Immerhin werden wir ihn nicht übersehen können, wenn er auftaucht. Heute bleiben sogar die blaublütigen Briten zu Hause.«

Hawkins nickte. Dank des arktischen Wetters wagten sich

an diesem Nachmittag nur wenige Menschen an das südliche Themseufer. Und das waren gute Nachrichten, denn sollte ihre Zielperson auftauchen, wäre sie leichter auszumachen. Lucas Dean stand auf der Liste der in den vergangenen zwei Wochen nach einer Haftstrafe wegen Mordes beziehungsweise Totschlags aus einem Londoner Gefängnis entlassenen Straftäter. Er war der einzige, den sie bislang nicht hatten auftreiben können.

Seit gestern Morgen, als Hawkins ihr Team angewiesen hatte, jeden nach einem Tötungsdelikt entlassenen Straftäter ausfindig zu machen, hatten sie fünfzehn Exhäftlinge identifiziert, aufgespürt und aufgesucht. Natürlich hatte man den acht Personen, deren Strafe Gegenstand einer Bewährung gewesen war und die daher wahrscheinlich am meisten gefährdet waren, die Unterbringung in einem sicheren Haus angeboten. Hawkins hatte Simon Hunter gebeten, anhand der vorherigen Opfer des *Richters* all die Rechtsfälle herauszusuchen, die mit hoher Wahrscheinlichkeit als Nächstes von ihm ins Visier genommen würden. Zu der sich herauskristallisierenden Gruppe zählten ein religiöser Fanatiker, der drei Anhänger einer rivalisierenden Glaubensgemeinschaft brutal ermordet hatte, ein Hooligan, der an einer Bushaltestelle eine Gruppe verfeindeter Fußballfans überfahren und dabei zwei von ihnen getötet hatte, und ein Lastwagenfahrer, der eine ganze Migrantenfamilie auf dem Gewissen hatte, weil er sie im Laderaum seines Kühllasters am Zoll hatte vorbeischmuggeln wollen, sie jedoch dabei erfroren war.

In jedem dieser Fälle hatten die Gerichte nachsichtig entschieden. Der Fanatiker war von einem manipulativen Älteren radikalisiert worden, der Bruder des Hooligans war von den Männern, die er überfahren hatte, bei einer brutalen Attacke zum Invaliden geprügelt worden, und mochte der Versuch des

Einschmuggelns auch erfolglos gewesen sein, so hatte der Fahrer doch von den Flüchtlingen, deren Tod er verursacht hatte, kein Geld verlangt.

Nachdem sie sich in jeden dieser Fälle eingearbeitet hatte, fragte sich Hawkins, ob es überraschend war, dass die meisten der ehemaligen Häftlinge das Angebot der Metropolitan Police, ihnen Schutz zu bieten, abgelehnt hatten. Sie musste zugeben, dass die Exgefangenen wahrscheinlich genau begriffen, was es bedeutete, irgendwo mit freundlicher Genehmigung des Rechtssystems von Großbritannien zu wohnen; eine solche Ehre würde zudem alles andere als luxuriös ausfallen. Aber mit Sicherheit wäre es doch besser, als getötet zu werden!

Immerhin hatten sich bis auf zwei alle dazu bereit erklärt, engeren Kontakt mit ihrem Bewährungshelfer zu halten, und da drei dann doch in einem sicheren Haus gelandet waren, blieben den Überwachungsteams nur noch zwölf, auf die sie ein Auge haben mussten. Natürlich nur, bis der nächste Schwung von Häftlingen entlassen wurde. Das würde wahrscheinlich schon in wenigen Tagen der Fall sein. Die Jagd nach dem einen Entlassenen, den sie noch nicht ausfindig gemacht hatten, wurde somit noch dringlicher.

Lucas Dean war stark gefährdet.

Bis zu seiner Verurteilung war Dean zwei illegalen Geschäften nachgegangen. Er hatte mit Drogen gehandelt und im Nebenjob auch noch die Interessen eines örtlichen Zuhälters vertreten. Dazu gehörte vor allem, diverse Sexsklavinnen mittels Drogen bei der Stange zu halten – eine bestenfalls riskante Aktion. Tatsächlich hatte Dean im Mai 2010 unbeabsichtigt ein sechzehn Jahre altes slowakisches Mädchen namens Jana Macek getötet. Damit sie nicht länger jammerte, weil sie zum Sex mit bis zu zwanzig Männern am Tag gezwungen wurde, hatte er ihr so viel Ketamin gespritzt, dass man damit ein Pferd von den Beinen hätte holen können. Das hatte ihm neun Jahre eingebracht.

Seiner Akte zufolge stellte sich während der Verhandlung heraus, dass Dean unter Zwang gehandelt hatte. Der Zuhälter setzte ihn aber offenbar so unter Druck, dass der Junge einen Deal ablehnte, gegen seinen Boss, der davonkam, auszusagen. Stattdessen plädierte Lucas auf schuldig, obwohl ihm sein Anwalt geraten haben dürfte, nichts dergleichen zu tun. Damals war Dean nur wenig älter gewesen als sein Opfer und zweifellos starr vor Angst wegen dem, was sein früherer Boss ihm antun würde, falls und sobald er herauskam. Den Gerichtsunterlagen zufolge hatte man Dean eine Freilassung gegen Kaution angeboten, doch er hatte abgelehnt. Diese Umstände, im Verbund damit, dass er aufrichtige Reue an den Tag legte, hatte den Richter dazu veranlasst, die übliche Strafe um ein Drittel zu verkürzen; eine Haftstrafe, die wegen guter Führung um weitere zwölf Monate verkürzt und der Junge auf freien Fuß gesetzt wurde.

Seit seiner Entlassung und mittlerweile zweiundzwanzig Jahre alt, war Dean in einem Resozialisierungszentrum untergebracht worden. Zudem hatte er so zuverlässig wie ein Uhrwerk die Termine mit seiner Bewährungshelferin eingehalten, deren Notizen ihn als trotzigen, aber im Wesentlichen fehlgeleiteten jungen Mann mit dem ehrlichen Drang zur Besserung beschrieben. Bis vor zwei Tagen hatte Einigkeit darin bestanden, dass Lucas' sämtliche Bewährungsauflagen erlassen werden würden.

Dann war er verschwunden.

Wie in solchen Fällen üblich, hatte die Bewährungshelferin nach zwei versäumten Terminen Alarm geschlagen und die örtlichen Behörden, darunter auch die Metropolitan Police, darüber informiert, dass sich Dean aus dem Staub gemacht hatte. Bis jetzt hatten sie ihn nicht gefunden.

Während des ersten Monats nach einer bedingten Freilassung bewiesen die meisten Kriminellen – sogar die *zwanghaften* – so viel gesunden Menschenverstand, dass sie in Kontakt mit ihrem Bewährungshelfer blieben. Daher gab Deans unstetes Verhalten eindeutig Grund zur Besorgnis.

Tatsächlich hatte die abgezehrt wirkende Bewährungshelferin des Jungen seltsam ambivalent gewirkt, als Hawkins und Maguire an diesem Morgen in dem Resozialisierungszentrum aufgetaucht waren. Sie hatten nach Dean gefragt und preisgegeben, dass er womöglich ein Ziel für Londons jüngsten Serienmörder war. Die Frau hatte Deans Verschwinden schwergenommen, da sie überzeugt davon gewesen war, dass sie gemeinsam Fortschritte erzielt hatten. Doch sollte der junge Mann nicht aus freien Stücken weggeblieben sein, war zumindest das Vertrauen, das sie in ihn gesetzt hatte, nicht für die Katz gewesen.

Wo Lucas seine Zeit in Freiheit zwischen ihren Treffen verbracht hatte, wusste sie nicht, verwies die Polizisten jedoch an Stacey Bingham, eine ehemalige Drogenabhängige, die ebenfalls in dem Resozialisierungszentrum wohnte und mit Dean befreundet gewesen war. Nach einer Runde guter Bulle, böser Bulle hatte Stacey einige hoffentlich wertvolle Informationen preisgegeben. Sie beharrte darauf, Lucas habe sich ihr nicht anvertraut, was irgendwelche Pläne anging, sich heimlich davonzumachen. Sie wusste aber, dass er zuvor meistens in diesem Bereich des Themseufers gedealt hatte. Dieser Tipp war es wert, einen Nachmittag in der Kälte zu verbringen.

Außer dass es schon mehr nach Abend aussah, wie Hawkins an der Lichterkette der Scheinwerfer in der Ferne erkannte, die sich in beiden Richtungen über die Blackfriars Bridge bewegten. Zwar war es noch nicht dunkel, doch es würde nicht mehr lange dauern, bis ihre Zielperson, wenn sie denn auftauchte, viel schwerer auszumachen sein würde.

Aus diesem Grund hatte Hawkins so viele Ressourcen zusammengezogen, wie sie halbwegs rechtfertigen konnte, und Sharpe und Yasir mitgenommen, um die Überwachung von Deans Revier zu intensivieren. Darauf hoffend, einem Schmalspurdrogendealer werde die Anwesenheit zweier in Zivil gekleideter Paare weniger auffällig erscheinen als einzelne Passanten, hatte sie die beiden Sergeants weiter entlang des Flussufers postiert, gleich hinter der großen Aussichtsplattform links von ihr und Maguire. Diese vier stellten momentan Hawkins' vollzählige Mannschaft dar.

Als sie Todd gebeten hatte, sich ihnen anzuschließen, hatte er als Entschuldigung einen unaufschiebbaren, schon lange vereinbarten Termin vorgebracht, und Tanner hatte sich seit seiner Konfrontation mit Hawkins nicht mehr blicken lassen. Natürlich war sie ihm gegenüber misstrauisch gewesen, doch die Schnelligkeit und Kaltschnäuzigkeit, mit der er seine wahren Absichten enthüllt hatte, hatten sie dennoch geschockt. Sie hatte recht gehabt, was den Coup anging; die Frage war nur, ob Vaughn so sehr darin involviert war, wie Tanner behauptete.

Fürs Erste hatte Hawkins beschlossen, die Drohung des DI für sich zu behalten, vor allem, weil jeder im Team von Tanners überschäumendem Temperament in den Bann geschlagen worden zu sein schien. Er hatte sich wohlüberlegt vom ersten Tag an eingeschmeichelt, und das hatte, so unaufrichtig es auch gewesen sein mochte, offenbar funktioniert. Alle Männer, auch Maguire und Vaughn, waren von ihm angetan. Tanner war wagemutig, hungrig und selbstsicher, und Hawkins war, obwohl sie schon halb damit gerechnet hatte, nicht auf seine anschließenden Attacken vorbereitet gewesen. Falls sie jetzt verrücktspielte, würde es so aussehen, als stünde sie mit dem Rücken an der Wand und schlüge einfach nur unkontrolliert um sich. Womit sie einen möglicherweise involvierten Vaughn alarmieren würde. Tanners Drohung zu ignorieren bewies dagegen, dass sie sich nicht einschüchtern ließ, und gab ihr zudem die Zeit, ihrer beider Rivalität neu zu überdenken. Angesichts der Tatsache, dass sich sein nächster Schritt schwer vorhersagen ließ, war das ein entscheidender Vorteil. Im Moment schien Geduld ihre beste Option zu sein.

Doch die Fronten waren definitiv geklärt.

Steve Tanner wollte ihren Job – lieber gestern als heute. Zwar hoffte sie, dass er in Bezug auf Vaughns geheimes Einverständnis bluffte, doch ihre ursprünglichen Instinkte, dass Vaughn Tanner an ihr vorbeiwinken wollte, hatten sie nicht getrogen.

Was den Aufenthaltsort ihres Herausforderers anging, glaubte sie nicht, dass er auf der heimischen Couch saß und fernsah. Vielmehr musste auch er irgendwo dort draußen herumlaufen und seinen eigenen Ermittlungsansatz verfolgen. Falls ihm sein Talent für Enthüllungen nicht abhandengekommen war, würde er diese erst in letzter Minute offenlegen. Als leitende Ermittlungsbeamtin hatte Hawkins den schwerwiegenden Nachteil, neue Informationen mit ihm teilen zu müssen, auch wenn Tanner sich selbst von der Liste der Kandidaten für die Ermittlung des heutigen Abends gestrichen hatte, indem er davongestürmt war. Falls ihnen also Lucas Dean ins Netz ging, würde Hawkins zumindest die Erste sein, die ihr Glück bei ihm versuchen konnte.

Wie als Reaktion auf ihre Gedanken klingelte ihr Mobiltelefon.

Sie erkannte Yasirs Nummer auf dem Display und ging sofort dran. »Was gibt's?«

»Ich bin's, Chefin, Amala.«

»Gut.« Hawkins schaute Mike mit verdrehten Augen an und schüttelte den Kopf, um ihm zu signalisieren, dass sich Sergeant Yasir wie üblich die Zeit nahm, das Offenkundige auszusprechen, bevor sie etwas von wirklichem Interesse von sich gab.

Doch ihr Unmut wandelte sich nach Yasirs folgender Äußerung in Wohlgefallen.

»Ich glaube, Lucas Dean ist gerade im Anmarsch.«

Rasch gingen sie auf den zentralen Weg, vorbei an skelettartigen Bäumen, und das in einem Tempo, das Eile mit touristischer Ungezwungenheit kombinierte.

Hawkins hielt die Verbindung zu Yasir aufrecht und stöpselte sich während des Gehens ihre Ohrknöpfe ein. »Wo ist Dean jetzt?«

»Er ist in einer Gruppe unterwegs.« Durch den Ohrstöpsel hörte sich Amalas Stimme kratzig an. »Drei Mädchen und zwei Jungen, alle IC3.« Letzteres war ein Code, der von der britischen Polizei zur Bezeichnung Farbiger genutzt wurde. »Sie sind uns gerade auf dem Weg zur Aussichtsplattform entgegengekommen. Er könnte definitiv dabei sein.«

»Im Auge behalten, aber Abstand wahren«, wies Hawkins sie angesichts der Tatsache an, dass Dean sich auf der Flucht befand. »Wenn er spitzkriegt, dass wir ihn beobachten, geht er stiften.«

»Okay. Sie haben sich in die Warteschlange vor einem Donutstand eingereiht«, fuhr Yasir fort. »Sieht so aus, als wollten die Mädchen was essen.« Ein paar Sekunden herrschte Stille, bevor sie wieder etwas sagte. »Jetzt gehen die beiden

Jungen weiter und lassen die Mädchen zurück, gleiche Richtung wie vorhin.«

Mittlerweile hatte Hawkins die noch etwa vierzig Meter vor ihr liegende Aussichtsplattform im Blick, ein großer, vom südlichen Flussufer in die Themse ragender Vorsprung. Hier und da standen vereinzelt Menschen an den Geländern und ließen das Panoramabild auf sich wirken. »Wo sind sie jetzt?«

»Am Aussichtspunkt. Setzen sich gerade auf eine der Bänke. Ich glaube, sie rauchen eine.«

Hawkins bemühte sich, schneller zu gehen. »Noch nicht ansprechen. Wir sind fast da.«

Sie bogen um die letzte Kurve auf dem Weg zum Aussichtspunkt. Es war ein großer, sechseckiger Platz, auf dem entlang des Geländers verschnörkelte Laternenpfähle und nahe dem Ufer jeweils zu viert angeordnete Bänke standen.

Nachdem sie sich einen Überblick über die Gegend verschafft hatte, entdeckte Hawkins die beiden Jungen auf einer dem Wasser abgewandten Bank im hinteren Bereich. Sie rauchten beide Zigaretten. Auch erblickte sie Sharpe und Yasir, die unter einem der Bäume etwa zwanzig Meter zu ihrer Linken standen. Sofort bereute sie ihre Entscheidung, die beiden zusammen losgeschickt zu haben. Weder er noch sie spielten ihre Rolle, wie eine Hälfte eines Pärchens bei einem zwanglosen Spaziergang auszusehen, überzeugend. Das bedeutete wahrscheinlich, dass an den Gerüchten, Aaron habe vor Weihnachten einen Annäherungsversuch bei Amala unternommen, etwas dran war. Abgesehen davon, dass sie einen Freund hatte, hielt Amala Aaron für noch gruseliger, als Hawkins es tat, und hatte offenbar in ziemlich deutlichen Worten *Nein* gesagt. Unglücklicherweise spiegelte sich diese Spannung nun in der Körpersprache der beiden wider. Immerhin bestand die Möglichkeit, dass es als kleiner Streit zwischen Liebenden durchgehen würde. Amala winkte ihr verstohlen zu.

Hawkins wandte ihre Aufmerksamkeit wieder den beiden jungen Männern zu. Sie wirkten entspannt, lehnten sich auf der Bank zurück, schauten auf ihre Telefone und plauderten. Sie waren sich offenkundig nicht bewusst, dass sie unter Beobachtung standen. Doch Hawkins erkannte auch, dass sich die beiden zum Verwechseln ähnlich sahen: schwarz, Anfang zwanzig, mager, mit modischen schwarzen Jeans und weißen Sportschuhen. Beide trugen dick gefütterte schwarze Mäntel und Trainingspullover, deren Kapuzen sie hochgezogen hatten und die tiefe Schatten auf ihre Gesichter warfen. Zwar hatte sie detaillierte erkennungsdienstliche Fotos von Lucas in seiner Akte gefunden, doch ohne die zwei von Nahem zu sehen oder ihre Kapuzen anzuheben, war es unmöglich zu sagen, welcher der beiden, wenn überhaupt einer von ihnen, Dean war.

»Amala«, sagte sie in das Telefon, »wer von den beiden Kapuzenbrüdern ist Lucas? Der rote oder der blaue?«

»Tut mir leid, Boss, ich hab genauso wenig Ahnung wie Sie.«

»Dachte ich mir.« Sie sprach laut genug, dass Mike mithören konnte. »Gut, ihr beide haltet euch fürs Erste zurück. Schauen wir mal, ob wir die Sache ohne großes Theater hinbekommen. Wenn ich will, dass ihr dazukommt, stecke ich die Hände in die Taschen, klar?«

»Verstanden.«

Hawkins beendete das Gespräch und schaute zu Mike auf. »Sollen wir nicht mal eine Runde drehen und die Aussicht genießen, Schätzchen?«

Maguire grinste, und sie spazierten an dem äußeren Geländer des Aussichtsplatzes entlang. Dabei schätzte Hawkins die Lage noch einmal kurz ein. Die drei Mädchen, die zuvor bei ihren Zielpersonen gewesen waren, standen nun an dem Imbissstand und aßen Donuts aus kleinen weißen Tüten. In der Nähe gingen immer mal wieder Spaziergänger am Flussufer entlang. In der Nähe des Aussichtspunktes gingen oder saßen einige Passanten. Ein älteres Paar saß auf einer der anderen Bänke, eine Kleinfamilie mit zwei Kindern spazierte in der Nähe des Geländers entlang, und ein paar japanische Touristen machten über das Wasser hinweg Aufnahmen von St. Paul's. Das Tageslicht schwand nun schneller, und ein leichter Sprühregen setzte ein.

Wenig später waren sie auf Höhe der Bank, wo die beiden jungen Männer saßen, und blieben in der Nähe der japanischen Touristen stehen.

»Wie sieht der Plan aus?«, fragte Maguire leise.

Hawkins wägte ihre Optionen ab. Alle vier Beamte der Metropolitan Police trugen Zivilkleidung, sodass es möglich war, unauffällig vorzugehen. Sie konnten ihre verdächtige Person um Feuer bitten oder darum, dass einer von ihnen ein Foto von ihnen machte. Es war möglich, dass dabei beiläufig ein Name fiel. Doch falls es später zu Komplikationen kam, konnte einem vor Gericht leicht ein Strick daraus gedreht werden. Sie sah aber auch keine sinnvolle Möglichkeit, die Methode von Stop and Search – spontane Kontrolle der Papiere und Durchsuchung – anzuwenden. Selbst wenn es sich bei einer der Personen um Lucas Dean handelte, hatten sie keinerlei Grund, ihn des Terrorismus oder des versteckten Tragens einer Waffe zu verdächtigen. Jeder halbwegs kompetente Strafverteidiger würde wissen, dass die Befragung einer Zivilperson ohne entsprechende Verdachtsmomente eine Verletzung des polizeilichen Verhaltenskodexes darstellte. Formaljuristisch hatte Dean gegen seine Bewährungsauflagen verstoßen, aber ein hartes Eingreifen würde ihn sofort vergraulen, und auf seine Mithilfe waren sie angewiesen. Immerhin waren sie hier, um Lucas Dean zu *beschützen*. Das bedeutete, dass es die beste Möglichkeit war, ihn direkt anzusprechen.

Allerdings plante sie, zu einer *kleinen* List zu greifen.

Sie holte tief Luft. »Gehen wir hin und stellen uns vor.«

Sie schlenderten von der Seite auf die Bank zu. Als sie weniger als zwei Meter entfernt waren, registrierte Hawkins die kurzen Blicke, die beide junge Männer in ihre Richtung warfen. Sekunden später standen sie direkt vor ihnen, und die beiden schauten auf.

»Hi, Lucas.« Hawkins schaute erst den einen, dann den anderen an und versuchte dabei, Dean von dem erkennungsdienstlichen Foto wiederzuerkennen. Dass sie nach wie vor keinen Schimmer hatte, wer von ihnen Dean war, versuchte sie zu verbergen. Unglücklicherweise reagierten beide ähnlich. Ihre stoische Körpersprache gab keinerlei Hinweis, und im Dunkeln unter ihren Kapuzen verengten sich ihre Augen zu Schlitzen.

Schließlich reagierte der Typ mit dem roten Kapuzenpullover und sagte in typisch Londoner Slang: »Was?«

Hawkins hielt ihre Dienstmarke hoch und erklärte, nach wie vor an beide gerichtet: »Wir sind von der Metropolitan Police, aber wir sind nicht wegen Ihrer Verletzung der Bewährungsauflagen hier.«

Nun schaltete sich der junge Mann mit der blauen Kapuze ein. Seine Stimme war leiser. »Wen suchen Sie?«

Hawkins' Blick schnellte zwischen den beiden hin und her, während sie versuchte, ihr Pokerface aufrechtzuerhalten. »Sie sind nicht in Schwierigkeiten, Lucas. Wir sind hier, um Ihnen zu helfen.«

»Tut mir leid, Lady«, der Rote nahm einen Zug von seiner Zigarette, »da liegen Sie voll daneben. Ich bin Darren, und das hier ist mein Freund Lester. Leider können wir Ihnen nicht helfen. Komm, Bruder.«

Die beiden jungen Männer standen auf.

Der Rote schnippte seine halb gerauchte Zigarette weg und steckte beide Hände in die Manteltaschen. Während sie ihn beobachtete, tat sie es ihm nach, womit sie Yasir und Sharpe das verabredete Zeichen gab, zu ihrer Unterstützung hinzuzukommen. Falls dieser Kerl eine Waffe trug, würde er es sich angesichts von vier statt zwei Beamten zweimal überlegen, sie einzusetzen.

Mike stellte sich ihnen in den Weg. »Hört zu, Kumpels, wir sind hier, weil ihr möglicherweise in Gefahr seid. Wer von euch ist Lucas?«

»Ich hab es doch schon gesagt, Mann«, feixte der Rote, »hier gibt es keinen *Lucas.*«

Als Yasir und Sharpe sich zu ihnen gesellten und die vier Beamten der Metropolitan Police einen Halbkreis um sie bildeten, schauten sich beide Männer um. Hawkins sah, wie der Blick des Rotgekleideten an ihnen vorbei auf die Promenade schnellte. Eindeutig auf der Suche nach einem Fluchtweg.

Hawkins holte gerade Luft, um offen mit den beiden über die jüngsten Morde zu sprechen, als der Rote die Flucht ergriff. Er stürzte sich auf Sharpe und rannte den Sergeant über den Haufen. Noch bevor einer von ihnen reagieren konnte, stürmte er schon die Promenade entlang. Die drei Mädchen, die vom Rand des Aussichtsplatzes zugeschaut hatten, feixten, als er an ihnen vorbeischoss.

Mike nahm die Verfolgung auf, eine Sekunde später von Amala gefolgt. Hawkins und Sharpe blieben bei dem Freund des Flüchtigen zurück. Der Blaue rührte sich nicht; er hielt lediglich die Hände hoch und setzte sich.

Als Hawkins sich umdrehte, sah sie, dass Sharpe sich wieder aufgerappelt hatte. In der zunehmenden Dunkelheit hinter ihm sprinteten ihre anderen beiden Officers hinter dem Roten her.

Sie schaute erneut den Blauen an. »Ist dein Kumpel Lucas Dean?«

Eine Weile schwieg er.

Dann nickte er.

Maguire sprintete an den drei Mädchen vorbei, den Werbeständern vor dem Donutstand ausweichend. Als er die breite Promenade erreichte, die am Flussufer entlangführte, suchte er die Fläche vor sich nach dem flüchtenden Jungen ab, um sicherzustellen, dass er nicht kehrtgemacht oder sich irgendwo versteckt hatte.

Zuerst konnte er den Kerl nirgendwo entdecken. Das Tageslicht schwand, und die Straßenlaternen entlang des Ufers waren eingeschaltet worden. Eine Allee mit kahlen Bäumen erstreckte sich bis in die Ferne, und hier und da standen Passanten herum, die ihm die Sicht versperrten. Dann aber sah er den Jungen, wie er mit großen Schritten am Rand des Wegs in der Nähe des Geländers zur Rechten entlanglief.

Der Junge war schnell und hatte bereits dreißig Meter Vorsprung vor Maguire. Dieser versuchte einzuschätzen, ob der Abstand kleiner wurde, musste sich aber eingestehen, dass der Kerl vielmehr im Begriff war davonzukommen.

Plötzlich geriet der Junge aus dem Tritt und schaute sich um, so als rechne er nicht mehr damit, dass ihm nach wie vor jemand folgte. Maguire sprang hinter die Bäume, doch es war zu spät. Der Junge hatte ihn sofort ausgemacht, drehte sich um und nahm sein irrsinniges Tempo wieder auf. Maguire sprintete erneut los und versuchte, auf freiem Feld Boden gutzumachen.

Aus den Augenwinkeln heraus nahm er eine Bewegung wahr und hörte, dass jemand zu ihm aufschloss. Als er hinüberschaute, sah er Yasir auf gleiche Höhe ziehen.

»Oje, Amala, ich wusste gar nicht … dass Sie … so schnell rennen können.«

»Bezirksleichtathletikteam.« Sie setzte sich an die Spitze. »Aber schnappen wir uns den Kerl lieber … schnell. Ich bin immer nur … die Achthundert-Meter-Distanz gelaufen.«

Bemüht, mit ihr Schritt zu halten, sammelte Maguire all seine Kräfte. Sie liefen jetzt näher am Flussufer, sodass sie sich in einer Linie mit ihrer Zielperson bewegten. Der Junge hatte offenkundig etwas zu verbergen; niemand rannte vor der Polizei davon, um sich fit zu halten. Doch des Rätsels Lösung ergab sich schneller als erwartet.

Der junge Mann umkurvte eine Schar von Tagesausflüglern mit Regenschirmen und entfernte sich dadurch ein wenig vom Flussufer. Dann aber steuerte er direkt auf das Geländer zu und griff sich während des Laufens in die Jackentasche.

»Auf Waffen … achten«, warnte Maguire Yasir.

»Alles klar.«

Doch der Junge drehte sich nicht zu ihnen um, sondern lief weiter. Kurz darauf erkannte Maguire, warum. Der Bursche streckte einen Arm aus und warf eine Handvoll kleiner Päckchen über das Geländer in den Fluss.

Drogen.

Hawkins stand auf und schaute am Südufer des Flusses entlang in die Richtung, in der Maguire und Yasir die Verfolgung von Lucas Dean aufgenommen hatten. Ihre Hoffnung, dass sie ihn schnell einholen würden, schwand so rasch wie das Tageslicht. Beide Detectives waren vor wenigen Minuten jenseits des Donutstands verschwunden und dabei an den drei Mädchen vorbeigerannt, die mit den jungen Männern gekommen waren. Die Mädchen standen mittlerweile am Rand der Aussichtsplattform und sprachen offenbar über das Geschehen, während sie immer mal wieder einen prüfenden Blick zur Promenade warfen, um ihren anderen Freund zu beobachten.

Da es Hawkins' Muskeln alles andere als gut ging, setzte sie sich so elegant wie möglich neben Deans Kumpel auf die Bank. Sie blickte kurz zu Sharpe auf, der mit schmerzverzerrter Miene neben ihr stand. Sie bedachte ihn mit einem Blick, der ihn daran erinnern sollte, dass Dean immerhin noch lebte, der Mörder also bei ihm erst noch zuschlagen musste. Doch der mürrische Gesichtsausdruck des hoch aufgeschossenen Sergeants wurde nicht freundlicher.

Davon unbeeindruckt wandte sie sich wieder Deans Freund zu. »Wie heißt du?«

Eine kurze Pause entstand. »Lester Burnett.«

»Was machst du hier, Lester?«

Er zündete sich eine weitere Zigarette an. »Die Aussicht genießen.«

»Na gut.« Sie hakte nicht nach, da sie darauf hoffte, auf diese Weise ein wenig Vertrauen aufzubauen, bevor sie fortfuhr. »Warum, glaubst du, ist Lucas getürmt?«

Der Junge rümpfte die Nase. »Schätze mal, er hat Panik gekriegt. Nachdem er die Treffen mit der Bewährungshelferin geschmissen hat und da nicht mehr hinwollte. Er dachte, er wär mit 'nem blauen Auge davongekommen oder so'n Scheiß. Wusste wohl nicht, dass es so 'ne verdammt große Sache ist.« Er deutete auf sie und Sharpe.

»Das ist es« – Hawkins suchte das in der Dunkelheit verschwindende Ufer ab, entdeckte aber nach wie vor keine Spur von den anderen – »aber nur, weil wir glauben, dass Lucas Gefahr droht.«

Sie hörte die Bank knarren, als der Junge sich nach vorn beugte. »Von wem?«

»Einzelheiten darf ich nicht preisgeben«, beschied sie ihm, »aber wenn meine Beamten ihn herbringen, würdest du Lucas einen Gefallen tun, wenn du ihn dazu ermutigst zu kooperieren, okay?«

Er zuckte mit den Schultern. »Meinetwegen.«

Ruckartig deutete sie mit dem Kopf auf ihr Publikum. »Was ist mit den Mädchen? Wie gut kennt ihr sie?«

»Erst heute kennengelernt.«

»Okay.« Hawkins wandte sich Sharpe zu. »Warten Sie hier. Ich werde mich mal kurz mit ihnen unterhalten.«

Sharpe nickte. Er wirkte nervös, erhob aber keinen Protest.

Hawkins stand auf und schlenderte beiläufig auf die drei Zuschauerinnen zu. Die Mädchen bemerkten es und wechselten Blicke, wahrscheinlich unschlüssig, ob sie versuchen sollten, das Weite zu suchen. Zwei von ihnen trugen jedoch Schuhe mit absurd hohen Absätzen, die jede Form von Eile im Keim erstickten. Sie rührten sich nicht vom Fleck.

Plötzlich bekam Hawkins ein weiteres Problem.

Hinter sich vernahm sie Fußgetrappel und einen alarmierten Aufschrei von Sharpe. Als sie sich umdrehte, sah sie die beiden Männer in ein Handgemenge verwickelt. Wie es schien, hatte der junge Mann einen Fluchtversuch unternommen, doch Sharpe war es gelungen, ihn von hinten am Mantel zu packen, und zerrte ihn nun zurück.

Hawkins kehrte um. Sie verfluchte ihre Leichtgläubigkeit. *Das hier* musste Dean sein. Sein Kumpel war davongestürzt, wohl wissend, dass sich das Team in der Folge aufteilen würde. Lucas war clever genug gewesen abzuwarten, bis sie und Sharpe sich entspannt hatten, wusste aber auch, dass die Mädchen ihn verraten konnten.

So schnell es ihr lädierter Körper zuließ, eilte sie auf die beiden zu und rief Sharpe zu, er solle den Jungen festhalten.

Dean schlug dem Sergeant auf das Handgelenk und riss sich von ihm los, geriet aber ins Taumeln. Hawkins fluchte. Ihr war bewusst, dass ihre beiden schnellsten Beamten weit weg waren. Sharpe hatte sie noch nie laufen gesehen, doch wenn er so rannte, wie er Hände schüttelte, dann hatten sie kaum eine Chance, des Flüchtenden wieder habhaft zu werden. Wenn sie ihn entkommen ließen und er nach ein oder zwei Tagen wieder auftauchte, nachdem ihm jemand den Kopf eingeschlagen hatte wie einem gekochten Ei, dann würden die Puppen tanzen.

Aus dem Gleichgewicht geraten, taumelte Sharpe zurück, während Dean wieder auf die Beine kam und davonsprintete. Doch etwas stimmte nicht mit seinem Lauf, der Junge hinkte irgendwie. Es konnte etwas Dauerhaftes sein oder eine Verletzung, die er kürzlich im Gefängnis erlitten hatte. Wie dem auch sein mochte, die Sache verlangsamte ihn, wodurch sie zumindest eine Chance hatten.

Hawkins wirbelte nach rechts, um Dean den Weg abzuschneiden. Doch sie war zu langsam. Er schaffte es an ihr vorbei und drehte sich dann in die Richtung, aus der Mike und sie gekommen waren. Sie mühte sich hinter ihm her um die Ecke. Dabei wünschte sie, sie hätte trainiert, schneller zu laufen. *Scheiße!* Sie verlor an Boden.

Sekunden später hörte sie jemanden von hinten angetrampelt kommen. Aaron Sharpe stapfte an ihr vorbei und machte sich mit dröhnenden Plattfüßen an Lucas Deans Verfolgung. Nach zwanzig Metern hatte er den Jungen erreicht und stellte ihm ein Bein, worauf dieser in der Nähe einiger Stufen, die zum Wasser hinunterführten, der Länge nach hinfiel. Sharpe drückte dem Jungen sein Knie in den Rücken und fuhrwerkte mit seinen Kunststoffhandfesseln herum, während Hawkins zu den beiden aufschloss.

Dean lag mit dem Kopf auf dem Boden reglos da und atmete schwer. Als Hawkins nur noch wenige Meter entfernt war, bäumte er sich auf und brachte Sharpe damit aus dem Gleichgewicht. Er konnte sich ihm entwinden und versetzte dem Sergeant einen Tritt in die Magengrube. Sharpe sackte bühnenreif zusammen, während der Junge sich endgültig von seinem Gewicht befreite.

»Lucas!«, schrie Hawkins. »Warte!«

Dean beachtete sie nicht, sondern richtete sich taumelnd auf. Der Sturz schien ihn mitgenommen zu haben. Hawkins war immer noch zu weit entfernt, als dass sie ihn hätte aufhalten können. Aber als er sich umdrehte, um die Flucht zu ergreifen, machte Sharpe einen Satz nach vorn und packte ihn am Gürtel.

Hawkins reagierte, indem sie trotz des Brennens in Bauch und Brust das Letzte aus sich herausholte. Als sie die letzten zehn Meter zurückgelegt hatte und bei den beiden kämpfenden Männern anlangte, griff sie nach Dean. Sie mussten ihn bloß so lange bändigen, bis sie ihm alles erklären konnte.

Sharpe war es gelungen, den Jungen wieder niederzuringen. Dean rollte sich auf den Rücken, schaute hoch und sah, dass Hawkins sich ihm näherte.

Sie streckte eine Hand aus. »Aaron, Handschellen.«

Sharpe wollte sie ihr reichen, doch sie stießen mit den Händen aneinander, worauf die Handschellen zu Boden fielen. Hawkins beugte sich vor und langte nach unten, doch der Junge kam ihr zuvor, trat mit dem freien Bein nach ihr und stieß sie zurück. Sie richtete sich wieder auf und wollte es erneut versuchen.

Dann sah sie das Mädchen.

Aus dem Dunkeln heraus tauchte die jüngste von Deans Begleiterinnen auf. Offenkundig war sie gekommen, um ihrem Freund zu helfen. Als sie sich mit zornigem Blick bückte, begegneten sich ihre Blicke.

»Lass los, du Schlampe«, schrie sie und stieß Hawkins beiseite. Diese kämpfte um ihr Gleichgewicht, verdrehte sich jedoch den Knöchel und taumelte zurück. Instinktiv tastete sie nach Halt. Dabei schaute sie dem Mädchen ins Gesicht und sah, dass ihre Miene sich plötzlich von Wut in Überraschung verwandelte. Und dann begriff sie auch, warum.

Sie verlor den Boden unter ihren Füßen.

Das Mädchen drehte sich um und lief davon, während Hawkins sich vergeblich bemühte, Halt zu finden. Sie warf einen Arm in die Luft, und ihre Finger bekamen einen Teil des Geländers zu fassen. Als sie nach unten schaute, erblickte sie ein offenes Tor und eine Metalltreppe, die in das schwarze, bedrohlich wirkende Wasser hinabführte. Sie versuchte sich hochzuziehen, doch ihre Muskeln brannten, und dann rutschten ihre Finger langsam von dem nassen Geländer ab.

Zunächst geschah nichts, und den Bruchteil einer Sekunde glaubte Hawkins, sie habe sich festen Halt verschafft. Doch als ihre Finger vom Geländer abglitten, verlor sie das Gleichgewicht und kippte nach hinten. Einen Moment fühlte sie sich schwerelos. Dann klatschte sie in das Wasser der Themse.

»Metropolitan Police!«, schrie Maguire in Richtung einer Gruppe schockierter Passanten, während er an ihnen vorbeiraste. »Bei der Verfolgung eines ... Verdächtigen.«

Als er sie überholt hatte, schaute er nach vorn. Yasir hatte sich ein Stück abgesetzt und kam dem Kerl näher. Der Abstand zwischen den beiden betrug noch etwa fünfzehn Meter, doch sie ermüdeten nun alle und wurden langsamer.

Er überlegte, ob er Spaziergängern zurufen sollte, den Flüchtigen aufzuhalten. Doch der war womöglich bewaffnet, und sie durften es nicht riskieren, Menschenleben zu gefährden. Das Tageslicht war nun fast gänzlich geschwunden, während sie am Südufer des Flusses entlangliefen. Die Straßenlaternen warfen Streifen gelben Lichts auf den glitzernden Weg.

Während sein Atem stoßweise ging, fluchte Maguire, als er sah, dass der Junge weitere Päckchen in die Themse warf. Der Kerl hatte gedealt und ging nun auf Nummer sicher. Falls er geschnappt wurde, wollte er kein Beweismaterial bei sich haben. Er verklappte nun zwar ein kleines Vermögen, doch ohne Beweis für das, was in diesen Päckchen war, konnten sie keinerlei Anklage erheben. Die Chancen, etwas davon aus dem Fluss zu bergen, waren gering. Unter diesen Umständen konnten sie ihm allenfalls vorwerfen, unanständig weiße Turnschuhe zu tragen.

Doch sie hatten Glück. Als der junge Mann ein weiteres Bündel von Päckchen wegwarf, stoben drei oder vier im Wind auseinander, bevor sie über das Geländer ins Wasser fielen. Eines aber stieß gegen den Sockel einer Straßenlaterne, prallte von ihr ab und landete unversehrt auf dem Boden.

Nachdem er Yasir angewiesen hatte, weiterhin Dean zu verfolgen, hielt Maguire darauf zu. Seinen Schwung beibehaltend, bückte er sich flugs und hob das Päckchen auf. Er warf einen raschen Blick darauf, um sich zu vergewissern, dass es versiegelt war. Nach dem, was er in dem diffusen Licht erkennen konnte, befand sich in dem Beutel weißes Pulver. Das war natürlich Beweismaterial, würde jedoch für eine strafrechtliche Verurteilung nicht ausreichen und war nichts im Vergleich zu dem, was der Junge bereits im Wasser versenkt hatte.

Er steckte den Beutel ein und konzentrierte sich darauf, den verlorenen Boden wiedergutzumachen. Falls Amala den Jungen einholte, wollte er nicht allzu weit entfernt sein. Sie war ausgebildet worden, sich verteidigen zu können, doch was, wenn der Verfolgte bewaffnet war?

Maguire verstärkte seine Anstrengungen und holte das Letzte aus seinen Beinen heraus. Die zwei waren ein ganzes Stück vor ihm, doch die Situation veränderte sich erneut, als der junge Mann nach links abbog, weg von der Uferpromenade. Der Grund für seine Entscheidung lag deutlich sichtbar vor ihnen. Die Waterloo Bridge ragte hoch hinaus, und unter ihrem Bogengang war eine Art Markt, auf dem sich die erste größere Menschenansammlung befand, der sie begegneten. Der Junge musste gewusst haben, dass er dadurch langsamer werden würde, und steuerte daher auf den breiten Durchgang auf der anderen Seite zu.

Dennoch begegneten ihm sofort Menschen, und er prallte prompt mit zwei Frauen zusammen, die gerade von einem der Tische zurücktraten. Aus dem Gleichgewicht geraten, wirbelte er herum und wäre beinahe in eine Gruppe Teenager gerannt, die aus der anderen Richtung kam. Er prallte von einer Mauer ab und setzte seinen Weg fort, nachdem er mit einem Ruck einen Karton mit Büchern von einem der Tische gerissen hatte, sodass der Inhalt Amala vor die Füße prasselte. Sie übersprang die verstreut auf dem Boden liegenden Hindernisse, wenige Sekunden später von Maguire gefolgt.

Sie sausten aus dem Flohmarktbereich heraus und gerieten nun in eine Art Jahrmarkt, wo sie an Gitarre spielenden Straßenmusikanten vorbeiliefen. Hier standen an der Uferpromenade durch flackerndes Kerzenlicht beleuchtete Stände, und der Geruch von Glühwein und gebratenem Fleisch drang an Maguires Nase, während die drei sich im Slalom einen Weg durch die hier und da versammelten Menschen bahnten.

»Tut mir leid, Ma'am!«, rief Maguire, als eine Frau ihren

Kindersportwagen kurz vor ihm aus dem Weg reißen musste. Neben einem niedrigen Betonaufbau entfernte sich Maguire vom Markt; er vernahm das Getöse von Skateboardrollen, während er einer weiteren Gruppe von Fußgängern auswich.

Vor sich sah er, dass Yasir sich auf den Jungen stürzen wollte. Doch sie verpasste ihn und geriet ins Stolpern, da er abrupt nach links abbog und eine Rampe hinunterhetzte. Yasir prallte vom Geländer ab und machte sich erneut an die Verfolgung. Maguire nahm einen anderen Weg, er hielt sich rechts und sprintete, vorbei an einem fahlgelb erleuchteten Treppenschacht, zur oberen Ebene des Fußwegs. Falls der Junge wieder heraufkam, konnte er ihm möglicherweise den Weg abschneiden.

Mike umrundete die Stufen und stürmte zur nächsten offenen Fläche. Etwa zwanzig Meter vor sich erspähte er den roten Kapuzenjungen, kurz bevor er unterhalb der Hungerford Bridge verschwand. Maguire blieb auf dem höher gelegenen Weg und schlängelte sich nun durch dicht an dicht stehende Ansammlungen von Menschen, die aufschauten, um die Kabinen des London Eye hoch über den Bäumen schwebend zu beobachten. Der Klang von Steeldrums erfüllte die Luft, während Maguire um ein knallbuntes Karussell herumhetzte. Plötzlich angelte sich der junge Mann einen großen Plastikeimer und warf ihn Amala in den Weg. Eine dumme Idee, denn das Gewicht des Behälters ließ ihn herumwirbeln, und er stürzte genau in dem Moment zu Boden, als der Sergeant über den Eimer sprang. Sie prallte mit dem Jungen zusammen, worauf sie beide der Länge nach hinfielen. Yasir rappelte sich als Erste wieder halbwegs auf, kroch zu ihm herüber und drehte dem Jungen den Arm auf den Rücken.

Maguire legte die letzten zehn, zwölf Meter so schnell er

konnte zurück, holte die Handschellen heraus und half mit, dem Jungen die Handgelenke zu fesseln. Als sie ihn durchsuchten, stießen sie auf weitere Päckchen mit weißem Pulver, nicht aber auf Waffen. Amala hielt einer Reihe von alarmierten Augenzeugen ihre Marke entgegen, während Mike ihren Fang auf die Beine und zum Eingang des Jubilee Gardens zerrte, wo sie alle auf einer niedrigen Mauer zusammensackten.

Während Maguire dasaß, starrte er über die Themse hinweg auf das Parlamentsgebäude, ehe er so weit wieder zu Atem gekommen war, um den Jungen wegen Drogenbesitzes offiziell festzunehmen.

Dann langte er nach oben, zog dem jungen Mann die Kapuze herunter – und erstarrte.

Er war nicht Lucas Dean.

Wenn also der *andere* Junge Dean war, hieß das, sie hatten Antonia und Aaron nichtsahnend mit ihrer tatsächlichen Zielperson allein gelassen.

Er holte sein Telefon heraus und wählte Antonias Nummer. Dabei sah er zu, wie eine Gruppe Touristen sich draußen auf dem Wasser an der Bordwand eines Flusstaxis zusammendrängten. Frustriert knurrend wartete er, bis sein Anruf angenommen wurde.

Doch ihre Mailbox sprang an.

Hawkins fiel.

Ein Sekundenbruchteil herrschte Stille, während der bewölkte Nachthimmel über ihr kreiste. Doch plötzlich war ihre Talfahrt beendet. Schmerz schoss ihr durch die Schulter, als sie gegen das Geländer krachte und sich in der Luft drehte.

Sie schlug auf der Wasseroberfläche auf.

Zuerst verspürte sie nur im Gesicht den Schock des eisigen

Wassers. Reflexartig atmete sie aus, so als wäre ihre Lunge in einen Schraubstock geraten. Dann aber sog sich ihre Kleidung mit Wasser voll. Dunkelheit und Stille umgaben sie, und Chaos beherrschte ihre Sinne, während sie unter Wasser gezogen wurde. Gegen ihre Panik ankämpfend, streckte sie die Hände nach irgendeinem Halt aus, als ihre Füße auch schon auf dem Grund aufkamen.

Sie stieß sich ab und katapultierte sich unter Schmerzen zurück an die Wasseroberfläche. Als sie auftauchte, sah sie die Streifen der Lichter auf der Promenade. Sie packte den aus dem eiskalten Dunkel herausragenden Handlauf des Geländers und reckte ihren Mund über die Oberfläche, um einen schmerzhaften Atemzug zu machen.

Das schäumende schwarze Wasser schwappte bis an ihr Kinn. Die Strömung zerrte an ihren Kleidern und spülte sie fast fort. Nach Luft schnappend schaute Hawkins hinauf, während sie an dem nassen Geländer um Halt rang. Ein gellender Schmerz fuhr ihr durch die Stelle, an der ihre Schulter auf die Stufen geprallt war, ihre Muskeln verkrampften sich in der Kälte, und ihre Kräfte schwanden zunehmend.

Über ihr ragten die Stufen empor, und nur wenige Meter trennten sie von dem rettenden Kai. Ihre Versuche, nach oben zu gelangen, scheiterten jedoch wegen ihrer Verletzungen, und Hawkins begriff, dass sich ihre Überlebenschancen mit jeder Sekunde, die sie im Wasser blieb, verringerten.

Sie wollte um Hilfe rufen, brachte aber nur ein krächzendes Keuchen heraus. Der Schock durch das eiskalte Wasser hatte sie entkräftet. Dennoch gelang es ihr irgendwie, den Kopf oben zu halten und ihren Griff um das Geländer zu erneuern, während ihre Füße auf den überfluteten Sprossen jedoch immer wieder abrutschten.

Sie sammelte ihre Kräfte und versuchte ein weiteres Mal

Aarons Namen zu rufen. Dieses Mal gelang es ihr, seinen Namen hervorzustoßen, doch ihre Stimme war nicht laut genug.

Nach wie vor kam ihr niemand zu Hilfe.

Vielleicht war das auch keine Überraschung. Das Mädchen, das sie hineingestoßen hatte, war sofort weggelaufen. Und Sharpe hatte wahrscheinlich alle Hände voll mit Lucas Dean zu tun, sich nicht bewusst, dass sie die Ufermauer hinabgefallen war. Falls es weitere Zeugen gegeben hatte, waren sie offenkundig nicht daran interessiert, ihr Leben zu riskieren.

Um sie herum war es stockdunkel. Unfreiwillig schluckte sie einen Mundvoll brackiges Wasser, worauf sie würgen musste. Ihre Brust hob und senkte sich, und ihre Füße verloren den Halt. Die Strömung riss an ihren Armen, und ihr Gesicht wurde wieder unter die Oberfläche gedrückt. Ihre Lunge brannte, und einen kleinen Moment lang dachte sie daran, einfach loszulassen. Doch dann meldete sich ihr Überlebensinstinkt. Ihr Körper war inzwischen fast gefühllos, als sie noch einmal jeden Muskel anspannte. Es gelang ihr, den Kopf ein letztes Mal über Wasser zu bringen, Wasser spuckend.

Ihre Augen tränten, und alles war verschwommen, doch sie konnte es nicht riskieren loszulassen, um sich darüberzuwischen. Leuchtendes Rot und Blau tänzelte vor ihren Augen; ob es Lichter auf dem Wasser waren oder Bruchstücke der Einbildung ihres unterkühlten, durcheinandergeratenen Gehirns, vermochte sie nicht zu sagen.

Sie merkte, dass sie langsam in eine Ohnmacht hineinglitt.

Im letzten Moment vernahm sie ein Geräusch. Es war die Stimme eines Mannes, der ihr sagte, sie solle sich festhalten.

Sharpe.

Hawkins versuchte nach oben zu schauen und ihm zuzurufen. Doch es kam ihr kein Laut über die Lippen, sie sah nur einen Schatten, der die Stufen hinabstieg und ihr einen Arm entgegenstreckte.

Sie versuchte ihn zu ergreifen.

Und alles wurde schwarz.

44

»Da ste-eht es«, trällerte Kerry und wies über das Lenkrad, während sie mit dem Minivan von der Hauptstraße in die Tremadoc Road abbog. »Ich habe es gestern waschen lassen, damit es wie funkelnagelneu aussieht bei deiner Wiedersehenstour.«

Amanda Cain wandte sich ihr langsam zu und schaute ihre beste Freundin an. Es dauerte eine Weile, bis sie deprimiert hervorbrachte: »Was?«

»Dein Auto, Doofi ...« Kerry verzog das Gesicht, noch immer bemüht, Cain aufzuheitern. »Dein ganzer Stolz und deine Freude. Du erinnerst dich?«

»Oh.« Sie folgte dem Blick ihrer Freundin und sah die Ecke der schnittigen silbernen Stoßstange des Audis hinter einem Transit hervorragen, der etwa fünfzig Meter vor ihnen auf der linken Straßenseite in einer Parkbucht stand. »Danke.«

Zum ersten Mal, seit sie ins Gefängnis gegangen war, erinnerte sich Cain an ihr Auto. Das A5-Coupé für 46.000 Pfund, das sie vor weniger als einem Jahr vom Autohändler brandneu gekauft hatte, war der erste schicke Wagen, den sie jemals besessen hatte. Ein fahrbarer Untersatz, der einer erfolgreichen, wenn auch alleinstehenden Ärztin geziemte, hatte sie sich damals eingeredet. Eine kurze Zeit hatte das Auto ein verhätscheltes Dasein geführt, obwohl es vor ihrem Londoner Stadthaus auf der Straße hatte geparkt werden müssen. Als sie beide sich ihm nun aber näherten, brachte der Gedanke an die von ihr ausgesuchte Metallic-Lackierung und die Leichtmetallfelgen ihr nur in Erinnerung, wie oberflächlich ihr Leben gewesen war.

Vorher.

Kerry kramte einen Schlüsselbund aus der Seitentasche und wedelte damit herum. »Ich dachte, vielleicht möchtest du gleich mal eine Spritztour machen.«

»Später vielleicht.« Cain massierte sich die Nasenwurzel.

»Oka-ay.« Kerry zog das Wort in die Länge, während sie die Schlüssel in ihre Manteltasche gleiten ließ. »Ich dachte bloß, du wärst begeistert, es zu sehen, wo du es doch erst kurz vor dem ... na, du weißt schon gekauft hast.«

Cain starrte auf das Armaturenbrett. »Ich glaube, ich bin einfach nicht in der Stimmung.«

»Kein Problem.« Ihre Freundin fuhr mit Schwung in eine Lücke, um ein entgegenkommendes Auto vorbeizulassen. Sie tätschelte ihrer Beifahrerin den Arm, während sie warteten. »Kopf ho-och, bitte. Du bist wieder zu Hause, oder etwa nicht?«

»Ja, bin ich wohl.«

»Du meine Güte.« Kerry fuhr wieder auf die mittlerweile frei gewordene Fahrspur. »Man sollte meinen, ich würde dich ins Gefängnis *zurück*bringen.«

Cain schaute zu ihr hinüber und legte eine kurze Pause ein, ehe sie antwortete. »Danke, dass du gekommen bist.«

»Das mache ich gerne. Das weißt du doch.«

Cain rang sich ein halbherziges Lächeln ab. Sie hätte lieber die öffentlichen Verkehrsmittel benutzt, für die die Gefängnisverwaltung ihr eine Fahrkarte ausgestellt hatte. Aber Kerry hatte darauf bestanden, sie von Holloway abzuholen. Sie sah zu, wie ihre Freundin auf Höhe des Hauses anhielt und darauf wartete, dass sie Blickkontakt aufnahm.

Kerry zog die Handbremse an. »Spring raus und hol deine Tasche hinten raus. Ich parke dann und komme nach. Dann lassen wir zur Feier des Tages die Korken knallen.«

»Oh, Kez, also ich will eigentlich keinen …«

»Dann eben Kaffee oder Tee, wenn du nicht in der Stimmung dazu bist.«

»Das ist es nicht. Ich weiß, das hört sich jetzt blöde an, aber ich will einfach nur allein sein und mir ein heißes Bad einlaufen lassen. Du hast doch nichts dagegen, oder?«

Kerry blinzelte ein paarmal kurz hintereinander, so wie sie es immer tat, wenn sie enttäuscht war, aber nicht wollte, dass man es mitbekam. »Na schön, aber wir sind doch immer noch für morgen verabredet, oder?«

»Ja«, log sie, bereits nach dem Türgriff tastend. »Noch mal danke fürs Abholen.«

»Du liebe *Scheiße*! Amanda.«

Cain schaute ihre bestürzte Freundin an. »Was ist denn?«

Kerrys Mund stand auf, und sie hielt sich den Kopf mit beiden Händen, während sie an Cains Schulter vorbei in Richtung des Hauses schaute. Cain drehte sich langsam um.

Und erblickte ihr Auto.

Die Reifen waren durchstochen, die Scheiben eingeschlagen, und auf die zerkratzte Karosserie waren schlampige rote Buchstaben gesprayt, von denen dünne Streifen überschüssigen Spraylacks herunterrannen.

MÖRDERIN.

»Heilige Scheiße, Mand«, stieß Kerry atemlos hervor. »Gestern war er noch in Ordnung, ehrlich. Das müssen Kinder oder so gewesen sein, in letzter Zeit ist die Gegend hier ein beschissener Albtraum.«

Cain seufzte. »Wir wissen beide, dass es keine Kinder waren.«

Die Familie von John Travis hatte kurz nach dem Unfall öffentlich erklärt, sie gebe ihr die *volle* Schuld, auch wenn sie ihn nicht mit Absicht getötet hätte. Der durch regelmäßige Achtzig-Stunden-Wochen und Doppelschichten bewirkte nervöse Erschöpfungszustand hatte ihr seinerzeit Mitgefühl von Seiten diverser Aktionsgruppen eingebracht und zu vergeblichen Rufen nach Strafminderung geführt. Die Familie aber vergab ihr nicht. Vor der Gerichtsverhandlung hatte Cain bei der Rückkehr nach Hause mehrmals festgestellt, dass ihre Haustür mit Exkrementen beschmiert worden war und auch ihr Briefkasten etwas davon abbekommen hatte. Zweifellos hatten die Täter keine Ahnung von Medizin, sonst hätten sie gewusst, dass jeder, der in einem Krankenhaus arbeitete, kein Problem mit Körperausscheidungen hatte. Doch die Aktion als solche hatte sie zutiefst erschreckt. Sie hatte gehofft, ihre Wut würde mit der Zeit verrauchen. Doch als sie nun ihren ruinierten Audi anschaute, begriff Amanda Cain, dass dies ganz und gar nicht der Fall war.

»Es muss doch Überwachungskameras geben«, offerierte Kerry, während sie durch die Windschutzscheibe nach Kameras Ausschau hielt. »Das hier ist Sachbeschädigung, oder? Die Polizei wird der Sache nachgehen.«

Cain schüttelte den Kopf. »Das spielt alles keine Rolle.«

»Aber ... du liebst dieses Auto doch.«

»Er geht zurück zum Händler.« Cain öffnete die Tür und stieg aus. »Er ist jetzt doch nur ein leichtes Ziel.«

Kerry ergriff ihren Arm. »Ich finde, du solltest nicht hierbleiben. Was, wenn sie wiederkommen?«

»Bitte hör auf, Kez.« Sanft löste sich Cain aus ihrer Umklammerung. »Nichts für ungut, aber so sind die Menschen nun mal. Nein, wirklich, das Haus ist sicher. Ich brauche bloß ein Bad in Ruhe und mein Bett.«

Es bedurfte weiterer fünf Minuten nochmaliger Versicherungen, dass es ihr gut gehe, und das Versprechen, sofort anzurufen, falls dem nicht so sei, um ihre Freundin zu überreden, nach Hause zu fahren. Schließlich stand Amanda Cain auf dem Gehsteig und winkte Kerry lahm hinterher, während diese davonfuhr.

Sie sah dem blauen Citroën den ganzen Weg bis zur Kreuzung am Ende der Straße nach. Dabei fragte sie sich, was sie wohl im Laufe der Jahre ohne Kerry getan hätte. Denn die hatte ihr von Zeit zu Zeit immer mal wieder etwas gesunden Menschenverstand eingebläut. Ein Teil von ihr wünschte sich, sie hätte das Angebot, Unterschlupf bei ihr zu nehmen, angenommen, und sei es nur für ein paar Nächte.

Der Minivan bog auf die Hauptstraße ab und verschwand. Ihr leerer Blick fiel auf das ramponierte silberfarbene Coupé auf ihrem Parkplatz. Bis gestern war der Wagen noch in Ordnung gewesen, das hatte Kerry gerade gesagt. Also hatten die Travis' das genaue Datum gekannt, an dem sie entlassen wurde, und hatten neun Monate gewartet, um an dem Abend, bevor sie herauskam, zuzuschlagen, damit niemand die Chance hatte, das Auto reparieren zu lassen. Es war also eine Botschaft, von der sie wollten, dass sie selber sie sah.

Wir haben es nicht vergessen.

Und das wirst du auch nicht.

Amanda Cain schloss die Haustür zu, nahm im Unterbewusstsein die Abwesenheit von Hundescheiße auf ihrer Türmatte wahr und lehnte sich gegen die Wand. Der Knoten in ihrem Magen war ihr vertraut, aber doch bösartiger als sonst. Natürlich war es hart, zum ersten Mal nach Holloway nach Hause zurückzukehren. Aber sie hatte wirklich nicht damit gerechnet, dass sie die Ereignisse aus der Vergangenheit so schnell einholen würden – noch bevor sie überhaupt durch die Tür gegangen war. Nachdem sie das Auto gesehen hatte, verspürte sie stärker als je zuvor den abgrundtiefen Hass der Hinterbliebenen, die unter den Folgen ihres Fehlers litten.

Plötzlich ging ihr Puls schneller und schneller, ihre Atmung wurde unregelmäßig, und Schweiß trat auf ihre Haut. Sie schloss die Augen. Unerklärlicherweise waren die Panikattacken, die sie in den Wochen nach ihrem grauenhaften Fehler erlitten hatte, vorbei gewesen, sobald sie in ihrer Gefängniszelle gelandet war.

Aber sie brauchte offenbar nicht zu hoffen, sie würden auch ausbleiben, jetzt, da sie wieder raus war.

Sie schluckte und zwang sich dazu, sich zu konzentrieren.

Du bist zu Hause.

Frei.

Langsam öffnete sie die Augen. Ihr Herz hämmerte noch immer, die Panik selbst aber war verebbt.

Einen Moment lang starrte sie ins Nichts. Halb wünschte sie sich, sie hätte Kerry nicht dazu genötigt, nach Hause zu fahren, halb war sie nach wie vor froh darüber, es getan zu haben. Ein Teil von ihr sehnte sich nach Gesellschaft. Doch die nächsten Tage zu überstehen würde schon schwer genug werden, auch ohne mit der erstickenden Besorgnis ihrer besten Freundin fertigwerden zu müssen. Kerry war ihr eine große Stütze gewesen, hatte sie fast jede Woche während ihrer Haftzeit besucht, manchmal mehr als nur einmal, und war dabei immer wieder gegen die anhaltenden Selbstzweifel ihrer Freundin angegangen. *Du bist ein guter Mensch, Mand.*

Das hätte jedem passieren können.

Cain hatte dann immer genickt und Kerry versichert, sie

wisse das. Sorgfältig hatte sie ihre Antworten abgestuft und jedes Mal ein paar zusätzliche winzige Bestandteile eingebaut, die ihre positive Einstellung untermauern sollten. *Du hast recht, Kez, ich weiß es. Es geht mir gut.*

Ihre Freundin ständig über die Schrecken zu belügen, denen sie auf der anderen Seite der Tür zum Besucherraum entgegensah, ließ es ihr nach wie vor schlecht werden. Es war harte Arbeit gewesen, ganz und gar unnatürlich, aber erforderlich.

Das war der Grund dafür, dass sie Platz brauchte, Zeit für sich, um nachzudenken. Um die Dinge wieder ins Lot zu bringen.

Doch es würde nichts dergleichen geschehen, wenn sie es nicht geschehen *ließ*.

Sie schaute sich im Flur um und nahm zum ersten Mal, seit sie das Haus betreten hatte, die Details wahr. Alles war genau so, wie sie es in Erinnerung hatte: die hohen Decken, die schmalen, eleganten Stufen. Das verschnörkelte Geländer, in klassischem Weiß gestrichen, damit es zu den erlesenen Bilderschienen passte, und der langgezogene, die Stufen hinab zur Küchenzeile führende Flur.

Auch etwas, das sie einmal mit Stolz und Freude erfüllt hatte.

Sie stieß sich von der Wand ab und stellte sich hin, bemüht, die im Haus herrschende Stille in sich aufzunehmen. Dicke Wände bedeuteten, dass sie ihre Nachbarn nicht hören konnte, und allein zu wohnen stellte sicher, dass Frieden und Ruhe herrschten, wenn die Haustür hinter ihr zugefallen war. Schaudernd bemühte sie sich, nicht an die Monate in einer Atmosphäre zu denken, die so widerlich war, dass sich kein Mensch darin entspannen konnte. Für jemanden wie Cain, die es gewohnt war, Kontrolle auszuüben, sowohl über ihre Umgebung als auch über ihre eigene Zeit und ihren Raum, war Holloway die pure Hölle gewesen.

Doch als sie sich jetzt auf die Stille konzentrierte, wirkte diese fast gespenstisch. Der Vorbesitzer hatte die Holzdielen neu verlegen lassen, sodass sie nicht knarrten, wenn sie ihr Gewicht darauf verlagerte, und ihre Katze Schiwago hatte sie vor Antritt ihrer Haftstrafe abgeben müssen. Sie hatte nur eine sehr kleine, weit verstreut lebende Familie; ihre Eltern waren tot, sie hatte keine Geschwister, keinen Mann und keine Kinder. Abgesehen von der kleinen Gruppe von Freunden, die zu treffen sie sich die Mühe machte, war Amanda Cain allein und hatte den Großteil ihrer Zeit in ihren drei Rückzugsgebieten verbracht. Dem Auto. Dem Haus. Dem Job.

Natürlich stellte das Fehlen von immerwährender Unruhe wie dem Zuschlagen von Eisentüren eine Erlösung dar. Doch fehlende Geräusche bedeuteten auch fehlende Ablenkung von ihren Gedanken. In diesem Augenblick hätte sie alles gegeben für jemanden, der auf der Öde des Treppenabsatzes erschienen wäre, eine Schublade zugeknallt oder geniest hätte. Doch die Stille blieb, und das hintere Ende des Flurs schien sich bis in die Unendlichkeit auszudehnen, während die Wände immer näher zu rücken schienen.

Sie schüttelte das Gefühl ab und ließ sich in das Wohnzimmer treiben, vorbei an dem breiten, zum Kamin ausgerichteten Ledersofa. Trotz monatelangen Leerstands war alles picobello sauber. Die einzige Spur, die auf die Anwesenheit eines Menschen in letzter Zeit hindeutete, war eine kleine Delle in der Sesselauflage, dort, wo Joan, die Putzfrau, sich jeden Mittwoch hinsetzte, um eine Tasse Tee zu trinken.

Joan liebte das Haus fast so sehr wie Cain selbst. Sie hatte es so sehr in ihr Herz geschlossen, dass sie sich selbst dann noch geweigert hatte, die Schlüssel zurückzugeben, nachdem sie alle anderen Putzstellen aufgegeben hatte. Sie hatte das Haus für drei verschiedene Besitzer geputzt und ihre Dienstleistungen für einen äußerst bescheidenen Betrag weiter durchgeführt, den jedes Jahr zu erhöhen sie ihrer Arbeitgeberin nur widerwillig gestattete.

Cain ging langsam hinüber zu dem antiken Schreibtisch im hinteren Bereich des Zimmers. Es war ein Spontankauf kurz nach ihrem Einzug gewesen. Das dunkle Holz und die mit Leder beschlagene Schreibtischoberfläche passten so gut hierher, dass sie seinen vierstelligen Preis nicht infrage gestellt hatte. Außerdem musste sie sich ja auch nicht mit einem Familienrat absprechen. Der Authentizität zuliebe hatte sie das klassische Schreibpult sogar mit Papier und Stiften ausgestattet, auch wenn sie es nur selten nutzte.

Sie blieb eine Weile stehen und ließ dabei ihre Finger sanft auf seiner Oberfläche ruhen, während sie die geprägte Tapete auf der Wand dahinter anstarrte. Ihr Muster war verschlungen: unzählige, sich nach außen windende Ranken und Triebe, feine, sich nach unten und nach außen windende Zweige wie sich immer weiter verkleinernde winzige russische Puppen. Und im Mittelpunkt, alles miteinander verbindend, die Quelle, von der alles ausging.

Genau wie bei ihrem Opfer.

John Travis war ein Familienmensch gewesen. Er hatte eine Frau, drei Töchter und zwei Söhne. Eltern, Vettern und Freunde. Ein Dutzend Menschen, deren Gesichter Tag für Tag während Cains Verhandlung auf dem Balkon im Gerichtssaal auszumachen waren. Sie alle starrten die Ärztin, die fahrlässig seinen Tod verschuldet hatte, wie den Bösewicht in einer grässlichen Superheldgeschichte an. Erneut hallten die schicksalhaften Worte in ihr wider.

Zwei Milliliter Pethidin.

Der anschwellende Knoten in ihrem Magen bereitete ihr solche Schmerzen, dass sie auf den Sessel sank. Sie beugte sich vor, vergrub den Kopf in beiden Händen und wünschte sich, sie würde an so etwas wie einen Gott glauben.

Sie stellte sich ihren früheren Arbeitsplatz vor, das Krankenhaus, in dem sie mitgeholfen hatte, so viele Menschenleben zu retten. Und in dem sie eines davon eigenhändig vorzeitig beendet hatte. Sie erinnerte sich an die Reaktionen ihrer Kollegen, an jene Mischung aus Mitleid, Entsetzen und Zweifel. Doch das war nichts gewesen im Vergleich zu den Blicken der Familienangehörigen ihres Opfers, als sie versucht hatte, es zu erklären. Sie hatten einander nahegestanden, das war offenkundig, und deshalb hatte Cain darauf beharrt, es ihnen selbst zu sagen. Doch sie hatten ihr nicht verzeihen können, nicht angesichts der enormen Tragweite ihres Fehlers. Dieser Moment war der schlimmste ihres ganzen Lebens gewesen. Das Lebenslicht eines Menschen war gelöscht worden, die Familie hatte jede Zuversicht verloren.

Sie weinte minutenlang in ihre Handflächen, ließ zu, dass ihr die Tränen über die Unterarme herabliefen und von den Ellbogen auf ihre Jeans tropften. Sie begriff, dass sie jetzt nicht freier war, als sie es in Holloway gewesen war. Diese Bürde würde sie für immer tragen müssen.

Es sei denn …

Bei diesem Gedanken wurde sie plötzlich ganz ruhig. Eine unerwartete Gelassenheit breitete sich in ihr aus, während die Verzweiflung in den Hintergrund trat. Sie *konnte* Dinge beeinflussen und verbessern, selbst wenn sich die Folgen ihres Fehlers nicht ungeschehen machen ließen. Sie öffnete die Schreibtischschublade und zog den Block und einen Stift hervor. Auch zehn Monate nachdem sie zuletzt überlegt hatte, ihr Schreibzeug zu benutzen, lag noch alles an Ort und Stelle wie beim letzten Mal, als sie an diesem Schreibtisch gesessen hatte.

Bei dem Versuch, ihnen einen Brief zu schreiben.

Ihr Herz hämmerte, und nacheinander schossen ihr die Gesichter jedes einzelnen Mitglieds der Familie Travis durch den Kopf. Die beiden, die sich ihr besonders eingeprägt hatten, waren die seiner Söhne, junge Männer, denen der Vater so grausam entrissen worden war. Nie würde sie die beiden vergessen. Darüber würde sie nie hinwegkommen, nicht ohne dass diese zwei ihr vergäben.

Und deshalb blieb ihr nur noch ein einziger Weg.

Sie nahm den Stift in die Hand und schlug die erste Seite des Blocks auf.

Und während sie von Gefühlen übermannt wurde, begann Amanda Cain zu schreiben.

45

Verdammtes Krankenhaus.

Schon wieder hier.

Hawkins stöhnte auf, als sie auf die gnadenlos harte Matratze zurücksank. Sie hatte den Geruch sofort wiedererkannt, als sie einen Moment zuvor die Augen geöffnet hatte. Ein paar Sekunden lang schaute sie auf das mattierte Lichtpaneel über ihrem Kopf. Sie hatte keinen blassen Schimmer, wie sie hierhergekommen war. Ein flüchtiger Blick auf die vorbeigehende Krankenschwester bestätigte ihr aber, wo sie sich befand. Sie hatte Krankenzimmer absolut satt.

»Hey!« Ein vertrauter amerikanischer Akzent erklang rechts von ihr. »Da ist ja jemand wach geworden.«

Hawkins wandte Maguire das Gesicht zu. Der trat mit

einer Dose Coke und einem abgepackten Sandwich in der Hand an ihr Krankenbett. »Welche spektakulären Verletzungen habe ich mir jetzt nun wieder eingehandelt?«

»Nicht viele, um ehrlich zu sein. Zum Glück waren deine Wunden schon geschlossen, sodass du abgesehen von ein paar Antibiotika und einer Magenspülung bloß einen verdammt langen Schlaf gebraucht hast.«

»Deswegen fühlen sich also meine Innereien so an, als hätte sie sich jemand ausgeliehen und mir dann verkehrt herum wieder eingesetzt.«

»Wahrscheinlich.« Mike lachte. »Die Ärzte sind aber einer Meinung mit mir: Du hast es übertrieben.«

»Warte mal«, unterbrach sie ihn. »Den Spruch kenne ich doch schon. Die Mitte und das Ende sind echt weinerlich, aber vielleicht wird er ja immer besser, je öfter man ihn hört. Nur weiter so.«

Sie interpretierte sein Schweigen als Wink fortzufahren. »In welchem Krankenhaus bin ich?«

»St. Thomas«, erwiderte Maguire mit finsterem Blick. »Mit dem Krankenwagen bloß einen Katzensprung von deinem improvisierten Schwimmbecken entfernt.«

Unliebsame Erinnerungen kamen in ihr hoch, und Hawkins schmeckte erneut brackiges Wasser im Mund. Sie versuchte sich auf etwas anderes zu konzentrieren. »Wie spät ist es?«

»Sechs Uhr morgens.« Prompt erschien auf ihrem Gesicht der Ausdruck des Entsetzens und veranlasste ihn zu reagieren. »Bloß keine Panik, du hast nur fünfzehn Stunden verpasst. Aber du gehst jetzt für mindestens zwei Tage nirgendwohin. Auf ärztliche Anordnung.«

»Das werden wir sehen.« Sie wuchtete sich in eine aufrechtere Sitzposition. »Wo ist Tanner?«

»Keine Ahnung. Ich bin hier und mache mir Sorgen um dich. Warum willst du das wissen?«

»Weil ich für seine Entwicklung verantwortlich bin. Ich will nur sicherstellen, dass er nicht vernachlässigt wird.«

»Schwachsinn. Du willst sicherstellen, dass er seine Quadratlatschen nicht unter deinen Schreibtisch stellt.«

Beinahe hätte Hawkins ihm von Tanners Drohung berichtet. Aber ihr blieben die Worte im Hals stecken. Sie brauchte noch Zeit, um ihren Gegner einzuschätzen, ehe sie sich für die beste Methode entschied, ihn fertigzumachen. Falls sie ihre Absichten ohne einen ausgeklügelten Plan enthüllte, würde sie am Ende weiteres Terrain verlieren. Und wenn er erst einmal gewarnt war, wer konnte dann schon ahnen, was der hinterlistige Schweinehund unternehmen würde?

»Hör zu.« Mike griff nach ihrer Hand. »Ich weiß, dass du dir Sorgen wegen dieser Sache machst, aber das brauchst du nicht. Steve ist ein guter Kerl; er will bloß helfen, wenn du es zulässt. Er ist nicht hinter deinem Job her.«

»Woher weißt *du* das so genau?«

Er zuckte mit den Schultern. »Ich habe ihn gefragt.«

»*Was?*«

»Wir haben uns unterhalten. Ich habe dir das nicht erzählt, weil ich wusste, du würdest dann sauer sein.«

»Oh, schön.« Sie verschränkte die Arme. »Dann werde ich hier eben heimlich, still und leise vermodern, während du und Captain Selbstlos euch um alles kümmert oder wie?«

Frustriert wandte sie sich ab. Dieses aalglatte Arschloch ließ sogar ihren Freund nach seiner Pfeife tanzen. Derweil entfremdete sie sich von Mike und konnte ihm noch nicht einmal sagen, warum. Nun, da Tanner so großen Einfluss auf ihr Team hatte, würde er ihr schon bald ihre hart erkämpfte vorübergehende Beförderung zunichtemachen, wenn sie nichts dagegen unternahm. Doch von welcher Seite sie es auch betrachtete, Hawkins konnte der Wahrheit nicht aus dem Weg gehen: In nur vier Tagen war sie ausmanövriert, in den Schatten gestellt und unterwandert worden.

Mike beugte sich zu ihr vor. »Komm schon, Toni, hör auf damit, dieser Verfolgungswahn ist ein Hirngespinst. Dein Job ist sicher, und du hättest eigentlich noch gar nicht wieder arbeiten sollen. Hab ein bisschen Vertrauen in uns, ja? Wir kommen schon klar.«

Hawkins biss sich auf die Lippen und murmelte: »Okay.«

»Gut.« Er hielt das Sandwich hoch, das er mitgebracht hatte. »Willst du was essen?«

»Nein, aber du könntest Aaron von deinem Telefon aus anrufen. Ich muss mich bei ihm bedanken.«

Mike legte den Kopf auf die Seite. »Wofür?«

»Na ja, er hat mir schon irgendwie das Leben gerettet.«

»Nein, hat er nicht.«

»Doch, das hat er. Wenn man von der Strömung fortgerissen wird und bewusstlos in der Themse treibt, dann hat man es hinter sich.«

»Oh, in der Themse warst du«, stimmte Mike ihr zu. »Daran besteht kein Zweifel. Ich sagte ja auch nicht, dass du nicht gerettet worden bist, bloß dass nicht Sharpe dich gerettet hat.«

Sie runzelte die Stirn. »Wer denn dann?«

»Dein Retter ist sogar hier.« Maguire deutete mit dem Kopf in Richtung des Flurs. »Er wartet schon die ganze Nacht. Wollte sich davon überzeugen, dass es dir gut geht. Willst du dich bedanken?«

Verwirrt nickte sie.

Mike ging zur Tür und verschwand, kam jedoch wenige Sekunden später wieder herein.

Mit Lucas Dean.

Der junge Schwarze trat an ihr Bett. Er hatte sich die Kapuze heruntergezogen, und zum ersten Mal sah Hawkins das Gesicht, das sie zuvor nur von einem Foto im Strafregisterauszug gekannt hatte. Er sah zwar immer noch aus wie ein Straßenjunge, doch von dem großspurigen Gehabe des vergangenen Abends war nicht mehr viel übrig.

Sie starrten einander an, während Hawkins, ohne ein Wort zu sagen, ihre Erinnerungsfetzen zusammenfügte. Dean war mit Sharpe in ein Handgemenge verwickelt gewesen, als sie die Kaitreppe hinuntergefallen war. Irgendwann mussten die beiden wahrgenommen haben, dass sie verschwunden war. Sie stellte sich vor, wie Sharpe unbeholfen auf dem oberen Treppenabsatz stand, während der vermeintlich Kriminelle ins Wasser watete, um Sharpes ertrinkende Vorgesetzte zu retten.

Dean brach das Schweigen. »Leisha tut's leid, okay?«

Sie betrachtete ihn. »Wem?«

»Meiner Freundin, die Sie reingeschubst hat. Sie wollte das nicht. Es tut ihr leid.«

»Oh.« Hawkins erinnerte sich an den entsetzten Ausdruck im Gesicht des Mädchens, als sie rückwärts auf die Stufen zugetaumelt war. »Sag ihr, die Entschuldigung ist angenommen.«

»Danke.« Allmählich hellte sich sein finsterer, abwehrender Blick auf. »Sie werden doch wieder gesund, oder?«

Sie zuckte mit den Schultern. »Ich habe schon Schlimmeres überstanden. Danke, dass du mich da rausgezogen hast. Warum bist du überhaupt weggelaufen?«

Dean kratzte sich am Ohr und brachte damit seinen diamantenen Ohrring zum Klimpern. »Nach dem, was mit Jana passiert ist, und als ich dann eine Zeitlang eingesperrt war, habe ich mir geschworen, nie wieder einzufahren. Ich deale nicht mehr, das schwöre ich, aber der Typ, mit dem ich unterwegs war, tut es noch – hier und da ein paar Briefchen, obwohl ich ihm gesagt habe, er soll damit aufhören. Deshalb ist er abgehauen, damit er mich nicht mit reinzieht.«

»Ich bin froh, dass du da warst.« Hawkins lächelte. »Aber wenn du dir wirklich den Ärger vom Hals halten willst, solltest du dich nicht mehr mit solchen Leuten abgeben. Vielleicht legst du dir ein paar neue Freunde zu?«

»Er ist nicht mein Freund.« Dean senkte den Blick.

»Das ist auch besser so«, sagte sie und kam sich dabei seltsam mütterlich vor.

»Er ist mein Bruder.«

»Okay.« Hawkins nickte fast unmerklich, und ihr wurde klar, warum sie derlei Ratschläge normalerweise für sich behielt. »Und was nun?«

Dean deutete mit dem Kopf auf Mike. »Mike hat schon mit meiner Bewährungshelferin über die Treffen gesprochen, die ich versäumt habe. Der andere Mann bringt mich heute Nachmittag dorthin, damit ich das persönlich klären kann.«

Hawkins wollte schon fragen, welchen anderen Mann er meinte, als sie bemerkte, dass Aaron Sharpe in der Tür stand.

Mike übernahm. »Ich habe ihnen erzählt, dass dieser Junge sein Leben riskiert hat, um eine Ertrinkende zu retten, obwohl er mühelos hätte entkommen können.« Er klopfte Dean auf die Schulter. »Sie sind beeindruckt, Lucas. Ich glaube nicht, dass jemand die Absicht hat, an deiner Bewährung zu rütteln.«

Der Junge bedankte sich bei Maguire, verabschiedete sich von Hawkins und steuerte auf die Tür zu.

»Gut.« Sie machte Anstalten, die Bettdecke zurückzuschlagen. »Dann lass uns wieder nach Hendon fahren.«

»Tut mir leid.« Maguire setzte sich auf die Decke und hielt

sie damit auf. »Du brauchst Erholung. Und außerdem« – er wies auf ihren Infusionsständer – »bist du verkabelt.«

»Was macht Tanner heute?«

»Ich sagte doch schon, dass ich das nicht weiß.«

»Siehst du.« Sie versuchte sich loszureißen. »Er könnte genau in diesem Moment dort draußen den Mörder verhaften. Daher kann ich es mir nicht erlauben, stundenlang im Bett herumzuliegen, geschweige denn Tage. Nicht, während er hinter meinem Job her ist.«

»Er ist nicht ...«

»Natürlich ist er das.« Sie schubste ihn. »Rück beiseite, du Koloss.«

»Nein.« Mikes Stimme wurde hart. »Dieses eine Mal wirst du auf mich hören. Wenn du gehst, riskierst du bleibende Schäden, sagen die Ärzte.«

»Unsinn.« Hawkins ignorierte ihre Erschöpfung, die sie zu übermannen drohte. »Mir geht es wieder gut, wenn ich erst mal Kaffee und einen Burger intus habe.«

»Mein Gott, Toni.« Mike stand auf und erhob seine Stimme. »Das ist so typisch für dich. Auf die Konsequenzen scheißen, Hauptsache, alles mit dem Job geregelt bekommen. Kein Wunder, dass dein Leben so verdammt leer ist. Für was zum Teufel lebst du eigentlich?«

»Mein Leben ist nicht *leer*«, fauchte sie ihn an. Angesichts der alarmierten Blicke von Seiten der Besucher rings um das benachbarte Bett senkte sie die Stimme. »Ich habe Familie, und ich habe dich.«

»Mag sein, aber wie lange noch?«

»Erpressung?« Sie schnaubte. »Das wagst du nicht.«

»Ach nein?« Ein ironisches Grinsen huschte über sein Gesicht. »Wer, glaubst du, hat denn im vergangenen Jahr seine Versetzung nach Manchester *beantragt*?«

»Ich …« Hawkins' scharfe Erwiderung blieb ihr im Hals stecken, als sie begriff, wovon er sprach. Bis jetzt hatte sie nie infrage gestellt, dass Mikes Versetzung zur Dienststelle fünfhundertfünfzig Kilometer nördlich von London für sie beide eine unerfreuliche Überraschung gewesen war. Wenn Mike darum *gebeten* hatte, versetzt zu werden, musste er das getan haben, noch bevor Hawkins ihrem Exverlobten Paul von ihrer Affäre erzählt hatte.

»Du hattest sie beantragt?«

»Verdammt, ja, das hatte ich. Und weißt du auch, warum? Wegen deiner bescheuert selbstzerstörerischen Art. Du wärst mit heiler Haut davongekommen, wenn du am Silvesterabend wie verabredet zu mir gekommen wärst. Ich kann nicht einfach daneben stehen und tatenlos zusehen, wie du dich zu Tode rackerst, weil dein Job das Einzige ist, was dir nicht am Arsch vorbeigeht.«

Hawkins' klappte die Kinnlade herunter, doch sie brachte kein Wort hervor.

Während Mike weitersprach, sank sie auf das Kissen zurück.

»Wenn ich dir irgendetwas bedeute, Toni, dann hör auf mich, nur dieses eine Mal.« Er kramte etwas aus seiner Tasche hervor und warf es ihr auf das Bett. »Dein Telefon ist in schlechterer Verfassung als du, nachdem es im Fluss versenkt wurde. Deshalb werde ich das hier benutzen, um dich über den Fall auf dem Laufenden zu halten. Aber wage es nicht, dieses Bett hier zu verlassen, bevor die Ärzte dir grünes Licht geben, nicht einmal, um zu pinkeln. Hast du das verstanden?«

Sie starrte ihn noch einen Moment an, bevor sie fast unmerklich nickte.

»Gut.« Er trat zurück. »Und wenn du recht hast, was Tanner angeht, bietest du ihm nur die perfekte Steilvorlage, zu Vaughn zu gehen und ihm zu berichten, dass du den Bogen überspannst. Und wenn er das tut, brauche ich dir nicht zu sagen, was passieren wird.«

Er drehte sich um und ging zur Tür.

Hawkins saß bloß da und starrte auf das Airwave-Gerät auf ihrem Schoß, ein im digitalen Sicherheitsfunknetz der britischen Regierung operierendes Handy. Dabei dachte sie nach wie vor über Mikes klare Ansage nach. Wenn sie ihr Krankenhausbett vorzeitig verließ, könnte es das Ende ihrer Beziehung bedeuten.

Und selbst *sie* war nicht so dumm, das zu riskieren.

TEIL ZWEI

46

Hawkins stand allein in der Mitte der engen Stahlkabine. Es war nicht eindeutig, ob das Absacken ihres Magens eine Reaktion auf die abrupte Beschleunigung war oder auf die Vorahnung, wie die Reaktion auf ihren theatralischen Auftritt ausfallen würde.

Als der Aufzug zum Stehen kam, gab es einen letzten Ruck. Dann verkündete eine elektronische Frauenstimme, so vorhersehbar es auch sein mochte, dass die Türen sich nun öffnen würden. Das war nur einer der Gründe, weshalb sie für gewöhnlich die Treppe benutzte.

Als eintrat, was die elektronische Stimme vorhergesagt hatte, legte sich Hawkins' Verdrossenheit. Die Türen glitten auseinander, und durch den breiter werdenden Spalt kam ein vertrauter Anblick zum Vorschein – die Sonderermittlungsräume für besonders schwere Verbrechen in Hendon, Hauptquartier der Metropolitan Police für Ermittlungen bei Mord und Kapitalverbrechen.

Hawkins sah zu, wie sich der Raum vor ihr öffnete. Hier und da standen vereinzelt Schreibtische herum, einige davon verschwanden regelrecht unter Bergen noch nicht archivierter Schriftstücke aus Fällen, die unerwartet gelöst und abgelegt worden waren. Auf anderen standen schmutzige Tassen und lagen halb aufgegessene Packungen inzwischen versteinerter Hefeschnecken. Es gab wohl nur wenig ödere Räume als diesen, doch Hawkins war nicht an seinem Äußeren interessiert. Ihr Augenmerk galt den Mitarbeitern.

Nicht einmal ein halbes Dutzend Kollegen arbeitete momentan in dem Raum, weniger als üblich zu dieser Tageszeit. Dies lag zum Teil daran, dass es abgesehen von Hawkins' eigener Ermittlung gerade keine größeren Fälle gab. Zudem war es 7 Uhr morgens, lange bevor sich die meisten Detectives, die etwas auf sich hielten, aus dem Bett wälzten, im Spiegel betrachteten und sich die Frage stellten, was sie eigentlich verbrochen hatten, dass sie eine solch undankbare Arbeit verrichten mussten. In einem Job, bei dem das *Mindeste*, was die Öffentlichkeit verlangte, war, dass man jedes Mal den Bösewicht schnappte, war man praktisch zum Scheitern verurteilt. Wahrscheinlich war dies der Grund dafür, dass der Raum nur eine Rumpfmannschaft derer barg, die sozusagen die Arschkarte gezogen hatten und von ihren jeweiligen Teams dazu bestimmt worden waren, den Staffelstab an die kommende Schicht weiterzugeben. Dieser Vorgang würde sich irgendwann innerhalb der nächsten halben Stunde abspielen. Hawkins hatte ihre Ankunft so getimt, dass sie vor der Übergabe eintraf. Falls sie in diesem Büroraum, der heftigsten Gerüchteküche neuzeitlicher Polizeigeschichte, auf dem Arsch landen würde, dann wollte sie sicherstellen, dass so wenig Zeugen wie möglich anwesend waren.

Sie glitt aus dem Fahrstuhl, fixierte die Tür zur Einsatzzentrale auf der anderen Seite des Großraumbüros und setzte sich in Bewegung. Dabei ignorierte sie den Trauermarsch, den ihre Bauchmuskulatur anstimmte, und bemühte sich stattdessen, so elegant wie ein Model auf dem Laufsteg voranzuschreiten.

Einige wenige Beamte schauten auf und tauschten Höflichkeitsfloskeln mit ihr aus, als sie an ihnen vorbeistolzierte. Zwar betont anmutig, aber sehr langsam, versuchte sie sich beim

Gehen durch Nachdenken von der Belastung ihrer Bauchdecke abzulenken, und hielt den Kopf die ganze Zeit erhoben.

Es war Sonntagmorgen, und sie hatte drei Tage im St. Thomas' Hospital über sich ergehen lassen, auch wenn ihre Ungeduld ihre Heilung wahrscheinlich beschleunigt hatte. Das ungeplante Bad in der Themse hatte sie körperlich zurückgeworfen, weil die teilweise genesenen Muskeln aufs Neue strapaziert worden und einige innere Nähte gerissen waren. Glücklicherweise hatten die Ärzte sie nicht noch einmal operieren müssen, meinten jedoch, sie müsse wieder den Rollstuhl benutzen, zumindest bis sich ein neuerlicher Fortschritt zeigen würde. Natürlich hatte sie ihre Warnungen in den Wind geschlagen und war von Freitagnachmittag an auf Krücken herumgehumpelt. Ab Samstagmorgen war sie ganz ohne Hilfe ausgekommen, entschlossen, nicht auf vier Räder zurückgreifen zu müssen. Auch drei vierzehnstündige Nachtruhen hatten sich ausgezahlt und dabei mitgeholfen, dass sie das Krankenhaus auf eigenen Beinen hatte verlassen können.

Innerhalb eines Krankenhauses konnte man nur begrenzt umherschweifen, und die zusätzlich erzwungenen Erholungsphasen – das musste sie zugeben – hatten Wunder bewirkt. Die Ärzte empfahlen ihr zwar, noch länger Ruhe zu halten, brauchten aber auch das Bett, und drei Tage Bettruhe war für Hawkins das Höchste der Gefühle.

Niemand, der noch alle Tassen im Schrank hatte, sehnte sich nach einem chaotischen Raum voller unterbezahlter öffentlich Bediensteter zurück. Doch niemand hätte erleichterter sein können als Hawkins, die nun ihre zweite Auszeit von genau so einem Ort innerhalb von zwei Monaten beendete.

Vor allem war sie nicht bereit, Tanner noch länger an ihrem Stuhl sägen zu lassen. Mike hatte Wort gehalten und sie alle paar Stunden über den Fortgang der Ermittlungen informiert.

Es hatte zwar einige wenige Entwicklungen gegeben, aber keine weiteren Morde, während der Druck von oben, bei anderen Fällen voranzukommen, allmählich wuchs. Das hatte Tanner nicht davon abgehalten, den quer durch ihr Team laufenden Graben zu verbreitern. Maguire hatte ihr mehrmals versichert, sie brauche sich keinen Kopf zu machen, doch sie konnte zwischen den Zeilen lesen. Tanner, dieser heimtückische Intrigant, hatte seinen unverhofften Freiraum dazu genutzt, einen Teil des Teams abzuspalten. Nicht ganz zufällig gehörten jene beiden Mitglieder von Hawkins' Team dazu, mit denen sie nie warm geworden war.

Frank Todd, der selbst ernannte Feind von Managementgeschwafel, war erfahren und durchtrieben und hatte wahrscheinlich die Gelegenheit, Hawkins' Erzfeind zu unterstützen, beim Schopf ergriffen. Aaron Sharpe, der sich als Waschlappen und Versager erwiesen hatte, begrüßte die Gelegenheit zu einem Wechsel zweifelsohne ebenfalls.

Mike zufolge hatten Tanners Lakaien während der vergangenen drei Tage stramm gearbeitet, um aus ihrer Abwesenheit möglichst viel Kapital zu schlagen. Vielleicht ließ das einen gewissen Grad von Respekt erkennen, aber es bedurfte nur etwas überfälligen Glücks, bis Tanners Team einen Durchbruch erzielte, vielleicht sogar eine entscheidende Verhaftung vornahm. Und wenn das geschah, würde es Hawkins schwerfallen, *sich selbst* davon zu überzeugen, dass er den Job nicht verdient hatte.

Sie ging weiter, nach wie vor unsicher, ob ihr Körper nicht ohne Vorwarnung einfach zusammensacken würde. Doch es musste sein. Im Rollstuhl wieder bei der Arbeit zu erscheinen kam nicht für sie infrage. Der Kampfansage ihres ehrgeizigen Thronräubers etwas entgegenzusetzen war nur möglich, wenn sie Stärke ausstrahlte. Und in der faustkämpferischen Welt der

Mordermittlung seine Macht aus einem Rollstuhl heraus zu beweisen, während man in Höhe der Leistengegend seines Gegners saß, war ein unmögliches Unterfangen. Sie musste Tanner auf Augenhöhe gegenübertreten – von Angesicht zu Angesicht.

Deswegen trug sie hochhackige Schuhe.

Bis zur Hälfte der Strecke kam sie gut voran. Doch als sie noch etwa sechs Meter von der Einsatzzentrale entfernt war, musste sie mit Macht dagegen ankämpfen, vor Schmerz zu stöhnen und langsamer zu werden. Sie spornte sich an und bemühte sich, ihr Tempo zu halten, doch ihre verkrampften Muskeln brannten. Kurze Distanzen hatte sie im Krankenhaus zu Fuß und am vergangenen Abend zu Hause problemlos bewältigt, auch wenn sie bei diesen Übungsläufen wenig Wert auf ihre Haltungsnote gelegt und ihr jeweiliges Ziel häufig in gekrümmter Haltung erreicht hatte. Immerhin hatte sie es jedes Mal geschafft, und ihre Körperhaltung hatte sich in der kurzen Zwischenzeit entscheidend verbessert.

Im Gegensatz dazu hatte es sich wesentlich schwieriger erwiesen als erwartet, eigenhändig mit dem Rover ihres Vaters von Ealing nach Hendon zu fahren und es dann in aufrechter Haltung vom Parkplatz zum Aufzug zu schaffen. Nach den sieben Wochen, die sie nahezu in Passivität verbracht hatte, war sie nun körperlich geschwächt, und selbst leichteste Übungen fielen ihr schwer. Der Rollstuhl war zwar als solcher eine Tortur gewesen, aber darin war der Schmerz vergleichsweise erträglich gewesen, wie sie nun begriff. Nur dass es jetzt zu spät war zum Bedauern.

Umkehren ging gar nicht.

Eine Stunde nach Arbeitsantritt lehnte sich Hawkins in ihrem lederbezogenen orthopädischen Schreibtischstuhl zurück, während sich allmählich Frustration in ihr breitmachte. Sie neigte ihren Plastikbecher, sah dort nur die Reste von kaltem Kaffee aus dem Automaten und schob ihn von sich. Zwar war es eine Erleichterung, wieder mit dem Fall beschäftigt zu sein. Allerdings hatte sie gehofft, nach der Zeit der Erholung, des Schlafs und des Nachdenkens mit einem neuen Blickwinkel auf den Fall schauen zu können.

Fehlanzeige.

Auf der Bildschirmoberfläche ihres Laptops war Samantha Philips' Akte zu sehen. Die Schreibtischfläche um den Rechner herum war verborgen unter Ausdrucken der Vorgeschichten der Opfer. Der Fortschritt verlief quälend langsam. Hawkins rieb sich die Augen und spürte die Anspannung durch die konzentrierte Arbeit. Sie versuchte es mit Augenübungen und verlagerte ihren Fokus von nahe gelegenen Objekten auf weiter entfernte und wieder zurück. Das war eine Methode, die in dem letzten Gesundheitsmagazin empfohlen worden war, das sie mit einem Hauch von Aufmerksamkeit gelesen hatte. Anno 1996.

Ihr Blick schweifte zum Fenster, das ihr Büro von der Einsatzzentrale trennte, und auf die Aussicht dahinter. Dort standen in zwei Gruppen die kleeblattförmig angeordneten Schreibtische, die mittlerweile von Mitarbeitern ihres Teams okkupiert worden waren. Die räumliche Gestaltung der Einsatzzentrale entsprach nicht der Polizeiarbeit des einundzwanzigsten Jahrhunderts, da sie ihren Leuten einen in sich geschlossenen Raum bot, während zu dem moderneren Ansatz Besprechungen in Fluren sowie Arbeitsplätze gehörten, die zeitversetzt von mehreren Mitarbeitern genutzt wurden. Sogar Hawkins als DCI konnte von Glück reden, heutzutage noch ein eigenes Büro zu haben, da so etwas dem Trend der »offenen Führung« zuwiderlief.

Durch die halb geöffneten Jalousien entdeckte Hawkins, dass Aaron Sharpe gerade seine Tastatur reinigte und Amala Yasir am Telefon hing. Wie die beiden jeweils die erste Stunde ihres Arbeitstages begannen, spiegelte ihre Einstellung gegenüber den restlichen sieben wider. Mangels neuer Impulse bei der Operation Einspruch sollten die beiden liegen gebliebene Aufgaben von älteren Fällen abarbeiten. Mehr als sechs Tage waren nach dem Tod von Matthew Hayes vergangen, es hatte kaum mehr Fortschritte gegeben, und die Zahl verheißungsvoller Spuren schmolz dahin wie Butter in der Sonne.

Keine Überraschung war es, dass Steve Tanner und sein ergebener Anhänger Frank Todd, der offenbar ein Bündnis mit dem Mann eingegangen war, der nach seiner Auffassung bald das Team leiten würde, die Fäden der Ermittlung aufgegriffen hatten. Einer Nachricht zufolge, die ihr Tanner gestern auf ihrem Schreibtisch hinterlassen hatte, untersuchten die beiden Männer derzeit die Verzweigungen in den Familienstammbäumen, nach wie vor bemüht, zwischen den Opfern irgendeine Verbindung zu entdecken, die über jene hinausging, vom selben Mörder erschlagen worden zu sein. Hawkins hatte nichts unternommen, um das Paar zurückzubeordern, vor allem weil Tanner das tat, um das sie ihn gebeten hatte. Letztendlich war sie davon überzeugt, dass die Lösung dieses Falls nicht durch das Aufwärmen alter Kamellen erfolgen würde, die beim ersten Anlauf aus gutem Grund ignoriert worden waren. Ihre Erfahrung sagte ihr vielmehr, dass sie einem neuen Ermittlungsansatz nachgehen musste, einem Aspekt, der bisher noch nicht in Betracht gezogen worden war.

Doch ohne aktuelle Entwicklungen gab es keine neuen Spuren, die man hätte verfolgen können. Das elektronische Fahndungsfoto des Mannes, den mehrere Zeugen bei der Verfolgung von Matt Hayes kurz vor dessen Ermordung beobachtet hatten, war sowohl in den Lokalnachrichten als auch den landesweiten Nachrichten ausgestrahlt beziehungsweise gedruckt worden. Wie so häufig konnte man die Reaktion bestenfalls als laues Lüftchen bezeichnen.

Drei Morde in einem so kurzen Zeitraum hatten zunächst für eine ausgiebige Berichterstattung in den Medien gesorgt. Doch als die Serie der Morde abriss, war das Interesse schnell erlahmt. Dass die Opfer allesamt Exhäftlinge waren, hatte zwar die allgemeine Debatte über die Todesstrafe wieder angefacht, bedeutete aber auch, dass sich die Öffentlichkeit wesentlich sicherer fühlte, als es während Hawkins' letzter Ermittlung vor weniger als zwei Monaten der Fall gewesen war. Seinerzeit war jeder Einwohner Londons potenziell bedroht gewesen. Die entscheidende Frage musste also erst noch gestellt werden. Sie mussten bloß herausbekommen, wie diese Frage lautete.

Hawkins saß da und ging immer wieder alles durch. Mit einem Mal gerieten ihre Gedanken ins Stottern. Sie versuchte, einen klaren Kopf zu bewahren, doch das war, als wolle man Wasser mit einem Sieb schöpfen – sie warf alte Gedanken über Bord, während ständig neue hinzukamen.

Hawkins schüttelte den Kopf. Endlich sah sie ein, dass ein Besuch des psychologischen Beraters der Metropolitan Police überfällig war. Gegen die aufsteigende Erinnerung an das Gesicht des Angreifers ankämpfend, griff sie nach dem Telefon. Mitten in der Bewegung hielt sie jedoch inne und begriff, dass die Pflege ihres seelischen Wohlbefindens vorerst noch auf der Warteliste bleiben musste. Denn Mike hatte soeben die Einsatzzentrale betreten.

Sie schärfte ihre Sinne, als sie den ernsten Ausdruck auf seinem Gesicht bemerkte, und als er durch die Glasscheibe in ihre Richtung schaute, sträubten sich ihr die Haare. Sie schaute weg, unsicher, ob er sie durch die Jalousien sehen konnte oder ob eine Reflexion auf der Außenseite ihrer Bürofenster ihm die Sicht verdeckte.

Die Atmosphäre zwischen ihnen beiden war seit Mikes Wutausbruch am Donnerstagabend im Krankenhaus angespannt. Er hatte sie nach wie vor täglich besucht und sie am vergangenen Abend nach Hause gefahren, und sie hatten auch miteinander geredet, allerdings in unterkühltem Ton. Die Unterhaltung war höflich verlaufen, doch keiner hatte dem anderen so weit verziehen, dass er einen Versöhnungsversuch unternommen hätte. Weil Dinge von Belang unausgesprochen blieben, herrschte zwischen ihnen dicke Luft.

Er schlief wieder auf der Couch.

Sie sah zu, wie er den Raum durchquerte und dabei ein paar Worte mit Sharpe und Yasir wechselte, um dann nachzuschauen, ob auf seinem Arbeitsplatz Nachrichten hinterlassen worden waren. Er blieb einen Moment neben dem Schreibtisch stehen, sein Gesicht von ihr abgewandt. Hawkins konnte förmlich sehen, wie er um eine Entscheidung rang. Dann wandte er sich um.

Sie holte tief Luft, als er sich auf sie zubewegte, und beschloss, nicht diejenige zu sein, die den ersten Schritt tat. Mike klopfte höflich, bevor er die Tür aufmachte. »Guter Zeitpunkt?«

Sie nickte. »Natürlich.«

Mike trat ein. Er sah so müde aus, wie sie sich fühlte, nur dass *er* die Entschuldigung hatte, auf einer beinah zehn Zentimeter zu kurzen Couch schlecht geschlafen zu haben, weil er nach Hawkins' Rückkehr aus dem Krankenhaus aus ihrem gemeinsamen Bett geflogen war. Allerdings hoffte sie, dass der Hauptgrund für seine unruhige Nacht der gleiche war wie der ihre – nämlich wach zu liegen und ihren Streit zu bereuen.

Er lächelte zaghaft. »Du hättest mir sagen sollen, dass du so früh anfängst. Dann hätte ich dich gefahren.«

»Ist schon gut.« Sie erwiderte sein Lächeln. »Dad hatte nichts dagegen, dass ich seinen Wagen nehme, und die Ärzte meinten, ich solle gleich wieder meine normalen Tätigkeiten aufnehmen. Damit ich mich schnell wieder eingewöhne.«

Die Ärzte hatten zwar nichts dergleichen gesagt, aber das brauchte er nicht zu wissen.

»Toll.« Er unternahm einen fruchtlosen Versuch, unbeschwert daherzukommen. »Und wie fühlst du dich so?«

»Gut, eigentlich.« Sie stand so rasch auf, wie sie es sich traute, um ihre neu erlangte Mobilität zu demonstrieren. »Der Rollstuhl ist im Auto, aber ich glaube, ich brauche ihn nicht mehr.«

Die Unterhaltung geriet ins Stocken, und die nicht ausgesprochene Spannung zwischen ihnen verwandelte sich umgehend in ein unangenehmes Schweigen.

Mike brach es als Erster. »Vielleicht sollten wir darüber reden, was passiert ist.«

»Du hast recht. Aber können wir das später tun?« Sie machte eine wegwerfende Geste in Richtung ihres Laptops. »Ich bin irgendwie nicht bei der Sache.«

»Klar.« Unglücklich wirkte er nicht darüber, die Aussprache auf die lange Bank zu schieben. »Was gibt es Neues?«

»Leider nichts. Ich gehe gerade die Akten durch und versuche Sherlock-Holmes-mäßig eine neue Blickrichtung auf diesen verflixten Fall zu bekommen. Aber bis jetzt tappe ich im Dunkeln.«

Es entstand eine Pause, die Hawkins beinahe beendet hätte. Denn ein Teil von ihr wollte ihm von ihrem Schlafmangel erzählen, von ihrer Unfähigkeit, sich zu konzentrieren, von ihren Flashbacks. Aber der andere Teil war strikt dagegen. Wenn

Mike herausbekam, dass sie sich quälte, würde sie wahrscheinlich festgebunden auf ihrer Couch enden und ihren Vater flehentlich darum bitten, den Fernseher aus dem Fenster zu werfen.

Endlich machte Mike einen Schritt. »Soll ich helfen?«

»Warum nicht?«

Er zog einen Stuhl heran und gesellte sich zu ihr an den Schreibtisch. Gemeinsam begannen sie damit, zuvor schon einmal untersuchte Spuren noch einmal anzuschauen, um sicherzustellen, dass dabei nichts Offensichtliches übersehen worden war. Erleichtert stellte Hawkins fest, dass ihre gemeinsame Arbeit verhinderte, dass sich weiterhin eine negative Stimmung zwischen ihnen ausbreitete. Doch alles, was sie besprachen, war bekanntes Terrain. Immer wieder tauchten die gleichen Fragen auf.

Erstens: Wie fand der *Richter* das genaue Verbrechen des jeweiligen Straftäters heraus? Möglicherweise hatte er seine Zielpersonen schon identifiziert, bevor sie ihre Haftstrafen antraten, indem er die Berichterstattung in den Lokalnachrichten über jede Verurteilung verfolgte und dann schlichtweg wartete, bis sie ihre Strafe abgesessen hatten. Dafür allerdings wäre die Art von Geduld erforderlich gewesen, die den meisten Serienmördern nicht gerade im Blut lag. Im Übrigen führte diese Möglichkeit zurück zu der ursprünglichen, noch nicht beantworteten Frage: *Warum gerade diese drei?*

Und zweitens: Woher hatte der Mörder gewusst, wann seine Zielpersonen entlassen wurden? Zum Glück schien die Antwort auf diese Frage auf der Hand zu liegen, denn Yasir war es gelungen, unzählige Artikel aus der Lokalpresse zu jedem dieser Fälle auszugraben. Die Fälle aller drei Opfer hatten so viel Zündstoff geliefert, dass umfangreich über sie berichtet worden war, sowohl bei ihrer Inhaftierung als auch bei ihrer Entlassung. Die meisten Berichte brachten Daten und Fotos aus der Zeit, als sie aus dem Gerichtssaal abgeführt wurden. Je mehr Entrüstung jeder einzelne Fall hervorgerufen hatte, desto mehr selbsternannte Richter gab es leider wohl auch.

Schwieriger zu beantworten war die Frage, wie der *Richter* den Aufenthaltsort seiner Opfer ausfindig gemacht hatte, als sie sich in Freiheit befanden. Sam Philips und Matt Hayes hatten ihre neuen Adressen selbst erst kurz vor ihrer Haftentlassung erfahren. Aus diesem Grund waren die im Öffentlichen Dienst Beschäftigten eine zwar sehr undifferenzierte, aber großzügig sprudelnde Quelle, da sie jene Angestellten umfasste, die mit entschieden, wenn es um Einzelheiten bei der Rückkehr der Opfer ins Zivilleben ging.

Irgendetwas sagte Hawkins, dass hier der Schlüssel zu dem Fall lag. In der modernen Welt leichtfertig gehandelter persönlicher Informationen, in der vermeintlich private Daten zugänglicher waren als jemals zuvor, war es fast unmöglich, eine bestimmte Quelle zu ermitteln, die dem Mörder die entsprechenden Informationen geliefert hatte. Nun aber, da es drei verschiedene Beispiele zu untersuchen gab, würde vielleicht ein Ausschlussverfahren weiterhelfen.

Plötzlich erhob sich Hawkins ächzend aus dem Stuhl.

Mike stoppte mitten im Satz und schaute sich genau an, wie sie aufstand. »Erzähl mir nicht, du hast schon wieder deine Medikamente gegen Inkontinenz vergessen.«

»Sehr witzig«, feuerte sie zurück. »Ich weiß, wo wir jetzt sein sollten.«

Mike schaute sie konzentriert an. »Wo denn?«

Sie ließ ihn ein paar Sekunden zappeln und holte dann theatralisch Luft, so als wäre es eine Gnade von ihr, ihn an ihren Erkenntnissen teilhaben zu lassen.

»Spuck's schon aus«, drängte er. »Dann geh ich dir den Rest des Tages auch nicht mehr auf den Senkel.«

Hawkins ließ ein Lächeln erkennen. »Okay. Wir wissen, dass Tanner versucht, eine Verbindung zwischen den Opfern nachzuweisen. Vielleicht sollten wir stattdessen davon ausgehen, dass es überhaupt keine Verbindung gibt.«

»Ja und?« Mike schaute sie kritisch an. Wahrscheinlich fragte er sich, ob sie mehr daran interessiert war, alle zur Verfügung stehenden Ressourcen zu nutzen, oder ob sie einfach nur die Lösung finden wollte, bevor Tanner es tat. »Also ...«

Hawkins nahm ihren Mantel und nestelte auf der Suche nach dem Armloch darin herum. »Wenn sich der Grund dafür, warum Dinge passieren, nicht bestimmen lässt, braucht man manchmal einen wissenschaftlicheren Ansatz.«

Mike hob die Augenbrauen.

»Also«, kam sie seiner Bitte nach, »dieser Mörder hat es auf Exknackis abgesehen. Und wenn wir schon kein Glück dabei haben, herauszubekommen, *warum* er es tut, sollten wir uns vielleicht ein bisschen mehr damit beschäftigen, *wie* er es tut.«

47

»Bitte haben Sie etwas Geduld mit mir.« Eileen Thomas schob die Stapel mit dicken Aktenmappen zusammen und hievte mit einem unbehaglichen Ächzen ihren dicken Hintern vom Stuhl. Sie schlurfte durch den Raum und verteilte den letzten Stapel mit Schriftstücken zurück auf die jeweiligen Schubladen. Derweil saßen Hawkins und Maguire da und taxierten wohlwollend das mittelgroße Büro, in dem ihre Gastgeberin an einem von zwei großen Schreibtischen aus Holz arbeitete.

Eileen – sie bestand darauf, von ihnen so genannt zu werden – war leitende Verwaltungsangestellte im Holloway-Gefängnis und hatte rund vierzig Jahre Dienstzeit auf dem Buckel. Offenkundig war sie so stolz auf ihre Position, dass es ihr nichts ausgemacht hatte, von der Metropolitan Police an einem Sonntagnachmittag an ihren Arbeitsplatz beordert zu werden. Ihr Büro war Teil einer ungemütlich kalten Dachgeschossetage im Hauptgebäude, in das die Detectives vor vierzig Minuten begleitet worden waren. Angekommen waren sie noch eine gute halbe Stunde davor, doch aus irgendeinem Grund musste erst umständlich die Zustimmung des Gefängnisdirektors eingeholt werden, bevor man ihnen endlich Zutritt gewährte. Als Entschuldigung war verschämt etwas von verschärften Sicherheitsmaßnahmen infolge unlängst erfolgter Ausbrüche aus einer nahe gelegenen offenen Haftanstalt vorgebracht worden.

Grund ihres Besuchs war, herauszufinden, über welche Kanäle Entlassungsdaten und Adressen der Entlassenen aus Vollzugsanstalten wie dieser nach außen gelangen konnten. Ähnliche Termine hatten sie bei den Haftanstalten vereinbart, die Rosa Calano und Matthew Hayes aufgenommen hatten.

Der zweite Arbeitsplatz, diagonal gegenüber von Eileens, war nicht besetzt und im Gegensatz zu dem ihren aufgeräumt, was angeblich nur mit dem zweiwöchigen Urlaub ihrer Assistentin auf Korfu zu tun hatte. Abgesehen von einigen wenigen persönlichen Gegenständen, einem Papierkorb und einem Kleiderständer, war die Mitte des Raums bis zum Bersten gefüllt mit verschiedenen Kisten voller Dokumente. An sämtlichen Wänden standen hohe Aktenschränke, in denen in stummer Verleugnung des zunehmend digitalen Zeitalters außerhalb der Gefängnistore Ausdrucke der Gefangenenakte jedes einzelnen Häftlings herumgammelten.

Die Büromöbel selbst waren auf eine Art abgewetzt, die auf fortwährende intensive Nutzung hindeutete. Selbst einem zwanghaften Messie wäre der Raum schwerlich aufgeräumt vorgekommen, doch ihre Gastgeberin hatte mit flinker, geradezu roboterhafter Leichtigkeit jede einzelne Information gefunden, um die sie gebeten hatten. Auch ihre letzte Anfrage bezüglich der Korrespondenz zwischen dem Gefängnis und dem Haus in Bethnal Green, in dem Sam Philips untergebracht worden war, stellte offenbar keine größere Herausforderung dar, denn die mollige Irin kehrte flugs mit der entsprechenden Akte in der Hand an ihren Platz zurück.

Die Verwaltungsangestellte angelte nach ihrer Brille mit Kunststoffrahmen, die an einer Kette um ihren Hals hing, wischte sich die Nase an einem zerknüllten Taschentuch ab und richtete sich ihr Halstuch. Dann schlug sie die Akte auf, holte ein paar fotokopierte Formulare heraus und reichte sie über den Schreibtisch.

»Danke.« Hawkins nahm sie entgegen. »Wenn wir Ihnen eine Liste hierlassen, könnten Sie uns dann Scans aller Dokumente mailen, die wir uns heute angeschaut haben?«

Eileen verzog das Gesicht. »Das kann ich versuchen, wenn Sie möchten, aber eigentlich fällt das ins Ressort meiner Kollegin.« Sie deutete auf den verwaisten Schreibtisch auf der anderen Seite des Raums. »Leslie ist jünger als ich und viel vertrauter mit diesem neumodischen Computerkram. Mir ist es lieber, wenn meine Dokumente dort sind, wo ich sie abgelegt habe, wenn Sie wissen, was ich meine.«

Mike richtete seinen Blick auf das in der Ecke stehende Multifunktionsgerät. »Wenn doch alles gescannt wird, wieso dann die ganzen Aktenschränke?«

»Nun, ich will Sie jetzt nicht mit den ganzen gesetzlichen Bestimmungen langweilen«, erklärte Eileen, »aber wir sind nach wie vor dazu verpflichtet, unterschriebene Kopien sämtlicher bis in Urzeiten zurückreichender Gefangenenkorrespondenz aufzubewahren, entweder hier oder in den Archiven. Zweifellos werden sie das eines Tages ändern, aber ich werde aus ganzem Herzen dankbar sein, wenn sie damit zumindest so lange warten, bis ich in Rente bin.«

Hawkins wedelte mit den Fotokopien, die sie in der Hand hielt. »Wenn wir nur die Abteilungen in Augenschein nehmen, die in Einzelheiten über den Fall Samantha Philips eingeweiht waren – wer bekommt vertrauliche Unterlagen wie diese hier zu sehen?«

»Das kommt darauf an. Gerichtliche Angelegenheiten werden für gewöhnlich mit sicherer Post an das Justizministerium und an die Kanzlei des Anwalts geschickt, der die Häftlinge vertritt. Alles, was mit der Unterbringung oder gerichtlich bestellter Arbeit draußen zu tun hat, geht an die entsprechenden Ämter, zusätzlich an die betreffenden Bewährungshelfer und an die Gemeindeverwaltung. Informationen zur gesundheitlichen Situation durchlaufen die Zentrale des National Health Service. Sehr oft setzen wir noch die Pressestelle und das öffentliche Straftäterregister in cc, in manchen Fällen auch die örtliche Polizei. Und natürlich geht alles über den Tisch des Gefängnisdirektors, Mr Fitch. Jetzt lassen Sie mich mal kurz nachdenken, ob mir noch etwas entgangen ist.«

Hawkins sah zu, wie Maguire die umfangreiche Liste notierte. Allmählich ging ihr auf, wie viel Arbeit damit verbunden sein würde, das verschlungene Netzwerk von Dienststellen zu durchdringen, das Eileen allein aus dem Gedächtnis heraus hervorgezaubert hatte. Wenn sie dann noch das mit Sachbearbeitung und Auslieferung befasste Hilfspersonal miteinbezogen und man berücksichtigte, dass es hier um drei unterschiedliche Anstalten ging, war es vorstellbar, dass Dutzende, wenn nicht gar hunderte Menschen Zugang zu den Informationen hatten, die dazu notwendig gewesen wären, die drei Opfer nach ihrer Entlassung aufzuspüren.

Sie wollte gerade Eileen fragen, wer sonst noch Zugang zu den Unterlagen hatte, die jede einzelne Dienststelle aufbewahrte, als sie unterbrochen wurden. Hawkins drehte sich um und sah einen kleinen, kahlköpfigen Mann in einem makellosen grünen Anzug vom Flur in den Raum treten.

»Du meine Güte.« Eileen sprang auf. »Mr Fitch. Ich ... Ich wusste nicht ...«

»Setzen Sie sich doch, Ms Thomas«, wies er sie an. »Ich bin nicht gekommen, um Sie zu kontrollieren.«

Auch Hawkins erhob sich. »Mr Fitch. DCI Antonia Hawkins, und das ist DI Mike Maguire.«

»Ich weiß, wer Sie sind.« Fitch schüttelte ihr die Hand, die sie ihm entgegenhielt. »Ich habe Ihren spontanen Besuch bewilligt, daher wäre es nachlässig von mir gewesen, Sie hier hereinzulassen, ohne mich vorzustellen. Und in Anbetracht der jüngsten Ereignisse verstehen Sie sicher, dass wir noch vorsichtiger sein müssen als bisher, vor allem, was unser Archiv angeht. Ich begrüße jetzt alle Besucher, die sensible Bereiche unserer Anstalt betreten, sei es Wochenende oder nicht.«

»Sehr vernünftig«, stimmte ihm Hawkins zu.

Fitch trat einen Schritt zurück. »Aber ich will Sie nicht unterbrechen. Wir können uns später noch unterhalten.«

»Eigentlich sind wir fertig.« Hawkins trat von ihrem Stuhl zurück. Es brachte nichts, Eileens Reich weiter zu verminen. Die Liste, auf der Mike die Dienststellen mit Zugang zu Informationen über die Häftlinge notiert hatte, die auf Bewährung entlassen waren, würde ihr Ermittlungsteam tagelang auf Trab halten. Und selbst wenn sie alles durcharbeiteten, war sie nicht davon überzeugt, dass es irgendwohin führen würde.

Maguire und sie hinterließen ihre Visitenkarten und bedankten sich bei der Verwaltungsbeamtin. Die schien mehr als glücklich darüber, dass ihre Besucher nun gingen, auch wenn dies nach Hawkins' Vermutung eher damit zu tun hatte, dass ihr Chef sie zum Ausgang begleitete. Eileen erbot sich, einen Wärter zu rufen, doch Fitch schlug vor, die beiden sollten ihm stattdessen bis zu seinem Büro folgen, das auf dem Weg dorthin lag. Von dort werde er dafür sorgen, dass sie hinausgebracht wurden. Gemeinsam verließen sie den Archivraum und machten sich auf den Weg entlang des nüchtern eingerichteten Flurs.

Während sie Richtung Pforte gingen, hielt Fitch unaufgefordert einen Vortrag über seine Pläne für Holloway. Er bekleide seine Stelle noch keinen Monat, doch schon jetzt gebe es weniger Störfälle unter den Gefangenen und es werde umfangreich in die Renovierung von Zellen in den älteren Blöcken der Haftanstalt investiert. Er sprach von den gehobenen Standards, die er implementiert habe, und von seinen in Kürze anlaufenden Strategien, den Drogenkonsum innerhalb des Gefängnisses zu reduzieren. Dies alles unterstrich er mit flinken, knappen Handbewegungen.

Sie erreichten eine geschliffene dunkle Holztür, die im krassen Widerspruch zu dem schlichten Gang stand, in dem sie sich befanden. Fitch betätigte einen Fingerabdruckscanner, um ihnen den Weg in einen opulenten Raum zu öffnen. In diesem traten Plüschläufer und freundliche Farbtöne an die Stelle nackter Fliesen. Ganz am Ende des weitläufigen Empfangsbereichs schaute eine Sekretärin von ihrem Schreibtisch auf.

»Konnte Ms Thomas Ihnen die Informationen beschaffen, die Sie benötigen, Detectives?«, fragte Fitch, während sie weitergingen.

»Eileen scheint mir sehr kompetent«, erwiderte Hawkins.

»Ehrlich gesagt haben wir sogar ein bisschen mehr bekommen als das, worum wir gebeten hatten.«

Unvermittelt blieb Fitch stehen und wandte sich ihnen zu. »Und was genau *war* das?«

»Leider darf ich darüber nicht sprechen.« Sie lächelte zerknirscht. »Sicher verstehen Sie, dass wir die Kenntnis um unseren Ermittlungsstand möglichst geheim halten müssen. Das erspart uns eventuelle Komplikationen zu einem späteren Zeitpunkt.«

Der Gefängnisdirektor zog die Brauen zusammen. »Und *Sie* verstehen sicher, dass es meine Pflicht ist, dafür zu sorgen, dass der Ruf dieser Einrichtung geschützt wird. Wenn unsere Einrichtung unnötigerweise mit Ihren Nachforschungen in Verbindung gebracht wird, kann das Einfluss auf alles Mögliche haben, von der durchschnittlichen Haftdauer über das Verhalten von Häftlingen bis hin zur Arbeitsmoral. Wenn Sie also unangemeldet hierherkommen und anfangen, meine Angestellten über vertrauliche Informationen von Häftlingen zu befragen, dann habe ich jedes Recht zu wissen, über was gesprochen wurde.«

»In Ordnung«, erwiderte Hawkins. Fitch war offensichtlich kein leichtes Opfer, und er hatte in der Tat das Recht, diese Dinge zu erfahren. Er hätte von Rechts wegen auch ihrem Gespräch mit Eileen beiwohnen können, wenn er es gewünscht hätte. Ihre Nachforschungen bezüglich der Möglichkeiten, wie Informationen aus Gefängnissen wie diesem heraussickern konnten, wären jedoch schon schwierig genug, auch ohne die unvermeidlichen Komplikationen, die von Leuten wie Fitch verursacht wurden, deren Motivation es war, ihr Haus im rechten Licht erscheinen zu lassen. Das war der Grund, weshalb Hawkins überhaupt erst versucht hatte, sich an ihm vorbeizumogeln.

Widerwillig gab sie ihm einen Überblick, wobei sie ein wenig mehr preisgab, als erforderlich war. Sie hoffte, er würde ihr neue Erkenntnisse für einen Ermittlungsansatz liefern, der zumindest vorübergehend zum Stillstand gekommen war.

Fitch hörte aufmerksam zu, und obwohl er kaum etwas Hilfreiches beisteuern konnte, versprach er doch, sie wo immer möglich bei ihrer laufenden Ermittlung zu unterstützen. Allerdings nahm er im Gegenzug Hawkins das Versprechen ab, dass zukünftige Anfragen die Angelegenheiten des Gefängnisses betreffend immer direkt an ihn gerichtet würden. Das war kein Handel, auf den sie sich wirklich einlassen wollte, aber um seinem durchdringenden Blick zu entkommen, ging Hawkins darauf ein.

Nachdem er seinen Standpunkt deutlich gemacht hatte, führte der Gefängnisdirektor sie die kurze noch verbleibende Strecke bis zu seinem Büro, wo er sie einer Gefängnisaufseherin übergab, die er ihnen als Jones vorstellte. Dann verschwand er hinter seiner Bürotür.

Jones brachte sie auf dem gleichen Weg zurück, auf dem sie gekommen waren. Sie war eine ernste Frau, schlank, auf die fünfzig zugehend, die eine dunkelblaue Dienstuniform mit weißer Bluse trug – eine teilnahmslos dreinblickende Wärterin, wie sie im Buche stand. Hawkins schrieb das ihrer langjährigen Erfahrung zu, was Jones zu einer geeigneten Ansprechpartnerin für ihre nächste Frage machte.

Sie schloss zu ihrer Begleiterin auf. »Hätten Sie etwas dagegen, wenn ich Ihnen eine Frage stelle?«

Hawkins spürte den stechenden Blick von Maguire förmlich in ihrem Rücken.

Jones sah kurz zu ihr herüber. »Wenn es sein muss.«

»Wie viel Kontakt haben Sie tagtäglich mit den Gefangenen?«

Es war glasklar, dass Jones nicht zum Plaudern aufgelegt war, denn Hawkins' Neugier ließ sie die Augen zusammenkneifen. Doch sie gab eine Antwort. »Sie wollen, dass wir mit den Gefangenen sprechen, um Vertrauen aufzubauen und so weiter. Aber wir müssen dabei professionell bleiben. Mit einer Gefangenen darf man sich nicht anfreunden.«

Hawkins nickte. »Wie sieht es mit dem Schriftverkehr der Häftlinge aus?«

Dieses Mal entstand eine längere Pause. »Jeder Aufseher bearbeitet den Schriftverkehr seiner eigenen Gruppe von Knackis, pardon, Gefangenen. Wir müssen alle E-Mails und Briefe lesen, die reinkommen und rausgehen und auf Verdächtiges untersuchen, bevor wir sie weitergeben.«

Hawkins widerstand dem leichtfertigen Verlangen, Jones zu fragen, ob ihr Briefe untergekommen seien, in denen Preise für den Mord an Mithäftlingen angefragt wurden. »Wie viel Verdächtiges bekommen Sie zu sehen?«

»Nichts, was der Rede wert wäre. Selbst wer schwer von Begriff ist, kapiert recht schnell, dass wir solche Sachen mitkriegen, daher macht es auch keiner. Wenn sie hier drinnen Geheimnisse besprechen wollen, dann kommt jemand rein. Privatangelegenheiten werden im Besucherraum besprochen, unter vier Augen.«

»Interessant.« Um Jones' Ego zu schmeicheln, tat Hawkins so, als sei das etwas, was sie nicht erwartet hatte. »Dann lernen Sie die Leute ja im Laufe der Zeit ziemlich gut kennen. Wo sie herkommen, ob sie Familie haben und dergleichen.«

»Bei manchen vielleicht.« An einer Sicherheitstür blieb Jones stehen und suchte nach dem richtigen Schlüssel. »Viele Häftlinge beachten uns gar nicht.«

»Ich verstehe.« Hawkins sah zu, wie sie die Tür öffnete. »Kannten Sie Sam Phi…«

»Chief?«, fiel ihr Maguire mit lauter Stimme über ihre Schultern hinweg ins Wort.

Sie blickte sich um. »Ja?«

»Kann ich kurz mit Ihnen sprechen?«

Sie rang sich ein Lächeln ab. »Hat das Zeit?«

»Nee.«

Hawkins entschuldigte sich bei Jones und trat mit Maguire beiseite. Was nun kommen würde, war ihr vollkommen klar.

»Was tust du da?«, zischte er.

»Mich unterhalten. Wieso?«

»Du weißt verdammt genau, dass Fitch nicht will, dass du seine Leute in die Zange nimmst.«

»Wir reden hier wohl kaum von der spanischen Inquisition.« Hawkins schaute kurz zu der Wärterin hinüber. »Ich glaube nicht, dass sie uns verklagen wird.«

Maguires Blick wurde noch finsterer.

»Also *schön.*« Sie gab nach. »Ich höre auf damit.«

Sie gesellten sich wieder zu ihrer Aufpasserin und gingen schweigend weiter. Als sie den Eingang erreichten, warteten die beiden Detectives, um ihre persönlichen Sachen an der Schleuse entgegenzunehmen, während Jones nicht weit von ihnen stehen blieb.

Als Hawkins ihre Handtasche überreicht bekam, erklang mit einem Mal Geschrei. Unmittelbar darauf wurde eine junge Frau in engen Bluejeans von zwei Wärtern unsanft durch eine Seitentür in die Eingangshalle befördert, wobei die Stöckelabsätze der Frau über die Fliesen quietschten.

»Lasst mich los, ihr Wichser!«, schrie sie mit gellender Stimme. »Das ist beschissener Amtsmissbrauch!«

Die Wärter ignorierten sie, offenkundig mehr darauf bedacht, ihre zappelnde Fracht unter Kontrolle zu bekommen, ohne dabei eine Handvoll überquellender Brüste zu packen.

»Und überhaupt hat Lara einen Scheiß getan«, kreischte die Frau, während sie an ihnen vorbei in Richtung des Parkplatzes gezerrt wurde. Als die Tür zuschlug, erklang ihre Stimme leiser. »Versucht doch mal zur Abwechslung, ein paar echte Verbrecher einzubuchten.«

»Ein Tag wie jeder andere?«, fragte Hawkins den Beamten hinter der Glasscheibe, der kaum aufgeschaut hatte.

Sie verließen den Eingangsbereich und traten auf den Hof hinaus. Jones schloss hinter ihnen die Sicherheitstür, und Hawkins beobachtete, wie sie sich in die Dunkelheit des Raumes zurückzog und in Richtung der jungen Frau schaute, die mittlerweile lauthals schrie, man solle das Gefängnis in Schutt und Asche legen, während sie zum Haupttor geleitet wurde.

Sie folgten dem Trio und besprachen dabei leise andere mögliche Ermittlungsansätze, da Hawkins' prächtige Idee in Sachen Informationsfluss erst einmal auf Eis lag.

»Vielleicht sollten wir noch einmal ganz von vorne beginnen«, schlug Mike vor. »Wieder an die Tatorte gehen, noch einmal mit den Verwandten sprechen.«

»Schöne Idee.« Sie sah zu ihm hinüber. »Aber rate mal, was Tanner in genau diesem Moment tut. Er hat sich bereits mein halbes Team unter den Nagel gerissen und ist versessener denn je darauf, diesen Fall vor mir zu lösen. Ich kann nicht einfach dieselben Spuren wie er verfolgen und darauf hoffen, ihn rechts zu überholen. Wir müssen eine Spur verfolgen, an die er nicht gedacht hat, andernfalls taucht er strahlend wie ein Honigkuchenpferd mit der Lösung in Vaughns Büro auf und …«

Sie wollte gerade auf Mikes offenkundige Verwirrung reagieren, indem sie ihn über Tanners Pläne ins Bild setzte. Doch in diesem Moment wurden sie beide von dem Gekreische der gerade rausgeschmissenen Frau abgelenkt, die nun durch das letzte Eingangstor auf die Straße befördert wurde.

»Arschlöcher!«, schrie sie. »Lara ist unschuldig! Ihr werdet ihr schon bald Wiedergutmachung zahlen!«

Mike wartete, bis das Kreischen verstummte. »Was meintest du vorhin mit …«

Aber Hawkins hörte nicht mehr zu. Sie blieb zurück, worauf Maguire mitten im Satz abbrach, sich zu ihr umdrehte und sah, wie sie hektisch in ihrer Tasche wühlte. Schließlich fand sie die Dokumente, nach denen sie gesucht hatte, zog die entsprechenden Papiere hervor und starrte darauf.

»Ich werd verrückt«, sagte sie. »Das *ist* es.«

Mike trat näher. »Was denn?«

Hawkins antwortete nicht sofort, sondern blickte sich zum Gefängnisgebäude um und ließ die Erkenntnis, die sie gewonnen hatte, nach und nach auf sich wirken. Dann durchdachte sie ihre Einsicht noch einmal, um alle Zweifel auszuräumen. Urplötzlich fühlte es sich phantastisch an, wieder im Dienst zu sein.

»Toni«, insistierte Mike erregt. »Ich hasse es, wenn du mich so zappeln lässt.«

Sie wandte ihm das Gesicht zu, sich ihrer Eingebung nun sicher. »Hunter hat recht mit seiner Theorie, aber das ist nur die halbe Wahrheit. Ja, sie bekamen jeweils mildernde Umstände, aber nicht deswegen wurden diese Menschen getötet.«

Maguire starrte sie stumm an.

»Okay.« Hawkins reichte ihm die Ausdrucke. »Was siehst du hier?«

Er betrachtete jedes einzelne Blatt. »Die Opfer der Ermordeten.«

»Genau. Das Baby, das Rosa Calano zu Tode geschüttelt

hat, den Mann, den Sam Philips getötet hat, und das Kind, das Matt Hayes überfahren hat. Also …?«

Mike dachte einen Moment nach und hob dann die Schultern.

Hawkins kam ihm zu Hilfe. »Was, wenn die Verbindung gar nicht zwischen Calano, Philips und Hayes besteht? Was, wenn sie zwischen ihren drei Opfern besteht?«

»Dann verbinde sie.«

»Okay.« Sie wies nacheinander auf die Fotos. »Sechs Monate altes Baby, unschuldig. Teenager auf dem Fahrrad, unschuldig.«

»Schon«, unterbrach Mike sie, »aber was ist mit dem Vergewaltiger? Wir haben mit der Freundin gesprochen. Entweder war Brendan Marsh schuldig, oder sie hat die Geschichte total falsch verstanden.«

»Oder sie lügt.« Hawkins schnippte mit den Fingern. »Hast du *das* mal in Betracht gezogen?«

Sie sah, wie seine Gewissheit ins Wanken geriet, als ihm aufging, worauf sie hinauswollte.

»Wir haben das Pferd verkehrt herum aufgezäumt«, erklärte sie. »Wir sind davon ausgegangen, dass Philips die Wahrheit sagte, was die Vergewaltigung angeht. Aber was, wenn Marsh es gar nicht getan hat? Wenn dem so ist, dann sind alle drei ursprünglichen Opfer unschuldig, was unserem selbst ernannten *Richter* definitiv einen Grund liefert, Rache zu üben.«

»Möglich wäre es.« Mike fuhr sich mit der Hand durch sein kurzgeschorenes Haar. »Auweia.«

»Wenn ich also recht habe« – Hawkins wedelte mit den Ausdrucken herum – »dann hat es der *Richter* auf Leute abgesehen, die *unschuldige* Opfer getötet haben. Und wenn das der Fall ist, gibt es zwei Möglichkeiten. Entweder hat jemand anderes als Marsh Sam Philips vergewaltigt, oder es gab gar keine Vergewaltigung, oder der Mörder kennt nicht die ganze Geschichte. Aber welches Szenario auch immer der Wahrheit entspricht, es gibt eine Person, die mehr weiß, als sie gesagt hat.

Und das bedeutet«, resümierte sie, »es wird höchste Zeit, dass wir Sam Philips' bester Freundin noch einmal auf den Zahn fühlen.«

48

Bull hörte die anderen Fahrzeuge, noch bevor man sie sehen konnte. Der Lärm ihrer Motoren verwandelte sich von einem fernen Brummen in ein Dröhnen, das sich nach zwei Lastwagen des Stützpunktes und einem Panzer anhörte.

Ein Blick durch die offene Plane ihres Lkw bestätigte seine Vermutung. Die drei Fahrzeuge rasten im frühmorgendlichen Licht mit hoher Geschwindigkeit vorbei und wirbelten dabei Staub auf.

»Wo zum Teufel fahren die hin?«, fragte Cheshire, der auf der Sitzbank gegenüber saß.

»Hat jemand eine Ahnung?«, fragte Bull bei den anderen im Lastwagen nach. Keiner wusste etwas.

Der Junge wunderte sich zu Recht. Normalerweise schickte der Stützpunkt zu dieser Zeit, wenn die Nachtschicht gerade hereinkam, keine Einheiten mehr raus. Man riskierte sonst, dass die Fahrzeuge in der Dunkelheit auf der schmalen Zufahrtsstraße kollidierten und der Funkverkehr zusammenbrach, weil alle durcheinanderredeten. Es kam nur wenig infrage, weshalb sie jetzt Einheiten losschickten. Entweder reagierten sie auf einen akuten Notfall, griffen jemanden auf, der sich unerlaubt von der

Truppe entfernt hatte, oder bargen ein Team, dessen Transportmittel den Geist aufgegeben hatte.

Oder es gab ein größeres Problem.

Ihr Lastwagen wurde nicht langsamer, während sie auf dem holprigen Weg zurückfuhren. Die Zufahrt trug den Spitznamen Ann Summers' Approach, benannt nach dem größten Erotikversandhaus Großbritanniens – die Piste war so verdammt uneben, dass einem vor lauter Erschütterungen bei der Ankunft am Tor häufig das beste Stück eingeschlafen war.

Bull schloss die Augen und versuchte, die Kopfschmerzen zu ignorieren, die ihn schon seit Schichtbeginn quälten. Es war eine harte Nacht gewesen. Zweimal waren sie aus leichten Waffen beschossen worden und mehr als einmal nur knapp mit heiler Haut davongekommen. Schlimmer noch war, dass sie Zeit verschwendet hatten. In keinem der Häuser, die sie überprüft hatten, waren Waffen versteckt gewesen.

Der Lastwagen hielt eine Weile, dann fuhren sie weiter. Froh darüber, heil zurückgekehrt zu sein, registrierte Bull, dass sie das Südtor des Stützpunktes passierten. Beim Halt am Ende der Straße sprangen sie auf den trockenen, rissigen Erdboden und trabten um die Reihe der Container zum Ausrüstungslager. Bull und Cheshire erreichten es als Erste und gingen zu einem der Tische hinüber, um dort ihre Ausrüstung abzulegen.

Bull klinkte sein Marschgepäck aus und ließ es fallen. Dann ließ er die Schultern kreisen. Nach acht Stunden im Einsatz stanken sie alle wie die Pest; er wollte jetzt nur noch duschen und dann ab ins Stockbett. Es würde ein heißer Tag werden, und vierzig Grad hieß Moskitos ohne Ende. Aber wenn er so müde war wie jetzt, konnte Bull durchschlafen, komme, was da wolle. Plötzlich erklang der Befehl, Haltung anzunehmen.

Als er sich umdrehte, sah er Shaun Wilson, den Gruppenführer.

»Tut mir leid, Herrschaften. Ich weiß, ihr seid gerade erst reingekommen ...« – Wilson winkte einigen der Männer zu, die noch damit beschäftigt waren, ihre Körperpanzerung abzulegen – »aber ihr müsst eure Sachen anbehalten. Es ist etwas passiert, und wir brauchen draußen jeden Mann. Folgt mir.«

Er wandte sich zum Tor und fügte hinzu: »Nehmt eure Waffen mit.«

49

Die Tür des Secondhandladens war weder alarmgesichert noch mit einer versteckten Sprengladung versehen. Stattdessen musste Hawkins dem hölzernen Windspiel ausweichen, das hinter der Tür hin- und herschwang und dessen Stäbe ihr fast gegen das Gesicht geschlagen wären. Scheppernd prallte es gegen die Scheibe.

Während Mike und sie eintraten, erklang hinten aus dem Laden ein Ruf mit walisischem Akzent.

»Tut mir leid! Ich hänge das Ding lieber mal ab.« Eine pummelige Frau Mitte fünfzig eilte hinter dem Tresen hervor, in der Hand ein kleines Treppchen. Sie trug einen eleganten grauen Rock und einen dicken roten Pullover, die zueinanderpassten wie Katz und Hund. »Das hat die Neue gestern aufgehängt, als ich nicht hier war.«

»Kein Problem.« Mike schloss die Tür und entwirrte das Windspiel, das vom Deckenbalken herabhing. Dann reichte er es der Frau, die mittlerweile schnaufend bei ihnen angekommen war. »Wir sind dazu ausgebildet, mit schwierigen Situationen fertigzuwerden.«

Die Waliserin schaute ihn verwirrt an.

»DCI Hawkins und DI Maguire«, stellte Hawkins sie beide vor und hielt ihr die Marke entgegen. »Wir haben miteinander telefoniert.«

»Ah.« Ein Ausdruck des Verstehens huschte über das Gesicht der Frau. »Jetzt weiß ich Bescheid. Ja, ich bin Gwen Stevens, mir gehört der Laden. Sie wollen Nicola sprechen.«

»Ja. Sie sagten, heute Nachmittag sei sie hier.«

»Das ist sie auch, das arme Ding. Seit ihre Freundin ermordet wurde, ist sie nicht mehr sie selbst, müssen Sie wissen, aber sie hat darauf bestanden, zur Arbeit zu kommen. Sie ist nur mal kurz raus. Wir sind nämlich mit der Milch ein bisschen knapp dran. Es wird nicht lange dauern.«

»Gut.« Hawkins warf einen Blick durch das Fenster. Sie hoffte, nicht unterschätzt zu haben, welches Ausmaß an Geheimnissen Nicola Watts womöglich vor ihnen verbarg. »Ist es in Ordnung, wenn wir hier warten?«

»Natürlich.« Die Ladenbesitzerin zwinkerte ihr zu. »Wenn Nicky wieder da ist, machen wir Ihnen eine schöne Tasse Tee. Bis dahin schauen Sie sich ruhig um. Sie können sich aber auch von hinten einen Stuhl holen.«

Hawkins lächelte. »Wir stöbern erst mal ein bisschen.«

»Gerne.« Gwen hob das Treppchen wieder auf. »Ich habe momentan ein paar entzückende Jacken. Die würden einer hübschen jungen Dame wie Ihnen gut stehen.«

»Danke.« Hawkins sah ihr nach, als sie wieder zurück zum Tresen ging.

Mike und sie begannen sich umzuschauen. Hawkins konnte sich nicht erinnern, wann sie das letzte Mal in einem karitativen Secondhandladen gewesen war. Auf jeden Fall sah dieser hier anders aus als alle, die sie zuvor besucht hatte. Statt auf verstaubten Teppichen gingen sie auf sauberem Laminatboden, und wo sie Strickjacken und angeschlagene Teeservice verstorbener Pensionäre vermutet hätte, standen moderne Kaffeemaschinen und hingen Designerhemden zu Aktionspreisen. Doch ihre Aufmerksamkeit richtete sich vor allem auf das Fenster und die dahinterliegende Bethnal Green Road. Selbst für einen Sonntagmittag herrschte nur mäßiger Verkehr, und ein heftiger Wind ließ die meisten Fußgänger zu Hause bleiben. Während die Minuten verrannen, ohne dass eine Spur der Frau zu sehen war, wegen der sie hier waren, spannten sich Hawkins' Nerven zum Zerreißen an.

Als sie am Vormittag das Gefängnis verließen, hatte sie bewusst jene Rufnummer gewählt, die Watts ihnen für die Nachmittage angegeben hatte, eben jener Secondhandladen, in dem sie manchmal aushalf. Hawkins ließ sich von der Inhaberin bestätigen, dass Watts kommen würde, und vereinbarte dann, dass Maguire und sie zu Beginn ihrer Schicht auftauchen würden, um das Überraschungsmoment auf ihrer Seite zu haben. Leider sah es nun so aus, als sei Watts etwas früher gekommen und habe von Gwen schon erfahren, dass die Metropolitan Police zu ihr unterwegs war. Natürlich konnte der anschließende Auftrag, Milch zu holen, echt sein. Watts' Abwesenheit konnte jedoch auch darauf hindeuten, dass sie mehr verbarg, als Hawkins vermutete.

Aber konnte es etwas so Schwerwiegendes sein, dass sie die Flucht ergriff?

Die Frage erübrigte sich: Hawkins bewunderte ein Paar wunderschön gearbeitete Stiefel und bückte sich gerade, um das geschmeidige Leder zu berühren, als sie hörte, wie die Tür aufging.

»Hallo, Detective.« Nicola Watts stand mit einem Milchkarton in der Hand in der Tür. »Tut mir leid, wenn ich Sie habe warten lassen.«

»Schon in Ordnung.« Hawkins richtete sich auf. »Können wir allein mit Ihnen sprechen?«

»Ich war heute Morgen zu Hause.« Nicola Watts reichte Mike eine Tasse mit dampfendem Tee. »Sie hätten mich unter der Mobilfunknummer erreichen können, die ich Ihnen gegeben hatte.«

»Ich weiß.« Hawkins stellte ihre Tasse ab, damit der Tee abkühlen konnte. »Tut mir leid, dass wir Sie während Ihrer Arbeit behelligen, aber wir waren bis jetzt beschäftigt.«

Watts schien nicht überzeugt. »Viel Zeit habe ich nicht. Gwen muss um zwei weg.«

»Keine Sorge, wir halten Sie nicht lange auf«, versuchte es Mike mit seinem charmantesten Ton.

Leider erlag ihr Gegenüber seinem Charme nicht. Stattdessen starrte Nicola Watts Hawkins weiter an. »Worum geht es?«

Nicola zog sich auf einen Stuhl in der Ecke der kleinen Küche zurück, womit sie das kleine Dreieck von Körpern zwischen den eng beieinanderstehenden Einbauschränken vervollständigte. Im Gegensatz zu dem Laden im Erdgeschoss bestätigte dieser Raum sämtliche Vorurteile, die Hawkins gegenüber karitativen Secondhandläden hatte. Doch mochte es hier auch ein wenig beengt sein, so konnte hier zumindest niemand unabsichtlich mithören.

Watts sah wesentlich besser aus als in der Woche zuvor. Sie hatte Farbe im Gesicht, und an die Stelle ihres erschöpften Ausdrucks war eine warmherzige, kluge Miene getreten. Doch Hawkins hütete sich davor, zu befragende Personen nur nach ihrem äußeren Erscheinungsbild zu beurteilen.

Sie räusperte sich. »Wir müssen noch einmal die Ereignisse durchgehen, die dazu führten, dass Sam Brendan Marsh umgebracht hat.«

Watts runzelte die Stirn. »Warum?«

»Wir haben uns bis jetzt noch nicht erschöpfend mit der

ganzen Vorgeschichte auseinandergesetzt, sie könnte aber wesentlich wichtiger sein, als wir bisher annahmen. Ich möchte Ihre Version der Ereignisse hören.«

»In Ordnung.« Die Frau verschränkte jetzt die Arme und zog die Schultern hoch. »Wo soll ich anfangen?«

»Wie haben sich die beiden kennengelernt?«

Watts dachte einen Moment nach, bevor sie eine Antwort gab. »Er war unser Englischtutor in der Oberstufe. Er war in jenem Jahr gerade erst zum Kollegium dazugekommen, daher nehme ich an, sie sind sich in der ersten Stunde begegnet. Wann genau das war, müssten Sie bei der Schulbehörde nachfragen.«

Hawkins hob die Hand. »Das reicht uns. Haben sie sich gut verstanden?«

»Ja.« Watts wirkte mittlerweile nervöser, und ihr Blick huschte zwischen ihren Besuchern hin und her. »Er war jünger als die anderen und von daher witziger ... Sie wissen schon, freundlicher. Natürlich ahnten wir da noch nicht, warum.«

Sie war bereits nahe davor, die Fassung zu verlieren. Hawkins fragte sie mit sanfter Stimme: »Haben sie sich außerhalb der Schule getroffen?«

Watts schaute zur Decke. »Ja, aber nicht, was Sie jetzt denken, nicht ... privat. Sam quälte sich mit ihren Abschlussprüfungen ab, und er bot ihr seine Hilfe an. Er schien nett zu sein, und so haben sie eben angefangen, sich zu treffen, zuerst in den Pausen, dann auch an den Abenden.«

»Wo haben sie sich getroffen?«

»Bei ihm zu Hause. Er wohnte allein, und es war ganz in der Nähe.«

»Sind Sie auch mal dort gewesen?«

»Nein.«

»Also war da nichts zwischen den beiden, nichts Unprofessionelles in seinem Verhalten?«

Watts wandte den Blick ab. Sie sah aus wie jemand, der dazu gedrängt wurde, das Vertrauen einer Freundin zu missbrauchen. Nach einem Moment wandte sie sich wieder Hawkins zu. »Er hat ein paarmal versucht, sie zu küssen, aber sie hat es ihm nie erlaubt.«

»Das steht nicht im Gerichtsprotokoll. Warum hat Sam das nicht ausgesagt?«

Watts holte tief Luft und stieß dann einen tiefen Seufzer aus, bevor sie antwortete. »Weil sie so mit Männern umsprang.«

Hawkins kniff die Augen zusammen. »Sie hat ihm etwas vorgemacht?«

»Vielleicht.« Sichtlich frustriert stand Watts auf. »Aber sie hat nicht in Sex eingewilligt.«

»Wie können Sie sich da sicher sein?«

Watts kaute auf ihrer Unterlippe herum, und plötzlich wurde ihre Miene hart. Sie wandte ihnen das Gesicht zu. »Was wollen Sie eigentlich wirklich von mir wissen?«

Hawkins wechselte einen Blick mit Maguire, ehe sie fragte: »Ist es möglich, dass Brendan Marsh Sam nicht vergewaltigt hat?«

Die Falten auf Watts' Stirn gruben sich tiefer ein. »Nein.«

»Sie scheinen sich da sehr sicher zu sein. Beim letzten Mal sagten Sie, Sam habe häufig gelogen. Woher wollen Sie wissen, dass sie in diesem Fall nicht auch gelogen hat?«

»Das hat sie ganz bestimmt nicht, okay? Ich kannte Sam. Ich habe es gemerkt, wenn sie die Wahrheit sagte. Bei so etwas hätte sie nicht gelogen.« Jetzt standen ihr Tränen in den Augen.

»In Ordnung.« Hawkins legte eine Pause ein, um Watts

die Möglichkeit zu geben, sich wieder zu sammeln. Dabei verbarg sie ihre Frustration. Damit ihre Theorie funktionierte, musste auch Brendan Marsh unschuldig gewesen sein. Aber Watts' Reaktion deutete darauf hin, dass sie ihn wirklich für schuldig hielt. Und das Vorstrafenregister des Lehrers ließ darauf schließen, dass sie damit recht hatte. Aber Hawkins glaubte, ihre Theorie habe so viel Hand und Fuß, dass sie einen weiteren Versuch unternahm.

»Okay, Nicola«, sagte sie. »Betrachten wir die Ereignisse nach der Vergewaltigung. Geht es wieder?«

Watts wischte sich die Tränen vom Gesicht und schniefte. »Ja.«

Langsam setzte sich Watts wieder hin. Hawkins versuchte die Beschwerden auszublenden, die es ihr bereitete, den größten Teil der vergangenen halben Stunde gestanden zu haben. Trotz dreier zusätzlicher Tage Schonung war ihr Körper noch nicht wieder in Normalform. Zum Glück redete Watts nun wieder und lenkte sie damit ab.

»Sam kam direkt zu mir, nachdem es geschehen war. Es war spätabends vor einem Schultag, aber sie konnte nicht nach Hause; ihre Mum war ein paar Jahre zuvor gestorben, und ihrem Vater konnte sie sich nicht anvertrauen. Ich versuchte sie dazu zu bewegen, zur Polizei zu gehen, aber sie war zu sehr durch den Wind. Sie ist danach längere Zeit nicht mehr in die Schule gegangen, und ich habe sie nicht mehr so oft gesehen. Die Schule nahm Kontakt mit ihrem Dad auf, aber er hat nichts unternommen. Er ist ein Nichtsnutz.«

»Keiner von Ihnen hat irgendwem etwas davon erzählt?«

»Nein. Sie hat mich zur Verschwiegenheit verpflichtet, daher habe ich kein Wort davon gesagt. Auch sie hat erst vor Gericht alles erzählt. Da kam dann alles heraus.«

»Alles?«

Es entstand eine Pause, bevor Watts nickte.

»Wann fingen Sams Alkohol- und Drogenprobleme an?«

»Bald nach der Vergewaltigung. Vorher hat sie es nie damit gehabt.«

»Und zu dieser Zeit hat sie auch angefangen herumzuhuren?«

»Ja.«

Hawkins wählte ihre Worte mit Bedacht. »Also, wenn sie nach dem Übergriff herumgehurt hat und mit Kerlen flirtete, bevor es passierte – wie können Sie da so sicher sein, dass sie keine Beziehung mit Marsh hatte?«

Sie musste einen empfindlichen Nerv getroffen haben, denn plötzlich hob Watts den Kopf.

»Das hatte sie nicht – davon hätte ich gewusst. Wir waren beste Freundinnen. Beste Freundinnen wissen so etwas.«

Hawkins hakte nach. »Könnte sich Sam eine Beziehung mit ihm *gewünscht* haben?«

Watts' Miene erstarrte, und sie schaute Hawkins direkt an. »Worauf wollen Sie hinaus?«, fragte sie leise.

Nun hieß es alles oder nichts. Hawkins ließ es darauf ankommen. »Ist es möglich, dass er sie abgewiesen hat, und das hat ihr nicht gefallen?«

»Was fällt Ihnen ein?« Watts sprang auf. »So war das nicht. Ja, es stimmt, sie hat geflirtet, aber ihr war nicht wirklich klar, welche Konsequenzen das haben könnte. Sie war noch Jungfrau, als er sie vergewaltigt hat.«

Hawkins wusste, dass sie Watts gegenüber im Vorteil war. »Aber Sam hat danach keinen Arzt aufgesucht. Woher wissen Sie so genau, dass es überhaupt zu einer Vergewaltigung gekommen ist?«

»Weil der Mistkerl sie geschwängert hat, okay?« Watts brüllte mittlerweile. »Und falls Sie wissen wollen, woher ich das weiß: Ich war diejenige, die ihr die Hand gehalten hat, als sie die beschissene Abtreibung hat vornehmen lassen.«

Hawkins bedankte sich bei Gwen, als sie mit Maguire den Secondhandladen verließ, so schnell es ihre protestierenden Bauchmuskeln erlaubten, bestrebt, die Frau, die bald Bruchstücke ihrer hitzigen Debatte erfahren würde, nicht in ein Gespräch zu verwickeln. Die verhaltene Reaktion der Ladenbesitzerin deutete darauf hin, dass sie bereits genug von dem Geschrei ihrer Freundin mitbekommen hatte, um zu wissen, dass etwas nicht in Ordnung war.

Völlig aufgelöst hatte Nicola Watts sie beide hinausgeworfen.

Normalerweise ließ sich Hawkins von zu befragenden Personen nichts befehlen, schon gar nicht, wenn sie wichtige Informationen zurückgehalten hatten. Aber sie hatte etwas von dem erfahren, weswegen sie gekommen war, und ihnen lief die Zeit davon.

Sie traten auf den Bürgersteig hinaus, wo eine heftige Bö den Regen vor sich hertrieb und sie auf dem Weg zum Wagen die Augen zusammenkneifen ließ. Angesichts des Wetters waren nach wie vor nur wenige Menschen unterwegs.

Erst als sie den Schutz einer Bushaltestelle zwanzig Meter vom Laden entfernt erreichten, packte Mike Hawkins am Arm und wirbelte sie herum. »Was zum Teufel war das denn jetzt?«

»Was zum Teufel war *was*?« Sie riss sich los und nahm dankbar die Gelegenheit wahr, auf einer der Klappbänke niederzusinken.

»Das war völlig unangemessenes Verhalten. Du hast sie genötigt.«

»Ach komm schon, nun tu nicht so, als hättest du noch

nie jemanden zu einer Aussage gedrängt. Das ist doch praktisch das letzte geeignete Mittel, das wir noch haben. Und erzähl mir jetzt nicht, das wäre typisch englisch; ich habe *Judge Judy* gesehen.«

Maguire sah aus, als würde er gleich ein Donnerwetter veranstalten. Stattdessen beugte er sich zu ihr vor und sagte in strengem Ton: »Du hast die Kontrolle verloren. Ich bin mir nicht sicher, ob es dir überhaupt darum geht, diesen Mörder zu entlarven; du willst bloß nicht, dass Tanner ihn zuerst findet.«

Nun flammte auch in ihr Wut auf. »Das stimmt nicht.«

»Du hast diese Frau wirklich durcheinandergebracht, Toni, und wofür? Was wolltest du damit beweisen?«

Sie wölbte die Brauen. »Tja, vielleicht solltest du dich ein bisschen weniger auf mich und ein bisschen mehr auf diesen Fall konzentrieren.«

»Was soll *das* jetzt heißen?«

»Sie zu bedrängen war die einzige Möglichkeit, die ganze Geschichte zu erfahren. Sie hat diese Abtreibung aus einer Art falscher Loyalität gegenüber ihrer verstorbenen Freundin heraus geheim gehalten und wäre damit nie herausgerückt, wenn nicht Sams Integrität auf dem Spiel gestanden hätte. Ich habe getan, was ich tun musste, und jetzt können wir einen ganz neuen Ermittlungsansatz verfolgen. Dank mir und meiner riskanten, aber gerechtfertigten Methode.«

Mike zog die Brauen zusammen. »Was denn für ein neuer Ansatz?«

Sie lächelte. »Samantha Philips hatte eine Abtreibung, richtig?«

»Ja, und?«

»Da hast du dein unschuldiges Opfer.«

50

Bull überprüfte den Stand der Sonne. Sie war bereits ein gutes Stück über dem Horizont, was bedeutete, dass nur noch wenige Stunden eine erträgliche Temperatur herrschen würde. Sie mussten diese Sache hier erledigen, bevor die Sonne erbarmungslos brannte.

Er folgte dem Konvoi weitere anderthalb Kilometer auf der staubigen Straße, als ihr Sergeant an der Heckklappe des vor ihnen fahrenden Lastwagens auftauchte und sich mit einer Handbewegung von ihnen verabschiedete.

»Hier links, Chef«, sagte Cheshire vom Beifahrersitz aus.

»Ich weiß, wohin wir fahren«, antwortete ihm Bull. »Ich brauche keine Richtungsangaben von irgendwelchen Deppen.«

»Ja, sicher doch.« Cheshire grinste. »Wenn du es schaffst, das Ding hier länger als anderthalb Kilometer auf der Straße zu halten, dann glaube ich dir vielleicht.«

Bull sagte ihm, er solle sich verpissen. Doch der Junge lag womöglich gar nicht so daneben. So erschöpft hatte er sich schon lange nicht mehr gefühlt. Vielleicht hatte er einen Sonnenstich. Er hatte natürlich kein Wort davon gesagt, um sich nicht zum Gespött zu machen. Aber es fiel ihm schon schwer, einfach nur wach zu bleiben, und sie wären mehrmals fast im Graben gelandet. Bemüht, nur ja nicht einzuschlafen, blinzelte er heftig. Er musste wachsam sein bei dem, was sie vorhatten.

Sie rumpelten von der Piste auf einen Schotterweg. Bull sah, wie die drei anderen Wagen hinter der nächsten Kurve verschwanden. Er hoffte, dass es nicht lange dauern würde, bis sie sich ihrer Einheit wieder anschließen könnten. In den letzten Stunden war im Irak die Hölle los gewesen.

Alle hatten an der Einsatzbesprechung, zu der sie unmittel-

bar nach ihrer Rückkehr von der Nachtschicht gerufen worden waren, teilgenommen: Jeder Soldat des Stützpunktes war anwesend gewesen und dazu noch ein paar andere. Ein General, den kein Mensch kannte, hatte ihnen berichtet, wie die Lage aussah.

Am vergangenen Abend war es zu einer Reihe aufeinander abgestimmter Sprengstoffanschläge gekommen, bei denen in zwei Dörfern im Norden nahe Mossul, deren Einwohner jesidische Kurden waren, hunderte Menschen ihr Leben verloren hatten. Der Generalstab vertrat die Ansicht, es könne sich um den Beginn einer größeren Offensive der Aufständischen handeln, und auch andere weiche Ziele, etwa Basra, könnten davon betroffen sein. Sie wollten, dass alle als Friedenstruppe auf den Straßen Präsenz zeigten, und sie wollten militärische Stärke beweisen, um weitere Angriffe abzuwehren.

Und was, wenn man gerade vierundzwanzig Stunden nicht geschlafen hatte? Pech gehabt. Du bist Soldat, steh es durch und jammere nicht herum.

Derzeit waren die britischen Truppen im Süden stationiert, doch je nachdem, wie sich die Lage entwickelte, würden sie womöglich in den Norden verlagert werden müssen, um die Amerikaner zu unterstützen. Das bedeutete, dass sie auf Straßen vorrücken mussten, die sie normalerweise nicht benutzten, darunter auch eine, die seit Wochen nicht auf Minen abgesucht worden war.

Es war eine kurze, nur fünfzig Meter über ein Feld verlaufende Verbindungspiste, die ihnen jedoch einen viertelstündigen Umweg über Hauptstraßen ersparen würde, falls sie kurzfristig größere Truppenteile verlagern mussten. Es war unklar, ob der Feind sich die Mühe gemacht hatte, eine so kleine Strecke zu verminen, aber man wollte lieber auf Nummer sicher gehen. Bull hatte mit eigenen Augen gesehen, was diese Dinger bei einem Snatch Landrover anrichten konnten.

Er und Cheshire waren dazu abkommandiert worden, innerhalb von zwei Stunden die Räumung auf diesem Abschnitt vorzunehmen und sich dann wieder den anderen anzuschließen. Die Truppe war recht weit über ein größeres Gelände verteilt worden, sodass sie beide erst einmal auf sich allein gestellt waren.

»Ist sie das?«, wollte Cheshire wissen und deutete dabei nach vorn auf einen steinigen, nicht asphaltierten Weg, der von der Hauptstraße abzweigte, bevor er eine Anhöhe hinauf zu etwas führte, das wie eine Asphaltstraße aussah.

»Ja.«

Bull hielt an der Kreuzung, wo die Schotterpiste begann. Er schaute in die Rückspiegel, um sich zu vergewissern, dass keine anderen Fahrzeuge in der Nähe waren. Die Straßen waren menschenleer. In alle vier Richtungen erstreckte sich bis zum Horizont nichts als Sand, und seit sie den Stützpunkt verlassen hatten, hatten sie kein Fahrzeug überholt.

Er langte hinter den Sitz nach den Minensuchgeräten. »Auf geht's.«

51

Während des gesamten Rückwegs von Bethnal Green nach Hendon war Mike nach wie vor stinksauer. Jedem halbherzigen Versuch von Hawkins, eine Unterhaltung zu beginnen, ging er aus dem Weg. Vom Beifahrersitz aus beobachtete sie, wie er den Wagen auf den Parkplatz am Becke House fuhr. Noch immer war sie sich nicht sicher, was ihn mehr ärgerte – ihre ein wenig unsanfte Behandlung von Nicola Watts oder seine eigene Begriffsstutzigkeit. Denn aufgrund ihrer Abtreibung war auch Sam Philips verantwortlich für den Tod eines

Unschuldigen. Vielleicht hatte er ja nicht ganz unrecht, was ihr Verhalten anging, aber er hasste es auch, wenn ihm etwas entging, fast so sehr wie sie selbst.

Tatsächlich vermutete sie, dass der Grund für seine Wortkargheit aus einer Mischung von beidem bestand, auch wenn Maguire offenkundig nicht in der Stimmung war, darüber zu sprechen. Er hatte jenen typisch männlichen Gesichtsausdruck aufgesetzt, der suggerierte, dass Männer im Gegensatz zu Frauen leicht zu verstehen seien, und wehe dem, der es wagte, das infrage zu stellen.

Er parkte den Wagen, zog die Handbremse so fest an, dass er den Knüppel fast in eine senkrechte Position gerissen hätte, stieg aus und knallte die Tür zu. Hawkins sah ihm mit wachsendem Unbehagen nach und begriff erst, dass er darauf wartete, die Türen zu verschließen, als seine Taille vor dem Fenster auftauchte.

Entschlossen, die Ruhe zu bewahren, zählte sie bis zehn und stieg dann ebenfalls aus. Dann drehte sie sich um und wollte ihn über das Dach des Wagens hinweg ansehen. Doch er hatte sich bereits abgewendet und ließ im Weitergehen den Piepton der Zentralverriegelung aufjaulen.

»Hey.« Nun entschlossen, eine Aussprache herbeizuführen, ging ihm Hawkins hinterher, zuckte jedoch bei dem Versuch, mit ihm Schritt zu halten, zusammen. Er beachtete sie nicht. Daraufhin rief sie ihm erneut hinterher, verstärkte ihre Bemühungen und hatte ihn schließlich an der Tür eingeholt.

»Findest du nicht, dass du ein klein wenig überreagierst?« Sie packte ihn am Arm, worauf er sich zu ihr umdrehte. »Bleib bitte stehen.«

Zum ersten Mal seit einer halben Stunde blickte Mike sie an. »Warum? Damit ich bei deiner nächsten durchgeknallten Nummer in der ersten Reihe sitze?«

Hawkins musterte ihn und begriff, dass seine schlechte Laune nicht nur mit diesem Nachmittag zusammenhing. Die Wurzeln des Problems lagen tiefer. Das erklärte auch, warum er so sauer war.

Ihr Ton wurde versöhnlicher. »Worum geht es hier eigentlich?«

»Wenn ich dir im Weg bin, sollte ich vielleicht wieder um eine Versetzung bitten.«

»Warte mal.« Als die Tür neben ihnen aufging und zwei Kriminaltechnikerinnen herauskamen, senkte sie ihre Stimme. »Was hat das jetzt damit zu tun?«

Mike wartete, bis die beiden Frauen außer Hörweite waren. »Ernsthaft, Toni, was soll das alles? Im Moment habe ich keinen Partner, weder zu Hause *noch* bei der Arbeit.«

Sie runzelte die Stirn. »Geht es hier jetzt um *uns*?«

»Nein, es geht um *dich*. Du willst diesen Job offenkundig so sehr, dass du deshalb nach wie vor Schindluder mit den Vorschriften treibst. Du hast mich bei jeder größeren Entscheidung in diesem Fall außen vor gelassen, und bei der wenigen Aufmerksamkeit, die du mir zu Hause schenkst, könnte ich genauso gut woanders sein.«

»Das ist nicht wahr«, protestierte sie, verzweifelt bemüht, ein Beispiel anzubringen, das sein Argument entkräftet hätte. »Ich brauche dich mehr denn je.«

»Genau. Brauchen, nicht *wollen*.« Er machte Anstalten zu gehen.

Sie hielt ihn erneut fest. »Du weißt, dass ich das nicht so gemeint habe.«

»Und warum spricht dein Dad dann immer noch in *deinem* Hinterzimmer im Schlaf?«

»Ah.« Sie hielt inne und begriff, dass es wie gewöhnlich, wenn es Probleme mit Männern gab, auf den Sex hinauslief.

Sie konnte es ihm allerdings nicht verübeln; seit Mikes Rückkehr hatten sie kaum mal Händchen gehalten.

»Ich weiß, dass du frustriert bist«, versuchte sie ihn zu besänftigen, »das bin ich auch. Aber du kennst mich doch: Ich muss wieder Fuß fassen und eine ordentliche DCI abgeben. Dazu stresst mich diese Sache mit Tanner. Mir schwirren andere Dinge im Kopf herum, aber ich will genauso sehr wie du, dass es mit uns klappt.«

Sie sah, wie Maguires missmutiger Ausdruck allmählich verschwand, und legte nach, indem sie auf ihn zutrat und ihn umarmte. »Wir müssen uns einfach wieder zusammentun.«

Mike gab einen Laut der Zustimmung von sich und zog sie an sich. Hawkins fragte sich, ob ihre Narben seit ihrem letzten erfolglosen Versuch, sie mit Make-up zu verbergen, in den letzten paar Tagen wohl verblasst waren.

Sie war im Begriff, ihre Fassung zurückzugewinnen, als es in Mikes Hosentasche klingelte.

Sie lösten ihre Umarmung, während er nach seinem Handy tastete und auf das Display schaute. »Ich gehe da lieber mal dran.«

Sie nickte. »Ist wieder alles in Ordnung mit uns?«

»Ja.« Er seufzte. »Der Druck setzt uns wohl beiden zu. Wir sehen uns dann oben.« Er trat beiseite.

Hawkins hielt ihren Ausweis vor den Scanner und betrat die Eingangshalle des Becke House. Während ihre Schritte auf den harten 1960er-Jahre-Fliesen widerhallten, grübelte sie über ihren Fall nach.

»Antonia?«

Sie blieb stehen und sah sich um. Sie war so sehr in Gedanken vertieft gewesen, dass sie nicht einmal registriert hatte, wer ihr gerade im Flur entgegengekommen war. »Tut mir leid, Sir, ich war gerade mit meinen Gedanken ganz woanders.«

»Kein Problem.« Vaughn drehte sich um und trat einen Schritt auf sie zu. »Ich hatte Sie gerade gesucht. Wie läuft es mit dem Fall?«

»Gut.« Sie wurde sich bewusst, dass sie neben einer Reihe verwaister Räume im Erdgeschoss standen, und drückte daraufhin die Klinke der nächstgelegenen Tür nieder. »Kommen Sie, ich bringe Sie auf den neusten Stand.«

Er schaute auf seine Uhr. »Wenn wir uns beeilen. Ich bin nur reingekommen, um ein wenig Schreibkram zu erledigen. Ich wollte mit meiner Frau zum Abendessen ausgehen.«

Sie traten in das kleine Büro, das mit einem runden Tisch und zwei Stühlen, einem Telefon und einem Datenkabel für die Laptops von Besuchern bestückt war.

Während sie die Tür schloss, schaute er sie erwartungsvoll an. »Das muss ja jetzt hörenswert sein.«

Sie lächelte. »Es ist zu dem jetzigen Zeitpunkt nur eine vorläufige Information, könnte sich aber als entscheidend erweisen. Ich hatte gehofft, erst noch ein wenig tiefer zu graben, ehe ich Sie über den Stand der laufenden Ermittlung informiere, aber da Sie nun mal gefragt haben …«

Natürlich wäre es sinnvoller gewesen, erst herauszufinden, wie der Mörder von Sam Philips' Abtreibung hatte erfahren können, bevor sie damit auf Vaughn zuging, da dies wahrscheinlich seine erste Frage sein würde. Doch auf diese Weise würde sie bei ihm einen Stein im Brett haben, bevor sie es dem Rest ihres Teams und vor allem Tanner erzählte.

»Nun«, begann sie guten Mutes, »wie Sie wissen, glaubten wir zu Anfang, der *Richter* nähme Exhäftlinge ins Visier, deren Haftstrafe aufgrund mildernder Umstände verkürzt worden ist. Leider führte dieser Ermittlungsansatz jedoch ins Nichts. Ich erkannte, dass Samantha Philips' Fall mit den anderen nicht übereinstimmte, und bis heute Morgen wussten wir nicht weiter. Um es kurz zu machen: Ich glaube jetzt, dass alle drei Opfer für den Tod eines unschuldigen Menschen verantwortlich waren.«

»Okay.« Vaughn nickte. Doch sein Gesicht zeigte keine Spur von der Überraschung oder Freude, die Hawkins erwartet hatte.

Sie machte weiter. »Sie fragen sich wahrscheinlich, wie ich beweisen will, dass Brendan Marsh unschuldig war. Aber das brauche ich gar nicht, weil nicht *er* Philips' unschuldiges Opfer war.«

»Richtig.« Der DCI wirkte unbeeindruckt. »Sie reden von der Abtreibung.«

Hawkins spürte, wie ihr die Gesichtszüge entgleisten. »Ja. Woher wissen Sie ...?«

»Oh, Sie haben sich noch nicht gesprochen.« Vaughn trat einen Schritt auf die Tür zu, sich offensichtlich bewusst, dass sie ihren Vorrat an zurückgehaltenen Enthüllungen verbraucht hatte. »Steve hat es mir vor zehn Minuten in der Einsatzzentrale berichtet. Vielleicht sollten Sie einen Kurs in Sachen interner Kommunikation belegen?« Er blinzelte ihr zu. »Dann bräuchten Sie sich keine Sorgen darüber zu machen, dass Ihnen jemand die Schau stiehlt.«

»Ich kümmere mich darum.« Hawkins zwang sich mit aller Macht zu einem Lächeln, während Vaughn sich an ihr vorbeizwängte und den Raum verließ. Vorsichtig ließ sie sich auf dem nächsten Stuhl nieder. Minutenlang starrte sie dann auf die Wand und versuchte herauszufinden, wie eine Entdeckung, die sie gerade erst gemacht hatte, in der Zeit, die Mike und sie für die Rückfahrt von Bethnal Green benötigt hatten, erst zu Steve Tanner und dann weiter zu Tristan Vaughn gelangt sein konnte. Es gab nur eine einzige Möglichkeit.

Sie holte das Airwave-Gerät aus ihrer Handtasche, vergewisserte sich, dass sämtliche Funktionen ausgeschaltet waren, und verfluchte sich dafür, Widerstand gegen die neue Technologie geleistet zu haben, seit sie vor fast einem Jahrzehnt eingeführt worden war. Dann stand sie auf, entschlossen, sich ein Handy zu organisieren, um diesen neuen Apparat zu umschiffen, bis sie seine heimtückischen Möglichkeiten beherrschte.

Aber vorher musste sie einen Betrüger zur Rede stellen.

52

Beim Klang des stakkatoartigen Klopfens schaute Hawkins vom Abarbeiten ihrer E-Mails auf. Ihre Bürotür war allerdings schon halb offen, bevor sie die Gelegenheit bekommen hätte, jemanden zum Eintreten aufzufordern.

»Sie wollten mich sprechen?« Steve Tanner steckte mit einem skeptischen Gesichtsausdruck den Kopf durch die Tür, fast so, als hielte er die Nachricht, die sie bei Frank hinterlassen und mit der sie ihn gleich nach seinem Erscheinen in ihr Büro zitiert hatte, für so etwas wie einen Witz.

»Ja.« Sie winkte ihm mit dem überzeugendsten Lächeln zu, das sie aufbringen konnte, sich bewusst, dass dies ihre erste Begegnung nach dem unangenehmen Wortwechsel am Dienstagmorgen vor fünf Tagen war. So frustrierend ihre zweiundsiebzigstündige Einkerkerung im St. Thomas' Hospital auch gewesen war, sie hatte ihnen beiden Gelegenheit gegeben, über das, was gesagt worden war, nachzudenken. Hawkins' Wut war verraucht – zumindest bis zu dem Zeitpunkt, als sie herausgefunden hatte, dass Tanner ihr beim DCS erneut mit einer Enthüllung zuvorgekommen war. Nun lag ihr besonders daran zu erfahren, *wie* ihr Widersacher an die Information gekommen war, nicht wann. Wenn sie ehrlich war, hätte sie am liebsten überhaupt nicht mit ihm gesprochen, doch war sie nach wie vor seine direkte Vorgesetzte, und falls sie diese Tatsache ignorierte, würde es ihm wahrscheinlich nur noch dabei helfen, etwas daran zu ändern.

»Wird es lange dauern?« Tanner strotzte nur so vor Selbstvertrauen, als er sich gelassen auf den Stuhl ihr gegenüber niederließ.

»Hoffentlich nicht.« Sie bemerkte, dass sich in Tanners Miene bei all seiner Großspurigkeit auch echte Neugier widerspiegelte. Wenn sie es nicht besser gewusst hätte, würde sie vielleicht sogar glauben, er habe nichts zu verbergen.

Sie begann in einem ungezwungenen Plauderton. »Aus reinem Interesse: Benutzen Sie ein Airwave-Gerät?«

»Tun das denn heute nicht alle?« Tanner klopfte leicht auf seine Innentasche. »Warum?«

»Oh, ich habe meins gerade erst bekommen und habe es noch nicht im Griff.«

»Die Dinger sind erstaunlich nützlich, wenn man erst einmal gelernt hat, damit umzugehen.« Sein Grinsen wurde breiter. »Ich kann es Ihnen zeigen, wenn Sie möchten. Haben Sie mich deshalb sprechen wollen?«

»Nein.« Hawkins musterte ihn. Wusste er, was sie im Begriff war, ihn zu fragen, oder war seine Bemerkung Zufall? Sie verbarg ihr Misstrauen ihm gegenüber und entschied sich dafür, einen direkten Vorwurf zu vermeiden. »Wir müssen über den Fall sprechen. Haben Sie Fortschritte machen können?«

Tanner zuckte mit den Schultern. »Jede Menge, danke. Und Sie?«

»Auch. Ich hatte mich nur gefragt, ob es etwas gibt, an dem Sie mich teilhaben lassen möchten.«

»Ich warte lieber noch, bis ich etwas Konkretes habe.«

Hawkins kämpfte gegen ihren wachsenden Ärger an. »Hören Sie, ich sehe ein, dass wir keinen guten Start miteinander hatten, aber wir müssen trotzdem miteinander kommunizieren. Andernfalls geben wir diesem Kerl bloß noch mehr Spielraum, um zu töten.«

»Wäre das so schlimm?« Tanner schnaubte. »Kein Mensch würde es einem verdenken, wenn man die Meinung verträte, der Mörder habe nicht ganz unrecht. Vielleicht wäre es gar nicht so übel, wenn er noch ein paar mehr beseitigt, bevor wir ihn zur Strecke bringen.«

Sie runzelte missbilligend die Stirn. »Warum sollte ich dieser Meinung sein?«

»Nun, seine Opfer waren nicht gerade ein Inbegriff der Tugendhaftigkeit.«

»Mag sein, aber sie haben alle ihre Strafe abgesessen.«

»Kommen Sie, Antonia, Sie wissen so gut wie ich, dass Gefängnisse nicht mehr das Abschreckungsmittel sind, das sie einmal waren. Wer ein Baby zu Tode schüttelt oder einen anderen mit seinem Auto niederwalzt und sich dann verpisst, ohne Hilfe zu holen, sollte weit mehr als bloß ein paar Monate im Bau bekommen. Von der zweifachen Mörderin ganz zu schweigen.«

»Wollen Sie damit sagen, sie haben es alle verdient zu sterben?«

»Ich will damit sagen, bis 1965 hieß es in diesem Land noch Auge um Auge, Zahn um Zahn. Und seit die Todesstrafe abgeschafft wurde, hat sich die Anzahl der Morde verdoppelt. Da draußen leben eine Menge Menschen, die der Meinung sind, die Zeit sei reif für ein Umdenken. Vielleicht ist der Kerl uns einfach nur ein Stück voraus.«

»Also sollten wir alle mit Mistgabeln bewaffnet durch die Straßen ziehen?«

»Das nicht gerade, aber vielleicht sollten wir auch nicht überrascht sein, wenn die Leute die Dinge in die eigenen Hände nehmen.«

»Das ist und bleibt Selbstjustiz.«

»Es ist ein Naturgesetz. Wenn die Entscheider nicht handeln, regeln sich die Dinge am Ende von allein.«

Hawkins begriff, dass sie so nicht weiterkam, und wandte sich ab. Erschreckend fand sie nicht bloß, dass es jemand mit solchen Ansichten bereits in eine gehobene Position geschafft hatte, sondern auch, dass er Dynamik und Ehrgeiz besaß, die Karriereleiter noch weiter hochzusteigen, möglicherweise in eine Position, in der er entscheidenden Einfluss hatte und mit seinen Ansichten auf andere einwirken konnte.

»Wie dem auch sei« – sie änderte die Taktik in der Hoffnung, ihn auf dem falschen Fuß zu erwischen – »ich habe gerade mit dem Chief Super gesprochen. Offenbar haben Sie neue Informationen, was Operation Einspruch angeht.«

»Nachrichten verbreiten sich schnell.«

»Ja, das tun sie ... Also?«

»Ehrlich gesagt, möchte ich nicht darüber sprechen.«

»Interessant.« Sie lehnte sich im Stuhl zurück und verschränkte die Arme. »Nachdem Sie Ihre Absichten letzte Woche so deutlich dargelegt haben, kann ich verstehen, dass Sie mich als Ihre Gegnerin betrachten. Aber falls und bis Sie meinen Rang erreichen oder in der Hierarchie über mir stehen, kann ich Ihnen anordnen, mir Ihre Ergebnisse vorzulegen, vor allem wenn der Verdacht auf Fehlverhalten besteht.« Sie legte eine Pause ein, um die Anspielung wirken zu lassen. »Und falls Sie den DCS auf Ihrer Seite haben, dürfte es selbst *ihm* schwerfallen, die Vorschriften zu umgehen, wenn ich Sie wegen Gehorsamsverweigerung melde. Was immer im Nachhinein geschieht, der schwarze Fleck wird auf Ihrer bis dahin blütenweißen Weste prangen, und während der Untersuchung werden Ihre Quellen genannt werden, also erfahre ich es so oder so. Da dürfte es doch einfacher sein, wenn Sie es mir gleich verraten, finden Sie nicht?«

Einen winzigen Moment huschte ein Ausdruck von Unsicherheit über Tanners Gesicht, dann verschwand er wieder. Doch Hawkins hatte es bereits gesehen – das erste winzige Zittern eines bis dahin unerschütterlichen Bollwerks aus Selbstsicherheit.

Sie saßen sich eine ganze Weile schweigend gegenüber, ihre Blicke ineinander verfangen, ehe Tanner nachgab. Langsam erklärte er, was sie und wie es schien auch alle anderen bereits über die unschuldigen Opfer und die heimliche Abtreibung wussten.

»Und wie sind Sie darauf gekommen?«, fragte sie, als er geendet hatte. Dabei suchte sie sein Gesicht nach Anzeichen dafür ab, dass er log.

Er runzelte die Stirn. »Spielt das eine Rolle?«

»Das kommt darauf an.« Hawkins beugte sich vor und legte die Hände auf dem Schreibtisch zusammen. »Fürs Erste bin ich schlichtweg neugierig zu wissen, woher Sie es erfahren haben.«

Tanner rutschte auf dem Stuhl hin und her. »Ich habe ein paar Vorschriften gedehnt. Erzählen Sie mir nicht, Sie täten das nie.«

»Welche Vorschriften genau?«

Nun hatte sie ihn in die Ecke getrieben. Er musste zugeben, dass er mit dem Airwave-Gerät getrickst hatte, um bei der Unterhaltung vorgesetzter Officers mitzuhören. Und dann, dass er versucht hatte, bei Vaughn Eindruck zu schinden, indem er ihm ihre Entdeckung offenbarte, bevor sie Gelegenheit dazu bekam. *Anfängerfehler.*

»Die Richtlinien, die die Anforderung von Krankenhausakten regeln.«

Sie blinzelte mit beiden Augen. »Was?«

»Sie wollten, dass ich eine Verbindung zwischen den drei Opfern suche. Also habe ich einen Kontaktmann beim National Health Service darum gebeten, ihre Krankengeschichten auszugraben. Ich bin mir bewusst, dass wir Anfragegesuche über offizielle Kanäle stellen müssen, aber das kann Tage dauern, und hier stehen Menschenleben auf dem Spiel.«

Hawkins spürte, wie ihre Wut sich nahtlos in Verlegenheit wandelte, und murmelte, fast mehr zu sich selbst: »Auf diese Weise haben Sie von der Abtreibung erfahren.«

»Ja. Das bedeutete, dass sämtliche Opfer verantwortlich für den Tod eines Unschuldigen sind. Frank hat versucht, Sie telefonisch zu erreichen, aber Ihr Handy war ausgeschaltet.«

»Es ist kaputt.« Sie schöpfte Atem. »Und dann haben Sie mit Vaughn gesprochen.«

»Korrekt.« Tanner hatte offenbar beobachtet, dass ihr die Felle davonschwammen. Als er aufstand, war er wieder draufgängerisch wie eh und je. »Vielleicht sollten Sie mal Ihre Airwave-Nummer bekanntgeben. Sie wissen schon, für alle Fälle.«

»Ja«, erwiderte sie, darauf hoffend, dass sie nicht so betreten aussah, wie sie sich fühlte. »Vielleicht sollte ich das.«

53

Bull nahm die Hand vom Bügel des Detektors und rief Cheshire, der kurz vor ihm ging, zu: »Hör mal einen Moment auf.«

»Was?« Der junge Mann drehte sich um, wobei seine Stiefel auf dem groben Untergrund knirschten.

»Sei still, Mann.« Bull deutete auf ihn, während er versuchte, das Geräusch zu lokalisieren. Doch als sie beide schweigend dastanden, vermochte er lediglich auszumachen, in welche Richtung der wirbelnde Wind über die Ebene fegte.

Er holte wieder Luft und bedeutete Cheshire weiterzumachen. »Es ist doch nichts. Mach weiter.«

Der Junge grinste. »Spielen dir deine Ohren wieder einen Streich, Opapa?«

»Leck mich am Arsch.«

Cheshire drehte sich um und fuhr damit fort, das Suchgerät von einer Seite zur anderen zu schwenken. Er tat einen langsamen Schritt nach dem anderen, immer weiter auf das hintere Ende des bergauf führenden Wegs zu.

Bull beobachtete ihn, um sich zu vergewissern, dass der Junge es richtig machte. Er hätte ihn nicht vorausgehen lassen dürfen; die Rolle des langsamen Minenräumers vorneweg war viel gefährlicher als die des hinter ihm Gehenden. Aber er traute es sich im Moment nicht zu. Sein Kopf hämmerte, und die Hitze der Wüste machte alles nur noch schlimmer. Blinzelnd schaute er auf, um durch seine UV-Brille den Stand der Sonne zu überprüfen. Sie stieg schnell höher. Auch wenn die Temperatur im Moment wahrscheinlich noch unter dreißig Grad lag, so würde sie doch in den kommenden Stunden auf fünfundvierzig ansteigen.

Bull machte sich erneut ans Räumen. Er versuchte abzuschätzen, wie lange sie noch benötigen würden. Sie waren etwa auf halber Höhe zwischen dem Landrover am unteren Ende des Felds und der Lücke in der Leitplanke der Straße oben auf der Anhöhe. Sie hatten etwa dreißig Minuten benötigt, um die Hälfte einer Straßenseite zu überprüfen, sodass sie etwa weitere neunzig Minuten bräuchten, bis sie fertig waren. Sie würden ihr Tempo anziehen müssen.

Plötzlich löste er erneut die Hand vom Bügel und zischte Cheshire zu: »Hey.«

Der Junge hielt inne und drehte sich um. »Jetzt höre ich es auch.«

Bull nickte und lauschte angestrengt. Das Geräusch, das er vorhin zu hören geglaubt hatte, war jetzt deutlich wahrzunehmen.

Das ferne Brummen eines Motors.

Er drehte sich langsam im Kreis, um zu orten, woher es kam. Doch bei dem beständigen Rauschen des Windes war die Richtung nicht auszumachen. Auf diesen Straßen bekam man den Feind nur selten zu sehen, man sah überhaupt selten jemanden. Und es brachte nichts, sich hinzulegen und zu versuchen sich zu verbergen, denn den am Anfang des Wegs geparkten Landrover würde niemand übersehen.

Er wollte gerade vorschlagen, zurück zum Wagen zu gehen – doch da war es bereits zu spät. Um die Kurve im Süden kam ein schwarzer Toyota Hilux. Einen kurzen Moment reflektierten die Sonnenstrahlen auf seiner Windschutzscheibe und verhinderten, dass Bull erkennen konnte, wie viele Personen darin saßen. Falls es nur einer war, waren sie in Sicherheit. Doch als sich der Wagen den Hang hinab näherte, erkannte er zwei Gestalten im Führerhaus, vier weitere saßen hinten auf der Pritsche.

Er überlegte kurz. Dann sagte er zu Cheshire: »Geh an den Straßenrand.«

»Hä?«

»Stell dich an die Seite des Wegs. Sofort.«

Vorsichtig traten sie beide auf den Randstreifen der Piste, wo die planierte Erde der behelfsmäßigen Straße in ein Feld überging.

Bull lehnte den Detektor gegen seine Hüfte, damit er beide Hände frei hatte, eine für das Funkgerät, die andere für sein Gewehr. »Sierra drei eins an Charlie zwei eins, kommen.«

Er ließ den Sendeknopf los und den Arm sinken, um das Funkgerät zu verbergen, und wartete auf eine Antwort. Doch nichts war zu hören. Entweder war das Signal schlecht, oder sie waren außerhalb der Reichweite – wer wusste das schon? Er wollte es gerade erneut versuchen, als der Hilux auf sie zuhielt und er sehen konnte, dass alle Insassen in ihre Richtung schauten. Nach den Gesichtern zu urteilen waren es Irakis, blieb also nur die Frage, ob sie ihnen freundlich gesinnt waren.

Er hielt den Atem an, während sich das Fahrzeug dem Abzweig auf die Piste näherte. Er hoffte darauf, dass es weiterfahren würde. Stattdessen wurde der Hilux langsamer und hielt am Fahrbahnrand neben ihrem Landrover an. Bull beobachtete, wie sich die beiden Männer, die im Führerhaus saßen, vergewisserten, dass in ihrem Wagen niemand mehr saß. Dann gingen die Türen auf, und alle sechs Männer sprangen zwischen den Fahrzeugen auf den staubigen Boden. Sie waren allesamt bewaffnet.

»Scheiße«, erklang Cheshires Stimme hinter ihm.

»Ja.« Bull drehte sich nicht um.

Sie wussten beide, mit wem sie es zu tun hatten. Und das bedeutete, dass die Ereignisse gerade einen ganz schlechten Verlauf nahmen.

54

Der teuer wirkende Audi war nur noch ein Wrack.

Hawkins sah das demolierte Coupé zum Vorschein kommen, als der Lastwagenfahrer die für den Wagentyp passende Schutzhülle mit einem Ruck zur Seite zog. Warum die Besitzerin Wert darauf gelegt hatte, das Fahrzeug zu verhüllen, wurde noch deutlicher, als die Hawkins' zugewandte Flanke des Wagens freigelegt war. Sie las das gekritzelte Wort entlang der verbeulten silbernen Verkleidung auf der Beifahrerseite. Dabei wurde ihr bewusst, dass von dem Zerstörungswerk abgesehen es sicher noch einmal mehrere Minuten gedauert haben musste, das Wort MÖRDERIN auf die Seite des Wagens zu schreiben. Wahrscheinlich ließ sich die Handschrift nicht zuordnen, aber es konnte ihnen dennoch gelingen, den Übeltäter zu identifizieren.

Sie wandte sich ab und schaute sich nach infrage kommenden Standorten von Überwachungskameras um. Nach menschlichem Ermessen musste eine kapitalkräftige Kommune wie Clapham in eine Videoüberwachungsanlage investiert haben, selbst auf Wohnstraßen wie dieser, vor allem so nah an der Hauptstraße. Sie würden es ohnehin bald wissen, da Hawkins bereits Bildmaterial von allen Überwachungskameras in knapp einem Kilometer Radius vom Wohnort jeder potenziellen neuen Zielperson angefordert hatte.

Falls der Mörder einen der kürzlich entlassenen Häftlinge beobachtete, war er hoffentlich von einer der Kameras erfasst worden.

Sie beendete ihre Suche erleichtert, als sie ein elektronisches Auge an einem Laternenpfahl weiter unten an der Straße entdeckt hatte. Dahinter bog gerade Amala Yasir in die Straße ein, nachdem sie den Wagen irgendwo um die Ecke geparkt hatte. Um nicht laufen zu müssen, war Hawkins rasch ausgestiegen, als sie kurz zuvor bei dem Haus angekommen waren. Sie hatte nicht damit gerechnet, dass Amala so lange dafür benötigen würde, einen Parkplatz zu finden. Auch hatte sie nicht so ein Spektakel vor dem Haus erwartet, das sie besuchten.

Nachdem sie die neuesten Entwicklungen mit Simon Hunter besprochen hatte, war Hawkins zu dem Schluss gekommen, dass ihre größte Chance auf Erfolg darin lag, potenzielle zukünftige Opfer im Auge zu behalten. Denn der Mörder verbrachte wahrscheinlich Zeit damit, seine Opfer erst zu observieren, bevor er zuschlug. Dieses Muster würde sich wahrscheinlich wiederholen. Falls sie also eine kleinere Gruppe möglicher Zielpersonen herauskristallisieren konnten und mit seinem Angriff rechneten, war ihnen vielleicht das Glück hold.

Neben ihr befestigte der Fahrer gerade ein Stahlkabel an der Abschleppöse des Audis. Dann begann er damit, das ramponierte Auto mit der Winde auf die Ladefläche seines Tiefladers zu ziehen, der in der benachbarten Parkbucht stand.

Hawkins schaute zu dem Haus hinauf und sah, wie sich hinter einem Fenster das Gesicht einer Frau in das Dunkel des Zimmers zurückzog. Offenbar war die Besitzerin neugierig, was vor ihrem Haus vorging, und schaute zu, wie ihr verwüstetes Auto abgeschleppt wurde, war aber nicht zum Plaudern aufgelegt.

Amanda Cain, ehemalige Oberärztin im örtlichen Krankenhaus des National Health Service, stand auf ihrer neuerdings erweiterten Liste möglicher Zielpersonen. Von den ursprünglich fünfzehn kürzlich entlassenen, wegen Mordes oder Totschlags verurteilten Strafgefangenen hatten sechs möglicherweise unschuldige Opfer getötet, und von diesen sechs befanden sich bereits zwei in Polizeischutz. Somit blieben vier bisher nicht kontaktierte mögliche Zielpersonen. Zu ihnen gehörte auch Cain.

Da die Haftstrafe der Ärztin nicht wegen mildernder Umstände verkürzt worden war, hatten sie im Zuge der ersten Welle keine Verbindung zu ihr hergestellt. Nun aber rückte sie auf den ersten Platz der Liste. John Travis, der Mann, den Cain vor etwas mehr als einem Jahr getötet hatte, indem sie ihm ein Medikament spritzte, auf das ihr Patient allergisch war, war so unschuldig gewesen, wie es ein Opfer nur sein konnte.

Hawkins stimmte mit dem Urteil des Gerichts überein, dass die Ärztin nicht die Absicht gehabt hatte, jemandem Schaden zuzufügen. Nach dem Zustand ihres Wagens zu urteilen, sah es jedoch so aus, als würden die Folgen ihres Fehlers die Frau immer noch heimsuchen.

Neben Cain gab es noch drei weitere potenzielle Zielpersonen, die auf ihrer ersten Liste nicht aufgetaucht waren. Mike hatte einen Mann in Brixton besucht, der soeben eine Haftstrafe dafür abgesessen hatte, im Verlauf einer Kneipenschlägerei unter Betrunkenen versehentlich einem eingreifenden Unbeteiligten mit einer Flasche auf den Kopf geschlagen und ihn damit getötet zu haben. Danach würde er noch einen Fitnesstrainer kontaktieren, der einen Klienten beim Training so überfordert hatte, dass dieser einen tödlichen Herzinfarkt erlitt.

Irgendwie aber war es Hawkins gelungen, sich selbst den schwierigsten Besuch des Tages aufzuhalsen. Freudig jedenfalls sah sie ihrem nächsten Termin keinesfalls entgegen. Es ging um eine Frau, die versucht hatte, sich selbst und ihrem einjährigen Kind in ihrem Auto das Leben zu nehmen, indem sie einen Schlauch vom Auspuffrohr in den Innenraum des Wagens geführt hatte. Nachdem besorgte Verwandte die Polizei gerufen hatten, war die Mutter in letzter Minute gerettet worden, doch für das Kind mit seiner winzigen Lunge kam jede Hilfe zu spät. Seitdem stand die Mutter unter Beobachtung, weil sie selbstmordgefährdet war.

Doch alle vier Besuche waren das sprichwörtliche Tappen im Dunkeln. Nach wie vor stellten sich große, noch unbeantwortete Fragen.

Bislang hatte Hawkins angenommen, die Informationen, die der Täter erlangt hatte, seien begrenzt auf Einzelheiten aus der strafrechtlichen Verurteilung der Opfer, auf die Adressen, zu denen sie übergesiedelt waren, und auf Entlassungsdaten. Nun hingegen schien es, als verfüge der *Richter* über Verbindungen, die es ihm ermöglichten, auch noch die verborgensten Einzelheiten aus dem Leben des jeweiligen Opfers zu erfahren – Geheimnisse, die nur einige wenige Privilegierte kennen konnten. Von ihrer besten Freundin abgesehen, dürfte lediglich das medizinische Fachpersonal, das sie durchführte, Kenntnis von Philips' Abtreibung gehabt haben. Es war schwer zu sagen, wie viele Mitarbeiter des Krankenhauses Zugang zu den Unterlagen über den Eingriff hatten. Doch wenn es ihnen gelang herauszufinden, wie der Mörder von Sams Abtreibung und zudem die Adresse der ihr zugewiesenen Wohnung erfahren hatte, sollte sich ein Muster ergeben. Die Anzahl von Personen, die in *allen* Fällen Zugang zu derlei Informationen hatten, unter Umständen über die Kommune oder Krankenakten, musste sehr begrenzt sein. Und wenn sie diese Liste erst einmal hatten, konnte sich dadurch ein Verdächtiger ergeben.

Sie wusste, dass Tanner, Todd und Sharpe mittlerweile hart daran arbeiteten, jeder Möglichkeit nachzugehen, über die vermeintlich vertrauliche Informationen aus staatlichen Stellen an die Öffentlichkeit gedrungen sein konnten. Sich Zugang zu ihren Erkenntnissen zu verschaffen konnte eine Zeitlang dauern. Diese verfahrene Situation mit den parallel nebeneinander herlaufenden Ermittlungen konnte nicht ewig währen. Letztendlich würden beide Teams bei so etwas wie einem Versöhnungsschwätzchen ihre Karten auf den Tisch legen müssen. Wenn es jedoch möglich war, ihrerseits Fortschritte zu erzielen, war Hawkins darauf vorbereitet, beide

Lager in Eigenregie operieren zu lassen, denn sie selbst hatte mehr zu verlieren als ihre Konkurrenz. Und die Aufklärung dieses Falles würde über die nahe Zukunft beider Seiten entscheiden.

Die Rivalität als solche schien zu eskalieren. Am vergangenen Nachmittag hatte sich die Situation noch einmal zugespitzt – Tanner hatte es zweifellos als Sieg verbucht, dass Hawkins bei ihrem letzten Scharmützel die Befehlsgewalt-Karte ausgespielt hatte, nur um dann zum schmählichen Rückzug gezwungen worden zu sein. Doch so demütigend es auch gewesen war, wirkten sich die Konsequenzen möglicherweise doch zu ihren Gunsten aus. Die nochmalige Bestätigung von Tanners maßlos übersteigertem Selbstbewusstsein hatte ihn dazu verleitet, mit seinem Sub-Team, das aus Frank Todd und Aaron Sharpe bestand, der Einsatzbesprechung um halb neun an diesem Morgen fernzubleiben. Angeblich verfolgten sie eine heiße Spur, die sie alle drei den ganzen Tag über in Anspruch nahm. Hawkins erkannte, dass Tanner versuchte, seine Fortschritte für sich zu behalten, hatte sich jedoch nicht darüber beschwert, weil es bedeutete, dass sie ihrerseits ihre Taktik nicht würde preisgeben müssen. Nun konnte sie lediglich darauf hoffen, die Nase vorn zu haben, wenn sich ihrer beider Ermittlungsansätze kreuzten. Und dass der ihre, wenn sie es nicht taten, bessere Früchte trug.

Ein lautes Kratzen holte sie unsanft zurück in die Gegenwart. Als sie sich umschaute, sah sie, wie die hintere Stoßstange des Audis über den Asphalt schleifte, während das beschädigte Auto auf die Rampe gezogen wurde.

»Wow.« Yasir trat neben sie. »Ist das das Auto von Amanda Cain?«

»Sieht ganz danach aus«, sagte Hawkins, während sie die auf den Asphalt gemalten Ziffern überprüfte, als der Audi gänzlich aus seiner Parkbucht hochgewuchtet wurde. »Nummer 26.«

»Irgendwer ist also immer noch wütend auf sie«, sagte Yasir leise. »Wer will da heute noch Arzt werden?«

»Ich weiß es nicht.« Hawkins wandte sich dem Haus zu. »Reden wir mit ihr.«

Hawkins schellte noch einmal.

Das Haus war gut isoliert, sodass der klassische Doppelklang aus dem Inneren nur gedämpft zu vernehmen war. Doch dieses Mal war sie sicher, das Läuten gehört zu haben. Genau wie zuvor reagierte aber niemand.

Sie ließ ein paar Sekunden verstreichen, während der sie sich umwandte und zusah, wie der Fahrer des Abschleppwagens mit einer weiteren Ratsche eines der Vorderräder des Audis sicherte.

Yasir stellte sich neben sie auf die Stufe, rieb sich die Hände und trat von einem Bein auf das andere. »Vielleicht ist ja keiner da.«

»Irgendwer ist da.« Hawkins berichtete ihr von dem Gesicht am Fenster.

Amala wies auf den Briefkastenschlitz. »Ich könnte ihr sagen, wer wir sind.«

Hawkins nickte. »Ich denke, wir sollten uns zu erkennen geben, selbst wenn uns das vermutlich auch nicht weiterhilft.«

Sergeant Yasir ging in die Hocke, öffnete mit nach oben gerichteten Daumen vorsichtig die mit einer Sprungfeder versehene Abdeckung des Briefkastenschlitzes und rief dann durch die Öffnung hindurch in den Hausflur hinein: »Dr. Cain? DS Amala Yasir, Metropolitan Police. Bitte machen Sie die Tür auf.«

Sie schaute zu Hawkins hoch, während sie erneut warteten. Dann schaute sie wieder durch den Schlitz, um den Flur nach einem Lebenszeichen abzusuchen. Doch der Ausdruck des Missfallens auf ihrem Gesicht verriet, dass es keines gab.

Yasir stand auf und zuckte mit den Schultern. »Sie hatten recht, Chefin. Was jetzt?«

Einen Moment lang sagte Hawkins nichts. Stattdessen blickte sie auf den Tieflader, der mit laufendem Motor in der Parkbucht am Fuß der Treppe stand, während der Fahrer damit beschäftigt war, im Führerhaus Papierkram zu erledigen.

»Kommen Sie mit.« Sie packte Amala am Arm und führte sie auf die Straße. Dabei ignorierte sie den verwirrten Blick ihrer Kollegin. Hawkins schob sie aus dem Gartentor hinaus und ging mit ihr ein Stück den Gehsteig hinunter. Sie wartete, bis sie in sicherer Entfernung waren, ehe sie einen Blick zurückwarf und dabei gerade noch sah, wie der Fahrer des Abschleppwagens auf Cains Haus zusteuerte, seine Formulare in der Hand haltend.

Sie stützte sich ein wenig auf Sergeant Yasir ab, als sie stehen blieben. Beide drehten sich nun wieder in Richtung des Hauses um. Sie warteten, während der Fahrer die Stufen hochstapfte. Er war ein Abschleppwagenfahrer, wie er im Buche stand, groß und gedrungen, und er trug ein schmuddeliges weißes T-Shirt und einen Blaumann unter seinem unförmigen Wintermantel. Er erreichte die Tür, benutzte sein Klemmbrett, um sich durch seinen dichten Bart hindurch am Kinn zu kratzen, ließ die Klingel Klingel sein und schlug mit dem Ballen seiner überdimensionierten Faust gegen die Tür. »Ist aufgeladen, Süße.«

Er trat zurück. Hawkins stellte sich vor, wie dasselbe scheue Gesicht durch das Fenster überprüfte, ob die Besucher von vorhin wieder weg waren. Sie wartete noch einen Moment, ehe sie Amala sanft nach vorne schob. »Jetzt.«

Sie gingen erneut auf das Haus zu, erreichten das Tor und begannen die Stufen hinaufzusteigen. Der Lastwagenfahrer schaute sich zu ihnen um und bedachte sie mit einem amüsierten Nicken, als Hawkins Yasir auf seiner Höhe stoppte, zwei Stufen vor dem oberen Treppenabsatz.

Hawkins lächelte, und die drei blieben schweigend stehen, bis auf der anderen Seite der Scheibe ein Schatten auftauchte. Ein Schloss wurde entriegelt, und die Tür öffnete sich nach innen.

In der Türöffnung stand Amanda Cain.

55

Die Männer beobachteten einander aus zwanzig Meter Entfernung, während sie sich auf der Ebene gegenüberstanden.

Sechs irakische Aufständische standen zwei britischen Soldaten gegenüber. Zwischen ihnen wirbelte der Wind und blies ihnen Staub in die Augen. Bewaffnet waren sie alle, doch bislang hatte niemand seine Waffe erhoben, und einen Moment lang rührte sich auch keiner.

Bull war klar, dass sie in der Klemme steckten. Zwar waren ihre SA80-Sturmgewehre den AK47 überlegen, welche die Aufständischen trugen, weil sie leistungsfähiger und wesentlich präziser waren. Doch es stand sechs gegen zwei, und während die Irakis die beiden Fahrzeuge als Deckung nutzen konnten, standen Cheshire und er ungeschützt mitten auf einem Feld. Wenn sie ihre Position beibehielten, würden sie leichte Ziele abgeben.

Schließlich trat einer der Aufständischen vor und gab sich damit als Befehlshabender zu erkennen. Er deutete erst auf seine Waffe und dann auf den Boden, womit er ihnen signalisierte, sie sollten ihre Gewehre fallen lassen. Langsam ließen sie ihre

Schusswaffen sinken. Der Anführer nickte, hob eine Hand und bedeutete ihm und dem Jungen herüberzukommen.

Bull hörte Cheshires Stiefel über den Boden knirschen. Er hob die Hand. »Nicht bewegen.«

»Was?«

»Wir wären verdammt nochmal verrückt, wenn wir dort hinübergingen.«

»Nicht verrückter, als wenn wir wegrennen würden. Sie würden uns durchsieben.«

»Halt's Maul, Mann. Lass mich nachdenken.«

Vielleicht hatte Cheshire recht. Wenn sie sich ergaben, bestand eine kleine Chance, dass sie überleben würden; es hatte da Berichte gegeben, dass der Feind in letzter Zeit eher Geiseln nahm, als Leichen von Soldaten zu hinterlassen, um die Truppe zu demoralisieren. Aber Bull wollte es nicht darauf ankommen lassen.

Was zum Teufel sollten sie tun?

Bull hatte das Sagen, also musste er entscheiden. Er hatte Zeit gewonnen, indem er sie beide hatte an den Rand treten lassen; deshalb waren die Aufständischen ihnen nicht auf die Piste gefolgt. Die Detektoren verrieten ihnen, dass die Soldaten Minen räumten. Die Stelle, an der sie standen, ließ aber nicht erkennen, welchen Teil des Wegs sie überprüft und ob sie bereits Minen auf der Fläche zwischen ihnen entdeckt beziehungsweise geräumt hatten. Das war der Grund, warum die Irakis wollten, dass Cheshire und er zu ihnen hinuntergingen.

Hinzu kam, dass die Gewehre der Aufständischen auf diese Entfernung ungenau waren. Sie waren darauf ausgelegt, Salven in alle Richtungen abzugeben, um damit einen Feind in Schach zu halten. Auf zwanzig Meter konnte man damit ein ganzes Gebäude verfehlen.

Was ihnen beiden eine Außenseiterchance gab.

»Hör zu«, sagte Bull leise über seine Schulter hinweg. »Wenn ich es sage, drehst du dich um und rennst wie der Teufel zum anderen Ende dieses Wegs.«

»Sicher, Mann? Das sind fünfundzwanzig Meter bergauf.«

»Wenn wir zu denen rübergehen, sind wir tot, also können wir genauso gut rennen. Sie werden uns nicht hinterherlaufen.«

Der Junge blies die Wangen auf. »Okay.«

»Wenn wir loslaufen, lass den Detektor fallen, nimm aber das Gewehr mit.« Bull bedeutete dem Aufständischen, der vorgetreten war, sie seien im Begriff, sich zu ergeben. »Auf die Plätze, fertig ...« Er holte Luft und spürte, wie sein Adrenalinspiegel stieg.

»Los!«

Er packte den Schultergurt seines Gewehrs und warf seinen Detektor auf den Boden. Dabei hörte er, dass Cheshire mit knirschenden Schritten losrannte. Als sie sich beide umgedreht hatten und rannten, ertönte ein lauter Ruf des Iraki. Unmittelbar darauf zerriss ein erster Schuss die Luft.

»Lauf!«, rief er dem Jungen zu, der bereits einige Meter Vorsprung hatte. Um sie herum schlugen Kugeln mit leisen, dumpfen Plopps in den Erdboden ein.

Er lief weiter, geriet aber auf dem losen Untergrund ins Rutschen. Sich umzudrehen, wagte er nicht.

Plötzlich spürte er einen so heftigen Schlag auf der Rückseite seines Oberschenkels, dass sein Bein unter ihm wegknickte. Er streckte beide Hände aus, doch in dem Moment, als er stürzte, zuckte ein greller Blitz auf. Plötzlich lag er auf dem Rücken. Seine Ohren klingelten, und er sah nur noch verschwommen.

Bevor er das Bewusstsein verlor, hörte er noch, dass überall um ihn herum Schottersteine niederprasselten.

56

Hawkins beobachtete, wie der Abschleppwagen sich aus der Parkbucht herausmanövrierte und langsam die verstopfte Straße hinauffuhr, den ramponierten Audi huckepack mitschleppend. Als sie sich wieder vom Fenster abwandte, sah sie, dass die Hausherrin sie von der anderen Seite des Zimmers aus anstarrte.

Vor einem Jahrzehnt hätte ein solches Verhalten Hawkins verunsichert, mittlerweile aber hatte sie es schon zu häufig erlebt. Das Gefängnis veränderte die Menschen. Oft, ohne dass sie sich dessen bewusst wurden, führte der Druck dazu, dass sich die Insassen einem der beiden Extreme, Konfrontation oder Rückzug, zuwendeten. Wieder zurück in der kuschelweichen Welt draußen, lebten Exhäftlinge häufig furchtlos aggressiv oder auf ewig eingeschüchtert.

Sie stufte Cain in die letztere Kategorie ein. Die Ärztin war Mitte vierzig, vielleicht zehn Zentimeter kleiner als Hawkins und wirkte trotz des offenkundigen Mangels an Make-up und Schlaf attraktiv. Sie trug einen Morgenrock, und ihr Haar war zu einem unordentlichen Pferdeschwanz zurückgebunden.

Seit sie an der Tür erschienen war, hatte Cain sie nicht einmal ansatzweise begrüßt, wie es normaler Gastfreundschaft entsprochen hätte, weder sie beide noch zuvor den Abschleppwagenfahrer. Sie hatte das Inkassoformular des Fahrers unterschrieben und ein dürftiges Danke von sich gegeben, bevor sie sich den beiden hinter ihm stehenden Personen zugewandt und sie in einem distanziert-ernsten Ton angesprochen hatte.

Dann kommen Sie eben rein.

Dann hatte sie sie in ein großzügiges Wohnzimmer mit hohen Decken und geschmackvoller Ausstattung geleitet. Doch trotz des schön aufeinander abgestimmten Mobiliars sah es irgendwie verwaist aus. Das Haus war ordentlich, ja geradezu geisterhaft ordentlich, vielleicht weil niemand da gewesen war, der etwas hätte durcheinanderbringen können, aber es war auch schier unerträglich sauber. Hawkins tippte auf eine übereifrige Reinigungskraft, denn Cain selbst schien nicht die geborene Hausfrau zu sein.

Nervös nahm Amala auf dem einzelnen Lehnstuhl Platz, der im rechten Winkel zu einem großen, nicht besetzten Sofa stand. Sie war es auch, die das Schweigen brach.

»Der Audi«, fragte sie Cain, »ist der gekauft oder geleast?«

Ihre Gastgeberin wandte sich ihr zu. »Jetzt weder das eine noch das andere mehr.«

»Aber er war ...« Das Zittern in Amalas Stimme mochte für Cain nicht wahrnehmbar sein, verriet Hawkins jedoch, dass sie ihren Versuch zu plaudern nun bereute.

Cain seufzte. »... gekauft.«

Amala sah aus, als bemühe sie sich, nicht mitleidig zu stöhnen. »Ist aber doch versichert, oder?«

Cain ignorierte die Frage und wandte sich stattdessen wieder Hawkins zu. »Warum sind Sie hier?«

»Dazu kommen wir gleich«, sagte diese mit sanfter Stimme. »Bleiben wir noch einen Moment beim Wagen. Haben Sie eine Idee, wer ihn mutwillig zerstört haben könnte?«

Die Ärztin schwieg einen Moment. »Sie sehen aus wie eine kluge Frau, Detective, daher gehe ich davon aus, dass Sie meine Vergangenheit kennen. Wenn man erst einmal einen schlechten Ruf hat, wird einem übel mitgespielt, auch von Menschen, die einen gar nicht kennen.«

»Was ist mit der Familie von John Travis?« Hawkins

sprach bedächtig, aber mit fester Stimme und achtete genau auf Cains Reaktion.

Ein Zucken, das auf eine schmerzhafte Erinnerung hindeuten mochte, huschte über das Gesicht der Frau. »Was soll mit ihr sein?«

»Hat sie nach der Gerichtsverhandlung Kontakt mit Ihnen aufgenommen?«

»Nein.«

»Sie verstehen, dass wir danach fragen müssen«, erklärte Hawkins. »Wir werden sie wegen Ihres Autos verhören.«

Cain nickte.

Es entstand eine Pause, die Amala beendete, als wolle sie sich für die Abfuhr revanchieren, die sie vorhin erhalten hatte. »Gibt es noch jemanden, der Grund gehabt haben könnte, Ihr Fahrzeug zu beschädigen?«

»Wie ich schon sagte«, erwiderte Cain ausdruckslos, »während der Gerichtsverhandlung wurde viel dreckige Wäsche gewaschen und alles ans Licht der Öffentlichkeit gezerrt. Da draußen sind jede Menge Fremde, die mich hassen, auch wenn das alles erstaunlich schnell Normalität wird.« Sie zuckte mit den Achseln. »Was bedeutet schon eine weitere Todesdrohung, wenn man zuvor schon drei bekommen hat?«

Hawkins fixierte sie. »Sind Sie seit dem Unfall körperlich angegriffen worden, sei es im Gefängnis, sei es draußen?«

»Nein.« Cains Blick trübte sich wieder und huschte misstrauisch zwischen ihren beiden Besucherinnen hin und her.

»Und haben Sie das Haus in den vier Nächten, seit Sie hier sind, nach Einbruch der Dunkelheit verlassen?«

Wieder entstand eine Pause. »Nein. Ihre Kollegen waren seinerzeit recht desinteressiert, was meinen Fall anging. Woher das plötzliche Interesse?«

»Die Situation hat sich verändert«, räumte Hawkins ein.

»Ich vermute, Sie haben, seit Sie aus dem Gefängnis gekommen sind, noch keine Nachrichten gesehen?«

Stirnrunzelnd schüttelte die Ärztin den Kopf.

»Okay.« Hawkins formulierte ihre nächsten Worte mit Bedacht. »Wir untersuchen eine Reihe von Morden, die offenbar alle vom selben Täter verübt wurden. Wir glauben, dass er es auf gerade entlassene verurteilte Straftäter abgesehen hat, vor allem auf solche, die den Tod *unschuldiger* Opfer verursacht haben. Eine Kategorie, in die Sie mit Sicherheit fallen.«

Amanda Cain reagierte nicht sofort, setzte sich aber nach einer Weile auf die Lehne des Sofas und senkte allmählich den Blick. »Und Sie glauben …?«

»Es wäre möglich«, räumte Hawkins ein. »Die Zeitungen nennen ihn den *Richter*.«

Nach wie vor starrte ihre Gastgeberin zu Boden und blinzelte dabei, so als bemühe sie sich, eine Benommenheit von sich abzuschütteln. Mit leiser Stimme fragte sie dann: »Wie viele?«

»Bis jetzt drei, alle binnen weniger Wochen nach der Freilassung. Die erste Attacke geschah vor vier Monaten, die letzte vor wenigen Tagen.«

»Was ist mit ihnen passiert?«, flüsterte Cain mit angehaltenem Atem. »Eigentlich will ich es gar nicht wissen.« Sie starrte noch eine Weile ins Leere, ehe sie aufschaute, nun plötzlich mit stählernem Blick. »Was schlagen Sie vor?«

»Wir könnten Ihnen Polizeischutz gewähren, in einem sicheren Haus nicht weit von hier. Nur so lange, bis der Mörder gefasst ist.«

Cain fuhr zusammen. »Ich will nicht …« Sie hielt inne und atmete nun heftiger. »Ich gehe hier nicht weg.«

»Dagegen ist nichts einzuwenden.« Hawkins hatte mit

Widerstand gerechnet. In Anbetracht dessen, wo diese zuvor unbescholtene Frau die letzten neun Monate verbracht hatte, war dies verständlich. Sie kam ihr auf halbem Weg entgegen. »Dann geben Sie uns wenigstens die Möglichkeit, Ihnen hier Schutz zu gewähren.«

Sie schüttelte fast unmerklich den Kopf. »Ich will niemanden hier im Haus haben.«

»Ich denke, Sie sollten noch einmal darüber nachdenken«, drängte Hawkins. »Ein Sicherheitsnetz, nur für den Fall der Fälle. Sie werden nicht einmal mitbekommen, dass jemand hier ist.«

»Sie haben recht.« Die Ärztin stand auf, und zum ersten Mal schwangen Emotionen in ihrer Stimme mit. »Denn es wird niemand hier *sein*.«

Eine Weile herrschte Schweigen. Hawkins hoffte, ihr Gegenüber werde ihre Meinung ändern. Eine solche Reaktion hatte sie schon vorher bei gerade entlassenen Strafgefangenen erlebt. In der neu erlangten Freiheit nahm die Privatsphäre oft eine überragende Bedeutung ein. Falls es jedoch etwas gab, was diese Priorität beeinflussen konnte, dann war es eine Todesdrohung.

Aber Cain machte keinen Rückzieher.

Hawkins trat einen Schritt vor. »Hören Sie, ich weiß, dass die letzten Tage schwer für Sie gewesen sind. Das Gefängnis zu verlassen ist als solches schon traumatisierend, aber nach Hause zu kommen und feststellen zu müssen, dass Ihr Eigentum beschädigt wurde, dass andere Ihr Recht auf Freiheit infrage stellen ... Nun, ich kann verstehen, warum Sie die Tür nicht öffnen wollten.«

Cain wirkte verwirrt.

»Ich meine bloß, es ist ganz natürlich, Angst zu haben«, versuchte Hawkins klarzustellen.

Die Ärztin schüttelte den Kopf. Ihr standen Tränen in den Augen. »Ich bin gerade einem Käfig entronnen, Detective. Ich habe nicht die Absicht, auch aus meinem Zuhause einen machen zu lassen.« Sie deutete mit erhobener Hand auf die Haustür. »Bitte gehen Sie jetzt.«

Hawkins folgte Amala die Stufen hinunter. Als sie sich umdrehte, sah sie, wie Amanda Cain die Tür hinter ihnen krachend zuschlug. Auf dem Bürgersteig angekommen, sagte sie zu Amala, sie solle noch ein Weilchen mit ihr dort warten, da sie hoffte, die Ärztin könne ihre Meinung doch noch ändern, was ihr Angebot eines auf das Haus bezogenen Schutzes anging. Aber die Tür blieb geschlossen.

Eine Überraschung war das nicht. Hawkins war froh, dass sie auf dem Weg hinaus noch die Möglichkeit genutzt hatte, Cain zu sagen, sie solle in den Nachrichten darauf achten, ob der *Richter* festgenommen worden war. Und dass sie bis dahin nach Einbruch der Dunkelheit nicht das Haus verlassen sollte.

Zumindest diesem Rat hatte Cain zugestimmt.

Schweigend gingen sie zurück zum Wagen. Hawkins schaute im Vorbeigehen zum Wohnzimmerfenster hinauf, aber dieses Mal war kein Gesicht zu sehen.

»Das ist jetzt nicht so gut gelaufen.« Hilfreich war Amalas Kommentar nicht.

»Wenn ich ehrlich bin, kann ich sie verstehen. Aber …« Sie wandte sich um und schaute in die Richtung, aus der sie gerade gekommen waren.

»Ma'am?«

Hawkins antwortete nicht sofort. Sie stand nur da und suchte die Straße ab. An beiden Seiten standen parkende Autos, obwohl es schon weit nach zehn Uhr morgens war. Einige wenige Wagen parkten in gekennzeichneten Parkbuchten;

alle anderen standen auf der gegenüberliegenden Straßenseite und verengten damit die gesamte Straße auf eine einzige Fahrspur. Andere Autos quetschten sich in beiden Richtungen voran, indem die Fahrer Lücken nutzten, um andere passieren zu lassen.

Sie schaute ihre DS an. »Meinen Sie, auf dieser Straße ist immer so viel Verkehr?«

»Ich denke schon.« Amala betrachtete das Gewühl. »Wir sind hier mitten in London.«

»Gut.« Hawkins ließ sich von ihrem Instinkt leiten. »Organisieren Sie eine Rund-um-die-Uhr-Überwachung des Hauses der Ärztin. Ein Wagen hier, um die Vorderseite zu observieren, ein zweiter in der nächsten Straße, um die Rückseite zu beobachten. Falls nötig, genehmige ich Überstunden.«

»Zivilfahrzeuge?«

»Unbedingt. Bitte die Anweisung geben, dass ich informiert werde, falls Cain das Haus nach Einbruch der Dunkelheit verlässt, und nahe genug dranzubleiben, um eingreifen zu können, falls sie Besuch von jemandem bekommt, der Sie-wissen-schon-wer sein könnte.«

»Und wenn sie rausgeht, soll man ihr dann folgen?«

»Ja. Es ist unsere Aufgabe, sie zu beschützen, ob ihr das nun schmeckt oder nicht.«

»Sind Sie sicher, Ma'am? Sie hat sich ziemlich klar ausgedrückt, dass sie uns nicht in ihrer Nähe haben möchte.«

»Genau«, erwiderte Hawkins. »Deswegen sagen wir ihr auch erst gar nicht, dass jemand von uns in ihrer Nähe ist.«

57

Ruckartig schreckte er hoch.

Grelles Licht. Hitze. Trockene Luft.

Einen Moment lang blieb er liegen … Wo war er?

Dann stellten sich Höllenqualen ein.

Der Schmerz in seinem Bein fuhr durch ihn hindurch und machte ihn fast wahnsinnig; es fühlte sich an, als würde es in einem Schraubstock stecken. Er versuchte sich aufrecht zu setzen, um den Grad seiner Verletzung einzuschätzen. Doch sein Körper funktionierte nicht, und er sackte auf dem unebenen Boden zusammen, den Kopf zur Seite gedreht.

Der Wagen stand noch immer etwa fünfzig Meter entfernt auf der unbefestigten Piste.

Kein Mensch war in der Nähe zu sehen.

Die Gegend um ihn herum war offen und flach, die Straße, auf der sie gekommen waren, schlängelte sich auf weit in der Ferne liegende Anhöhen zu. Er spürte eingedrungene Schrapnellsplitter in seinem Nacken.

Doch in seinem Kopf herrschte Leere.

Er wandte sich um und schaute in die andere Richtung, doch der Wind blies ihm Sand in die Augen. Er kniff sie zusammen und hob die Fäuste, um sich die Körnchen wegzureiben.

Wo zum Teufel war er, und wie lange hatte er hier schon gelegen?

Es war Nachmittag, immerhin das vermochte er zu sagen. Die Sonne brannte, die Haut in seinem Gesicht war rissig und trocken.

Plötzlich stellte sich die Erinnerung wieder ein.

Cheshire.

»Jim?«, schrie er. »Bist du da, Mann?«

Schwer atmend wartete er, hörte aber nur den Sand, den der Wind vor sich hertrieb.

Da wusste er, dass er keine Antwort bekommen würde.

58

Hawkins lehnte sich zurück, massierte sich die Nasenwurzel und blinzelte, um ihre überanstrengten Augen zu entlasten. Sie hatte zu lange aus kurzer Entfernung auf einen Computerbildschirm gestarrt. Sie konnte sich nicht erinnern, wann sie das letzte Mal einen Sehtest gemacht hatte. Vielleicht war es Zeit, sich testen zu lassen.

Sie schaute zur Decke ihres Büros empor. Styroporplatten füllten die quadratischen Aussparungen in einem Gitter, sauber getrennt von denjenigen, die Rauchmelder oder Sprinklerköpfe beherbergten und von daher umständlicher auszutauschen waren. Missbilligend fiel ihr auf, dass es eine Reihe von defekten Glühbirnen gab, was ihren Augen wahrscheinlich ebenfalls nicht guttat, schon gar nicht jetzt, da das Tageslicht verschwunden war. Sie schaute auf die Uhr und stellte überrascht fest, dass sie anderthalb Stunden vor ihrem Laptop gehockt hatte. Deprimierender noch war, dass sie nicht einmal ein Drittel ihres Pensums erledigt hatte.

Sie beugte sich vor und schaltete die Schreibtischlampe ein. Neben ihr lag das elektronische Fahndungsfoto des Mannes, der gesehen worden war, als er Matthew Hayes verfolgte. Daneben zwei leere KitKat-Packungen und drei leere Kaffeebecher aus dem Automaten. In der Mitte des Tisches zeigte ihr Laptop Bilder von vier der zehn Überwachungskameras in der

Nähe von Amanda Cains Haus. Das Filmmaterial der Kameras floss von den unterschiedlichen Standorten synchronisiert ein und lieferte einen Überblick über die Szenerie.

Ideal war die Anordnung allerdings nicht. Zunächst einmal befand sich die Kamera, die dem Haus der Ärztin am nächsten war, am anderen Ende der Straße und damit sechzig Meter von Cains Haus entfernt. Darüber hinaus war die Technologie nicht gerade auf dem neusten Stand. Die Schwarzweißbilder mit geringer Auflösung aktualisierten sich nur jede Sekunde, sodass die Abläufe cartoonartig ruckelten, was es schwierig gestaltete, die Bewegungen einer bestimmten Person nachzuvollziehen, vor allem, wenn man die Aufzeichnung bei doppelter Geschwindigkeit ablaufen ließ. Auch war es knifflig, mehrere Bilder auf einmal abzusuchen, was jedoch bei so viel Filmmaterial die einzig sinnvolle Methode war. Immerhin war die Software hilfreich, da sie Fußgänger hervorhob, indem sie jeden von ihnen mit einem farbigen Kasten unterlegte.

Bis jetzt hatte sich Hawkins alles angeschaut, was die vier Kameras in der Nähe des Hauses der Ärztin am Montag aufgezeichnet hatten, von Mitternacht bis sechzehn Uhr am Nachmittag, als die Datei gesichert worden war. Sie hatte gesehen, wie Fußgänger während der Nacht die Straße entlangschlenderten, hatte Amala und sich selbst während ihres Besuches gegen 10 Uhr am Morgen kommen sehen und das nachmittägliche Elterntaxi über sich ergehen lassen, bei dem Papa oder Mama die Kinder am Händchen die Gehsteige hinunterführten, während ihre Partner im Geländewagen die Straßen verstopften. Aber niemand hatte dem Mann geähnelt, den sie suchten.

Gleichfalls unerfreulich war, dass keine der Kameras in Cains Nachbarschaft eine solch hohe Auflösung bot, dass man Nummernschilder hätte erkennen können. Es war sogar eine

Herausforderung, auf dem gelieferten Filmmaterial auch nur eine Automarke zu erkennen. Infolgedessen hoffte Hawkins, der Mörder würde zu Fuß auftauchen oder zumindest das Fahrzeug, das er benutzte, in einiger Entfernung stehen lassen.

Als sie das letzte Mal nachgefragt hatte, war auch dem Rest ihres Teams kein Glück beschieden gewesen. Sie verfügte über ein Kontingent von vier Mitarbeitern im Medienraum, die sich allesamt ähnliche Bänder anschauten, wobei eine Nachtschicht instruiert war, um zehn Uhr abends zu übernehmen. Doch selbst mit diesem Personalaufwand war es so viel Arbeit, dass man damit am Morgen noch nicht fertig wäre, sondern sich die Sache bis in den nächsten Tag hineinziehen würde. Jeder von ihnen musste mit Adleraugen die Filme betrachten, denn selbst ein flüchtiges Auftauchen des Mörders konnte von entscheidender Bedeutung sein; sie konnten es sich nicht leisten, etwas zu übersehen. Der Fortschritt verlief dementsprechend schleppend.

Nur bei einer der vier Unterkünfte der neu bestimmten potenziellen Zielpersonen gab es keine Videoüberwachung innerhalb von fünfhundert Metern. Das war der Radius, den Hawkins zwecks genauer Prüfung festgelegt hatte. Der Mann, der in die Kneipenschlägerei verwickelt gewesen war, wohnte in einem heruntergekommenen Teil von Brixton, in dem es die Kommune aufgegeben hatte, die Kameras immer wieder reparieren zu lassen, die binnen weniger Tage erneut mutwillig zerstört wurden. Die Umgebung der anderen drei Wohnungen wurde hingegen von jeweils sechs bis vierzehn Kameras abgedeckt, und die infrage kommenden auf Bewährung entlassenen Sträflinge waren teilweise bereits seit drei Wochen wieder auf freiem Fuß. Das bedeutete hunderte Stunden Filmmaterial, das gewissenhaft und zur Gänze noch auf den kleinsten Hinweis auf den *Richter* untersucht werden musste.

Sobald die jeweiligen Überwachungsbänder am Vormittag zur Verfügung gestanden hatten, waren sie von einer Auswertungssoftware auf jedwede Bewegung abgesucht worden, die auf Gewalt oder ungewöhnliche Aktivitäten hindeutete. Leider war der einzige Vorfall, den die Software erfasste, die mutwillige Zerstörung von Amanda Cains Auto in der Nacht auf Mittwoch gewesen – nur Stunden bevor sie zum ersten Mal seit neun Monaten nach Hause zurückgekehrt war. Auf dem niedrig aufgelösten Filmmaterial ließen sich die beiden Straftäter nicht eindeutig identifizieren, wiesen jedoch eine deutliche Ähnlichkeit mit den beiden Teenagersöhnen von John Travis auf. Hawkins hatte bereits jemanden losgeschickt, um die beiden zu befragen.

Weil mithilfe der Auswertungssoftware nichts anderes gefunden worden war, mussten sie wohl oder übel eine akribische Suche per Hand durchführen. Falls jemand von Bedeutung vor die Kamera gelaufen war, dessen Bewegungsschema nicht ausgereicht hatte, um die Software zu aktivieren, wäre er für das menschliche Auge dennoch erfassbar.

Sicher, es war reine Spekulation, aber einen Versuch wert. Falls sie die Zielpersonen des Mörders exakt ermittelt hatten, so hoffte Hawkins, lag es durchaus im Bereich des Möglichen, dass er eine dieser vier bereits ausspionierte. Sie mussten ihn bloß auf einem der Bänder entdecken und ihm dann eine Falle stellen. Vielleicht konnte man dabei die Zielperson als Köder einsetzen, um ihn aus der Reserve zu locken, und ihn schnappen, bevor er erneut zuschlug.

Sie hatte zwei Detectives darauf angesetzt, jedes Band mit verfügbarem Filmmaterial zu analysieren, und Amala und Mike zum Spätdienst verdonnert, ebenso zwei weitere DCs, die das Pech gehabt hatten, zur falschen Zeit am falschen Ort zu sein. Diese vier Beamten saßen gegenwärtig vor den PCs mit Großbildschirm im Medienraum, während Hawkins an ihrem Laptop als fünftes Augenpaar fungierte.

Amala und sie selbst überprüften die Aufzeichnungen vor dem Haus von Amanda Cain, einfach deshalb, weil sie beide dort gewesen waren, wodurch es einfacher war zu decodieren, was auf den körnigen Bildern vor sich ging. Amala hatte mit der Mittwochnacht vor Cains Freilassung begonnen, während Hawkins sich von heute an zurückarbeitete. Doch sie lagen im Hintertreffen, vor allem deshalb, weil die Kommune von Lambeth die langsamste gewesen war, was die Überlassung ihres Videoüberwachungsmaterials anging. Erst kurz nach 7 Uhr morgens waren die digitalen Kopien auf den Server im Becke House gelegt worden, was immerhin bedeutete, dass irgendwer im Büro der Kommune Überstunden gemacht hatte, um das relevante Filmmaterial herauszusuchen.

Amala und sie hatten mit den vier Kameras begonnen, die ganz in der Nähe von Cains Haus angebracht waren und jeden Tag nach der Freilassung der Ärztin die Umgebung erfasst hatten. Falls sich nichts ergab, würden sie mit der nächsten, entfernter gelegenen Reihe von Kameras während der entsprechenden Zeitphasen fortfahren. Nach dieser Methode gingen auf ihre Anweisung auch alle anderen vor. Dahinter stand die These, dass der Mörder wahrscheinlich die Erfassung durch Kameras in der unmittelbaren Nachbarschaft der Wohnungen jeder Zielperson vermeiden würde, in daran angrenzenden Straßen aber womöglich nicht so vorsichtig war. Von daher standen die Chancen, den Täter zu finden, nicht schlecht. Statistisch betrachtet war es wahrscheinlicher, dass er sich zwar in der Nähe der jeweiligen Unterkünfte aufhielt, jedoch eher von Kameras erfasst worden war, die etwas weiter entfernt die Umgebung aufzeichneten.

Bis jetzt jedoch hatte keiner von ihnen das große Los gezogen. Es schien so, als hätte der Mörder, falls er denn eine der kürzlich festgelegten vier Zielpersonen beobachtete, Erfahrung darin, sich außerhalb der Reichweite von Kameras zu bewegen.

Hawkins schaute auf die ausgedruckte Liste der zehn von der Kommune Lambeth gelieferten Videobänder und überdachte ihre Aufgabe noch einmal. Sie hatte anderthalb Stunden dafür benötigt, sechzehn Stunden Filmmaterial von vier Kameras zu überprüfen. Wenn man davon ausging, dass Amala und sie ähnlich schnelle Fortschritte machten und Pausen und Übermüdung mit einrechnete, dann würden sie beide für die Überprüfung der Bänder aus zehn Kameras von fast sechs Tagen den Rest der Nacht benötigen. Die nächste Schicht würde erst in anderthalb Stunden eintreffen. In Anbetracht der Tatsache, dass sie noch jede Menge weiteres Filmmaterial von anderen Standorten zu überprüfen hatten, war es immens wichtig, dass das gegenwärtige Team hierblieb, um zu helfen. Sie seufzte. Es würde eine lange Nacht werden.

Sie bereitete sich auf eine weitere Phase am Laptop vor und klickte die Datei vom Sonntag an. Nach einer kleinen Weile öffnete sich das Programm, und die gleichen vier Kamerawinkel waren zu sehen, nur dass jetzt jede Szene wieder in Dunkelheit getaucht war und der Zeitstempel anzeigte, dass Mitternacht gerade vorüber war. Es herrschte kaum Aktivität, und Hawkins versuchte sich auf die fast menschenleeren Gehsteige zu konzentrieren. Vereinzelt fuhren Autos durch das Bild; ihre Scheinwerfer richteten verwaschene weiße Lichtstreifen in die Dunkelheit. Drei der Kameras waren nah beieinander angebracht, eine direkt in der Straße, in der Amanda Cains Haus lag, zwei weitere auf der Hauptstraße. Dadurch konnte Hawkins die meisten Fahrzeuge von einer Szene zur nächsten verfolgen, während sie sich die Hauptstraße entlangbewegten und dann entweder weiterfuhren oder in Cains Wohnstraße abbogen. Die vierte Kamera befand sich auf einer Nebenstraße, die ebenfalls von der Durchgangsstraße abzweigte. Im Hintergrund war die Einmündung der Straße zu erkennen, in der die Ärztin wohnte.

Gerade als Hawkins die Lider schwer wurden, tauchte auf dem Bildschirm ein rotes Kästchen an der Stelle auf, die Cains Straße zeigte. Schlagartig war sie wieder hellwach, starrte auf den Bildschirm und wartete darauf, dass die Gestalt weiter ins Bild kommen würde. Es war ein Mann, stämmig genug, um auf die Zeugenbeschreibung zu passen. Er ging von der anderen Straßenseite auf die Kamera zu. Zwar hatte ihn die Kamera in der angrenzenden Straße nicht erfasst, doch während Hawkins mit wachsender Hoffnung beobachtete, wie die Gestalt sich ruckelnd fortbewegte, sah sie, dass ihm vier weitere Männer aus der dahinterliegenden Dunkelheit folgten. Ihre Begeisterung verflog, als sie sah, wie die Männer sich vor einem anderen Haus wenige Türen entfernt von Cains sammelten und dann nacheinander eintraten.

Sie konzentrierte sich aufs Neue und machte weiter. Die verbliebene Nacht vor dem Haus war ohne besondere Vorkommnisse verlaufen. Wenig später zeigten die Bilder, wie der Tag anbrach, und an einigen der vorbeiruckelnden Autos waren jetzt die Scheinwerfer ausgeschaltet. Mit dem anbrechenden Morgen nahm der Fußgänger- und Autoverkehr zu. Stoßweise verließen Anwohner die diversen Häuser in der Straße, in der Cain wohnte, stiegen in Autos und fuhren davon. Fußgänger gingen an dem Haus vorbei. Hawkins folgte ihnen allen mit den Augen, ihre Müdigkeit wegblinzelnd. Sie brachte sich noch einmal in Erinnerung, wie dankbar sie dafür sein musste, dass es trotz der Kälte trocken geblieben war. Wären alle von der Kamera erfassten Menschen unter einem

Schirm oder einer Kapuze verborgen, wäre ihre Aufgabe praktisch unlösbar.

Aber vom *Richter* war nach wie vor keine Spur zu sehen.

Zehn Minuten später drückte Hawkins erneut auf Pause und lehnte sich auf ihrem Stuhl zurück, um sich zu recken. In diesem Moment klopfte jemand an ihre Tür.

Mike steckte den Kopf in ihr Büro. »Da bist du ja, du Schwindlerin.«

Hawkins hielt mitten im Gähnen inne. »Was?«

»Du hast gesagt, du kommst zu uns. Das war vor einer Stunde.«

»Tut mir leid, ich wurde aufgehalten.« Sie klickte, um das Video wieder anlaufen zu lassen. »Lenk mich nicht ab, ich muss mich konzentrieren.«

Mike trat ein. »Warum nimmst du deinen Laptop nicht mit und setzt dich zu uns anderen?«

»In den Medienraum?«, spottete sie. »Dann wäre es dort endgültig wie in einer Ölsardinenbüchse.«

Hawkins lächelte weiter, machte sich insgeheim aber Vorwürfe. Sie hatte vorgehabt, Kontakt mit den anderen zu halten, sich zumindest laufend auf den Stand der Erkenntnisse bringen zu lassen, auch wenn sie natürlich sofort davon erfahren hätte, falls jemand den gesuchten Mann erspäht hätte. Doch die fortwährende Abwesenheit von Tanner und seinen beiden Musketieren würde den anderen bald auffallen, und sie wollte keine unangenehmen Fragen beantworten müssen, wenn sie nicht unbedingt musste. Zudem wurde die Zeit zum Nachdenken immer knapper, vor allem weil sie noch nicht entschieden hatte, wie sie mit der ständig wachsenden Kluft in ihrem Team umgehen sollte.

Mike lachte. »Wir werden zusammenrücken. Komm schon, wir bestellen gerade Pizza.«

»Ich habe schon gegessen.«

»Meinst du etwa das hier?« Offensichtlich bezog er sich auf die leeren Schokoriegelverpackungen, auch wenn sie nicht aufschaute, um sich dessen zu vergewissern. »Das war's. Du kommst jetzt mit, tot oder lebendig.«

»Mir geht es gut.«

»Mag sein.« Er trat näher. »Aber wenn du nichts futterst, ist deine Konzentration bald keinen Pfifferling mehr wert. Es fällt dir jetzt schon schwer, dich zu konzentrieren. Sag es mir, wenn ich mich täusche.«

»Verdammter Mist.« Sie hielt ihren Blick auf den Bildschirm gerichtet. »Dann bestell mir eben eine Full House. Ich esse sie hier.«

Mike gesellte sich zu ihr an den Schreibtisch und riss ihre Hand von der Tastatur. Dann drückte er auf Pause und bedachte sie mit einem strengen Blick. »Okay, was soll das jetzt mit dem Rückzug? Hat dich jemand verärgert, oder hast du peinliche Blähungen?«

Sie lächelte, ließ aber sofort wieder das Video anlaufen. »Verpiss dich.«

»Geht es hier um unseren Streit?«

»Nein.« Sie warf einen Blick auf ihn. »Ich dachte, den hätten wir aus der Welt geschafft.«

»Haben wir auch. Also geht es um Tanner?«

Hawkins zögerte, brauchte aber zu lange, um ein Dementi zusammenzuklauben.

Mike setzte sich auf die Kante des Schreibtischs. »Was hat er denn jetzt schon wieder verbrochen?«

»Abgesehen davon, diesen Fall ausschließlich als Sprungbrett für seine Karriere zu nutzen? Nichts. Wir ... kommen einfach nicht miteinander aus. Hat was mit der Persönlichkeit zu tun.«

»Mit deiner oder seiner?«

Sie ignorierte Mike und heftete ihren Blick weiter auf den Bildschirm. Sie wollte nicht, dass er sich bei ihr erkundigte, warum Tanner, Sharpe und Todd in den vergangenen vierundzwanzig Stunden nicht zugegen gewesen waren. Zum Glück tat er es nicht.

In Clapham, auf dem Bildschirm, war es bereits früher Sonntagnachmittag; Menschen und Autos ruckelten davon. Sie sah Fahrzeuge in beiden Richtungen an Amanda Cains Haustür vorbeifahren. An beiden Enden der Straße entstanden kleine Staus, während sich aus der jeweils anderen Richtung Allradfahrzeuge in die verstopfte Straße drängelten. Bremsleuchten flackerten auf, als sie weiter unten an der Einmündung halten mussten.

Mike beschwerte sich leise darüber, dass sie ihn nicht beachtete.

»Psst«, mahnte ihn Hawkins, rückte auf ihrem Stuhl weiter nach vorn und klickte, um die Aufnahme zurückzuspulen.

Sie wies auf den Bildschirm. »Schau dir das mal an.«

Alarmiert trat Mike dicht neben sie. Er hatte erkannt, dass sich ihre Aufmerksamkeit fokussiert hatte.

Hawkins ließ den Film erneut anlaufen, dieses Mal in langsamer Geschwindigkeit. Erneut beobachtete sie, wie eine dunkle Limousine sich an der Unterseite des Bildschirms entlangschob und sich dann der Schlange von Fahrzeugen näherte, die am unteren Ende der Straße warteten. Sie schloss sich hinten an, und erneut flackerte etwas in Hawkins' Erinnerung auf.

»Gib mir einen Hinweis«, sagte Maguire.

»Nur *ein* Bremslicht«, murmelte sie.

»Was ist das jetzt, so eine Art britisches Omen? Steht dann ein sonniger Tag bevor?«

Sie reagierte nicht. »Was ist das für ein Autotyp?«

»Na klar doch, frag einen Yankee nach so etwas.« Mike drehte den Laptop in seine Richtung und schaute mit zusammengekniffenen Augen auf das Bild. »Diese verdammten Euro-Kisten sehen doch alle gleich aus.« Er trat näher. »Zoom mal ran.«

Sie tat es, nachdem sie so lange zurückgespult hatte, bis sich das Auto mittig im Bild befand. Auf das Menü der Software zugreifend, ließ sie den Wagen bildfüllend erscheinen. Frustriert musste sie feststellen, dass die Auflösung zu grobkörnig war, um das Nummernschild lesen zu können.

Nachdenklich rieb sich Mike das Kinn. »Sieht aus wie ... ein alter Vectra. Wieso?«

Hawkins begriff, dass ihre Entdeckung Maguire nach wie vor nichts sagte, und wandte ihm das Gesicht zu. »Ich habe ihn schon einmal gesehen.«

Er runzelte die Stirn. »Wo?«

»Auf einem Überwachungsvideo. Vor dem Haus eines Opfers. Wenn ich mich bloß erinnern könnte ...«

Sie zog den Laptop wieder näher zu sich heran und minimierte die gegenwärtige Bildfläche. Dann griff sie auf den Server zu und klickte sich durch diverse Dateien, bis sie die Aufnahmen von Tatorten der früheren Morde fand. Ihr Instinkt lenkte sie auf Calano.

Hawkins öffnete eine der Dateien und zappte, so schnell sie es wagte, durch das Filmmaterial. Natürlich waren die Aufnahmen bereits ausgewertet worden, aber nicht in dem Zusammenhang, den sie jetzt herstellten.

Der Aufnahmewinkel war groß und zeigte den Teil der Hauptstraße in Enfield, der an die Straße angrenzte, in der Calano gewohnt hatte. In dieser Gegend lebte nicht die gleiche gesellschaftliche Schicht wie in Clapham, sodass diese Kamera die einzige war, die in der Nähe der Wohnung des Opfers montiert war. Dafür aber hatte man sie erst kürzlich installiert, und von daher war die Qualität des Bildmaterials besser, nämlich in Farbe und in höherer Auflösung. Hawkins zügelte ihren Optimismus; es war immer noch möglich, dass sie sich täuschte.

Wie nicht anders zu erwarten, war der Verkehr auf dieser Durchgangsstraße dichter als in der schmaleren, kürzeren Straße, in der Cain wohnte. Fußgänger und Fahrzeuge schwirrten in beide Richtungen durch das Bild. Das schiere Ausmaß des Verkehrsstroms gestaltete es schwierig, allen Bewegungen zu folgen, doch Hawkins interessierte sich lediglich für Autos, die eine bestimmte Route einschlugen: Linksabbieger auf die Straße, an der Calano gewohnt hatte. Maguire und sie schauten sich die gesamte Videodatei an.

Dann versuchte sie es mit einer anderen, spulte vor, und sie schauten zu, wie sich die Nacht rasch in Tag verwandelte. Mike blieb neben ihr stehen, seine Hand ruhte warm und angenehm auf ihrem Nacken. Nach wie vor entdeckten sie nichts von Bedeutung.

Hawkins stand schon kurz davor, ihr Erinnerungsvermögen zu verfluchen, als es sich bestätigte.

Die Zeit auf dem Bildschirm zeigte kurz nach 15 Uhr, als eine dunkle Limousine von der rechten unteren Ecke ins Bild kam, sich ruckelnd in die Mitte des Bildschirms bewegte und wieder verschwand. Doch Hawkins' Sinne waren bereits geschärft. Sie drückte auf Pause, spulte das Filmmaterial zurück, um den Wagen erneut ins Blickfeld zu bekommen, und spielte den Ausschnitt dann in verlangsamter Geschwindigkeit erneut ab.

Sie beugten sich beide vor und beobachteten, wie sich das Fahrzeug der Einmündung näherte.

»Vectra?«, fragte sie.

»Ja.«

Der Wagen war nur noch wenige Meter von der Abzweigung entfernt, jetzt müsste er abbremsen. Einen schrecklichen Moment lang glaubte Hawkins, sie habe sich geirrt, vielleicht würden überhaupt keine Lichter aufleuchten. Doch dann bremste der Fahrer, und Hawkins grinste breit.

Nur das eine Bremslicht funktionierte.

»Da.« Sie hielt die Aufnahme an und wandte sich triumphierend Maguire zu. »Dieser Wagen war an zwei Orten von Interesse zugegen, darunter in der Straße, in der eines der Opfer wenige Tage vor seiner Ermordung wohnte. Ich würde sagen, das ist unser Mörder. Er muss ein Gefühl für die Gegend entwickeln, in der seine Zielpersonen leben, ohne von der Kamera dabei erfasst zu werden, wie er dort herumlungert. Aus diesem Grund fährt er gelegentlich tagsüber, wenn viel los ist, in die Nähe und benutzt dabei ein normalerweise unauffälliges Fahrzeug. Des defekten Bremslichtes ist er sich offensichtlich nicht bewusst.«

Mike schüttelte den Kopf. »Wie zum Teufel hast du dich an dieses Auto erinnert?«

Sie lächelte. »Tja, zum Teil deshalb, weil ich ein großartiger Detective bin, vor allem aber, weil ich eine Frau bin. Falls du es noch nicht bemerkt haben solltest, sind wir nämlich in der Lage, uns an kleine Details zu erinnern, die zunächst nicht unbedingt etwas zu bedeuten haben. Deswegen kann ich dir sagen, wo ich Autos mit kaputtem Rücklicht gesehen habe, und könnte dir auch eine Liste schreiben mit Situationen, in denen du dich getäuscht hast, seit wir uns kennengelernt haben.«

»Beeindruckend. Könnten wir dir doch bloß auch noch das Kochen beibringen.«

Hawkins boxte ihn zum Spaß. Auch als sie sich wieder dem Bildschirm zuwandte, blieb sie in Hochstimmung.

Denn jedes einzelne Zeichen auf dem Nummernschild des Vectra war klar und deutlich zu erkennen.

59

Bull spürte den Ruck, als die Bremsen gelöst wurden. Dann setzte sich das riesige Flugzeug mit einem knirschenden Geräusch in Bewegung. Wie schnell, vermochte er nicht zu sagen, da es keine Fenster gab. Also saß er in dem fahlen Licht nur da und versuchte den Geruch von verbranntem Gummi und Kerosin zu ignorieren. Die Kabine erinnerte ihn an den Arbeitsraum der Mechaniker auf dem Stützpunkt, den Ort, den er nie wieder sehen würde und der sich inzwischen wie Zuhause angefühlt hatte.

Das Flugzeug rollte weiter. Immer wenn die Räder über eine Unebenheit holperten, schepperte das schwere Equipment. Ein stechender Schmerz in der Schusswunde in seinem Oberschenkel ließ Bull zusammenfahren. Doch es war nicht der Schmerz, der ihn quälte; er hatte gelernt, alles Physische auszublenden. Was ihn wirklich zusammenzucken ließ, waren die Bilder, die den Schmerz begleiteten. Wie sie beide rannten, die Schüsse, die Straße. Die Explosion, die alles beendete.

Reiß dich zusammen.

Bull verdrängte die Gedanken. Er war nicht bereit, sich mit dieser Scheiße zu beschäftigen. Noch nicht.

In ein paar Tagen würde er zu Hause sein, raus aus dieser Hölle. Zuerst hatte er nicht gehen wollen, hatte geglaubt, der Schmerz werde mit der Zeit nachlassen. Niemand hatte den Jungen gezwungen, sich zu verpflichten; Krieg war ein gefährliches Geschäft. Doch eine Woche später, nach vielen Albträu-

men und kalten Schweißausbrüchen, war es Bulls einzige Hoffnung gewesen, nach Hause zurückzukehren. Hier, wo sie gemeinsam gedient hatten und Freunde geworden waren, würde er Cheshires Gesicht niemals aus dem Kopf bekommen. Doch wenn er dorthin zurückgehen würde, wo er gewesen war, bevor sie sich kennengelernt hatten, könnte er vielleicht vergessen.

Fürs Erste musste er einfach nur durchhalten.

Er hatte bereits einen Termin bei einem dieser Seelenklempner. Sie hatten gesagt, es könne sich um eine posttraumatische Belastungsstörung handeln und er müsse etwas dagegen unternehmen.

Der Einzige war er nicht. Neben ihm auf der heruntergeklappten Bank, die an der einen Seite im Flugzeugrumpf entlanglief, saßen andere Soldaten, wie er auch gebucht auf den Alles-im-Arsch-Express.

Keiner sagte ein Wort.

Er schaute in die Gesichter um ihn herum, die im Dämmerlicht erkennbar waren. Er kannte niemanden von ihnen, sie stammten aus unterschiedlichen Einheiten. Einige waren verwundet, andere unehrenhaft entlassen, wieder andere hatten nur noch Matsche im Kopf. Sicher hatten viele, wie Bull auch, mehr als nur ein Leiden. Aber alle saßen sie da mit der gleichen ausdruckslosen Miene.

Die Jungs hatten gemeint, er könne sich glücklich schätzen, da er immerhin überlebt habe. Doch das hing davon ab, ob Ein- und Ausatmen bedeutete, ein Leben zu haben, das zu leben sich lohnte. Was war mit den Erinnerungen, die für immer im Hirn eingebrannt waren? Niemand warnte einen auf dem Weg in den Krieg, wie schwer so etwas sein konnte. Diese Scheiße lernte man von allein.

Deswegen waren die meisten der getöteten Soldaten noch Kids, Teenager, die es für ein großes, beschissenes Spiel hielten.

Einige rechneten zwar damit, verwundet zu werden, aber keiner von ihnen wusste, was der Krieg in ihrem Kopf anrichten würde. Und um dem Ganzen die Krone aufzusetzen, schnallten sie einen auf ein großes Katapult und schleuderten einen wieder nach Hause, sobald man zu matschig im Kopf war, um kämpfen zu können.

Und tschüss!

Der Flug würde fünfzehn Stunden dauern. Danach würden sie in das Leben zurückkehren, das sie zurückgelassen hatten, und versuchen, es wieder zum Laufen zu bringen. Richtig toll konnte keines ihrer Leben gewesen sein, sonst hätten sie es nicht hinter sich gelassen. Aber so beschissen es auch gewesen sein mochte, es würde nun keinen Deut besser werden.

Als das Flugzeug abbremste, gab es wieder einen Ruck, und die Netze mit der Fracht schaukelten. Dann wurden die Lichtbänder im Boden gedimmt, und das Röhren der Triebwerke nahm zu. Bald würden sie sich in der Luft befinden.

Bull hielt sich an seinem Rucksack fest. Darin befand sich ein Kartenspiel, mit dem Cheshire und er an trägen Nachmittagen im Stützpunkt häufig Blackjack gespielt hatten. Es war die einzige Erinnerung an jemanden, der für ihn fast so etwas wie ein Bruder gewesen war.

Draußen wurde das Heulen der Strahltriebwerke immer lauter, das Flugzeug beschleunigte. Sein Bein schmerzte höllisch. Obwohl die Kugel den Knochen zertrümmert hatte, weigerte er sich, Schmerzmittel zu nehmen. Er wollte seine Verletzung spüren.

Ein Teil seines Schienbeins fehlte, und in seinem Nacken und den Oberschenkeln steckten Schrapnellsplitter. Hätte er die Körperpanzerung nicht getragen, hätte er nicht überlebt.

Anders als der Junge.

Plötzlich stand er wieder auf der unbefestigten Straße und rief Cheshire zu, er solle loslaufen. Wie riskant es war, über wahrscheinlich vermintes Gelände zu rennen, hatte er gewusst. Aber eine bessere Option hatte es nicht gegeben, sodass er es hatte darauf ankommen lassen, um sie beide zu retten.

Der Junge war sein bester Freund gewesen. Alles, was er sehen konnte, wenn er die Augen schloss, war dieses blöde Grinsen. Im Lauf der Monate hatten sie gemeinsam gelacht, einander bei Verstand gehalten, einander das Leben gerettet. Nur dieses Mal nicht.

Der Junge war voll auf eine Mine getreten, und zwar auf eine große, obwohl das womöglich auch besser so gewesen war. Von ihm war nichts mehr übrig gewesen, als die anderen Soldaten kamen und Bull rücklings auf dem Boden liegend vorfanden, eine Stunde bevor er verblutet wäre.

Der Junge hatte die volle Wucht der Detonation abbekommen und Bull mit seinem Körper teilweise abgeschirmt. Bull war so weit hinter ihm gelaufen, dass er keine tödlichen Verletzungen erlitten hatte. Die Aufständischen mussten beschlossen haben, dass es sich nicht lohnte, ihr Leben zu riskieren und das Minenfeld zu durchqueren, nur um sich zu vergewissern, dass Bull tot war.

Das war vor zehn Tagen gewesen.

Seitdem hatte er im Feldlazarett gelegen und war zweimal am Tag untersucht worden. Er hatte geglaubt, sich auf dem Weg der Besserung zu befinden, als sein Gruppenführer auf ihn zugekommen war, um ihm zu sagen, dass sie ihn nach Hause schicken würden.

Binnen weniger Stunden hatte er gepackt und war abflugbereit, auch wenn das nicht seine Frage beantwortete, die ihm wieder und wieder durch den Kopf ging.

War er schuld?

Am Tod eines Unschuldigen.

60

Am südlichen Ende der terrassierten Straße tauchten Scheinwerfer auf und durchschnitten die früh einsetzende Dunkelheit. Das Abblendlicht des Wagens beleuchtete Streifen des feinen Sprühregens.

Hawkins sah die Scheinwerfer im Außenspiegel ihres VW-Golf-Zivilfahrzeugs herannahen und versuchte zu erkennen, ob sie zu einem Vectra gehörten. Kurz darauf kroch der Strahl des Scheinwerferlichts durch den Innenraum ihres Wagens und ließ blasse Schatten von links nach rechts über das Armaturenbrett wandern. Hawkins und Yasir vergruben sich tief in ihren Autositzen und sahen zu, wie das Fahrzeug vorbeifuhr.

Es handelte sich nicht um das gesuchte.

Als der Wagen, ein roter Citroën, in eine Parklücke weiter unten auf der Straße manövrierte, richteten sie sich beide wieder auf. Der Fahrer half zwei Kindern beim Aussteigen und geleitete sie in eines der Häuser. Dunkelheit breitete sich wieder auf der spärlich beleuchteten Straße aus, und das Böse schien in den Ecken auf sie zu lauern.

»Ruhig bleiben allesamt«, flüsterte Hawkins in ihr Airwave-Gerät. »Es war nicht die Zielperson.«

Der Lautsprecher brummte. »Verstanden. Halten uns weiter bereit.«

Das war Maguires Stimme. Gemeinsam mit Aaron Sharpe, den Hawkins wieder zurück ins Becke House beordert und damit von Tanners Herde getrennt hatte, saß er in einem ebenfalls unauffälligen Ford Focus, der an der nächsten Querstraße parkte, für den Fall, dass ihr Verdächtiger sich entscheiden würde, eine Abkürzung zwischen den beiden Häusern zu nehmen und durch den Hintereingang ins Haus zu gehen.

Das war zwar unwahrscheinlich, aber sie wollte alle Möglichkeiten abdecken. Auf Mikes Antwort folgte die Bestätigung seitens der anderen Mitglieder ihrer zusammengewürfelten Gruppe.

»Verstanden.« Das war DI Pete Bishop, der ein Team der SCO19 leitete, einer bewaffneten Sondereinheit der Metropolitan Police. Die vier bewaffneten Officers saßen in einem schwarzen Zivilfahrzeug, einem BMW X5, der schräg gegenüber parkte.

Sie waren vor einer halben Stunde, gleich nach Einbruch der Dämmerung, eingetroffen, nachdem Mike vom Straßenverkehrsamt die Information bekommen hatte, dass der Vauxhall Vectra mit dem defekten Bremslicht auf diese Adresse zugelassen war. Falls sich Hawkins' Theorie, der Fahrzeughalter sei auch der Mörder, als richtig erwies, konnte der Fall, noch bevor sie zu Bett gingen, abgeschlossen sein, der *Richter* hinter Gittern sitzen, diverse auf Bewährung entlassene Strafgefangene wären außer Gefahr, und Hawkins' Ruf wäre wiederhergestellt.

Allerdings hütete sie sich davor, irgendetwas davon fest einzuplanen, zumindest nicht, ehe die letzten Puzzleteile an ihre Stelle gerückt waren, vor allem, was Neuigkeiten aus dem Feindeslager anging. Es war ihr zwar gelungen, Aaron Sharpe zu isolieren und an ihrer erhofften Festnahme eines Tatverdächtigen zu beteiligen. Doch Steve Tanner und Frank Todd machten nach wie vor zielstrebig Fortschritte auf eigene Rechnung. Unter Druck gesetzt, enthüllte Sharpe, Tanner habe ein weiteres Mitglied der Familie von Amanda Cains Opfer zur Vernehmung aufs Revier geholt. Es handelte sich offenbar um eine angeheiratete Verwandte aus der Familie von John Travis' Vater. Die Frau, die derzeit vom Schurkenteam des DI verhört wurde, arbeitete als Arzthelferin in Ealing. Ihr Job gewährte ihr Zugang zu vertraulichen Informationen aus Krankenakten sowie zu Entlassungsdaten und Nachsendeadressen von mehr oder weniger jedem Schwerkriminellen in London.

Normalerweise war es so, dass Familien, die aufgrund einer Fahrlässigkeit anderer einen Angehörigen verloren hatten, sich letztendlich häufig friedlich dafür einsetzten, dass so etwas nicht noch einmal geschehen konnte. Die Travis-Dynastie hingegen schien sich für direktere Vorbeugemaßnahmen entschieden zu haben. Simon Hunter zufolge leuchtete es ein, dass sich eine von Kummer gequälte Familie schwer damit tat, neun Monate zu warten, um dann ihre eigene Vorstellung von Gerechtigkeit am Mörder eines Verwandten umzusetzen. Es war daher auch möglich, dass die zu überbrückende Zeit dazu genutzt wurde, anderen in ähnlichen Situationen zu »helfen«, höchstwahrscheinlich ungebeten, und dadurch ihren Hunger auf Vergeltung wachzuhalten. Calano, Philips und Hayes wären damit faktisch nur Wegmarkierungen zu einem großen Ziel gewesen, bei dem Cain für ihre damalige Unbesonnenheit mit dem Leben bezahlen sollte.

Anders als Hawkins' Kandidat war die fünfzigjährige Frau keine direkte Tatverdächtige, doch Tanner war immerhin imstande gewesen, sie ausfindig zu machen. Im Gegensatz dazu bedurfte es möglicherweise einer tagelangen aufwendigen und landesweiten Jagd, bis Hawkins ihre Zielperson gefasst hatte. Und dann konnte sich immer noch herausstellen, dass der Mann nicht in Verbindung mit dem Fall stand, sondern sich womöglich lediglich als Auslieferungsfahrer erwies, der das Pech gehabt hatte, in den vergangenen Tagen am Haus von zwei Opfern vorbeigefahren zu sein. Ein solcher Irrweg würde Tanner freien Lauf lassen, nach Belieben zu ermitteln. Er würde dann möglicherweise den Mörder auf dem Silbertablett servieren, während sie kostbare Mannstunden für eine umfangreiche, letzten Endes jedoch fruchtlose Jagd vergeudete. Falls es so kam, würden er und Hawkins wahrscheinlich ziemlich schnell den Dienstgrad tauschen.

Rasch versicherte sie sich, dass sie genauso gut recht haben konnte. Einen Hinweis in die eine oder andere Richtung hätte sie allerdings während der letzten paar Stunden begrüßt.

Seit Ankunft des Polizeiteams, das mit einem Fahrzeug nach dem anderen im Abstand von jeweils fünf Minuten in die Straße gefahren war, um zu vermeiden, dass ihre Zusammengehörigkeit deutlich wurde, gab es keine Spur von dem Vectra. Er stand weder irgendwo am Straßenrand noch in den angrenzenden Straßen; um das zu überprüfen, hatte Mike eine Runde gedreht. Und der Vectra war auch nicht durch diese Straße gekommen.

Es war natürlich auch möglich, dass der Besitzer woanders geparkt oder den Wagen verliehen hatte. Die Nummer war bereits beim automatischen Kennzeichenerkennungssystem gemeldet worden, sodass das Fahrzeug in einer ihrer Überwachungskameras markiert würde, falls es durch das Bild fuhr. Es war auch nicht als gestohlen gemeldet worden, konnte aber in den letzten Wochen ausgeliehen oder verkauft worden sein. Der schnellste Weg, eine Antwort auf all diese Fragen zu bekommen, bestand darin, die Person zu befragen, die in Haus Nummer 39 wohnte.

Bloß sah es momentan so aus, als sei dort niemand zu Hause. Das schäbige Apartmenthaus stand wie zusammengesunken zwischen zwei besser erhaltenen Wohngebäuden, so als würde es von ihnen vor dem Einsturz bewahrt. Der Lack blätterte von den Fensterrahmen, und hinter den verdreckten Scheiben war keinerlei Lebenszeichen auszumachen. Dies und die Abwesenheit des einzigen auf diese Adresse zugelassenen Fahrzeugs hatte Hawkins dazu veranlasst abzuwarten. Dabei bestand natürlich das Risiko, dass der Mörder die Gelegenheit bekam, erneut zuzuschlagen, je länger sie zögerten. Doch alle potenziellen Zielpersonen standen unter Beobachtung, ob sie es nun wussten oder nicht, und sämtliche vorherigen Attacken waren weit nach Mitternacht verübt worden, was ihnen noch etliche Stunden Spielraum verschaffte.

Sie hatte sich dafür entschieden, sich dem Grundstück nicht zu nähern. In Anbetracht des Gewaltpotenzials der Zielperson wäre es ratsam, zumindest einen bewaffneten Officer mitzunehmen, falls und sobald sie sich der Tür näherten. Abgesehen von der Tatsache, dass niemand zu Hause zu sein schien. Das aber hätte auch bedeutet, dass jeder mögliche Beobachter ihre Absichten durchschauen würde. Sollte sich ihr Verdächtiger irgendwo anders aufhalten, brauchte ihn bloß einer der Nachbarn zu warnen, und schon konnte sich ihr Überraschungsmoment in einen Vorsprung für den flüchtigen Mörder umkehren – auch wenn sein Handy, falls er eines besaß, nicht auf diese Adresse registriert war. Fürs Erste also war es sinnvoll abzuwarten.

Hawkins richtete ihre Aufmerksamkeit wieder auf die Akte auf ihrem Schoß. Sie schaltete die kleine Leselampe ein, die oben an dem Ordner klemmte, und machte sich erneut vertraut mit dem Aussehen des Mannes, von dem sie hoffte, dass er bald als der *Richter* identifiziert werden würde.

Aus einem jungen, kantigen Gesicht starrten sie blaue Augen an. Marlon Wells hatte einen kahl rasierten Schädel und einen muskulösen Nacken, der auf eine gedrungene Statur hindeutete, die in Übereinstimmung mit seiner eher bescheidenen Größe und seinem großzügigen Gewicht stand. Bei der Akte handelte es sich nicht um ein Strafregister, da Wells noch nie verhaftet oder eines Verbrechens beschuldigt worden war. Aber das, was von seiner Vorgeschichte bekannt war, ließ

Hawkins hoffen, dass es sich um den gesuchten Mann handelte.

Die Antwort des Straßenverkehrsamtes auf Mikes heutige Anfrage lautete, es lägen keine Angaben zu Wells' gegenwärtigem Beruf vor, er habe den Vectra jedoch Ende 2006 offenbar aufgrund eines Militäreinsatzes abgemeldet. Diese Information führte sie auf direktem Weg zum Staatsarchiv, in dem ein neunundzwanzigjähriger Wells als ehemaliger Obergefreiter registriert war, der 2007 von seinem zweiten Irakeinsatz zurückgekehrt war. Nun warteten sie noch darauf, dass das Verteidigungsministerium Informationen aus dem vertraulichen Teil von Wells' Akte preisgab. Also etwa, warum er zwölf Monate zuvor aus dem Dienstverhältnis entlassen worden war und was er seitdem getan hatte. Doch Wells' äußere Erscheinung, die auf die Beschreibung des Mannes passte, der bei der Verfolgung von Matt Hayes beobachtet worden war, seine Kampfausbildung, die er in der Armee erhalten haben musste, sowie die Tatsache, dass sein Auto vor Kurzem bei zwei Adressen gesehen worden war, die mit dem Fall zu tun hatten, reichten aus, um ihn zumindest von Rechts wegen zu vernehmen.

Ein leises Stöhnen vom Fahrersitz riss sie aus ihren Gedanken. Als sie hinüberschaute, sah sie, dass Amala auf das Display ihres Handys starrte.

»Ärger im Paradies?«, fragte sie, ohne nachzudenken. Sofort machte sie sich Vorwürfe, eine Unterhaltung begonnen zu haben, die ihrer Kollegin wahrscheinlich nicht angenehm sein würde und deren Inhalt sie womöglich beide ablenken konnte.

»Nicht wirklich«, erwiderte Yasir. Allerdings spitzte sie dabei die Lippen, was auf etwas anderes hindeutete. »Wahrscheinlich spielt mir bloß meine Einbildung einen Streich.«

Nun machte sich Hawkins Sorgen. Es war ungewöhnlich für Amala, über Privatangelegenheiten zu reden, besonders über so etwas Intimes wie ihre Beziehung. Es musste sich um ein ernstes Problem handeln. Und sie hatte bereits zu viel Interesse gezeigt, um jetzt einfach einen Rückzieher machen zu können.

»Riskieren Sie's. Ich bin besser darin, Ratschläge zu erteilen, als man meinen sollte.«

Amala schwieg eine Weile, bevor sie tief Luft holte. »Es ist wegen Christian.«

»Fahren Sie fort.« Hawkins beobachtete im Außenspiegel, wie zwei Autos am Ende der Straße vorbeiglitten, bevor sie sich wieder ihrem Sergeant zuwandte.

»Er hat die Nase voll von den Überstunden, die ich ständig mache, und meint, er bekäme mich nie zu sehen. Und wie Sie wissen, hat er damit ja auch nicht ganz unrecht, was die letzten Monate angeht. Ich habe versucht, mehr Zeit mit ihm zu verbringen, aber er ist noch nie jemand gewesen, der nur herumsitzt. Er hat mir gerade gesimst, er sei mit Freunden ausgegangen, und zwar mit solchen, mit denen er sonst nie besonders viel unternommen hat. Das ist auch in Ordnung, aber jetzt habe ich Panik, dass es eine andere gibt.«

»Ich verstehe.« Hawkins brachte sich Yasirs Freund in Erinnerung. Sie hatte ihn nur ein einziges Mal während einer Ausstandsfeier gesehen, die ein scheidender Commissioner für das ganze Becke House organisiert hatte. Soweit sie sich erinnerte, sah Christian gut aus und war dank seines Jobs als Kampfsportlehrer fit. Er war aber auch sehr von sich überzeugt und hatte während ihres kurzen Geplauders für Hawkins' Geschmack zu heftig mit ihr geflirtet.

Sie beobachtete, wie ein weiteres Auto in die vor ihnen liegende Straße einbog. Es gelang ihr nicht, tröstende Worte aus dem Ärmel zu schütteln. »Bestimmt weiß er zu schätzen, was er an Ihnen hat«, war das Einzige, was sie hervorbrachte, während der alte Mercedes an ihnen vorbeifuhr. Mit ihren Gedanken war sie bereits woanders. Etwas an Christians potenzieller Untreue eröffnete eine neue Perspektive in Bezug auf ihre gegenwärtige Situation und bewirkte einen Sinneswandel. Wer dem ultimativen Zwang unterlag und wem es gelang, wiederholt Morde zu verüben, der musste sowohl reich an Hilfsmitteln als auch gefühlskalt sein. Rücksichtslose Effizienz war eine Grundvoraussetzung für Mörder, um zu töten, sobald es die Umstände erlaubten.

Was bedeutete, dass Hawkins' zusammengewürfeltes Team hier nicht auf den richtigen Zeitpunkt wartete, sondern Zeit verschwendete.

Jede Minute, die sie vor Wells' Haus warteten, war eine Minute, die er dazu verwenden konnte, sich sein nächstes Opfer auszugucken. Und falls es dort drinnen Beweismaterial gab, das ihnen helfen konnte, ihn zur Strecke zu bringen, dann war es ihre Pflicht, es sicherzustellen und zu verwenden.

»Tut mir leid, Amala.« Sie griff nach ihrem Airwave-Gerät. »Können wir das Gespräch ein anderes Mal fortsetzen?« Als sie Yasirs fragenden Blick auffing, fügte sie hinzu: »Wir gehen rein.«

61

Leise öffnete Hawkins die Wagentür und suchte die Fenster der Häuser in ihrer Nähe danach ab, ob sich Vorhänge bewegten. Nachdem sie keine Anzeichen dafür erkennen konnte, dass sie beobachtet wurde, wandte sie sich ab und schlenderte wie beiläufig über die Straße, dankbar dafür, dass die zunehmende Dunkelheit und das spärliche Licht der weit auseinanderstehenden Straßenlaternen ihr dabei halfen, unauffällig näher heranzukommen.

Sie warf einen Blick zurück und sah Yasir auf dem Fahrersitz ihres Zivilfahrzeugs sitzen, wo sie laut ihrer Anweisung warten sollte. Ob ihre Zielperson zu Hause war oder nicht, Hawkins wollte ihr Erscheinen möglichst unauffällig gestalten und damit das Risiko minimieren, dass irgendwer, der Sympathie für den hier ansässigen Mörder hegte, Wells warnen konnte. Zu ihrem Vorstoß gehörten die beiden bewaffneten Officers, die sich gegenwärtig Wells' Haus von der Rückseite aus näherten, sowie zwei weitere Beamte, die nun mit Hawkins bis zur Tür an der Vorderseite vorrückten.

Yasirs Aufgabe bestand darin, die Straße mit dem Hauseingang im Blick zu behalten, während der andere Wagen mit Maguire und Sharpe auf der dahinterliegenden Straße stand, für den Fall, dass Wells zurückkam und rückseitig parkte. Der Plan war, in das Haus einzudringen, unabhängig davon, ob ihre Zielperson sich darin befand. Falls dem nicht so war, würden sie drinnen nach etwas suchen, das ihnen helfen konnte, ihn ausfindig zu machen. Besser noch wäre es, wenn er zurückkehrte, während sie noch drinnen waren; dann konnten sie ihn festnehmen, und die Sache war erledigt. So lautete zumindest die Theorie.

Hawkins ging zwischen zwei nebeneinandergeparkten Autos durch, um auf den Gehsteig zu gelangen. Dabei beobachtete sie, wie die beiden bewaffneten SCO19-Beamten sich Wells' Haus von der anderen Seite aus näherten. In ihren schwarzen Bodysuits und Schutzhelmen waren sie bei dem strömenden Regen, der nach wie vor fiel, nur schwer auszumachen.

Vor dem Haus schlossen sie sich zusammen.

Wie vorab von Hawkins angeordnet, sprach keiner ein

Wort. Mit einem Nicken signalisierte Bishop sowohl einen Gruß als auch das Ersuchen um Zustimmung. *Können wir?*

Sie erwiderte die Geste, worauf sie zu dritt die winzige Grünfläche vor der Haustür überquerten. Mit ihren Handfeuerwaffen im Anschlag bezogen die beiden Beamten Position auf beiden Seiten des Eingangs. Bishop drückte einen Knopf auf einem Sender, womit er seinen Kollegen signalisierte, sich bereitzuhalten.

Er wartete, bis er eine Bestätigung erhielt, und nickte dann Hawkins erneut zu. Diese klopfte energisch an die Tür und trat beiseite. Falls Wells zu Hause war, gab es einen Grund dafür, dass er kein Licht eingeschaltet hatte, sodass es nun zu einer jähen, womöglich gewalttätigen Reaktion kommen konnte.

Die Sekunden verstrichen. Doch sie hörte lediglich das Prasseln der Regentropfen und das träge Geräusch, mit dem das Wasser die sanft abfallende Straße hinunter in einen nahen Gully rann. Einen kurzen Augenblick ging ihr die grauenhafte Vorstellung durch den Kopf, sie könnten vor dem falschen Haus stehen. Sie verdrängte den Gedanken, ging in die Hocke und öffnete vorsichtig den Briefkastenschlitz in der schäbigen Holztür, wobei sie ihren Körper seitlich hielt.

»Mr Wells?«, rief sie durch die Lücke, bemüht, nicht so laut zu sprechen, dass sie die Bewohner der ganzen Straße aufmerksam machte. »Metropolitan Police. Öffnen Sie die Tür.«

Während sie auf eine Reaktion wartete, spähte sie in den dunklen Hausflur hinein, um etwaige Anzeichen von Bewegung auszumachen, die auf den Angriff eines geübten Mörders schließen ließen. Sie wiederholte ihre Aufforderung.

Keine Antwort.

Sie wartete noch dreißig Sekunden ab, ehe sie den Deckel des Briefkastenschlitzes quietschend herunterklappen ließ, aufstand und Bishop mit einer Kopfbewegung auf das Haus signalisierte, sie sollten es stürmen.

Die bewaffneten Beamten nickten einander zu, bevor der zweite von ihnen seine Waffe ins Holster steckte, sich einen Schulterriemen abstreifte und eine kompakte Ramme hervorholte. Er trat vor, stellte sich mit einem Fuß auf die Stufen, um sich festen Halt zu verschaffen, und brachte die Ramme auf eine Höhe mit dem einzigen von außen sichtbaren Schloss. Dann schwang er den Zylinder einmal vor und zurück und ließ ihn gegen die Tür nahe dem Rahmen krachen.

Das Holz musste älter gewesen sein, als es aussah, denn der nun zu vernehmende dumpfe Aufschlag wurde von dem unverkennbaren Geräusch splitternden Holzes begleitet, mit dem das Schloss herausbrach. Hawkins schaute sich auf der Straße um, doch ihre Aktivitäten schienen nach wie vor unbemerkt geblieben zu sein. Als sie sich wieder umdrehte, sorgte gerade ein weiterer Schlag dafür, dass die Tür nach innen aufschwang. Der Officer schulterte die Ramme und zog erneut seine Waffe, während Bishop an ihm vorbei in ein kleines Wohnzimmer trat.

»Polizei! Wir sind bewaffnet!«, schrie er. »Bleiben Sie, wo Sie sind!«

Hawkins folgte den beiden bewaffneten Männern hinein und sah zu, wie sie sich mit erhobenen Pistolen vorsichtig voranbewegten und mit dem Lichtschein ihrer Taschenlampen den Raum absuchten. Sie hielt sich zurück, während die beiden Männer, auf deren Uniformen in fetten weißen Buchstaben ARMED OFFICER prangte, weiter vordrangen.

Sie schloss die ramponierte Tür hinter sich, um nach außen hin den Anschein von Normalität zu wahren. Zugleich vernahm sie ein knirschendes Geräusch, als sich die anderen bewaffneten Beamten von hinten Zutritt in das Haus verschafften.

»Wohnzimmer gesichert!«, meldete jemand, während Bishop und sein Partner rechts von ihr langsam die Treppe hinaufstiegen. Derweil drangen die beiden anderen durch eine Seitentür im hinteren Bereich in einen Raum ein, der die Küche sein musste.

Hawkins wartete bei ausgeschaltetem Licht. Dabei hörte sie, wie die Durchsuchung im oberen Geschoss durchgeführt wurde. Binnen weniger Minuten kehrten die beiden Bewaffneten aus der ersten Etage zurück und vermeldeten, das Haus sei gesichert.

Sie schaltete ihre Taschenlampe ein und nutzte die Gelegenheit, die beengten Räumlichkeiten zu untersuchen. Der Raum war vielleicht gerade einmal zehn Quadratmeter groß und wurde von einem einzelnen Sessel und einem kleinen Klapptisch ausgefüllt. Alles schien in gutem Zustand zu sein, angemessen eingerichtet für einen einzelnen Bewohner, und die Luft roch frisch, so als wäre erst kürzlich noch jemand hier gewesen. Dann aber begriff sie, was ihr hier seltsam vorkam. Sie ließ den Strahl ihrer Taschenlampe umhergleiten, hielt ihn jedoch wohlweislich von den Fenstern fern. Ihr Verdacht bestätigte sich: Zwar waren die wesentlichen Dinge vorhanden – Teppich, Vorhänge, Fernseher. Doch es gab nichts Zufälliges, es herrschte keinerlei Unordnung.

Der Raum hatte keine Seele.

Auch wenn Wells' Führerschein vor sechs Jahren auf diese Adresse ausgestellt worden war, wirkte das Haus so, als stünde es leer, als habe schon seit geraumer Zeit niemand mehr darin gewohnt. An den Wänden hingen keine Bilder, es gab keinen Stapel ungelesener Post, nichts von dem unvermeidlichen Durcheinander, das man in einem normalen Haushalt vorfinden würde. Entweder war Wells ein Sauberkeitsfetischist, oder sein Leben war absolut leer, was Hawkins' Hoffnung noch verstärkte, er könne der Mann sein, den sie suchten. Sie hatte diese Art des Verhaltens und Menschen, die so lebten, studiert. Ein pathologisches Verhalten konnte in vielerlei Abstufungen auftreten. Es trat aber für gewöhnlich bei Menschen mit übersteigerter Sorge um ihr zukünftiges Wohlergehen zutage, wenn die unerlässlichen Ablenkungen des alltäglichen Lebens infolge der jeweils vorherrschenden psychischen Störung allmählich verblassten und schließlich schwanden.

Ein allgemeines Merkmal für Geistesgestörtheit.

Eine halbe Stunde nachdem sie Marlon Wells' Haus betreten hatten, stand Hawkins trotzig in der Dunkelheit seines zur Straße hinausgehenden Zimmers im oberen Stock und zwang sich dazu, einen Moment innezuhalten. Schutzanzug und Handschuhe halfen nicht wirklich dabei, sich der Kälte in dem Haus zu erwehren, in dem es offenbar keine Heizung gab. Und wie es aussah, lieferten die Räume nach einer mühevollen Durchsuchung im Licht der Taschenlampen keinerlei Hinweise darauf, wo sich sein Bewohner derzeit aufhielt.

Widerwillig hatte sie Mike zugestimmt, als er heiter bemerkt hatte, die beengten Räumlichkeiten mit ihren nackten Böden und fast leeren Zimmern erleichterten zumindest die Durchsuchung. Es brachte sie nicht weiter bei ihrem Versuch zu beweisen, dass Marlon Wells der *Richter* war oder eben nicht, und das ärgerte sie.

Im Moment stand Maguire auf der anderen Seite des Flurs und suchte jeden Winkel von Wells' Schlafzimmer nach etwaigen Indizien ab. Wohnzimmer und Küche im Erdgeschoss hatten sie bereits durchkämmt, während Sharpe und Yasir noch immer in ihren Fahrzeugen vor beziehungsweise hinter dem Haus saßen, um sie zu warnen, falls Wells zurückkehrte. Die bewaffneten Beamten der SCO19 hatten sich in ihren zivilen Einsatzwagen zurückgezogen, um das Haus, das womöglich noch von Forensikern untersucht werden musste, nicht noch mehr zu verunreinigen. Hawkins und Maguire hatten Schutzanzüge angezogen und das Haus erneut betreten, um es auf Spuren zu untersuchen. Doch als die Zeit verstrich, ohne dass sie Beweismaterial fanden, wurde Hawkins zunehmend nervös.

Sie wussten nur, dass Wells' Fahrzeug bei der Adresse einer der potenziellen Zielpersonen gewesen war und in der Straße eines der bisherigen Opfer. Aber nicht am Tag des Angriffs und ohne Beweis dafür, dass er zu diesem Zeitpunkt auch am Steuer gesessen hatte. Und mochte auf ihn auch die Beschreibung des Mannes passen, der bei der Verfolgung von Matt Hayes beobachtet worden war, so erschien der Einsatz der SCO19, um sich einen Weg in sein Haus zu verschaffen, damit sie seine Sockenschublade durchwühlen konnten, nun ein wenig übertrieben.

Nachdem sie rein gar nichts gefunden hatten, konnten sie nur noch DNA-Proben nehmen und eine genauere Untersuchung durchführen. Und das alles, während Steve Tanner seine eigene Verdächtige bearbeitete, dabei womöglich den Durchbruch erzielte und ein Geständnis bekam.

Hawkins schluckte ihre Frustration hinunter und richtete ihre Taschenlampe auf etwas, das womöglich das einzig Interessante überhaupt war. Sie musste zugeben, dass es schwierig war, unbekannte Räumlichkeiten zu durchsuchen, ohne das Licht anzumachen. Dieses würde der Bewohner im Falle seiner Rückkehr sonst sehen und sich aus dem Staub machen. Dass sie dabei den Lichtstrahl ihrer Taschenlampe von den Fenstern fernhalten musste, erleichterte ihr die Arbeit auch nicht gerade. Ihr Hauptproblem jedoch war der fehlende Überblick. Jeder Gegenstand musste nahezu losgelöst von seiner Umgebung im schmalen Lichtstrahl der Taschenlampe untersucht werden; so war es leicht möglich, etwas zu übersehen, was im Hellen offenkundig gewesen wäre. Falls es hier Antworten gab, so glaubte Hawkins intuitiv, dass sie in diesem Zimmer zu finden waren.

Genau wie der Rest des ziemlich in die Jahre gekommenen Hauses hatte auch dieser Bereich einen speziellen Bestimmungszweck. Im Hinterzimmer im oberen Stock stand ein Bett, und dort befanden sich die wichtigsten Kleidungsstücke, so wie in der Küche Lebensmittel und Küchengeräte untergebracht waren, die es einer Einzelperson ermöglichten, einfache Mahlzeiten zuzubereiten. Doch dieser Raum hier hatte etwas Spezielles an sich, strahlte etwas Individuelles aus. Es lag nicht an dem billigen Schreibtisch oder dem Stuhl nahe dem Fenster, nicht am einfachen Teppichvorleger in der Mitte des Fußbodens, auch nicht an den Regalböden, die an der hinteren Wand befestigt waren.

Sondern an dem, was auf ihnen stand.

Von den vier mittelgroßen, an einer schäbigen Rigipsplatte angebrachten Brettern war nur das oberste leer. Die anderen drei standen voll mit kleinen Figuren, die aus einem feinporigen, leichten Holz geschnitzt worden waren. Der Grad des handwerklichen Geschicks war unterschiedlich, doch die Fingerfertigkeit des Bildhauers schien sich mit jedem einzelnen Werk verbessert zu haben. Sie waren akribisch angeordnet. Fünfzehn Skulpturen standen auf den beiden unteren Regalböden, weitere neun auf dem darüber angebrachten Brett. Nach dem halb fertigen Zustand des letzten Objekts zu urteilen, handelte es sich augenscheinlich um eine wachsende Sammlung.

Hawkins nahm die filigrane Figur in ihre behandschuhten Hände und drehte sie um. Sie war nicht größer als zehn Zentimeter, und nur der Bereich oberhalb der Hüfte war vollendet; die Beine waren noch unförmig und übergroß. Von der sorgfältig geschnitzten Kleidung bis hin zu der Waffe, die jede andere Figur auf den Regalböden auch trug, deutete alles darauf hin, dass sie einen Soldaten darstellte. Was das zu bedeuten hatte, war noch unklar. Womöglich stellten sie Menschen dar, die Wells gekannt oder an deren Seite er gekämpft hatte. Doch etwas an ihrer Anordnung ließ Hawkins nicht los, und sie starrte die hölzerne Armee an, bemüht, sich einen Reim darauf zu machen, was ihr Schöpfer sich dabei gedacht hatte.

Allerdings machte die Tatsache, dass der Mann ein spartanisches Leben führte und Holzfiguren schnitzte, ihn nicht gleich zum Psychopathen.

Ein Geräusch aus dem Airwave-Gerät zerriss die Stille und ließ Hawkins hochfahren. Sie schaltete ihre Taschenlampe aus und öffnete den Reißverschluss ihres Anzugs, um das schrillende Gerät aus der Tasche zu ziehen. Sie bereitete sich darauf vor, Yasirs Namen auf dem Display zu erblicken, und rechnete damit, von dieser darüber informiert zu werden, Wells sei zurückgekehrt. Doch die Nummer war unbekannt, und Amala hätte wie vereinbart auch die Funkfunktion benutzt.

Sie ging dran. »Hawkins.«

»Ma'am?« Der Birmingham'sche Akzent gehörte zu Bill Ames, einem jungen DC im Becke House, den sie angefordert und damit beauftragt hatte, sich Wells' Vergangenheit zu widmen. Der junge Mann klang immer zornig, was aber mehr daran lag, dass er das R rollte, als dass er tatsächlich Groll gehegt hätte. Tatsächlich war er vertrauenswürdig und arbeitete präzise.

»Billy. Haben Sie seine Militärakte bekommen?«

»Ja, Ma'am, und das habe ich außerhalb der Bürostunden nicht dem verflixten Verteidigungsministerium zu verdanken.

Ohne Genehmigung geben die keinen Mucks von sich, deswegen haben sie Ewigkeiten gebraucht, bis sie …«

»Erzählen Sie mir die Einzelheiten später«, unterbrach ihn Hawkins. »Was steht in Wells' Akte?«

»Sie haben recht.« Ames sammelte und räusperte sich. »Marlon Wells, Spitzname Bull, ist 2005 in die Armee eingetreten. Sein erster Irakeinsatz, bei dem er als Lastwagenfahrer Versorgungsfahrten zwischen zwei Stützpunkten nahe der Grünen Zone durchführte, wurde wegen einer Infektion der Nieren verkürzt. Aber zehn Monate später war er wieder in Basra. Das ging ein Jahr lang gut, bis ein guter Kumpel von ihm namens Jim Wilson von einer Landmine getötet wurde. Er selbst wurde dabei schwer verletzt. Wells kam durch, hat sich aber wohl für den Tod seines Freundes verantwortlich gefühlt. Daraufhin hat der Militärarzt eine posttraumatische Belastungsstörung diagnostiziert und ihn zur Therapie nach Hause geschickt.«

»Und was ist dann passiert?«

»Tut mir leid, Ma'am, danach ist die Akte leer.«

»Da fehlen Sachen?«

»Nein, die Seiten für die Anmerkungen des Therapeuten sind da, aber nur die erste wurde ausgefüllt. Nichts Dramatisches, bloß Vorgeplänkel und die Bestätigung der vermuteten posttraumatischen Belastungsstörung. Danach steht einzig und allein noch ›Termin nicht wahrgenommen‹ drauf. Sieht so als, als habe sich Wells nicht die Mühe gemacht, wieder dorthin zu gehen.«

»Und was zur Hölle bedeutet *das* nun wieder?« In Hawkins kochte Frustration hoch. »Haben Sie Simon Hunter erreicht?«

Ames antwortete nicht sofort, doch nach ein paar Sekunden, in denen sie ein rasselndes Geräusch auf der anderen Seite der Verbindung hörte, erklang eine andere Männerstimme. »Hallo, Detective. Wie kann ich helfen?«

»Hunter.« Erleichtert atmete Hawkins auf. Rasch erzählte sie ihm, dass sie auf das Haus des Exsoldaten gestoßen waren, und von der Sammlung geschnitzter Figuren. Dann lenkte sie das Gespräch wieder auf die Akte. »Warum lassen sie Wells davonkommen, ohne dass er einen Therapeuten besucht? Ist das denn nicht Auflage für alle in die Heimat zurückgeschickte Kriegsteilnehmer?«

»Heute schon, aber damals noch nicht. Und die Therapien wurden in jedem Fall bezahlt, also gab es keinen Anreiz für den Therapeuten, sich zu beschweren.«

»Ist es möglich, dass er von anderer Seite Hilfe bekommen hat?«

»Mag sein. Aber wenn er zu den vereinbarten Stunden nicht aufgetaucht ist, ist es unwahrscheinlich, dass er von sich aus um Hilfe gebeten hat. PTBS manifestiert sich auf vielerlei Ebenen, Antonia, das verstehen gerade Sie doch am besten. Oft unternehmen die daran Erkrankten alles, um alle Welt, auch sich selbst, davon zu überzeugen, dass es ihnen gut geht.«

Etwas in seiner Stimme ließ Hawkins stutzen, und sie wurde sich bewusst, dass sie sich mit ihrer freien Hand an den Narben auf ihrem Oberkörper kratzte. Sie hörte sofort auf damit und ging auf seine Anspielung nicht ein. »Wie also kann sich PTBS auf jemanden auswirken, der seit Jahren nicht behandelt worden ist?«

Hunter schwieg eine Weile. »In einigen Fällen tauchen die Stresssymptome später wieder auf, sodass die Zeitspanne selbst nicht notwendigerweise ein Faktor ist. Aber wenn jemand keine Unterstützung bekommt, sobald die Probleme auftauchen, wird er zum unberechenbaren Raubtier. Quelle der PTBS ist in der Regel das Ereignis, das sie verursacht hat. Im Falle Ihres Soldaten ist es allerdings möglich, dass es Potenzial für weit mehr als nur ein Ereignis gibt. Die Probleme eines Erkrankten können mit dem Gefühl der Vereinsamung und mit Schuldgefühlen beginnen. Es könnte aber auch sein, dass er unter Schlafstörungen leidet oder Schwierigkeiten hat, sich auch nur auf die leichtesten Aufgaben zu konzentrieren, was signifikante Auswirkungen auf das tägliche Leben hat. Der häufigste Indikator ist das Wiedererleben – das traumatische Ereignis wird in Albträumen erneut durchlebt. In Extremfällen können die Flashbacks auch im Wachzustand bei den Erkrankten auftreten und die Grenze zwischen Gegenwart und Vergangenheit verschwimmen lassen.«

»Und wie könnte sich das Ihrer Meinung nach auf Wells auswirken?«

»Leider verschwimmen hier die Grenzen, Detective. Wenn ich mutmaßen sollte, würde ich sagen, die Schnitzereien stehen für gefallene Kameraden, und der rudimentäre Lebensstil ist ein Anzeichen für zwanghaftes Verhalten. Die Erscheinungsformen nach dieser Phase hängen von der Persönlichkeit des Betroffenen ab und sind schwer vorherzusagen. Angesichts seiner unbehandelten PTBS ist Marlon Wells womöglich nicht mehr imstande, zwischen Realität und Albtraum zu unterscheiden, wodurch er vielleicht glaubt, er befinde sich immer noch im Krieg, nur dass es keinen eindeutigen Feind mehr gibt, den er bekämpfen könnte. Das ist jetzt pure Spekulation, aber wenn Wells sich schuldig fühlt – sei es, weil er seinen Kameraden überlebt hat, sei es, weil er ihn hat sterben sehen –, dann versucht er vielleicht etwas gegen das Schuldgefühl zu tun, indem er andere Übel bekämpft oder Missstände behebt. Im Prinzip sucht er sich seine Feinde selbst aus.«

Hawkins übernahm. »Ich glaube, das passt. In einem Land, in dem Frieden herrscht, sind Kriminelle das, was Feinden am nächsten kommt.«

Sie trat ans Fenster, zog den Vorhang ein winziges Stück beiseite und spähte durch den Spalt. Unten auf der Straße glitt ein Fahrzeug vorbei, konnte aber aufgrund der Farbe und des Modells nicht das von Wells sein. Sie warf einen Blick auf den VW, der am hinteren Ende der im Dunkeln liegenden Straße parkte, und sah, dass Yasir offenkundig wachsam auf dem Fahrersitz saß. Ihr Sergeant würde sie warnen, falls Wells zurückkam.

Sie wandte sich erneut an Hunter. »Was können wir also erwarten, wenn wir den Kerl endlich ausfindig gemacht haben?«

»Da fragen Sie mich was.« Der Profiler dachte einen Augenblick nach. »Sie müssen sich vor Augen halten, dass die Armee aus Wells einen Mörder gemacht hat, der jetzt womöglich keinerlei Hemmungen mehr hat. Er leidet wahrscheinlich unter fortgeschrittenen und sich verschlimmernden Wahnvorstellungen. Ich vermute, er wird irgendwann kollabieren. Wann das geschehen wird, lässt sich allerdings unmöglich vorhersagen. Derzeit scheint er sich noch unter Kontrolle zu haben und ist deshalb brandgefährlich. Ich fürchte, bei einer Begegnung könnte Ihre einzige Option sein, ihn endgültig auszuschalten.«

Hawkins dankte ihm und beendete das Gespräch. Sie hatte das Gefühl, ihrem Verdächtigen nun wenigstens ein grundlegendes Verständnis entgegenzubringen. Er war ein durch Krieg und den traumatischen Verlust eines Freundes emotional geschädigter Soldat mit gravierenden psychischen Problemen, die sich in der Folge ungehindert entfalten konnten. Das Resultat war ein wahnsinniger selbst ernannter Rächer, verwirrt durch das Fehlen eines eindeutigen Feindes. Er wählte sich in der Folge willkürlich Zielpersonen aus, die seinen wirren Plänen entsprachen. Das alles mochte sich in der Theorie großartig anhören, brachte sie jedoch ihrem Ziel, ihn ausfindig zu machen, keinen Schritt näher.

Sie ging auf die Tür zu, stieß jedoch auf halbem Weg mit dem Fuß gegen ein Hindernis. Sie geriet ins Stolpern und suchte nach Halt, wobei sie mit den Füßen hart auf den Boden aufkam und daraufhin prompt zusammenzuckte.

»Antonia?«, rief Mike aus dem anderen Zimmer. Sie hörte das knarrende Geräusch, das er verursachte, als er über den Flur zur Tür ging. Dann richtete er seine Taschenlampe auf sie. »Alles in Ordnung?«

»Ja.« Sie schaltete ihre Taschenlampe ein und richtete sie auf die Stelle, an der sie gestrauchelt war. »Bin über etwas gestolpert.«

Doch als sie den Fußboden beleuchtete, erkannte Hawkins, dass dort gar nichts war. Für den Fall, dass sie etwas dorthin gekickt hatte, suchte sie mit dem Lichtstrahl die hinteren Zimmerecken ab.

Mike richtete seine Lampe auf den Läufer. »Der Teppich muss weggerutscht sein.«

»Nein«, erklärte sie, während sie die Ecken überprüfte, »dafür war es zu hart.«

Es sei denn …

Abrupt drehte sie sich um, bückte sich, packte den Vorleger und zog ihn beiseite. Dann trat sie zurück und leuchtete mit ihrer Taschenlampe auf die darunter zum Vorschein gekommenen Holzdielen. Mit dem Fuß trat sie nacheinander auf die Bretter. Die beiden ersten knarrten und bewegten sich nicht. Doch als sie ihr Gewicht auf das dritte Fußbodenbrett verlagerte, senkte es sich, und das entgegengesetzte Ende hob sich an.

»Da«, verkündete sie, »darüber bin ich gestolpert.«

»Na toll.« Mike machte Anstalten, sich umzudrehen. »Wenn er schon nicht der Mörder ist, kriegen wir ihn wenigstens wegen grob fahrlässigen Verhaltens dran.«

Hawkins rührte sich nicht. »Warte mal. Das Haus hier ist zwar alt, aber nun auch nicht gerade im Einsturz begriffen.«

Sie ging in die Hocke, ergriff das hochstehende Ende der Fußbodendiele und versuchte das Brett weiter anzuheben. Mike schloss sich ihr an. Er holte ein Taschenmesser hervor und benutzte es, um das eng anliegende Brett von den Nachbarbohlen zu trennen. Nachdem er ein wenig herumgestochert hatte, löste es sich.

Mike legte die Fußbodendiele beiseite, während Hawkins mit ihrer Taschenlampe in den Spalt leuchtete. Zunächst glaubte sie, dort sei nichts und es handele sich lediglich um einen Hohlraum voller Spinnweben und Staub. Doch als sie die Taschenlampe anders ausrichtete, wurde sie etwas gewahr, das im hinteren Bereich verborgen lag.

Sie rutschte näher heran, langte mit der Hand in den Hohlraum hinab und griff nach dem Gegenstand. Mit den gummierten Fingerspitzen ihrer Handschuhe zog sie ihn näher heran, bevor sie ihn endgültig ergreifen und bergen konnte. Hawkins legte ihren Fund in den Lichtstrahl von Maguires Taschenlampe. Es war eine dünne Kunststoffmappe. Sie blickte Mike an, dessen Gesicht außerhalb des Lichtkegels kaum sichtbar war.

Er erwiderte ihren Blick. »Nun komm schon, ich halte es nicht mehr aus vor Spannung.«

Hawkins nickte und wandte ihre Aufmerksamkeit wieder der Mappe zu. Sie holte tief Luft und öffnete die Klammer. Dabei hoffte sie, dass das kaum spürbare Gewicht der Hülle nicht bedeutete, dass sie leer war. Sie langte hinein und holte vorsichtig den Inhalt heraus. Es waren Briefumschläge, doch als sie zum Vorschein kamen, fiel noch etwas anderes heraus und segelte in den Spalt im Boden.

Mike verfolgte es mit dem Lichtschein seiner Lampe, hob es auf und drehte es um, damit er sehen konnte, was es war.

»Ach du heilige Scheiße.« Seine Miene ließ erkennen, dass er schockiert war. »Ich glaube, wir haben unseren Täter gefunden.«

Hawkins kroch neben ihn und reckte den Hals, um zu sehen, was er in der Hand hielt. Mit wild pochendem Herzen wurde ihr bewusst, auf was sie in dem schwankenden Licht schaute.

Ein Foto von Matthew Hayes.

Entschlossen griff sie nach dem nächstgelegenen Briefumschlag, registrierte Wells' Adresse auf der Vorderseite, holte den Briefbogen heraus und faltete ihn mit zitternden Händen auseinander. Doch nichts hätte sie auf die schockierenden, von Hand geschriebenen Worte vorbereiten können, die sie nun langsam vorlas:

Hallo,
mein Name ist Samantha Philips. Wahrscheinlich haben Sie vor sechs Jahren in den Nachrichten von mir gehört, als ich wegen Mordes ins Gefängnis kam. Mein Tutor hat mich vergewaltigt, als ich achtzehn war, deswegen habe ich ihm mit einem Brotmesser die Kehle durchgeschnitten. Das bereue ich nicht. Ich habe es getan, und es tut mir nicht leid.

Ich schreibe Ihnen diesen Brief, weil ich nach der Vergewaltigung schwanger war. Zuerst wollte ich verdrängen, was er getan hat, und mir einreden, dass ich das Baby lieben würde, komme, was da wolle. Aber das hat nicht funktioniert. Es fühlte sich so an, als wüchse etwas Böses in mir he-

ran und vergiftete meine Seele. Ich konnte es nicht ertragen und habe deswegen eine Abtreibung vornehmen lassen. Hinterher wusste ich sofort, dass das ein Fehler gewesen war.

Ich habe mein Kind ermordet.

Ich habe versucht, das zu vergessen. Ich nahm Drogen, mein Leben geriet aus den Fugen. Nichts hat mir geholfen. Ich versuchte sogar mich umzubringen, aber auch das habe ich vermasselt. Zum Schluss bin ich dann eben durchgedreht und habe den Tutor ermordet, der mich vergewaltigt hatte. Er hatte es nicht verdient zu leben.

Also haben sie mich weggesperrt. Und sechs Jahre lang saß ich jeden Tag in meiner Zelle und habe mich gefragt, ob ich mehr Recht habe zu leben als er. Heute erkenne ich, dass es nicht so ist.

Ich bereue mein Handeln von Tag zu Tag mehr. Früher war mir Gott ein Trost. Heute habe ich meinen Glauben verloren. Daher kann Gott mir nicht helfen, aber vielleicht können Sie es.

Wie Sie verlangen, wird es keinen Abschiedsbrief geben. Ich will nicht wissen, wann oder wo es geschieht. Das Einzige, um das ich Sie bitte, ist, dass es schnell, gnädig und bald passiert.

Meine Adresse ist Gladstone House, Chambord Street, Bethnal Green, London E2. Ein neueres Foto von mir habe ich beigelegt.

Danke

Samantha Philips

Hawkins beendete die Lektüre und ergriff den nächsten Umschlag. Sie holte den Brief heraus, las einige ähnlich lautende Zeilen vor und schaute dann auf die Unterschrift am Ende.

Matthew Hayes.

Der nächste Brief stammte von Calano. Er war in gebrochenem Englisch verfasst, doch er hatte einen ähnlichen Inhalt.

Maguire und sie starrten einander an, während ihnen die Wahrheit über die Opfer des *Richters* allmählich aufging.

Sie alle hatten den *Wunsch* geäußert, sterben zu wollen.

Hawkins und Maguire saßen in der Dunkelheit von Marlon Wells' Schlafzimmer, benommen von der Entdeckung, die sie soeben gemacht hatten. Hawkins benötigte eine Weile, bis sie ihre Stimme wiederfand, doch selbst dann flüsterte sie nur.

»Sie *wollten* sterben.«

Maguire nickte langsam. »Ja, und dieser Kerl hat ihnen bloß dabei … geholfen.«

Hawkins dachte an Sam Philips' Selbstmordversuch. Hatten die anderen das auch versucht und waren gescheitert? Wie dem auch sein mochte, alle drei waren auf Wells wegen seines Angebots zugegangen. Er bot eine *Serviceleistung* für diejenigen an, die Erlösung suchten, es aber nicht über sich brachten, den letzten Schritt selbst zu tun. Weil sie es *wollten*, hatte er genau gewusst, wann jede einzelne Zielperson das Gefängnis verließ und wo er sie hinterher finden würde.

»Selbstmorde, die wie Morde aussahen«, brachte sie flüsternd hervor. Sie senkte ihre Taschenlampe, und ihr Blick verlor sich in der Dunkelheit.

»Warte mal.« Maguire hob die Mappe auf. »Da ist noch ein Briefumschlag.«

Schlagartig konzentrierte sich Hawkins wieder. Sie sah zu, wie er den letzten Brief öffnete. Dann las er ihn vor.

Vertraute Gefühle entfalteten sich, Selbsthass, Qual, Schuld – und während Maguire vorlas, begriff Hawkins, was der Brief bedeutete. Entweder würden sie bald eine vierte Leiche finden, oder da draußen lebte irgendwo ein weiteres Opfer, das auf den Tod wartete. Der größte Schock stellte sich jedoch ein, als Mike weiterlas, denn es war eine Geschichte, die sie bereits kannte.

Sie nahm ihm das Papier aus der Hand, drehte es um und erkannte die Unterschrift, von der sie bereits gewusst hatte, dass sie dort stehen würde.

Amanda Cain.

»Scheiße.« Sie erhob sich. »Damit ist klar, dass Cain sein nächstes Ziel ist.« Sie nahm das Airwave-Gerät in die Hand und tippte auf den Tasten herum, dankbar dafür, herausgefunden zu haben, wie man Kontakte abspeicherte. Sie scrollte herunter und wählte die Nummer eines Beamten, den sie vor Cains Haus postiert hatte.

Er nahm das Gespräch direkt an. »Edwards.«

»Neil«, fragte sie, »ist bei Ihnen etwas passiert?«

»Nein, Ma'am, es gibt nichts zu vermelden. Die Ärztin hat das Haus nicht verlassen, und es lungert hier auch niemand herum.«

»Gut. Hören Sie, Cain ist in Gefahr. Ich will, dass sie sofort Polizeischutz bekommt und in das nächstgelegene sichere Haus gebracht wird. Ihr wird das nicht gefallen, aber lassen Sie *nicht* mit sich reden. Nehmen Sie sie fest, wenn es sein muss, wegen Verabredung zum Mord.« Sie informierte ihn, dass Wells unterwegs zu ihm sein konnte und dass sie wieder anrufen würde, um alles zu erklären, wenn sie erst einmal im Haus waren.

»Verstanden«, bestätigte Edwards. »Sonst noch etwas?«

»Es besteht Fluchtgefahr, und sie ist selbstmordgefährdet, also behalten Sie sie im Auge.«

»Verstanden.«

Hawkins legte auf und wandte sich Maguire zu. »Ich will, dass vollständige verdeckte Teams vor diesem Haus und vor dem von Amanda Cain postiert werden. Und sorge dafür, dass eine landesweite Fahndung nach Wells' Auto rausgeht. Wir müssen ...« Sie verstummte, als Maguire seine Taschenlampe auf sich selbst richtete und sie erkannte, dass er bereits am Telefon hing.

Er schüttelte den Kopf. »Wir brauchen keine landesweite Fahndung.«

Sie runzelte die Stirn. »Warum nicht?«

»Es ist Amala, für dich.« Er hielt ihr das Telefon entgegen. »Wells ist hier.«

62

Der Raum war dunkel. Nicht so dunkel, dass man nichts hätte erkennen können, aber dunkel genug. Durch einen schweren grünen Teppich und einen Ledersessel wirkte er warm und gemütlich. Aber das war bestimmt auch nur so ein Trick, um total kaputte Patienten zu beruhigen.

Total kaputte Patienten, wie Bull einer war.

»Möchten Sie ein Glas Wasser?« Der Seelenklempner der Armee lehnte sich in seinem Sessel zurück.

Ohne darauf zu reagieren, schaute sich Bull weiter um. Die Wände des Raums waren nicht tapeziert, sondern mit Holz vertäfelt. Eine Weile herrschte Schweigen.

»Also, Marlon«, sagte der Psychiater schließlich, »worüber möchten Sie sprechen?«

»Muss ich hier sein?«

»Nein, Sie können gehen, aber diese Sitzungen dienen dazu, Ihnen zu helfen.«

»Mir bei was zu helfen?«

»Ereignisse zu verarbeiten, die Ihnen Probleme bereiten.«

Bull sah zu, wie der Arzt sich Notizen machte. »Und warum? Damit Sie sich Notizen darüber machen können, warum ich im Arsch bin?«

»Ich muss mir keine Notizen machen.« Er legte seinen Stift beiseite. »So fühlen Sie sich?«

»Im Arsch? Ja.«

»Warum?«

»Ich war im Krieg. Jetzt bin ich im Arsch.«

»Woher wissen Sie das?«

»Ich habe Albträume.«

»Wovon?«

»Vom Tod.«

»Bekommen Sie deshalb Antidepressiva verschrieben?«

»Ja. Ich schlucke sie aber nicht.«

»Wie ist der Krieg?«

»Krieg ist wie der schlimmste beschissene Tag in Ihrem Leben. Jeder Tag, den man ihn erlebt, ist so.«

Der Psychiater nahm die Hände von den Armlehnen seines Sessels und legte sie in den Schoß. »Erzählen Sie mir von Jim.«

Bull schaute zur Seite. »Jim ist tot.«

»Wie ist er gestorben?«

Wut flammte in ihm auf. »Er ist auf eine beschissene Landmine getreten. So eine Scheiße passiert eben.« Bull verschränkte die Arme. »Ich will nicht darüber sprechen.« Er schwieg eine Weile. Aber plötzlich redete er wieder von dem Tag, an dem Cheshire gestorben war.

Der Psychiater hörte zu, ohne ihn zu unterbrechen. Dann fragte er: »Warum haben Sie Albträume davon?«

Bull merkte, dass er zitterte. »Es ist meine Schuld, dass er gestorben ist.«

»Wieso?«

»Ich habe ihm gesagt, er soll loslaufen.«

»Ich dachte, Sie hätten keine Wahl gehabt.«

»Darum geht es nicht. Ich hatte das Kommando. Es war meine Entscheidung.«

Der Psychiater legte eine Pause ein. »Haben Sie noch mehr Menschen getötet?«

»Nur Aufständische.«

»Ist das etwas anderes?«

»Sie sind Feinde. Sie muss man töten.«

»Also ist es Ihr Problem, dass Sie einen Freund getötet haben?«

»Nein, mein Problem ist es, jemanden getötet zu haben, der es nicht verdient hatte zu sterben.«

»Obwohl Sie versucht haben, ihn zu retten.«

»Die Menschen sollten für ihre Fehler bezahlen.«

»Und was sollte die Strafe sein?«

»Der Tod.«

»Auge um Auge.«

»Ich schätze, schon.«

»Haben Sie es verdient, deswegen zu sterben?«

Bull dachte einen Moment nach. »Ja.«

»Ist es das, was Sie wollen?«

»Vielleicht. Aber noch nicht.«

»Warum nicht?«

»Bevor ich gehe, möchte ich noch etwas in Ordnung bringen.«

63

Mit klopfendem Herzen schaltete Hawkins ihre Taschenlampe aus, und das kleine Schlafzimmer versank wieder in Dunkelheit. Sie rechnete damit, jeden Moment zu hören, wie unten die Haustür geöffnet wurde.

Sie nahm Maguire das Telefon aus der Hand. »Amala, wo ist Wells jetzt?«

»Er ist gerade an mir vorbeigefahren.« Yasir sprach mit gedämpfter Stimme, und Hawkins stellte sich vor, wie sie zusammengekauert auf dem Fahrersitz ihres VW-Golfs saß. »Jetzt parkt er ein.«

Hawkins stieß den Atem aus, den sie angehalten hatte. »Hat er Sie entdeckt?«

»Ich glaube nicht.«

»Gut.« Sie trat weg von der Tür. »Könnte er mich sehen, wenn ich oben aus dem Fenster schaue?«

»Nein, er sitzt immer noch im Auto links von Ihnen und wendet dem Haus den Rücken zu.«

»Okay, warten Sie einen Moment.« Hawkins stand mittlerweile am Fenster und schob sachte den Vorhang beiseite. Sie fluchte, weil die Scheibe durch das Kondenswasser, das sich gebildet hatte, inzwischen beschlagen war; es versperrte ihr den Blick durch die untere Fensterscheibe. Da sie keine Spuren hinterlassen wollte, indem sie das Kondenswasser wegwischte, stellte sie sich auf die Zehenspitzen, nach wie vor in der Hoffnung, ihre Zielperson werde sich nichtsahnend dem Haus nähern.

Den Großteil der Straße konnte sie überblicken, auch wenn die beschlagene Fensterscheibe ihr eine klare Sicht nicht möglich machte. Doch sie sah, wie Wells' dunkler Vectra etwa dreißig Meter entfernt in eine Parkbucht zurücksetzte. Er hatte ziemlich weit am Haus vorbeifahren müssen, um einen freien Parkplatz zu ergattern. Das würde ihnen zumindest ein paar Sekunden mehr einbringen, um zu beobachten, wie er näher kam, und zu überlegen, wie sie vorgehen sollten.

Hawkins bemerkte auch den zivilen BMW der SCO19, der nach wie vor auf derselben Straßenseite parkte, ein paar Parkbuchten näher am Haus. Amalas Golf konnte sie von hier nicht sehen, er stand rechts außerhalb ihres Sichtfeldes.

Sie reichte Mike das Airwave-Gerät. »Benutze den Funkkanal, um alle andern auf dem Laufenden zu halten. Der Plan ist, unsichtbar zu bleiben, bis Wells aus dem Wagen steigt und auf das Haus zugeht. Sag Bishop, er soll warten, bis er an ihrem Fahrzeug vorbeikommt. Bevor er an der Haustür anlangt, sollen sie ihn überwältigen und verhaften.«

»Alles klar.« Maguire schaltete den Funkkanal ein und begann mit den anderen zu sprechen. Hawkins wandte sich wieder dem Fenster zu und sah, wie Wells' nur in verschwommenen Umrissen zu erkennender Vectra auf engstem Raum das letzte Parkmanöver ausführte. Schließlich blieb der Wagen stehen, und seine Scheinwerfer erloschen.

»Bereithalten«, sagte sie gleichzeitig zu Mike und Amala. »Zieht alle den Kopf ein, bis er sich rührt.«

Mike gab ihre Anweisung den anderen weiter und trat hinter sie ans Fenster. Er war so groß, dass er Hawkins über die Schulter schauen konnte und sie sich nicht bewegen musste. Sie beobachteten das Auto und warteten darauf, dass der Fahrer aussteigen würde. Doch die Sekunden verstrichen, und die Tür blieb geschlossen.

»Was macht er?«, fragte Hawkins. »Amala, warum steigt er nicht aus?«

Yasirs Stimme drang aus dem Lautsprecher. »Ist von meiner Position aus schwer zu beurteilen. Vielleicht telefoniert er gerade.«

»Ich muss Klarheit haben«, brauste Hawkins auf. »Telefoniert er nun oder nicht?«

Yasirs Stimme blieb ruhig. »Tut mir leid, Ma'am, das kann ich nicht sehen. Wollen Sie, dass ich mal vorbeischaue und ihn anspreche?«

Hawkins verbarg ihre Genugtuung über Yasirs Mut. »Beobachten Sie ihn einfach weiter.«

Sie starrte auf das Dach von Wells' Wagen, verärgert darüber, dass sie dieses Szenario vorab nicht durchgespielt hatten. Sie hatte sich darauf konzentriert, ihre Anwesenheit geheim zu halten, in der Annahme, die Zielperson werde sich dem Haus nähern. Aber sie hatte es versäumt, darüber nachzudenken, was geschehen würde, falls Wells Lunte roch, bevor er aus dem Wagen gestiegen war. Da sein Auto nicht zwischen ihren Einsatzfahrzeugen geparkt war, konnten sie ihm nicht den Weg abschneiden.

Sie tippte Mike auf den Arm. »Sag Sharpe, er soll mit dem anderen Wagen vom Ende der Straße in unsere Richtung fahren. Falls Wells sich aus dem Staub machen will, kann Aaron ihm den Weg abschneiden. Sorg dafür, dass die Jungs von der SCO19 über den Plan im Bilde sind.«

Maguire nickte und begann ihre Anweisungen weiterzugeben, während Hawkins sich wieder dem Fenster zuwandte. Sie verfluchte die Tatsache, dass der Wagen der bewaffneten Kollegen falsch herum stand. Sie würden erst wenden müssen, um Wells zu verfolgen, falls dieser losfuhr, ein kniffliges, zeitaufwendiges Manöver in einer so schmalen Straße. Amalas Golf stand weiter weg, doch immerhin in der richtigen Fahrtrichtung. Nach wie vor stieg Wells nicht aus. Saß er einfach nur im Auto und telefonierte, oder hatte er etwas spitzgekriegt?

Hawkins lauschte Mikes Unterhaltung mit Sharpe, der bestätigte, dass er losgefahren war. Dann gab sie Wells noch ein wenig Zeit, wobei ihr schmerzhaft bewusst war, dass, je länger er im Wagen sitzen blieb, desto wahrscheinlicher es war, dass er ihre Anwesenheit ahnte. Nach wie vor war keine Bewegung auszumachen.

Es wurde Zeit, etwas zu unternehmen.

»Amala«, sagte Hawkins in das Telefon, »Wells wird von seiner Position aus nicht sehen, dass Sie schon lange in dem Wagen sitzen. Machen Sie den Motor an, schalten Sie das Licht ein und fahren Sie los, so als wären Sie ein Anwohner, der gerade aufbricht. Fahren Sie einfach auf gleiche Höhe mit ihm und blockieren Sie den Weg. Die bewaffneten Kollegen geben Ihnen Rückendeckung.«

»Kein Problem, Chef. Dann mal los.«

Am Telefon hörte Hawkins das ferne Geräusch des startenden Golf-Motors, während Mike neben ihr leise alles weitergab. Nach wie vor konnte sie Yasirs Wagen nicht sehen, doch plötzlich beleuchteten seine Scheinwerfer die Straße. Wells reagierte nicht.

Die Scheinwerfer von Yasirs Auto strichen nach rechts und links, während sie den Wagen aus der Parkbucht bugsierte. Dann kam der Golf in Sicht, und allmählich verringerte sich sein Abstand zum Vectra.

»Behalten Sie eine normale Geschwindigkeit bei«, mahnte Hawkins sie. »Bleiben Sie auf seiner Höhe stehen und ziehen Sie dann für alle Fälle den Kopf ein. Die SCO19 wird wenige Sekunden später bei Ihnen sein.« Sie schaute Maguire an, der ihr den nach oben gerichteten Daumen entgegenhielt.

Yasir war nur noch fünfzehn Meter von Wells' Wagen entfernt, dann zehn, dann fünf. Sie bremste ab, als sie den anderen Wagen erreicht hatte, und für einen Sekundenbruchteil glaubte Hawkins, ihr Plan werde aufgehen.

Doch als Yasir fast auf gleicher Höhe war, leuchteten die Rücklichter des Vectra auf, der Motor wurde gestartet.

»Amala!«, schrie Hawkins.

Zu spät.

Der Vectra schoss aus der Parkbucht, touchierte dabei den Wagen vor ihm und rammte den Golf. Beide Fahrzeuge schleuderten über die Straße, und der VW knallte seitlich in einen auf der gegenüberliegenden Seite geparkten Volvo.

»Scheiße!« Mike drückte den Button am Airwave-Gerät. »Bishop, nichts wie hin!«

Wells setzte zurück, wodurch sich mit einem knirschenden Geräusch die beiden ineinander verkeilten Autos voneinander lösten. Er stieß gerade wieder in die Parkbucht zurück, als die beiden linken Türen des BMW aufflogen und zwei bewaffnete Officers mit gezückten Waffen heraussprangen und die Straße entlangsprinteten.

Erneut heulte der Motor des Vectra auf, und wieder setzte der Wagen zurück, rammte den bereits ramponierten VW seitlich, sorgte mit diesem Manöver dafür, dass er sich weiter mit dem geparkten Volvo verkeilte, schrammte an ihm vorbei und raste schleudernd davon.

Die SCO19-Beamten eröffneten das Feuer. Eine Kugel durchschlug einen Hinterreifen des Vectra, eine andere traf die Heckscheibe, die daraufhin zersplitterte. Der Wagen wurde langsamer und schlingerte auf seinem platten Reifen hin und her, fuhr aber weiter.

»Schnell!«, rief Hawkins und sprintete in Richtung Treppe, Maguire folgte ihr auf den Fersen. Sie biss die Zähne zusammen, als ein beißender Schmerz durch ihre nach wie vor geschwächte Muskulatur schoss. Sie rannte die Stufen hinab auf die Straße, wo sie die bewaffneten Officers neben dem Golf stehen sah. Sie zogen gerade eine benommene Amala Yasir vom Fahrersitz, während ihr Kollege den BMW wendete. Vor ihnen nahm der beschädigte Vectra Kurs auf das hintere Ende der Straße.

Maguire überholte sie und rannte auf den Unfallort zu. Hawkins eilte mit fliegenden Fahnen hinterher. Sie erkannte, dass für den größeren X5 kein Platz war, sich am Heck des

Golf vorbeizumanövrieren, ohne ihr derzeitig noch unbeschädigtes Verfolgungsfahrzeug aufs Spiel zu setzen. Falls es, wie sie hoffte, Sharpe gelang, Wells aufzuhalten, wollte sie, dass ihm die bewaffneten Kollegen so schnell wie möglich zu Hilfe kamen.

Auf ihrem Gesicht spürte sie den Regen, der aus dem Abendhimmel herabfiel. Sie erreichte den Wagen in dem Moment, in dem Yasir herausgezogen wurde. Maguire hechtete durch die offene Beifahrertür auf den Fahrersitz, während Hawkins einen prüfenden Blick auf Yasir warf und erleichtert feststellte, dass sie trotz ihres glasigen Blicks und einer hässlichen Platzwunde am Kopf bei Bewusstsein war.

»Es geht ihr gut«, beruhigte sie einer der bewaffneten Beamten. »Ich bleibe bei ihr und warte auf den Krankenwagen.«

Hawkins dankte ihm, während Mike den Golf startete und zurücksetzte.

»Hey!«, rief er, während er losfuhr. »Die Karre fährt noch. Spring rein.«

Ohne zu zögern, warf sich Hawkins auf den Beifahrersitz und knallte die Tür hinter sich zu. Maguire ließ den Motor aufjaulen und legte einen blitzsauberen Kavalierstart hin. Sie beschleunigten und hefteten sich an Wells' Fersen. Dabei beleuchtete ihnen nur noch ein Scheinwerfer den Weg.

Sie legte ihren Gurt an und rief: »Bist du dir sicher, dass er durchhält?«

»Der Kotflügel schleift bloß ein bisschen über die Straße«, brüllte er über den Lärm hinweg. »Wird schon schiefgehen.«

»Na toll.« Sie wandte sich auf ihrem Sitz um und sah, wie der dritte bewaffnete Kollege wieder in den BMW sprang und dann hinter ihnen herfuhr. Sie drehte sich zurück, wachsam auf jedes gequälte Geräusch des ramponierten Golfs horchend, das auf einen drohenden Totalschaden hindeuten könnte. Doch die Verfolgung mit zwei Autos aufzunehmen war das Risiko wert. Als ein einzelnes Bremslicht vor ihnen aufflammte, richtete sie ihre Aufmerksamkeit wieder nach vorn. Wells hatte das hintere Ende der Straße erreicht, blieb nun aber offenbar stehen. Das konnte zweierlei bedeuten: entweder sein Auto hatte den Geist aufgegeben, oder Sharpe hatte ihm den Weg versperrt.

Sie warf Maguire einen Blick zu. »Kommt die Schüssel nicht schneller voran?«

»Willst du fahren?« Er riss das Lenkrad herum, um zu verhindern, dass der gebeutelte Golf ausbrach. »Den zu fahren ist der Brüller.«

»Ich bin mir sicher, dass du dein Bestes gibst.«

Sie sah, wie er als Reaktion auf ihre spöttische Bemerkung die Brauen wölbte, und wurde in den Sitz gedrückt, als er das Gaspedal bis zum Bodenblech durchtrat. Das wimmernde Geräusch klang jetzt bedrohlicher.

Sie schlossen bis auf hundert Meter zu dem Vectra auf. Hawkins beugte sich vor, schaute zwischen den hin- und herwedelnden Scheibenwischern hindurch nach vorn und sah, wie Wells aus dem Wagen stieg und auf den nun dahinter erkennbaren Focus zueilte. In diesem Wagen saß Aaron Sharpe, doch der schaute gar nicht in Richtung des Exsoldaten. Stattdessen schien er hektisch etwas im Innenraum zu suchen, und eine Sekunde später begriff Hawkins, was es war.

Er wollte die Türverriegelung betätigen.

Wells riss jedoch vorher die Tür auf und zerrte den Sergeant vom Fahrersitz. Sharpe leistete nur kümmerliche Gegenwehr und wurde von dem stämmigeren Mann beiseitegeschleudert. Er stürzte auf die Straße, während Wells seinen Platz in dem Ford einnahm und davonbrauste.

Immerhin hatte ihnen die Verzögerung ermöglicht, den Vorsprung weiter zu verringern. Maguire bremste scharf, schleuderte um den fahrerlosen Vectra herum und lenkte den Golf auf die Straße, auf die Wells kurz vor ihnen abgebogen war. Hawkins beugte sich nach vorn und schaltete die Sirene ein, bevor sie sich umdrehte und sah, dass der X5 langsam durch die Lücke fuhr, um ihnen zu folgen. Dann schaltete auch er seine auf dem Kühlergrill montierten Lichter und die Sirene ein.

Sie griff nach dem Airwave-Gerät, das Mike in die Konsole geworfen hatte, und schaltete es auf freie Frequenz. »Zentrale kommen, DCI Antonia Hawkins und DI Mike Maguire bei der Verfolgung von männlichem Weißen, mutmaßlich Marlon Wells, erbitten Luftunterstützung. Verdächtiges Fahrzeug schwarzer Ford Focus, fährt von Osten auf Brixton-Stadtmitte zu, einhundert Stundenkilometer, Verkehrsaufkommen mäßig.«

Der Beamte in der Telefonzentrale bestätigte, worauf Hawkins weitere Einzelheiten über die Verfolgung mitteilte. Maguire und sie rasten dem Focus hinterher. Das Geräusch, das der VW von sich gab, hörte sich immer übler an, doch der Wagen schien durchzuhalten. Fürs Erste jedenfalls.

Mit ein wenig Glück war einer der drei dauerhaft bereitstehenden Hubschrauber der Metropolitan Police in der Nähe und konnte die Verfolgung aufnehmen. Und wenn die Kollegen aus der Luft erst einmal Sichtkontakt zu Wells aufgenommen hatten, waren seine Chancen zu entkommen gleich null. Die Eurocopter EC 145s waren allesamt mit Videokameras und Wärmebildsystem ausgerüstet, mit denen sich ihre Zielperson verfolgen lassen würde, bis sie aufgab oder der Tank leer war. Sie mussten Wells also bloß im Auge behalten, bis der Hubschrauber aufkreuzte.

Wells erreichte das Ende der Straße, riss das Lenkrad nach rechts und fuhr in entgegengesetzter Fahrtrichtung durch eine Einbahnstraße. Mike folgte ihm. Der angeschlagene Golf gab ein missbilligendes Kreischen von sich, als sie mit hoher Geschwindigkeit um die Ecke bogen. Um einem entgegenkommenden Bus auszuweichen, fuhr Wells auf den breiten Bürgersteig, auf dem die Fußgänger prompt auseinanderstoben. Maguire war gezwungen, ihm zu folgen, und krachte den niedrigen Bordstein hinauf, während der Focus vor ihnen über eine belebte Kreuzung schoss, um wieder auf die Straße zu gelangen.

»Endlich brauche ich mal keine Rücksicht auf Ampeln zu nehmen«, rief Mike, während er mit dem Lenkrad kämpfte, um sich mit dem Golf zwischen den nach links und rechts ausweichenden, ob ihrer Verfolgungsfahrt wild hupenden Autos hindurchzuschlängeln.

Hawkins biss die Zähne zusammen, als sie nur um Haaresbreite einem entgegenkommenden Wagen ausweichen konnten und Mike aufs Neue das Gaspedal durchtrat, um den wild aufheulenden Golf näher an das Fluchtfahrzeug heranzubringen. Sie rasten auf der von Geschäften gesäumten, durch das Zentrum von Brixton führenden Hauptstraße entlang, auf der sich Wells nun in Schlangenlinien seinen Weg durch den abendlichen Verkehr bahnte.

Offenkundig kannte sich ihre Zielperson in dieser Gegend nicht aus, denn sonst hätte er sich nicht für diese Strecke entschieden. Es gab nur zwei Fahrspuren, voneinander getrennt durch einen erhöhten Gehweg in der Mitte. Deshalb musste der Flüchtige seine Geschwindigkeit drosseln. Einen kurzen Moment hatte es den Anschein, als ordne er sich ein, um in eine Seitenstraße abzubiegen, doch stattdessen fuhr er weiter geradeaus. Im Vorbeifahren schaute Hawkins in die Einmündung und sah, dass gleich vorn auf der Straße rot-weiße Absperrungen standen. Sie beugte sich zum Tacho vor und sah, dass die Nadel bei hundertzehn Stundenkilometern angelangt war. Zum Glück warnten die heulenden Sirenen der beiden Polizeiwagen die Passanten, doch es brauchte lediglich ein selbstvergessener, an seinen iPod angestöpselter Teenager vor ihnen auf die Straße zu treten …

Sie musste sich auf Mikes Geschick verlassen.

»Was macht der Wagen?«, brüllte sie.

»Hält durch«, schrie er zurück. »Fährt wie eine Eins.«

Wells konnte ihnen nicht entkommen. Sie zischten unter ein paar kleinen Brücken hindurch, vorbei an der U-Bahn-Station von Brixton. Dabei folgten ihnen die verblüfften Blicke der Fußgänger, deren Aufmerksamkeit von den plärrenden Sirenen und dem immer infernalischer werdenden Krach, den ihre hinterherschleifende Stoßstange verursachte, angezogen wurde.

Hawkins hatte gerade eine weitere Meldung über Funk abgesetzt, als sie sich in ihrem Sitz aufrichtete. Dreihundert Meter vor ihnen waren beide Spuren blockiert, und der Verkehr bildete einen Rückstau.

»Mike«, warnte sie.

»Ich sehe es.«

Auch Wells hatte es offenkundig gesehen, und der Focus bremste, als er sich der nächsten Seitenstraße näherte. Maguire tat es ihm nach und schaltete herunter, während Wells seine einzige Chance wahrnahm und mit quietschenden Reifen in die Seitenstraße einbog. Dabei streifte er einen Poller, und der Ford geriet ins Schleudern, blieb jedoch auf der Fahrbahn und sauste davon, während Maguire nun seinerseits den VW herumriss, um ihm in die kleine, von Pollern und geparkten Autos gesäumte Straße zu folgen. Hawkins merkte sich den

Straßennamen und gab durch, dass sie nun die Ferndale Road entlangfuhren.

Die Menschen auf den Gehsteigen sprangen dicht an die Hauswände, als die beiden Autos mit heulenden Motoren an ihnen vorbeizischten. Plötzlich leuchteten vor ihnen Bremslichter auf. Hawkins reckte den Hals und sah, dass vor Wells ein langsamerer Wagen fuhr, den er nicht überholen konnte.

Rasch hatten sie zu ihm aufgeschlossen, doch bevor sie überlegen konnten, wie sie ihn in der engen Straße würden aufhalten können, vergrößerte sich der Abstand zwischen ihnen erneut. Wells zog an dem anderen Wagen vorbei, indem er über den Bürgersteig fuhr. Das hektische Gehupe eines entgegenkommenden Autos erklang. Maguire bugsierte den Golf durch dieselbe Lücke, und sie setzten dem Wagen des Mörders wieder hinterher. Auf Höhe einer sanften Kurve mit hohen Mauern zu beiden Seiten der Straße beschleunigte Wells, um dann an einer Gabelung nach links abzubiegen; seine Bremslichter leuchteten auf, und fast wäre sein Heck ausgebrochen. Mike folgte ihm durch einen schmalen Tunnel und schrie dabei in Richtung der entgegenkommenden Fahrer, sie sollten warten, bis ihr Konvoi hindurchgerast sei.

»Antonia«, drang Bishops Stimme durch das Airwave-Gerät in ihrer Hand. »Wir haben den anderen Abzweig genommen. Ich glaube, die beiden Straßen führen westlich von hier wieder zusammen. Halten Sie uns auf dem Laufenden, was seine Position angeht, wir versuchen dann, ihm zuvorzukommen.«

»Verstanden.« Hawkins atmete auf, als die Straße breiter wurde und eine langgezogene Wohnstraße sich vor ihnen erstreckte. Auf beiden Seiten parkten Autos, doch war immer noch Platz genug für den Verkehr in beiden Richtungen. Kleine, aber regelmäßig wiederkehrende Rüttelschwellen zwangen sie, das Tempo zu drosseln. Dementsprechend sank ihr Adrenalinspiegel, und sie nutzte die Gelegenheit, um den Kopf freizubekommen.

Hoffentlich würde Bishops selbständig getroffene Entscheidung sie nicht zurückwerfen. Hätte er ihr eine Wahl gelassen, hätte sie ihn angewiesen, sich dicht hinter ihnen zu halten, falls der lädierte Golf sie im Stich ließ.

Sie warf einen prüfenden Blick auf Mike. »Alles okay?«

»Alles bestens.« Er zog eine Grimasse, als sie erneut über eine Schwelle auf dem Asphalt schepperten.

Hawkins war frustriert. Die engen Seitenstraßen gaben ihnen keine Chance, Wells zu stellen. Wenn Bishop keine Gelegenheit bekam, zu überholen und Wells den Weg abzuschneiden, konnten sie nur noch hoffen, eine freie Strecke zu erreichen, wo Mike ihr Fahrzeug dazu nutzen konnte, ihn zu rammen und von der Straße zu katapultieren. Wie es aussah, mussten sie noch so lange hinter ihm herrasen, bis ein Hubschrauber eintraf.

Da Hawkins diesen Stadtteil von London nicht kannte, fuhr sie damit fort, über das Airwave-Gerät Informationen über ihre Route weiterzugeben, darauf hoffend, dass Bishop oder das Unterstützungsteam durchkommen würden. Dem Kollegen in der Zentrale zufolge war die Unterstützung keine zehn Minuten mehr entfernt. Wenn ihr Fahrzeug sie jedoch im Stich ließ, würde ein Bruchteil dieser Zeit reichen, um Wells aus den Augen zu verlieren.

Einstweilen musste es ihre erste Priorität sein herauszufinden, wohin Wells fahren wollte. Wollte er einfach nur entkommen oder hatte er ein Ziel vor Augen? Wie dem auch sein mochte, seine Flucht hatte irgendwie etwas Verzweifeltes an sich. So, als hätte er nichts mehr zu verlieren.

Ihre Gedankengänge wurden unterbrochen, als der Wagen

das Ende der Straße erreichte. Wells bremste kaum ab, sondern bog an der Kreuzung schwungvoll nach rechts und ließ dabei den Verkehr auseinanderstieben. Hawkins spannte sich an, als Mike ihm folgte und dabei einen Lastwagenfahrer zwang, in die Eisen zu steigen, um ihnen auszuweichen, wobei die Reifen beider Fahrzeuge quietschten. Mike riss das Lenkrad herum, und es gelang ihm, sie auf der Spur hinter dem flüchtenden Ford zu halten. Heftig schluckend wand sich Hawkins in ihrem Sitz, während sie nach Straßennamen Ausschau hielt, um die Zentrale weiter auf dem Laufenden zu halten. Doch es gab keine Schilder, und binnen weniger Sekunden hatten sie die Kreuzung hinter sich gelassen.

Stattdessen suchte sie nun nach anderen Anhaltspunkten. Zu ihrer Linken säumten moderne Apartmentwohnungen den Gehsteig, und auf der anderen Seite bewarb ein Einzelhandelsgeschäft Fliesen. Doch ein Straßenname war nirgends zu sehen, und als sie wieder Geschwindigkeit aufnahmen und die Landschaft seitlich an ihr vorbeizischte, musste Hawkins aufgeben.

Wells hatte seinen Vorsprung ausgebaut, und Hawkins spürte Mikes Frustration, als dieser fluchend einen Gang hinunterschaltete, um aus dem Golf das Letzte herauszukitzeln. Der Focus schoss unter einer Brücke durch und baute seinen Vorsprung sichtlich aus. Als Wells aus seiner Spur ausscherte, um ein langsameres Fahrzeug zu überholen, wendete sich jedoch das Blatt.

Vor ihnen tauchte an einer Straßeneinmündung ein großes schwarzes Gefährt auf. Hawkins benötigte einen kleinen Moment, um das tiefergelegte Fahrwerk und die verdunkelten Fenster einzuordnen, doch dann stellte sich das Fahrzeug als der BMW X5 der SCO19 heraus.

Es war Bishop.

Der X5 setzte sich vor das Fahrzeug von Wells und beschleunigte, sodass es ihrer Zielperson nicht möglich war, ihn zu überholen. Binnen weniger Momente klebte Wells an der Stoßstange des BMW und fuhr hinter ihm in Schlangenlinien von einer Seite zur anderen, auf eine Möglichkeit lauernd, an ihm vorbeizuziehen. Bishop vollzog jedoch diese Bewegungen mit, bremste Wells immer wieder geschickt aus und zwang ihn, so langsam zu fahren wie er selbst.

Hawkins suchte die Straße vor ihnen ab. Bishops Taktik mochte aufgehen, aber nur, falls Mike es schaffte, den Golf auf gleiche Höhe zu bringen und den Focus einzukeilen. Falls sie zuvor zu viel Geschwindigkeit verloren, konnte es Wells gelingen, zu beschleunigen und sich an Bishop vorbeizuzwängen. Schlimmer noch, falls sie an einer Einmündung vorbeikamen, konnte Wells schlichtweg abbiegen.

Es hieß jetzt oder nie.

Auch Mike war sich des Problems bewusst. Hawkins blickte zu ihm hinüber, während er versuchte, auf Wells' Richtungswechsel zu reagieren, um neben ihn zu gelangen. Doch als er ausscheren wollte, um den entscheidenden Schritt zu unternehmen, warnten ihn zwei Autos und ein Lastwagen auf der Gegenfahrbahn per Lichthupe. Sie waren zweifellos als Reaktion auf die Sirenen an die Seite gefahren.

»Scheiße!« Maguire scherte wieder ein.

Vor ihnen verlangsamte der BMW weiter sein Tempo und fuhr nun weniger als achtzig. Weil ihnen Autos den Weg versperrten, gelang es Mike nach wie vor nicht, auf gleiche Höhe zu ziehen. Wells bremste dieses Mal nicht, und Hawkins vernahm das knirschende Geräusch, mit dem vor ihnen die Stoßstangen aufeinanderprallten. Mit heulendem Motor schob der Ford den BMW an und erhöhte ihrer beider Tempo allmählich wieder.

Abrupt steuerte Wells nach links, hielt dann auf die Flanke des X5 zu und schob seine Front auf die Gegenfahrbahn. Maguire war gerade wieder ausgeschert, als sich der BMW vor ihnen mit quietschenden Reifen querstellte. Bishop war gezwungen, die Bremsen zu lösen und auf den Bürgersteig zuzuhalten, um einen Frontalzusammenstoß mit dem Lastwagen zu verhindern, der vor ihm auftauchte.

Nun mit freier Bahn, raste Wells davon. Maguire setzte ihm nach, während Hawkins sah, wie der X5 auf den breiten Gehsteig fuhr und dort schleudernd zum Stehen kam.

»Pete«, rief sie in das Airwave-Gerät, »ist alles in Ordnung?«

»Bin noch mehr oder weniger in einem Stück. Der Wagen ist wohl auch okay. Fahrt weiter, wir schließen dann wieder auf.«

»Verstanden.« Hawkins wandte sich Maguire zu. »Sei vorsichtig. Ich glaube, wir haben da gerade einen Vorgeschmack auf das bekommen, wozu der Kerl fähig ist.«

»Klarer Fall, Chefin. Aber mach bei dem, was jetzt kommt, lieber die Augen zu.«

Hawkins folgte seinem Blick nach vorn, wo sich vor einer Verkehrsampel Autos stauten und ihnen den Weg versperrten.

Wells bremste nicht.

»Er fährt um sie herum«, prophezeite Mike.

Der Ford scherte aus. Es war unmöglich zu erkennen, ob ihnen Autos entgegenkommen würden, und die Lücke war jetzt so schmal, dass sie Wells' Schicksal teilen würden, was immer auch geschah. Sie hatten Glück und schafften es an der Ampel vorbei gerade bis auf die Mitte einer Kreuzung, als ein Strom von Autos auf sie zugeschossen kam.

Wells reagierte, indem er auf die Bremse trat und das Steuer heftig herumriss. Maguire tat es seinem Beispiel nach, wäre jedoch fast mit einem Geländewagen zusammengestoßen, der ihnen erst im letzten Moment auswich. Als sie nach links ausscherten, um auf die abzweigende Straße zu gelangen, ernteten sie wildes Gehupe. Doch Hawkins' Aufmerksamkeit richtete sich plötzlich gar nicht mehr auf die Verfolgung. Stattdessen starrte sie das niedrige Gebäude an, das an ihrem Fenster vorbeischoss, und eine Erkenntnis keimte in ihr auf.

»U-Bahn-Station Clapham North«, sagte sie, halb zu sich selbst.

»Was?« Maguire stabilisierte den Wagen und sorgte dafür, dass sie weiter an Wells dranblieben. Als sie wieder Fahrt aufnahmen, verstärkte sich das Scheppern ihrer Stoßstange.

»Ich weiß, wohin er fährt«, erklärte sie ihm, während sie an dem Airwave-Gerät herumfuhrwerkte. »An alle Einheiten, der Verdächtige könnte zur Tremadoc Road in Clapham unterwegs sein. Er wurde dort vor ein paar Tagen von einer Kamera festgehalten, vor dem Haus eines potenziellen Opfers. Er könnte versuchen, einen letzten Mord zu begehen.«

Mike schaute zu ihr herüber. Eine unheilvolle Ahnung stand ihm ins Gesicht geschrieben.

Hawkins nickte und beantwortete seine stumme Frage. »Amanda Cain.«

Hawkins konzentrierte sich, während sie mit Mike weiterhin Wells auf den Fersen blieb, und wählte die Mobilfunknummer von Neil Edwards. Mittlerweile sollten der Constable und seine Kollegen Amanda Cain in Gewahrsam genommen haben, sodass Wells enttäuscht werden würde, falls sie wirklich sein Ziel war. Doch wenn es eine Verzögerung gegeben hatte und Cain sich noch immer im Hause befand, musste Hawkins die Kollegen vor Ort warnen. Sie hatten es jetzt nicht nur mit einer Zielperson zu tun, die sterben wollte, sondern nach seinem rücksichtslosen Verhalten bei dieser Verfolgungsjagd zu urteilen auch mit einem Mörder, der in ähnlicher Stimmung war.

Die Verbindung wurde hergestellt, und das Freizeichen war zu vernehmen, doch anders als Hawkins gehofft hatte, nahm niemand ab. Sie warf einen prüfenden Blick nach vorn, um an der vorbeifliegenden Gegend zu erkennen, wie weit sie noch von der Straße entfernt waren, in der Cain wohnte. Sie rasten an Geschäften vorbei, einem Restaurant, einem Fahrradladen, doch an nichts, an das sie sich hätte erinnern können. Beim letzten Mal musste sie vom anderen Ende der Stadt gekommen sein.

Plötzlich meldete sich Edwards, und sie richtete ihre Aufmerksamkeit auf das Telefonat. »Ma'am?«

»Neil«, platzte sie heraus, »ist Cain bei Ihnen?«

Es entstand eine Pause. »Nicht wirklich.«

Eine ungute Ahnung beschlich sie. »Wieso nicht?«

»Tut mir leid, Ma'am. Sie hat nicht aufgemacht, also fürchtete ich, ihr könnte etwas zugestoßen sein. Wir mussten die Tür aufbrechen und haben das Haus auf den Kopf gestellt, aber sie ist nicht hier.«

Hawkins' Puls beschleunigte sich, während sie sah, wie die Tremadoc Road am Fenster vorbeiflog. Wells war geradeaus weitergefahren, was zweierlei bedeuten konnte. Entweder hatte er den Abzweig verpasst, oder er wollte gar nicht nach …

»Verdammt!«, sagte Hawkins gleichzeitig zu Edwards und Mike, als ihr klar wurde, wie es höchstwahrscheinlich weitergehen würde. »Wells hat Cain kontaktiert und ihr gesagt, jetzt oder nie. Sie muss gewusst haben, dass wir sie beobachten, und hat sich hinausgeschlichen, während er versucht, uns abzuschütteln. Sie haben sich verabredet.«

Edwards entschuldigte sich aufs Neue.

»Hören Sie.« Bemüht, nicht zu fluchen, schloss Hawkins die Augen. »Wir verfolgen Wells gerade. Wenn wir ihn nicht verlieren, wird er uns zu Cain führen. Trommeln Sie also Ihr Team zusammen und folgen Sie uns auf der Hauptstraße nach Westen. Cain ist zu Fuß unterwegs, kann also noch nicht weit gekommen sein.«

Edwards antwortete mit neuerlicher Entschlossenheit. »Verstanden. Wir sind schon unterwegs.«

»Und wenn Sie die Ärztin sehen, dann gabeln Sie sie auf.« Sie beendete den Anruf.

»Oje.« Maguire scherte aus, um einen langsamen Lastwagen zu überholen. »Du ziehst das Chaos an wie ein Misthaufen die Fliegen. Ich muss mich wieder versetzen lassen.«

»Na klar doch.« Sie sah, wie er das Lenkrad herumriss. »Weil es dir unangenehm ist, so schnell zu fahren.«

Er blickte zu ihr hinüber und unterdrückte ein Grinsen. »Also, wo fährt er hin?«

»Keine Ahnung. Was gibt's hier in der Gegend denn so?«

»Coffee-Shops und Regen?«

Hawkins ignorierte die Bemerkung. Stattdessen versuchte sie sich in die Situation eines depressiven ehemaligen Soldaten und einer verzweifelten ehemaligen Strafgefangenen hineinzuversetzen. *Wo würden sie sich treffen?*

Sie befanden sich auf einer belebten Straße im Zentrum von London, kurz nach der Rushhour an einem Wochentag. Die beiden Verschworenen mussten sich für einen ruhigen Ort entschieden haben, der abseits vom Licht der Öffentlichkeit lag. Allerdings dürfte Wells zu der Zeit darauf gehofft haben, nicht von der Polizei eskortiert zu werden.

Herumzuraten, wo sie sich treffen würden, gewann natürlich erst eine immense Bedeutung, falls sie ihn aus den Augen verloren. Doch da sich der verbrannte Geruch in ihrem

VW immer mehr ausbreitete, konnte Hawkins diese Möglichkeit nicht unbedacht lassen. Er mochte auf die Stoßstange zurückzuführen sein, die über die Straße schrammte, konnte aber auch mit dem Motor zu tun haben. Als sich die Straße auf zwei Spuren in jeder Richtung verbreiterte, erhöhte sich entsprechend ihre Geschwindigkeit, und Hawkins sah bestürzt, dass sich der Abstand zwischen den beiden Fahrzeugen vergrößerte.

»Zentrale«, bellte sie in das Airwave-Gerät, »wo bleibt unsere Luftunterstützung?«

Die Stimme des Beamten in der Telefonzentrale wurde zum großen Teil vom Lärm verschluckt, aber das letzte Wort hörte sich an wie »Minuten«.

Vor ihnen schlängelte sich der Focus gerade an anderen Fahrzeugen vorbei und baute dabei seinen Vorsprung weiter aus. Dann aber veränderte sich die Situation erneut, und die Bremslichter an Wells' Auto leuchteten auf. Mike reagierte darauf und verringerte ebenfalls das Tempo. Hawkins schaute sich um, versuchte Wells' nächsten Schritt vorauszubestimmen. Die Straße war breit, vier Spuren, die hier und da von Verkehrsinseln getrennt wurden, Häuser auf beiden Seiten und keine Straßeneinmündungen.

Nirgends, wo er hätte hinfahren können.

Die Antwort bekam Hawkins, als sie den Gehsteig zu ihrer Linken entlangblickte. Vor ihnen, hinter einem Gitter, das Fußgänger vor dem schnell fließenden Verkehr schützte, war eine weibliche Gestalt zu sehen, die den Fußweg entlangging.

»Da vorne läuft Cain.« Hawkins deutete in ihre Richtung.

Noch während sie sprach, fuhr Wells an der Frau vorbei. Die Hupe seines Wagens ertönte, und das Fahrzeug verlangsamte sein Tempo, bis es schließlich, nachdem er die Frau überholt hatte, auf einen Parkplatz einbog. Hawkins gab noch einmal ihre Position durch, erkundigte sich erneut nach ihrer Unterstützung und schaute zu der Fußgängerin hinüber, während sie an ihr vorbeifuhren. Amanda Cain fing an zu rennen.

Hawkins blickte wieder zu Wells, der ausgestiegen war und schnurstracks auf die Ärztin zuging.

Den Hammer hielt er in der Hand.

Wells hatte offenkundig gar nicht die Absicht, ihnen zu entkommen. Er wusste, dass ihm die Polizei dicht auf den Fersen war und er binnen weniger Momente verhaftet werden würde. Er war total auf sein Ziel fixiert. Grimmig entschlossen, sein Versprechen einzulösen. Sie hatten nur eine einzige Chance.

»Da.« Hawkins wies auf das Ende des Gitterzauns. »Sieh zu, dass du zwischen die beiden fährst.«

Mike scherte aus, rumpelte mit einem heftigen Schlag über den Bordstein, und das Auto kam schleudernd zum Stehen, die beiden aufeinander zustrebenden Gestalten voneinander trennend. Wells blieb stehen und hielt sich die Ohren zu, offenbar verwirrt. Doch Cain ging weiter. Sie ging um die Kühlerhaube des Golfs herum, während die beiden Detectives die Türen öffneten.

»Amanda! Halt!«, rief Hawkins. Doch Cain beachtete sie nicht, sondern ging weiter auf Wells zu, der rechts von ihnen stand. Mike kämpfte sich aus dem Fahrersitz und rief die Ärztin ebenfalls beim Namen. In diesem Moment ertönte auf der Straße das Quietschen von Reifen. Als Hawkins sich umdrehte, sah sie, dass der BMW hinter ihnen anhielt. Die Türen flogen auf, und Bishop und seine beiden bewaffneten Kollegen sprangen mit erhobenen Schusswaffen heraus. Zeitgleich erreichte Cain Wells. Die Beamten schwärmten aus und richteten ihre Waffen auf die beiden, doch ihre roten Laserstrahlen schwebten nur auf dem Oberkörper der Ärztin, die sich zu ihnen umdrehte, sie anschaute und sich vor den Exsoldaten stellte. Sie waren zur Tatenlosigkeit verdammt.

»Auf den Boden, alle beide!«, brüllte Bishop. »Sofort!«

Keiner der beiden kam seiner Aufforderung nach.

»Lassen Sie uns in Ruhe«, schrie Cain und trat langsam zurück. »Ich will es so.«

Hawkins schaltete sich ein. »Sie wissen, dass wir das nicht zulassen dürfen, Amanda.«

Doch ihre Worte bewirkten nichts. Sie sah, wie Cain Luft holte und die Augen schloss, offenkundig erwartend, dass ihr Erfüllungsgehilfe seine grausame Tat vollbrachte. In der Dunkelheit hinter ihr stieg Wells' Arm in die Höhe, mit dem Hammer ausholend, bereit zuzuschlagen. Immer noch hatten die Officers kein freies Schussfeld.

»Waffe runter, oder wir schießen!«, rief Bishop.

»Tun Sie es endlich«, entgegnete Cain, an Wells gerichtet.

Hawkins schaute den Exsoldaten an. Zwar hatte er den Hammer erhoben, doch in seinem Gesichtsausdruck spiegelte sich Unsicherheit wider. Auch Cain musste es gespürt haben, denn sie warf nun einen Blick auf ihn und wiederholte ihren Befehl, ihren Verbündeten nach wie vor abschirmend.

Aber der Hammer sauste nicht nieder.

Wells schaute hoch und suchte den Himmel ab. Hawkins folgte seinem Blick. Sie sah nichts, erkannte dann aber, was seine Aufmerksamkeit erregt hatte. Ihre Ohren vernahmen ein Geräusch, das sich rasch von einem leisen Surren in ein lautes Dröhnen verwandelte.

Sekunden später gelangte der Überwachungshubschrauber in Sichtweite. Er schwebte über die Bäume zu ihrer Linken und glitt über den Verkehr, der auf der Straße unter ihm dahinbrauste. Der Helikopter hielt auf sie zu. Seine Rotorblätter durchschnitten die Luft, und seine donnernden Abwinde wirbelten Staub und Blätter auf. Hawkins kniff die Augen zusammen, als der Pilot auf Wells zuhielt und den Scheinwerfer auf ihn richtete.

Als der leistungsstarke Lichtstrahl ihn erfasste und Cain in grelles Weiß tauchte, reagierte der Mörder sichtlich eingeschüchtert. Er trat einen Schritt zurück, weg von Cain, und schirmte mit seiner freien Hand die Augen ab.

»Nein!«, schrie die Ärztin und blieb nah bei ihm, ihren Körper als Schutzschild zwischen Wells und die auf ihn gerichteten Schusswaffen benutzend. »Bringen Sie das hier zu Ende!«

»Warten Sie!«, brüllte Hawkins. Wells hielt den Hammer noch immer über dem Kopf, doch er war ohne Frage aufgewühlt und erschüttert durch die extreme Situation, in der er sich befand. Er wirkte desorientiert, so als sei er gerade erst aufgewacht. Dann begriff sie, dass er vielleicht gar nicht mit der Situation zu kämpfen hatte, in der er sich befand, sondern mit den Erinnerungen, die sie hervorrief. Vielleicht nahmen die Folgen seiner posttraumatischen Belastungsstörung ihren Lauf. Sie erinnerte sich an Hunters Worte: »In Extremfällen können die Flashbacks auch im Wachzustand bei den Erkrankten auftreten und die Grenze zwischen Gegenwart und Vergangenheit verschwimmen lassen.«

Plötzlich ergab die Situation Sinn. Die gegenwärtigen Ereignisse von den traumatisierenden Erlebnissen zu trennen, vor allem dem Tod seines unschuldigen Freunds, ein grauenhafter Vorfall, für den er sich die Schuld gab, überforderte und verwirrte Wells vollständig. Seine Bewältigungsstrategie bestand, wie es schien, darin, andere, die ähnlich verzweifelt waren wie er, aus dieser Lage zu befreien. Bei dieser ganzen Serie von Morden ging es nicht bloß darum, lebensmüden Menschen dabei zu helfen, den Tod zu finden; sie entstammten dem Bedürfnis, Buße zu tun für etwas, das er als *seinen* Fehler betrachtete. Bis jetzt hatte er unter hermetisch abgeschirmten Bedingungen arbeiten können, allein mit bereitwilligen Opfern. Hier aber, in diesem Strudel der verwirrenden Ereignisse und des Lärms, bröckelte seine Entschlossenheit.

Und das bedeutete, dass der Ansatzpunkt gar nicht Cains Entschiedenheit war.

Sondern die von Wells.

Hawkins konzentrierte sich erneut auf den Mörder und rief über das durchdringende Rattern der Rotorblätter hinweg seinen Namen. Er schien sie nicht zu hören. Sie wandte sich dem Helikopter zu und wedelte mit den Armen, um dem Piloten zu signalisieren, er solle sich zurückziehen. Wenn es ihr gelang, mit Wells zu kommunizieren, hatten sie vielleicht die Chance, Cain zu retten. Der dröhnende Lärm des Fluggeräts übertönte jedoch im Moment alles und verhinderte jede Verhandlung. Die Gefahr, dass Wells zuschlug, wurde dadurch immer größer. Aber entweder ignorierte der Pilot sie bewusst oder er nahm sie nicht wahr, denn der Hubschrauber schwebte weiter über ihnen.

Sie wandte sich wieder Wells zu.

»Letzte Warnung!«, brüllte Bishop.

Hawkins sah sich zu den bewaffneten Beamten um. Sie kreisten Wells allmählich ein, näherten sich der Zielperson aus verschiedenen Winkeln. Lange würde Cain Wells nicht mehr abschirmen können, und wenn der Mörder sich nicht ergab, würden sie ihn ausschalten, sobald sie freies Schussfeld hatten. Sie musste sie darüber informieren, dass er kein sadistischer Mörder war, sondern lediglich ein vom Krieg gezeichneter Veteran, der die Hilfe, die er so dringend benötigt hätte, nicht erhalten hatte.

Er war nicht böse, sondern einfach nur krank.

Sie musste sofort etwas unternehmen, denn Bishops Team näherte sich jetzt von allen Seiten, ein vielfach eingeübtes Procedere, das nur zu einem von zwei Ergebnissen führen konnte – Aufgabe oder Tod. Hawkins zwang sich dazu, trotz des Hubschraubergetöses und der viel befahrenen Straße einen klaren Gedanken zu fassen. Wenn Wells in den Ereignissen seiner militärischen Vergangenheit gefangen war, konnte sie ihn vielleicht auf dieser Ebene erreichen.

Sie ging um die Motorhaube des Wagens herum und schrie ihm das womöglich einzige Wort zu, das in sein Bewusstsein vordringen konnte. Doch nach wie vor zeigte er keine Reaktion.

Sie fuchtelte mit den Armen herum und schrie ihm noch lauter zu: »Bull!«

Endlich reagierte Wells. Er ließ den Hammer ein kleines Stück sinken, während er sie anschaute, die Augen im gleißenden Licht der Scheinwerfer zusammenkneifend.

»Nicht schießen!«, schrie Hawkins Bishops Leuten zu und wandte sich dann wieder an Wells. Um sich im alles übertönenden Lärm Gehör zu verschaffen, drückte sie sich einfach und präzise aus. »Sie sind nicht im Krieg, Marlon. Hier gibt es keine Feinde. Sie befinden sich in der Heimat.«

Nun schaute auch Cain Hawkins an. Offenkundig spürte sie, dass die Aufmerksamkeit ihres Helfers abgelenkt worden war, und wurde sich bewusst, dass ihr Zeitfenster im Begriff war, sich zu schließen. Ihr liefen die Tränen über das Gesicht, während sie sich an Wells wandte und um den Tod flehte.

Hawkins trat näher heran. Sie schaute in das Gesicht des Exsoldaten und bemerkte, dass die Gefühle in seinem Inneren verrücktspielten. »Ich weiß, was mit Jim passiert ist«, rief sie, »aber das hilft keinem von euch beiden weiter.«

Wells blinzelte mehrmals, so als sei er gerade aufgeweckt worden. Er trat einen kleinen Schritt weg von Cain.

Hawkins bemerkte es und legte nach. »Sie sind krank, Marlon, weil man Ihnen nicht geholfen hat, als Sie Hilfe brauchten. Jetzt versuchen Sie anderen zu helfen. Das verstehe ich, aber so funktioniert das nicht. Amanda ist auch krank; sie hat es nicht verdient zu sterben.«

Sie hörte auf zu schreien und beobachtete die beiden im Scheinwerferlicht Stehenden. Cains Gesicht spiegelte eine Mischung aus Betroffenheit und Verwirrung wider, doch in Wells' Miene stand nichts als Reue. Er sackte halb zusammen und trat zurück, während ihm der Hammer aus seiner zitternden Hand fiel.

»Nein!«, kreischte Cain, als die drei bewaffneten Polizisten über Wells herfielen, ihm die Beine wegtraten und ihn zu Boden drückten. Fassungslos stolperte die Ärztin zurück. Zweifelsohne hatte sie nicht damit gerechnet, von ihrem morbiden Vertrag zurücktreten zu müssen.

»Amanda.« Hawkins musste nach wie vor brüllen, um den Lärm des Hubschraubers zu übertönen. Sie trat vor, sich bewusst, dass Mike im Begriff war, zu ihr aufzuschließen. Sie näherten sich der Ärztin und waren kaum mehr einen Meter von ihr entfernt. Diese starrte nach wie vor Wells an, dem gerade von Bishops Leuten Handschellen angelegt wurden.

»Es ist vorbei.« Hawkins wollte ihren Arm berühren. »Lassen Sie uns Ihnen helf…«

Aber sie beendete den Satz nicht, denn Cain wirbelte herum und lief davon.

»Warten Sie.« Hawkins versuchte, sie am Mantel zu packen. Auch Maguire machte einen Satz in ihre Richtung, doch die Ärztin bewegte sich überraschend flink, war schnell außerhalb ihrer Reichweite und entfernte sich weiter von ihnen.

Sie nahmen beide die Verfolgung auf. Cain rannte über den Parkplatz. Die Frau war zwar schnell, aber sichtlich aufgelöst. Ihr Weinen klang mittlerweile eher wie ein verzweifeltes Geheul, das sogar über das Dröhnen des Hubschraubers hinweg zu vernehmen war. Sie geriet ins Straucheln, fasste dann aber wieder Fuß, während die beiden Detectives allmählich zu ihr aufschlossen. Einen kurzen Moment verspürte Hawkins Erleichterung, da sie damit rechnete, die desorientierte Ärztin werde versuchen, einen der abgestellten Wagen zu nutzen, ein zum Scheitern verurteilter Plan, den sie leicht würden durchkreuzen können. Doch als Cain zwischen den Fahrzeugen hindurchrannte, erkannte Hawkins entsetzt, dass sie ein ganz anderes Ziel verfolgte.

Sie hielt auf die Straße zu.

»Halt sie auf!«, schrie sie Maguire zu, der sie überholt hatte. Doch er kam zu spät. Ohne zu zögern, lief Cain an dem X5 vorbei und preschte auf die dahinterliegende Fahrbahn. Der erste Autofahrer riss das Steuer herum, und sein Fahrzeug prallte gegen die Leitplanke auf der anderen Seite, sodass beim Aufprall ein Funkenregen aufstob.

Doch dem nächsten Autofahrer gelang es nicht mehr auszuweichen. Nahezu ungebremst erfasste er Cain frontal mit seinem Wagen. Ihr wurden die Beine weggerissen, und sie prallte seitlich auf der Motorhaube auf. Hawkins hörte das Geräusch von splitterndem Glas, als der Schädel der Ärztin gegen die Windschutzscheibe schlug, bevor sie in die Höhe katapultiert und in hohem Bogen über das Wagendach geschleudert wurde und ihr Körper mit schlaffen Gliedmaßen auf der Straße aufkam.

64

Bedächtig schloss Hawkins die Tür des Vernehmungszimmers. Als sie den Türgriff losließ, hörte sie, wie das Schloss einrastete. Die Polizeistation Lavender Hill war mit Sicherheitsschleusen, Zugangscodes sowie eigenen Überwachungskameras ausgerüstet. Manche Kriminelle ließen sich davon einschüchtern. Andere hingegen definitiv nicht. Nach geltender Rechtsprechung war man machtlos, wenn ein Gefangener nicht plaudern wollte, und Hawkins hatte das untrügliche Gefühl, dass ihr jetziges Gegenüber zäher sein würde als die meisten anderen.

Als sie sich Mike zuwandte, sah sie, dass dieser gerade auf einem der Plastikstühle Platz nahm, die hinter dem Tisch mit Blick auf die rechte Wand standen.

Ihm gegenüber hockte die einschüchternde Gestalt von Marlon Wells.

Zwar hielt der Exsoldat seinen rasierten Schädel gesenkt, wirkte aber in diesem beengten Raum noch stämmiger als sonst, nicht groß, aber kräftig. Hawkins fragte sich, ob das einfache Paar Kunststoffhandfesseln, mit dem seine Handgelenke fixiert worden waren, ausreichen würde, falls er beschließen sollte, deren Haltbarkeit zu testen.

Zwölf Stunden zuvor hatten sie Wells unter dem Verdacht des dreifachen Mordes festgenommen – fast des vierfachen. Zu dieser Zeit war er von drei bewaffneten Officers gewaltsam gebändigt worden. Die unterschwellige Stimmung von jemandem einzuschätzen, der danach in einen Gefängniswagen gesteckt und hierherverfrachtet worden war, um sich über Nacht in einer Zelle zu beruhigen, war schwierig. Sie rechnete nicht damit, dass er geschlafen hatte, erst recht nicht nach den traumatischen Erlebnissen am vergangenen Abend und nachdem er jetzt womöglich die wirkliche Schwere seiner Vergehen erkannt hatte. Wenig überraschend wirkte er erschöpft und saß gebeugt und mit auf dem Schoß gefalteten Händen auf dem Stuhl, während er mit leerem Blick zu Boden starrte.

Hawkins' Gedanken richteten sich kurz auf die weniger schwerwiegenden Blessuren, die ihre Kollegen bei ihrer Verfolgungsjagd davongetragen hatten. Aaron Sharpe war mit nichts Dramatischerem davongekommen als Prellungen an Ego und Gliedmaßen, während Amala Yasir eine leichte Gehirnerschütterung erlitten hatte und nach wie vor im Krankenhaus unter Beobachtung stand. Verglichen mit dem unumkehrbaren Zustand, in dem sich Wells' andere bisherige Bekanntschaften befanden, hatten sie das Glück gehabt, ohne schlimmere Verletzungen davongekommen zu sein.

Hawkins setzte sich hin und taxierte ihren Häftling. Das kleine Fenster hoch oben in der gegenüberliegenden Wand war geschlossen, doch selbst wenn es ganz geöffnet gewesen wäre, hätte sich wohl kaum der stechende Schweißgeruch vertreiben lassen können, den Wells' Körper verströmte. Das deutete darauf hin, dass sich Wells' Gedanken schon eine ganze Weile nicht mehr mit der Gegenwart befassten. Natürlich konnte das alles auch ein ausgeklügelter Auftritt sein, der auf den Aufenthalt in einer flauschigen psychiatrischen Einrichtung abzielte statt einer Gefängnisstrafe bis zum Sankt-Nimmerleins-Tag, doch Hawkins' Instinkt sagte ihr, dass dem nicht so war. Zwar hatte er drei Menschen getötet, doch seine mitbeteiligten Opfer hatten ihn dabei tatkräftig unterstützt. Als die Jagd auf ihn erst einmal eröffnet worden war, war sie schnell vorüber gewesen. Er hatte eine Reihe schwerer Fehler begangen, etwa den Einsatz immer derselben Tatwaffe und die immer gleiche Vorgehensweise.

Hier saß kein kriminelles Genie.

Deshalb waren die Ergebnisse dieser Vernehmung noch wichtiger. Es war unwahrscheinlich, dass Wells und die Exhäftlinge ohne Mithilfe zumindest einer weiteren Person zueinandergefunden hatten. Wenn der Exsoldat also nicht auf eigene Faust gehandelt hatte, was würden seine ehemaligen Komplizen als Nächstes unternehmen?

Nun drehte sich alles darum, mögliche Mittäter ausfindig zu machen. Dass sie die Identität des Exsoldaten kannten, erleichterte die Angelegenheit. Die Suche würde aber dennoch Zeit in Anspruch nehmen. Und da sich die Ereignisse des vergangenen Abends in aller Öffentlichkeit abgespielt hatten, würde die Nachricht einer Verhaftung samt Spekulation über deren Gründe sich bereits verbreiten. Damit bekamen potenzielle Komplizen Zeit und die Möglichkeit, sich Alibis zusammenzubasteln oder sich aus dem Staub zu machen. Wer immer ein Interesse daran hatte, sich rarzumachen, würde schon bald weit, weit weg sein. Am besten war es also, Wells dazu zu bringen, den- oder diejenigen beim Namen zu nennen.

Doch sein offenkundig aufrichtiges Verhalten stellte ein Problem an sich dar.

Für jemanden in einer psychischen Krise bildeten Polizeibeamte häufig die ersten Kontaktpersonen, sodass die entsprechenden Rechtsvorschriften streng waren. Trotz seiner hammerschwingenden Eskapaden hatte Hawkins Wells zwar bisher nicht nach dem Mental Health Act in eine Klinik bringen müssen. Doch falls sich sein Verhalten hier als irrational erweisen sollte, war sie gezwungen, die Vernehmung zu verkürzen und ihn von einer psychiatrischen Fachkraft untersuchen zu lassen. In derlei Fällen, einen ungünstigen Verlauf des Verhörs angenommen, setzte sich sofort eine Armada von Sozialarbeitern in Bewegung, kamen alle möglichen zeitlichen Beschränkungen ins Spiel, und alle Welt war hypersensibel, was eine mögliche Misshandlung des psychisch Kranken anging. Und wenn es ganz schlimm kam, konnte ein Gerichtsmediziner Wells aufgrund seiner dokumentierten Krankengeschichte und Diagnose auf PTBS für vernehmungsunfähig erklären.

Normalerweise dauerte es keine zehn Minuten, bis sich herauskristallisierte, ob ein Gefangener emotional stabil war. Falls Wells also nicht stumm blieb, sondern zu Enthüllungen bereit war, waren die ersten Minuten ihrer Befragung entscheidend.

Hawkins nickte Maguire zu, der daraufhin das Aufnahmegerät einschaltete. Sie nannte Ort, Datum und Anwesende, ehe sie Wells ihre erste Frage stellte, die sie behutsam formulierte: »Kann ich Sie Marlon nennen?«

Als er seinen Namen hörte, hob der Exsoldat leicht den Kopf, doch sein Gesicht blieb ausdruckslos.

Sie veränderte ihre Vorgehensweise. »Obergefreiter?«

Nichts.

Sich ihres knappen Zeitfensters bewusst, drängte Hawkins weiter. »Angesichts Ihrer militärischen Vergangenheit werde ich Sie nicht mit Zivilistenblödsinn langweilen. Sie sind hier, weil Sie Rosa Calano, Samantha Philips und Matthew Hayes ermordet haben. Und wir konnten in letzter Minute verhindern, dass Amanda Cain das gleiche Schicksal erlitt.«

Keine Antwort.

»Wir haben die Briefe gefunden.«

Wells schaute sie an. Das ausdruckslose Starren verwandelte sich in intensive Aufmerksamkeit, und er legte den Kopf auf die Seite wie ein Hund, der sich bemühte, sein Herrchen zu verstehen. Oder wie ein Raubtier, das seine Beute begutachtete.

Hawkins erwiderte seinen Blick. »Wir wissen, dass sie sterben wollten.«

Der Exsoldat wandte den Blick ab und schaute wieder ins Leere. Nun drückte seine Miene so etwas wie Reue aus. Noch war da kein Platz für Mitgefühl.

»Ich möchte wissen«, sagte Hawkins, »wie sie von Ihnen erfahren haben ... woher sie wussten, an wen sie ihre Briefe schreiben mussten.«

Stille.

»Wer hat den Kontakt zwischen Ihnen hergestellt?«, insistierte Hawkins, während sie einen raschen Blick auf die Uhr warf. Fünf Minuten waren bereits vergangen. Die Situation war verfahren und konnte nicht mehr lange währen, doch Wells' erste Antwort war womöglich entscheidend. Falls er unter Zwang nur das kleinste Anzeichen von emotionaler Instabilität zeigte, war es Zeit für eine Beurteilung seiner psychischen Gesundheit. Auch die Forderung nach einem Rechtsbeistand würde die Sache verkomplizieren und ihren Fortschritt hemmen. Daher waren seine leisen, vor sich hin gemurmelten Worte eine Überraschung, als er sie über die Lippen brachte.

»Geht es ihr gut?«

Hawkins benötigte einen Moment, ehe sie begriff, dass er von Cain sprach. Nachdem Wells sich ergeben hatte, war alles so schnell gegangen, dass er vermutlich nicht gesehen hatte, was der Ärztin hinterher widerfahren war. Sicher, er war vor Ort gewesen, als sie von dem Auto erfasst worden war, doch von drei bewaffneten Polizisten mit dem Gesicht nach unten in den Staub gedrückt und danach hinten in einen Transporter gezerrt zu werden war eine ziemliche Ablenkung gewesen und hatte sicherlich dafür gesorgt, dass er von den danach folgenden Ereignissen nichts ahnte.

Sie legte eine Pause ein. Dabei beobachtete sie, dass seine Miene zuckte. Womöglich erinnerte er sich noch an etwas von dem, was ihm am vergangenen Abend klar geworden war. Er fragte nicht aus Neugier, sondern aus *Besorgnis.*

Hawkins sprach mit sanfter Stimme, sich bewusst, dass seine Reaktion ihrer Ermittlung abträglich sein konnte. Sie konnte aber auch den Durchbruch bedeuten, nach dem sie sich sehnte. »Cain ist tot.«

Er zog die Brauen zusammen und schüttelte fast unmerklich den Kopf. »Wie ist es geschehen?«

Sie erklärte es ihm.

Wells hörte still zu, bis sie geendet hatte. Dann schaute er auf den Tisch hinab und schloss die Augen. »Musste sie leiden?«

»Vielleicht ganz kurz. Unser Pathologe glaubt, der Aufprall des Schädels auf der Windschutzscheibe hat zum sofortigen Tod geführt. Danach hat sie nichts mehr gespürt.«

Wells atmete langsam aus und hob dann wieder den Kopf, um sie anzuschauen. »Wie geht es jetzt weiter?«

»Gefängnis. Ihr Fall ist zwar ungewöhnlich, aber nach dem Gesetz wird auch Beihilfe zum Selbstmord als Mord geahndet. Sie haben drei Menschen getötet.«

Er nickte. »Sie haben nichts gespürt, dafür habe ich gesorgt.«

»In Ordnung« – Hawkins witterte ihre Chance – »aber woher wollen Sie wissen, dass Ihr Komplize nicht weitermachen wird? Was, wenn Ihr Nachfolger nicht so professionell vorgeht?«

Dass sie bereits Vorkehrungen dafür getroffen hatte, seine Post in Zukunft an eine psychiatrische Beratungsstelle weiterleiten zu lassen, erwähnte sie nicht. Falls es noch weitere Möchtegernopfer gab, würde diesen dann zumindest statt eines tödlichen Schlags auf den Kopf Hilfe zuteilwerden.

»Kommen Sie, Marlon«, schaltete sich nun Maguire ein.

»Ist es ein ehemaliger Kamerad aus der Armee mit Kontakten zur Bewährungskommission? Ein Freund bei der Staatsanwaltschaft? Wer ist es?«

Beide warteten gespannt und sahen, wie Wells mit seinem Gewissen rang. Um sich selbst machte er sich dabei offenkundig keine Sorgen. Die von übermäßigem Stress hervorgerufene Abgeklärtheit, die es ihm ermöglicht hatte, drei Menschen zu ermorden, war fürs Erste verschwunden. Diese Veränderung seiner Einstellung war deutlich geworden, als er sich am Vorabend ergeben hatte. Nun aber stellten sie seine Loyalität auf die Probe, eine notwendige Eigenschaft bei jemandem, der darauf gedrillt worden war, sich blind auf seine Kameraden zu verlassen, während sich diese blind auf ihn verlassen konnten.

Hawkins sah, wie Panik in ihm aufkam, wie sich die Brust des Exsoldaten hob und senkte und er schließlich den Kopf auf die Brust sacken ließ. Sie warf einen Blick auf Maguire, um zu sehen, ob er sich auf eine jähe Reaktion gefasst machte. Immerhin trieben sie hier einen Mann weiter in die Ecke, der mit dem Rücken schon an der Wand stand. Vielleicht machte er nun dicht, brach zusammen oder ging zum Angriff über. Das alles würde ihrer Sache nicht dienlich sein. Aber vielleicht, ja, vielleicht würde er auch seine Quelle preisgeben.

Die Spannung stieg. Hawkins schaute auf die Uhr und stellte fest, dass etwas mehr als zehn Minuten verstrichen waren, womit sie sich jetzt in der entscheidenden Phase befanden. Sie war so darauf konzentriert, was alles schiefgehen konnte, dass sie hochschreckte, als Wells zwei einfache Worte aussprach. Als ihr Gehirn dann verarbeitete, was er gesagt hatte, wäre sie fast vom Stuhl gefallen.

Denn sie kannte die Person.

65

»Warten Sie bitte hier.« Die Sekretärin stand auf und erhob ihre Stimme, als Hawkins mit Maguire und zwei Uniformierten im Schlepptau an ihr vorbeimarschierte. »Sie können hier nicht einfach …«

Unbeholfen tänzelte sie um den Schreibtisch herum und schloss zu den beiden Detectives auf, als diese die Tür erreichten. Doch Mike stellte sich ihr in den Weg, während Hawkins, ohne zu klopfen, eintrat.

Einer nach dem anderen platzten sie in ein großes Büro, das mit einem schweren grauen Teppich ausgelegt war. In den vom Boden bis zur Decke reichenden Regalen stand neben Büchern allerlei Zierrat. Dezente Deckenstrahler tauchten zwei Ledersessel und einen Couchtisch aus Glas in sanftes Licht. Dahinter lagen diverse aufgeschlagene Ordner auf einem Schreibtisch aus Massivholz, auf dem zudem eine verschnörkelte Lampe stand.

Hinter dem Schreibtisch schaute Pierce Reid auf.

»Es tut mir leid, Mr Reid«, entschuldigte sich die Sekretärin, »ich habe versucht, sie aufzuhalten.«

»Schon gut, Lynn.« Der Leiter der psychologischen Gefangenenbetreuung erhob sich, schob sich seine Brille auf der Nase hoch und klappte in aller Seelenruhe seinen Laptop zu. »Ich bin sicher, dass es einen Grund für diese Unterbrechung gibt. Bitte richten Sie Mrs Williams aus, dass ich so bald wie möglich für sie da sein werde.«

Die Sekretärin fügte sich, schaute Hawkins jedoch mürrisch an, während sie sich aus dem Raum zurückzog. Es herrschte Schweigen, bis die Tür sich schloss.

»DCI Hawkins«, sagte Reid nachdenklich. »Und …?«

Maguire nickte. »DI Maguire, die Constables Grayling und Weir.«

»Sehr schön.« Der psychologische Betreuer nahm wieder seinen Platz ein. »Also, was kann ich für Sie tun?«

Hawkins trat näher, nicht in der Stimmung für höfliches Geplänkel. »Erzählen Sie uns von Marlon Wells.«

Reid runzelte die Stirn und schüttelte dann den Kopf. »Tut mir leid, der Name sagt mir nichts.«

»Tatsächlich?« Sie zog ein Foto von Wells aus ihrer Tasche hervor und schob es über den Schreibtisch. »Er erinnert sich aber an Sie.«

»Hmmm.« Er musterte das Foto. »Ich kenne ihn nicht. Es mag aber sein, dass er zur Beratung bei mir war. Im Allgemeinen kommen meine Klienten zu mir in einer für sie äußerst wichtigen Zeit in ihrem Leben, was häufig dazu führt, dass sie mich nachher mehr als einen Freund denn als eine professionelle Bezugsperson betrachten. Ich fürchte, das ist eine unangenehme Nebenwirkung meiner Tätigkeit. Ich werde in meinen Unterlagen nachschauen. Warum fragen Sie?«

»Wir haben ihn gestern Abend verhaftet«, erklärte Hawkins mit tonloser Stimme, »wegen dreifachen Mordes.« Sie legte weitere Fotos auf den Tisch und wies nacheinander auf jedes von ihnen. »Rosa Calano, Samantha Philips, Matthew Hayes.«

»Das ist ja tragisch.« Reids Stimme blieb so ruhig wie zuvor. »Ich hoffe, Sie wollen damit nicht andeuten, dass mein Misserfolg, einen mutmaßlichen Klienten wieder in die Gesellschaft einzugliedern, mich für sein oder ihr zukünftiges Verhalten verantwortlich macht.«

»Das nicht gerade.« Sie deutete auf die zuletzt hinzugefügten Fotos. »Wie viele dieser Personen erkennen Sie wieder?«

Der psychologische Betreuer erwiderte ihren Blick einen Moment, bevor er auf die Fotos hinabschaute.

»Samantha.« Er legte einen Finger auf das Foto von Philips. »Sie wissen ja sicher, dass ich vor einigen Wochen ihre Beurteilung geschrieben habe wegen ihrer vorzeitigen Entlassung.«

»Was ist mit den anderen?«

Reid seufzte. »Auch bei ihnen liegt es durchaus im Bereich des Möglichen, dass ich sie kenne. Wie Sie wissen, führe ich Beratungsstunden für ein Dutzend Justizvollzugsanstalten durch – es sind hunderte Fälle pro Jahr. Nennen Sie es professionelle Distanz, wenn Sie wollen, aber ich behalte nicht jede erschütternde Begegnung in Erinnerung, Detective. Ist das bei Ihnen nicht auch so?«

Sie reagierte nicht darauf. »Wir haben uns mit den infrage kommenden Anstalten bereits in Verbindung gesetzt. Matthew Hayes' Beurteilung wurde von einem Richard Ellison durchgeführt, und Rosa Calano hatte einen Gutachter namens Jameson Mane aufgesucht.«

Der Psychologe runzelte die Stirn. »Das beantwortet ja sicher Ihre Frage.«

»Das dachte ich auch.« Sie schaute Maguire an, der eine Kopie von Matthew Hayes' Brief auf den anwachsenden Stapel auf Reids Schreibtisch legte. »Bis wir erkannten, dass sie alle sterben wollten. Allerdings waren sie aus welchen Gründen auch immer nicht gewillt oder in der Lage, ihrem Leben eigenhändig ein Ende zu setzen. Daher haben sie Kontakt mit Marlon Wells aufgenommen, der bereit war, ihnen behilflich zu sein. Eine solche Dienstleistung kann man natürlich nicht bewerben, also musste sie jemand anderes miteinander in Kontakt bringen. Wells sagt, dass Sie das waren.«

Ihr Gegenüber richtete sich auf. »Das ist eine schwere Anschuldigung.«

»Ja, das ist es. Es fällt mir allerdings auch schwer zu glauben, dass die Opfer ein so extremes Angebot ohne Ermutigung angenommen haben. Sie hatten sowohl die Möglichkeit als auch die Fachkompetenz, ihre Suizidtendenzen zu erkennen und sie in diese Richtung zu lenken.« Sie sah, wie sich die Augen des Psychologen zu Schlitzen verengten. »Deshalb glaube ich, dass Sie eine aktive Rolle dabei gespielt haben, sie davon zu überzeugen, dass sie sterben wollen.«

Reid stieß ein ungläubiges Lachen aus. »Wollen Sie damit sagen, ich stünde im Bunde mit diesen anderen Gutachtern?«

»Ganz und gar nicht.« Nun zog Hawkins ihren letzten Trumpf aus dem Ärmel. »Das Signaturprotokoll zeigt zwar drei verschiedene Therapeuten an, aber es musste irgendwo eine Verbindung geben. Deshalb habe ich das Videoüberwachungsmaterial auswerten lassen. Es ist schon erstaunlich, wie viel Speicherplatz diese modernen Systeme haben, nicht wahr? Seltsamerweise haben diese psychologischen Gutachter eine verblüffende Ähnlichkeit miteinander. Und alle sehen Ihnen ähnlich. Daher, nein, ich will nicht sagen, Sie stünden im Bunde mit Ellison und Mane, sondern ich will sagen, Sie *sind* Ellison und Mane.«

Sie verstummte und beobachtete sein Gesicht. In Wahrheit hatten sie seit Wells' heutiger Enthüllung in Bezug auf Reid nur Filmmaterial von Matthew Hayes' Besucher in die Hände bekommen. Darauf war aus einer gewissen Entfernung und von hinten ein Mann zu sehen, der als Richard Ellison unterzeichnet hatte. Seine Statur und seine Haare konnten die von Reid sein, aber das war alles andere als beweiskräftig. Die weiteren Schlüsse waren erst einmal reine Spekulation.

Da Reid schwieg, hakte sie nach. »Sie müssen es vorab geplant haben, andernfalls hätten Sie bei Calanos Beurteilung gar nicht erst einen falschen Namen benutzt.«

Zuversicht ausstrahlend, ließ sie die Behauptung im Raume stehen und hielt den Atem an. Der Psychologe starrte eine Zeitlang durch Maguire und sie hindurch, so als ringe er mit sich, ob er die Sache in die Länge ziehen oder gleich auspacken sollte. Falls er sich entschied zu leugnen, mussten sie sich allein auf die Aussage von Wells stützen – jemand mit deutlichem Anreiz, so viel Schuld wie nur möglich auf andere abzuwälzen – sowie auf jegliches Beweismaterial, das sie von jetzt an und bis zu einem etwaigen Gerichtsverfahren sicherstellen konnten. Selbst wenn sie auf die Aussagen von Gefängnispersonal angewiesen wären, sollte es möglich sein zu beweisen, dass Reid alle drei Opfer vor ihrer Entlassung gesprochen hatte. Allerdings hätte sie wetten können, dass es weder Mitschriften noch Aufnahmen von diesen Sitzungen gab, und keine der jeweiligen Personen konnte noch als Zeuge fungieren. Sicher, sie hatten die Briefe, aber es gab keine Beweise dafür, dass Reid den Opfern gesagt hatte, wohin sie sie schicken sollten. Je mehr Zeit verging, desto dicker schien die Luft zu werden.

Schließlich rührte sich der Psychologe, nahm die Brille ab und legte sie vorsichtig auf den Tisch. Er rieb sich längere Zeit mit Daumen und Zeigefinger die Augen. Dann schaute er zu seinen Besuchern auf, holte tief Luft und stieß sie als langgezogenen Seufzer wieder aus.

»Gut«, sagte er. »Sie haben recht.«

Hawkins kniff die Augen halb zusammen. *War das ein Geständnis?*

Sie schüttelte den Kopf. »Inwiefern?«

Reid senkte den Blick, und erneut entstand eine Pause, während der er offensichtlich seine Gedanken ordnete. Schließlich sprach er mit leiser, getragener Stimme in der fast poetischen Art von jemandem, der sich in sein Schicksal ergeben hat, aber auch seine Überzeugungen rechtfertigen will.

»Alle Beteiligten hatten zugestimmt, Detective. Zu keinem Zeitpunkt war böse Absicht im Spiel. Tiefe Trauer und Reue sind eine starke emotionale Mischung; sie setzen sich über Logik und Vernunft hinweg, führen jedoch nicht immer dazu, leichtfertig sein Leben wegzuwerfen. Zuweilen sorgen sie für Klarheit, wo zuvor alle Hoffnung verloren war. Diese Menschen waren bereits tot; ihnen fehlte lediglich die Stärke, ihren physischen Tod zu vollziehen. Doch wenn jemand die Erlösung herbeisehnt, so wird er letztendlich auch einen Weg finden. Marlon und ich haben schlichtweg schmerzlose Möglichkeiten angeboten.«

Hawkins nickte. Sie erinnerte sich an die Ereignisse des Vorabends, als Amanda Cain auf die Schnellstraße lief, durch die Luft gewirbelt wurde und auf dem Boden aufschlug. Binnen weniger Minuten war ein Krankenwagen zur Stelle gewesen, doch das trübselige Kopfschütteln des Rettungssanitäters hatte allen signalisiert, dass es zu spät war.

Sie werden einen Weg finden.

Hawkins verdrängte den Gedanken. »Wollen Sie damit sagen, dass Wells auch an der Organisation dieser ganzen Sache beteiligt war?«

Der Psychologe legte eine Pause ein, während der er zum Fenster und auf die dahinterliegende triste Skyline von Southwark schaute. Hawkins wartete. Dabei stellte sie sich den Exsoldaten in seiner Zelle in Lavender Hill vor – missmutig und in sich gekehrt. Nachdem er ihnen Reids Namen preisgegeben hatte, hatten sie kein Wort mehr aus ihm herausbekommen. Offenbar waren ihm die Konsequenzen seiner Taten in einem Moment geistiger Klarheit bewusst geworden. Ironischerweise schien er nun selbst schockierter als jeder andere darüber, was er seinen Opfern angetan hatte. Am meisten aber schien ihn der Selbstmord der Ärztin zu treffen, so als habe sein Versagen sie auf genau den Weg getrieben, den ihr zu ersparen er geschworen hatte.

Reid seufzte. »Es war Marlons Idee.«

»Lassen Sie mich das klarstellen.« Nun stieg Ärger in Hawkins auf. »Ein Kriegsveteran kommt mit einer posttraumatischen Belastungsstörung zu Ihnen und sucht professionelle Hilfe. Er sagt Ihnen, er möchte eine persönliche Tragödie bereinigen, indem er depressive Menschen umbringt, und Ihre Art, ihm zu helfen, besteht aus einer Liste von *Kandidaten*?«

Er starrte sie zornig an und schleuderte ihr mit schneidender Stimme entgegen: »Nun kommen Sie schon, Detective, das ist ja wohl kaum etwas anderes als Sterbehilfe.«

»Schwachsinn. Sie haben Ihre Position ausgenutzt. Was war es – Langeweile? Hatten Sie es satt, gestörten Menschen zu helfen?«

»Gestört?« Plötzlich sprang Reid auf, was Maguire dazu veranlasste, sich zu voller Größe aufzurichten. »Kommen Sie mir nicht mit diesem angepassten Blödsinn, Detective. Ich weiß, dass Sie es bei Ihrer Arbeit auch mit diesen Menschen zu tun haben. Es sind Individuen, die von der Grausamkeit der Welt so geschädigt wurden, dass sie absolut unfähig sind, im Alltag zurechtzukommen. Einige werden kriminell und verletzen andere, um ihr inneres Gleichgewicht wiederherzustellen. Aber es gibt auch diejenigen, die verzweifelt nach einem Ausweg suchen. Überall auf der Welt plagen sich Gerichte mit dem Problem herum, dass erkrankte Menschen um ihr Recht kämpfen, selbst zu entscheiden, wann es genug ist.« Seine Stimme wurde durchdringender. »Kein Mensch sollte die Qualen eines Lebens, das er gar nicht führen will, ertragen müssen. Locked-in-Syndrom, Paralyse, tödliche Erkrankungen – das sind alles reale Dinge, und deshalb ist es richtig,

darüber zu streiten, ob es erlaubt sein sollte, Leidende zu erlösen, wenn sie es wünschen. Ich aber habe es mit unsichtbaren Traumata zu tun, die von psychischen Störungen verursacht werden. Eine unsichtbare Hölle, die mehr Menschen durchleben, als wir zugeben wollen. Wo sind *deren* Rechte? Wie finden *sie* Erlösung? Und was, wenn sie nicht den Mut aufbringen, sich selbst das Leben zu nehmen? An wen sollen sie sich wenden? Marlon war ein Erlöser für sie, und er war stolz darauf, es zu sein.«

»Sie täuschen sich.« Hawkins schüttelte den Kopf. »Marlon liegt zusammengekauert und verzweifelt in einer Zelle. Bis gestern Abend hat er geglaubt, das Richtige zu tun. Dann hat er miterlebt, wie Amanda Cain sich umgebracht hat, weil Sie ihr eingeredet haben, ihr werde niemals vergeben werden. Marlon hätte sich nie dazu hergegeben, andere zu töten, wenn Sie ihm nicht gesagt hätten, es wäre rechtens. Nun aber hat er die Wahrheit erkannt, nämlich dass Sie der Drahtzieher bei dieser ganzen Sache sind und ihn als Werkzeug benutzt haben, damit kein Blut an Ihren eigenen Händen klebt.«

Reid hielt ihrem Blick eine Weile stand. Dann setzte er sich wieder hin, verschränkte die Arme und kam sichtlich zur Ruhe. »Sie verstehen das ganz falsch. Marlon betrachtete es als Bußübung. Es war für ihn eine Möglichkeit, das tieftraurige Ereignis, das ihn nicht zur Ruhe kommen lässt, zu verarbeiten. Er begreift das qualvolle Paradoxon von Überlebensinstinkt und Todeswunsch, das durch die ungewollte Tötung unschuldigen Lebens verursacht wird. Alles, was er will, ist Wiedergutmachung zu leisten für seinen Fehler, und ich habe im Laufe der Zeit zahllose Patienten behandelt, die sein Angebot freudig angenommen hätten. Also, ja, ich habe meinen Part übernommen, aber das haben die sogenannten Opfer auch getan. Sie haben die Briefe an Wells geschrieben und ihre

Wohnung nach Einbruch der Dunkelheit allein verlassen. *Sie* haben ihm die Möglichkeit eingeräumt zuzuschlagen.«

Hawkins gelang es nur mit Mühe, ihre Stimme ruhig klingen zu lassen. »Ja, das haben sie, aber *Sie* haben sie dazu verführt. Sie waren ihre letzte Hoffnung, ein vertrauenswürdiger, kompetenter Berater mit Fürsorgepflicht. Stattdessen haben Sie ihren Kummer noch genährt, sie in ihrem Elend noch bestätigt und ihnen dann einen einfachen Ausweg aufgezeigt.«

»Nein, Detective«, zischte Reid. »Ich habe *Erbarmen* gezeigt, mehr nicht. Die meisten meiner Klienten haben noch Hoffnung; wo immer ich kann, resozialisiere ich sie. Aber es gibt auch jene, denen nicht mehr zu helfen ist, nicht einmal in ihren eigenen Augen. Können Sie sich auch nur *ansatzweise* vorstellen, wie es ist, an der letzten Schwelle vor dem endgültigen Aus stehen zu bleiben, von Schwäche übermannt, dazu gezwungen, in Schmerzen weiterzuleben?«

»Das Problem liegt darin«, sagte Hawkins, während sie die beiden Constables anwies, Reid Handschellen anzulegen, »dass Sie das alles dirigiert haben. Sie haben Wells dazu gebracht zu morden, obwohl Sie ihn davon hätten abhalten können. Sie haben die Verzweiflung der Opfer genährt und sie dann mit Wells in Kontakt gebracht. *Sie* haben die Entscheidung über Leben und Tod getroffen – Urteile gefällt, die zu fällen Ihnen überhaupt nicht zustand.«

Reid wollte noch etwas erwidern, doch Hawkins hatte genug gehört. Sie wandte sich ab, während die beiden Uniformierten den psychologischen Betreuer aus seinem Schreibtischstuhl hochzerrten und zur Tür geleiteten. Prompt protestierte er dagegen, dass seine Klienten sehen konnten, wie er abgeführt wurde, doch die Mienen der beiden Officers drückten aus, dass sie diesbezüglich nicht mehr Mitgefühl für ihn aufbrachten als Hawkins. Erst als er durch die Tür geführt wurde und verschwand, erlaubte sie sich die Frage, was Steve Tanner wohl in diesem Moment tat, nachdem er als Konsequenz von Wells' eindeutiger Aussage, außer Reid sei niemand anderes beteiligt gewesen, gezwungen gewesen war, seine hochgeschätzte Verdächtige auf freien Fuß zu setzen.

Sie wandte sich Mike zu. »Sollen wir aus dieser Geschichte jetzt lernen, dass das Leben kurz ist und man nicht zulassen sollte, dass es von der Vergangenheit beherrscht wird?«

Ein säuerliches Lächeln kräuselte seine Lippen. »Sollte das nicht immer so sein?«

»Dann lass uns nach Hause fahren und ein Gespräch mit meinem Dad führen.« Sie beugte sich zu ihm vor, um ihn zu küssen. »Ich glaube, es wird allmählich Zeit, dass er auszieht.«

Dank

Ich bin noch immer überwältigt davon, die Danksagungen für meinen zweiten veröffentlichten Titel zu verfassen. Den folgenden Personen schulde ich meinen Dank. Dafür, dass sie gemeinsam hinter den Kulissen daran gearbeitet haben, diese unglaubliche Erfahrung wahr werden zu lassen, bin ich Rowland White und seinem Team bei Penguin sowie meinen Agentinnen Caroline und Joanna bei Hardman & Swainson auf ewig dankbar. Von Herzen danke ich zudem meiner Familie, meinen Freunden und meinen Kollegen für ihre fortwährende Ermutigung, ihr Feedback und ihre Unterstützung. Und natürlich Anna, die mich mit ihrem Verständnis und ihrer Kraft nach wie vor jeden Tag verblüfft. Einen Roman zu schreiben, erfordert den angeborenen Drang, Gedanken zu Papier zu bringen. Doch jeder Autor braucht einen Grund dafür, das zu tun, was er tut – und du bist mein Grund. Auf das nächste Buch!

JOY FIELDING
SAG, DASS DU MICH LIEBST
PSYCHOTHRILLER
GOLDMANN